벗는 남자
입히는 여자

벗는 남자 입히는 여자

초판 1쇄 찍은 날 | 2015년 7월 10일
초판 1쇄 펴낸 날 | 2015년 7월 20일

지은이 | 샤탈
펴낸이 | 서경석

편집책임 | 조윤희
편   집 | 주은영

펴낸곳 | 도서출판 청어람
등록번호 | .제387-1999-000006호
등록일자 | 1999. 5. 31
어람번호 | 제5-0418호

주소 | 경기도 부천시 원미구 부일로 483번길 40 서경B/D 3F (우) 420-822
전화 | 032-656-4452 팩스 | 032-656-4453
http://www.chungeoram.com
E-mail | chungeorambook@daum.net

ⓒ 샤탈, 2015

ISBN 979-11-04-90301-4 03810

벗는 남자
입히는 여자

Chungeoram romance novel

샨탈 장편 소설

도서출판 청어람

목 차

1. 또라이가 욱했네

'AHdieu'.

대한민국 사람이라면 모두가 알고 있는 대표적인 브랜드. 내로라하는 전국의 백화점에서 가장 좋은 자리에 입점한 브랜드가 아듀였고, 잡지사에서 주최하는 브랜드에 관련된 투표에서 물어볼 필요도 없이 1위 자리를 차지하는 브랜드가 아듀였다.

신진 브랜드로 론칭한 지 몇 달이 채 되지도 않아 국내에서는 성상을 차지했고, 대적할 브랜드가 없어 해외로 뻗어 나간 지도 오래되었다. 현재는 오뜨꾸뛰르의 재건이라고 불리는 B사와 콜라보레이션을 준비하고 있다고 하니, 세계적으로 새로운 바람을 일으키고 있는 것에는 의심의 여지가 없었다.

깔끔하게 떨어지는 라인과 여성들이 좋아하는 남자의 핏. 남성복임에도 남성보다도 여성에게 인기가 더 많은 브랜드가 바로 아듀였다. 커프스, 행커치프 등 섬세하고 작은 부분에서 디자이너의 진성한 실력이 발휘되는 것이라고 입이 닳도록 말하는 지해욱, 그녀가 바로 아듀를 론칭한 디자이너이다.

"지해욱, 성질 좀 죽여! 모델 다 떨어져 나가겠다!"

고개를 절레절레 젓는 그는 일명 대표님이라고 읽고 윤상현이라고 부른다. 상현의 말에 해욱이 신경질적으로 머리카락을 흩뜨렸다.

"지금 성질 죽이게 생겼어? 모델이 하나도 마음에 안 들어. 뭐가 죄다 동양적인 페이스에 핫한 바디 라인이야? 그냥 삐쩍 마른 어린애구만. 좀 더 바디가 단단한 모델을 데려오란 말이야."

히스테리를 잔뜩 부리고 있는 해욱의 목소리에는 진심 어린 짜증이 한가득 묻어 있었다. 이미 캐스팅 오디션은 막바지에 이르렀는데도 해욱의 구겨진 미간은 펴질 생각을 하지 않았다.

신경질을 내며 종이를 구겨 버리는 해욱의 모습에 상현이 끌끌대며 혀를 찼다. 가만히만 있으면 모델이라고 해도 될 만한 외모인데 말이지.

디자이너 지해욱. 패션 디자이너인 주제에 성질이 더럽고 까칠하기로 유명해서 그녀를 부르는 다른 이름은 '욱'이었다. 지해욱의 욱이 아니라 욱할 때의 그 욱. 남성복 디자이너인데다가 여자보다는 남자를 상상하게 되는 이름을 가진 터라, 패션계에 대해 알지 못하는 사람들은 해욱을 남자로 알고 있는 일도 부지기수였다.

다혈질에 신경질도, 까칠함도 하루가 다르게 늘어가지만 그만큼 해욱은 뒤끝이 없는 쿨한 여자였다. 성질만 더러웠다면 이미

이 바닥에서 잘려 나갔겠지만 그녀의 실력은 그 더러운 성질을 묻어버릴 만큼 좋았다. 패턴도, 디자인도, 라인도 모든 것이 빌어먹게도.

"뭘 봐?"

자신도 모르게 빤히 쳐다본 탓인지 그새를 못 참고 해욱이 또 까칠하게 말했다. 저놈의 입, 입, 입!

"마지막이지? 들어오세요."

존댓말임에도 반말처럼 느껴지는 해욱의 어투에 상현이 한숨을 내쉬었다. 사진이 흐릿한 마지막 지원서에 해욱이 못마땅한 목소리로 중얼거렸다.

"사진을 이따위로 찍었어? 초짜야, 뭐야? 오디션을 볼 거면 제대로 된 포트폴리오를 만들어 내는 성의 정도는 보여야지."

해욱이 투덜거리는 동안 문이 열렸고, 마지막 모델이 오디션장 안으로 걸어 들어왔다. 그리고 거짓말처럼 해욱의 목소리가 멈췄다.

키는 189㎝ 정도에 일반적인 모델들이 그렇듯 마른 편이다. 하지만 운동을 오래 했는지 라인이나 핏이 다른 모델과 비교할 수 없을 정도로 훌륭했다. 어깨도 넓고 바디 라인도 단단해 보이며, 괴도한 태닝을 하지도 않았고, 몸에 문신도 없고, 쇄골도 치골도 예쁘다. 프로포션이 좋은데?

"이름이 김유환?"

런웨이를 걷듯 오디션장을 걸어 들어온 모델은 어째서인지 지정된 곳에 멈추지 않고 계속해서 앞으로 걸어 나왔다. 모델을 캐스팅하는 갑의 입장에 있는 아듀의 디자이너 지해욱의 코앞까지.

"뭐야?"

가까이서 보니 더욱 멋진 프로포션이다. 하지만 너무 키가 커서 목이 아프다. 내 키도 169㎝면 여자 치고 작은 키가 아닌데. 아니, 그보다 얘는 왜 내 코앞에 서서 쳐다보고 난리야?

"진짜 여자네요!"

유환의 입에서 마치 인사말처럼 툭하고 감탄사가 터졌다.

눈썹을 꿈틀거리며 유환을 쳐다보는 해욱의 표정이 말하고 있다. '이 자식이 뭐라는 거야?'

"저 쿠카팀 모델이에요. 모델계에서 제일 유명한 에이전시 소속. 아듀는 내가 제일 좋아하는 브랜드이고, 하나부터 열까지 내 스타일이거든요. 캐스팅 오디션 보고 싶다고 계속 졸랐는데 자꾸 회사에서 안 된다는 거예요. 이유를 물어봤더니 뭐라는 줄 알아요? 브랜드는 좋은데 디자이너가 장난 아니라는 거야."

마치 친한 친구에게 하소연이라도 하러 온 듯 테이블을 짚고 선 유환의 태도에 해욱은 어이가 없을 지경이다. 그 와중에도 직업병인지 자꾸만 유환의 몸에 눈이 갔다. 기본 티셔츠 하나만 입고 선 지금도 예쁜 몸이지만, 제대로 된 런웨이 의상을 입혀 놓으면 분명 더 예쁠 몸이다.

"그래서 난 또 디자이너가 엄청 막…… 뭐라고 해야 하지? 우락부락하고 무서운 남자 선생님이겠거니 각오하고 온 건데 귀엽고 섹시한 여자 선생님이네요. 이것까지 내 스타일이네."

"이 미친놈이 뭐래니?"

건조하게 물어오는 해욱의 목소리에 상현이 난감한 듯 웃었다.

마지막 모델 김유환. 프로포션도 괜찮고 워킹도 훌륭해서 드디어 쇼의 오프닝을 맡을 만한 놈이 나왔구나 했는데 또라이다, 또라이야.

"쇼에 세워주세요. 최고로 멋진 오프닝을 만들어 드릴게요. 난 선생님이 마음에 들어요. 그 금발도 좋아요. 하얀 피부가 더 하얗게 보이거든요."

킬킬거리며 웃는 유환의 얼굴에 조소나 악의는 없었다. 정말로 즐거워 보이는 얼굴. 해욱의 모든 것이 마음에 든다는 사실을 감추지 못하는 표정. 천진난만한 유환의 모습에 해욱이 한쪽 입꼬리를 비스듬하게 올리며 말했다.

"미안하지만 난 내 쇼에 또라이는 안 세워."

유환의 지원서가 해욱의 손에서 처참하게 구겨졌다.

이번 오디션에도 캐스팅된 모델은 없구먼. 다시 3차 캐스팅을 잡아야 하는 건가?

자신만의 고민에 빠진 상현의 뒤로 해욱과 유환이 끈질기게 눈을 마주치고 있었다.

캐스팅 오디션이 소득 없이 끝난 지 벌써 일주일이 흘렀다. 쇼는 다가오고 오프닝에 세울 모델도 구하지 못했건만 속이 타들어 가는 건 상현뿐이었다. 태평한 얼굴로 옷매무새를 만지는 해욱의 손끝은 언제나처럼 섬세했다.

"네가 지금 남의 패션쇼 갈 때냐고."

이미 반쯤 포기한 듯 소파에 축 늘어진 상현이 중얼거렸다. 명색이 대표라는 사람이, 쯧쯧. 낮게 혀를 찬 해욱이 세팅이 잘된 금발을 슬쩍 건드렸다. 탈색을 거쳐 염색을 한 지 얼마 되지 않은 결 좋은 금발이 허리 위에서 흔들렸다. 원래는 예쁜 웨이브가 들어간 하늘하늘한 머리카락이지만, 오늘은 깔끔하게 펴져 하나로 묶은 모양새가 해욱을 다른 사람처럼 보이게 했다. 머리를 세팅하는 일은 잘 없었지만 오늘은 오랜만에 포토존에 서는 특별한 날이니까.

"치즈랑 와인이냐? 아주 번쩍번쩍하구먼."

상현이 얄미운 목소리로 투덜거렸다. 색이 잘 빠진 백금발과 짙은 와인 색의 슈트는 불쾌하게도 몹시 잘 어울렸다.

해욱은 지금 전 세계적으로 가장 핫한 디자이너이다. 그것은 해욱의 브랜드 때문이기도 했지만 해욱 본인 때문이라고도 할 수 있었다. 디자이너임에도 연예인 뺨치는 외모에 169㎝라는 모델 못지않은 키, 늘씬하고 볼륨감 있는 몸매와 시선을 잡아끄는 시크한 분위기가 그녀를 더욱 핫하게 만들었다. 가장 뜨겁고 유명한 브랜드들이 패션쇼를 할 때마다 해욱을 초대하는 이유도 분명 그 때문이리라.

"오늘도 기사 나겠다? 아듀의 지해욱, 베스트드레서 선정."

빈정거림과 부러움이 오롯이 담긴 상현의 말투에 해욱이 픽 소리를 내며 웃었다.

"지금 일부러 픽 하고 웃었지?"

뒤에서 꽥꽥거리는 상현을 무시한 해욱이 행커치프를 슈트의 포켓에 꽂아 넣었다. 손으로 대충 몇 번 만지작거렸을 뿐인데 행커치프의 모양이 예쁘게도 잡혀 있다.

"베스트드레서는 당연한 거고. 그리고 이건 와인이 아니라 딥 버건디야, 멍청아."

방긋. 예의 사람들이 좋다고 환장하는 미소를 지으면서 시니컬하게도 내뱉는다. 깔끔하고 세련된 디자인의 반지를 손가락에 끼워 넣은 해욱이 뒤에서 구시렁거리는 상현의 목소리를 무시하며 소파에 놓인 클러치를 잡아챘다. 머리부터 발끝까지 오늘도 완벽하다. 자신의 룩이 마음에 드는 듯 해욱의 입꼬리가 만족스럽게 올라갔다.

"지해욱 선생님! 여기요!"

"여기도 봐 주세요! 이쪽이요!"

플래시가 쉴 새 없이 번쩍거렸다. 여기저기서 말소리가 뒤엉켰다. 강한 플래시에도 눈 하나 깜짝하지 않은 해욱이 여유롭게 손을 흔들며 입꼬리를 끌어올렸다. 6대째 가족 기업이라고 불릴 만큼 위상이 높은 프랑스의 명품 브랜드 H사의 올 블랙 포토존은 짙은 와인색의 슈트와 몹시 잘 어울렸다. 큰 눈을 반달로 낭창하게 접으며 웃은 해욱이 고개를 까딱하는 것으로 지해욱의 포토존은 끝났다. 하지만 1분 후면 모든 포털사이트가 자신의 사진으로 뒤덮일 것이라는 걸 해욱은 잘 알고 있었다.

쇼장의 문을 열고 들어갈 때까지도 샐쭉하게 올라가 있던 해욱의 입꼬리는 가드의 손에 의해 문이 닫히는 순간 툭 하고 떨어졌다.

"자기 눈 아니라고 너무한 거 아냐? 실명되면 책임질 거야, 뭐야."

짜증이 가득 담긴 목소리로 중얼거리면서 상냥하지 못한 손길로 눈을 비벼댄다. 쇼장 안의 수많은 디자이너, 에디터, 연예인들이 해욱을 힐끔거렸다. 말을 하지 않을 뿐이지 모두가 알고 있다. 지해욱의 성격이 더럽다는 것을. 그리고 오늘로써 하나 더 알게 된다. 지해욱의 실물이 굉장히 아름답다는 것을.

"그렇게 눈 비비면 안 돼요."

무대 뒤 한쪽에서 눈을 비비고 있던 해욱의 손을 큰 손이 잡아내렸다. 마구잡이로 눈을 비벼서인지 손가락에 펄이 섞인 까만 아이섀도가 묻어 나왔다. 그러고 보니 아까 메이크업 팀이 부담스럽지 않은 스모키를 한다고 했던 것 같기도 하고.

"지해욱 선생님 맞죠? 못 알아봤어요. 딴사람 같아."

해욱이 시선을 들어 여전히 자신의 손목을 꽉 잡고 있는 사람을 올려다봤다. 낯익은 얼굴. 키가 큰 걸 보니 모델인가? 슬쩍 입은 옷을 보니 H사의 이번 시즌 컬렉션 옷이다. 저 옷은 오프닝 의상이라고 한 것 같은데. H사의 일류 디자이너이자 자신의 친구인 크리스가 보여 주었던 사진 속 오프닝 의상과 같은 것에 해욱이 눈을 찡그렸다. 아무런 말도 없이 생각에 잠긴 해욱을 내려다보던 유환이 고개를 갸웃했다.

"어마어마한 걸 또 디자인해냈잖아."

꼼꼼한 눈으로 옷을 살피던 해욱이 진득하게 닿아오는 시선에 그제야 옷이 아닌 유환을 쳐다봤다. 쇼장에 들어선 이후 처음으로 정확하게 허공에서 얽힌 시선, 생각을 읽을 수 없는 검은 눈동자에 해욱이 눈살을 찌푸렸다.

"오프닝 모델이라면서 워킹 연습 안 해도 되겠어?"

공과 사가 확실한 사람. 주위에서 들은 지해욱은 그러했다. 사람들의 주목을 받고 있다는 것을 증명이라도 하듯 패션계에는 해욱에 대한 엄청난 이야기들이 존재했지만 유환은 그제야 비로소 모든 이야기가 사실일 수도 있겠다는 생각을 했다. 불과 일주일 전에 캐스팅 오디션에 갔음에도 자신을 완벽하게 잊어버린 듯한 태도까지도.

"전 아듀의 오프닝에 설 거예요. 오늘 내 오프닝 보고 놀라지 마요."

길게 뻗은 눈매가 매력적으로 휘어졌다. 보는 사람까지도 시원하게 만드는 웃음. 아, 생각났다. 낯이 익다고 했더니 저번 주 오디션에서 본 마지막 모델이다.

"또라이?"

놀라움이 담긴 해욱의 목소리에 유환이 소리 내어 웃었다. 큰 키가 휘영청 구부러졌다.

"또라이도 나쁘지 않지만 이왕이면 김유환으로 기억해 주세요."

사신의 이름을 머릿속에 새기라는 듯이 한 자 한 자 꾹꾹 내뱉는 유환의 목소리에 해욱의 붉은 입꼬리가 호선을 그리며 말려 올라갔다. 백금의 머리카락도 와인빛이 도는 슈트도, 그 안에 입은 셔츠의 단추가 풀어진 것까지도 모든 것이 눈길을 잡아끌었지만 웃을 때면 반달이 되는 해욱의 눈매는 가히 최고라고 말할 수 있었다. 해욱이 눈을 비벼서인지 의도한 것처럼 번진 까만 스모키가 잔상처럼 일렁였다.

"그래, 오프닝 기대할게, 김유환."

해욱의 입술이 그의 이름을 담았다.

이런. 유환이 곤란한 얼굴을 했다. 정말 진심이 될 것 같잖아.

고개를 가볍게 숙인 유환이 곧 시작할 런웨이를 위해 백스테이지로 걸어 들어갔다. 백스테이지로 사라지는 유환의 뒷모습을 물끄러미 바라보던 해욱도 그제야 자신의 자리를 찾아 움직였다.

"이제 들어오는 거야? 쇼 시작 10분 전이라고."

VVIP석에 앉아 있는 H사의 수석디자이너 크리스토퍼 르메르가 해욱을 반겼다. 지긋한 나이임에도 세련된 헤어스타일과 옷이 그를 멋진 남자로 보이게 했다. 말랑말랑한 불어가 흘러나올 것 같은 크리스의 입에서는 제법 유창한 한국어가 흘러나왔다. 친구라는 명목을 들이대며 해욱을 만나기만 하면 자랑이라도 하듯 한국어를 써대는 크리스의 문법은 사실 엉망이었다. 여전히 어색한 크리스의 발음에 남몰래 웃은 해욱이 크리스의 옆에 자리를 잡고 앉았다.

"오프닝 의상 엄청나던데?"

해욱의 순수한 칭찬에 크리스가 기분 좋게 웃었다.

"의상에 맞는 모델 찾느라 고생 좀 했지. 이번에 꽤 괜찮은 모델을 건졌거든."

크리스의 칭찬은 흔한 일이 아니었기 때문에 해욱이 의외라는 듯 어깨를 으쓱였다. 놀라움을 담은 눈이 곧 부정이라도 하듯 가늘게 휘어졌다.

"그래? 난 잘 모르겠던데."

"그럼 봐봐. 끝내줄 거야."

"과연."

해욱이 들릴 듯 말 듯한 목소리로 중얼거렸다. 그 순간 런웨이를 제외한 쇼장의 모든 조명이 꺼졌다.

쿵쿵쿵쿵. 심장을 들뜨게 하는 비트가 흘러나왔다. 강하고 세련된 분위기의 쇼에 걸맞은 음악이 한껏 쇼의 분위기를 올려주었다. 옆에 앉은 크리스가 손을 꽉 맞잡은 것에서부터 알 수 없는 긴장감이 흘러나오기 시작했다. 크리스의 깍지 낀 손을 내려다보던 해욱이 다시 런웨이 위로 시선을 옮겼다.

약간의 공백이 흐르는가 싶더니 오프닝 모델인 유환이 런웨이를 걸어 나왔다. 큰 키만큼이나 큰 보폭으로 성큼성큼 걸어온다. 개구지고 장난스럽게 보이던 인상과는 다르게 워킹은 시크하고 심플했다. 군더더기 없는 깔끔한 워킹이 마음에 들었다. 앞보다 뒤의 기장이 길게 나온 디자인을 살려 턴을 할 때 자연스럽게 펄럭여 보이는 것이 제법 센스도 있다. 무엇보다도…….

"눈빛이 달라졌네."

해욱이 씩 웃었다. 늘 휘어져 있을 것만 같던 유환의 눈매는 날카롭게 서 있었다. 길게 뻗은 눈매는 웃음기를 거두고 감정마저 지워 버린 것이 인상적이었다. 반쯤 내리깐 눈에서 묘한 색기가 흘러나왔다. 흡인력이 있는 모델. 빨려 들어가는 듯한 오프닝을 정신없이 보고 있자니 유환은 이미 워킹을 끝내고 들어가고 있었다.

"어때?"

유환의 오프닝이 끝나자마자 해욱에게 바짝 몸을 붙인 크리스가 대뜸 물었다. 해욱은 대답 없이 입꼬리를 삐죽 끌어올릴 뿐이었다. 그것은 이미 긍정을 의미했다.

최고의 주가를 달리고 있는 H사의 쇼는 완벽했다. H사의 수석 디자이너라는 타이틀이 아깝지 않을 만큼 크리스의 디자인은 보는 것만으로도 전율이 일고 소름이 돋아났다. 마지막 피날레를 위해 쇼에 선 모델들이 순서대로 걸어 나왔다. 오프닝을 장식한 유환이 가장 먼저 걸어 나오자 자동적으로 시선이 집중되었다.

워킹을 할 때 자취를 감췄던 웃음이 얼굴 가득 걸려 있다. 피날레를 위해 박수를 치며 런웨이를 걷는 유환은 어느새 다시 개구진 얼굴을 하고 있었다. 마치 해욱이 앉은 자리를 알고 있는 양 그 와중에 해욱과 정확하게 눈을 마주치는 여유까지 발휘하는 유환의 모습에 해욱은 바람 빠지는 소리를 내며 헛웃음을 뱉어냈다.

"흐응."

흥미가 가득 담긴, 감탄사인지 단순한 탄성인지 모를 소리를 흘린 해욱이 손을 올려 박수를 쳤다.

"선생님!"

저 멀리서 유환이 크리스를 향해 걸어왔다. 시선은 해욱에게 닿아 있었지만. 크리스를 향해 깊숙하게 허리를 숙여 인사하자 크리스가 점잖은 척 웃으며 고개를 끄덕였다. 해욱이 장난스럽게 크리스의 어깨를 툭 치자 크리스가 외국인 특유의 할리우드 액션을 선

보이며 두 손을 올린 채 어깨를 마구 으쓱거렸다. 여기저기서 크리스와 해욱을 알아보고 꾸벅꾸벅 인사를 해왔다. 해욱이 건성으로 고개를 끄덕이며 유환에게 가볍게 눈인사를 건넸다.

"H사 오프닝에 서다니 제법인데?"

"아듀 오프닝에 세워주시면 더 제법인 걸 보여드릴게요."

와, 또라이라 그런가 패기가 대단하네. 하이힐을 신은 자신보다도 훨씬 큰 유환의 머리카락을 흐트리려 버릇처럼 손을 올리자 자연스레 허리를 굽힌 유환이 머리를 들이밀었다. 그 모습이 우스워 해욱이 웃음을 터뜨리며 유환의 머리카락을 마구잡이로 헤집어 놓았다. 잦은 염색과 세팅으로 거칠어진 머릿결을 보며 낮게 혀를 찼다. 베이비 펌이 살짝 들어간 밝은 갈색의 머리카락이 손끝에서 굽실거렸다.

"또라이."

유환이 머리카락과 같은 밝은 갈색으로 염색된 눈썹을 팔자로 휘며 울상을 했다.

"또라이 말고 김유환이요."

"그래, 김유환."

"네."

이름 한 번 불러준 것만으로 말갛게 웃는 모습이 꼭 커다란 강아지를 보는 것 같았다. 해욱이 손에 든 클러치에서 자신의 명함을 꺼냈다. 해욱이 검지와 중지 사이에 끼워진 얇은 명함을 유환에게 건네며 말했다.

"내일 찾아와. 내 사무실로."

아까는 그렇게도 흡인력 있는 워킹으로 정신을 빼놓더니, 지금 누구보다 낭창한 표정을 짓고 선 모습은 꽤나 갭이 컸다. 받을 생각을 하지 않는 명함을 친절하게 유환의 손가락 사이에 꽂아준 해욱이 크리스의 어깨를 툭 쳤다.

"내 쇼도 곧이야. 초대장 보낼게."

크리스가 알겠다는 듯 고개를 위아래로 끄덕였다. 디자이너인 크리스가 작별 인사를 고하는데도 여전히 그 자리에 굳은 채 가만히 서 있는 유환은 얼이 빠진 상태였다. 마침 그 뒤로 지나가던 선배 모델 민석이 멍청하게 서 있는 유환의 뒷목을 잡아 눌러 크리스에게 강제로 인사를 시켰다.

"뭘 멍청하게 보고 서 있는 거야?"

민석이 장난스럽게 유환을 나무라자 그제야 유환이 느릿하게 눈을 깜빡였다. 깜빡깜빡 천천히 움직이는 눈꺼풀에 맞춰 오르락내리락 움직이던 속눈썹이 파르르 떨렸다. 시선을 내려 자신의 손가락 사이에 끼어 있는 명함을 본다.

—AHdieu : 아듀

고급스럽게 찍힌 브랜드 명 아래로 익숙한 이름이 보인다.

"디자이너 지해욱."

명함에 새겨진 해욱의 이름을 깊이 새기기라도 할 듯 그 위를 손가락으로 천천히 훑었다. 유환이 고장 난 인형처럼 삐거덕거리며 고개를 돌려 민석을 쳐다봤다.

"내가 얼마나 아듀 쇼에 서고 싶었는지 알죠?"

환하게 웃는 유환을 본 민석이 짧은 한숨을 내쉬었다. 민석이 유환의 옷자락을 잡고 백스테이지 구석에 있는 탈의실로 끌고 갔다.

"당연히 알지. 네가 좀 노래를 불렀냐."

"나 오프닝에 설 거예요. 무슨 수를 써서라도!"

유환답지 않게 의지를 드러내는 모습을 보고 민석은 도리질을 할 뿐이다.

쇼가 끝난 백스테이지는 소란스러웠다. 다양한 국적을 가진 모델들이 모인 만큼 다양한 언어가 뒤섞였다. 하지만 그 소란스러움과는 대조적으로 쇼에 입고 선 디자이너의 옷을 머리 위로 벗어내는 손길은 무척이나 조심스러웠다. 디자이너의 의상을 자칫 잘못 벗었다가는 물어줘야 하는 일이 비일비재했기 때문이다.

"근데 그거 알아?"

"뭐요?"

최면에서 풀려난 것처럼 눈을 깜빡이다가 곧 머리 위로 능숙하게 옷을 벗어낸 유환이 민석을 쳐다봤다. 유환보다 훨씬 부드럽고 어른스러운 분위기를 가진 민석이 역시나 상의를 조심스레 머리 위로 벗어내며 말했다.

"이번 아듀 엔딩 모델은 벌써 정해졌다던데?"

확신이 가득 담긴 민석의 말에 유환이 반사적으로 눈살을 찌푸리며 반문했다.

"오프닝 모델이 아직인데 엔딩이 정해졌어요?"

"응. 무려 톱 모델 이호연."

"이호연이요?"

"명품 쇼에도 잘 안 선다는 톱 모델 이호연 말이야. 오프닝에 서는 모델이랑 당연히 비교될 거야. 엔딩이 그 이호연이니까."

유환이 눈을 찡그렸다. 소속사의 직속 선배임에도 일찌감치 생략되어 버린 존칭에서 유환의 짜증이 드러났다. 늘 웃고 있던 얼굴에서 웃음기가 사라지자 금세 날카로운 얼굴이 드러났다. 그 모습을 물끄러미 바라보던 민석이 작은 목소리로 덧붙였다.

"왜, 그 둘이 특별한 사이라고 소문났었잖아."

유환이 이례적으로 잔뜩 얼굴을 구겼다.

"사실 지해욱 선생님이랑 이호연 선배님이랑 같이 있으면 완전 선남선녀라서 모델 커플 같다는 말이 많았지. 꽤 유명했어. 지지하는 팬도 많았는데 어느 순간부터 흐지부지 이야기가 나오지 않더라고."

민석이 시답잖은 가십거리를 이야기하듯 말을 늘어놓았다. 별 생각 없이 옷을 훌훌 벗은 민석이 입고 온 자신의 바지에 두 다리를 다 꿰어 넣을 동안에도 유환은 아직까지 벗은 옷을 들고 서 있었다. 끝이 매섭게 선 유환의 눈매를 힐끗 쳐다본 민석이 유환의 어깨를 툭 쳤다.

"옷 안 벗어?"

"아아, 벗어야죠."

유환이 건성으로 고개를 주억거렸다.

2. 우린 비즈니스 관계야

해욱의 사무실은 청담동에 있었다. 내로라하는 디자이너들의 사무실이 모여 있다는 그 청담동.

엷은 그레이 셔츠에 까만 슬랙스는 롤업, 오늘 입은 룩의 포인트가 되어 줄 레오파드 무늬의 슬립온까지. 흔히 롤업은 사람의 다리를 짧아 보이게 한다지만 유환에게는 전혀 해당되지 않는 말이었다. 비스듬히 쓴 까만 뿔테 안경 너머로 여자들의 시선이 바쁘게 오갔다.

쇼의 콘셉트를 위해 밝은 컬러로 염색을 하고, 부스스한 펌까지 한 머리카락을 다시 짙은 색으로 물들이고 샤프하게 자른 터라 아직 자신의 모습이 조금 어색했다. 소곤소곤 들리는 목소리에는 간간이 유환의 이름이나 모델이라는 단어를 담고 있었지만 유환은 애써 모른 척 시선을 돌렸다.

몇 정류장을 지나서 내려야 할 역이 되자마자 잽싸게 지하철에서 내린 유환은 큰 전광판 쪽을 향해 걸었다. 여러 개의 전광판 중에는 유환이 몇 주 전에 촬영한 슈트 광고도 있었다. 전광판 앞에 다다르자 사람들의 시선이 더욱 빈번하게 와 닿았다. 그래서 유환은 조금 더 걸음을 빨리 했다. 슈트 광고 바로 옆 전광판에서 향수를 들고 있는 호연의 모습이 스쳐 지나갔다.

"이호연."

사실은 선배님이라고 붙여도 모자라지 않는 톱클래스의 모델이자, 자타 공인 대한민국에서 가장 섹시한 남자, 혹은 퇴폐적인 남자에 관련된 설문조사를 하면 늘 1위에 거론되는 남자이다. 여자들이 환장한다는 나쁜 남자의 이미지를 그대로 옮겨놓은 듯한 남자가 바로 이호연이었다.

뱀파이어를 콘셉트로 한 듯 짙은 회색 머리카락에 붉은 렌즈를 끼고 버건디 화장을 짙게 힌 호연의 모습은 남자인 자신이 봐도 멋졌다. 이런 사람이 해욱과 특별한 사이였다고?

이미 세계적으로 이름을 날리고 있는 톱 모델 호연과 이제 막 각광받고 있는 신인 모델인 유환은 인지도를 비교하기엔 클래스가 달랐다.

"하필 이호연이야."

유환이 투덜거렸다. 같은 소속사 안에서도 호연의 소문은 유명했다. 아마 대한민국에 거주하는 사람이라면 누구나 한 번쯤은 가십으로 들어봤을 법한 것들이다. 물론 좋은 소문보다는 안 좋은 소문이 훨씬 많았다. 호연과 연관된 뜬구름 같은 소문들이 머릿속을 휘저었다. 유환은 신경질적으로 머리카락을 흐트렸다. 어제까지 길게 펌이 되어 있던 머리카락을 잘라낸 터라 잡힐 것도 없었다. 유환이 생각을 몽땅 털어내려는 듯 고개를 좌우로 크게 내저었다.

온갖 생각을 하며 정처 없이 걷다 보니 저 멀리 아듀의 간판이 붙은 하얀 건물이 보였다. 진짜 아듀였다. 내가 길 하나는 기가 막히게 찾는다니까. 만족스럽게 웃은 유환은 버릇처럼 혀로 입술을 쓸어 올렸다.

"건물도 예쁘네."

음험하게 중얼거린 유환은 새하얀 건물의 문을 열고 들어섰다. 데스크에 앉은 직원이 유환의 인기척에 고개를 들어 올렸다. 유환이 모델이라는 것을 아는 듯 여자 직원은 특별한 질문 없이 데스크 위에 놓인 응답기의 버튼을 눌렀다. 응답기의 가느다란 선조차도 해욱에게 닿을 수 있는 길처럼 느껴졌다.

"선생님, 쿠카팀 김유환 씨 오셨습니다. 오늘 선약 있으신가요?"

[응, 올려 보내.]

응답기의 스피커를 통해 흘러나오는 해욱의 목소리에 유환의 입꼬리가 샐쭉하게 올라갔다. 친절하게도 엘리베이터의 방향까지 가르쳐 주는 직원에게 가벼운 눈인사를 건넨 유환은 천천히 걸음을 옮겼다. 건물 곳곳에 박혀 있는 아듀의 로고에 괜히 가슴이 떨렸다. 아듀도 좋지만 사실은 해욱이 조금 더 좋았다. 이유는 글쎄, 유환조차도 정확한 답을 낼 수 없었다.

기분 좋은 설렘을 안고 엘리베이터에서 내리자 새하얀 문이 보인다. 살짝 열린 문틈으로 해욱의 것으로 보이는 금발이 넘실거린다. 웃는 낯으로 노크를 하려 손을 들어 올리는 순간, 해욱의 것이 아닌 짙은 회색의 머리카락이 보였다. 방금 전광판에서 본 것과 같은 무척이나 익숙한 회색 머리카락이.

"이호연."

오늘따라 참 자주 부르게 되는 이름이라고 생각했다.

"역시 네가 제일 좋아."

낮고 그윽한 목소리가 사무실 안에 울렸다. 해욱이 어깨 위에 올라온 손을 야멸차게 밀쳐냈다.

"넌 그런 말 할 자격 없어. 윤승혜랑 만난다고 이 바닥에 소문 다 났더라? 오늘은 배우, 내일은 아이돌, 모레는 또 누구니?"

"너?"

"난 거기에 낄 생각 없으니까 빼 줘."

해욱의 눈동자가 무심하게 호연에게 닿았다. 상냥하지 못한 손 길로 머리카락을 쓸어 넘기자 블론드의 머리카락이 손가락 사이를 넘실거리며 빠져나갔다.

"블론드 예뻐."

"네가 예쁘다면 다른 색으로 염색하고 싶어져."

호연이 느릿하게 걸어가서 해욱의 허리를 끌어안았다. 여자 치고는 큰 키에 속하는 해욱이었지만 모델인 호연에게는 터무니없이 작았다.

"왜 화내는 거야?"

"아직도 너랑 내가 특별한 사이라고 착각하지 마, 이호연."

"그럼 왜 날 꼬박꼬박 피날레에 올리는 건데?"

해욱이 냉소적으로 웃으며 자신의 허리에 감긴 단단한 팔을 벌레라도 털어내듯 떨쳐냈다.

"아직 찾지 못한 것뿐이야. 너보다 더 마음에 드는 모델이 나타나면 당장 밀어낼 거야. 넌 싫지만 네 워킹은 좋아하니까. 난 사적인 일과 공적인 일을 구분하지 못할 만큼 엉망은 아니거든. 너처럼."

해욱에게 밀려난 호연이 앓는 소리를 냈다. 화보 촬영을 마치자마자 온 터라 호연의 눈 주변은 온통 짙은 아이라인으로 뒤덮여 있었다. 게다가 회색으로 염색한 머리카락은 흡사 뱀파이어라고 해도 믿을 만한 것이었다. 하지만 해욱은 그 모든 것이 마음에 들지 않는다는 듯 눈살을 찌푸렸다.

갖고 싶은 남자 1위? 다 나가 죽으라고 해.

"나가. 올 사람 있어."

"선약?"

호연이 매서운 얼굴을 했다. 짙은 화장 아래로 드러난 얼굴은 충분히 매력적이었지만 동시에 사나워 보이기도 했다.

"캐스팅 오디션."

"네 사무실에서?"

"그래. 대답해 줬으니까 좀 나가."

당장 나가라는 듯 해욱이 일부러 유환의 것이 분명한 포트폴리오를 집어 들었다. 그 순간 마치 짠 듯이 울리는 응답기에 해욱이 망설임 없이 빨간 버튼을 꾹 눌렀다.

"왜?"

[선생님, 쿠카팀 김유훤 씨 오셨습니다. 오늘 선약 있으신가요?]

"응, 올려 보내."

자신에게는 일말의 시선조차 두지 않는 사무적인 해욱의 모습에 호연이 잘생긴 얼굴을 일그러뜨렸다.

"네가 캐스팅 오디션을 따로 본다는 거야?"

"그건 네가 알 바 아니고, 넌 엔딩이나 제대로 준비해."

뒤도 돌아보지 않고 대답한 해욱이 거추장스럽다는 듯 긴 머리카락을 뒤로 쓸어 넘겼다. 이놈의 머리카락을 잘라 버리던지 해야지. 허리 위까지 길게 늘어진 머리카락도, 뒤에서 끈덕지게 시선을 보내는 호연도 모든 것에 넌더리가 날 지경이다.

"지해욱."

호연의 입에서 해욱의 풀 네임이 흘러나왔다. 지긋지긋하다는 얼굴을 한 해욱이 손에 든 유환의 포트폴리오를 내던지듯 테이블 위로 내려놓으며 호연을 향해 몸을 돌렸다. 그리고 순식간이었다. 해욱의 몸이 호연 쪽으로 당겨졌고 상황을 인지하기도 전에 입술이 맞물렸다.

해욱의 눈이 큼지막하게 뜨였다. 자신이 뿌리칠 것을 예상이라도 한 듯 손목과 허리를 꽉 죄어오는 호연의 단단한 손길에 꿈쩍도 할 수 없었다. 단 한 톨의 상냥함도 없이 입술을 가르고 들어온 혀가 엉망으로 뒤엉켰다. 익숙한 체향이 싫었다. 아무리 몸을 뒤틀고 혀를 말아 넣어도 끈질기게 따라오는 모양새가 너무나도 익숙하고 자연스러웠다. 허리를 지분거리는 손가락에 짜증이 치밀었다.

까득. 불쾌한 소리와 함께 입안으로 피 맛이 돌았다. 인정사정 봐주지 않고 세게 깨문 것이 효과가 있었는지 해욱을 잡은 호연의 손이 느슨해졌다. 그 찰나를 놓치지 않은 해욱이 거칠게 몸을 뒤틀어 호연의 품에서 빠져나왔다.

"미친 새끼야!"

가쁜 숨을 내쉰 해욱이 걷어 올린 셔츠 자락으로 입술을 거칠게 닦아냈다. 호연이 잔뜩 찌푸린 얼굴로 옆에 놓인 티슈를 뽑아 그 위로 침을 뱉어냈다. 퉤 하는 소리와 함께 피가 섞인 타액이 고였다. 휴지를 대충 뭉쳐서 바닥으로 던진 호연이 해욱을 빤히 쳐다봤다.

그 시선에 가감 없이 싫은 내색을 드러낸 해욱이 단호하게 말했다.

"키스가 하고 싶으면 네 뒤로 줄 선 애들이랑 해."

"키스만 아니면 다른 건 해줄 거야?"

태평하게 물으며 일부러 입술 위를 핥는 호연의 얼굴은 퇴폐적이었다. 눈을 질끈 감았다 뜬 해욱이 상체를 숙여 호연이 사무실 바닥에 아무렇게나 던져둔 휴지를 집어 들었다. 해욱이 친절하게도 호연의 슈트 포켓 안으로 행커치프처럼 휴지를 꽂아 주었다.

"이거 가지고 꺼져."

해욱의 동그란 눈이 반달을 그리며 생긋 휘어졌다. 호연이 소리 내어 웃었다.

"난 이래서 네가 좋더라."

해욱이 불쾌한 얼굴을 했다.

"다음에 또 올게."

해욱이 무시할 거라는 것을 알면서도 끝끝내 자신이 할 말을 내뱉은 호연이 사무실 문을 열고 나갔다. 새하얀 문 위로 호연의 손자국이 남은 것 같은 착각이 일었다. 문 너머로 사라지는 호연의 뒷모습조차 보기 싫다는 듯 해욱이 고개를 돌렸다.

달칵. 문이 닫혔다. 문 옆에 서 있는 유환의 모습에 놀랄 법도 한데 호연은 무덤덤한 얼굴로 유환을 힐끗 쳐다봤을 뿐이다. 호연의 눈이 무심하게 유환을 지나쳐 갔다. 호연의 뒷모습을 눈으로 좇던 유환이 얇은 입술을 달싹였다.

"이번 아듀 오프닝을 맡게 될 김유환입니다, 이호연 선배님."

'맡게 된'이 아닌 '맡게 될'이었다. 사실은 개인 캐스팅 오디션일 뿐이다. 개인적으로 연락을 받아 디자이너의 사무실에서 오디션을 보아도 캐스팅이 되는 것은 고작 절반에 불과했다. 아직 미지수인 결과에도 유환은 당연히 자신이 캐스팅될 거라는 듯이 말했다. 같은 소속사 후배임이 뻔히 보이는 깍듯한 존댓말에도 호연은 관심 없다는 듯 유환을 지나쳤다. 잘빠진 호연의 뒷모습을 쳐다보던 유환이 입꼬리를 끌어 올리며 덧붙여 말했다.

"다음 쇼에서는 엔딩을 맡을 생각입니다만."

성큼성큼 움직이던 호연의 긴 다리가 한 번에 멈춰 섰다. 천천히 상체만을 돌려 유환을 쳐다보는 호연의 얼굴이 무섭게 굳어 있다. 유환이 그런 호연을 향해 짧게 묵례했다. 호연의 시선이 자신에게서 떨어지지 않았다는 걸 알고 있었지만 유환은 모른 척 밝고 경쾌하게 해욱의 사무실 문을 두드렸다. 똑똑. 가벼운 노크 소리와 함께 해욱의 목소리가 들렸다.

"들어와."

유환이 개구지게 웃었다.

"안녕하세요."

말간 얼굴로 해욱에게 인사를 건네며 하얀 문 너머로 사라지는 유환의 모습에 호연이 입술을 짓이겼다. 이상하게도 짜증이 치밀었다.

며칠 전 H사의 쇼장에서와는 완전히 달라진 유환의 분위기에 해욱이 놀랍다는 듯 어깨를 으쓱 올렸다. 펌이 살짝 들어가 있던 밝은 갈색의 머리카락은 짙은 색으로 물들어 있다. 조금 더 날카롭고 섹시해 보이는 이미지와 제법 잘 어울렸다. 이번 아듀의 쇼에도 잘 어울릴 것 같고. 방금 전 호연과의 일로 찌푸려졌던 미간을 펴며 해욱이 대뜸 옷을 내밀었다.

"입고 나와 볼래?"

오자마자 아무런 안부도, 인사도 없이 옷만이 손에 쥐어졌다.

"이번 컬렉션 옷?"

혼잣말인지 해욱에게 하는 말인지 모르게 되묻자 해욱이 대답 대신 고개를 끄덕이며 탈의실을 가리켰다. 사무실 내부에도 탈의실이 비치되어 있는 것이 디자이너다웠다.

망설임 없이 탈의실로 들어간 유환이 안에서 바스락거리는 소리를 냈다. 새 옷이 부딪치며 나는 소리는 언제나 듣기 좋았다. 몇 분도 채 걸리지 않아 유환이 탈의실에서 나왔다. 해욱의 눈이 반짝었다. 멀리서 유환을 쭉 훑고는 더듬더듬 옷의 핏을 찾아 맞추었다.

"예뻐요."

"응?"

해욱이 유환의 사이즈를 손으로 가늠하며 고개를 들었다.

"옷이 예뻐요. 갖고 싶을 만큼."

분명 칭찬임에도 옷이 아닌 자신에게 건네는 말로 우습게 착각을 한 해욱이 민망함에 눈을 찡그리며 건성으로 고개를 끄덕였다.

"생각보다 어깨가 넓네. 쇼에 세우려면 옷을 손봐야겠어."

"제가 순전히 어깨 때문에 105를 입는다니까요."

씩 입꼬리를 올려 웃는 모양새가 귀여워서 해욱이 자기도 모르게 손을 올려 유환의 머리카락을 흩트려 놓았다. 해욱이 남들에게 하는 흔한 버릇 같은 것이지만 유환은 급하게 숨을 들이마실 수밖에 없었다. 속 쌍꺼풀이 싣게 셔서 마치 씽꺼풀이 있는 것 같은 유환의 눈매는 사실 쌍꺼풀이 없었다. 눈꼬리를 축 늘어뜨리며 웃는 모습이 천진난만했다 .

"벗을까요?"

"응."

시침 핀을 입에 물고 사이즈에 맞게 옷을 고정시키는 해욱의 모습을 보고 있자니 정말 자신이 오프닝을 맡게 되는 것 같아 가슴이 떨렸다.

"저 오프닝에 서는 거예요?"

가감 없이 곧장 날아오는 질문에 해욱이 눈을 들어 웃었다. 물결치듯 들어간 컬이 해욱의 고갯짓에 따라 일렁거렸다.

"아마?"

툭 던지듯 말하자 유환이 두 팔을 허리 쪽으로 힘껏 당기며 소리쳤다.

"예스!"

신이 난 목소리로 외친 유환이 시침 핀이 몸에 닿지 않도록 조심스레 옷을 벗어냈다. 바로 옆에 선 해욱에게 옷을 건네주곤 탈의실에 놓인 옷을 가지러 가는 유환은 어쩐지 뒷모습만으로도 신이 난 듯 보였다.

모델에게는 옷을 입고 벗는 일이 일상과 같은 것이고 세미 누드 촬영도 비일비재하다. 그렇게 자기합리화를 마친 해욱이 슬쩍 눈을 굴려 유환의 몸을 훑어냈다. 여기저기 붙은 잔 근육과 여자들이 좋아할 만한 복근까지. 서글서글한 얼굴과는 묘하게 모순되는, 완벽하게 만들어 놓은 몸이 마음에 들었다. 삐쩍 마르기만 한 모델들이 판을 치는 요즘에는 보기 드문 예쁜 몸이었다.

원래 입고 있던 셔츠에 팔을 꿰어 넣으며 탈의실에서 나온 유환은 갈 생각이 없는 것처럼 보였다. 나가기는커녕 사무실 소파 한 중간에 자리를 잡고 앉은 유환이 해욱을 쳐다보며 방긋 웃었다. 해욱의 머리 위로 물음표가 동동 떠올랐다.

"저희 집에서 청담동까지 얼마나 먼 줄 아세요? 커피라도 한 잔 마시고 가야 덜 억울할 것 같아서요."

그렇게 말하곤 씩 웃는 모양새가 밉지 않아서 해욱은 대답 대신 응답기를 눌렀다.

"커피 두 잔 올려 줘."

응답기에 대고 간단하게 전달하자 바로 대답이 들려왔다.

"내 쇼에 또라이는 안 세우는데."

해욱이 웃으며 낮은편 소파에 앉자 유횐이 어깨를 으쓱했다.

"저 이래 봬도 꽤 잘나가요."

자신감 넘치는 유횐의 얼굴을 빤히 쳐다보던 해욱이 테이블 위에 아무렇게나 놓인 포트폴리오를 집어 들었다. 유명한 큰 쇼에도 많이 섰고, 화보나 하이패션 잡지에도 많이 실렸다. 요즘 가장 핫한 모델이라더니 상현의 말이 틀린 것이 아닌 모양이다.

"선생님."

"응?"

"몇 살이세요?"

무례하다 싶을 수 있는 질문이지만 해욱은 별 불쾌함 없이 대답했다.

"스물여덟."

"우와! 진짜요? 나보다 연상이네."

어쩐지 시무룩해지는 유횐의 얼굴이 우스워서 해욱은 자기도 모르게 소리 내어 웃고 말았다. 해욱은 자신은 말 한마디 하지 않고 유횐을 가만히 앞에 둔 채 보고만 있어도 재미있을 것이라고 생각했다. 시시각각 있는 그대로 드러나는 유횐의 표정에 저절로 눈길이 갔다.

"넌 89년생이면 스물일곱?"

포트폴리오에 적힌 프로필을 눈으로 훑은 해욱이 고개를 들어 유횐을 쳐다봤다. 엷은 백금발이 달콤한 솜사탕 가닥처럼 넘실거리는 어깨 위를 물끄러미 바라보던 유횐이 기다렸다는 듯이 물었다.

"누나라고 불러도 돼요?"

"너 진짜 또라이구나?"

자신의 질문에는 대답도 하지 않고 다짜고짜 날아오는 역질문에 해욱이 황당한 얼굴을 했다. 선생님이라는 호칭으로 부르기 시작한 지 얼마나 됐다고 누나라니. 분명 순둥이 같은 인상인데 턱선이나 목선, 어깨 등 단단한 각을 보여주며 드러난 부분이 유환을 날카롭게 보이도록 했다.

"선생님으로 충분해."

"선생님은 너무 딱딱하잖아요."

"디자이너랑 모델 관계가 비즈니스니까 딱딱할 만하지."

"난 선생님이랑 비즈니스 관계로 끝낼 생각 없는데요?"

해욱이 동그란 눈을 빠르게 깜빡였다. 길게 말려 올라간 속눈썹이 파르르 움직이는 것이 선명하게 보였다. 평소 엷은 색만큼이나 엷은 감정을 드러내는 해욱의 눈동자가 한가득 감정을 담아내는 것이 좋았다. 해욱의 눈동자를 가만히 쳐다보던 유환이 툭 말했다.

"다 잘한댔어요."

"뭐?"

똑똑. 그사이 얼음이 동동 띄워진 아이스 아메리카노 두 잔을 들고 온 직원이 테이블 위로 소리 나지 않게 잔을 내려놓았다. 꾸벅 고개를 숙이고 나가는 걸음걸이가 단정했다. 그 뒷모습을 물끄러미 바라보던 해욱이 잔을 들어 올려 한 모금 마셨다. 차갑고 쓴맛이 식도를 타고 넘어가자 온몸이 짜릿해지는 청량감이 들었다.

"대표적으로 키스라던가."

대수롭지 않은 얼굴로 말을 이어가는 유환의 모습에 기가 막혔다. '어디 한번 들어나 보자'라는 듯이 느릿하게 다리를 꼬아 올린 해욱이 소파 뒤로 상체를 편안하게 기댔다. 기는 큰 편이지만 가느다란 체구가 소파에 파묻힌 느낌이 들어서 유환이 말을 하다 말고 희미하게 웃었다.

"심심하면 하는 습관 같은 거죠."

"그리고?"

"오는 여자는 안 막고 가는 여자 안 잡아요. 그래서 호텔 VIP예요."

"또?"

"한 번 만난 여자는 다신 안 만나요. 세상에 여자는 많으니까."

해욱이 허탈하게 웃었다. 찌푸린 미간 사이로 까칠해진 해욱의 모습이 드러났다. 유환은 그 와중에도 길게 늘어진 머리카락이 거슬린다는 듯 뒤로 넘기는 해욱의 모습이 예쁘다고 생각했다. 마음에 들지 않는다는 듯 샐쭉하게 올라간 눈꼬리도 예뻤다.

"이거 완전 개새끼네."

해욱이 짜증을 내며 소파 뒤로 깊게 묻고 있던 상체를 일으켰다. 유환의 말을 들으면 들을수록 떠오르는 사람이 있었기 때문이다. 금색으로 반짝이는 해욱의 머리카락 끝을 쳐다보던 유환이 작은 목소리로 덧붙였다.

"그게 이호연의 정의죠."

소파에서 일어서려던 해욱의 행동이 단번에 멈췄다. 예상은 했지만 호연의 이름이 해욱을 묶어두는 주문이라도 되는 듯 멈춰 선 것이 마음에 들지 않았다.

아까 이호연이 멈춘 그 뒷모습이랑 똑같잖아요.

뱉지 못할 말을 삼키며 유환이 물었다.

"이호연이랑 만나요?"

해욱은 대답하지 않았다.

"만나지 마요. 선생님 말대로 그 사람은 개새끼니까."

3. 누구를 위해서야?

"하나, 둘!"

눈부신 조명과 함께 셔터 음이 쏟아졌다. 운이 좋은 건시 나쁜 건지 호연을 내세운 향수 광고 측에서 유환에게도 동반 캐스팅을 제안해 왔다. 자신이 왈가왈부하기도 전에 신이 나서 덥석 계약을 잡아온 매니저 진우가 아주 큰 광고라며 기뻐했다.

벗은 것이나 다름없는 까만 와이셔츠를 어깨에 대충 걸치고 온통 버건디로 무장했다. 향수 자체의 콘셉트가 뱀파이어와 관련이 있는 것인지 지하철에서 본 호연의 뱀파이어 광고 콘셉트와 똑같았다.

붉은 색의 렌즈에 눈 주위를 뒤덮은 버건디 아이라인, 건드리지 않은 듯 연출한 자연스러운 회색 머리카락. 느릿하게 눈을 내리깔았다가 눈동자만을 들어 올려 카메라를 쳐다보자 지웅이 만족스러운 표정으로 셔터를 눌러댔다.

"좋았어! 유환 씨, 굉장한데? 신인이라고 말 안 하면 프로 모델로 착각하겠어."

유명한 포토그래퍼, 그보다도 촬영에 있어 너무나 섬세하고 까다롭기로 유명한 포토그래퍼 지웅이 끊임없이 칭찬을 던졌다. 지웅의 흡족한 목소리에 유환이 얼굴 근육을 풀어내며 말갛게 웃었다. 뱀파이어라는 콘셉트를 이유로 몸 군데군데 묻은 핏자국과 특수 처리된 뾰족한 이빨이 불편할 법한데도 유환은 아랑곳하지 않았다. 유환이 온몸에 팽팽하게 주고 있던 긴장감을 축 늘어뜨리며 상체를 들어 올렸다.

"쉬었다 갑시다!"

지웅이 말을 끝내자마자 여기저기서 박수가 쏟아졌다. 섹시하게만 보이던 뱀파이어가 헤실헤실 웃자 주위에서 웃음이 터져 나왔다.

"유환 씨, 이번에 아듀 오프닝도 선다면서?"

친분이 있는 여자 스태프가 유환에게 말을 걸어왔다. 향수 광고인 만큼 여기저기에서 달콤한 향수 냄새가 진동했다. 유환의 손에도 섬세한 모양의 향수가 들려 있다. 거품을 상징하는 호리병 모양의 향수에는 독특한 글씨체가 새겨져 있었다. 향수에서 시선을 떼지 않은 채 유환이 대꾸했다.

"벌써 거기까지 소문났어요?"

긴 손가락을 들어 올려 귀엽게도 브이를 그려내는 유환의 모습에 지나가던 스태프들이 간간이 웃음을 지으며 쳐다봤다.

"지해욱 선생님 마음에 꽤나 들었나 봐? 향수까지 캐스팅된 거

보면."

내건하다는 듯 말히지 유환은 오히려 어리둥절한 얼굴을 했다.

"그게 무슨 소리예요?"

"뭐야? 몰랐어?"

"뭘요?"

"이번에 출시된 향수, 아듀에서 3주년 한정판 프로모션으로 나온 거잖아."

"네? 나 진짜 몰랐는데!"

유환이 눈을 찡그렸다. 런웨이에 이어서 지면 광고까지 연이은 아듀 관련 캐스팅은 자신에게 충분히 좋은 일이었다. 하지만 문제는 호연도 동반 캐스팅이 먼저 되어 있었다는 사실이다.

"그럼 이호연 선배님은……."

"호연 씨야 별명이 아듀 전속 모델이니 말 다 했지."

눈썹을 치켜 올린 여자 스태프가 멀리서 부르는 조명감독의 목소리에 유환의 어깨를 가볍게 두드리곤 뛰어갔다. 스태프들이 지나다니는 한중간에 가만히 서 있던 유환이 곤란한 얼굴로 고개를 내저었다. 뻐근한 목을 좌우로 크게 돌리자 어긋난 뼈가 새로 맞춰지는 소리가 났다.

대기실까지 이어지는 복도를 걷는 동안 여러 가지 생각이 교차했다. 아듀와 지해욱, 그리고 이호연이라……. 길게 한숨을 내쉬며 대기실 문고리를 잡아 여는데 코너로 돌아가는 복도에서 작은 말소리가 들렸다.

"이호연은 어제 찍었지. 근데 성질이 워낙 더러워야 말이지."

혀를 차는 목소리는 분명 방금까지 함께 일한 남자 스태프의 목소리였다. 향수에 묻혀 희미한 담배 냄새가 났다.

"김유환은 성격 괜찮더라. 서글서글한 게 예의도 바른 것 같고."

"신인이잖아요. 뜨기만 하면 변해 버리는 게 이 바닥인데."

겹쳐지는 두 명의 목소리에 유환이 귀를 쫑긋 세웠다. 자신과 호연의 이름이 오가는 걸 보니 벌써부터 비교가 되는 건가 싶은 생각에 저절로 신경이 쓰였다.

"근데 이호연은 진짜 아듀 디자이너랑 무슨 관련이 있나 봐? V사에 B사 쇼까지 거절하더니 아듀는 나가더라고."

"소문이 워낙 더러워야 말이지. 이호연이랑 안 자본 모델이 없다고 하잖아."

"하긴. 혹시 디자이너도 그건가?"

"뭐요?"

"지해욱이랑 이호연 말이야."

갑작스럽게 튀어나온 해욱의 이름에 유환이 눈살을 찌푸렸다. 모델의 이름 뒤에 존칭이 붙지 않는 것은 익숙한 일이지만 디자이너인 해욱에게조차 존칭을 생략하는 무례함에 화가 날 것 같았다.

"솔직히 지해욱은 얼굴이나 몸매나 디자이너 하기엔 아깝지 않아?"

"누가 들어요. 목소리 낮춰요."

동료 스태프의 만류에도 남자의 목소리는 커져만 갔다.

"왜, 사실인데. 전에 우연히 봤는데 말랐는데도 글래머더만. 그래서 이호연이 떠나질 못하나?"

킬킬거리며 들리는 음담패설에 유환이 잔뜩 얼굴을 구겼다. 손에 쥔 향수병은 유리로 만들어진 것이라 주의를 해달라던 스태프의 말이 귀에서 웅웅거렸지만 그것은 아주 잠시였다. 유환의 발은 이미 복도의 코너를 돌고 있었다.

티 나게 이어진 발소리에 두 스태프가 숨을 삼키며 유환을 쳐다봤다. 잔뜩 당황하여 방황하던 눈동자는 발소리의 주인이 유환이라는 것에 곧 안도하는 얼굴을 했다. 두 명의 어려 보이는 남자 스태프였다. 이 바닥에서 오래 일한 사람이라면 해욱이나 호연을 함부로 입에 올릴 수 있을 리가 없었다. 들어온 지 몇 개월 되지 않았다고 들은 신입 스태프들의 모습에 유환이 바람 빠지는 소리를 내며 웃었다.

"여기서 입 털다가 잘못된 사람 여럿 봤는데, 혹시 그게 목표인가 봐요?"

서글서글하게 눈을 휘며 웃는 모습과는 반대로 거칠고 단호한 말투에 나들 눈을 끔뻑거리며 상황을 파악하려 애썼다.

"아, 유환 씨. 저흰 그게 아니라…… 향수가 좋다는 이야기를……."

"이 향수 좋죠? 이번 아듀 3주년 한정판 프로모션으로 나온 거라서 진짜 귀한 건데 향도 좋아요."

유환이 웃으며 향수에 대해 진지하게 설명하자 스태프들이 곧 안심하며 유환의 말을 받아쳤다.

"안 그래도 향이 진짜 좋더라고. 저는 뿌려보지도 못했는데 유환 씨는 좋겠어요."

부러운 척을 하는 스태프의 얼굴을 가만히 내려다보던 유환이 손에 들고 있던 향수 뚜껑을 열었다. 눈을 크게 휘며 천진난만하게 웃은 유환이 향수를 거꾸로 들고 남자의 머리 위로 쏟아 부었다. 콸콸 쏟아진 향수가 남자의 머리에서 발끝으로 뚝뚝 떨어졌다. 순식간에 몽땅 비어버린 향수에서 마지막 남은 향수 방울이 바닥 위로 흩어졌다. 희미하게 남아 있던 담배 냄새는 흔적도 없이 사라지고 복도 전체가 달콤한 향으로 뒤덮였다. 맞은편에 선 스태프가 경악한 얼굴로 유환을 쳐다봤다.

"그렇게 좋은 향수 다 가지시죠."

건조한 목소리로 말하는 유환을 보며 분노와 놀라움, 그 외의 모든 감정이 뒤엉킨 얼굴을 한 스태프가 멍청하게 웃었다. 유환은 망설임 없이 발걸음을 돌렸다. 복도의 코너를 돌아 온 유환은 그대로 대기실 문을 열고 들어갔다. 쏟아 부은 향수 냄새가 대기실 안까지 진동했다.

"신입이라고 해도 스태프인데 소문나겠네."

일을 저지르고 이제 와서 다시 생각해 보니 골치가 아픈 것도 같다. 손가락으로 관자놀이 부근을 꾹꾹 누른 유환은 대기실 벽을 타고 바닥으로 털썩 주저앉았다.

"이건 다 선생님 때문이야. 자꾸 또라이 또라이 하니까 진짜 또라이가 됐어."

염려가 묻은 목소리와는 대비되는, 유쾌한 웃음소리를 흘린 유환이 홀가분하게 손가락을 까딱까딱 움직였다.

대기실로 들어온 지 몇 분이 지났음에도 복도 쪽은 조용했다. 어떻게 된 걸까. 쪼르르 달려가서 동네방네 떠들어댈 위인으로 보였는데. 유환은 이제 와 어쩌겠냐는 듯 입꼬리를 당겨 웃었다.

아직 촬영까지는 여유 시간이 있었지만 헤어도 메이크업도 굳이 수정할 부분은 없는 것 같았다. 다음 촬영은 여자 모델과 같이 찍는 투샷이기도 하고, 상의를 탈의해야 하는 촬영이기도 해서 가벼운 운동을 해보려는 찰나 테이블 위에 놓인 화려한 색감의 잡지가 유환의 눈길을 끌었다.

"어?"

해욱의 인터뷰가 실린 잡지였다. 큼지막한 붉은 글씨는 분명 해욱의 브랜드이자 현재 자신이 촬영하고 있는 아듀를 가리키고 있었다. 분명 아듀의 첫 촬영이라고 진우가 가져다 놓은 것이 뻔히 눈에 보였다.

운동을 하겠다는 생각은 까맣게 잊어버린 유환이 테이블 위에 놓인 잡지를 집어 들었다. 다시금 벽을 타고 바닥에 아무렇게나 주저앉은 유환이 긴 다리를 앞으로 쭉 뻗었다. 입으로 페이지 수를 중얼거리며 잡지를 넘기자 익숙한 브랜드의 로고가 보였다.

—아듀의 천재 디자이너 지해욱을 말하다

잡지 인터뷰는 어쩜 하나같이 타이틀이 진부한지 몰라. 뭐 아무리 진부해도 난 볼 거지만. 배시시 웃은 유환이 천천히 글자를 읽어 나갔다.

Q. 우리 잡지와는 첫 인터뷰다. 아듀의 천재 디자이너 지해욱!

A. 천재 디자이너는 아닌 것 같지만 아듀의 디자이너는 맞다.

Q. 처음 보자마자 눈에 띄는 건 외모뿐이다. 디자이너가 맞나?

A. 자주 듣는 소리다. 디자이너가 맞다.

처음부터 해욱의 인터뷰임이 확실함을 보여주는 답변에 유환이 소리 내어 웃었다. 우와, 진짜 뻔뻔해. 물론 틀린 말이 아니라서 할 말은 없지만.

Q. 아듀의 브랜드 명은 어떻게 짓게 된 것인가? 본인이 지은 것인가?

A. 맞다. 내가 지었다. 가장 흔하고 편한 것을 브랜드 명으로 하고 싶었다. 그래서 찾아낸 것이 '안녕'이라는 단어였는데 이미 그 브랜드 명이 있다고 하더라. 그래서 고등학교 때 제2외국어로 배운 불어로 했다.

Q. 브랜드 명뿐만 아니라 이름도 굉장히 특이하다. 본명인가?

A. 본명이다. 남자라는 오해를 굉장히 많이 받는다. 아마 아직도 나를 남자로 알고 있는 사람이 많을 것이다.

Q. 팬들이 부르는 애칭이 '욱욱이'인 건 알고 있는가? 의미도?

A. 알고 있다. 우습게도 고등학교 때부터 별명이었다. 자주 욱한다는 의미라는 것도 알고 있다. 나름대로 귀여운 애칭이라고 최면을 걸면서 긍정적으로 생각하고 있다.

Q. 원래의 꿈이 디자이너였나?

A. 사실 꿈은 모델이었다.

Q. 놀라운 답변이다! 그런데 왜 디자이너가 된 것인가?

A. 내 키가 169㎝이다. 그런데 여자 모델로 키가 작다고 하더라. 그렇게 몇 군데 튕기고 나니 더럽고 치사해서 내가 모델을 써야겠다

고 생각했다.

Q. 그럼 본인이 민든 브랜드인 아듀에 지원하는 모델들에게 팁을 줄 수 있나?

A. 요즘 모델들은 너무 말랐다. 나는 밸런스가 맞는 모델을 원한다. 프로포션이 훌륭한 것도 중요하지만 전체적인 바디 밸런스가 맞는 것이 좋다.

Q. 모델들에게 참고가 될 만한 답변이었다. 그럼 잠시 삼천포로 빠져보자. 혹시 사랑을 하고 있는가?

A. 너무 준비된 느낌의 삼천포이지 않은가. 내 지론은 그렇다. 디자이너는 사랑을 하지 않고는 옷을 만들 수 없다.

Q. 그 사랑이 누구인지 물어봐도 되나?

A. 안 된다.

Q. 너무 단호하다! 그럼 한 가지만 물어볼 테니 Y/N로 대답해 달라.

A. 알겠다.

Q. 모델 이호연인가?

A. N.

Q. No comment라는 것인가?

A. No라는 것이다.

Q. 너무하다. 하지만 더 이상 묻지 않겠다. 대신 다음 인터뷰 때는 대답해 줘야 한다.

A. 생각해 보겠다.

Q. 그럼 요즘 눈에 들어오는 모델은 있는가?

A. 있다. 그런데 눈에 들어오는 건지 거슬리는 건지 사실 잘 모르겠다.

Q. 혹시 누구인지 알려줄 수 있나?

A. 27개월 된 새끼 강아지다. 그 외에는 노코멘트 하겠다.

Q. 노코멘트라니 너무하지 않은가. 강아지는 누군가의 애칭인가, 아니면 진짜 키우는 강아지?

A. 둘 다 아니다. 대답했으니 된 거 아닌가.

Q. 다음부터 노코멘트의 선택지는 없는 걸로 해야겠다. 나름대로 신선한 질문을 준비하려고 노력했는데 어떠했나?

A. 굉장히 진부했다. 농담이고 재미있었다. 삼천포로 계속 빠지는 것 같은 신선한 인터뷰였다.

전혀 재미없어했을 해욱의 얼굴이 눈에 선했다. 해욱의 인터뷰만을 읽고 매정하게 잡지를 덮어 옆으로 던진 유환이 두 팔을 위로 뻗어 기지개를 켰다. 기자가 인터뷰에 대놓고 호연을 언급할 정도라니 해욱과 특별한 사이인 것은 분명한 모양이다.

하긴 자신이 오디션을 보러 아듀에 갔던 날 둘은 키스까지 했으니. 그 후에 해욱에게도 호연에게도 지르듯이 말해 버린 이후로 보름이 넘게 지나 버렸지만 말이다. 신경 쓰이는 모델은 또 뭐야. 유환이 쭉 뻗은 다리를 굽혀 세우며 그 사이로 얼굴을 묻었다. 복잡한 머릿속이 정리되길 바라면서 눈을 감고 있는데 복도 너머로 점점 가까워지는 발소리가 들렸다. 고개를 들기도 전에 예고도 없이 유환이 있는 대기실 문이 벌컥 열렸다. 그리고 익숙한 목소리가 들렸다.

"너 좀 멋있더라?"

유환이 고개를 번쩍 들어 위를 쳐다봤다. 색이 조금 옅어진 것 같은 금발이 눈앞에서 흔들리고 있다. 방금 잡지 속에 있던 해욱이 튀어나온 것인가 하는 바보 같은 생각이 머릿속을 스치고 지나갔다.

"좋아, 또라이에서 김유환으로 승격시켜 줄게."

웃을 때 반달을 그리며 접히는 예쁜 해욱의 눈망울이 유환을 직시하고 있다. 유환이 멍한 얼굴을 하고 있자니 해욱의 가느다랗고 하얀 손가락이 유환의 짙은 회색 머리카락을 헤집어 놓으며 들어왔다. 반쯤 정신을 놓은 것 같은 유환이 알 수 없는 눈빛으로 대구했다.

"멋있어요? 뭐가?"

"방금 전에."

"봤어요?"

"뭘?"

"복도에서."

해욱이 당연하다는 듯 고개를 끄덕였다. 그러자 금세 울상을 하는 유환의 모습에 해욱이 웃음을 터뜨렸다.

"왜? 제대로던데."

해욱이 재미있다는 듯 웃었다. 해욱의 손에는 자신이 스태프의 머리 위에 들이붓고 바닥으로 던져 버린 향수 빈병이 들려 있었다. 그것을 보니 새삼 부끄러워져서 유환이 다시금 다리 사이로 얼굴을 깊숙하게 묻었다.

"들었어요?"

유환이 개미만 한 목소리로 물었다. 키가 큰 남자 모델이 쪼그리고 구석에 앉아 있는 모습이 우스웠다. 입가에 미소를 한가득 머금은 해욱이 되물었다.

"정확히 어떤 부분을 말하는 거야? 내가 이호연이랑 그렇고 그런 관계라는 거, 아니면 나도 이호연이랑 호텔에 가는 여자 중 한 명이라는 거? 그것도 아니면 내가 보기보다 글래머라는……."

"그만 해요. 그런 말을 어떻게 자기 입으로 해요! 화도 안 나요?"

유환이 굽히고 있던 무릎을 펴고 단숨에 일어섰다. 한참 아래에 있던 눈높이가 금세 올라갔다. 해욱이 만든 향수로 온몸을 뒤덮고, 해욱이 만든 옷을 입은 채 해욱의 브랜드 화보를 촬영하는 유환이 해욱을 위해 화를 내고 있다. 가만히 유환과 눈을 마주치고 있던 해욱이 심드렁하게 대답했다.

"다 맞는 말이니까 화가 날 이유도 없어."

대수롭지 않다는 듯 텅 비어버린 해욱의 시선이 유환을 지나쳐 저 멀리 창밖을 향했다.

"너 곧 촬영이야."

"나 스태프 머리에 향수를 들이부었어요."

유환이 시무룩한 얼굴로 브이를 척 그려냈다. 긴 손가락 두 개가 야무지게 펼쳐진 것이 우스웠다.

"그거야 가보면 알겠지."

입꼬리를 삐죽하게 올려 웃은 해욱이 넘실거리는 머리카락을 뒤로 넘겼다. 유환의 어깨를 가볍게 툭 치고 대기실 문을 열자 진동하는 향수 냄새가 콧속으로 들어왔다. 그야말로 온 복도에 달콤한 향기가 진동하고 있었다.

"그렇다고 향수 한 통을 다 부어버리다니 너 진짜……."

또 또라이라고 하려나. 유환이 뒷말을 지레짐작했다.

"마음에 든다."

유환이 눈을 동그랗게 떴다. 웃음기가 싹 가신 유환의 얼굴을 물끄러미 쳐다보던 해욱이 유환의 어깨를 가볍게 문질렀다. 벗었다고 보아도 무방한 까만 셔츠의 끝을 당겨 유환의 핏을 예쁘게 잡아 준 해욱이 무심코 고개를 주억거렸다. 물론 다음 촬영은 상의를 입지 않기 때문에 곧 다시 벗는다는 것도 알지만 이건 디자이너의 직업병과 같은 것이다. 섬세한 손가락이 어깨와 허리, 소매 부분을 당겨 맞췄다.

"뭐든 몸 가는 대로 행동하는 게 진짜 강아지 같아."

해욱이 소리 내어 웃었다. 가는 목소리가 기분 좋게 귓가에서 울렸다.

"어?"

유환이 멍청한 소리를 냈다. 방금 전에 분명히 어디선가 들은 이야기인데. 새끼 강아지? 비스듬히 기울어진 유환의 시선이 정확히 해욱에게 닿았다. 조금 더 아래로 움직인 시선에 바닥에 떨어진 잡지에 닿았다가 다시 해욱에게로 올라왔다.

"어!"

유환이 또다시 멍청한 소리를 내자 해욱이 의아한 듯 유환을 쳐다봤다.

"혹시 나예요?"

"뭐가?"

"27개월 된 새끼 강아지."

"무슨 소리야?"

"맞구나! 진짜 나예요? 요즘 눈에 들어오는 모델, 그거 진짜 나 구나!"

어색하게 눈을 찡그리며 묘하게 시선을 피하는 해욱의 모습에 유환이 즐겁다는 듯 소리쳤다. 버건디로 뒤덮인 그윽한 눈매를 휘 며 웃는 유환의 모습은 어린아이 같았다.

올 일도 없는 화보 촬영장에 우연히 발걸음을 했다가 유환을 보 았다. 사람들이 자신에 대한 이야기로 입방아를 찧는 것은 익숙한 일이었지만 그 일에 유환이 직접 나설 줄은 몰랐다. 그것도 꽤나 멋지게. 어쩔 줄 몰라 하던 스태프들의 얼굴이 떠오르자 저절로 입꼬리가 씰룩거려졌다.

섹시하고 퇴폐적인 콘셉트로 무장한 유환이 눈을 휘며 웃는 모 습을 보고 있자니 해욱도 웃음이 터져 나올 지경이었다. 망설임 없이 향수를 콸콸 들이붓던 서늘하게만 보이던 그 남자가 지금 자 신의 옆에 선 이 남자와 동일인물이라니.

"진짜 놀라워."

반사적으로 툭 튀어나온 말에 유환이 반문했지만 해욱은 못 들 은 척 고개를 돌렸다.

"네가 왜 유환 씨랑 같이 와? 별일이네."

지웅이 해욱과 유환을 알아보고 말을 걸어왔다. 지웅의 앞에 두 명의 스태프가 지독한 단내를 풍기며 서 있다. 표정 한번 볼 만하 네. 해욱이 부러 들리게끔 중얼거렸다.

"한정판 향수 한 통을 다 뒤집어썼으면 고맙다고 해야 하는 거 아닌가?"

지웅의 말에는 대꾸하지 않은 해욱이 비스듬히 입꼬리를 끌어올려 웃었다. 이번 촬영을 맡은 포토그래퍼 지웅과 해욱은 오래 알고 지낸 사이다. 제멋대로 행동해 봤자 해욱에게 손해가 될 일은 없었다.

"그렇다고 스태프를 엉망으로 만들어놓다니 유환 씨도 물건이네."

지웅이 해욱의 옆에 선 유환을 보며 혀를 내둘렀다. 하지만 지웅의 얼굴에는 재미있다는 미소가 걸렸을 뿐 특별히 부정적인 뜻은 없어 보였다.

"괜찮지?"

"응. 모델은 그대로 갈 거야. 누가 부탁하셨는데."

느긋하게 팔짱을 끼고 선 해욱을 보며 지웅이 낄낄거렸다.

"신입이라 교육을 제대로 못 시켰어. 미안하게 됐다."

"그런 일 한두 번인가. 이번 기회에 제대로 교육이나 시켜 둬."

다행히도 해욱과 지웅은 제법 친한 사이로 보였다. 해욱이 언지라도 준 것인지 계속 촬영이 이어진다는 말에 유환이 안도의 한숨을 길게 내뱉었다. 지웅이 세트를 향해 턱짓했다.

"다시 촬영 갑니다!"

지웅의 한마디에 주위에 흩어져 있던 스태프들이 모여들었다. 유환 한 명을 촬영하는 데만 해도 조명과 메이크업, 헤어, 스타일 등 많은 손이 필요했다. 조명 핀과 카메라가 유환에게 맞춰 움직였고, 남녀 모델 특유의 분위기를 잡기 위해 잔잔하고 고혹적인 선율이 스피커를 통해 흘러나왔다.

"2차는 여자 모델이랑 투샷 들어갑니다! 준비해요!"

지웅이 카메라를 들고 본격적으로 촬영을 준비하자 주위가 묘하게 소란스러워졌다. 평소의 웅성거림과는 조금 달랐다. 이상한 분위기를 감지한 지웅이 카메라를 내렸고, 캐스팅 매니저가 저 멀리서 주춤거리며 다가왔다.

"감독님, 오기로 한 여자 모델이 연락이 안 돼서요."

"뭐야? 촬영 5분 전에 알려주면 어쩌자는 거야?"

"그 안에 올 거라고 해서 기다렸는데 아직. 죄송합니다."

"대타는? 대타는 구해놨어?"

지웅이 버럭 화를 내며 얼굴을 일그러뜨렸다. 이 바닥에서 생명인 시간 엄수. 신인 모델들의 촬영인 데다가 이번 촬영에는 특별히 구체화된 여자 모델이 필요해서 겨우 뉴욕 에이전시에 연락해서 섭외를 한 터다. 지웅이 이마 위에 맺힌 땀을 신경질적인 손길로 훑어냈다.

"이런 식으로 섭외할 거야?"

정확히 꼬집어서 캐스팅 매니저의 잘못이라고는 할 수 없었지만 모델 섭외의 책임을 지고 있기 때문에 당연히 본인의 잘못으로 이어지는 일이었다. 캐스팅 매니저가 땅에 처박힐 정도로 고개를 숙였다.

"그러게 미리미리 체크를 해뒀어야지."

해욱이 남 일을 보듯 혀를 차며 뺨을 간질이고 있는 머리카락을 어깨너머로 휙 넘겼다.

이미 세트장에 자리를 잡고 있던 유환은 곤란한 얼굴이었다. 뱀파이어의 콘셉트인 만큼 뱀파이어의 재물이 되는 여성 그대로의 모티브를 따서 금발에 하얀 피부를 가진 서양 모델을 섭외한 터라 대타를 구하기도 쉽지 않을 것 같았다. 이리저리로 눈을 굴리던 유훤이 해욱의 뒷모습을 가만히 보고 있다가 일순 자리에서 벌떡 일어섰다.

"감독님."

유훤이 세트장 안에서 처음으로 목소리를 내자 해욱과 지웅을 비롯한 모든 스태프가 유훤을 돌아봤다. 환상 속 뱀파이어가 현실 세계로 튀어나온 것 같은 섹시하고 몽환적인 모습을 한 유훤이 배시시 웃자 주위에서 자연히 웃음이 터져 나왔다. 풀어진 분위기, 그 찰나를 놓치지 않은 유훤이 지웅에게 넌지시 물었다.

"서양 모델이 필요한 거죠?"

"그렇죠."

갑작스러운 유훤의 질문에 지웅이 뒷머리를 긁적였다. 이어진 공백으로 분노가 조금 가라앉은 듯 보이는 지웅의 모습에 유훤이 넛붙여 물있다.

"하얀 피부에 금발이면 되는 거죠?"

"……."

"그렇죠?"

똑같은 대답을 한 지웅이 알 수 없는 얼굴로 유훤을 쳐다봤다. 유훤의 시선은 한곳에 지그시 닿아 있었다. 해욱이 유훤의 시선을 천천히 따라갔고, 유훤의 시선 그 끝에는 해욱이 있었다. 스태프들이 작은 탄성을 내며 해욱을 쳐다봤다. 반짝거리며 쏟아지는 시선에 해욱이 주위를 둘러보며 미간을 찌푸렸다. 스태프들의 눈빛이 이상했다.

"지금 미친 거야? 단체로 돌았지? 그 시선 뭐야?"

해욱이 여전히 건재한 성질을 뽐내며 당황한 목소리를 내자 유환이 쐐기를 박듯 말했다.

"대기실은 아까 거기예요. 바로 왼쪽."

"대체 내가 왜 이걸 해야 되는 건데?"

해욱이 잔뜩 눈살을 찌푸리며 투덜거렸다. 어느새 해욱의 머리카락을 잡고 세팅을 하며 씨름을 벌이고 있는 헤어 팀이나 해욱이 입고 온 옷 대신 탑 드레스를 건네주는 스타일 팀이나 지금 벌어지고 있는 모든 것이 이해되지 않는 상황이다.

"그냥 여자 모델이면 대타를 쓰면 되는데 그게 아니라니까."

"그럼 뭔데?"

"이번 촬영 콘셉트가 뱀파이어라서 무려 뉴욕 에이전시에서 섭외를 해 왔다고. 하얀 피부에 금발이여야 해. 알다시피 우리나라 쇼는 꽤 엄격한 편이라서 블론드는 런웨이에 잘 안 세우잖냐. 그러니 그런 모델이 있을 턱이 있나."

일리 있고 납득이 될 말만을 골라 하는 지웅에게 졌다는 듯 해욱이 대답 대신 지그시 눈을 감았다.

"그게 딱 너잖아. 마침 촬영장에 있겠다, 하얀 피부에 또 금발까지 하고 있어주니 나를 쓰세요, 그거 아니야?"

"내가 디자이너지 모델이야? 넌 갈수록 얄미워진다, 아주?"

해욱이 못마땅한 얼굴로 지웅을 흘겨봤다. 하지만 해욱의 기분과는 상관없이 해욱의 머리카락을 한쪽으로 모아 넘기고 있는 헤어 팀의 손길은 섬세하기만 했다.

"그래도 뒷모습만 나오는 촬영이니까 이해 좀 해. 얼굴도 안 나오는데 넌지 누군지 알 게 뭐야."

지웅이 킬킬거리며 다시금 촬영장으로 들어섰다. 그 행테가 얄미웠지만 해욱은 끓어오르는 분노를 삼키며 참을 인자를 새겼다.

"친히 아듀 디자이너님께서 촬영해 주시는 것에 대하여 박수!"

지웅이 유쾌하게 웃으며 박수를 유도하자 스태프들이 괴성을 지르며 환호했다. 빼도 박도 못하게 하겠다? 해욱이 별수 없다는 듯 가볍게 손을 흔들었다.

숄더가 없는 탑으로 된 하얀 미니 드레스를 입은 해욱이 이미 세트장에 자리를 잡고 앉은 유환의 앞으로 다가섰다. 달라붙는 밀착 드레스로 인해 예쁘게 드러나는 해욱의 몸매에 모두가 감탄의 시선을 보냈다. 밝게 빛나는 블론드의 머리카락을 한쪽으로 모아 넘긴 해욱이 가느다란 목과 어깨가 드러나도록 카메라를 등지고 섰다.

"진짜 깊이 촬영 해주는 거에요? 영광인데?"

"이게 다 너 때문이야."

가까워진 거리만큼이나 가까워진 얼굴. 유환이 해욱을 올려다보며 씩 웃었다. 붉은 기운이 맴도는 눈동자나 버건디로 뒤덮인 눈가나 모든 것이 완벽한 뱀파이어였다. 완전히 벗어버린 셔츠 덕에 유환은 맨몸이었다. 드러난 상체 아래로 흘끗 보이는 복근에 해욱이 슬그머니 시선을 돌렸다.

"들어갑니다!"

지웅의 목소리가 들리자마자 조명 핀이 켜졌고, 해욱의 가느다란 허리 위로 유환의 손이 올라왔다. 일어선 유환이 해욱과 밀착하며 비스듬히 고개를 돌려 해욱의 목덜미를 무는 듯한 포즈를 취했다. 하얗고 가느다란 목에 특수 처리된 뾰족한 이빨이 닿자 해욱이 몸을 옅게 떨었다.

"좀 더 가까이!"

유환이 입술을 벌렸다. 송곳니를 잔뜩 세운 유환이 목덜미를 물어뜯을 것처럼 해욱에게 다가섰다. 눈매는 곧게, 하지만 그 상태로 붉은 색의 렌즈가 잘 드러나도록 눈동자만을 들어 올려 카메라 렌즈를 쳐다보자 곧장 셔터 음이 터졌다. 해욱이 유환의 앞을 절반쯤 가리고 서 있었지만 해욱의 뒤로 나올 어깨와 배에도 바짝 긴장감을 주어 근육이 잘 드러나도록 몸을 만들어내자 연이어 셔터 음이 터져 나왔다.

"좋아! 그대로! 좋아!"

지웅의 격앙된 목소리에 자꾸 입꼬리가 들썩거리려고 했다.

"조금 더!"

목을 뚫고 들어오기라도 할 듯 가까워진 뾰족한 이빨의 질감이 차가웠다. 해욱이 눈을 감으며 아래로 내리고 있던 손을 올려 유환의 등을 감싸 안았다. 해욱은 자신이 편하자고 한 행동이었지만 순간 흔들린 유환의 시선이 해욱에게 빠르게 닿았다가 떨어져 나갔다.

유환은 촬영을 할 때 긴장을 하지 않았다. 모델 일을 즐기며 하는 것이 지금의 자리까지 누구보다 빠르게 올라온 원동력이라고 생각했다. 하지만 유환은 오늘 처음으로 긴장이라는 것을 했다. 가뜩이나 밀착되어 있는 마당에 위에서 아래로 해욱의 목덜미를 무는 듯한 포즈를 취해야 해서 해욱의 모든 것이 속속들이 시야 안으로 감겨들었다.

게다가 촬영 중에 해욱이 자신의 등을 감싸 안아서 유환은 무척이나 놀란 터였다. 몸이라도 떨었으면 나 진짜 멋없어 보였겠지? 그렇게 생각한 유환이 희미하게 웃었다. 유난히 하얀 빛을 내는 피부 위로 뾰족한 이가 살짝 닿았다. 자신의 것이 아닌 특수 처리로 붙여진 것이라 특별한 느낌은 없었다. 하지만 촬영을 하면 할수록 하얗고 매끈한 피부에 진짜 닿고 싶어졌다. 그래서였다. 촬영 중이라는 것을 잊고 그런 행동을 한 건.

찰칵찰칵.

연이은 셔터 음이 터졌고, 조명 핀이 빠르게 돌아갔다. 수많은 스태프의 시선이 끈질기게 달라붙는다는 것도 알고 있었다. 해욱의 허리를 바짝 끌어안자 부드러운 느낌의 패브릭이 손에 감겼다. 해욱이 반사적으로 유환의 등을 더욱 꽉 끌어안았다.

뱀파이어가 인간을 물어뜯는 느낌, 그 느낌을 표현하기 위해 계속해서 입을 벌리고 있던 유환이 별안간 입술을 꾹 다물었다. 그리고 유환이 그대로 붉은 입술을 해욱의 목덜미로 떨어뜨렸다.

연신 큰 소리로 좋다고 외치던 지웅의 목소리도, 매 컷마다 환호를 보내주던 스태프들의 목소리도 일순 뚝 끊겼다. 하지만 곧 그 어느 때보다 격렬한 셔터 음이 터져 나왔다.

부드럽고 여린 해욱의 목덜미를 빨아들여 붉은 자국을 만들어 놓은 유환이 짓궂게 혀로 입술을 핥았다. 마지막 쐐기라도 박듯이빨을 드러낸 유환이 해욱의 목으로 그것을 꽂아 넣는 시늉을 하며 금발 사이사이를 손가락으로 쥐어 잡자 마지막 핀이 크게 터지며 셔터 음이 멈췄다. 유환이 해욱에게로 숙이고 있던 상체를 천천히 일으켰다.

"너."

잔뜩 당황한 얼굴을 한 해욱이 입을 벙긋거렸다. 유환의 긴 눈매를 따라 옅게 번진 버건디가 짙은 잔상을 남겼다. 해욱을 향해 방긋 웃어 보인 유환이 바닥에 떨어진 검은 셔츠를 주워 들었다. 해욱의 드러난 어깨 위로 셔츠를 툭 덮은 유환이 허리를 깊숙이 숙이며 큰 소리로 인사했다.

"수고하셨습니다!"

해욱이 자신의 어깨에 둘러진 까만 셔츠를 가만히 쳐다봤다. 멋대로 굴어서 한마디 해주려고 했는데.

"왜 네가 그런 얼굴을 하고 있는 거야."

이리저리 잔뜩 흔들려서 엉망으로 흐트러진 얼굴. 쯧. 해욱이 낮게 혀를 찼다. 새삼스레 유환의 입술이 닿았던 목덜미가 불에 덴 듯 뜨거워졌다.

촬영이 끝났음에도 세트장은 어느 때보다 소란스러웠다. 지웅의 흥분한 목소리기 간간이 섞여 스태프들과 크고 작은 웅성거림을 만들어냈다. 대충 듣기에도 긍정적인 반응과 놀라움, 환호뿐이었지만 해욱은 진즉 세트장을 빠져나와 대기실에 와 있는 참이다. 해욱을 따라 대기실로 들어온 유환이 낫낫하게 물었다.

"화났어요?"

"큰맘 먹고 촬영 해줬더니 멋대로 키스마크를 남겨?"

"키스마크가 아니라 뱀파이어니까요. 촬영에 몰입하다 보니까 저도 모르게 그런 건데. 그래도 사진은 잘 나왔잖아요. 감독님도 엄청 칭찬하셨어요."

눈을 휘며 씩 웃는 유환의 얼굴이 밉지 않아서 결국 해욱도 웃음을 터뜨렸다.

"아팠어요?"

"일찍도 묻는다."

해욱이 고개를 내저으며 어깨에 걸친 셔츠를 유환에게 건넸다. 하얗게 드러나는 어깨와 일자로 곧게 뻗은 쇄골에 유환이 당황한 얼굴을 했다. 여자 모델이랑 세미 누드 화보는 잘만 찍더니 왜 얼굴을 붉히는 거야. 해욱이 덩달아 시선을 돌리며 유환에게 다시금 셔츠를 내밀었다.

"이거."

"네?"

"너 줄게."

유환이 눈을 동그랗게 떴다. 기본이라고도 할 수 있는 검은 셔츠는 아듀의 것이었다. 아듀 3주년 한정판 프로모션으로 향수와 함께 제작된 신상품이라서 아직 출시도 되지 않은 제품이다.

"아직 출시도 안 된 셔츠잖아요."

"상관없어. 너한테 잘 어울리니까."

유환이 기쁘다는 듯 말갛게 웃었다. 아직도 아무것도 걸치지 않은 상체에 바로 셔츠를 꿰어 입은 유환이 해욱을 똑바로 보고 섰다.

"이거 진짜 예쁘다고 생각했는데 이렇게 나 줘도 돼요? 신상품으로 출시되면 값이 엄청 뛸 텐데."

"그거 비싸. 향수랑 같이 나온 한정판 셔츠거든."

"이번에 아듀 한정판은 다 뿌려보고 입어보고, 완전 좋은데요."

"Grow Vampire(뱀파이어 자라나다)."

"네?"

툭 내뱉은 해욱이 대기실 안쪽에 마련된 피팅룸으로 들어갔다. 피팅룸이라고는 해도 커튼이 쳐져 있는 것이 전부였다. 바스락거리는 소리와 함께 피팅룸 커튼 아래로 해욱이 입고 있던 것이 분명한 탑 드레스가 툭 떨어졌다.

엷은 분홍색의 페디큐어가 칠해진 발톱과 가느다란 발목이 보였다. 떨어진 드레스를 발끝으로 대충 밀어버리는 해욱의 행동에 유환의 입가로 슬금슬금 미소가 번졌다. 사실은 부끄러운 마음을 웃음으로 덮어버리는 것이었지만.

하! 유환이 단말마 소리를 내며 손바닥으로 눈 위를 덮었다. 눈을 감아도, 눈을 가려도 보이는 느낌이다.

"그 셔츠 이름이야. 귀엽지?"

"셔츠에도 이름이 붙어요? 한정판 향수나 가방에 이름이 붙는 건 많이 봤어도."

"내가 만든 건 전부 특별하거든."

자신감 넘치는 목소리와 함께 피팅룸의 커튼을 젖히고 나온 해욱이 씩 웃었다. 유환이 자신이 입고 있는 셔츠를 내려다보았다. 자세히 살펴보니 검은 셔츠의 단추에는 이빨 무늬가 새겨져 있고 다른 셔츠에 비해서 칼라 깃이 조금 더 얇고 뾰족했다. 마치 뱀파이어를 셔츠 안에 형상화하기라도 한 것처럼.

촬영장에 올 때 입고 있던 원래의 옷으로 갈아입은 해욱이 소파 위로 탑 드레스를 아무렇게나 던졌다.

"죽이지? 뱀파이어랑 연관되어 있는 거라서 이번에 한정판으로 나온 옷에는 알게 모르게 전부 들어가 있어."

"난 진짜 아듀가 좋아요. 물론 선생님도."

이제는 유환의 직접적인 고백이 놀랍지도 않다는 듯 어깨를 으쓱 올린 해욱이 유환의 훌륭한 핏을 보며 만족스럽게 고개를 끄덕거렸다.

"진짜 섬세한 손이라니까."

길고 가느다란 해욱의 손가락을 내려다보고 있자니 속으로 생각하던 것이 입 밖으로 툭 튀어나왔다. 아까는 미처 보지 못했지만 해욱의 손끝에 생긴 지 얼마 안 된 상처가 길게 나 있다. 분명 작업 도중에 생긴 게 분명해 보이는 상처에 유환이 반사적으로 미간을 찌푸렸다.

유환의 생각을 알 리 없는 해욱이 동그란 눈망울을 반달로 휘며 싱긋 웃었다.

"진짜 포인트는 여기야."

검은 셔츠의 왼쪽 윗부분에 있는 작은 포켓에 손가락을 말아 넣은 해욱이 안감을 위로 밀어 올렸다. 안감이 뒤집어지면서 포켓 밖으로 튀어나왔고, 해욱이 그것을 손으로 몇 번 만지작거리자 어느새 예쁘게 모양이 잡혀 있다.

"행커치프예요?"

"응. 안감을 뒤집어서 밀면 바로 행커치프가 되는 거야. 기본 셔츠는 심심할 수도 있으니까 포인트지, 포인트. 뱀파이어 한정판답게 박쥐무늬로."

유환이 바로 앞에 놓인 전신 거울을 쳐다봤다. 노멀하던 검은 셔츠는 사라지고 없었다. 어느새 셔츠의 포켓에는 하얀 바탕 위로 아름답게 수놓아진 박쥐무늬가 행커치프처럼 꽂혀 있었다.

"끝내주는데요?"

"이거 생각하느라 골머리 터졌어. 한정판이니까 특별한 게 있었으면 해서."

입가에 희미하게 미소를 띤 해욱이 모양이 잡힌 행커치프를 손가락 끝으로 톡톡 건드렸다. 유환이 바짝 마른 입술을 안으로 꾹 말아 넣었다.

"선생님."

"응?"

유환의 바로 앞에 서 있던 해욱이 고개를 들자 가까운 거리에서 눈이 마주쳤다.

"나 새끼 강아지잖아요. 27개월 된."

"그런가?"

해욱이 소리 내어 웃었다. 여전히 행커치프를 만지작거리고 있는 해욱의 손목을 잡아 올린 유환이 해욱의 손가락을 빤히 쳐다봤다. 해욱이 의아함을 담은 채 유환의 시선을 좇았다.

섬세하고 야무져 보이는 해욱의 손가락을 물끄러미 바라보던 유환이 충동적으로 해욱의 손가락 끝에 잇자국을 냈다. 정확히는 깨물었다는 표현이 맞았다. 해욱이 눈을 동그랗게 뜨고 유환의 동그란 정수리를 쳐다봤지만 유환은 해욱을 보지 않았다. 유환은 해욱의 손가락을 보고 있었다. 가느다랗고 하얀 손가락에는 자잘한 상처가 많았다. 분명 바늘이나 시침 핀에 베이고 찔린 상처였다.

"이건 그냥 이 갈이."

이제야 시선을 들어 올린 유환이 희미하게 웃었다. 유환의 눈가로 옅게 번진 버건디가 묘한 분위기를 만들어냈다. 해욱이 유환의 눈을 슬쩍 피하며 엉성한 손길로 머리카락 끝을 만지작거렸다.

이상해. 얘랑 같이 있다간 나도 같이 이상해질 것 같아. 부드럽고 온화한, 하지만 깊고 짙은 푸른빛이 주위를 출렁이다가 순식간에 분홍빛의 물을 통통 튕기는 그런 이상하고 간질간질한 기분이 들었다.

유환은 소리 없이 내리는 가랑비가 옷을 적시는 것처럼, 알게 모르게 밀려든 바닷물이 발등을 뒤덮는 것처럼 해욱에게 스며들려 하고 있었다.

유순해 보이는 유환의 눈매가 날카롭게 빠지는 모습을 멍하니 쳐다보던 해욱이 유환에게 잡혀 있는 손목을 털어내듯 빼냈다.

4. 시간이 흐르듯 마음이 흘렀어

수도권에 거주하는 사람이라면 출퇴근과 등하교 등을 하며 한 번쯤은 지나치게 되는 지하철역마다 큰 전광판이 세워져 있다. 전광판 위에는 똑같은 광고가 나란히 걸려 있었다. 멀리서 보면 같은 것처럼 보이지만 조금만 가까이 가면 두 개의 광고가 다르다는 것을 알 수 있었다.

아듀의 3주년 한정판 프로모션 향수 광고. 현재 대한민국 톱 모델로 불리는 이호연이 퇴폐적인 향기를 폴폴 풍기며 어두운 얼굴로 향수를 떨어뜨릴 듯이 들고 서 있다. 버건디로 물든 눈매, 잿빛의 머리카락과 붉은 눈동자. 그야말로 고독하고 음습한 뱀파이어의 모습을 하고 있었다.

그리고 바로 옆. 요즘 언론을 한창 뜨겁게 달구고 있는 신인 모델 김유환. 호연과 같은 콘셉트지만 느낌이 전혀 달랐다. 버건디로 물든 눈매, 잿빛의 머리카락과 붉은 눈동자까지 호연과 똑같은 뱀파이어지만 퇴폐적이라기보다는 짓궂은 모습으로 입술을 핥아 올리며 향수를 장난감처럼 감아쥐고 있다.

"이번 광고 대박이지? 벌써 아듀 향수 품절이래. 사고 싶었는데."

"어차피 비싸서 사지도 못하잖아. 아듀는 역시 이호연이지. 저 농익은 섹시함을 보라고."

"난 김유환이 더 좋아. 섹시한데도 개구쟁이 같잖아."

모두가 한 번씩 발걸음을 멈추고 마는 아듀의 향수 광고는 순식간에 포털사이트를 포함한 모든 매체를 점령했다. 그리고 꽤 오랜 시간 실시간 검색어 1, 2위에 호연과 유환의 이름이 번갈아 오르내렸다.

이번 광고의 독특한 점이라면 전광판에 걸린 A컷의 사진보다도 숨겨진 B컷의 사진이 더욱더 사람들의 화두로 올랐다는 것이다. 호연에게는 없고 유환에게는 있는 제물과도 같은 여성의 뒷모습. 사람들이 이런저런 이야기를 상상하며 전광판을 지나쳐 갔다.

"또 한 건 했더라?"

해욱이 사무실로 들어서자마자 즐거운 얼굴을 한 상현이 해욱을 반겼다. 상현이 해욱을 반기는 일은 단 하나뿐이었다. 브랜드에 이익이 되는 일을 했을 때. 뻔한 상현의 본심에 해욱이 알 만하다는 듯 바람 빠지는 소리를 내며 웃었다.

"내가 사람 보는 눈이 좀 죽이지."

"웃기시네. 처음엔 또라이니 뭐니 하면서 캔슬 놓더니."

상현의 말을 못 들은 척 무시하며 가방을 내려놓은 해욱이 몸을 뒤틀어 기지개를 켰다. 광고가 지상으로 나간 이후 향수가 품절된 것은 물론 높은 가격의 프리미엄까지 붙어 거래되고 있다는 이야기까지 돌았다. 재판매에 대한 문의와 모델에 대한 문의도 끝도 없이 들어오고 있었다. 게다가,

"왜 뒷모습만 나왔는데 관심을 갖느냐 말이야."

해욱이 못마땅한 얼굴로 끌끌대며 혀를 찼다. 인터넷을 도배한 호연과 유환의 이름 뒤로 유환과 함께 B컷을 찍은 여자 모델에 대한 문의 역시 폭발적으로 이어졌다.

"왜, 원래 꿈은 모델이었잖아?"

상현이 킬킬거렸다. 그 얄미운 모습을 가만히 흘겨보던 해욱이 안일하게 늘어져 있는 상현에게 포트폴리오 뭉치를 툭 던졌다.

"우왁!"

괴상한 소리를 내며 포트폴리오 뭉치를 잽싸게 잡아챈 상현이 해욱에게 물었다.

"이게 뭐야?"

"이번 쇼 모델 명단. 옷 입혀보고 누가 더블로 입을 건지 체크해야지."

척 보기에도 꽤 두꺼워 보이는 포트폴리오 더미에 상현이 깊은 한숨을 내쉬었다. 이미 모델은 완벽하게 캐스팅되어 있었다. 남은

건 해욱이 만든 옷을 더 잘 소화해 내는 모델을 선별해 내는 것이었다. 옷을 완벽하게 소화하고 옷에 생명력을 불어 넣는 모델은 런웨이에서 한 벌이 아닌 두 벌 이상의 옷을 입고 오른다. 런웨이 위의 당연한 철칙이었다.

"오케이."

소파에서 벌떡 일어선 상현이 해욱을 향해 포트폴리오 뭉치를 흔들어 보이고는 빠른 걸음으로 사무실을 빠져나갔다. 말도 많고 시끄러운 대표이사지만 상현은 일 처리가 빠르고 정확했다. 그 점이 마음에 들어서 지금까지 같이 일을 해오고 있는 거지만. 만족스럽게 옷은 해욱이 상현이 방금 앉아 있던 소파를 지나쳐 책상 앞으로 걸어갔다. 여기저기 널려 있는 패브릭 샘플과 패턴 뭉치는 보기만 해도 골치가 아팠다.

손가락 끝으로 성의 없이 책상 위를 뒤적이고 있는데 사무실 문이 벌컥 열렸다. 노크도 인기척도 없는 무례함에 해욱이 불만스레 시선을 들어 올리자 보고 싶지 않은 익숙한 얼굴이 보인다. 해욱이 눈살을 찌푸리며 입을 열었다.

"노크는 기본 예의 아닌가?"

날이 선 해욱의 목소리에 호연은 대답 없이 문을 닫았다.

"우리 사이에 무슨 노크."

해욱의 앞으로 성큼성큼 걸어온 호연이 정신없는 책상 위로 사진을 던지듯이 뿌렸다. 선명하게 인화된 이번 아듀 프로모션의 B 컷 사진. 사진 속에 담긴 자신의 뒷모습을 물끄러미 내려다보던 해욱이 심드렁하게 사진 위를 손가락으로 짚었다. 해욱의 행동을 하나하나 지켜보고 있던 호연이 으르렁거리며 말했다.

"내가 네 뒷모습도 못 알아볼 줄 알았어?"

과연 얼굴도 나오지 않은 뒷모습만으로 잘도 알아챘네. 불쾌함
이 서린 해욱의 얼굴이 마음에 들지 않는다는 듯 호연이 잘생긴
얼굴을 구겼다. 호연의 회색 머리카락이 바람에 엉망으로 흐트러
져 있는 것을 무심코 정리해 주려다가 문득 현재의 상황을 깨달은
해욱이 손가락을 깊숙이 말아 넣었다. 이놈의 습관. 해욱이 남몰
래 한숨을 내쉬었다. 호연이 대뜸 말했다.

"가자."

"싫어."

"어딘 줄 알고 싫대?"

"너랑 가는 자체가 싫어."

해욱이 책상 위에 비치된 응답기의 버튼을 누르려 손을 뻗었지
만 호연이 한 발 더 빨랐다. 해욱의 손목을 가볍게 잡아챈 호연이
자신의 쪽으로 해욱을 끌어당겼다. 어처구니없게도 당당한 호연
의 태도에 해욱이 허탈한 신음을 흘렸다. 호연의 손에 잡힌 팔목
을 빼내려 몸을 움직이던 해욱이 무시무시한 호연의 악력에 포기
하듯 몸을 축 늘어뜨렸다.

똑똑. 갑작스러운 노크와 동시에 문이 벌컥 열렸다. 사무실을
찾는 연이은 손님에 해욱이 찌푸리고 있던 눈을 가늘게 뜨고 문
쪽으로 시선을 던졌다. 의외의 인물이 서 있는 것에 놀란 해욱이
눈을 깜빡깜빡 움직였다. 성큼성큼 사무실 안으로 들어온 유환이
호연의 손에 잡힌 해욱의 손목을 잡아채듯 빼냈다.

"이호연 선배님, 죄송하지만 오늘은 제가 선생님이랑 선약이
있습니다."

해욱을 자신의 뒤로 밀어 넣으며 제법 매서운 눈을 한 유환이 단호하게 말했다. 호연의 눈이 날카롭게 섰다.

"나랑 해욱이가 만나는데 네 선약은 중요하지 않아."

호연의 손가락이 천천히 해욱의 책상 위를 쓸었다. 길고 단단한 손가락이 톡톡 소리를 내며 책상 위를 덮은 유리를 두드렸다. 호연이 유환을 느긋하게 응시했다. 가늠이라도 하듯 유환을 훑어보던 호연의 시선이 유환의 셔츠에 가서 닿았고, 곧 무시무시하게 구겨졌다. 구겨지다 못해 일그러진 호연이 다짜고짜 유환의 멱살을 틀어쥐었다.

"너."

유환이 조금 더 해욱의 손목을 뒤로 잡아끌며 호연과 눈을 마주했다.

"그 옷."

호연이 틀어쥔 것은 유환의 검은 셔츠였다. 아직 출시도 되지 않은 이번 아듀의 한정판 신상품. 셔츠의 칼라 깃이 뾰족하게 튀어나와 있는 것을 잘도 캐치해 낸 호연이 커프스에 박힌 아듀의 로고를 확인하곤 욕설을 내뱉었다.

"내가 줬는데?"

유환의 뒤에 서서 단단한 어깨와 훌륭한 핏을 지켜보고 있던 해욱이 앞으로 나섰다. 비스듬히 기울인 고개를 세운 해욱이 유환의 어깨 위를 손바닥으로 은근하게 문질렀다.

"잘 어울릴 것 같아서."

차분하게 가라앉은 해욱의 눈매가 카키색의 독특한 아이라인을 따라 휘어졌다.

"줬다? 네가 줬다?"

호연이 유환을 털어내듯 밀쳐냈다. 유환의 멱살을 쥘 때 돌아간 반지를 태평하게 원래대로 맞춘 호연이 벽에 등을 기대고 섰다.

"해욱아, 아주 재미있는 짓을 다 한다?"

유환의 셔츠를 못마땅하게 쳐다보던 호연이 비아냥거리며 말했다.

"내가 더 잘 어울린대요."

툭 튀어나온 유환의 목소리에 호연의 시선이 다시 유환에게로 향했다. 검은 셔츠 위로 가볍게 걸친 회색의 얇은 카디건까지도 아듀의 제품이라는 것을 쉽게 알아차린 호연이 지독하게도 음험한 눈빛을 했다.

"이 옷, 나한테 왔어요."

유환이 개구진 눈을 휘며 씩 웃었다. 눈매와 입매가 같이 올라가는 것이 정말 기쁜 듯한 느낌을 주었다. 해욱의 손목을 잡고 있던 손을 내려 자연스럽게 깍지를 낀 유환이 해욱을 문 쪽으로 끌어당겼다.

"밥 먹으러 가요."

해욱의 손을 잡지 않은 반대편 손으로 친절하게두 사무실 문을 연 유환이 해욱을 먼저 밖으로 내보냈다. 해욱의 뒤를 따라 나가기 전 호연과 마주친 시선에서 묘한 기류가 흘렀다. 유환이 소리 나지 않게 문을 닫았다. 새하얀 문 너머로 두 사람의 발걸음 소리가 토닥토닥 울렸다.

호연이 앓는 소리를 냈다. 해욱의 책상 위, 널브러진 패턴 사이로 삐죽 튀어나온 종이를 집어 올린 호연이 초조하게 발을 굴렀다. 유환의 포트폴리오였다.

"버릇없는 후배는 싹을 잘라 버려야겠지."

장난스럽고 짓궂어 보이는 얼굴, 그 안에 날카롭게 뻗은 눈매가 유환이 가진 특유의 분위기를 만들어냈다. 모순적인 분위기를 가진 유환의 포트폴리오를 가만히 내려다보던 호연이 그것을 반으로 찢었다. 찌익 하는 불쾌한 소리와 함께 코팅된 종이가 지저분하게 찢어졌다. 갈가리 찢긴 종잇조각이 아무렇게나 흩날리다가 바닥으로 떨어졌다.

"괜히 톱 모델이 아니네요."

아까는 그렇게도 냉정하고 서늘한 얼굴을 하더니 해욱의 차에 올라타면서 중얼거리는 유환의 목소리에 해욱이 바람 빠지는 소리를 내며 웃었다. 해욱과 지독하게도 잘 어울리는 람보르기니 베네노 로드스터였다. 아찔한 색감의 새빨간 차가 빠른 속도를 내며 도로 위를 시원하게 달렸다.

"저번에는 개새끼라더니 이번에는 무슨 선배님이래."

"어쨌든 쿠카팀 직속 선배님이니까요. 그래도 개새끼도 맞아요."

다시 단호해진 유환의 목소리에 해욱이 배시시 웃었다. 아까보다 가벼워진 기분을 대변하기라도 하듯 해욱이 스피커 볼륨을 높였다.

"그래서, 뭐 먹으러 갈까?"

"네?"

유환이 조수석에 앉은 채로 상체를 해욱 쪽으로 돌렸다. 해욱이 유환을 흘끗 쳐다보고는 곧바로 우회전 신호를 넣었다.

"밥 먹으러 가자며."

"어? 진짜 나랑 밥 먹을 거예요?"

"좋아, 인심 쓴다. 사실 아침도 안 먹었거든. 브런치로 하자."

해욱이 액셀레이터를 길게 밟았다. 조금 더 빨라진 속도감에 유환이 창문을 끝까지 내렸다. 상쾌한 봄바람과 잔잔한 음악소리, 그리고 옆에 앉은 해욱까지 모든 것이 만족스러운 시작이었다.

깔끔하고 모던한 브런치 가게는 한적했다. 딱 아침과 점심의 중간쯤 되는 시간임에도 사람이 없는 것에 만족한 해욱과 유환이 자리를 잡고 앉았다. 단골 가게라더니 주방장과 몇 마디 인사를 나누고는 주문도 하지 않는데 익숙한 음식들이 차려졌다.

"내가 늘 먹는 메뉴야. 괜찮아?"

"그럼요. 어차피 많이는 못 먹어요. 쇼 시즌이라 관리 들어갔거든요."

유환이 익숙한 일이라는 듯 씩 웃었다. 보기만 해도 상큼한 색색깔의 샐러드를 포크로 집어 입에 넣었다. 달지 않은 상큼한 샐러드 소스가 마음에 들었다.

"넌 왜 그렇게 내 일에 상관하는 거야? 혹시 오지랖이 특기인가?"

수제 샌드위치를 작게 조각내어 입에 넣은 해욱이 물었다. 반짝거리는 블론드를 한쪽으로 모아 스카프로 돌려 묶은 것이 멋스러웠다. 그것을 물끄러미 바라보던 유환이 눈을 지그시 내리며 고민하는 얼굴을 했다.

"그냥 아듀가 좋아서요. 아듀에 상관하다 보니 선생님한테도 상관을 하게 되네요."

눈을 접어 개구지게 웃은 유환이 샌드위치를 한입 베어 물었다.

"맛있네요."

깨알같이 맛을 평가해 내는 유환의 모습에 해욱이 만족스럽게 웃었다. 자신이 좋아하는 가게를 다른 사람도 좋아해 주는 것은 생각보다 꽤 괜찮은 일이었다.

"아듀는 왜 좋은 건데?"

해욱이 이런 질문을 할 거라고는 예상하지 못했는지 유환이 당황한 얼굴을 하며 눈을 동그랗게 떴다. 한참이 지나서야 유환이 말문을 열었다.

"사실 처음 계기는 단순해요. 아, 대신 웃으면 안 돼요."

해욱이 대답 대신 샐러드를 우물거리며 고개를 끄덕거렸다.

"옷을 좋아했는데 어떻게 좋아해야 될지는 잘 몰랐어요. 트렌드가 빠르니까요. 웃지 않기로 했잖아요."

어쩐지 진지한 유환의 얼굴이 낯설어서 해욱이 입술을 꾹 누르며 웃지 않으려 애썼다. 그 소소한 노력에도 이미 삐죽 올라간 해욱의 입꼬리에 유환이 투덜거리며 말을 이었다.

"혼자 돌아다니다가 우연히 아듀 매장에 들어갔어요. 그때만 해도 신진 브랜드라서 알려지진 않았는데 사실 딱히 제 스타일의 옷은 없었어요."

"의외인데?"

"그래서 그냥 매장을 나오려고 하는데 벽에 걸린 글귀를 봤어요. 네가 좋아하는 스타일과 네게 어울리는 스타일은 다르다."

"아!"

해욱이 단말마 소리를 내며 고개를 끄덕였다.

"그게 아듀를 처음 론칭할 때의 내 모토였어. 지금은 알려질 대로 알려져서 지워 버렸지만."

고작 몇 년 전의 일인데도 오래된 것 같은 케케묵은 이야기에 해욱이 눈을 감고 웃었다.

"뭔가 충격이었어요. 좋아하는 스타일과 어울리는 스타일이라니 생각해 보지 못했거든요. 그래서 제 스타일은 아니지만 아듀 옷을 입어봤어요. 그냥 무작정 피팅룸에 들어가서 이 옷 저 옷 전부."

"그래서?"

"입어본 옷 다 샀죠. 내가 본 내 모습 중에 제일 나았거든요."

"마음에 드는 결론이네."

"네. 어떻게 좋아해야 할지 그때 처음 안 거예요. 확실히 아듀의 모든 옷은 저한테 어울리는 스타일이었던 것 같아요. 그 뒤로 모델 제의도 받게 되고 촬영도 하게 되고, 뭐 그러다 보니 아듀의 쇼에 꼭 서야겠다고 생각했고."

해욱이 포크를 내려놓았다. 테이블 위로 턱을 괴고 비스듬히 시선을 올려 유환을 쳐다봤다. 다시 보니 유환은 온통 해욱의 브랜드를 입고 있었다. 셔츠에 카디건도 아듀 제품이다.

"그런데 지금은 아듀보다 선생님이 더 좋아졌어요."

"넌 제발 방심할 때 그런 말 좀 하지 마."

해욱이 당황한 얼굴로 입술을 말아 넣었다. 동그랗게 말려 올라간 풍성한 속눈썹이 해욱의 심경을 반영이라도 하듯 파르르 떨렸다.

"지금 방심했어요?"

테이블 위를 한 손으로 짚은 유환이 상체를 일으켰다. 일으킨 상체를 해욱 쪽으로 기울인 유환이 그대로 해욱의 아랫입술을 가볍게 감쳐물었다. 상황에 어울리지 않게 쪽 하는 소리가 났다. 해욱이 눈을 동그랗게 뜨고 유환을 쳐다봤다. 유환이 낮은 목소리로 중얼거렸다.

"진짜 방심했네."

끝이 날렵한 눈매가 짓궂게 휘어졌다. 유환의 눈꼬리로 개구짐이 방울방울 달려 있는 것 같았다.

"이번 쇼 잘할게요. 아듀 최고의 오프닝 모델이 되도록."

해욱이 문득 테이블 위를 쳐다봤다. 샐러드 위로 얹어진 닭 가슴살을 제외하곤 먹은 흔적이 없는 육류, 소스를 거의 뿌리지 않은 듯 메마른 양상추와 파프리카. 쇼 전에 몸 관리에 들어가는 모델의 노력이었다. 해욱은 그것을 누구보다 잘 알고 있었다. 천천히 고개를 끄덕인 해욱이 붉게 물든 입술을 달싹였다.

"방심한 김에 특별히 말해줄게. 난 네 워킹이 좋아."

개구지게 휘어졌던 유환의 눈매가 금세 휘둥그레졌다. 기쁨과 놀라움, 여러 가지 감정을 복합적으로 담은 유환의 적나라한 표정에 멋쩍어진 해욱이 괜스레 테이블 위를 톡톡 두드리며 말을 이었다.

"군더더기가 없고 깔끔하거든. 아듀도 그런 브랜드야. 단조롭고 심플한 기본적인 브랜드, 그게 내가 원하는 아듀야. 넌 아듀랑 잘 어울려."

"우와, 나 지금 꿈꾸는 거 아니죠?"

"서로 마음에 들었으니까 최고의 오프닝 부탁할게."

해욱이 옆에 놓인 투명한 잔을 들어 올려 물을 마셨다. 옅은 레몬 맛이 입안에 맴돌았다. 그 상큼함, 신선함 속에 묻어난 설렘을 밀어 넣은 해욱이 다시금 입술을 축였다.

5. 종이 한 장이야

"순서는 다 정했어?"

쇼의 순서를 정하기 위한 폴라로이드 사진을 아침에 해욱에게 건네준 참이다. 느지막한 오후가 되어서야 해욱의 사무실로 올라온 상현이 테이블 위에 널린 폴라로이드 사진을 보며 길게 하품을 했다. 마지막 남은 3장의 사진을 포트폴리오 사이로 끼워 넣은 해욱이 파일을 툭 덮었다.

"응. 이 정도면 거의 끝난 것 같아. 오프닝이랑 엔딩은 당연히 더블이고 그 외에는 이 모델 여섯 명만 두 벌씩."

해욱이 정리된 포트폴리오를 넘기자 상현이 고개를 주억거렸다. 이번 아듀의 쇼에 서는 모델들이 각자 이미지에 맞는 컬렉션 옷을 입고 찍은 폴라로이드 사진들이 순서대로 붙어 있다. 상현이 포트폴리오를 훑어보는 것을 확인하던 해욱이 갑자기 생각이라도 났다는 듯 물었다.

"이호연은?"

상현이 눈에 띄게 곤란한 표정을 지으며 어깨를 으쓱 올렸다.

"안 왔어."

"마지막 피팅에 안 와? 미친 거래?"

상현이 한숨을 내쉬며 포트폴리오가 정돈된 파일을 소리 나게 덮었다.

"완전 안하무인이야."

"이번 쇼가 마지막이야."

해욱의 단호한 목소리에 상현이 눈을 동그랗게 떴다. '뭐라고?' 입으로 되묻진 않았지만 표정으로 읽히는 반문에 해욱이 다시 한 번 친절하게 꼬집어주었다.

"이호연이 엔딩 모델로 서는 건 이번 쇼가 마지막이 될 거라고."

"더 이상 쇼에 세우지 않겠다는 거야? 아듀 엔딩은 이호연이라는 공식이 성립되어 있는데."

"그따위 공식은 바꾸면 그만이야. 거만한 모델은 필요 없어."

해욱이 심드렁하게 말했다. 밝은 오렌지색으로 채워진 입술이 냉정한 말을 뱉어냈다. 블론드로 탈색한 지 얼마 되지도 않았는데 오늘 오후 갑작스럽게 엷은 갈색으로 물들인 머리카락이 허리 위에서 나풀나풀 흔들렸다. 탈색까지 마친 금발 위로 갈색을 입히자 엷게 오렌지 빛이 돌았다. 웨이브가 풀어질 듯 말 듯 말린 것을 멍하게 바라보던 상현이 털어내듯 고개를 저었다.

"이호연이 얼마나 아듀에 이득을 주고 있는지는 알지? 이호연은 우리 엔딩에 서는 몇 년 동안 개런티를 높이지도 않았어."

"높이면 바로 아웃이지. 내가 돈을 받고 이호연을 써줘도 모자
랄 판이야. 넌 그 자식 성격을 알면서 그런 말이 나와?"

상현이 괴로운 신음을 흘리며 소리쳤다.

"알지, 알아, 그 더러운 성질머리! 그래도 난 대표이사라고!"

콧방귀를 뀐 해욱이 엷은 레오파드 무늬의 레몬 색의 재킷 위로
넘실거리는 머리카락을 귀찮은 듯 뒤로 넘겼다.

"난 모르겠다. 디자이너는 내가 아니라 너니까. 어쨌든 순서는
다 정해진 거지?"

"응. 오프닝이랑 엔딩은 어차피 정해진 거고 나머지 모델도 다
정했어. 순서대로 폴라로이드 붙여놨으니까 착오 없게 확인해."

"오케이."

상현이 가벼워진 발걸음으로 사무실을 나섰다. 보통 특정 모델
에게 입힐 옷과 순서만 정해지면 남는 것은 모델의 워킹과 디자이
너의 정밀한 수정뿐이었다.

"아참, 오늘은 저녁 7시까지다."

사무실 문고리 위에 손을 올린 채 상현이 고개만 돌려 말했다.
해욱이 대답과 함께 고개를 끄덕였다.

"응. 애들한테 말해뒀지?"

"당연하지. 아듀의 공식 행사인걸."

상현이 씩 웃으며 주머니에 꽂힌 지갑을 열어 카드를 휙 던졌
다. 예고 없이 날아든 카드를 잘도 잡아챈 해욱이 카드를 잡은 손
을 흔들어 보였다.

"법인카드는 사랑이지."

분위기가 좋은 바 안에 척 보기에도 화려한 사람들이 수십 명은 모여 있었다. 잡지에서 한 번쯤은 본 모델들이 한곳에 모여 있는 광경이란 흔치 않은 일이었다.

"아듀는 이게 좋아."

이미 아듀의 쇼에 선 경험이 몇 번 있는 민석이 유환의 어깨를 툭 치며 말했다.

"쇼 전에 아듀 디자이너, 스태프들이 모델들이랑 비공식적이자 공식적인 뒤풀이 행사를 하거든. 아, 앞풀이인가?"

키들키들 웃은 민석이 앞에 놓인 샐러드를 입에 물었다. 술을 전문으로 다루는 바이지만 앞에 놓인 건 소주도 맥주도 아닌 적은 양의 칵테일 한 잔뿐이었다. 게다가 안주는 칼로리는 낮지만 맛있는 종류의 것들로 이루어져 있었다.

"진짜 끝내주네요."

어두운 조명 아래, 색을 알 수 없는 칵테일을 바라보며 유환이 말갛게 웃었다. 유환이 어린아이같이 웃자 주위의 여자 모델들이 덩딜아 미소를 지었다.

"어? 선생님 오셨다!"

민석이 큰 목소리로 외치자 순식간에 바 안이 차분해졌다. 꽤 많은 스태프와 헤어, 메이크업 팀의 대표들이 들어왔다. 마지막으로 종소리를 내며 문을 닫고 들어온 해욱이 앞으로 걸어 나왔다.

"욱 쌤!"

여기서기서 해욱을 부르는 목소리가 들렸다. 처음부터 터져 나오는 해욱의 애칭에 해욱이 눈을 찡그리며 픽 웃었다.

"아듀의 디자이너 지해욱입니다. 뭐, 다들 아시겠지만."

동그란 눈이 반달을 그리며 예쁘게 휘어지자 조금 더 큰 환호가 터졌다. 사뭇 즐거워 보이는 모델들의 모습에 유환이 신기하다는 얼굴을 했다.

"오늘 처음 보는 모델도 있고 아는 모델도 있을 거예요. 아듀와 함께 일하게 되어 반갑습니다."

해욱과 꽤 먼 거리에 앉아 있던 민석이 입 주위로 손을 동그랗게 모아 큰 목소리를 냈다.

"에이! 욱 쌤 트레이드마크는 반말이지!"

민석의 말에 모두의 입에서 웃음이 터져 나왔다. 해욱이 민석을 흘겨보고는 어쩔 수 없다는 듯 허리에 척하니 손을 올리고 섰다.

"다들 이렇게 반말을 원하니 그럼 원래대로."

해욱이 고개를 비스듬히 돌려 주위를 둘러봤다. 수십 명에 이르는 모델들이 보였다.

"나는 옷을 만들 뿐이야. 내 옷에 생명력을 불어 넣어주는 건 전적으로 너희들 몫이고. 잘해줄 거라고 믿는다."

해욱이 테이블 위에 놓인 칵테일 잔을 들기 위해 조명 아래로 걸어 나오자 해욱의 모습이 자세히 보였다.

"어?"

유환이 칵테일 잔을 들어 올리던 손을 멈추고 멍청한 소리를 냈다. 머리카락이 갈색이네. 유환이 작게 읊조렸다.

"모델은 소모품이라고들 하지. 사무실에 종이가 없으면 쓰던 종이를 버리고 새로운 종이를 가지고 오는 것처럼 말이야. 그만큼 빠르게 전환되는 게 모델계야. 하지만 적어도 아듀는 그렇지 않을 거야. 난 새롭고 신선한 모델보다는 내 옷을 잘 표현해 줄 수 있는 익숙한 모델을 원하니까."

빈틈없이 오렌지색으로 채워진 입술이 호선을 그리며 올라갔다. 가느다란 반지가 끼워진 손으로 잔을 들어 올리자 모델이고 스태프고 할 것 없이 함께 잔을 들어 올렸다.

"이번 쇼도 잘해보자."

"네!"

여러 목소리가 뒤섞였고 여기저기서 잔 부딪치는 소리가 났다. 즐거운 웃음소리가 바 안으로 울려 퍼졌다. 식단 조절에 힘들어하던 생활에서 잠시나마 해방될 수 있는 꿀 같은 시간이었다. 칼로리가 낮은 맛있는 안주와 딱 한 잔만 허용되는 달콤한 칵테일. 금세 스태프들과 모델들의 목소리로 자리가 시끌벅적해졌다.

"달다 달아!"

쇼의 준비를 위한 체형 관리로 술은 입에 대지도 못했던 민석이 신이 난 목소리로 외쳤다. 단 한 잔의 일탈이었다.

유환이 불만스러운 한숨을 내쉬었다. 해욱은 다른 테이블로 간 것인지 보이지 않았다. 옆에서 열심히 포크를 놀리는 민석을 바라보고 있자니 곧 유환의 어깨 위로 툭 하고 손이 올라왔다. 유환이 고개를 뒤로 젖혀 뒤에 선 사람을 쳐다봤다.

"어? 선생님."

유환의 머리카락을 헝클어뜨린 해욱이 유환의 옆에 앉았다. 그

테이블에 있던 모델들이 해욱이 자신들의 테이블로 왔다며 신이 난 목소리를 냈다. 예쁘게 눈을 휘어 웃은 해욱이 말했다.

"오늘은 오프닝 모델이 있는 테이블이 당첨."

해욱이 자리를 잡고 앉자마자 건너편에 앉은 남자 모델이 기다렸다는 듯이 물었다.

"이번 컬렉션 옷도 끝나면 판매되는 거죠?"

"왜? 판매되면 사려고?"

"사고 싶죠. 선생님 옷은 쇼에서만 입을 수 있는 옷이 아니라서 좋은 걸요."

"그거야 내 의상은 오뜨꾸뛰르가 아니잖아. 굳이 따지자면 프레타포르테 쪽이고."

오뜨꾸뛰르와 프레타포르테는 패션계의 양대 산맥이다. 여성 기성복, 맞춤복 등의 복잡한 디자인과 고도의 기술을 요하는 실험적이고 혁신적인 오뜨꾸뛰르와는 달리 해욱이 디자인하는 분야는 프레타포르테였다. 흔히 입는 고급 기성복을 의미하는 일상적이고 현실적인 프레타포르테.

아무리 기성복을 상대로 하는 프레타포르테라고 하더라도 컬렉션에 세우는 옷은 평소의 브랜드와는 조금 달랐다. 화려하고 기하학적인 느낌이 가미되기 때문에 쇼에서 사용된 옷을 일상에서 입기란 쉽지 않았다. 컬렉션에 올랐던 디자이너의 옷을 구매하는 일은 보통 소장하기 위해서일 뿐 입기 위해서는 아니었다. 하지만 해욱은 달랐다. 쇼에 올라가는 옷도 현실성 있게. 해욱이 추구하는 또 하나의 모토였다.

"모델이 사주면 제일 좋지. 핏이 살잖아."

사심을 담아 답한 해욱이 앞에 놓인 칵테일을 단숨에 들이켰다. 여성 디자이너가 남성복을 디자인하는 일은 패션계에서 흔한 일도 특별한 일도 아니었다.

"이번 유환이 화보 B컷, 선생님이죠?"

민석이 벌써 한 모금밖에 남지 않은 칵테일 잔을 아쉬운 듯 바라보며 물었다. 해욱이 모르는 척 미간을 찌푸렸다.

"나 아닌데?"

"에이, 누가 봐도 선생님이었어요."

단호한 민석의 말투에 해욱이 별수 없다는 듯 한숨을 내쉬었다. 내가 심혈을 기울여서 박아 넣은 커프스의 섬세한 무늬는 알지도 못하는 게 이런 건 잘도 알아챈다니까.

"전문 모델인 줄 알았잖아요."

민석의 아부 넘치는 발언에 해욱이 바람 빠지는 소리를 내며 웃었다. 민석이 헛소리를 하며 분위기를 띄우는 동안 해욱은 슬그머니 다른 테이블을 둘러봤다. 꽤나 들뜬 것 같은 분위기에 만족스럽게 고개를 끄덕이던 해욱이 웬일로 아무 말 없이 앉아 있는 유환을 슬며시 쳐다보며 말을 건넸다.

"넌 오늘따라 왜 이렇게 조용해?"

유환이 눈을 동그랗게 떴다가 이내 씩 웃었다. 끝이 말려 올라간 입꼬리는 웃고 있지 않아도 늘 웃고 있는 것처럼 보였다.

"염색했어요?"

"응. 봄이잖아."

"예뻐요."

엷은 레몬 색의 재킷 위로 새겨진 레오파드 무늬가 조명에 반사되어 도드라졌다. 해욱이 곤란한 얼굴을 하며 손을 들어 얼굴을 가렸다. 가느다란 마디에 끼워진 여러 개의 반지가 반짝거렸다.

"넌 그런 말을 잘도 한다, 정말."

"예뻐서 예쁘다고 말하는 건데. 왜요, 또 방심했어요?"

짓궂게 휘어지는 눈이 얄미워서 해욱이 유환의 머리를 마구잡이로 헝클어뜨렸다. 그 손길을 그대로 받아내며 웃어버리는 유환의 모습에 결국 해욱도 웃고 말았다.

이런저런 이야기를 섞던 모델들이 전부 아쉬운 목소리를 내며 비워진 칵테일 잔을 흔들었다.

"선생님, 인간적으로 한 잔은 너무 감질나요."

"부족한 잔은 쇼 끝나면 사줄게."

해욱이 씩 웃으며 자신의 잔에만 꾸준히 채워지는 칵테일을 흔들어 보였다. 역삼각형의 얇은 칵테일 잔 안으로 분홍빛이 일렁였다. 모델들의 투덜거리는 목소리는 곧 쇼가 끝난 후의 일정으로 넘어갔다.

여러 가지 견과류가 섞인 샐러드와 치즈가 듬뿍 올라간 크래커에는 손도 대지 않은 해욱을 보며 유환이 갸웃 고개를 기울였다. 계속해서 아무것도 없이 칵테일 잔만 비워내는 해욱이 신경 쓰인 건지 유환이 미간을 좁히며 말했다.

"칵테일도 술이에요. 계속 그것만 먹으면 속 다 버려요."

다정한 목소리와 함께 자신의 입술 앞으로 친히 배달된 샐러드를 해욱이 멀뚱하게 쳐다봤다.

"맞아요. 우리는 술도 못 먹고 안주만 축내고 있는데 선생님만 너무 달리시잖아요!"

민석이 옆에서 맞장구를 치며 칭얼거렸다. 유환이 해욱의 입가로 샐러드가 꽂힌 포크를 가져다 댔다.

"정말."

별수 없다는 듯 해욱이 입술을 벌려 받아먹으려는 찰나, 뒤에서 쑥 튀어나온 손이 그것을 거칠게 잡아채 갔다. 해욱의 어깨 위로 올라온 두 손에서 체온이 전해졌다. 테이블에 앉아 있는 모델들은 물론 주위의 테이블까지 순식간에 조용해졌다.

"너 아몬드 알레르기 있잖아."

낮은 목소리가 바 안에 울렸다. 방금 화보 촬영을 마치고 온 듯 세미 스모키가 진하게 그려진 얼굴이 조명 아래로 화려하게 빛났다.

바에 앉은 모델들은 물론 스태프를 포함한 모두가 놀란 얼굴 위로 조심스럽게 궁금한 기색을 띠었다. 이 바닥에 있는 사람이 디자이너 지해욱과 톱 모델 이호연에 대한 소문을 들어보지 못했을 리가 없었다. 다짜고짜 뒤풀이 자리에 나타나서 해욱에게 반말을 하며 식성까지 거론하는 호연이라니. 모두가 눈을 데굴데굴 굴리며 해욱과 호연을 번갈아 쳐다봤다.

"이호연 선배님."

모델 중 누군가가 무의식적으로 중얼거렸다. 자신의 이름이 불렸음에도 시선 한 번 주지 않은 호연이 테이블 위에 놓인 샐러드를 흘끗 내려다봤다. 아몬드를 포함한 견과류가 가득 들어 있는 샐러드 그릇을 금방이라도 엎어버리고 싶은 표정이 역력했다.

해욱이 자신의 어깨 위에 올라온 호연의 손을 밀어냈다. 화려한 반지가 끼워진 호연의 손가락이 아래로 툭 떨어졌다. 우연히도 칼라 깃에만 레오파드가 포인드로 들어간 재킷을 입은 호연은 꼭 해욱과 커플룩을 맞춰 입은 것처럼 보였다. 유환이 그것을 발견하곤 불만스레 얼굴을 찡그렸다.

"난 너 초대한 적 없는데?"

해욱이 시니컬하게 말했다. 웃음기가 빠져나간 얼굴은 메말라 있었다.

"쇼의 엔딩 모델한테 너무한 거 아닌가?"

"마지막 피팅에 오지도 않은 모델한테 친목 도모는 필요 없지."

호연과 해욱의 사이로 팽팽한 긴장감이 흘렀다. 낯선 기류에 괜히 주위까지 차분해졌다. 가라앉은 분위기가 신경 쓰였는지 해욱이 자리를 털고 일어섰다.

"나가자."

"난 여기 있어도 상관없는데."

호연이 짙게 가라앉은 눈은 그대로 둔 채 입매만을 올려 웃었다. 짙은 화장 때문인지 위험한 느낌이 폴폴 풍겼다. 해욱이 무심하게 대꾸했다.

"너 같은 거랑 내 모델들을 같이 둘 수 없어서 그래."

냉정하고 가차 없는 해욱의 말에 민석이 옆에서 급하게 숨을 들이마셨다.

"잠깐 자리 좀 옮길게."

해욱이 미간을 좁히며 말했다. 해욱이 호연의 팔목을 잡아끌었고, 호연은 순순히 그 뒤를 따라갔다. 너무나도 자연스러운 스킨십에 누구도 먼저 말을 꺼내지 못했다. 멀어지는 해욱과 호연의 뒷모습을 끝까지 쳐다보던 유환이 칵테일 잔을 내려놓고 일어섰다.

"CF 촬영 끝나자마자 달려왔더니 이런 대접이라니."

콘셉트가 뚜렷한 촬영이라서 그런지 평소에는 보지 못하던 화려한 피어싱이 호연의 귀에 꽂혀 있다. 그것을 물끄러미 쳐다보던 해욱이 금세 신경질적인 얼굴을 했다.

"차라리 오지 말지 그랬어."

"이렇게라도 안 오면 너 보기 힘드니까."

촬영 후에 바로 온 것이 나름 피곤했는지 무심코 지워지지 않은 화장을 잊고 눈을 비비자 호연의 손등 위로 까만 아이섀도가 묻어 나왔다. 호연의 눈가로 옅게 번진 화장을 보고 있던 해욱이 클러치에서 손수건을 꺼내 휙 던졌다.

"닦아."

호연이 손등 위로 묻은 아이섀도를 손수건으로 슥슥 닦아냈다. 거울을 보지 않고도 눈가의 번진 부분을 잘도 닦아내는 것이 호연에게는 무척 익숙해 보였다. 비스듬히 팔짱을 낀 해욱이 뻑뻑한 눈을 지그시 감았다.

"네 향기가 묻어 있는 손수건이네."

호연의 말을 가볍게 무시한 해욱이 감았던 눈을 떴다. 오전부터 포트폴리오를 정리하고 모델 별로 핏을 수정하느라 하루 종일을 꼬박 일하고 온 터이다. 밤이 되니 몰려드는 피로감에 해욱이 느릿하게 눈을 깜빡였다. 피곤해 보이는 해욱의 모습을 가만히 지켜보던 호연이 주머니에서 차 키를 꺼내 흔들었다.

"집에 가자."

정확한 의미를 알 수 없는 말에 해욱이 미간을 좁혔다.

"너도 같이."

덧붙여진 호연의 말에 해욱이 단박에 거절의 뜻을 밝혔다.

"엔딩 준비는? 워킹을 못하면 아무리 잘난 모델이라도 아듀에는 못 서."

"난 예외잖아."

당당하다 못해 뻔뻔하기까지 한 말투에 해욱이 허탈하게 웃었다. 오렌지색으로 물든 입술이 네온사인 불빛 아래 반짝거렸다.

"우리 오늘 커플룩이다."

호연이 자신의 옷과 해욱의 옷을 번갈아보며 으쓱였다. 비아냥거리듯 한 쪽 입꼬리를 삐죽하게 올린 해욱이 퉁명스럽게 대구했다.

"그러게. 불쾌하게."

"이러니까 꼭 옛날로 돌아간 것 같네."

몽글몽글하게 웨이브가 진 엷은 갈색의 머리카락 끝을 잡아 가볍게 입을 맞춘 호연이 흐릿하게 웃었다. 누구나가 알고 있는 호연의 화려한 미소가 아닌 단조로워 보이기까지 한 호연의 미소에 해욱의 표정이 흐트러졌다. 하지만 곧 자신의 머리카락을 쥐고 있는 호연의 손을 털어내듯 밀쳐낸 해욱은 단호하게 고개를 내저었다.

"전혀."

"집으로 가자. 데려다줄게."

호연이 원격 시동을 걸자 멀지 않은 곳에서 간결한 신호음이 들렸다.

"그렇게 경계하는 표정 짓지 마."

호연이 중얼거리며 해욱에게 손수건을 건넸다. 비스듬히 시선을 올린 해욱이 호연의 손에 들린 손수건을 쳐다봤다.

"그런 다정함은 5년 전에 보여주지 그랬어."

싸늘하게 대꾸한 해욱이 가차 없이 등을 돌리고 걸어갔다. 골목길의 코너를 돌아선 해욱의 뒷모습이 곧장 사라졌다. 호연이 해욱의 손수건을 손톱이 파고들 만큼 온 힘을 다해 말아 쥐었다.

골목길의 안쪽에서 호연의 낮은 웃음소리가 들렸다. 해욱이 입술을 꾹 깨물었다. 립스틱이 번질 것이 뻔했지만 지금 그것까지 신경 쓸 여력은 없었다. 솟구치는 짜증에 예쁘게 말린 머리카락을 잔뜩 헤집어 버린 해욱이 신경질적으로 관자놀이 부근을 눌렀다.

보라색으로 반짝반짝 빛이 나는 바의 간판을 물끄러미 바라보던 해욱은 들어가는 대신 그 앞에 가만히 등을 기대고 섰다. 문을 열고 들어가지도 않았는데 모델들의 왁자지껄한 목소리가 들리는 것 같았다.

"선생님."

생각과 동시에 익숙한 목소리가 바로 옆에서 들렸고, 해욱은 고개를 홱 돌렸다. 씩 웃은 유환이 따뜻한 캔커피를 내밀었다.

"봄이라도 아직 밤은 추워요."

유환이 건넨 캔커피를 받아 든 해욱이 그것을 두 손으로 모아 쥐었다. 막 사온 건지 따뜻하기보단 조금 뜨겁기까지 한 캔커피에 온몸이 나른해지는 것 같았다.

"왜 나와 있어?"

딸깍거리는 소리와 함께 딴 제 캔커피를 해욱에게 내밀곤 해욱의 손에 들린 캔커피를 가져가 다시 딴 유환이 한 모금을 들이켰다. 차가운 칵테일을 마시다가 갑자기 따뜻한 커피가 들어가자 반사적으로 몸이 부르르 떨렸다.

"신경 쓰이잖아요."

정말 지나치게 솔직하다 못해 담백하다. 해욱이 커피를 한 모금 마셨다. 달콤하면서도 씁쓸한 그 모순적인 맛이 좋았다.

"선생님."

해욱이 대답 대신 눈을 들어 유환을 쳐다봤다. 나란히 벽에 등을 기대고 선만큼 가까워진 얼굴에 해욱이 고개를 갸웃 기울였다. 왜? 눈으로 전해지는 대화에 유환이 쾌활한 목소리로 말했다.

"다들 선생님이래요. 민석이 형한테도 지환이 형한테도 선생님이잖아요. 나도 같은 선생님으로 부르긴 싫어요."

"지금 떼쓰는 거야?"

독특한 모양의 반지가 귀여워서 손가락 끝으로 톡 건드리자 유환이 해욱의 손목을 덥석 잡아왔다. 멋스러운 로퍼와 잘 어울리는 블랙과 화이트가 적절히 뒤섞인 기하학적인 문양의 셔츠를 입고 선 유환을 해욱이 물끄러미 쳐다봤다.

"네. 떼쓰는 거예요."

유난히 까만 눈동자가 지그시 닿아오자 이상한 기분이 들었다. 해욱이 유환의 눈을 피해 시선을 돌렸다. 유환이 해욱의 손목을 그러쥔 손에 조금 더 힘을 주어 당기자 해욱이 순순히 딸려왔다.

유환이 비스듬히 고개를 숙여 해욱에게 입을 맞췄다. 진득한 립스틱의 촉감이 느껴졌다.

"오렌지색이라서 오렌지 맛이 날 줄 알았는데 아니네요."

그리고 다시 입술이 맞물렸다. 조금 더 깊게. 촉촉한 입술 사이를 가르고 들어간 유환의 혀가 해욱의 혀를 뭉근하게 건드렸다. 가지런한 치열과 동그란 입천장, 옴폭 들어간 볼을 구석구석 휘저으며 혀를 얽는다. 생각보다 훨씬 부드럽고 말랑말랑했다. 순식간에 혀를 섞은 유환이 쪼듯 입술을 핥아내곤 떨어져 나갔다. 여전히 멍한 상태로 눈을 느리게 깜빡이는 해욱을 보며 유환이 개구지게 웃었다.

"커피 맛."

달콤한 맛이 나는 해욱의 입술 위로 촉 소리를 내며 다시금 입을 맞춘 유환이 해욱을 두 팔 가득 끌어안았다. 아찔해 보이는 높이의 하이힐을 신고 있는 해욱이지만 이때만큼은 모델이라는 자신의 키에 기쁘기까지 한 유환이다.

"한 살 차이잖아요. 그냥 반말할래요. 화내도 어쩔 수 없어요. 더 이상 어려 보이는 건 싫으니까."

6. 익숙한 척해봤어

모델들의 핏에 따라 만들어둔 옷을 수정하고 있던 해욱이 멍한 표정을 지으며 창밖을 쳐다봤다. 한쪽 벽면이 모두 통유리로 트인 사무실로 햇살이 따사롭게 들어왔다.

잘 알다 못해 익숙하기까지 한 호연의 옷은 이미 가장 먼저 끝내놓았다. 엔딩 옷이다 보니 다른 옷보다 손이 많이 가고 신경이 쓰이는 것이 사실이었다. 차례차례 개인 핏에 맞게 손을 보고 조금 더 완벽하게 하기 위해 해욱은 어느 때보다 빠르게 손을 놀렸다.

"한숨에 땅 꺼지겠다."

맞은편에 앉은 상현이 오렌지주스를 빨대로 쭉 빨아올리며 말했다. 바빠 죽겠는데 여유로움이 넘치다 못해 줄줄 새는 풍경에 해욱이 옆에 놓인 실 뭉치를 상현에게 던졌다. 고개를 기울여 잘도 피한 상현이 아그작 소리를 내며 얄밉게 얼음을 깨어 먹었다.

"그 옷만 만지는 게 대체 며칠째야?"

상현이 답답하다는 듯 중얼거렸다. 해욱의 손에 들린 두 벌의 옷.

"그거 오프닝 모델 거지? 김유환."

유환의 이름이 나오자마자 신경질적으로 구겨지는 해욱의 미간에 상현이 흠칫거렸다. 풀릴 듯 말 듯한 웨이브가 진 머리카락을 포니테일로 높게 묶어 올린 해욱이 자신의 머리카락을 흩트릴 수 없다는 것을 깨닫고는 벌떡 일어나 상현에게로 성큼성큼 걸어왔다.

"야! 내 머리도 세팅했다고!"

다급한 상현의 목소리가 무색하게 열 손가락을 까딱까딱 움직이며 상현의 머리를 잔뜩 헤집어놓고 나서야 해욱은 만족스럽게 웃었다.

"대표이사라는 사람이 슈트랑 어울리지 않게 꽁지머리를 한 게 마음에 안 들어."

음험한 얼굴을 한 해욱이 중얼거리자 상현이 이미 새집이 된 제 머리를 보며 투덜거렸다.

"무슨 일인데 이렇게 짜증이 나셨나. 그러고 보니 너 그날 이호연이랑 같이 나갔다가 김유환이랑 같이 들어왔지?"

젠장. 이놈이나 저놈이나 이상한 눈치만 빠해가지고. 해욱이 뱉지 못한 말을 삼키며 못마땅한 얼굴로 혀를 찼다.

"윤상현."

"응?"

"내가 연하는 안 만나봐서 모르겠는데, 뭐라고 해야 되나. 연하는 원래 그래?"

"뭐가?"

"패기가 막…… 막 넘치냐고."

상현은 심드렁한 얼굴로 잠시 고민했다. 앞에 놓인 주스를 한 번 더 쪽 빨아 당긴 상현이 고개를 주억거리며 동의를 표했다.

"보통 연하가 패기 넘치긴 하지."

"그래? 다 그런 건가?"

해욱이 입술을 삐죽거렸다. 입술 위로 예쁘게 발린 레드 립을 물끄러미 보던 상현이 고개를 갸웃거리더니 다시 한 번 크게 주억거렸다.

"근데 김유환이 유별난 것 같기도 하고."

흐응. 알 수 없는 신음을 흘린 해욱이 눈살을 팍 찌푸리며 상현을 쳐다봤다. 내가 김유환이라고 말했나? 눈으로 전해지는 해욱의 의문에 상현이 기분 나쁜 웃음을 실실 흘렸다.

"척하면 척이지. 이호연도 모자라서 이젠 김유환이라……. 우리 디자이너님, 대단하셔."

뽀록뽀록 소리를 내며 잔 밑에 남아 있지도 않은 오렌지주스를 빨대로 빨아 당기던 상현이 자리를 털고 일어섰다. 문고리를 잡으려다가 문득 무언가 생각났다는 듯 상체를 빙글 돌려 해욱을 쳐다본 상현이 무심하게 물었다.

"아참, 오늘 D사 촬영 모델이 김유환이라던데 그 김유환인가?"

해욱이 모르겠다는 듯, 그리고 의외라는 듯 어깨를 으쓱 올렸다. 갈색의 머리카락에 맞춰 엷게 염색한 눈썹이 덩달아 들썩거렸다. 라인을 부활시켰다는 말이 있을 정도로 신체의 곡선을 중요시하는 D사의 캐스팅은 그것만으로도 엄청난 찬사와 같았다.

"D사에서 김유환을 캐스팅했어?"

"응. 무려 이호연 이후 최초의 동양인 모델 캐스팅이지."

상현이 대답과 동시에 문고리를 잡아 열었다. 달칵거리는 소리와 함께 문을 열고 나간 상현이 손을 팔랑팔랑 흔들었다.

"이호연 이후라니, 왜 모든 모델계의 기준이 그 자식인 거야?"

해욱이 고개를 크게 내젓자 뒤로 묶인 포니테일의 머리가 달랑달랑 흔들렸다.

"안녕하세요."

잠이 덜 깬 얼굴로 가죽 스냅백에 까만 뿔테 안경, 얼굴을 가릴 수 있는 모든 아이템을 착용한 유환이 대기실 소파 위로 털썩 주저앉았다.

"방금 일어났어?"

"응. 일어나자마자 왔어. 지각 안 했으니까 칭찬해 줘."

유환의 넉살에 진우가 너털웃음을 터뜨렸다.

"D사의 첫 촬영에 이렇게 관심 없는 애는 너밖에 없을 거다. 왜 늦게 일어난 건데?"

진우가 정성스럽게 물었지만 유환은 대답이 없었다. 유환의 입술이 달싹거렸지만 열리지는 않았다. '어제 지해욱 선생님한테 키스해 버렸거든. 자꾸 생각나서 잠을 잘 수가 있어야지' 라고 말할 수는 없었다. 대답이 없는 유환을 힐끗 쳐다본 진우가 시간을 확인했다.

"오늘 중요한 촬영인 거 알지?"

"D사."

"응. 이호연 이후로 네가 동양인 최초 D사 모델이라고."

들뜬 목소리의 진우와는 반대로 유환은 싫은 내색을 비쳤다.

"난 그게 싫어."

"뭐?"

"이호연 이후라는 타이틀이 싫다고."

잔뜩 짜증을 내며 스냅백을 벗어 던진 유환이 짙은 밤색으로 염색된 머리를 엉망으로 헤집어놓았다. 저놈의 성질머리는 알 수가 없다니까. 진우가 한숨을 내쉬며 유환을 피팅룸으로 잡아끌었다. 금세 헤어, 메이크업, 스타일링 팀이 유환의 주위로 붙었고 유환은 눈을 감았다.

"각기 다른 다섯 개의 콘셉트로 촬영 들어가는 거 알죠?"

화려하고 짙은 물색의 펄이 잔뜩 뿌려진 머리카락은 2대 8의 포머드로 넘어가 있었다. 유환의 얼굴 절반에도 푸른색의 화장이 그려져 있어 유환에게 다른 색이 보이는 것이라고는 오직 눈동자뿐이었다. 남들보다 까맣고 큰 눈동자.

"신인이 D사 하긴 쉽지 않은데, 유환 씨 대단하네."

옆을 지나가던 스태프들이 웃으며 말을 건넸다. 하지만 호연 다음이라는 타이틀이 여전히 마음에 들지 않는 건지 살짝 웃기만 할 뿐 유환은 별다른 대꾸를 하지 않았다.

"오늘 전부 찍나요?"

세팅된 머리가 흐트러지지 않게 조심스레 일어나며 문자 포토그래퍼가 고개를 저었다.

"나눠서 찍게 될 거야. 오늘은 두 파트만."

포토그래퍼가 웃으며 유환의 어깨를 두드렸다. 세계적인 포토그래퍼라더니 역시나 포스가 남달랐다. 웃고 있지만 카메라 렌즈 너머로 반짝이는 눈동자가 유환에게도 즐거운 긴장감을 심어주었다.

"촬영 들어갑니다!"

포토그래퍼의 목소리와 함께 웃음기를 싹 걷어낸 유환이 카메라 렌즈를 정확하게 쳐다봤다. 한 컷 한 컷 바뀌는 포즈에 우레와 같은 셔터 음이 터져 나왔다.

컬러 별로 각기 다른 콘셉트를 준 D사의 촬영은 신선했다. 호연이 동양인 최초로 찍었다는 D사의 화보가 실린 잡지 또한 사실은 집에서 보고 왔다. 몇 년 전 잡지라서 구하기 힘들 줄 알았더니 '동양인 D사 이호연' 이라고 검색을 하자마자 걱정이 무색할 만큼 많은 자료가 떴다. 그것을 떠올리며 긴장이 풀어지려는 근육에 더욱 힘을 주어 당겼다.

"좋아! 지금 좋아!"

포토그래퍼가 큰 목소리를 냈다. 유환이 눈을 감았다. 속눈썹 위에도 작은 펄 조각을 붙이는 메이크업 팀을 보며 눈을 감고 속눈썹을 보이게 찍으면 예쁘겠다고 미리 생각해 둔 것이다. 눈을 감자마자 조금 더 요란한 셔터 음이 터졌다.

아, 다행이야. 괜찮았나 보다.

유환이 입꼬리가 호선을 그리며 올라갔다.

강렬한 조명과 연이어 터지는 셔터 음, 탄성을 내뱉는 스태프들의 목소리. 하지만 유환의 머릿속에는 자꾸 해욱이 떠올랐다. 그때 입고 있던 레오파드 재킷도 아듀 거였나? 진짜 예뻤는데. 그런데 이호연도 비슷한 재킷을 입었어. 다시 떠올리니까 또 짜증나네. 꼭 커플 같다고.

눈을 감고 있던 유환이 순간적으로 신경질적인 표정을 그리며 눈을 떴다. 그것마저 촬영을 위한 콘셉트인 양 소화시키면서. 아까는 정적인 표정과 포즈를 지어냈다면 방금을 계기로 동적인 표정과 포즈로 바뀐 유환을 보며 멀리 선 진우가 만족스러운 얼굴로 고개를 끄덕였다.

엔딩도 아니고 오프닝 옷을 가지고 이렇게 쩔쩔매게 될 줄이야. 해욱이 깊은 한숨을 내쉬었다.

쇼에서 디자이너의 모토를 보여주는 첫 오프닝 룩은 중요했다. 내가 어떤 컬렉션을 펼칠 것인지, 내가 어떤 룩을 추구하는 디자이너인지 알려주는 시작이니까. 그렇다고 오프닝이 엔딩만큼 중요한 것은 절대 아니었다. 쇼에서 가장 화려하고 가장 중심이 되는 마지막 옷인 피날레는 쇼의 하이라이트라고 봐도 무방했다. 그래서 엔딩 모델이 가장 주목을 받는 것이다. 하지만 그걸 알면서도 지금 해욱이 잡고 있는 것은 오프닝 옷이었다.

"빌어먹을."

꼼꼼하게 채워진 레드 립이 벌어지며 거친 말을 뱉어냈다. 어깨 위로 넘실거리는 갈색의 머리카락이 크게 물결쳤다. 해욱이 입은 시스루 소재의 화이트 블라우스는 섹시하기도 했고 귀엽기도 했다. 시스루임에도 목과 소매 부분에 잔잔하게 올라오는 레이스가 청초한 느낌을 주었다. 특히나 레드 립과 화이트 블라우스는 극명한 대비를 이루며 더욱 돋보였다.

"아니, 애초에 내가 이렇게 휘둘리는 여자였어? 진짜 실망이다, 지해욱."

누군가가 들었다면 두 사람의 대화였다고 생각할 만큼 해욱이 자신에게 내린 평가는 냉정했다. 사무실의 테이블 위로 널린 옷에는 아직도 시침 핀이 꽂혀 있었다. 수정되지 않은 옷은 펼쳐진 채였고 테이블은 아직 치우지 않은 패턴 조각으로 뒤덮여 있었다. 이것은 해욱이 정신없다는 것을 의미했다.

"망할."

또다시 거친 말을 뱉자마자 기다렸다는 듯이 노크 소리가 울렸다. 똑똑. 경쾌한 노크 소리에 해욱이 눈을 찡그리며 사무실 문을 쳐다봤다. 달각거리는 소리와 함께 조심스럽게 문이 열렸고 문틈 사이로 얼굴이 빠끔히 튀어나왔다.

"안녕."

머리에 무슨 짓을 한 건지 푸른 스프레이로 염색된 머리카락 위로 펄이 반짝거렸다. 며칠만이라고 하면 며칠만인, 꽤 오랜만에 보는 유환의 얼굴에 해욱이 눈을 동그랗게 뜨고 쳐다봤다. 아니, 그것보다 뭐?

"안녕?"

해욱이 어이없다는 듯 유환을 쳐다봤다. 손에 들고 있던 옷을 내려놓으며 자리를 털고 일어서자 유환이 배시시 웃으며 문을 닫고 성큼성큼 들어왔다.

"나 반말하기로 한 거 잊었어? 호칭은 뭐라고 할까?"

"반말은 반말이고 호칭은 호칭이지!"

유환이 소용없다는 듯 고개를 내저었다.

"반말이랑 호칭은 원 플러스 원이죠. 그럼 선생님이라고 부르면서 반말을 하란 말이야? 그게 무슨 말도 안 되는 상황이야."

반말을 하겠다고 패기 좋게 선포해 놓고는 묘하게 존댓말과 반말을 섞어 쓰는 말투에 해욱이 바람 빠지는 소리를 내며 웃었다.

"그래서 네가 정한 호칭은 뭔데? 혹여나 누나 소리 하기만 해봐. 한 살 차이에 누나는 무슨 누나야. 내 나이가 엄청 많은 것 같잖아!"

유환이 눈을 동그랗게 떴다. 아, 그게 지금 화난 포인트인 거야? 씩 웃는 유환의 얼굴에서 해사함이 뚝뚝 떨어졌다.

"좋아, 그럼 해욱이."

"뭐라고?"

해욱이 단칼에 잘라내자 유환이 눈썹을 팔자로 축 늘어뜨렸다. 짙은 화장에 강렬한 헤어를 해놓고도 낑낑거리는 듯한 유환의 모습에 자꾸 입꼬리가 씰룩거렸다. 해욱의 얼굴을 보며 희미하게 웃은 유환이 느긋하게 시선을 내려 해욱의 룩을 담아냈다. 화이트 블라우스에 레드 립이라……. 극명한 색의 대비에 오늘따라 더욱 하얗게 보이는 피부가 눈에 띄었다.

그래, 네 마음대로 해라. 해욱이 어깨를 축 내리며 의자 위로 털썩 주저앉았다. 테이블 위로 펼쳐진 옷을 보던 유환이 감탄사를 내뱉었다.

"어? 이거 내 옷이죠?"

"아직 수정 전이야. 입어봐도 피팅 때랑 똑같으니까 안 입어봐도 돼."

해욱이 곤란한 얼굴을 했다. 테이블 위로 널린 잡다한 것들이 유환의 눈에 엉켜들었다.

"그런데 너 오늘 D사 촬영 있다고 하지 않았어?"

"어? 어떻게 알아요? 내가 말했나? 아닌데."

해욱이 손을 팔랑팔랑 저었다. 손가락 마디마다 끼워진 얇은 반지가 반짝거렸다.

"이호연 이후 최초의 동양인 모델이라고 언론에서 난리인 거 몰라? 인터넷에 접속만 해도 알게 되는 사실이야."

해욱은 칭찬의 의미를 담아 말했지만 유환은 눈살을 찌푸렸다. 이호연, 이호연, 그놈의 이호연.

"사실 촬영 방금 끝났어. 난 D사 화보 촬영만 하는 줄 알았는데 쇼에도 서요. 무려 엔딩 모델로."

유환이 찌푸리고 있던 미간을 펴며 활짝 웃자 해욱의 의외라는 듯 눈썹을 들어 올렸다.

"D사에서 엔딩을 따내다니 너 제법이다?"

진심이 담긴 해욱의 칭찬에 그제야 유환이 만족스러운 얼굴을 했다. 해욱의 맞은편 의자에 털썩 앉자 D사 특유의 무겁고 짙은 향수 냄새가 풍겼다.

"이건 이호연 이후 아니죠?"

이젠 선배님이라는 호칭 따위는 갖다 버린 유환의 말에 해욱이 소리 내어 웃었다. 가느다란 팔을 위로 쭉 뻗어 기지개를 켠 해욱이 고개를 까딱거렸다.

"이호연은 최초의 D사 동양인 모델이었지. 근데 그건 화보 한 정. 그 당시에 동양인은 D사 쇼에 세우지 않았거든. 지금은 시대가 바뀌기도 했고 네가 잘하기도 한 거겠지만 어쨌든 타이밍을 맞추는 것도 네 능력이니까."

유환이 테이블 위로 팔을 올려 턱을 괴었다. 아까는 미처 보지 못한 화려한 반지가 손가락에 끼워져 있다. D라고 적힌 로고가 분명 D사의 협찬 제품인 것 같긴 한데.

"뭐, 결론은 잘했다고. 칭찬이야."

앞으로 넘어온 머리카락을 뒤로 쓸어 넘기며 해욱이 멋쩍게 말했다. 동그란 눈이 반달을 그리며 휘영청 휘어졌다. 유환이 조금 멍청한 표정을 하고 해욱을 쳐다봤다.

평소 까칠한 이미지로 박혀 있는 해욱이지만 웃을 때는 정말 다른 사람이 되었다. 특히 눈을 반달로 샐쭉하게 휘어지게 할 때면 유환은 저도 모르게 해욱을 멍하게 쳐다보곤 했다. 유환의 의자가 드르륵 소리를 내며 뒤로 밀렸다.

"칭찬이야?"

"응, 칭찬."

테이블을 손으로 짚고 조금 더 해욱의 쪽으로 몸을 기울인 유환이 해욱의 뺨을 가볍게 비볐다. 얼굴과 머리카락에 남아 있는 펄 감에 유환의 주위가 온통 반짝이는 착각이 일었다.

"그럼 칭찬하는 김에 조금만 더 인심 써줘요."

반말을 썼다 존댓말을 썼다 순 제멋대로네. 해욱이 순간 발끈하려는데 유환이 뜬금없이 물었다.

"립스틱 들고 왔어요?"

유환의 질문에 해욱이 미간을 좁혔다. 오늘의 포인트라고 자체적으로 정한 레드 립. 오늘따라 입술 위로 꼼꼼하게 빈틈없이 채워지며 예쁘게 발린 밝은 빨간색이 마음에 든 터였다.

"당연하지."

해욱이 고개를 끄덕거리며 대답했다.

"왜?"

유환이 대답 대신 해욱의 턱을 부드럽게 그러쥐었다.

"번질 거니까."

그 말의 의미를 인지하기도 전에 입술이 맞물렸다. 무릎 위에 가만히 놓여 있던 해욱의 손이 위로 올라왔다가 유환에게 닿지 못하고 유환의 셔츠 끝을 말아 쥐었다. 해욱의 뺨을 부드럽게 감싼 유환의 손가락이 옆으로 움직여 해욱의 머리카락 사이로 파고들었다.

얇은 머리카락이 손가락 사이사이로 감겨들었다. 처음 문을 열고 들어올 때부터 눈에 띄던 해욱의 레드 립을 열고 들이가니 말랑말랑한 혀가 있었다. 테이블 위에 반쯤 남은 레몬에이드가 있더라니 해욱의 입에서 상큼한 향이 났다. 고개를 비스듬히 틀어 한 치의 오차도 없이 정확하게 입술이 맞물리자마자 유환은 적극적으로 밀어붙였다.

당황한 건지 굳어 있는 해욱의 혀를 잡아 질척한 소리가 날 정도로 얽고 섞는다. 새콤한 레몬에이드 향과 함께 얼핏 립스틱 특유의 향이 났다. 번졌으려나. 올라가는 입꼬리를 내리며 윗입술과 아랫입술을 번갈아 감쳐물던 유환이 해욱의 입술 위를 느릿하게 핥아냈다. 꼭 어린아이가 소중하게 받은 사탕을 음미하며 아껴 먹는 것처럼 아주 천천히.

"우와, 다 번졌다. 수정해요."

개구지게 웃은 유환이 해욱의 입술 주위를 손등으로 슥 훔쳐 냈다. 레드 립이 연하게 변해 버린 것을 보며 소맷자락으로 자신의 입술을 닦아내자 장렬하게도 묻어 나오는 붉은 색에 조금 부끄러운 기분이 되어버렸다.

"너 진짜."

해욱이 느릿느릿 말을 뱉어냈다. 아직도 당황한 채인 듯 파르르 떨리는 눈꺼풀을 따라 예쁘게 말려 올라간 속눈썹이 오르락내리락 움직였다.

"D사 쇼에 초대 받았지?"

"응."

해욱이 당연하다는 듯 대답하자 유환이 셔츠 주머니에서 금색으로 빛나는 초대장을 내밀었다.

"이건 내가 주는 D사 쇼 초대장. 내 초대로 와줘요. 내가 어떤 워킹을 하는지, 어떤 피날레를 만드는지 보러 와요."

해욱의 손에 친절하게도 초대장을 꼭 쥐여준 유환이 짓궂게 웃었다.

"아듀 쇼 전에 예행연습이라고."

"D사를 예행연습으로 서는 모델이라니."

"내가 화보 촬영 중에 이 초대장 주고 싶어서 달려왔어요."

그래서 그 모양이었구나. 화려하다 못해 눈에 띄는 화보용 헤어와 메이크업. 해욱이 고개를 끄덕였다. 해욱이 내비친 긍정의 표시에 유환이 기쁜 듯 주먹 쥔 손을 오므렸다 펴기를 반복했다.

"쉬는 시간 중에 온 거라서 바로 가봐야 해요. 사실 매니저 형한테 혼날 것 같기도 하고."

진우의 불같은 잔소리를 떠올린 유환이 싫은 얼굴을 했다.

"그럼 가볼게."

반말인지 존댓말인지 알 수 없는 말투를 구사해 내며 사무실 문고리를 잡아 여는 유환의 손가락을 물끄러미 바라보던 해욱이 나른하게 웃었다.

"초대장 주는 게 뭐라고, 협찬 반지도 못 빼고 올 만큼 급했나?"

귀엽긴. 어차피 D사의 디자이너인 반아쉐에게 초대는 받았지만, 그럼 나는 이쪽 초대로 가는 걸로 해볼까. 손에 들린 초대장을 내려다보던 해욱이 파우치에서 립스틱과 거울을 꺼내 들었다.

7. 고통은 그냥 삼키면 돼

"리허설 끝입니다!"

엔딩 모델이자 쇼의 피날레를 알리는 유환을 끝으로 리허설은 마무리됐다. 수십 명의 모델이 각기 다른 모습으로 런웨이에 올랐다. 리허설이지만 본 쇼와 같이 엄숙하고 진지했다. 쇼에 오르기 전 마지막으로 동선을 체크하며 리허설을 잘 끝낸 유환이 백스테이지로 내려왔다. 백스테이지에 걸린 큰 스크린으로 리허설을 하는 모델들의 모습이 녹화되어 흘러나왔다.

"어때?"

대기실로 돌아온 유환을 보며 진우가 물었다. 건성으로 고개를 끄덕인 유환이 의자에 앉자 기다렸다는 듯 헤어와 메이크업 팀이 유환에게 붙었다.

"김유환 선배님, 엔딩 리허설 완전 멋있었어요."

유환이 고개를 돌리자 잡지에서 본 것도 같은 예쁜 얼굴의 여자 모델이 방긋방긋 웃으며 말을 걸어왔다. 아, 기억났다. 방금 런웨이에서 발을 삐거덕거리며 워킹을 엉망으로 하던 여자 모델.

"이번에 나온 화보도 봤어요. 이호연 선배님이랑 같이 찍으셨던데, 전 선배님이 더⋯⋯."

유환이 귀찮은 듯 눈을 찡그렸다. 예민함이 묻어나는 얼굴로 손에 들고 있던 휴대폰에 연결된 이어폰을 귀에 꽂았다. 멍청한 표정만큼이나 백치미로 무장한 여자 모델을 흘끗 쳐다본 유환이 해사하게 웃었다. 유환이 웃자 여자 모델이 이유도 알지 못한 채 덩달아 얼굴을 붉히며 웃었다. 유환의 고집스러운 얇은 입술이 달싹거리다가 곧 건조한 목소리를 뱉어냈다.

"그쪽은 워킹 연습이나 제대로 하고 서요. 다른 모델들한테 피해 주지 말고. 아, 안 넘어지면 다행이려나."

말갛게 올라간 입꼬리 너머로 크지 않은 목소리였지만 또렷하고 분명하게 들리는 조소에 여자 모델이 어깨를 씩씩거리다가 몸을 홱 돌려 나갔다. 그 모습을 옆에서 지켜보던 진우가 길게 한숨을 내쉬었다.

"아무튼 김유환 성격 지랄맞아."

"워킹도 못하는 게 모델인 척하잖아. 얼굴만 예뻐서 뽑힌 주제에. 돈이랑 시간 있으면 워킹 연습을 하란 말이야. 뜯어고칠 생각만 하지 말고."

신랄하게 비판을 내뱉은 유환이 콧방귀를 뀌며 볼륨 버튼을 높였다. 하나하나 맞는 말이라 반박할 생각을 하지 못한 진우는 여자 모델이 사라진 복도를 바라보며 혀를 차는 것으로 모든 대꾸를 대신했다. 요새 가장 핫한 모델이라는 수식어가 붙는 만큼 D사의 엔딩 모델로 서는 유환에게 많은 추파가 날아왔다. 여자 모델들의 은근한 시선을 가차 없이 무시한 유환이 짜증을 내며 이어폰을 뽑았다.

"형, 대기실 문 닫아줘."

D사에 오르는 여자 모델들을 짜증이라는 단어로 치부해 버리는 유환을 보며 진우가 부러움에 몸을 떨었다. 노래를 듣고 있나 했더니 유환의 휴대폰 화면 위로 호연의 런웨이가 띄워져 있다. 그것을 흘끗 내려다본 진우가 아무 말 없이 대기실 문을 잠갔다.

"D사의 엔딩에 선다고 열심히 하는 건 아닐 테고, 갑자기 적극적으로 변한 이유가 뭐야?"

진우가 비스듬히 팔짱을 끼며 옆에 앉았다. 유환의 머리카락 위로 잔뜩 스프레이를 뿌리며 뿌리 끝까지 공을 들이고 있는 헤어팀을 힐끔 올려다본 진우가 물었다. 스프레이가 뿜어내는 특유의 냄새가 싫다는 듯 눈을 찡그린 유환이 어깨를 으쓱 올렸다.

"안 가르쳐 줘."

"뭐야?"

어쩐지 낚인 기분에 길길이 날뛰는 진우를 보며 장난스럽게 웃은 유환이 이어폰을 다시 귀에 꽂았다.

"지해욱 씨! 여기요!"

"여기 봐주세요!"

여기저기에서 플래시가 터졌다. D사. 은은한 골드 빛을 배경으로 한 포토 존은 이미 수많은 인파에 둘러싸여 있다. 그 가운데 해욱이 익숙하다는 듯 여유롭게 웃으며 손을 흔들고 있었다.

평소보다 굵은 컬을 넣은 엷은 갈색의 머리카락은 허리 위에서 흔들렸다. 깔끔한 화이트 슈트를 맞춰 입은 해욱은 아찔한 하이힐과 작은 클러치, 레드 립, 이 세 단계에 포인트를 주었다. 거기에 목과 팔에는 볼드한 빅 사이즈의 주얼리를 매치해 깔끔하지만 자신의 코드가 정확하게 반영된 룩을 표현했다. 해욱이 눈을 반달로 접으며 웃었다.

"이번 시즌 D사의 포인트는 뭐라고 생각하시나요?"

포토 존 옆에 대기하고 있던 리포터가 해욱에게 다가와 물었다. 반짝거리는 플래시세례에도 눈 한번 깜짝하지 않은 해욱이 여유롭게 말을 이었다.

"이번 컬렉션에서 볼 만한 부분은 역시 플라워 패턴이겠죠. 남자다움을 추구하는 D사에서 플라워 패턴을 넣은 건 도전이라고 볼 수 있으니까요."

해욱이 붉은 입꼬리를 동그랗게 말아 올렸다. 더 이상의 인터뷰는 하지 않겠다는 듯 리포터보다 앞서 짧게 묵례를 건넨 해욱이 포토 존을 지나쳐 나왔다. 쇼장으로 들어가자 따라붙는 플래시세례에 진저리가 쳐졌다.

"D사는 꼭 포토 존에 인터뷰를 넣더라. 귀찮게."

해욱이 짜증 섞인 목소리를 내며 쇼장으로 들어섰다. 이미 수많은 사람들이 자리한 곳을 지나쳐 런웨이가 바로 보이는 VVIP석에 앉은 해욱이 비스듬히 다리를 꼬았다. 쇼의 시작 시간이 얼마 남지 않았다는 것을 일리듯 음악 소리가 잔잔하게 울려 퍼졌다.

저 멀리 D사의 디자이너인 반아쉐가 보였다. 짧게 눈짓으로 인사를 건넨 해욱이 쇼장을 둘러보았다. 고급스럽고 어두운 분위기와 어우러지는 플라워 패턴이라……. 둥둥거리는 음악 소리가 잦아들고 불이 꺼졌다. 작게 들리던 음악 소리가 커지고 런웨이 위로 밝은 조명이 핀 포인트를 터뜨리며 켜졌다. D사의 브랜드 로고가 갈라지며 오프닝 모델이 걸어 나왔다.

플라워 패턴은 참신했다. 남성복에 플라워 패턴이라는 말이 무색할 만큼 잘 어울렸다. 해욱마저도 고개를 끄덕이게 만든 D사의 도전은 가히 성공적이었다.

각기 다른 모델들의 워킹을 지켜보던 해욱이 의자 뒤로 편안하게 기대고 있던 상체를 천천히 일으켰다. 엔딩이 가까워져서였다. D사의 핵심적인 룩을 입고 나올 엔딩 모델의 마지막 워킹만이 남은 피날레. 절정으로 치달은 웅장한 음악 아래 마지막으로 D사의 로고가 열렸다. 익숙하지만 전혀 다른 얼굴을 한,

"김유환."

해욱이 입술을 작게 달싹였다. 그리고 D사의 마지막을 장식할 유환의 런웨이가 시작됐다.

윤이 나듯 반짝거리는 런웨이를 밟을 때면 가슴이 터질 것처럼 떨렸다. 런웨이로 입장하는 입구를 상징하듯 큼지막하게 만들어진 D사의 로고가 열리고 유환이 워킹을 시작했다. 유환의 앞에 선 모델이 스치듯 지나쳤고, 그때부터 유환만의 진정한 런웨이가 시작되었다. 몇십 미터의 긴 런웨이 위에 새겨진 D사의 또 다른 로

고가 눈으로 박혀들었다. 밝은 조명 탓에 무대에서는 사람들이 보이지 않았다. 그저 D사와 플라워 패턴, 그것을 잘 표현하기 위한 표정을 짓고 워킹을 했다.

'이 런웨이에서 나는 가장 주목 받는 사람이야.'

유환이 최면을 걸며 앞으로 걸어갔다. 가장 자신 있는 것은 화보도 영상도 아니었다. 모델이라면 주 무기여야 할 런웨이 위의 워킹이었다. 무심하게 걸어가는 것처럼 보이지만 철저하게 계산된 워킹을 하며 런웨이의 끝을 향해 걸었다. 밝은 조명을 따라 길게 드리우는 그림자를 밟으며 가감 없이 무대를 압도하자 연이어 플래시세례가 터졌다.

가장 좋은 자리인 VVIP석에서 익숙한 얼굴이 보인다. 눈이 부실 정도로 새하얀 슈트 위로 엷은 갈색의 머리카락이 넘실거리는, 그 실루엣이 붉은 입꼬리를 올려 웃고 있다. 나를 제대로 보고 있을까. 계속 머무르고 싶은 시선을 애써 돌리며 가장 중앙을 향해 눈을 내리깔았다가 천천히 치켜떴다. 피날레에 걸맞게 위에서 붉은 장미 꽃잎이 떨어져 내렸다.

음악 소리 가운데 사람들의 탄성이 귀에 박혔다. 정석대로 3초간 멈춰 섰다가 망설임 없이 턴을 했다. 런웨이 위로 **총총 떨어진** 꽃잎을 밟으며 워킹을 했다. 보기엔 예쁘지만 모델에게는 사실 미끄럽기만 한 장애물이다. 플라워 패턴으로 물든 구두 끝에 힘을 주어 미끄러지지 않게 워킹을 하며 D사의 로고 바로 앞으로 걸어가 한 번 더 엔딩 포즈를 잡고 백스테이지로 걸어 나가자 비교할 수 없을 만큼 어마어마한 박수가 터져 나왔다.

"유환 씨! 메이크업!"

백스테이지로 들어서자마자 곧 있을 디자이너와의 인사를 위해 모두가 분주했다. 그 가운데 엔딩 모델인 유환에게 헤어와 메이크업 팀의 손길이 쏟아졌다. 조명과 땀으로 인해 번진 화장과 무너진 머리카락을 처음처럼 다시 올려 세웠다.

"다시 들어가요!"

진정한 마지막. 반짝이는 반지가 끼워진 손을 들어 기쁨의 박수를 치며 런웨이 위로 나가자 함성과 박수 소리가 쇼장 가득 울려 퍼졌다. 가슴이 벅차오르는 기분과 함께 긴장이 녹아내리며 유환의 얼굴 위로 환한 웃음이 번졌다.

똑똑. 열린 문으로 노크 소리가 들리자 화장을 지우던 유환이 고개를 휙 돌렸다. 문틈으로 빠끔히 보이는 얼굴, 노크의 주인공이 해욱이란 걸 발견하자마자 유환이 기쁜 듯 웃었다.

"어땠어요?"

곧장 날아오는 유환의 질문에 해욱의 예쁜 레드 립이 한껏 호선을 그리며 휘어졌다.

"너밖에 안 보였어. 아듀 오프닝도 오늘처럼만 부탁할게."

사심 없는 순수한 칭찬에 웃고 있던 유환의 눈꼬리가 가늘어졌다. 얼이 빠진 얼굴을 한 유환이 느리게 눈을 깜빡였다.

"엄청난 칭찬을 해줬는데 반응이 왜 그래?"

"진짜 나밖에 안 보였어요?"

"뭐?"

이상하게 되짚어오는 포인트에 해욱이 멋쩍게 웃었다. 해욱이 웃자 흔들거리는 상체 위로 볼드한 목걸이가 반짝거렸다.

"오늘 엔딩보다 더 멋진 오프닝 만들게요!"

벌떡 일어선 유환이 개구지게 웃으며 앉아 있는 해욱을 덥석 끌어안았다. 잔뜩 수놓아진 플라워 패턴이 눈을 어지럽게 만들었다.

"너 진짜!"

이제는 이런 갑작스러운 스킨십이 놀랍지도 않다는 듯 해욱이 손을 올려 유환의 등을 토닥거렸다. 그것이 좋아 유환이 조금 더 세게 해욱을 끌어안았다.

"그런데."

"응?"

해욱이 유환의 어깨를 잡아 밀며 거리를 만들자 유환이 눈을 찡그렸다.

"너 반말이든 존댓말이든 하나만 하라고, 헷갈리니까."

해욱의 손가락이 유환의 볼을 톡톡 두드렸다. 가느다란 손가락이 닿자 유환의 몸이 옅게 떨렸다.

"응."

기다렸다는 듯 말을 놓아버리는 유환의 모습에 해욱이 유환의 머리카락을 잔뜩 헤집어놓았다. 젤과 스프레이로 굳어진 머리카락을 흩트리자 딱딱하던 것이 곧 흐물흐물하게 풀어졌다.

"화장 지우고 옷 갈아입고 하면 얼마나 걸려?"

"30분 정도?"

"기다릴게."

유환이 놀랍다는 듯 눈을 동그랗게 떴다.

"지금 데이트 신청하는……."

"아니야."

단호하게도 잘려나간 말에 유환이 아쉽다는 듯 어깨를 으쓱 올렸다. 해욱이 차 키를 흔들며 주차장을 가리키곤 대기실을 빠져나갔다. 망설임 없이 사라지는 뒷모습에 유환이 투덜거렸다. 뭐, 곧 만나면 되니까. 씩 웃은 유환이 조금 더 빠르게 손을 놀려 메이크업을 지워나갔다.

쇼가 끝난 뒤 메이크업을 지우는 일은 모두 모델 본인의 역할이었다. 이번 쇼는 옷이 화려한 것에 비해서 헤어도 메이크업도 무난했다. 다른 이유로 다행이라고 생각한 유환이 원래 입고 온 옷에 팔을 꿰어 넣었다. 깔창이 전혀 필요 없는 낮은 굽의 옥스퍼드화도 대충 끼워 신었다.

"이런."

유환이 낮은 욕설을 내뱉었다. 런웨이 위로 떨어지던 꽃잎에 미끄러지지 않기 위해서 발목에 힘을 준 것이 무리가 갔는지 발목이 시큰거렸다. 다른 쇼보다 유난히 긴 거리를 자랑하는 런웨이 위로 미친 듯이 꽃잎을 뿌려대더라니. 리허설 때도 피날레에서 꽃잎을 뿌린다는 말은 듣지 못했다.

"뭐, 괜찮겠지."

귀찮은 얼굴을 한 유환이 빠르게 대기실을 빠져나왔다. 주차장으로 내려가는 유환의 발걸음이 무척이나 가벼웠다.

"어차피 쇼가 코앞이니까 못 먹는 것도 많을 것 같아서 채식 뷔페로 왔어. 괜찮지?"

해욱이 배려 넘치게 묻자 유환이 대답 대신 고개를 끄덕였다.

세팅되어 있던 머리카락을 억지로 흩트려서 이리저리 뻗친 모양새가 귀여웠다.

"어디든 안 좋겠어요."

개구지게 눈을 휘어 웃는 유환의 모습에 해욱의 눈이 황당함을 담았다.

"이젠 그런 네 말에도 적응되어 가는 내가 무서울 정도야."

해욱의 말에 유환이 소리 내어 웃었다. 드르륵 소리를 내며 의자를 밀어낸 유환이 앞에 놓인 그릇 두 개를 들고 일어섰다.

"샐러드 담아올게."

대답을 하기도 전에 샐러드 바를 향해 걸어가는 유환의 뒷모습을 해욱이 멀뚱하게 쳐다봤다. 척 보아도 직업이 예상되는, 모델의 바디 라인이 여실하게 드러나는 유환의 뒷모습에 해욱이 테이블 위로 팔을 괴고 본격적으로 유환을 쳐다보기 시작했다. 고작 샐러드를 담아오는 주제에 열심히 고민하느라 미간을 찌푸린 모습은 런웨이 위에 서 있던 유환이 생각이 나지 않을 지경이다.

쇼장에서 곧장 오느라 타이트한 하얀 슈트를 입은 포토 존의 차림 그대로 자리를 잡고 앉은 해욱의 주위로 남자들의 시선이 엉켰다. 턱을 괸 채로 비스듬히 유환의 걸음걸이를 따라 고개를 돌리자 어깨 위로 넘어가 있던 머리카락이 앞으로 내려와 넘실거렸다. 하얀 슈트 위로 엷은 갈색의 머리카락이 구불구불하게 길을 냈다.

해욱이 좋아할 만한 것들을 그릇에 예쁘게 담아내던 유환이 무심코 고개를 들었다가 해욱의 주위에 서린 묘한 기류를 읽어

내곤 잔뜩 얼굴을 구겼다. 남자들의 시선에 오히려 유환이 불쾌해지고 있었다. 자신을 보고 있는 건지 데이블에 턱을 괸 채로 눈이 마주치자 방긋 웃는 해욱의 모습은 무척이나 매력적이었다.

"미치겠네."

유환이 작게 중얼거리며 입을 벙긋거리자 해욱이 눈을 동그랗게 뜨곤 고개를 갸웃거렸다. 유환이 해욱이 앉은 테이블을 향해 성큼성큼 걸어갔다. 양손에 든 그릇을 테이블 위로 소리 나지 않게 내려놓곤 해욱의 머리카락 끝을 살짝 잡았다가 놓았다. 엷은 갈색의 머리카락이 큰 물결을 그리며 손가락 사이사이로 빠져나갔다.

"왜?"

해욱이 고개를 비스듬히 돌려 묻자 유환이 아니라는 듯 고개를 저었다. 손에 감긴 머리카락을 자연스레 어깨너머로 넘긴 유환이 그대로 해욱의 맞은편에 가서 앉았다. 무언의 영역 표시와도 같은 행동에 주위의 남자들이 일제히 시선을 돌렸다. 해욱이 어깨를 으쓱이곤 포크를 집어 들었다.

"오늘 어땠어, 내 워킹? 디자이너 선생님께 직접적으로 평가 듣는 건 처음이라서 조금 떨립니다."

유환이 길게 심호흡을 하는 시늉을 하자 해욱이 얄밉다는 듯 샐쭉하게 눈을 흘겼다. 해욱은 방금 전 런웨이에서 보았던 유환의 워킹을 다시금 머릿속으로 떠올렸다.

"머리부터 발끝까지 플라워 패턴."

"응."

"그런 경우의 가장 큰 실수가 모델이 옷에 먹혀 버리는 거야."

포크로 샐러드 위에 놓인 방울토마토를 콕콕 찌르던 유환의 손이 멈췄다. 늘 흐드러지게 웃고 있던 눈이 놀라움을 담고 커졌다.

"옷에 먹혀?"

"셔츠, 타이, 슈트, 신발까지 전부 플라워. 널 보여줄 수 있는 거라곤 고작 표정과 워킹이 다인 런웨이에서 옷에 털끝 하나도 잡아먹히지 않은 모델은 너뿐이었어."

붉게 물든 입술이 낭창하게 벌어지며 앞에 놓인 작은 망고 조각을 담았다.

"뭐야, 그 얼빠진 얼굴은?"

"뭐라고 해야 하지? 이런 평가는 처음이라서. 음."

더듬더듬 이어지는 유환의 목소리에 해욱이 웃음을 터뜨렸다. 높은 톤의 목소리가 귓가에서 낭창하게 울렸다.

"칭찬인데 왜 욕먹은 표정을 하고 있는 거야?"

해욱이 고개를 좌우로 젓자 어깨 위로 구불거리는 머리카락이 따라 움직였다. 그 모습이 신기해 물끄러미 바라보던 유환이 기분 좋게 아주 일상적인 말투로 해욱에게 물었다.

"선생님, 키스해도 돼요?"

뜬금없고 직설적인 유환의 말에 해욱이 눈을 찡그렸다. 까칠하고 예민해 보이는 눈꼬리가 유환을 흘겨봤다.

"이럴 때만 어린 척하지 마. 네 말대로 한 살 차이에."

불리할 때만 존댓말이라니까. 이제는 직접적인 말도 익숙하게 무시하며 옆에 놓인 파스타를 포크로 돌돌 감는 해욱의 모습에 유환이 눈썹을 팔자로 축 늘어뜨렸다.

"넌 스킨십을 너무 좋아해."

해욱이 심드렁하게 말하자 유환이 눈실을 찌푸리며 단발마의 소리를 냈다.

"그렇게 스킨십을 난발하면 여자는 착각한다고."

입술 위로 묻은 샐러드 소스를 혀로 가볍게 훑은 해욱이 중얼거리자 유환이 싫은 내색을 했다.

"난 아무한테나 스킨십 안 하는데, 오해하면 안 돼요."

해욱이 무미건조하게 고개를 끄덕였다. 망고 조각 하나를 다시 포크로 콕 찌르는 해욱의 손을 보던 유환이 순간 눈을 반짝였다.

"잠깐만. 그 말은 선생님도 착각했다는 거지?"

"무슨 헛소리야?"

해욱이 투덜거리며 샐러드를 포크로 뒤집었다. 반말은 날름 잘 쓰면서 이럴 때 선생님이란 호칭은 또 뭐람. 해욱이 밖으로 뱉어지지 못한 말을 얇게 썰린 파프리카와 함께 삼켰다.

8. 알면 알수록 좋아서 그래

"요새 왜 이렇게 기분이 좋아?"

진우가 유환의 스케줄을 정리하며 물었다. 원래도 긍정적이고 낙천적인 성격의 유환이지만 요즘 따라 시도 때도 없이 웃어대서 이상하게 생각하고 있는 터였다.

"아듀 쇼가 내일이잖아."

사실은 해욱의 쇼라는 것이 더 큰 이유지만, 진우가 들으면 분명 꼬치꼬치 캐물을 것이 뻔해서 그 말은 쏙 빼버린 유환이 거울 앞으로 바짝 다가섰다. 짤막한 영상 촬영을 위해 방금 메이크업을 끝낸 자신의 얼굴을 자세히 살펴보던 유환이 눈가의 번진 부분을 무심코 손등으로 슥 닦아냈다.

"유환 씨, 그거 일부러 번진 콘셉트라니까."

어떻게 본 건지 쪼르르 달려온 메이크업 팀이 투덜거리며 유환의 눈가로 다시 라이너를 옮겼다.

"미안해요, 누나. 깜빡했어."

눈매를 몽환적으로 만들어준다는 퍼플 톤의 아이라인이 유환의 눈매를 따라 길게 그려졌다. 번짐의 효과를 주기 위에 약지로 문지르는 촉감이 낯설어 유환이 미간을 좁혔다.

"됐다. 또 건드리면 안 돼요."

신신당부하는 목소리에 유환이 위아래로 고개를 크게 움직였다. 메이크업 팀과 교대라도 하듯 들어온 스타일 팀이 옷걸이에 단정하게 걸린 옷을 건넸다.

"이거 입으시면 돼요."

"네."

옷을 입자마자 거울을 볼 시간도 없이 들어간 영상 촬영은 아무래도 화보 촬영보다는 힘들었다. 새로운 장르라는 것이 재미있긴 했지만 여러 컷을 찍어 잘 나온 사진 하나를 내놓는 것과 처음부터 끝까지 제대로 찍어 잘 나온 영상을 내놓는 것은 달랐다. 연이은 촬영으로 녹초가 된 유환이 뒤엉킨 구두끈을 풀어내다가 단말마 소리를 냈다.

"아아!"

"왜 그래?"

진우가 금세 유환을 돌아봤다. 유환이 짐짓 심각한 표정으로 구두를 벗고 힐끔 진우의 눈치를 보았다.

"뭐야, 너 발목?"

유환이 얼굴을 일그러뜨렸다. 신발이 조금 작은 것 같긴 했지만 이렇게나 부어버리다니. 물론 그 이유가 전부는 아니었다. 손으로 발목을 꾹꾹 누르자 진우가 눈을 휘둥그레 뜨며 유환의 손을 저지했다.

"너 이거 병원 가봐야 된다. 퉁퉁 부어서 엉망이잖아. 모델은 발목이 생명이라고 했어, 안 했어?"

"괜찮아. 내일 쇼만 끝나면……."

"뭐가 내일이야? 오늘 당장 가!"

진우가 제법 단호한 표정을 지었다. 조심스러운 손길로 발목 여기저기를 아프지 않게 눌러본 진우가 한숨을 내쉬었다.

"너 설마 이 꼴인 거 알면서 나한테 말 안 한 건 아니지?"

유환이 대답 대신 입술을 꾹 깨물었다.

"그래?"

진우가 더욱 길게 한숨을 내쉬며 바닥을 쳐다봤다. 척 보기에도 퉁퉁 부은 발목을 어떻게 저 신발 안으로 구겨 넣은 건지. 미련하긴.

"오늘 가서 지지대 대고 붕대 감아서 고정시키고 있으면 금방 좋아질 거야."

"괜찮다고 했잖아."

발목을 잡고 있는 진우의 손을 밀쳐낸 유환이 자리를 털고 일어섰다.

"김유환 너, 모델 생활 오래 하고 싶으면 발목은 바로바로……."

"쇼가 내일이야. 내 오프닝 의상은 블랙이고 그 룩에는 9부 팬츠가 들어가. 발목에 붕대 칭칭 감고 '나 다쳤어요' 광고하란 말이야? 패브릭 한 장으로도 핏이 달라진다는 건 형이 더 잘 알잖아."

유환이 신경질적으로 나머지 구두 한쪽을 벗어냈다. 구두가 바닥으로 떨어지는 둔탁한 소리가 조용한 대기실을 울렸다.

"내가 얼마나 서고 싶어한 쇼인지도 알잖아."

유환의 목소리에 날카로움이 서렸다. 늘 개구지게 웃고 있던 얼굴 위로 그림자가 드리워졌다. 웃음기가 담기지 않은 눈매는 매서웠고 입꼬리는 축 내려갔다. 예민함을 담은 손이 채 지워지지 않은 화장을 마구잡이로 문질렀다.

"야, 너 눈에 다 들어가!"

진우가 다급하게 유환의 손을 잡아 내렸다. 이미 번질 대로 번져 버린 펄이 유환의 얼굴 위에서 반짝였다.

"쇼 끝나면 바로 치료 받을게."

"워킹 할 때 얼마나 발목에 무리가 가는지 네가 더 잘 알잖아. 불편한 구두에, 높은 굽에, 목이랑 허리는 바짝 세우고 팔은 최대한 흔들리지 않게, 그렇게 걷기 위해서 발끝에, 발뒤꿈치에, 발목까지 온통 힘을 줘야 된다는 거 네가 더 잘 알잖아!"

진우가 참지 못하고 언성을 높였다. 진우의 호통이 걱정에서 나오는 것이라는 걸 누구보다 잘 알기에 유환은 대답 대신 입을 다물었다. 고집스럽게 다물어진 얇은 입술이 미동을 하지 않았다.

"어쩔 수 없어."

유환의 입술이 보일 듯 말 듯 달싹거렸다. 입고 있던 옷을 휙 벗어버린 유환이 소파 위에 널브러진 자신의 티셔츠를 껴입었다.

"너 이번 아듀 쇼 포기 안 하면 그 뒤로 있는 런웨이가 줄줄이 취소야. 알지? 너 이번에 처음으로 A사에서 캐스팅된 거. 개런티도 높은데다 오프닝이야. 네 이름을 더 알릴 수 있는 기회라고. 누가 봐도 이건……."

"형."

유환이 말갛게 웃었다.

"내 대답이 뭘지 뻔히 알면서 왜 그래?"

"김유환 너!"

단말마로 터진 한숨 소리와 함께 진우가 큰 소리를 내며 자신의 이마를 쳤다. 유환이 깔끔한 디자인의 가죽 백팩을 한쪽 어깨에 걸쳤다. 씩 웃은 유환이 손가락 두 개를 펼쳐 브이를 척 내밀었다.

"나 또라이인 거 알지? 나한테는 아듀가 제일 먼저야."

"거짓말하기는. 지해욱 선생님의 아듀니까 먼저겠지."

유환은 부정하지 않았다. 개구진 눈매가 상냥하게 휘어졌다. 진우가 더 잔소리하기 전에 손을 휘휘 내저은 유환이 잽싸게 문을 열고 나갔다. 문이 닫히기 직전, 문틈 사이로 유환의 보기 드문 굳은 얼굴이 보였다. 저래 보여도 걱정은 되겠지. 진우가 소파 옆 바닥에 아무렇게나 놓인 유환의 협찬 구두를 노려보다가 그것을 발로 툭 걷어찼다.

"어떡한담."

신우가 곤란한 듯 중얼거렸다.

"준비는 끝났어?"

슬그머니 문을 밀고 들어온 상현이 소파 위로 털썩 소리를 내며 앉았다. 벨벳 재질의 소파가 상현의 무게에 천천히 주저앉았다. 하던 일을 그대로 하면서 눈만을 흘끗 들어 상현을 쳐다본 해욱이 단호하게 대답했다.

"당연하지. 내일이 쇼잖아."

구불거리는 갈색 머리카락을 한쪽으로 모아 화려한 스팽글과 같이 얼기설기 땋아 내린 모양새가 독특했다. 그것을 물끄러미 보던 상현이 망설이다 입술을 달싹였다.

"오프닝은 어쩔 거야?"

모델의 순서가 담긴 파일을 훑어보던 해욱이 페이지를 넘기며 반문했다. 웬만해선 눈도 들지 않고 있는 모양새가 쇼의 바로 전날인 것을 느끼게 해줄 만큼 묘한 긴장감이 돌았다.

"김유환 말이야."

유환의 이름에 그제야 해욱이 고개를 들어 상현을 쳐다봤다.

"발목 다쳤다고 하던데, 매니저가. 그런데도 치료를 미루고 아듀 오프닝 무대에 설 거라고 고집을 부려서 염치없지만 너보고 말려달라고 전화 왔더라."

"나한테 염치없는 일을 왜 너한테 들어야 하는데?"

"너한테 직접 전화하긴 쫄렸나 보지."

네가 패션계에서 별명이 욱인 건 아냐고. 머릿속으로 떠올린 말을 금세 지운 상현이 두 손을 깍지 껴 머리 뒤로 비스듬히 눌렀다. 제 집 안방과도 같아 보이는 상현의 편안한 자세에 해욱이 눈을 흘겼다.

"발목을 다쳤는데 오프닝에 서겠다는 거야?"

"네 무대에 서고 3일 뒤에 있는 A사를 포기한다고 하던데."

상현이 낮게 휘파람을 불었다. 유환의 패기, 혹은 똘기라고 불리는 것에 대한 경의의 휘파람. 낮지만 음의 흔들림 없이 흘러나오는 휘파람 소리가 거슬린다는 듯 해욱이 잔뜩 미간을 찌푸렸다.

"걔 또라이라고 네가 좀 말했냐? 진짜 또라이였어."

상현이 말을 뱉어내고 힐끔거리며 해욱의 눈치를 봤다. 일부러 한 말인데도 해욱은 다른 것에 신경 쓰고 있는지 상현을 보지 않았다. 상현이 남몰래 안도했다.

"많이 다쳤어?"

"정확한 건 나도 몰라. 매니저가 엉망으로 이야기했거든."

걱정의 빛이 스쳐 지나가는 해욱의 얼굴을 본 상현이 유환의 매니저가 앞뒤 없이 횡설수설하던 것을 떠올리며 심드렁하게 대답했다. 해욱이 입술을 삐죽이며 이리저리 눈동자를 굴렸다.

"윤상현."

풀 네임으로 불리는 자신의 이름에 상현이 깍지 낀 손을 스르륵 풀며 해욱을 쳐다봤다. 남들보다 색이 옅은 눈동자가 상현에게 매섭게 닿았다.

"김유환 매니저한테 전해."

"뭘?"

"오프닝 의상 바뀌었다고."

상현이 입을 쩍 벌렸다. 그야말로 경악으로 뒤덮인 얼굴이 볼 만하다고 생각하며 해욱이 통쾌하게 웃었다.

"오프닝 의상이 뭐? 이번엔 네가 미친 거지? 내일이 쇼라는 거 잊었어?"

"새로 만드는 거 아니야. 엔딩이랑 오프닝 의상만 바꿀 거야."

"뭐?"

사실상 오프닝과 엔딩의 의상만 바뀌더라도 모델들 순서는 몽땅 다시 짜야 하지만. 해욱이 손을 올려 마른세수를 했다. 애끼반지라고 불리는 것이 새끼손가락 끝에서 반짝거렸다. 얼굴을 문지른 손이 자연스럽게 올라가 머리카락을 만졌다. 오늘따라 스팽글까지 같이 땋아놓은 터라 헝클어뜨릴 수도 없고. 해욱이 들고 있던 파일을 덮었다.

"이번 쇼는 그라데이션이야. 오프닝의 블랙부터 엔딩의 화이트까지. 중간 모델들은 블랙에서 화이트까지 가는 변화를 보여주는 명도만 다른 그레이의 그라데이션."

자신이 아듀의 디자이너인 양 잘도 읊어대는 상현을 보며 해욱이 만족스러운 표정을 지었다. 서당 개 3년이면 풍월을 읊는다더니 보고 들은 건 있나 보네. 해욱이 파일을 테이블 끝으로 밀어내며 모델들의 바디 사이즈가 적힌 종이를 찾았다.

"김유환 의상이 화이트로 바뀌었다고 전해."

상현이 자리에서 벌떡 일어섰다.

"김유환은 블랙이잖아. 이호연을 화이트로 정해놓고 시작한 쇼라는 거 잊었어? 김유환을 왜 그렇게 신경을 쓰는 건데?"

직설적으로 날아온 질문에 해욱이 불편한 얼굴을 했다.

"몰라."

"뭐?"

"나도 모르겠어."

숨을 고르는 건지 생각을 하는 건지 창문 너머를 잠깐 동안 쳐다본 해욱이 눈을 찡그리며 웃었다. 이상해진 상현의 표정을 보곤 조금 더 크게 웃어버렸다.

"모델한테는 발목이 생명이야. 바로 치료 받지 않으면 쉽게 자주 망가져 버리지. A사도 포기하고 아듀에 서겠다는 애를 캔슬시키는 대신 내가 해줄 수 있는 건 이게 다야. 패브릭 하나에도 핏은 달라져. 블랙 의상에 들어가는 룩은 9부 팬츠야. 발목이 노출되는 의상인 거 알잖아. 발목이 드러나지 않게 하려면 화이트 의상에 롱 워커가 필요하겠지. 나머지 워킹을 제대로 하느냐 무너져 내리느냐는 모델 본인의 몫이고."

상현의 얼굴 가득 담은 황당함이 고스란히 전해졌지만 해욱은 보지 못한 척 고개를 돌리며 말을 이었다.

"올라올 때 내 방으로 엔딩이랑 오프닝 의상 가지고 와. 수정하게."

상현은 이제 말리기를 포기한 듯 해탈한 목소리를 내며 고개를 내저었다.

"오늘 안으로 가능하겠어?"

여전히 황당하고 경악스러운 표정을 하면서도 군소리 없이 문 앞으로 걸어가는 상현의 모습에 해욱이 당연하다는 듯 고개를 끄덕였다.

"내려가는 길에 김유환 매니저한테 바로 연락해. 오늘 당장 치료 안 받고 오면 쇼에서 캔슬시켜 버리겠다고. 그리고 협찬 팀에 연락해서 김유환 오프닝 슈즈 한 사이즈 큰 걸로 바꿔오라고 하고."

해욱의 입술 위로 색이 없는 투명한 립글로스가 반들거렸다. 예쁜 입술이 호선을 그리며 동그랗게 말려 올라갔다.

"나한테 불가능은 없어."

"지금 나랑 뭐하자는 거야?"

"내려, 얼른."

재촉하는 진우의 목소리에도 유환은 안전벨트조차 풀 생각을 하지 않고 가만히 앉아 있었다. 신경질적으로 찌푸려진 유환의 미간을 묵묵히 바라보던 진우가 눈썹을 꿈틀거렸다.

"촬영 있다고 간다는 게 왜 병원이야?"

모든 감정을 저 아래로 꾹꾹 눌러 참는 듯한 유환의 목소리에 진우가 눈을 질끈 감았다 떴다.

"지해욱 선생님 명령이시다."

지해욱, 그 이름 세 글자에 유환의 찌푸려졌던 미간이 펴졌다. 놀라움에 동그래진 유환의 눈매가 못마땅하다는 듯 진우가 끌끌 대며 혀를 찼다. 몇 년을 보듬어준 매니저 말은 개똥으로 알더니.

"너 치료 안 받으면 내일 쇼에서 캔슬시킬 거라고 하신다."

"나 치료 받게 하려고 거짓말하는 거라면 그만둬."

"내가 미쳤냐? 너한테 거짓말을 했다가 무슨 사달을 내려고."

해욱이 유환을 또라이라고 부르는 걸 들었을 때 진우는 사실 격하게 공감했다. 몇 년을 같이 일하면서도 대체 어떤 포인트에서 화가 나고 어떤 포인트에서 기쁜 건지 알 수가 없는 놈이었으니까.

"너 다친 거 내가 말했어."

"형!"

유환의 눈꼬리가 매섭게 섰다. 늘 장난기를 담고 있던 개구진 눈매가 금세 날을 세워 달려들었다. 그 모습에 흠칫 놀란 진우가 결국 모든 것을 실토했다.

"너 때문에 지금 오프닝이랑 엔딩 의상 바뀐 거 알아?"

"그게 무슨 소리야?"

"선생님이 네 의상을 화이트로 바꿨어. 들어보니 화이트 의상에는 슈즈가 롱 워커라더라. 무릎 밑까지 올라오는. 대체 무슨 생각이신지."

"진짜야?"

"그래. 덕분에 이호연 옷이 바뀐 건 물론이고 모델 순서도 다 바뀌었을 거야. 네가 오프닝이고 이호연이 엔딩인 건 똑같지만 둘의 옷이 바뀌었으니 중간 모델들 순서도 싹 다 바뀌겠지."

유환은 대답이 없었다. 짐짓 진지해진 눈으로 곤란한 표정을 한 유환을 본 진우가 고개를 내어었다.

"알겠냐, 널 얼마나 배려해 주고 있는지?"

유환이 낮게 신음을 뱉으며 조수석 앞으로 고개를 숙였다. 더 이상 늘어나지 않는 안전벨트를 어깨로 당긴 유환이 조그마한 머리통을 창문 위로 쿵쿵 박았다.

"형."

가라앉은 유환의 목소리에 진우가 조심스레 눈을 들어 유환을 쳐다봤다. 안전벨트가 달각거리는 소리를 내며 풀렸다. 유환이 숙이고 있던 고개를 들며 씩 웃었다.

"나 너무 기뻐서 죽을 것 같아."

이 미친놈이 걱정해 줬더니 무슨 소리야? 표정으로 전해지는 진우의 속마음에 유환이 눈을 휘며 웃었다. 버릇처럼 혀로 입술을 쓸어 올린 유환이 자신만만한 표정으로 목을 꺾었다.

"최고의 오프닝을 만들어 주지."

안전벨트가 늘어난 만큼의 자리로 돌아가기 위해 드르륵 감기는 그 소리가 채 끊기기도 전에 유환이 조수석 문을 열고 내렸다.

"김유환, 같이 가!"

진우가 아직 주차하지 못한 채 운전석에서 서글프게 외쳤지만 이미 유환은 회전문을 밀고 병원으로 들어간 뒤였다. 유환의 뒷모습을 물끄러미 바라보던 진우가 별수 없다는 듯 웃으며 핸들을 돌렸다. 얄밉지만 밉진 않은 놈이니까.

"허리! 허리 좀 더 세워! 어깨 펴고!"

쿠카팀 직속 아카데미에서 워킹 연습을 하는 수많은 모델 지망생들을 보며 유환이 옆에 놓은 물병을 들이켰다. 이제는 신인 모델의 반경을 벗어나 제법 유명한 모델의 위치에 올라간 유환이지만 '워킹은 언제나 초심으로'라는 주의였다. 사실은 '아듀의 워킹은 언제나 초심으로'일지도 모르지만.

모델로서 어느 정도의 위치에 올라간 유환은 개인 워킹 연습실을 썼지만 유리로 된 연습실은 사실상 구분이 없는 것이나 다름없었다. 옆 연습실에서 어설프게 걸어가는 여자 모델의 뒷모습을 보던 유환은 모델 지망생 시절 자신의 모습을 보았다. 희미한 웃음을 머금은 유환이 바닥에 붙인 엉덩이를 일으켰다.

옆 연습실에서 모델 지망생들이 힐끔거리며 유환을 쳐다봤지만 그런 것엔 신경 쓸 겨를이 없었다. 본래 모델이란 직업이 모든 사람의 시선을 한 몸에 받는 역할이기 때문에 이것 또한 연습이다. 유환은 그렇게 생각했다.

붕대로 칭칭 감긴 발목을 꽉 잡았다 놓은 유환이 음악을 틀기 위해 움직이는데 주위가 조금 소란스러웠다. 막 재생 버튼을 누르려는데 개인 워킹 연습실 문이 노크도 없이 벌컥 열렸다.

예의 없이 열린 문소리에 잔뜩 눈을 찡그린 유환이 고개를 드는 순간, 순식간에 유리로 된 벽으로 밀어붙여졌다. 쿵하는 소리와 함께 건너편 연습실이 웅성거렸다. 초점을 또렷하게 잡자 익숙한 얼굴이 보였다.

"너 무슨 짓을 하고 다니는 거야!"

분노로 가득 들어찬 낮고 음침한 목소리. 유환이 거칠게 호연을 밀쳐냈다.

"무슨 말입니까?"

유환이 자신의 멱살을 잡은 호연의 손을 떨어냈다. 얼마나 악력을 준 건지 셔츠가 잔뜩 구겨졌다.

"네까짓 게 의상을 바꾸게 만들어?"

잔뜩 화가 난 듯 엉망으로 흐트러진 호연의 얼굴이 보였다. 유환이 신경질적으로 사신의 머리카락을 헤집었다.

"더 이상 해욱이 옆에서 얼쩡대지 마."

"그렇겐 못하겠습니다."

날카롭게 올라간 눈매 위로 서슬이 파랗게 섰다.

"이번 쇼는 몇 년 전부터 나를 화이트로 정해놓고 만든 거였어. 너 때문에 모든 게 뒤바뀐 거야, 이 뭣도 모르는 애송아."

원래도 삐죽한 눈매 때문에 나쁜 남자의 대표 이미지로 손꼽히는 호연은 인상을 쓰자 더욱 매서운 얼굴이 되었다.

"네가 모델계에 발도 못 붙이게 만드는 건 내게 아주 쉬운 일이야."

날이 선 호연의 태도에도 지독하리만큼 무표정한 유환이다. 늘 휘어져 있던 개구진 눈매는 곧고 차분하게 호연을 응시하고 있었다. 난 당신이 싫어. 온몸으로 뿜어져 나오는 유환의 감정에 호연이 헛웃음을 뱉어냈다.

"지해욱 선생님에 관한 일은 더 이상 선배님 취급 못 해드리겠습니다."

단호한 유환의 목소리에 호연이 주먹을 올려 유환의 얼굴 옆 유리를 내려쳤다. 순간적인 힘에 유리 전체가 흔들흔들 움직였다. 유리 위로 몸을 기대고 서 있던 유환이 상체를 일으켜 세웠다.

"다른 여자 향수 냄새나 묻히고 오는 당신한테 이런 얘기 듣고 싶지 않아."

혼잣말인지 호연에게 건네는 말인지 알 수 없는 낮은 목소리로 냉기를 뿜어낸 유환은 더 이상 상대할 가치도 없다는 듯 호연에게 경멸의 눈초리를 던지고는 연습실을 빠져나갔다.

문이 닫히고 복도로 한 걸음 떼자마자 한 번 더 쾅 하는 소리가 울렸다. 분명 호연이 화풀이하는 것이 뻔했다. 유환이 토해내듯 소리쳤다.

"왜 저런 개새끼랑 만났어요!"

아무도 듣지 못할 것이 뻔한 외침이었지만 분을 삭이지 못해 허공으로 지르는 유환의 목소리가 복도 위를 가득 채웠다. 당장이라도 달려가서 해욱에게 따지고 싶었다. 왜 저런 남자를 만난 거냐고. 사실은 만났는지 특별한 사이였는지 자신이 정확하게 아는 것이 아무것도 없다는 사실이 유환을 더욱 슬프게 만들었다.

꽉 조여 맨 붕대만큼이나 유환은 자신의 마음도 조여 맸다. 어떻게든 가장 멋지고 완벽한 오프닝 무대를 만들어 보이겠다고 한 번 더 다짐했다. 애초에 블랙으로 시작된 의상을 화이트로 수정하는 것은 디자이너에게도 모델에게도 힘든 일이었다. 블랙과 화이트, 대비되는 색상을 다시 표현해 내는 일은 어려울 것이 분명했다. 하지만 상관없었다. 어려운 일이라면 그만큼 몇 배로 노력하면 그뿐이다.

차마 해욱에게 미안하고 고마워서 연락조차 하지 못하고 있던 유환이 휴대폰을 들었다. 휴대폰 화면 곳곳에 가장 많이 보이는 해욱의 이름을 손가락에 입력이라도 시키려는 듯 문지른 유환이 통화 버튼을 눌렀다.

내일이 쇼인 만큼 바쁜 해욱을 보여주기라도 하듯 통화 연결음은 오래 이어졌다. 벽에 몸을 비스듬히 기댄 채 끈질기게도 전화를 길잖아. 안내음성으로 전환될 것 같다고 생각할 무렵 연결음이 끊어지며 해욱이 전화를 받았다.

[응.]

"선생님."

[미리 말해두지만 나한테 미안해하거나……]

"왜 이호연이야?"

[뭐?]

"왜 하필 이호연이야?"

잠시 해욱의 목소리가 끊어졌다. 얕은 숨소리가 들렸다. 호연의 이름 하나에 끊어져 버린 해욱의 목소리에 화가 났다. 해욱에게 절대 화낼 일이 아니라는 걸 알면서도 화가 났다. 이러면 더 어린 아이 같아 보일지도 모른다는 걸 알면서도 화가 나서 견딜 수가 없었다.

"나는 완벽한 오프닝을 만들 거야. 발목이 부서져라 워킹해서 엔딩인 이호연이랑 비교되지 못할 만큼 최고의 런웨이를 만들 거야."

[응, 알고 있어.]

"그리고 이번 쇼가 끝나면 정식으로 말할 거니까. 선생님이 내 연인이 되어줬으면 좋겠다고."

대답은 없었다. 애초에 대답을 할 거라고도 생각하지 않았다. 잠깐의 텀을 둔 유환이 말을 이었다.

"쇼 끝나면 각오하고 있어요."

짓궂은 웃음소리와 함께 평소와 같은 개구진 말투로 돌아온 유환의 목소리에 그제야 해욱이 바람 빠지는 소리를 내며 웃었다.

[네가 진지해지면 괜히 나까지 긴장된다고.]

금세 투덜거리는 해욱의 목소리에 유환이 느릿하게 눈을 감았다 떴다. 검은 눈동자가 저 바닥 깊숙한 곳으로 가라앉아 있는 것 같았다.

"난 늘 선생님이 내 앞에서 긴장했으면 좋겠어. 내가 선생님 앞에만 서면 긴장하는 것처럼 그렇게 똑같이. 끊을게요."

해욱이 말할 틈도 주지 않고 유환은 통화 종료 버튼을 눌렀다. 해욱의 대답을 듣기 두려워서일까, 생각을 마친 유환은 액정 위로 깜빡이는 해욱의 이름에 짧게 입을 맞췄다.

9. 나를 안아주세요

수많은 샐럽이 초대 받고 모여든 아듀의 패션쇼 현장. 디자이
너, 연예인은 물론 기자들과 편집장, 패션 잡지 에디터들로 북새
통을 이루는 중심에 해욱이 서 있었다. 자신의 쇼만큼 즐겁고 긴
장되는 곳은 없었다. 그야말로 즐거운 긴장감에 해욱이 몸을 옅게
떨었다.

"어때, 오랜 시간 준비한 쇼의 느낌은?"

상현이 싱글싱글 웃으며 물었다. 대표이사라는 자격으로 오랜
만에 재대로 격식을 갖춰 슈트를 차려입은 상현의 모습에 해욱이
손가락을 세워 상현의 이마를 튕겼다.

"최고야."

가슴과 허리 등 상체의 라인이 여실히 드러나는 탑 원피스를 입
은 해욱이 눈꼬리를 반달로 접으며 생긋 웃었다. 앞 기장보다 홀

쩍 긴 뒤 기장과 대조적으로 짧은 길이의 원피스가 군더더기 없는 각선미를 드러내 주고 있었다. 전체적으로 라인을 잘 드러내는 여성스럽고도 타이트한 핏이 어울리지 않을 듯 어울렸다. 굵은 웨이브가 들어간 갈색 머리카락을 원피스와 같은 소재의 패브릭을 사용해 머리띠처럼 묶은 모양새가 전체적인 룩에 통일성을 부여해 주었다.

"모노톤, 모노톤 노래를 부르더니 라임이야? 뭐, 잘 어울리긴 한다만."

상현이 심드렁하게 말했다. 자칫 촌스러워 보일 수 있는 색이 해욱에게는 무척이나 잘 어울렸다. 튀는 것 같으면서도 차분한 느낌을 주는 라임 색이 해욱의 자유로우면서도 무심한 분위기와 어우러지자 오묘한 매력이 생겨났다.

"모델이 좋으니 안 어울리는 게 없지. 이번 쇼가 화이트에서 블랙으로까지의 그라데이션이야. 그런데 나까지 모노톤으로 입으면 쇼를 광고하는 셈이잖아. 쇼가 무채색이라면 디자이너는 원색을 입어줘야지."

누디한 톤으로 물든 입술이 작게 달싹였다.

"핑크나 오렌지는 촌스럽고 블루나 그린은 지겹고. 그러니까 라임."

벌어진 입술 사이로 붉은 혀가 슬쩍 그 위를 쓸어 올렸다.

"너 립스틱 다 번져."

상현이 무심코 해욱의 입가를 닦아주려 손을 뻗었다. 하지만 해욱에게 닿기도 전에 상현의 손목은 잡혀 버리고 말았다. 상현이 갑작스레 닿은 체온에 반사적으로 고개를 들었다. 고개를 들자 보이는 지겹게도 익숙한 얼굴. 상현이 눈살을 찌푸리며 고개를 까딱 움직었다.

"이게 누구야? 엔딩 모델이시네."

빈정거림이 담긴 상현의 목소리에도 호연의 눈은 해욱에게 고정되어 있었다.

"한글 읽을 줄 몰라? 관계자 외 출입금지."

해욱이 무심한 목소리를 내며 상현의 손목을 잡고 있는 호연의 손을 떼어냈다. 아릿한 느낌이 올라오는 손목을 꾹꾹 누른 상현이 끌끌대며 혀를 찼다.

"난 네 관계자인데?"

언제나 고저가 없는 여유로운 호연의 목소리에 해욱이 대놓고 싫은 내색을 했다.

"한가하게 들락거릴 시간에 워킹 연습이나 해두는 게 어때?"

"내가 워킹 연습할 급은 아니지."

따박따박 잘도 받아치는 호연에 해욱이 고개를 내저으며 발걸음을 돌렸다.

"예쁘네."

호연의 목소리가 나른하게 방 안을 울렸다. 상현이 표정으로 해욱을 대변하기라도 하듯 경악스러운 얼굴을 했다.

"네가 아듀에 서는 마지막 피날레가 될 거야."

해욱의 입꼬리가 호선을 그리며 올라갔다. 재미있다는 듯 기울어진 고갯짓을 따라 호연의 남자다운 눈썹이 꿈틀거렸다. 실처럼 가는 팔찌가 해욱의 손목 위에서 흔들렸다. 그것을 물끄러미 바라보던 호연이 해욱의 손목을 자신의 쪽으로 가볍게 잡아당겼다. 높은 하이힐 탓인지 맥없이 기울어진 해욱의 허리를 받친 호연이 그대로 입을 맞췄다.

뒤에 선 상현은 안중에도 없다는 듯 호연의 혀가 해욱의 입술을 가르고 들어갔다. 해욱이 뒤늦게 입술을 다물었지만 이미 얽혀 버린 혀는 질척한 소리를 내고 있었다. 상현이 눈앞에서 펼쳐지는 리얼한 키스 현장에 당황한 얼굴로 호연을 바라보다가 곧 정신을 차리고는 거친 손길로 해욱과 호연을 떼어냈다.

"지금 뭐 하는 거야!"

상현이 무서운 목소리를 냈다. 상현의 손에 의해 상체를 바로 세운 해욱이 거친 손길로 입술을 닦아냈다. 누디한 톤의 립스틱 덕에 티는 나지 않았지만 입술 위로 남은 끈적끈적한 질감이 무척이나 불쾌했다.

"피날레는 마지막이더라도 키스는 아니지."

일부러 혀를 내어 해욱과 닿았던 입술을 느릿하게 핥아 올리는 호연의 행동에 해욱은 반대로 입술을 짓이겼다. 해욱이 반사적으로 오른손을 들어 올렸고, 듣기만 해도 따가운 마찰음이 경쾌한 소리를 내며 대기실을 울렸다. 호연의 고개가 비스듬히 오른쪽으로 돌아갔고, 해욱이 거친 숨을 내뱉었다. 느릿하게 고개를 돌린 호연이 여유롭게 뺨을 문질렀다.

"손 매운 건 여전하네."

붉어진 뺨을 은근하게 문지르는 호연의 손길이 야살스러웠다.

"맘 같아선 하이힐로 발등을 찍어버리고 싶었는데 오늘 네가 워킹을 해야 하니까 참았어. 그 잘난 얼굴은 화장으로 덮어. 티도 안 날 테니까."

"난 얼굴이 더 비싼데."

호연이 웃으며 손을 내리자 뺨 위로 붉은 자국이 도드라졌다. 해욱이 일말의 관심도 없다는 듯 호연에게서 시선을 돌렸다.

"그 새끼가 너한테 뭐기에……."

앞뒤 없이 호연의 입에서 욕설처럼 흘러나온 간접적인 지칭이 유환이라는 것을 쉽게 알아챈 해욱이 눈을 가늘게 떴다. 해욱의 눈매를 따라 섬세하게 그려진 아이라인 위로 글리터가 반짝거렸다.

"유환이었다면 이렇게 말했겠지."

해욱의 입에서 흘러나온 유환의 이름에 호연의 얼굴이 무시무시하게 구겨졌다. 엔딩의 블랙이라는 콘셉트에 맞게 짙게 그려진 화장이 호연을 더욱 날카롭게 보이게 했다.

"다리가 아닌 내 얼굴을 때려줘서 고마워요."

해욱의 입에서 흘러나온 말 위로 유환의 목소리가 겹쳐 들리는 듯했다. 삐죽하게 날이 선 분노로 인해 마구잡이로 흔들리는 호연의 눈동자를 해욱은 모른 척 외면했다. 망설임 없이 뒤로 돌아선 해욱이 중얼거렸다.

"난 네가 정말 싫어, 이호연."

상현이 돌아선 해욱을 향해 에스코트하듯 팔을 내밀자 해욱이 잡았다. 묵직한 구두 소리와 또각거리는 하이힐 소리가 스쳐 지나갔다.

호연이 사라지는 해욱의 뒷모습을 끈질기게 쳐다보며 자신의 뺨을 거칠게 문질렀다.

"언제부터 어긋났지."

호연이 어금니를 꽉 물었다. 근육에 힘을 주자 얼굴 위로 화끈거리는 느낌이 올라왔지만 상관없었다. 맞은편에 걸린 거울을 보자 방금 전보다 조금 더 붉게 올라온 얼굴이 보인다. 호연은 유쾌하게 웃었다.

"키스의 대가가 이 정도라면 얼마든지."

작게 읊조리며 위험하게 입꼬리를 올려 웃는 호연의 모습이 마치 난간을 밟고 선 소년처럼 아슬아슬했다.

정신없는 백스테이지. 몇십 분도 남지 않은 쇼를 위해 헤어, 메이크업 팀은 물론 런웨이에 서는 모델들이 한데 뒤엉켜 있었다. 시끄러운 음악소리와 지시하며 소리를 질러대는 각계각층의 이름 있는 감독들.

쇼의 포문을 열어줄 오프닝 모델인 유환의 주위로 유독 많은 헤어와 메이크업 팀이 붙어 있었다. 쇼 하루 전날, 갑작스럽게 의상은 물론 이미지까지 바꾸어 버린 유환과 호연은 서로에게 맞는 새로운 헤어와 메이크업을 마무리하는 중이었다.

"눈 감아요."

눈매를 따라 아이라인을 그리는 손길을 익숙하게 받아들이며 유환이 잠자코 눈을 감았다. 정확히는 감았다기보다는 내리깐 것이지만. 차가운 느낌의 리퀴드 타입 아이라인이 그려졌다. 언제나 소란스러운 백스테이지의 소음이 좋아서 유환이 잔잔한 웃음을 머금었다.

"곧 쇼인데 긴장도 안 돼? 유환 씨는 매일 웃는 얼……."

말을 잇던 헤어 팀의 손길이 잠시 머뭇거리는가 싶더니 말마저 끊어졌다. 여전히 백스테이지는 소란스러웠지만 방금 전 그것과는 조금 다른 웅성거림에 유환이 감고 있던 눈을 떴다. 눈에 익은 까만 의상. 조금 더 시선을 들어 올리자 저절로 눈살이 찌푸려지는 얼굴이 보였다.

"이호연 선배님."

공적인 자리인 만큼 정확하게 격식을 차린 존칭에 호연이 피식 웃었다. 눈이 마주치고 나니 붉게 부풀어 오른 호연의 뺨이 보였다. 누가 봐도 맞은 것 같은 붉은 자국.

"호연 씨, 볼이……!"

기겁을 한 메이크업 팀이 반사적으로 큰 소리를 냈다. 차마 호연에게 마음대로 손을 뻗지는 못한 메이크업 팀이 조금 떨어진 거리에서 발을 동동 굴렀다. 호연은 그런 시선은 신경도 쓰지 않는 듯 팔짱을 느릿하게 꼬아 올릴 뿐이다.

"맞았어. 키스했거든."

주어도 목적어도 없는 호연의 말을 유환은 쉽게 알아들었다. 단숨에 얼굴을 일그러뜨린 유환이 대답 없이 의자에서 일어섰다. 멱살이라도 틀어쥐고 싶은 손을 꾹 말아 쥐자 그러쥔 손 안으로 손톱이 파고들어 아릿한 고통이 일었다.

"난 당신이 정말 싫어."

유환의 말에 주위가 술렁거렸다. 늘 서글서글한 얼굴로 웃고 있는 유환의 싸늘한 모습에 한 번, 거만하기로 유명한 톱 모델 호연에게 알 수 없는 말을 하는 유환의 모습에 또 한 번.

"해욱이랑 똑같은 소리를 하네."

술렁이는 주변의 반응에 호연이 나직하게 중얼거렸다. 유환이 일어선 의자에 교대라도 하듯 앉은 호연이 덤덤하게 말했다.

"티 안 나게."

말이 떨어지기가 무섭게 호연의 주위로 메이크업 팀이 붙었다. 붉게 올라온 자국을 가리기에 바쁜 손놀림에 호연이 비릿하게 웃었다.

"지해욱 선생님, 이번 시즌 쇼의 콘셉트에 대해 말씀해 주세요!"

백스테이지로 용케 카메라에 조명 판까지 대동한 유명 패션 프로그램의 리포터가 끈질기게 따라붙으며 물었다. 마지막으로 모델들의 핏을 점검하던 해욱이 자신의 주위를 둘러싼 사람들 사이로 반짝이는 카메라 렌즈를 향해 입을 열었다.

"이번 시즌 아듀에서는 처음으로 과거를 재해석한 런웨이를 보실 수 있을 겁니다. 클래식하지만 과장되게 몸을 감싸는 느낌이 이번 시즌 제가 재해석한 부분이죠."

"조금만 더 구체적으로 말씀해 주세요!"

리포터의 키가 작은 것인지 얼굴은 보이지 않았지만 마이크의 윗부분이 달랑달랑하게 올라온 것이 보였다. 참 애쓰는구나. 해욱이 굽실거리는 엷은 갈색의 머리카락을 어깨너머로 넘기며 배려 넘치게 대답했다.

"클래식한 바이커 재킷이 가장 중심이 되는 룩입니다. 테일러드 재킷도 트렌치코트도 비슷하지만 각기 다른 아듀만의 디테일로 재해석했으니 그 부분을 중점으로 두고 보시면 좋을 것 같네요."

카메라를 향해 해사하게 웃은 해욱이 망설임 없이 뒤를 돌아 백스테이지를 빠져나갔다. 이제 정말 몇 분도 남지 않은 쇼에 하나둘 조명이 꺼졌다. 쿵쿵 빠르게 뛰는 심장 소리가 남에게 들릴까 조바심이 날 정도였다. 터무니없는 생각을 하며 남몰래 웃은 해욱이 뻑뻑한 눈을 감았다가 뜨기를 반복했다.

어둡고 조용해진 쇼장 안으로 잔잔하게 이어지는 바이올린 선율이 흘렀다. 대조적으로 선율 아래에 깔린 베이스가 웅장한 소리를 내며 쇼장 전체를 쿵쿵 울렸다.

―AHdieu.

깔끔하고 예쁘게 휘갈겨진 로고 아래로 긴 런웨이가 펼쳐졌다. 일반 런웨이보다 월등히 높아 척 보기에도 아찔한 느낌이 들 정도였다. 첫 포문을 여는 오프닝 모델이 유환이라는 것은 이미 언론에서 모두 떠들어 놓은 일이다. 자연스레 엔딩인 호연과 또다시 경쟁 구도에 올려둔 탓에 사람들의 관심이 집중되고 있었다.

잔잔하던 선율이 휘몰아치듯 거세게 바뀌자 런웨이의 가장 끝에서 오프닝 모델인 유환이 걸어 나왔다. 머리부터 발끝까지 화이트로 물든 유환. 앞으로 내려온 머리카락을 남김없이 뒤로 넘겨 화이트 펄로 뒤범벅된 유환의 모습이 낯설었다. 감정이라는 것을 어딘가에 두고 오기라도 한 듯 아무 표정도 없는 얼굴로 런웨이를 걷는 유환의 모습이 아스라이 사라질 것 같은 착각을 불러 일으켰다.

화이트의 룩은 블랙에 비해 묻히기 쉬웠다. 헤어도 화장도 모두 블랙보다 차분하고 무난한 느낌을 주어 비교되기 십상이었다. 그래서 애초에 톱 모델인 호연을 화이트로, 신인 모델인 유환을 블랙으로 두고 서로에게 적절한 핸디캡을 주어 보완해 주고자 한 것이 뒤바뀌어 버렸다.

D사 때보다 조금 더 정돈된 워킹은 여전히 군더더기 없이 깔끔했다. 팔을 흔드는 각도도, 꼿꼿이 세운 허리와 목도, 적당히 넓은 보폭의 발걸음도 화이트임에도 전혀 주눅 들지 않고 자신만의 개성 있는 워킹을 하는 유환은 처음부터 끝까지 눈에 띄었다.

발목 위를 칭칭 감은 붕대로 인해 평소보다 한 사이즈 큰 롱 워커와 기장을 조금 더 내린 바짓단이 해욱의 눈에 들어왔다. 자신을 제외하고는 아무도 모를 것이 분명했다. 발목에 얼마나 힘을 주고 걷는 건지 전혀 흔들리지 않는 워킹에 감탄이 나왔다. 화이트임에도 블랙과 같은 강렬함이 느껴지는 런웨이에 해욱 자신마저도 온몸에 긴장감이 흘렀다.

"장하네, 김유환."

어느새 런웨이의 끝에서 턴을 하고 돌아오는 유환의 뒷모습을 보며 해욱이 중얼거렸다.

그 뒤로도 정신없이 런웨이가 이어졌다. 화이트에서 점점 어두워지는 그레이의 향연에 연이어 플래시가 터져 나왔다. 자신이 주문한 대로 워킹을 하고 포즈를 잡는 모델들이 대견했다. 해욱의 입가로 잔잔한 미소가 번졌다. 옆에 앉은 상현이 해욱의 어깨를 꽉 잡아왔다. 드디어 엔딩이자 피날레이다.

마지막을 알리듯 최고조로 올라간 음악 소리에 맞춰 호연이 걸어 나왔다. 온몸을 블랙으로 물들인 호연은 강렬했다. 익숙한 워킹과 자연스러운 턴, 수많은 기자들 사이에서 가장 유명한 매거진의 카메라를 찾아내는 여유로움까지. 우연인지 고의인지 해욱과 눈을 마주친 호연이 미세하게 입꼬리를 움직였다.

"재수 없는 자식."

"너무 편애가 심한 거 아니야?"

"편애할 만하니까 하는 거지."

해욱이 스스럼없이 말을 내뱉자 옆에 앉은 상현이 킥킥거렸다.

"하긴 편애도 사랑이지. 그 사랑이 이호연 쪽만 아니라면 난 대환영이다만."

자신에게로 눈을 흘기는 해욱을 무시하며 런웨이로 시선을 돌린 상현이 감탄사를 연발했다. 인정하고 싶지 않았지만 호연의 워킹은 훌륭했다. 괜히 톱 모델이라는 수식어가 붙은 것이 아니었다. 하지만 오늘의 수확은 비교의 대상인 오프닝과 엔딩, 즉 유환과 호연의 워킹이 모두 전율을 일으켰다는 것이다.

"이제 네 차례야."

상현이 잔뜩 생각에 잠긴 해욱의 등을 툭 떠밀자 그제야 정신을 차린 해욱이 몸을 일으켰다. 어느새 런웨이에서 멀어진 호연의 뒷모습이 사라지려 하고 있었다.

"진짜 피날레."

상현의 목소리와 함께 해욱이 백스테이지에서 런웨이 쪽으로 몸을 돌렸다. 방금 백스테이지로 들어온 호연을 비롯해 한 줄로 길게 선 모델들이 마음 놓고 웃었고, 그에 대응하듯 방긋 웃은 해욱이 런웨이로 걸어 나갔다.

런웨이 위에 선 해욱이 깊숙이 허리를 숙여 인사했다. 쇼에 선 모든 모델들이 맞춰진 동선대로 해욱의 주위에 서서 함께 인사했다. 모델들의 박수를 시작으로 아까보다 훨씬 큰 박수갈채가 이어졌다.

해욱의 양옆으로 오프닝과 엔딩을 맡은 피날레의 중심 모델인 유환과 호연이 서 있다. 화이트와 블랙, 그 사이의 라임. 대비되는 세 가지 색이 조화를 이룬 세 사람의 묘한 분위기에 어느 때보다 많은 플래시가 터졌다.

모든 명품 쇼는 다 거절할 정도의 오만한 성격의 호연이 개런티조차 올리지 않고 꼬박꼬박 선다는 그 엔딩. 게다가 요즘 광고주들이 가장 선호하는 모델로 치고 올라온 유환이 부상까지 버텨내며 꾸역꾸역 섰다는 그 오프닝. 그 가운데 디자이너이면서 모델보다 더욱 모델 같다고 일컬어지는 해욱. 쇼가 끝나고 세 사람의 뒷이야기를 제멋대로 써내려 간 기사들이 판을 치게 되는 건 어쩌면 당연한 일이었다.

쇼가 끝난 후 뒤풀이라고도 부르는 파티가 열렸다. 쇼를 보러 온 셀럽 중에서도 아듀에 속한 직원들의 특별한 초청에 의해서만 올 수 있는 작지만 화려한 뒤풀이.

"엄청 신경 썼네."

낮은 목소리로 중얼거린 유환이 주위를 두리번거렸다. 쇼가 끝나고 시작된 뒤풀이 자리에는 사람이 많다 못해 흘러넘쳤다. 유명한 잡지의 에디터와 디자이너, 모델, 배우 등 셀 수 없이 많은 인원에 유환이 혀를 내둘렀다.

물론 쇼의 오프닝과 엔딩 모델에게 뒤풀이는 당연한 자리였다. 이미 방금 전 마친 아듀 쇼에 대한 숱한 기사와 사진이 포털사이트를 점령했고, 오프닝과 엔딩에 선 유환과 호연에 대한 기사가 절반 이상을 차지하고 있었다.

"어디 있는 거야?"

작게 읊조린 유환이 사람들 사이를 헤쳐 나가는데 갑작스레 등 뒤로 따뜻한 온기가 느껴졌다. 뒤에서 자신을 망설임 없이 끌어안는 가느다란 팔에 유환이 흠칫거리며 뒤를 돌아보았다.

"선생님?"

"누가 선생님?"

얼굴도 이름도 모르는 여자가 등 뒤에서 고개를 빠끔히 내밀며 웃었다. 키가 크고 마른 것이 이번 쇼에 오른 모델인 것 같았지만 다짜고짜 안는 행동에 유환이 싫은 얼굴을 했다. 불만을 담은 입술이 열리려는 찰나 유환을 안았던 여자의 팔이 스르륵 풀어졌다. 유환의 얼굴을 보고 싱긋 웃은 여자는 손을 흔들고 지나가 버렸다.

'저 여자는 뭐지?'

유환이 불쾌한 듯 얼굴을 구겼다.

유환이 타의로 멈춰 섰던 발걸음을 다시 옮겼다. 그리고 몇 발자국 걷지 않는데 또 누군가가 등 뒤에서 자신을 와락 껴안았다. 유환이 황당한 얼굴로 걸음을 멈추고 뒤를 돌아보자 이번에는 한 손에 수첩을 든, 에디터로 보이는 여자가 혀를 날름 내밀며 웃고 지나갔다. 유환의 머리 위로 무수한 물음표가 떠올랐다.

톡톡 가볍게 어깨를 두드리는 손길에 유환이 빠르게 뒤를 돌았다. 또 뭐야? 잔뜩 찌푸려진 얼굴 그대로 뒤를 돌자 그제야 유환이 찾고 있던 반가운 얼굴이 눈앞에 보였다.

"선생님!"

해욱이 못마땅한 얼굴로 고개를 내저었다. 해욱의 손바닥 위로 가득 붙은 스티커 뭉치.

"이런 걸 등에 붙이고 다니니까 그렇지."

—HUG ME.

발랄하게 하트까지 붙여진 스티커가 여러 개 뭉쳐 있었다. 이해할 수 없다는 듯한 일그러진 유환의 얼굴이 우스웠다. 해욱이 주위를 가리켰다. 여기저기 옷 위로 스티커를 붙인 사람들과 스티커를 붙이고 있는 사람들이 보였다.

"이게 뭐예요? 뒤풀이 이벤트?"

"응. 윤상현한테 맡겼더니 이렇게 만들어놨어. 종류도 아주 다양해. 이런 데 쓸 아이디어를 회사에 좀 쓰지 말이야."

해욱은 쇼에 집중하기 위해서 뒤풀이에 관련된 모든 것을 대표이사인 상현에게 맡겨놨더니 온통 상현의 취향대로 번쩍번쩍하게 만들어놓았다. 그 어느 때보다 화려하고 요란하게.

"심지어 종류도 많아."

해욱이 가까운 테이블 위에 놓인 스티커 뭉치 중 하나를 들어 올려 살랑살랑 흔들었다.

―TOUCH ME.

마스카라를 잔뜩 올려 세운 눈 모양이 강렬하게 찍힌 자극적인 문구가 담긴 스티커에 유환이 눈을 찡그리며 해욱의 손에 있는 것을 빠르게 낚아채 갔다. 유환의 반응이 재미있다는 듯 해욱의 입꼬리가 삐죽삐죽 올라갔다. 해욱이 유환의 등에서 떼어낸 스티커를 올려두기 위해서 옆에 있는 테이블로 손을 뻗었다. 하지만 유환이 먼저 해욱의 손에 들린 스티커를 휙 낚아챘다. 이번에는 해욱의 머리 위로 물음표가 떠올랐다. 유환이 천진난만하게 웃으며 자신의 가슴팍 위로 스티커를 붙였다.

"허그 미!"

유환이 해욱을 향해 두 팔을 활짝 벌렸다. 쇼가 끝난 만큼 오전보다 가벼워 보이는 해욱의 모습에 유환이 개구지게 손을 까딱거렸다. 그 장난스러운 손짓에 해욱이 상체를 흔들며 웃자 어깨 위로 흘러내린 머리카락이 덩달아 흔들렸다.

"발목은 어때?"

"그 이야기는 나중에."

유환이 입술을 삐죽 내밀며 조금 더 팔을 벌리자 해욱이 별수 없다는 듯 유환의 품에 안겼다. 한쪽 팔을 올려 유환의 등을 수고했다는 듯 토닥이자 허리를 꽉 끌어안는 온기가 느껴졌다.

"각오했어?"

해욱이 못 들은 척 유환의 어깨를 밀어내며 빠져나오려 하자 유환이 해욱의 허리를 감은 팔에 조금 더 힘을 주어 자신의 쪽으로 끌어당겼다.

"어? 왜 모르는 척하실까."

"이거 안 놔?"

해욱이 유환의 어깨를 아프지 않게 통통 두드렸다.

"이거 하난 좋네. 사람 많은 곳에서 안고 있어도 아무도 의심하지 않고."

유환이 버릇처럼 혀로 입술을 쓸어 올리자 해욱이 곤란하다는 듯 유환의 어깨 위로 얼굴을 묻었다. 해욱과 바짝 몸을 밀착시키자 달콤한 플로럴 향기가 은은하게 풍겼다. 유환이 기분 좋게 웃었다.

해욱이 유환의 어깨 위로 묻고 있던 고개를 빼꼼히 들고 유환을 올려다봤다. 자신을 보기 위해 슬쩍 내리깐 유환의 눈매를 따라 짙게 그려진 아이라인이 반짝거렸다. 나보다 더 화려한 화장이라니. 입꼬리가 씰룩씰룩 올라가는 것을 애써 끌어내린 해욱이 다시금 말문을 열었다.

"우선 이것부터. 발목은 어떠냐니까?"

"뭘 어때. 당연히 괜찮지."

남의 일을 이야기하듯 심드렁하게 대답한 유환은 해욱의 찌푸려진 미간을 손가락으로 꾹꾹 누르고는 다시 가느다란 허리를 단단하게 감아왔다.

"그럼 나도 우선 이것부터. 나는 어떠냐니까?"

해욱이 멍청한 얼굴을 했다. 늘 예민하게 말려 올라가 있던 해욱의 눈꼬리가 유순하게 풀어진 모습이 우스웠는지 유환이 크게 소리 내어 웃었다. 상현의 취향이 분명한, 시끄럽고 비트가 빠른 음악 소리와 왁자지껄한 사람들의 말소리 사이에서도 유환의 낮은 웃음소리가 선명하게 귓가를 파고들었다.

"난 개새끼 아니야. 아, 새끼 강아지가 개새끼인가? 그럼 곤란한데."

눈꼬리를 축 늘어뜨리다가 개구지게 웃어버리는 유환의 모습에 해욱도 덩달아 웃어버렸다. 대답을 바라는 유환의 눈동자가 밤하늘 빛으로 물들어 있었다. 해욱이 유환에게 안긴 채로 손을 뻗어 바로 옆에 놓인 스티커 한 장을 들어 올렸다.

—KISS ME.

도발적인 키스마크가 찍힌 스티커를 유환의 눈앞에서 살랑살랑 흔든 해욱이 유환의 목 뒤로 두 팔을 둘러 안았다. 지금 어떤 상황이 일어났는지를 인식하기도 전에 말캉한 느낌이 입술 위로 전달됐다. 유환의 아랫입술을 감쳐물며 장난을 치던 해욱이 눈꼬리를 휘어 웃었다. 반달을 그리며 접힌 눈이 사랑스럽게 깜빡였다.

"새끼 강아지는 예외로 해줄게."

유환이 입꼬리가 천천히 호선을 그리며 올라갔다. 정말 기쁘다는 듯 말갛게 웃으며 해욱을 꽉 안는 유환의 온몸에서 기분 좋은 긴장감이 느껴졌다. 괜히 쑥스러운 기분이 된 해욱이 조금 더 바짝 유환의 목을 끌어안았다.

해욱과 유환의 주위를 지나가던 사람들이 놀란 얼굴을 하기도 했지만 어두운 조명과 무르익은 분위기 탓에 순순히 지나쳐 갔다.

HUG ME, TOUCH ME, KISS ME. 야살스러운 문구가 적힌 스티커를 팔랑거리며 들고 가던 상현이 해욱과 유환의 실루엣을 알아보고는 음험하게 웃었다. 자연스럽게 스쳐 지나가면서 'HUG ME'가 적힌 스티커를 해욱과 유환의 등 뒤로 붙인 상현이 만족스럽다는 듯 고개를 주억거렸다.

뒤풀이가 열리는 파티의 구석진 곳에 해욱과 유환이 나란히 자리를 잡고 앉았다. 의자가 아닌 바닥에서 계단처럼 올라간 부분에 엉덩이를 대고 앉은 터라 조금 더 편안한 분위기가 형성되었다. 자연스럽게 자신의 카디건을 벗어 해욱의 다리를 덮어준 유환이 숨을 크게 내쉬며 말했다.

"조금 겁먹었어. 블랙한테 묻힐까 봐. 사실은 이호연한테 묻힐까 봐."

펄에 스프레이에 완벽하게 세팅되어 있던 화려한 스타일링을 손본 것인지 유환의 머리카락은 차분하게 가라앉아 있었다. 해욱이 무심코 그것을 만지작거리자 금세 유환의 시선이 닿아왔다.

"선생님은 이게 문제야. 자꾸 사람 설레게."

유환이 손을 올려 얼굴을 가리듯 문질렀다. 어느새 조금 길어진 짙은 밤색의 머리카락이 유환의 귀 밑에서 살랑거렸다.

"난 아직 너의 그 솔직함에 익숙해지지 못했다고."

해욱이 투덜거렸다. 삐죽 나온 입술 위로 입체감을 주기 위한 투명한 립글로스가 반들거렸다. 그것을 물끄러미 바라보던 유환이 비스듬히 상체를 숙여 해욱의 입술을 앙 하고 물었다. 가볍고 장난스러운 키스와 함께 유환이 짓궂게 웃자 해욱이 놀리듯 말했다.

"너한테는 블랙보다는 화이트가 천성인 것 같기도 하지만."

조명에 반사되어 반짝반짝 빛나는 엷은 갈색의 눈동자가 유환에게로 도르르 굴러갔다.

"패션계는 민감한 곳이야. 감정에 관대하기 때문에 디자이너 중에는 유난히 동성애자가 많기도 하고, 이해해 주기도 쉬운 곳이지. 하지만 그만큼 가십거리로 떠돌기도 쉬워."

해욱이 답지 않게 조바심을 내며 하려는 말이 무엇인지 뻔히 보여서 유환은 지레 눈살을 찌푸렸다. 유환의 개구진 눈매가 찌푸려질 때면 알 수 없는 위화감이 만들어졌다. 그 사소한 갭이 좋아서 해욱은 가만히 턱을 괴고 유환을 쳐다보고 있었다. 유환이 사뭇 진지한 눈을 하곤 물었다.

"패션계는 연애나 사랑에 대해서 관대해?"

"응."

"그럼 선생님은 얼마나 많이 연애하고 사랑한 거야? 관대하다면서."

"그게 내가 하는 말의 중점이 아니잖아."

유환은 애써 무심한 어조로 대수롭지 않은 척 묻고 있었지만 씰룩거리는 눈썹에서 보이는 질투심에 해욱은 배시시 웃고 말았다. 어깨를 들썩이다 결국 상체까지 흔들며 웃어버리는 해욱의 모습에 유환은 더욱 눈살을 찌푸렸다.

"웃겨? 지금 나는 진지하다고."

유환이 투덜거렸다. 마음에 들지 않는다는 듯 찌푸려진 미간과 매섭게 날이 선 눈매가 런웨이 위의 유환을 떠올리게 했다. 해욱이 유환의 얼굴을 유심히 바라보며 말을 이었다.

"예를 들자면 작곡가와 같은 거야. 왜 흔히들 작곡가는 실연을 당했을 때나 슬픈 일에 빠졌을 때 훨씬 위대하고 좋은 곡이 나온다고 하잖아. 크게 보면 패션도 미술이나 음악과 같은 장르야. 무언가를 만들고 창작하는 사람들은 모두 감정 노동을 하고 있는 셈이지. 다양한 감정을 느껴야 그만큼 다양한 무언가가 나오는 거야."

"날 질투 나게 만드는 거라면 성공했어."

유환이 어깨를 축 늘어뜨리며 중얼거렸다. 저 밤색 머리통에 강아지 귀라도 달아놓았더라면 완벽했을 텐데. 자신이 이상한 취향을 가졌나에 대한 짧은 고민을 끝낸 해욱이 쓸데없는 생각을 털어내며 덧붙였다.

"저 말은 대부분의 디자이너에게 해당되지만 난 예외."

"맨날 예외래."

웃고 있지만 평소와는 다른, 조금 더 예민한 감정이 어린 해욱의 눈동자를 바라보던 유환이 입술을 잘근잘근 씹었다. 해욱에게 이런 표정을 짓게 하는 사람, 단 한 사람의 얼굴이 머릿속에 떠올랐다.

"이호연이지."

해욱은 대답을 하지 않았다. 그것은 무언에서 나오는 긍정의 신호이기도 했다. 유환이 신경질적으로 자신의 머리카락을 헤집자 그 모습을 바라보던 해욱이 희미하게 웃었다.

"내가 가벼운 마음으로 오프닝과 엔딩의 의상을 바꿨다고 생각해?"

해욱이 유환의 흐트러진 머리카락을 슥슥 매만졌다. 해욱의 손
길이 닿자 금세 예쁘게 자리를 잡는 모양새가 경이로울 정도이다.

"이번 쇼는 내가 디자이너가 되는 순간부터 기획하고 있던 거
야. 그만큼 정성을 들인 컬렉션이라서 오래 걸렸고, 이제야 런웨
이 위에 세울 수 있었던 거야."

"응."

"애초에 화이트와 블랙의 그라데이션을 콘셉트로 잡으면서 화
이트를 정해놓고 시작한 쇼였고."

분명 어디선가 들어본 적 있는 말이다. 분노에 차서 쏘아대던
호연의 낮은 목소리가 어렴풋이 귓가에서 울렸다.

"이번 쇼는 몇 년 전부터 나를 화이트로 정해놓고 만든 거였어.
너 때문에 모든 게 뒤바뀐 거야, 이 뭣도 모르는 애송아."

정확하게 기억나는 상황과 대사, 그리고 지독하던 호연의 얼굴.

"이호연으로?"

해욱이 눈을 동그랗게 뜨곤 유환을 쳐다보더니 이내 솔직하게
고개를 끄덕였다. 작은 고갯짓만으로 드러난 긍정이 생각보다 괴
로운 느낌을 주었다. 유환이 무의식중에 주먹을 꽉 그러쥐었다.

"그때 호연이는 누가 봐도 화이트였지만."

잠깐 끊어진 목소리 사이로 아슬아슬한 긴장감이 맴돌았다. 여
러 가지 감정이 뒤섞인 복잡한 얼굴을 하고 있는 유환을 본 해욱
이 손을 올려 유환의 머리카락을 마구잡이로 흐트려 놓았다.

"아무튼 이번 쇼는 그만큼 화이트가 나에게 큰 의미를 주는 쇼

였다고. 그런데 내가 쇼 하루 전날, 몇 년을 준비한 오프닝과 엔딩을 뒤바꾼 의미가 뭐라고 생각해?"

유환이 엉성한 얼굴을 했다. 공백마저 느껴지는 유환의 얼굴을 바라보던 해욱이 곧장 대답했다.

"이호연이 아니라 네가 더 잘 어울릴 거라고 생각했기 때문이야. 내 입으로 말해야 알아?"

해욱이 부끄러운 마음에 더욱 투덜거리는 목소리를 내며 무릎 사이로 얼굴을 폭 파묻었다. 곱슬곱슬한 갈색 머리카락이 해욱의 어깨너머로 살랑살랑 흔들렸다. 까칠하게만 보이던 눈꼬리가 슬쩍 자신을 훔쳐보는 것이 무척이나 사랑스러워서 유환은 웃음을 터뜨리고 말았다.

무릎을 오롯이 끌어안은, 무릎 위로 얼굴을 묻은 선이 가는 해욱의 옆모습을 바라보던 유환이 그 사이로 삐죽하게 튀어나온 손가락을 앙 하고 깨물었다. 손가락 하나하나를 번갈아가며 잇자국이 날 만큼 깨물자 해욱이 웅얼거리는 목소리를 냈다.

"아파."

"아파?"

잇자국이 설핏 보이는 가느다란 손가락을 가만히 쳐다보던 유환이 해욱의 손등 위로 가볍게 입술을 떨어뜨렸다.

"난 절대 아프지 않게 할게. 네가 불안해하지 않게 할게."

"은근슬쩍 너라니?"

아예 놓아버린 존칭에 해욱이 눈을 흘기자 유환이 기다렸다는 듯 해욱의 뒷머리를 감싸며 입술 사이로 혀를 밀어 넣었다. 단숨에 입술을 열고 들어와 혀를 얽어버리는, 폭풍과도 같이 휘몰아치는 입맞춤에 혀가 비벼지면서 질척이는 소리가 났다. 몇 번이고 혀를 교차시킨 유환이 해욱의 입술 위를 부드럽게 핥아냈다.

"선생님을 본 순간부터 나한테 다른 선택지는 없었어."

다정하게 휘어진 눈꼬리 끝으로 짓궂음이 뚝뚝 떨어지는 것 같다고 생각하며 다시 가까워지는 유환의 얼굴에 해욱이 사르르 눈을 감았다.

10. 나의 선택이 당신을 귀찮게 할지라도

"축하해. 아주 탑 디자이너 나셨더라?"

비아냥거리는 목소리와는 다르게 싱글거리는 상현의 얼굴은 진심으로 축하의 인사를 건네고 있었다.

"이거 왜 이래. 난 원래 탑 디자이너였어."

얄밉게 웃는 상현을 보며 질색한 해욱이 대수롭지 않다는 듯 받아쳤다.

쇼가 끝나고 인터넷을 포함한 모든 언론이 아듀로 물들었다. 특히나 오프닝과 엔딩에서 유환과 호연이 입었던 옷은 프리미엄이 붙어 높은 값으로 재구매되기까지 한다니 더 이상 할 말이 없었다.

디자이너와 모델, 상부상조하는 모두의 성장을 보여준 쇼였다는 극찬에도 해욱은 남의 이야기를 듣는 듯 굴었다. 해욱이 심드렁한 얼굴로 대충 고개를 주억거리자 상현이 발끈하며 잔소리를 쏘아댔다.

"뒤풀이에서 난 다 봤지. 아주 탑 모델이랑만 바람을 피워요."

"바람?"

해욱이 눈을 가느다랗게 떴다. 피쉬 테일, 물고기의 꼬리 모양과 비슷하다고 해서 재미있는 이름이 붙여진 독특한 아이라인이 해욱의 눈매를 따라 유려하게 그려져 있다. 상현이 허리 위로 척 하고 손을 올리며 고개를 끄덕거렸다.

"뭐야?"

"뭐가?"

"이호연이랑 확실히 정리된 건 아니지 않아?"

"무슨 헛소리야. 이호연이랑 헤어진 적도 없지만 사귄 적도 없어."

해욱이 신경질적으로 입술을 짓이겼다. 오랜만에 컬을 넣지 않은 긴 머리카락은 해욱을 평소보다 앳되어 보이게 했다. 길게 내려온 머리카락을 어깨너머로 넘기는 해욱의 손길에는 방금 전 이야기와 관련된 짜증이 가득 묻어 있었다. 해욱과 호연의 지긋지긋한 인연이자 악연을 봐온 상현이 난감한 얼굴을 했다.

"연인이잖아."

"'연인이었잖아' 라고 해야겠지. 아니, 나 혼자 연인이었을지도 몰라."

해욱의 좁혀진 미간 위로 가득 서린 짜증에 상현이 슬그머니 꽁무니를 뺐다. 더 이상 호연의 이야기를 했다간 분명 불똥이 자신에게 튈 것이 뻔했다. 상현이 은근슬쩍 말을 돌렸다.

"그래서 김유환은?"

"알면서 뻔히 뭘 물어? HUG ME, 그거 네가 붙였지?"

상현이 놀란 척 눈을 동그랗게 떴다가 이내 히죽거렸다.

"어떻게 알았지?"

"내가 그거 때문에 빠져나가는 길에 얼마나 많이 이 사람 저 사람 손을 탔는데."

"그래서 좋았지?"

"응."

상현이 씩 웃자 해욱도 씩 웃었다. 상현이 한쪽 손을 들어 올렸고, 해욱 역시 한쪽 손을 들어 올렸다. 뜬금없는 하이파이브에 사무실 안으로 경쾌한 소리가 짝 하고 울렸다. 이럴 때면 쿵짝이 잘 맞는 둘이었다. 괜히 몇 년간 파트너를 해온 대표이사와 디자이너가 아니었다.

"아침은 먹고 왔어?"

"아니. 바로 나오느라."

"브런치 어때?"

오전 11시. 아침이라고 하기에도, 점심이라고 하기에도 애매한 시간에 시계를 올려다본 상현이 인심 좋게 물었지만 해욱은 단호하게 고개를 내저었다.

"왜?"

"약속 있어."

"누구랑?"

꼬치꼬치 캐물어오는 상현의 목소리에 해욱이 눈을 치켜떴다.

"네가 언제부터 나한테 그렇게 관심이 넘쳤는데?"

"관심은 언제나 넘쳤지. 아듀 먹여 살리는 디자이너님이신데."

"넌 내가 돈줄이지?"

"오! 어떻게 알았지?"

상현과 대화하다 보면 덩달아 멍청이가 되어가는 것 같다. 해욱이 부러 한숨을 내쉬며 귀찮다는 듯 손을 휘휘 저었다. 해욱의 오만한 손짓에 상현이 투덜거리며 볼멘소리를 했다.

"그래서, 누구랑 약속인데? 혹시 김유환?"

해욱이 심드렁하게 고개를 끄덕였다. 여기저기 널린 패턴을 모아 한쪽으로 정리하고 있는 해욱의 눈매를 따라 새초롬한 모양의 아이라인이 반사되어 반짝거린다. 햇살 때문인가. 조금 쑥스러워 보이는 것 같기도 한 해욱의 모습에 상현이 숨을 죽여 웃었다. 상현의 입에서 놀리는 말이 튀어나올 거라고 생각했지만 상현은 농담 대신 진담을 건네는 의외성을 보였다.

"잘 만나고 와. 이호연처럼 굴면 내가 가만 안 둘 거라고 해."

꼭 친오빠라도 되는 양 눈을 찡긋거린 상현은 황당함을 담은 해욱의 얼굴을 보며 킬킬거렸다. 실컷 해욱을 괴롭히고 나니 만족스러운 건지 잔잔한 웃음을 머금고 망설임 없이 문을 열고 나갔다. 달칵거리는 소리와 함께 문이 닫혔고, 새하얀 문을 가만히 쳐다보던 해욱이 작은 한숨을 내쉬었다.

"이 약속이 뭐라고 긴장하고 난리야, 지해욱."

약속한 시간이 다가올수록 새삼스럽게 쿵쿵 뛰는 심장 소리에 해욱은 꿀꺽 침을 크게 삼켰다. 가는 실처럼 여러 번 감겨 있는 독특한 디자인의 목걸이가 긴장에 비례하듯 괜스레 무거웠다.

빵빵! 아듀를 빠져나오자마자 클랙슨 소리와 함께 보이는 유환의 얼굴에 해욱이 눈을 동그랗게 떴다.

"첫 데이트니까 모시러 왔습니다."

밝은 햇살에 눈을 찡그리며 웃은 유환이 운전석에서 내렸다. 갑자기 더워진 날씨 탓에 가벼운 차림을 한 유환을 해욱이 직업병처럼 훑어 내렸다.

편안해 보이는 얇은 회색 니트. 자칫 평범해 보일 수 있는 니트가 유환의 넓은 어깨와 만나자 근사해졌다. 게다가 니트 위로 아무렇게나 꽂아놓은 것처럼 보이는 부토니에까지. 센스 넘치는 유환의 데일리 룩에 해욱의 입꼬리가 자제심 없게도 씰룩거렸다.

개구지게 웃으며 해욱의 머리카락을 꼭 동생 쓰다듬듯 흐트려놓은 유환이 해욱의 어깨를 조수석 쪽으로 잡아끌었다. 꼭 유환과 사전에 맞춰 입기라도 한 것처럼 루즈한 회색 카디건을 입고 있던 해욱이 조수석에 앉았다. 컬이 들어가지 않은 생머리 끝이 가지런하게 늘어진 모양새가 귀여워서 유환이 무심코 해욱의 머리카락 끝을 만지작거리다가 이내 운전석으로 걸어갔다.

"브런치 맛있는 곳 알아. 거기로 갈게."

유환이 좌회전 신호를 넣으면서 액셀러레이디를 길게 밟았다.

오늘따라 유난히 따가운 햇살 때문이야. 또다시 두근거리는 마음을 애써 다잡은 해욱이 조수석의 창문을 내렸다. 여름 냄새가 뒤섞인 봄바람이 그녀의 머리카락을 살랑살랑 흔들어놓았다. 흘끗 사이드 미러로 해욱의 얼굴을 본 유환이 덩달아 입꼬리를 올렸다.

"호텔 라운지?"

차가 멈춰 서자 보이는 화려한 건물의 외관에 해욱이 의아한 듯 되물었다.

"여기 호텔 라운지에 브런치가 유명하거든. 오해는 하지 마."

"오해 안 하거든요."

해욱이 유환을 놀리려는 듯 혀를 날름 내밀자 유환은 얼빠진 얼굴을 했다. 몇 초간 멍하게 서 있던 유환이 허리를 숙여 해욱의 이마 위로 자신의 이마를 아프지 않게 콩 박았다.

"자꾸 혀 내밀지 마."

유환이 곤란하다는 듯 낮은 목소리로 말했다. 해욱이 유환의 말에 눈을 동그랗게 떴다가 이내 샐쭉하게 휘었다.

"이유는 알 것 같으니까 안 물을게."

5성급 호텔의 유명한 라운지인 만큼 사람들이 북적거리고 있었다. 여기저기서 해욱과 유환을 알아보는 시선이 오고 갔지만 유명한 곳인 만큼 해욱과 유환보다도 유명한 얼굴이 많이 보여서 크게 신경이 쓰일 일은 없었다.

"사람이 너무 많은데?"

"예약해 뒀으니 상관없어. 김유환이요."

유환이 자연스럽게 예약된 이름을 말하자 어느새 다가온 종업원이 자리를 안내해 주었다. 안에서는 밖이 보이지만 밖에서는 안이 보이지 않는 창가 자리에 앉은 해욱이 탁 트인 공간이 마음에 든다는 듯 무심코 고개를 끄덕거렸다. 해욱의 길고 가느다란 손가락이 테이블 위를 톡톡 두드렸다. 상큼한 오렌지색이 돋보이는 프렌치 네일이 곱게 발린 손톱을 쳐다보는데 해욱이 고개를 갸웃거리며 물었다.

"언제 예약까지 해둔 거야?"

앞에 놓인 메뉴판을 넘기자 보기에도 먹음직스러워 보이는 깔끔하고 정갈한 브런치 사진이 붙어 있다. 제법 진지하게 메뉴판을 훑어보던 해욱이 흘끗 시선을 들어 맞은편에 앉은 유환을 쳐다봤다.

쇼가 끝난 후 머리를 자른 건지 깔끔하게 정돈된 댄디 컷이 잘 어울렸다. 그러고 보니 짙은 밤색에서 까맣게 변한 머리카락이 눈에 들어왔다.

"염색했네."

"응. 이상해?"

아직 유환조차도 자신의 머리가 낯설었는지 유환이 어색하게 뒷머리를 만지작거렸다. 아무리 진한 톤의 브라운이라고 하더라도 블랙과는 느낌이 달랐다. 평소보다 몇 배는 더 날카롭고 시크해 보이는 유환의 분위기에 해욱이 단칼에 고개를 내저었다.

"아니, 잘 어울려."

그제야 유환이 말갛게 웃었다. 개구지게 휘어지는 눈꼬리는 언제 봐도 묘한 갭이 있었다.

"그런데 블랙은 처음이지 않아?"

지금까지 유환이 한 헤어를 곰곰이 떠올리던 해욱이 앞에 놓인 자스민 티를 한 모금 마셨다. 차분한 차향에 제멋대로 날뛰던 마음이 조금은 가라앉는 것도 같았다.

"이번에 G사의 쇼에 서게 됐거든. 거기서 원한 콘셉트랑 맞추다 보니까."

해욱이 차를 마시다 말고 유환을 쳐다봤다.

"G사?"

"칭찬해 줘. 선생님한테 제일 먼저 말해주려고 매니저 형한테 아직 회사에 이야기하지 말라고까지 했단 말이야."

유환이 긴 손가락 두 개를 뻗어 척하니 브이를 그렸다. 손가락 마디에 걸린 실버톤의 반지가 반짝거렸다. 독특한 모양새에 눈이 가던 것도 잠시, 다시 원래의 이야기로 돌아간 해욱의 눈이 놀라움을 담은 채 반짝였다.

"회사에서 멋대로 넣은 오디션이라서 얼떨결에 보러 간 건데, 나도 연락은 어제 받았어."

쇼에 대한 이야기만으로도 얼굴에 즐거운 긴장감을 띄우는 유환을 보며 해욱이 의외라는 듯 어깨를 으쓱 올렸다. 아직 쇼에 대한 이야기만 했을 뿐인데 벌써 모델 같은 표정을 짓네. 해욱이 희미하게 웃었다.

"알지? G사는 동양인 모델은 딱 한 명만 세우는 게 철칙이야. 거기에 캐스팅되는 건 정말 대단한 일이라고."

가죽 소재를 중심으로 한 이탈리아의 명품 브랜드 G사는 유난히 쇼에 오르는 모델을 고르는 기준이 엄격하여 그 명성이 다른 의미로 자자했다. 해욱이 말을 이으며 포크와 나이프를 돌돌 말아둔 냅킨을 펼쳤다. 포크와 나이프를 자신의 오른쪽에 놓아둔 해욱이 무릎 위를 덮는 하얀 냅킨을 유환에게 건넸다.

"자."

"왜 날 주는 거야?"

한껏 즐거워하던 유환이 버릇처럼 한쪽 눈을 찌푸리며 물었다. 반사적으로 해욱이 건네는 냅킨을 받아 든 유환의 손이 허공 위에 둥둥 떠 있다.

"무심코?"

유환이 잔뜩 눈살을 찌푸렸다. 머리카락과 같은 색으로 염색된 눈썹과 원래부터 남들보다 검은 눈동자가 이전보다 섹시한 느낌을 자아냈다.

"또 어린애 취급이야."

금세 흐트러진 유환의 얼굴을 보며 해욱이 배시시 웃었다. 길게 내려온 머리카락이 가슴께에서 흔들렸다. 그 모습을 지그시 바라보던 유환이 갑작스레 테이블을 짚으며 상체를 일으켜 세웠다. 그러더니 해욱의 손에 들린 메뉴판을 낚아채 사람들이 앉은 통로 쪽으로 세워 얼굴을 가린 유환이 곧장 해욱 쪽으로 허리를 숙였다. 앞으로 드리워진 검은 그림자에 해욱이 눈을 동그랗게 뜨고 올려다보자 유환이 기다렸다는 듯 해욱의 윗입술을 감쳐물었다.

입술이 닿자마자 해욱의 엷은 눈동자가 당황한 듯 이리저리로 움직였다. 해욱의 눈매를 따라 이어지는 피쉬 데일이 예뻐서 한동안 가만히 쳐다보고만 있던 유환이 망설임 없이 혀를 밀어 넣었다. 해욱의 구석구석을 핥아내고 싶지만 장소가 장소인 만큼 가장 취약한 부분, 혀를 끈질기게 간질이며 질척한 소리를 내던 유환이 순식간에 입술 주위를 핥아내고 떨어져 나갔다.

해욱이 동그란 눈을 깜빡이자 길게 말려 올라간 속눈썹이 덩달아 그렁그렁 움직였다. 유환이 손에 들린 메뉴판을 내려놓으며 태연하게 허밍을 했다. 밀랍 인형처럼 아직도 눈만을 깜빡깜빡 움직이고 있는 해욱의 손가락을 가볍게 깨문 유환이 짓궂게 웃었다.

"한 번만 더 애 취급해 봐. 확 룸으로 올라갈 테니까."

유환의 당돌한 말에 반응하기도 전에 브런치를 손에 든 종업원이 해욱과 유환이 앉은 테이블로 걸어왔다.

"주문하신 브런치 나왔습니다."

사진만큼이나 깔끔하고 정갈한 브런치가 차려졌다. 정확한 타이밍에 만족스러운 미소를 지은 유환이 옆에 놓인 메뉴판을 한쪽으로 밀어냈다.

"여기 정말 맛있어."

큼지막한 샌드위치를 칼로 슥슥 잘라낸 유환이 한 조각을 덜어 해욱 앞으로 밀어주었다.

"선생님?"

씩 웃은 유환이 테이블 위를 나이프 끝으로 톡톡 두드렸다. 반짝이는 은색 나이프 위로 살구색의 소스가 묻어 있는 것을 물끄러미 바라보던 해욱이 빠르게 눈을 깜빡이며 입술을 달싹였다.

"그 기분 알아?"

"어떤 기분?"

해욱이 포크를 들어 샌드위치 옆에 놓인 반숙 프라이의 노른자를 쿡 찔렀다. 탱탱하게 올라 있던 노른자가 터지면서 흰자위를 노랗게 물들였다.

"내가 알고 있는 사실이 잘못된 것 같은 기분."

"그 사실이 뭔데?"

유환이 먹기 좋게 잘린 파프리카 한 조각을 포크로 집어 해욱의 입가에 가져다 댔다. 무심코 입을 벌려 파프리카를 받아 물자 유환이 만족스럽게 웃었다. 해욱이 우물우물 입술을 움직이자 그것을 가만히 쳐다보던 유환이 고개를 갸웃거리며 대답을 재촉했다.

"새끼 강아지가 과연 새끼였나 뭐 그런?"

마치 최면에서 깨어나기라도 한 듯 해욱이 눈을 접어 웃었다. 예쁘게 잘라놓은 샌드위치 한 조각을 베어 물자 하얀 식빵 위로 붉은 립스틱 자국이 옅게 남았다.

"사실 고등학교 때부터 별명이 새끼 강아지였어. 장난을 많이 치고 다녔거든. 뭐 사고도 많이 쳤지만. 아무튼 선생님이 인터뷰에서 그렇게 말했을 때 깜짝 놀랐다니까."

해욱이 고개를 절레절레 내젓자 해욱의 고갯짓을 따라 긴 머리카락이 넘실넘실 움직였다. 아직 눈에 적응이 덜 된, 밤하늘을 옮겨다 놓은 것 같은 새까만 머리카락을 매만진 유환이 유쾌하게 웃었다.

"그런데 중요한 건."

유환이 버릇처럼 혀를 내어 메마른 입술을 훑어냈다. 강단이 있어 보이는 얇은 입술이 다시금 벌어졌다.

"어쨌든 새끼 강아지도 짐승이니까."

짓궂은 눈매가 휘어졌다. 분위기도 성격도 오늘따라 유달리 적응이 안 되잖아. 해욱이 난감한 듯 눈동자를 데구루루 굴렸다. 유환이 장난스럽게 웃음을 터뜨리며 해욱의 머리카락을 흩트려 놓았다. 이상한 기분. 해욱이 무심코 팔꿈치를 움직이자 아차 할 새도 없이 옆에 놓인 나이프가 바닥으로 툭 떨어졌다.

"괜찮아?"

떨어진 것이 나이프라는 것에 놀란 듯 유환이 상체를 일으켰다. 해욱이 손을 내저었다.

"괜찮아. 묻기만 했어."

바닥으로 떨어진 나이프의 끝을 흘끗 내려다본 해욱이 손에 묻은 소스와 옆에 놓인 휴지를 번갈아 보다가 결국 자리에서 일어섰다. 목재 의자가 뒤로 끌리며 무거운 소리를 냈다.

"먹고 있어. 손 씻고 올게."

검게 물이 든 유환의 머리카락을 톡 건드린 해욱이 그대로 앞으로 걸어갔다. 오렌지색의 하이힐이 또각거리는 소리를 냈다. 높은 하이힐에도 걸음 한 번 흔들리지 않는 해욱의 뒷모습을 지켜보던 유환이 혀로 입술을 쓸어 올렸다. 갈증이 나게 만드는 뒷모습. 유환이 언제 그랬냐는 듯 배시시 웃으며 나이프를 새로 받기 위해 웨이터를 불렀다.

라운지를 빠져나와 바로 옆에 있는 화장실로 들어간 해욱이 찬물을 틀어 손을 씻었다. 사실 휴지로 닦아도 충분했지만.

"뭐야. 지금 나 당황한 거야?"

말갛게 웃다가도 금세 남자 같은 얼굴을 하는 유환 때문에?

해욱이 곤란한 얼굴을 숨기며 물기가 묻은 손을 허공에서 털어 냈다. 고개를 좌우로 크게 젓고는 번진 듯한 연분홍색 립스틱을 덧바른 해욱이 빠르게 발걸음을 옮겼다. 먹고 있으라고는 했지만 분명 먹지 않고 기다리고 있을 유환이 뻔히 보여서.

브런치 시간이 조금 지났을 뿐인데 아까보다 훨씬 한산했다. 샹들리에가 줄줄이 늘어진 로비를 지나치던 해욱의 앞으로 둔탁한 구두 소리가 멈춰 섰다. 부딪칠 만큼 가까운 거리에 반사적으로 한 발자국 뒤로 물러선 해욱이 시선을 들어 올렸다. 누구인지를 확인하자마자 해욱은 눈살을 찌푸렸고, 그런 해욱을 보며 호연은 선글라스를 벗었다.

"여기서 마주치네."

작은 얼굴의 절반을 가리는 큼지막한 사이즈의 선글라스는 분명 이번 시즌 G사의 신상품이었다. 엄청난 가격에 한정판이라고 들었는데 잘도 구했네. 호연보다도 먼저 들어오는 브랜드와 디자인에 직업병이라며 남몰래 혀를 찬 해욱이 냉소적인 목소리를 냈다.

"반갑진 않네."

엷은 갈색의 머리칼이 살랑살랑 흔들리는 모양새를 가만히 바라보던 호연이 라운지 안을 흘끗 쳐다봤다.

"혼자 오진 않았을 테고."

해욱이 호연의 말을 깔끔하게 무시하며 지나쳤다. 아니, 지나치려 했다. 호연이 해욱의 가느다란 손목을 가뿐하게 잡아챘다.

"브런치 중이었나 보네. 누구랑?"

"이거 놔."

호연은 해욱의 찌푸려진 미간조차도 예쁘다고 생각했다.

"내가 왜 그랬지."

"뭐?"

"미쳤었나 봐."

지독하게 낮은 목소리가 귓가를 울렸다. 여느 여자가 들었다면 꺅꺅대고 넘어갈 목소리였지만 해욱에게 그런 것은 통하지 않았다.

"넌 언제나 미쳤어. 그러니까 좀 꺼져."

해욱이 호연의 손을 벌레라도 떨어내듯 밀쳐냈다.

"누구랑 왔어?"

끈질기게도 물어오는 호연의 행동에 뺨이라도 한 대 올려줄까 하다가 자신과 호연의 주위로 많은 시선이 오고 간다는 것을 깨달은 해욱이 입술을 꾹 깨물며 인내심을 발휘했다.

"네가 알 바 없잖아."

해욱이 호연을 밀어내며 라운지 안으로 들어갔다. 더 이상 엮이고 싶지 않다는 것을 온몸으로 드러내는 해욱의 뒷모습을 호연이 집요하게 좇았다. 해욱이 걸어가 앉은 테이블의 맞은편. 회색 니트를 입은 뒷모습이 익숙했다. 슬쩍 비친 유환의 옆모습을 확인한 호연이 무시무시하게 얼굴을 구겼다.

"김유환."

호연의 입에서 짓이겨지듯 유환의 이름이 흘러나왔다. 요즘 들어 지긋지긋하게도 듣고 있는 이름이다. 눈을 매섭게 치켜뜬 호연이 라운지를 지나쳤다. 애초에 라운지에 브런치를 먹으러 온 것이지만 입맛이 싹 사라졌다. 선글라스를 고쳐 쓴 호연이 호텔 로비를 빠르게 빠져나갔다.

그리고 그 순간이었다. 찰칵. 라운지 주위에 놓인 수많은 화분 사이에서 카메라 셔터 음이 무자비하게 터져 나왔다. 그 소리는 사람들의 말소리에 묻혀 쥐도 새도 모르게 사라지고 말았다.

❖

"이거 뭐야?"

상현이 벌컥 사무실 문을 열고 들어오자마자 인쇄된 종이 뭉치를 테이블 위로 던졌다. 유환과 기분 좋은 브런치 시간을 가진 해욱이 느지막이 사무실로 들어온 뒤다. 마침 밀라노에서 새로 떠온 패브릭으로 패턴을 짜고 있던 해욱이 신경질적으로 상현을 쏘아봤다.

"패턴 뜰 때는 건드리지 말랬지."

예민하게 올라간 해욱의 눈꼬리가 진지한 상현의 얼굴을 확인하곤 천천히 풀어졌다. 상현이 들어오면서 내던진 종이 뭉치를 흘끗 쳐다본 해욱이 그것을 소리 내어 읽었다.

"드디어 현장을 잡다. 디자이너 지해욱, 모델 이호연과 함께 호텔에서……."

심드렁하게 헤드라인을 읊조리던 해욱이 자리에서 벌떡 일어섰다. 해욱이 그제야 종이 뭉치를 집어 들었다. 인터넷 기사를 인쇄한 것으로 보이는 종이를 훑어보던 해욱이 다음 장을 넘겼다.

"소문으로만 떠돌던 스캔들, 진실이 되다."

방금 상현이 그랬던 것처럼 종이 뭉치를 테이블 위로 가차 없이 내던진 해욱이 황당한 얼굴로 상현을 쳐다봤다. 상현이 가감 없이 물었다.

"이호연이랑 잤어?"

"미쳤어? 그걸 질문이라고 해?"

"그럼 이호연이랑 호텔에는 왜 간 건데?"

"이호연이랑 내가 왜 호텔을 가는데? 날이 더워서 머리가 어떻게 된 거 아니야?"

"그럼 이건 뭔데?"

상현이 인터넷 기사의 메인으로 걸린 사진을 턱짓으로 가리켰다. 해욱이 본 것이 이 정도라면 이미 실시간 검색어로 달리고 있을 자신의 이름은 보지 않아도 뻔했다. 오늘은 인터넷상으로 여기저기 퍼질 것이고 내일이면 저 멀리 북유럽에 있는 사람조차도 알게 될 터였다. 생각만으로도 골치가 아프다는 듯 해욱이 손가락을 모아서 관자놀이 부근을 꾹꾹 눌렀다.

"말했잖아. 유환이랑 브런치 먹으러 간다고. J호텔 라운지였어."

"근데 이호연은 뭐야?"

"잠깐 손 씻으러 나간 길에 마주쳤어."

충분히 짐작이 가는 상황이었다. 그야말로 꼬이고 꼬인 오보였다.

"빌어먹을."

"그 찰나에 찍혔구만."

낮게 뱉은 해욱의 욕설에 잘도 상황을 알아차린 상현이 다시 종이 뭉치를 집어 들었다. 해욱과 호연의 얼굴이 정확히 찍혀 있는데다가 하필 호텔의 로고가 떡하니 적힌 문 앞에 서 있었다. 게다가 호연이 해욱의 팔목을 잡고 지그시 바라보는 사진이라니. 상현이 깊은 한숨을 내쉬었다.

"지금 난리 났어."

"나랑 이호연이? 말이 되는 소리를 해야지. 이런 걸 찍을 거면 적어도 5년 전에는 찍었어야 해."

손을 올려 마른세수를 한 해욱이 소파 위로 무너지듯 주저앉았다.

"당분간 내 차로 움직여. 함부로 나가지도 말고 쇼에 가는 것도 자제해."

"내가 왜? 난 이호연이랑 아무 상관없는 사람이야."

"상관이 없다고 딱 잘라 말할 수 있어? 있다 한들 사람들이 믿을 것 같아?"

"젠장."

해욱이 욕지거리를 내뱉었다. 평소 욕을 즐겨 하는 편은 아니지만 오늘은 하지 않고는 배길 수 없었다.

"아니라고 기사 냈지?"

"당연하지. 근데 문제는 우리 쪽이 아니야."

상현이 눈을 찡그리자 해욱은 더욱 찡그렸다.

"이호연이 부정하지 않고 있어."

허! 허탈한 소리와 함께 해욱이 자리에서 벌떡 일어섰다. 루즈한 핏의 회색 카디건이 하늘하늘하게 흔들렸다.

"알지? 이 바닥에서 부정하지 않는다는 건 긍정이라는 거."

해욱이 신경질적으로 머리를 헤집었다. 당장에 휴대폰을 꺼내 누르자 해욱의 지문을 인식한 휴대폰 화면이 물결치듯 움직였다. 단지 전화 목록에, 이름도 저장되어 있지 않은 번호를 누르자 금세 신호가 갔다.

"이호연?"

상현이 작은 목소리로 입을 벙긋거리며 물었다. 해욱이 대답을 하려 입술을 달싹이는 순간 익숙한 목소리가 들려왔다.

[나한테 먼저 전화를 다 해주네.]

"너 무슨 수작이야? 당장 기자회견이라도 열어."

[내가 왜 그래야 하지?]

"장난하니?"

[난 너랑 스캔들 난 거 부정할 생각 없어. 틀린 말은 아니잖아?]

"무슨 개소리를 하는 거야?"

해욱의 목소리에서 냉기가 뚝뚝 떨어졌다. 여자가 한을 품으면 오뉴월에도 서리가 내린다더니. 마침 5월에 접어든 탁상 달력을 힐끔 쳐다본 상현이 어깨를 부르르 떨었다.

[나도 예상한 일은 아니었어.]

"그럼 부정해."

[이참에 사실로 만드는 건 어때?]

"개새끼."

해욱이 한 치의 망설임도 없이 종료 버튼을 눌렀다. 붉은 전화기 모양이 깜빡이다가 어둠 속으로 사라졌다.

"뭐야? 그렇게 끊으면 어쩌자는 거야?"

상현이 황당한 얼굴로 쳐다봤지만 해욱은 소파에 털썩 앉을 뿐 아무런 말도 하지 않았다. 일그러진 해욱의 얼굴에서 무언의 분노가 흘러나왔다. 해욱을 물끄러미 쳐다보던 상현이 말없이 한숨을 내쉬었다.

해욱의 손에 들린 휴대폰 액정이 밝은 빛을 내며 깜빡였다. 몇 초도 지나지 않아 자신이 건 전화번호로 온 전화, 호연이었다. 초록색의 통화 버튼을 오른쪽으로 슬라이드 한 해욱이 시니컬하게 내뱉었다.

"왜, 이 개자식아?"

대한민국에서 여자들의 이상형 순위에 늘 상위권으로 랭크되는 호연의 전화를 저렇게 받는 여자는 어디에도 없을 거라고 생각한 상현이 심각한 상황에서도 터지려는 웃음을 자제하며 입꼬리를 내리려 애썼다.

[내가 부정해 주길 바라?]

"몹시."

[그럼 일단 만나.]

"내가 너랑?"

[나랑 밥 한 끼 먹어.]

여유로운 웃음기가 깃든 호연의 목소리는 얄미웠다.

[아니면 술 한잔.]

해욱이 대답 대신 바람 빠지는 소리를 내며 웃었다.

[그것도 아니면 하룻밤.]

해욱이 종료 버튼을 길게 눌렀다. 맘 같아선 호연의 목소리가 흘러나온 휴대폰을 던져 버리고 싶었다. 해욱의 책상 위에 있는 인터폰이 울렸다. 받는 것도 귀찮아서 멍하게 앉아 있자 해욱을 대신해서 일어선 상현이 빨간 버튼을 꾹 눌렀다.

"웅."

[이사님이세요?]

"그래. 말해. 해욱이 옆에 있어."

[계속 문의가 들어와서 아듀 전화가 완전 불통이에요. 뭐라고 말할까요?]

상현이 뻐근한 뒷목을 어루만졌다. 피로감이 갑작스레 몰려드는 느낌에 저절로 온몸이 쑤셨다.

"다른 건 아무것도 대답하지 마. 말을 잘못해서 여지라도 줬다
간 물고 늘어질 테니까. 무조건 아니라고 해."

[네, 알겠습니다.]

직원이 걱정스러운 목소리로 전화를 끊었다. 해욱의 사무실에
서도 끊임없이 전화벨이 울리는 환청이 들렸다. 해욱이 신경질적
으로 다리를 꼬았다. 오랜만에 보는 해욱의 곤란한 얼굴이다. 상
현이 손가락으로 피로한 눈두덩을 야무지게 눌렀다.

"내 차 키 어디 있지?"

"저기."

해욱의 물음에 반사적으로 테이블 위를 가리키자 해욱이 잽싸
게 그것을 집어 들었다. 상현이 황당한 얼굴로 해욱을 쳐다봤지만
해욱은 자신의 의자 위에 놓인 직사각형의 클러치를 낚아챌 뿐 아
무런 말도 하지 않았다.

"너 어디 가? 지금 나갔다간 난리 난다고 했잖아."

"가야 해."

"어딜 가는데?"

상현이 답답하다는 듯 목에 매인 타이를 잡아 늘렸다. 해욱이
숨을 고르듯 깊고 길게 숨을 들이마셨다가 내쉬기를 반복했다. 사
무실에 놓인 피팅룸의 전신거울 앞에 선 해욱이 새삼스레 옷매무
새를 다듬었다.

"뭐 하는 거야?"

상현이 입을 쩍 벌리고는 해욱의 행동을 지켜봤다. 흐트러진 머
리카락을 손가락으로 빗어 머리카락 결이 살아나게 만들고, 회색

의 루즈한 카디건도, 하얀 스키니 진도, 오렌지색의 하이힐까지도 모든 핏을 예쁘게 정리한 해욱이 목에 걸린 가는 목걸이를 반듯하게 돌려 걸었다.

"갔다 올게."

"어딜 가는데? 설마 아니지?"

"그 설마가 맞아."

"지금 김유환한테 가겠다는 거야?"

"연인이라면 지켜야 할 사소한 예의야, 이건."

연인? 해욱의 말을 따라 반문한 상현이 난감한 얼굴로 허탈하게 웃었다. 해욱의 말이 틀린 것도 아니라서 더 이상 왈가왈부할 수도 없었다.

"지금 내가 가만있으면 5년 전 이호연이랑 다를 게 없어. 이게 오해라는 건 유환이가 누구보다 잘 알아. 호텔에 나랑 같이 있던 당사자니까. 하지만 오해라는 건 이해할 수 있는 게 아니잖아?"

해욱이 엷은 분홍색의 립스틱을 짙게 덧발랐다. 연분홍이 꽃분홍처럼 진해지는 것을 지켜보던 상현이 별수 없다는 듯 한숨을 내쉬었다. 해욱이 손가락에 걸린 은색의 차 키를 달랑달랑 흔들었다.

"내 별명 알지?"

상현이 픽 소리를 내며 웃었다.

"알지. 진격의 드라이버."

"기자들 따라붙지 못하게 밟을 테니까 걱정하지 마, 윤상현."

해욱이 눈을 찡긋거렸다. 상현이 손을 올려 해욱의 어깨를 꾹 잡았다 놓았다. 손끝으로 전해지는 은근한 응원에 해욱이 무심코 고개를 끄덕였다.

"조심해."

"응."

사무실 문이 쾅 소리와 함께 닫혔다.

해욱과 기분 좋은 브런치를 마치고 느즈막이 회사로 돌아온 유환이 막 워킹 연습을 끝내고 일어선 참이었다. 아듀의 쇼에 선 후 제대로 발목을 치료하느라 포기해 버린 A사 쇼에 아쉬워할 겨를도 없이 G사 쇼에 서게 되었다. 해욱과 G사, 두 가지 모두 너무나도 원하던 것이기 때문에 유환은 무척이나 만족스러웠다.

의자에 놓인 물병을 쥐고 워킹 연습실을 나서려는데 문고리를 잡아당기기도 전에 문이 열리면서 민석의 얼굴이 불쑥 튀어나왔다. 무슨 일이냐고 물으려는 찰나 민석이 선수를 치며 유환에게 다짜고짜 물었다.

"너 지금 실시간 검색어 1위가 누구인지 알아?"

유환이 이해되지 않는다는 듯 민석을 쳐다봤다. 민석이 대답 대신 한숨을 내쉬며 휴대폰을 내밀었다.

"지해욱."

실시간 검색어 1위에 당당하게 올라와 있는 익숙한 이름에 유환이 눈을 가늘게 떴다. 해욱이 검색어 1위에 오르는 것은 놀라운 일은 아니었지만 그 이유가 궁금했다. 생각을 마치기도 전에 검색어 2위가 연이어 올라왔다.

"이호연?"

해욱의 이름을 부를 때와는 달리 꼬인 유환의 목소리에 민석이 너털웃음을 터뜨렸다. 같은 회사 소속의 직속 선배를 대하는 후배의 태도라니.

"형, 이게 뭐예요?"

유환이 굽히고 있던 허리를 일으키자 민석이 속사포처럼 말했다.

"스캔들 터졌어."

"그건 늘 있던 소문이잖아요."

소문이라는 단어에 조금 더 힘을 준 유환이 눈을 찡그리자 민석이 난감한 얼굴을 했다. 유환이 아듀를 좋아하고 더 나아가 해욱을 좋아한다는 것은 짐작하고 있는 사실이다.

"제대로 터졌어. 지해욱 선생님이랑 이호연이 호텔에서 찍혔거든."

"호텔? 언제요?"

"언제긴 언제야 오늘이지. J호텔 라운지에서 만나는 장면이 딱 걸린 거지."

"J호텔 라운지?"

서글서글한 유환의 눈매가 날카롭게 섰다. 금세 엉망으로 구겨져 평소의 개구진 모습이라곤 전혀 상상할 수 없을 만큼 마구잡이로 흐트러진 유환의 얼굴에 민석이 끌끌대며 혀를 찼다.

"알아. 네가 지해욱 선생님을 특별하게 생각…… 유환아! 김유환!"

자신의 말이 끝나기도 전에 자리를 박차고 뛰어나간 유환의 뒷모습이 저 멀리로 사라졌다. 그 뒷모습을 멍하게 쳐다보던 민석이 손바닥으로 자신의 이마를 탁 쳤다.

"괜히 말해줬나."

민석이 걱정스러운 얼굴을 했다. 그런 민석을 놔둔 채 연이어 있는 워킹 연습실을 지나 길게 이어진 복도로 나간 유환의 앞으로 삼삼오오 모여 핸드폰을 잡고 떠들어대는 모델들이 보였다. 듣지 못한 척 그냥 지나치는 것은 이미 무리였다.

"봤냐? 대박! 내가 둘이 이상하다 그랬지?"

"호텔에서 찍혔으니 빼도 박도 못하겠다. 어쩐지 이호연이 아듀 쇼만 열심히 서더라니 다 그렇고 그런 관계였구만?"

"둘이 잘 어울리긴 해. 선남선녀에 건방지고."

킬킬거리는 웃음소리에 유환의 급한 발걸음이 멈춰 섰다. 신경 질적인 얼굴을 한 유환의 발걸음 소리가 복도 위를 타박타박 울렸다.

"어? 김유환! 으윽!"

자신보다 몇 기수는 높은 선배 모델이었지만 유환에게는 그런 것을 가릴 여유가 없었다. 순식간에 멱살을 감아쥐고 벽으로 밀어 붙이자 주위에서 시끄러운 소음이 일었다. 늘 밝은 얼굴로 살갑게 장난을 걸어오던 유환의 모습은 어디에도 없었다.

"함부로 떠들어대지 마."

"으윽!"

목이 졸려 갑갑한 듯 유환의 손을 몇 번이나 내려쳤지만 야무지 게 옷깃을 감아 쥔 유환의 손은 쉽사리 풀어지지 않았다. 다들 처 음 보는 유환의 모습에 제재를 가할 생각도 하지 못하고 서 있을 뿐이다.

"아듀의 쇼에도 섰던 네가 그따위 말을 지껄이는 게 가당키나 하다고 생각해?"

더러운 것을 떨어내기라도 하듯 멱살을 풀어 내리며 바닥으로 던져 버리자 쿵 소리를 내며 기하학적인 모양으로 꺾인 몸이 우스웠다. 사실은 알고 있었다. 이 모든 것이 아무것도 할 수 없는 자신에 대한 화풀이라는 것도.

"빌어먹을."

유환이 낮은 목소리로 욕설을 내뱉었다. 깊게 가라앉은 눈동자만큼이나 가라앉은 목소리에 모두가 아무런 행동도 취하지 못했다. 유환이 망설임 없이 발걸음을 돌렸다.

그 어느 때보다 빠르게 아듀로 향했다. 이미 아듀의 앞에 진을 치고 있을 기자들은 생각할 겨를도 없었다. 액셀러레이터를 깊숙하게 밟자 급하게 올라가는 계기판의 숫자가 보인다. 유환의 손이 핸들 위를 거칠게 내려쳤다.

해욱이 엘리베이터 버튼을 꾹 눌렀다. 차키를 꽉 쥔 손가락에 힘이 들어갔다.

"더럽게 안 올라오네."

겨우 5층짜리 건물임에도 느리기만 한 엘리베이터에 몇 번이나 버튼을 꾹꾹 눌러댔다. 경쾌한 소리와 함께 엘리베이터가 해욱이 서 있는 층을 가리켰다.

"빨리 좀 열려라."

해욱이 신경질적으로 머리를 헤집으려다가 얌전히 손을 내려놓았다. 어쨌든 나는 패션 디자이너니까 흐트러진 모습을 보이면 지는 거야. 해욱이 마음을 다잡으며 열리는 엘리베이터 문에 맞춰 발을 움직였다.

"어?"

자신이 듣기에도 멍청한 소리가 입을 통해 흘러나왔다. 그것을 미처 인지하기도 전 엘리베이터로 끌려들어 가듯 낚아채진 해욱이 꿈을 꾸듯 몽롱한 목소리로 말했다.

"김유환."

해욱이 이름을 부르자마자 유환이 두 팔 가득 해욱을 끌어안았다.

"선생님."

버튼을 누르지 못한 엘리베이터가 5층에 가만히 멈춰 서 있다.

"너 어떻게⋯⋯."

해욱을 꽉 끌어안은 유환이 해욱의 뒷머리를 상냥하게 어루만졌다. 힘이 들어간 팔과는 대조적으로 뒷머리를 조심스럽게 어루만지는 손길은 섬세했다. 유환과도 같은 그 묘한 갭에 해욱이 상황에 어울리지 않는 웃음소리를 흘렸다.

"지금 웃음이 나와?"

금세 눈을 찡그리며 눈썹을 팔자로 축 늘어뜨린 유환이 깊은 한숨을 내쉬었다. 통유리로 이루어진 아듀의 건물 안에서 유일하게 모든 곳이 막혀 있는 엘리베이터에 새삼스럽게 감사를 표하던 유환이 안고 있던 해욱의 어깨를 그러쥐었다.

"괜찮아?"

걱정스러운 유환의 얼굴에 해욱이 이상한 표정을 지었다.

"네가 나한테 묻는 거야? 바뀐 것 같은데?"

해욱이 유환의 볼을 감싸 쥐었다. 얼마나 급하게 온 건지 식지 않은 뜨거운 체온이 손바닥 전체로 느껴졌다.

"미안해."

해욱의 목소리는 담담하고 차분했다. 하지만 흔들리는 시선을 유환을 쉽게 알아챘다. 유환이 고개를 아래로 떨어뜨렸다. 촬영 콘셉트로 인한 잦은 염색과 세팅으로 결이 부쩍 상해 버린 머리카락이 부스스하게 흐트러졌다.

"사실 기사를 보고 화가 났어. 분명히 선생님이랑 그 자리에 있었던 건, J호텔 라운지에 있었던 건 나인데 아무한테도 말할 수 없고 내가 선생님을 위해서 할 수 있는 게 아무것도 없는 것 같아서."

늘 말갛게 웃고 있던 얼굴이 고통스럽게 일그러졌다. 개구지고 짓궂기만 하던 눈동자가 깊숙하게 가라앉았다.

"내 여자가 다른 남자랑 스캔들이 났는데 누가 화를 내지 않겠어."

유환이 낮게 읊조렸다. 엘리베이터라는 작은 공간 속에 유난히 가라앉은 유환의 목소리가 고요하게 울렸다.

"마음 같아선 내가 선생님이랑 연애를 하고 있다고, 스캔들은 나랑 나야 하는 거라고 떠들고 싶어. 하지만 그러면 안 되잖아."

해욱의 어깨를 그러쥔 유환이 비스듬히 고개를 숙여 입을 맞췄다. 조금 급하게 밀고 들어온 혀가 평소와 달랐다. 유환의 심정을 대변하기라도 하듯 이리저리 마구 헤집어놓는 감각이 타는 듯 뜨거웠다. 해욱이 유환의 니트 끝자락을 말아 쥐었다. 그것을 시작으로 해욱의 턱 선을 타고 내려온 유환의 입술이 하얀 목덜미 위로 잘게 자국을 남겼다.

"해욱아."

가까운 거리만큼이나 맨살 위로 닿아오는 유환의 뜨거운 숨소리에 해욱이 비스듬히 시선을 내렸다.

"나는 당신 남자가 맞는데. 당신도 내 여자 맞지? 나만 착각하고 있는 거 아니지?"

초조하게까지 들리는 유환의 목소리에 해욱이 유환의 어깨를 툭 건드리며 생긋 웃었다.

"날 얼마나 헤프게 본 거야?"

"응?"

금세 당황해 버린 유환의 얼굴을 가만히 바라보던 해욱이 유환의 뺨을 감싼 채로 입을 맞췄다. 혀로 유환의 입술을 핥아내자 유환은 아까보다 훨씬 곤란한 얼굴을 했다.

"난 내 남자 아니면 이런 거 안 해."

"지금은 선생님이 훨씬 유명하니까, 스캔들이 터져도 선생님이 훨씬 피해를 볼 테니까 가만히 있을 거야. 하지만 내가 선생님보다 유명해지면, 이호연보다 유명한 톱 모델이 되면 그때는 다 말할 거야. 빼도 박도 못하게 할 테니까 그런 줄 알아."

유환이 짓궂게 웃었다. 유환의 입술 위로 도장을 찍듯 짧게 입을 맞춘 해욱이 흐드러지게 웃었다.

"그래, 제발."

해욱이 가느다란 팔을 들어 올려 유환의 목 뒤로 둘렀다. 해욱이 유환을 그대로 끌어당겼고, 입술이 한 치의 오차도 없이 맞물렸다. 해욱이 사용하는 달콤한 향수 냄새와 함께 치명적인 해욱의 체향이 가득 올라왔다. 해욱의 가느다란 허리를 지분거리던 유환이 집요하게 혀를 얽었다. 옴폭하게 들어간 입천장도, 말랑말랑한 혀끝도, 해욱의 모든 것에 갈증이 나는 사람처럼 유환은 그렇게 입을 맞췄다. 손끝으로 닿는 해욱의 머리카락을 어루만지며 유환은 해욱을 온몸으로 끌어안았다.

11. 상처받지 않은 것처럼 웃어라

"어떻게 하기로 한 거야?"

"뭐가?"

상현의 질문에 해욱이 심드렁하게 대꾸했다. 어제 미처 다 뜨지 못한 패턴을 거의 완성시켜 놓고 쉴 타이밍이 되자마자 상현이 기다렸다는 듯이 쳐들어왔다.

"김유환, 이호연, 그리고 너."

"이호연 이름은 좀 빼줄래?"

"내가 뺀다고 되나. 기자들이 안 빼는걸."

"언제까지 우려먹을 건지. 나랑 이호연이 티백이야? 다 빠지고 맛도 없겠다."

홍. 해욱이 콧방귀를 뀌었다. 흔히들 당고머리라고 하는 것을 틀어 올린 해욱은 라이더 재킷을 걸쳐 입고 있었다. 이 머리의 포인트는 잔머리지. 이마 라인을 따라 손을 비벼 잔머리를 자연스럽게 빼낸 해욱이 만족스러운 얼굴로 테이블 위에 놓인 거울을 덮었다.

"이호연이 부정할 생각을 안 하고 있다고."

"놔둬. 자기 손해지 내 손해야? 나를 짝사랑하는 톱 모델 정도로 해두자."

해욱이 귀찮은 얼굴로 상현이 보란 듯이 켜둔 기사 사진을 꺼버렸다. 상현의 휴대폰 액정이 완전히 꺼지도록 잠금 버튼을 꾹 누르는 센스도 잊지 않았다.

"김유환은 어떻게 됐어?"

"남의 연애사에 뭐 이렇게 관심이 많으실까, 우리 대표님은."

"네가 김유환 만나고 와서 태도가 싹 바뀌었으니까 그렇지. 언제부터 그렇게 관대한 여자였대?"

해욱이 못 들은 척 자리에서 일어섰다. 새하얀 라이더 재킷 아래로 옅은 그레이 톤의 스키니 진이 예쁜 다리 라인을 여실히 드러내 주고 있다.

"G사 쇼는 언제야?"

"내일 모모레."

"모보레는 뭐야?"

상현의 어투에 코웃음을 친 해욱이 탁상 달력을 들어 확인했다. 곧이다 이거지.

"너 설마 쇼에 갈 건 아니지?"

"초대 받았는데, G사는 당연히 가줘야 되는 거 아니야?"

"지금 네가 갔다간 기자들 몰려들 거 몰라? 행동 하나 잘못하면

다 물어 뜯을……."

탁. 탁상 달력을 테이블 위로 소리 나게 내려놓은 해욱이 눈을
찡그렸다. 엷은 오렌지색의 아이라인은 동양인에게 어울리기 힘
들지만 하얀 피부에 동그란 눈을 가진 해욱에게는 해당되지 않는
이야기였다.

"난 여자이기 이전에 디자이너야. 내가 G사 쇼에 가는 이유는
디자이너로서의 마인드야. G사는 디자이너들조차 놀랄 만큼 매번
새롭고 신선한 패턴을 낸다는 거 알잖아."

눈을 반짝이며 쏘아붙이는 해욱의 모습에 상현이 입을 다물었
다.

"유환이가 런웨이에 서는 건 두 번째. 난 디자이너로서 내 욕
구를 충족시켜야겠어. G사는 분명 내 옷에도 영향을 줄 테니까."

"그래, 잊고 있었다."

상현이 팔짱을 끼고 오만한 얼굴로 자신을 내려다보는 해욱을
쳐다봤다. 풍성하게 말려 올라간 속눈썹 사이사이로 오만함이 뚝
뚝 떨어지는 것 같았다.

"네가 요즘 너무 여자같이 굴어서 디자이너라는 걸 잊고 있었
어."

해욱이 눈살을 찌푸렸다.

"난 원래 여자였어. 이호연이 내가 여자란 걸 나조차도 잊게 해
준 것뿐이지."

떠오르는 과거를 털어버리고 싶다는 듯 마구잡이로 고개를 내
저은 해욱이 입술을 질끈 깨물었다.

"호연아, 제발!"

평소 소심하고 눈치 보기로 유명한 매니저 동호가 웬일로 큰 소리를 냈다. 그 모습을 흥미롭게 바라보던 호연이 다리를 바꿔 꼬아 올렸다.

긴 다리가 화보처럼 휙 넘어가는 모습을 바라보던 동호가 절망스러운 한숨을 내쉬었다.

"너 정말 부정 안 할 거야?"

"알잖아. 내가 아듀의 엔딩에 서는 이유, 다 해욱이 때문인 거."

"알지. 아는데, 그래도……."

"시끄러워!"

호연이 거칠게 말했다. 이미 인터넷 포털사이트는 해욱과 호연의 이름으로 도배된 지 오래였다. 꽤 시간이 지났음에도 사그라지지 않는 사람들의 관심에 저절로 입꼬리가 씰룩거릴 지경이다.

"디자이너 지해욱, 스캔들 기사 전면 부정이라……."

1분 전 올라온 기사의 따끈따끈한 헤드라인을 그대로 읊조린 호연이 입꼬리를 비스듬히 올렸다.

"대놓고 피하면 곤란한데."

귓가에 박힌 여러 개의 피어싱을 만지작거리던 호연이 뻐근한 목을 좌우로 꺾었다. 피곤함을 은연중에 드러내는 행동에 동호가 힐끔거리며 호연을 쳐다봤다. 눈은 휴대폰에 고정시킨 채로 머리카락을 만지작거리던 호연의 손이 멈칫거렸다.

"G사 쇼에 서는 단 한 명의 동양인, 한국에서 나오다."

호연이 고저가 없는 어조로 기사의 헤드라인을 읽자 눈치라고는 없는 동호가 금세 즐거운 목소리를 냈다.

"그거 우리 회사에서 나왔어. 대단하지?"

"누군데?"

이름을 듣지 않아도 알 것 같은 이상한 느낌에 기분이 더러워졌다. 호연이 테이블 위에 놓인 빈 음료수 캔을 구겼다.

"유환이. 왜 저번에 너랑 아듀 향수 광고 찍었던……."

깡!

시끄러운 철제 소리와 함께 음료수 캔이 벽에 부딪쳐 바닥으로 떨어졌다. 동호가 본능적으로 입을 다물었고, 호연이 앞에 놓인 테이블을 발로 밀쳤다.

"또 워킹 연습이야? 네가 할 게 뭐 있다고 워킹을 연습해?"

민석이 어이가 없다는 듯 코웃음을 치며 워킹 연습실로 들어왔다. 요즘 모델들이 돈을 위해, 유명세를 위해 화보에 치중하다 보니 워킹이 허술하다는 점은 이미 알 만한 사람은 다 아는 사실이지만 유환만은 절대적으로 예외였다.

"난 연예인이 아니라 모델이니까요."

시원스러운 눈매를 올려 씩 웃은 유환이 물병에 얼마 남지 않은 물을 콸콸 들이마시고 빈병을 내동댕이치듯 바닥으로 던졌다.

"어쭈, G사 모델은 남다르다 이거야?"

민석이 눈을 흘기며 유환의 머리를 쓰다듬었다.

"죽이죠? G사 모델이라니."

유환이 척 브이를 그렸다. 오늘은 쌍 브이. 얼굴 옆으로 두 손을 올려 브이 모양을 찡긋찡긋 움직이는 모양새에 민석이 못 말린다는 듯 호쾌하게 웃었다.

"지해욱 선생님한테 자랑하러 안 가?"

"벌써 했죠."

민석이 어리둥절한 표정을 지으며 한편에 놓인 소파 위로 엉덩이를 붙였다.

"회사에서 오늘 발표한 건데 벌써 하는 게 가능해?"

"제가 오늘로 미뤄달라고 한 거였어요. 선생님이 나 다음으로 제일 먼저 알았으면 해서."

개구지게 웃는 얼굴 위로 스쳐 지나가는 설렘에 민석이 유환의 머리카락을 마구잡이로 흩트려 놓았다.

"뭐야, 이거? 지금 김유환이 수줍어한 거야? 미쳤구나?"

"하지 마요!"

유환이 민석의 손을 피해 이리저리 잘도 도망 다녔다. 유리로 된 워킹 연습실 건너편의 모델들이 둘의 모습을 보며 익숙하다는 듯 웃음을 터뜨렸다.

"그런데 너 이미지가 좀 바뀌었는데?"

민석이 유환의 몸을 더듬거리며 묻자 유환이 고개를 끄덕였다.

"G사는 스키니한 모델을 선호해서 살을 조금 더 뺐어요. 물론 웨이트는 계속하고."

살이 조금 빠졌을 뿐인데 날카롭고 남성적인 이미지가 곧잘 살아난 유환을 보며 민석이 혀를 내둘렀다. 지독하긴.

유환이 여유롭게 대꾸한 뒤 팔을 크게 돌리며 스트레칭을 시작했다. 완치된 지 얼마 되지 않은 발목을 가볍게 돌려 체크하더니 만족스럽게 고개를 끄덕였다.

유환이 워킹 연습을 시작했고, 그 모습을 물끄러미 바라보던 민석은 혀를 찼다. 될성부른 잎은 다르다 이건가. 민석이 보기엔 흠잡을 곳 하나 없이 완벽한 워킹이 유환의 눈에는 마음에 들지 않은 모양이다.

민석이 입을 쩍 벌리며 하품을 했다. 한 것도 없는데 몰려드는 피곤함에 민석이 소파에 몸을 눕혔다.

그리고 같은 시각, 쿠카팀의 건물 내부로 해욱이 들어섰다. 마침 회사에 들어와 있던 몇몇 모델들이 해욱을 알아보고 꾸벅 인사를 해왔다.

"어? 선생님! 안녕하세요?"

해욱을 모르는 사람이 보았다면 모델로 오해하기 딱 좋았다. 하얀 라이더 재킷에 그레이 진이 이렇게 잘 어울리는 디자이너라니. 여자 모델들이 질투가 뒤섞인 시선으로 해욱을 힐끔거렸다.

해욱이 심드렁하게 고개를 끄덕이며 인사를 받았다. 라이더 재킷의 독특한 안감이 드러나도록 둥둥 걷어붙인 가느다란 팔목 위로 반짝거리는 팔찌가 흔들렸다.

"쿠카팀에는 웬일이세요?"

해욱과 친분이 있다 싶은 모델들이 모여들자 해욱이 곤란한 얼굴로 씩 웃었다.

"이호연 선배님은 조금 있다가 오신다고 했는데……."

"무슨 소리를 하는 거야?"

해욱이 호연의 이름을 장난스럽게 꺼낸 모델의 머리카락을 엉망으로 헤집어놓았다. 히죽히죽 웃는 모양새가 호연이 부정하지 않은 스캔들의 파급력을 알려주는 것 같아서 해욱은 남몰래 한숨을 내쉬었다.

"오늘 캐스팅 오디션."

"네? 못 들었는데."

"당연하지. 대표이사님이 몰래 추진하신 거니까."

모델들이 웅성거리는 틈을 이용해 해욱이 옆에 선 가장 친분이 있는 모델에게 작은 목소리로 물었다.

"여기 워킹 연습실은 어디야?"

"4층 코너 돌면 바로 있어요. 단체도 있고 개인도 있어요. 꽤 크죠?"

친절하게 웃으며 설명해 주는 모델에게 고개를 끄덕거린 해욱이 금세 자리를 빠져나갔다.

"오디션 준비 잘해. 잔뜩 뽑아가 줄 테니까."

'마음에 안 들면 아무도 안 뽑아갈 수도 있지만.'

꿀꺽 삼킨 말을 뒤로한 채 해욱이 입꼬리를 올려 웃자 모델들이 환호성을 냈다. 아듀에서 쿠카팀만을 대상으로 하는 캐스팅 오디션이라니. 웅성거리는 흥분한 목소리를 들으며 해욱이 망설임 없이 발걸음을 돌렸다.

쿠카팀도 처음에는 분명 작은 회사였는데 어느새 모델계 최고의 에이전시로 손꼽히게 되었다. 그에 걸맞게 번듯해진 건물 내부를 보며 해욱이 사심 없는 감탄을 던졌다. 1층에 내려와 있는 엘리베이터에 몸을 실은 해욱이 버튼을 꾹 눌렀다.

"워킹 연습실이라……."

G사 쇼가 3일도 남지 않은 시점에서 유환의 성격이라면 분명

워킹 연습실에 있을 거라고 생각했다. 모델들의 인사를 건성으로 받아주며 해욱은 4층에 내려 곧장 코너를 돌았다. 길게 늘어진 워킹 연습실. 디자이너인 해욱이 들어서자 유리로 된 연습실 안의 모델들이 긴장하는 것이 느껴졌다. 대수롭지 않게 그곳을 천천히 지나치던 해욱이 복도의 가장 끝에 자리한 개인 워킹 연습실 앞에서 발걸음을 멈춰 섰다.

"찾았다."

불과 며칠 전에 보았는데도 그사이 살이 빠진 것 같은 얼굴은 분위기가 달라져 있었다. 조금 더 남성적이고 날카로워진 라인이 살아났다.

가만히 팔짱을 꼬고 쳐다보고 있자니 시선을 느낀 건지 예민한 얼굴을 한 유환이 문 쪽을 향해 고개를 휙 돌렸다. 그러고는 휘둥그레지는 두 눈.

"어?"

입 모양에 담긴 의아함에 해욱이 눈을 휘어 웃었다. 손을 살랑살랑 흔들자 유환이 워킹 연습실 문을 벌컥 열어젖혔다.

"선생님!"

믿을 수 없다는 듯 눈을 비비적거리는 유환의 손을 잡아 내린 해욱이 유환의 머리카락을 상냥한 손길로 매만졌다.

"살이 더 빠졌네."

해욱이 디자이너의 눈으로 유환의 몸을 체크했다. 유환의 어깨 너머로 팔이 척 올라오더니 어느새 소파에서 일어선 민석이 해욱을 향해 반갑게 인사를 건넸다.

"선생님, 오랜만은 아니지만 어쨌든 쿠카팀까지 입성하셨네요?"

해욱과 유환을 번갈아 보는 민석의 음흉한 시선에 해욱이 유쾌하게 웃으며 고개를 끄덕였다. 유환과 민석의 사이가 돈독하다는 것은 잘 알고 있었다. 그렇다면 자신과 유환의 관계에 대해서도 민석은 알고 있을 것이 분명했다.

"왜 오셨을까? 지해욱 선생님이 쿠카팀에 왜 오셨을까?"

아예 음을 붙여 흥얼거리는 민석의 목소리에 유환이 민석을 타박했다. 해욱이 입술을 오물거리다 워킹 연습실 밖을 향해 손짓했다.

"알면 좀 나가지 그래, 김민석이?"

"역시 지해욱 선생님. 이렇게 쿨하게 인정하면 재미가 없잖아요."

민석이 콧잔등을 찡그리며 뒷머리를 벅벅 긁었다. 유환의 어깨를 툭툭 두드린 민석이 벽에 걸린 시계를 한 번, 통유리로 만들어진 워킹 연습실 건너편의 모델들을 한 번 보고는 문고리를 잡아 열었다.

"15분 드립니다."

주위의 시선을 의식하라는 듯 짧지도 길지도 않은 적당한 시간을 주며 휙 나가 버리는 민석의 뒷모습에 해욱도 유환도 웃음을 터뜨렸다.

"나 보러 온 거야?"

해욱을 소파에 앉힌 유환이 소파의 팔걸이 위로 걸터앉았다. 자연스레 해욱을 내려다보는 위치가 된 유환이 손을 뻗어 해욱의 부드러운 머리카락을 만졌다.

"캐스팅 오디션 있어서 온 거거든요."

해욱의 대답에 유환이 입술을 삐죽거렸다.

"캐스팅 오디션이 코앞인데 내가 워킹 연습실까지 온 이유는 사실 너지만."

해욱이 방긋 웃었다. 동그랗게 말린 당고머리가 신기한 듯 그것을 물끄러미 바라보던 유환이 기쁜 얼굴을 했다.

"연습은 많이 했어? 보아하니 연습실에서 산 것 같은데."

연습실 구석구석에 널린 유환의 옷가지와 물병, 휴대폰 충전기까지. 이것저것 살림살이가 늘어난 것을 눈썰미 좋게 찾아내자 유환이 긍정의 표시로 고개를 끄덕거렸다.

"아직 잘 모르겠어. 내 워킹이 G사에 맞는 건지."

유환이 금세 미간을 찌푸리며 고민이 가득 담긴 얼굴을 했다. 그 진지한 얼굴을 가만히 바라보던 해욱이 손을 올려 유환의 검은 머리카락을 마구잡이로 헤집어놓았다.

"개성은 잃지 않되 G사에 맞게."

"G사에 맞게……."

유환의 워킹은 시크하고 모던한 느낌. 딱히 힘이 들어가지 않은 상태에서 무심할 정도로 툭툭 걷는 모양새가 개성 있는 워킹이었다. 워킹 연습을 꽤 오랜 시간 받아온 터라 어깨가 반듯하고 허리도 곧게 펴져 있으며 발목으로 지탱하는 힘 또한 좋았다. 하지만 G사와는 조금 어울리지 않을지도.

해욱이 턱을 괴곤 유환을 쳐다봤다. 배시시 웃은 해욱이 비스듬히 고개를 기울였다.

"팁을 줄까?"

"팁?"

유환의 얼굴 가득 담긴 궁금증과 그 위로 서리는 열정에 해욱이 입을 열었다.

"G사 쇼에 서는 모델들의 워킹은 그야말로 반짝반짝해. 모델도 룩도 남성적이고 강인한 느낌이지만 추구하는 워킹은 오만하고 화려하지. 그래서 G사 쇼에 두 번 오르는 모델이 드물다는 거야. 그 모순되는 워킹을 제대로 소화하기가 어렵거든."

"아아, 말만 들어도 어려운 느낌이잖아."

유환이 눈썹을 팔자로 축 늘어뜨리며 고개를 내저었다. 해욱이 소파에서 자리를 털고 일어섰다. 예쁘게 뻗은 다리 라인 아래로 아찔할 정도의 하이힐이 자리 잡고 있다.

"평소 배운 워킹은 잊어버려. 팔도 골반도 조금 더 흔들어. 그렇다고 마구잡이로 흔들면 안 되고 리듬에 맞게. 허리는 곧게 세우되 평소보다는 조금 더 뒤로 젖혀. 턱은 조금 더 들고."

자신의 몸을 짚으며 설명해 나가는 해욱의 모습에 유환이 놀란 눈을 했다. 해욱이 어깨를 으쓱 올리곤 유환의 어깨를 툭 떠밀었다.

"그대로 시작."

유환이 빼지 않고 곧장 워킹 연습실의 중앙에 섰다. 팔도 골반도 조금 더 흔들어. 허리는 곧게 세우되 평소보다는 조금 더 뒤로 젖혀. 턱은 조금 더 들고. 해욱의 말을 그대로 머릿속에 새기며 걸음을 내디뎠다.

평소와는 다르게 팔도 조금 더 각도를 주어 흔들고 골반도 리듬감을 준다. 허리를 뒤로 눕히고 턱을 들자 저절로 생겨나는 오만한 분위기에 해욱이 만족스러운 듯 손으로 오케이 표시를 했다.

워킹만 바뀌었을 뿐인데 유환의 표정도 같이 변했다. 긴방지고 오만하게. 모든 것을 자신의 발 아래로 두는 듯한. 그래, 바로 저게 G사에서 원하는 워킹이다. 모든 룩을 G사의 아래로 두는 듯한 그 불쾌하던 워킹. 시원스레 뻗은 눈매에 개구진 느낌은 전혀 없었다. 완전히 다른 모델을 보는 것 같기도 한 광경에 해욱이 신기한 듯 마른 입술을 핥아 올렸다.

"반짝반짝해."

살포시 미소를 띤 해욱이 거리를 두고 보니 더욱 잘 보이는 실루엣과 바디 라인에 금세 못마땅한 표정을 하며 소리를 빽 질렀다.

"그런데 살이 너무 빠졌잖아!"

모델로서는 쇼의 폭이 더 넓은, 디자이너들이 추구하고 원하는 몸에 더욱 더 가까워진 것이었지만 역시 연인인 유환이 살이 빠지는 것은 싫었다. 해욱이 불만스럽게 한쪽 눈을 찌푸리자 유환이 금세 눈을 휘며 짓궂게 웃었다. 남성적이고 날렵해진 스타일 때문인지 예전보다 개구진 느낌이 덜한 것이 묘한 분위기를 자아냈다.

"이것도 제대로 만들었는데."

워킹 연습실 끝에서 턴을 해오던 유환이 씩 웃으며 얇은 브이넥 티셔츠를 걷어 올렸다. 흔히 식스 팩이라고 부르는 선명한 복근이 완벽하게 올라와있는 근육을 보며 해욱이 눈을 깜빡였다. 길게 말려 올라간 속눈썹이 그렁그렁하게 움직이는 것이 사랑스러워서 유환이 워킹을 하던 그대로 팔걸이에 걸터앉으며 허리만을 숙여 짧게 입을 맞췄다. 해욱이 눈을 동그랗게 뜨고 유환을 올려다봤다. 그 모습이 또 사랑스러워서 유환은 한 번 더 입을 맞췄다.

"여기 다 보일 거야."

워킹 연습실이 훤히 비치는 유리로 만들어졌다는 사실을 잊은 건지 유환의 대담한 행동에 해욱이 말을 잇지 못하고 흘려냈다. 유환 너머로 여러 명의 모델이 워킹 연습하는 것이 보였다. 이쪽을 흘끗거리는 시선도 몇 번이나.

"내 별명이 김어깨인 거 몰라?"

풉. 해욱이 웃음을 터뜨렸다. 일부러 어깨를 으쓱 올리며 잘난 척을 해 보이는 모양새가 귀여웠다.

"괜찮아. 안 보일 테니까."

확실히 소파 팔걸이에 걸터앉은 유환의 뒷모습밖에 보이지 않을 것이란 건 짐작할 수 있었다. 해욱에게도 유환만이 보일 뿐 뒤에 선 모델들은 고개를 빼서 보지 않는 한 보이지 않았으니까.

"그러니까 한 번만 더요."

"불리할 때만 어린 척이야."

해욱이 입술을 달싹이자 유환이 아까보다 조금 더 깊게 허리를 숙여 입을 맞췄다. 거절은 허용하지 않겠나는 듯 바르작거리는 해욱의 가느다란 팔목을 단단히 잡은 채로.

자신의 어깨 뒤로 따갑게도 닿아오는 모델들의 시선과 자신의 회사, 그것도 개인 워킹 연습실이라는 장소의 특수성으로 인해 유환의 혀가 평소보다 조금 더 급하게 움직였다. 해욱의 혀를 감싸며 입안 구석구석을 모두 기억하겠다는 듯 움직이던 유환의 혀가 진득하게 얽혀들었다. 야하게까지 들리는 질척이는 소리에 해욱이 반사적으로 상체를 뒤로 젖히자 유환이 힘을 주어 해욱의 어깨를 감싸 안았다.

"왜 이렇게 달지?"

풀어진 눈을 한 유환이 낮게 읊조리며 해욱의 입술을 가볍게 깨물었다. 허리를 조금 더 숙여 라이더 재킷의 깃 사이로 얼굴을 묻은 유환이 해욱의 여린 살 위를 잘근잘근 깨물었다. 온통 달아. 코끝으로 스며드는 아찔한 체향에 위험 신호가 울리는 것 같았다.

유환이 급하게 허리를 일으켰다. 태연한 척 평소처럼 웃은 유환이 휴대폰 액정을 확인하며 중얼거렸다.

"15분 끝."

해욱이 손등으로 입술을 쓸어내렸고, 그 모습을 지켜보던 유환이 입술 위로 남은 해욱의 타액마저 아쉽다는 듯 혀로 입술을 핥아냈다.

"오늘 와줘서 두근두근했어."

캐스팅 오디션 때문이라니까. 기뻐 보이는 유환의 얼굴에 그 말을 꿀꺽 삼켜 버리기로 한 해욱이 흐드러지게 웃었다. 깔끔하게 그려진 오렌지색의 아이라인 위로 가볍게 입을 맞춘 유환이 해욱의 손가락을 만지작거렸다.

"다음은 G사 쇼에서 봐."

유환이 말갛게 웃었다. 살이 빠지고 스타일이 조금 변했을 뿐인데 이렇게도 시크한 느낌의 마스크라니. 유환의 얼굴을 지그시 쳐다보던 해욱이 고개를 끄덕이며 손을 살랑살랑 흔들었다. 가느다란 팔목 위로 가는 팔찌가 흔들렸다. 그것을 물끄러미 바라보던 유환이 충동적으로 해욱의 팔목을 잡아 올려 입을 맞췄다.

"아!"

따끔한 느낌이 났다. 해욱의 팔목 안쪽, 이를 세워 부드럽고 여린 살을 잘근잘근 깨문 유환이 짓궂게 혀를 놀렸다. 해욱의 새하얀 피부 위로 금세 붉은 자국이 동그랗게 올라왔다.

"선생님은 왜 팔찌만 차도 야해 보이는지. 아, 내 머릿속이 야한 건가?"

유환이 몸을 떨며 웃자 짧게 친 머리카락이 흐트러졌다. 해욱의 팔목 안쪽을 진득하게 핥아 올린 유환이 작은 목소리로 덧붙여 말했다.

"민석이 형 왔다."

"아주 금쪽같은 15분이었지?"

휘적휘적 걸어온 민석이 유환의 어깨를 툭 쳤다. 유환의 손에서 팔목을 빼낸 해욱이 라이더 재킷의 소매를 슬그머니 내렸다.

워킹 연습실이 늘어선 복도를 따라 또각거리는 구두 소리가 울렸다. 해욱이 걷는 걸음걸음마다 시선을 따라 붙이던 유환이 코너를 돌아 해욱이 사라지자 그제야 민석을 쳐다봤다.

빠른 걸음으로 복도 끝을 돌아 나온 해욱이 벽에 등을 기대고 섰다. 해욱이 팔을 흔들어 올리자 팔찌와 함께 유환이 남긴 붉은 키스마크가 보였다.

소매를 걷으면 팔목이 보이니까 팔찌를 찬 건데 소용없게 됐네.

"이런."

보는 것만으로도 굉장히 부끄러운 느낌이 들었다. 해욱이 손바닥으로 눈 위를 덮었다. 괜히 욱신거리는 것 같은 눈두덩을 꾹꾹 누르려다 기껏 정성 들여 그린 아이라인이 번질까 그만두기로 했다. 해욱이 벽에 기대었던 상체를 일으켜 세웠다.

다시 소매 깃을 내리려 팔을 움직이는 순간 온기가 느껴지는 손이 잽싸게 해욱의 손목을 잡아챘다. 갑작스러운 접촉에 찡그려진 해욱의 눈이 짙은 스모키를 그린 호연의 눈과 허공에서 마주쳤다. 그래, 너도 쿠카팀이었지. 그것을 인지한 해욱이 한숨과도 같은 먹먹한 공기를 토해냈다.

"네가 쿠카팀에 왔다고 들었어."

해욱이 대답 대신 호연을 쳐다봤다. 화보 촬영이라도 마치고 온 것인지 호연의 눈가로 굵은 입자의 글리터가 반짝이고 있다. 잔뜩 세워진 머리카락은 척 보기에도 스프레이 범벅으로 보였다.

"그래서 나는 촬영을 마치자마자 달려왔고."

호연이 해욱의 손목을 난폭하게 잡아 올렸다. 짤랑거리는 팔찌가 가느다란 팔목을 따라 내려가고 붉게 새겨진 키스마크가 드러나자 호연의 얼굴이 무자비하게 일그러졌다.

"그런데 결과는 이렇고."

해욱이 호연에게 잡힌 팔목을 빼내기 위해 바르작거렸다. 새하얀 피부 위로 어느새 붉은 손자국이 올라왔다.

"자꾸 이런 식이면 인정할지도 몰라."

"뭐?"

해욱이 코웃음을 쳤다.

"우리가 연애하는 게 맞다고, 기자회견이라도 할 거라고."

"너 진짜 미쳤구나?"

해욱이 싫은 내색을 그대로 드러내며 호연을 노려봤다. 오렌지빛으로 물든 눈꼬리가 있는 힘껏 매서움을 드러내고 있다.

"뭐든 내가 처음이었어."

"지금 무슨 소리를 하는 거야?"

"처음 쿠카팀에 들어온 일도, 같이 워킹 연습실에 들어간 일도 전부 너랑 나랑 처음으로 한 일이었어."

"그래서?"

"뭐?"

이번에는 호연이 반문했다. 해욱이 온몸을 뒤틀어 호연의 손에서 억지로 빠져나왔다.

"지나간 과거 이야기를 꺼내서 어쩌자는 거야? 네가 제일 싫어하는 거잖아. 구질구질하게 과거 이야기나 하는 거. 난 너한테 이 말 귀에 딱지가 앉도록 들은 것 같은데, 아니야?"

하! 호연이 단말마의 신음을 토해냈다. 괴로운 것처럼 찌푸려진 호연의 얼굴은 해욱조차도 처음 보는 것이었다. 하지만 해욱은 단호하고 냉정했다.

"처음 쿠카팀에 들어온 일도, 같이 워킹 연습실에 들어간 일도 전부 너랑 나랑 처음으로 한 일이었지."

"알면서 왜 그러는 거야?"

해욱이 픽 소리를 내며 웃었다. 말려 올라간 입꼬리와는 다르게 휘어지지 않은 눈꼬리가 호연을 똑바로 직시했다.

"네가 처음 스폰서를 받은 일도, 네가 다른 여자랑 호텔에서 나오던 일도 전부 내가 처음으로 겪은 일인 건 알고 있니?"

호연이 대답 대신 입술을 꾹 닫았다. 고집스러워 보이는 얇은 입술은 열릴 생각이 없다는 듯 다물어져 있다.

"서로가 처음이었을 거라고 넌 지금에야 생각한 거야. 난 5년 전에 그렇게 생각했거든. 알고 보니 너랑 나랑이 아니라 나 혼자 처음으로 한 일이었지만."

호연이 허탈하게 웃었다. 잘생긴 얼굴이 엉망으로 구겨졌지만 해욱의 눈에 다른 감정은 존재하지 않았다.

"마음 같아선 정강이라도 한 대 차주고 싶은데 적어도 난 디자이너라서 내 옷에 흠집 나는 일은 못해."

호연이 입고 있는 재킷의 가슴팍에 새겨진 아듀의 로고. 섬세하고 유려한 아이라인이 구겨진 눈매 사이로 말려 들어가 흔적을 감췄다.

"너한테는 내 옷이 아까워. 시간을 돌릴 수만 있다면 널 피날레에 세운 그 순간들을 전부 되돌리고 싶어. 진심으로."

해욱이 한 자 한 자 진심을 눌러 담아 말했다. 파르르 떨리던 호연의 입매가 동그랗게 말려 들어갔다. 더는 너와 이야기하고 싶지 않아. 해욱이 온 몸으로 내뿜는 소리 없는 아우성이었다.

"못 보내."

낮은 욕설을 덧붙인 호연이 해욱의 팔목을 그러쥐었다. 괴팍하게까지 느껴지는 남자 특유의 악력에 해욱이 팔목을 뒤틀었지만 오히려 끌려가듯 호연의 품에 안착했고, 곧장 입술이 맞물렸다.

엷은 갈색의 눈동자가 파르르 떨렸다. 해욱의 손에 들려 있던 클러치 백이 둔탁한 소리를 내며 바닥으로 떨어졌다. 형편없이 널브러진 것을 흘끗 내려다본 호연이 해욱의 뒷머리를 감싸 쥐었다.

고집스럽게 닫혀 있는 해욱의 입술을 억지로 비틀어 연 호연이 그대로 혀를 밀어 넣었다.

"정말 개새끼네."

해욱의 것도 호연의 것도 아닌, 낮고 짙은 바리톤의 목소리가 분노를 한가득 드러내며 끼어들었다. 호연을 떼어내는 손길은 거칠게, 해욱을 떼어내는 손길은 상냥하게, 그렇게 벌어진 틈 사이로 유환이 곧장 묵직한 주먹을 날렸다. 큰 타격 음과 함께 호연이 뒤로 밀려 비틀거렸다.

"같은 모델이라서 얼굴은 때리고 싶지 않았는데, 내가 죽어도 해욱이 옷에는 손을 못 대겠거든. 그러다 보니 남은 게 얼굴이었네."

입꼬리를 끌어올려 평소와 같이 웃고 있음에도 위화감이 느껴지는 유환의 모습은 낯선 것이었다. 호연이 손등으로 입가를 닦아냈다. 손등 위로 묻어 나온 혈흔에 호연이 헛웃음을 토해냈다.

"유환아."

유환의 뒤에 선 해욱이 옷깃을 잡는 것이 느껴졌고, 유환은 그것 때문에 더욱 화가 치밀었다.

"거슬려. 당신 엄청 거슬린다고."

유환이 입매를 비틀어 웃었다. 바닥 깊숙한 곳에서 꺼내온 듯한 서늘한 냉기가 유환의 주위를 감싸고 있었다.

"이제 직속 선배 같은 건 상관없다 이건가?"

한쪽이 터져 버린 입매가 따가운지 반사적으로 일그러진 호연의 얼굴에도 유환은 침착하고 차분했다.

"내가 뭘 할 것 같아?"

도발을 하듯 비스듬히 올라간 호연의 입꼬리가 음험했다. 호연이 비아냥거리듯 말했다.

"폭행죄로 고소당하면 네가 G사 쇼에 설 수 있을까?"

어느 때보다 무시무시하게 얼굴을 구긴 유환이 가만히 호연을 쳐다봤다. 살벌하기까지 한 유환의 얼굴은 낯선 것이었다. 온몸으로 불쾌함과 분노를 내뿜는 유환을 뒤에서 지켜보고 있던 해욱이 질끈 눈을 감았다.

나 때문에 때린 건데, 나 때문에.

해욱이 뒷걸음질 치듯 움직이자 유환이 자신의 뒤에 선 해욱 쪽으로 비스듬히 몸을 틀었다. 시원한 눈매가 부드럽게 휘어졌다. 해욱이 입술을 깨물었고, 유환이 손가락으로 눌린 해욱의 입술을 톡톡 건드렸다.

"난 괜찮아. 그렇게 하면 입술 다 까질 거야."

너는 늘 내가 듣고 싶은 말만 해주는구나. 유환이 해욱에게 한 가벼운 스킨십에도 호연은 어두운 얼굴을 했다.

"건드리지 마."

유환을 향해 해욱에 대한 소유권이라도 주장하듯 흘러나온 호연의 목소리에 유환이 날을 세웠다. 해욱의 머리카락 한 올도 보여주지 않겠다는 듯 앞을 막아선 유환이 으르렁거렸다. 유환의 넓고 단단한 어깨를 바라보던 해욱이 유환의 옆으로 걸어 나왔다.

"이호연."

해욱의 입술에서 호연의 이름이 흘러나왔고, 호연이 희미하게 웃었다. 눈을 가늘게 뜬 유환이 입술을 꾹 말아 넣으며 자신의 옆에 선 해욱을 쳐다봤다.

"응, 해욱아."

'부르지 마. 그 입으로 멋대로 부르지 마.'

소리치고 싶은 마음을 혹여나 집착이라 여길까 목구멍 저 깊숙한 곳으로 꾹꾹 밀어 넣은 유환의 주먹이 옅게 떨렸다. 다정한 목소리, 그것보다도 더욱 친밀하고 익숙하게 부르는 해욱의 이름. 유환이 눈을 질끈 감았다. 그 순간,

짝!

실과 바늘, 패브릭만을 만질 것 같은 손은 망설임 없이 올라갔고, 오른쪽에서 왼쪽으로 바람을 일으켰다. 듣기만 해도 아픔이 예상되는 매서운 소리와 함께 호연의 얼굴이 해욱의 손과 같은 방향으로 돌아갔다.

"하!"

호연이 허탈함과 황당함, 여러 가지 복합적인 감정이 뒤섞인 눈으로 해욱을 쳐다봤다. 호연이 천천히 고개를 들어 올렸다. 화보를 위해 태닝을 마친 모카 색의 피부 위로 서서히 붉은 자국이 올라왔다.

"어디 나도 고소해 봐."

"지해욱!"

"나도 폭행죄로 한번 고소해 봐."

놀란 눈을 하고 있는 유환의 손에 깍지를 낀 해욱이 유환을 끌어당겼다. 서슬이 파랄 만큼 날이 서 있던 그의 눈매가 서서히 풀어졌다. 유환이 깍지 낀 손을 조금 더 꽉 마주 잡았다.

"가자, 해욱아."

이제는 완벽하게 붉은 기운이 올라온 호연의 뺨이 보였다. 유치하고 우습지만 보란 듯 올라간 유환의 입꼬리가 호연을 스쳐 지나갔고, 해욱의 구두 소리가 그 뒤를 따라 사라졌다.

12. 애초에 너와 나의 교점이 있었어?

톡톡. 해욱이 테이블 위를 손톱 끝으로 두드렸다. 더워지는 날씨를 환영이라도 하듯 화이트 톤으로 바른 네일 피스가 떨어질 듯 달랑거렸지만 그런 것은 상관없다는 듯 해욱의 시선은 문에만 머물러 있었다.

아무도 없는 카페 안. 딸랑거리는 경쾌한 종소리와 함께 문이 열렸고, 보지 않아도 들어온 사람이 누구인지 심작할 수 있었다.

"내 협박이 먹히긴 했나 봐. 날 먼저 보자고 하고."

나지막한 계단을 올라와 햇살이 잘 드는 창가에 앉은 해욱의 맞은편에 자리를 잡은 호연이 수려한 외모를 빛내며 웃었다.

벌써 몇 번이나 스캔들이 터졌다. 몇 년 전의 스캔들은 진짜였고, 지금의 스캔들은 가짜라는 것이 유일한 차이점이었다. 해욱과 호연은 예전과는 달리 아무렇게나, 아무 데서나 만날 수 없는 사이가 되어 있었다. 그런 이유로 카페 하나를 통째로 빌린 호연의 배포에 해욱은 혀를 내둘렀다.

"나한테 정확히 원하는 게 뭐야?"

앉자마자 안부 인사는커녕 본론부터 직설적으로 말하고 드는 해욱이 마음에 들지 않는다는 듯 호연이 눈썹을 꿈틀거렸다. 해욱의 말을 못 들은 척 깔끔하게 무시한 호연이 카운터를 향해 손을 흔들었다.

"아메리카노랑 바닐라 라떼 한 잔. 아이스로."

호연과 아는 사이인 듯 보이는 카페 주인이 고개를 끄덕였다. 호연과 해욱의 만남을 본 것에 대해선 무언의 약속이 오갔을 것이 분명했다.

"바닐라 라떼 맞지? 단 거라면 질색하더니 어느 날부터 좋아했잖아."

자신의 취향을 단언하는 호연의 모습에 해욱이 대답 대신 애매하게 시선을 돌렸다.

"네가 날 찾아온 걸 보면 고소장이 잘 갔나 보네."

빌어먹을. 해욱이 욕지거리를 삼켜내며 호연을 쏘아봤다. 그랬다. 불과 오늘 아침, 호연은 유환이 아닌 해욱에게로 고소장을 보냈다. 유환을 폭행죄로 고소하겠다는 고소장을 해욱에게로 보낸 것은 분명히 고의이자 협박이었다. 해욱이 입술을 짓이기며 비꼬듯 대꾸했다.

"그런 모양이지."

"차라리 연락이 오지 않길 바랐는데. 김유환이든 뭐든 고소할 테면 해봐라 하면서. 썩 좋은 기분은 아니네."

"이호연."

"응."

"나는 이제 너랑 그만 마주치고 싶어. 아니, 마주친다 하더라도 디자이너와 모델 그 이상은 되고 싶지 않아."

해욱의 목소리는 지나치게 차분하고 덤덤했다. 호연에게 가졌던 모든 감정을 집에 빼놓고 오기라도 한 것처럼 담백하고 낮낮했다.

"내가 잘못했다고 말하면 돼?"

꾹 다물린 입술 사이로 흘러나온 말에 해욱이 영문을 모르겠다는 듯 눈살을 찌푸렸다.

"내가 잘못했어."

호연의 목소리가 축 처졌다. 늘 날카롭게 삐죽삐죽 올라가 있던 사나운 눈매가 힘없이 늘어졌다.

"고소 같은 거 할 생각 없어. 그냥 너랑 한 번 더 보려는 빌미였을 뿐이야."

해욱이 곤란하다는 듯 지그시 눈을 감자 호연이 테이블 위에 놓인 해욱의 손을 잡아왔다. 가느다랗고 하얀 손가락 위에 셀 수 없이 많은 상처. 바늘에 찔리고 미싱에 찍히고 엉망이 된 손가락.

"이 손가락이 너무 좋았는데 왜 잊어버렸지."

"그만 해."

해욱이 매정하게 호연의 손을 쳐냈다. 주먹을 꾹 말아 쥐자 잘 다듬어진 손톱이 손바닥을 찔러왔다.

"내가 정말 많이 잘못한 거 알아, 해욱아."

언제나 똑같은 나직하고 나른한 목소리, 그 목소리로 너는…….

해욱이 입술을 달싹였다.

"네가 처음으로 스폰서를 받았을 때도 나는 이해했어. 톱 모델이 되는 건 네 꿈이었으니까 이해하려고 했어. 내가 미련했지."

해욱의 뒤틀린 입술 사이로 자조적인 웃음이 튀어나왔다.

"내가 이해한다고 해서 넌 그러면 안 됐어. 그렇게 스폰서인지하룻밤 상대인지 알 수 없게 행동했으면 안 됐어. 스폰서가 있다고 해도 다 너처럼 행동하지는 않아."

호연이 손을 올려 뒷머리를 쓸어내렸다. 골치 아픈 일, 혹은 생각해야 할 일이 생겼을 때의 호연만의 버릇이다. 보기만 해도 상대방을 알 수 있을 만큼 서로에게 익숙하던 너랑 나인데. 해욱이 숨을 크게 들이마셨다.

"받아."

해욱이 테이블 위로 고급스러운 봉투 하나를 올렸다. 깔끔하고 화사한 손톱이 봉투를 호연 쪽으로 친절하게 밀어주었다.

"이게 뭐야?"

호연이 봉투를 집어 들었다. 어쩐지 익숙하고 불쾌한 느낌이 들었다. 호연이 봉투를 열었다. 반짝이는 소재의 봉투 안에 들어 있는 건 초대장이었다. 쇼에 자주 초대되었던 모델이라면 쉽게 알수 있는 런웨이의 초대장. 초대장의 위로 크게 적힌 것은 골드 빛의 찬란하기까지 한 G사의 로고였다.

"G사 초대장이야. 유환이가 서는 쇼의 초대장이기도 하고."

호연이 말없이 초대장을 봉투 안으로 밀어 넣었다.

"와서 봐. 네 눈으로 똑똑히 봐. 유환이가 어떤 모델인지."

호연의 눈썹이 미세하게 움직였다. 그런 호연의 모습을 지켜보던 해욱이 쐐기라도 박듯 덧붙여 말했다.

"너랑 어떻게 다른지."

해욱의 시선이 초대장을 지나 호연에게로 닿았다. 유환의 런웨이를 믿어 의심치 않는 해욱의 눈빛이 호연의 신경을 거슬리게 만들었다. 호연이 봉투를 거칠게 말아 쥐었다.

"주문하신 아메리카노와 바닐라 라떼 나왔습니다."

카페 주인인 남자가 예쁜 유리잔에 담긴 아메리카노와 바닐라 라떼를 들고 왔다. 사각형의 얼음이 띄워진 컵의 주위로 성에가 맺힌 것이 보기만 해도 청량감이 들었다.

커피를 테이블 위로 옮기는 손길을 지그시 바라보던 해욱이 천천히 자리에서 일어섰다. 목재 바닥으로 의자가 끌리는 불쾌한 소리가 나자 호연이 미간을 좁히며 해욱을 올려다봤다. 그 시선을 오롯이 받아낸 해욱이 냉랭한 목소리로 말했다.

"그리고 다른 여자랑 착각한 모양인데, 나 바닐라 라떼 마신 적 단 한 번도 없어."

유리컵 주변으로 맺힌 물기가 테이블 위로 툭 떨어지면서 짙은 자국을 만들어냈다.

"시럽도 안 넣은 아메리카노만 마시는네 넌 몰랐나 보네."

싸늘한 눈으로 바닐라 라떼를 흘긋 내려다본 해욱이 망설임 없이 돌아섰다. 딸랑. 청아한 종소리가 나는 문을 상냥하지 못한 손길로 밀고 나가 버린 해욱의 하이힐 소리가 점차 멀어졌다. 허탈한 듯 터진 웃음소리가 조용한 카페 안을 울렸다.

"커피를 마시기도 전에 가버리네."

호연이 화려하고 비싼 반지를 낀 손가락으로 테이블 위를 톡톡 두드렸다. 이건 해욱의 버릇, 자신도 모르는 사이 어느새 닮아버린 버릇이다.

"내가 너무 늦게 가지고 왔나."

카페 주인인 남자가 난감한 얼굴로 머리통을 벅벅 긁었다. 보기만 해도 시원함이 느껴지는 투명한 유리잔을 다시 가져가려는 듯 손을 움직이지만 곧 호연에게 저지당했다.

"그냥 둬."

척 보기에도 너무나 다른, 까만 아메리카노와 휘핑크림이 잔뜩 올라간 바닐라 라떼. 투명한 유리잔 안에 얼음이 동동 띄워져 있는 모습을 물끄러미 바라보던 호연이 컵 주변에 낀 성에를 문질러 차가워진 손바닥을 눈두덩 위로 올렸다.

"어때 보였어, 방금 그 여자?"

"디자이너 지해욱 맞지?"

호연이 대답 대신 햇살이 따뜻하게 내리쬐는 창문 너머로 시선을 던졌다. 눈에 보이는 바깥은 따뜻한데 자신이 앉은 카페 안은 서늘하기만 했다.

"글쎄. 내가 이렇다 저렇다 말할 수는 없지만 더 이상 널 사랑하는 것 같진 않아 보였어."

호연이 자조적인 웃음을 내뱉으며 입술을 일그러뜨렸다.

"돌아갈 수 없겠지?"

'돌아갈 수 있을까' 가 아닌 '돌아갈 수 없겠지' 였다. 애초에 부정형으로 시작된 호연의 질문에 남자가 쓰게 웃었다.

"아마."

"내가 이래서 형을 좋아한다니까."

호연이 킬킬거리며 웃었다. 섹시한 남자, 나쁜 남자, 여성 편력, 호텔 VIP, 원나잇. 모두 호연을 가리킬 때 붙는 수식어였다. 호연에게 어울리는 것들이라 당연하다고 생각했는데 오늘 본 호연은 그것과는 조금 어울리지 않아 보였다.

"진짜 마음에 안 드는 놈이 하나 있는데."

"응."

호연이 테이블 위에 놓인 봉투 속에서 초대장을 꺼내 들었다. 골드로 뒤덮인 G사. 브랜드 네임만 봐도 빨라지는 심장 박동에 호연이 바람 빠지는 소리를 내며 웃었다.

"G사 쇼에 선대."

"혹시 김유환 말하는 거야?"

"형도 아네. 이제 톱 모델 반열에 들어섰다 이건가?"

자신도 모르게 힘이 들어간 손가락 사이로 G사의 로고가 처참하게 구겨졌다.

"나는 스폰을 받아서 톱 모델이 됐는데 왜 그 새끼는 아니지?"

호연이 처음으로 자신의 입으로 내뱉은 진실이었다. 호연이 앞에 놓인 아메리카노를 한 모금 마셨다. 시원하고 씁쓸한 맛이 목을 타고 넘어가는 그 느낌이 좋았다.

"김유환처럼 될 수 있었다면 해욱이를 그렇게 두진 않았을 텐데."

"별일이네. 네가 후회를 다 하고."

듣고만 있는 줄 알았더니 촌철살인으로 찔러오는 남자의 말에 호연이 호탕하게 웃었다.

"내가 생각해도 나쁜 놈이었나 봐. 해욱이가 싫어하는 짓은 다

했다. 이렇게 완벽하게 다 할 수 있나 싶을 정도로."

창가 너머로 들어오는 햇살이 눈부셨다. 눈을 찡그린 호연이 의자를 뒤로 밀고 자리에서 일어섰다.

"여기에 술 탔어? 나 별소리를 다하네."

셔츠에 걸어둔 선글라스를 빼내어 쓴 호연이 머리카락을 쓸어 넘겼다. G사의 로고가 박힌 선글라스가 우연치고는 절묘했다.

"해욱이 성격에 그냥 고소하라고 할 줄 알았는데 만나자고 해서 놀랐어. 다 김유환 때문이겠지."

빌어먹을. 낮은 욕을 덧붙인 호연이 카페 문을 열고 밖으로 나갔다. 호연의 상태와는 어울리지 않는 맑은 종소리가 허공으로 흩어졌다. 주머니에 꽂힌 G사 초대장 봉투가 햇살에 반사되어 금색으로 빛났다.

카페에서 나와 주차시켜 놓은 차에 올라탄 해욱은 한참을 출발하지 않았다. 정확히는 못했다고 하는 것이 맞았다. 핸들 위로 두 팔을 올린 해욱이 머리를 대고 엎드렸다.

해욱이 좋아하는 취향을 오롯이 옮겨놓은 것 같은 카페는 예뻤다. 통나무로 만들어진 복층의 아담하면서도 독특한 느낌을 주는 카페였다. 몇 년이라는 시간 동안 서로가 함께했다는 것을 증명이라도 하듯 해욱의 취향을 고스란히 담아놓은 것 같은 카페를 빌린 호연의 선택은 틀리지 않았다.

하지만 그럼에도 그 수많은 시간을 함께 보내면서 매번 아메리카노에 시럽도 넣지 않고 쓴맛을 즐기던 자신에게 바닐라 라떼를 권한 것은 너무했다. 단 한 번도 호연 앞에서 마신 적도, 마시려고 시도한 적도 없는 다른 여자의 취향을 고스란히 담은 바닐라 라떼라니. 해욱이 픽 소리를 내며 웃었다.

"나쁜 놈."

예쁜 입술에서 거친 말투가 튀어나왔다. 잠깐 동안 5년 전으로 돌아간 호연을 본 것 같아서 기분이 이상했다. 더 이상 호연을 보고 심장이 쿵쾅거리지는 않았지만 싱숭생숭하고 이상한 기분이었다. 유환이 무척이나 보고 싶었다. 그 다정한 얼굴과 상냥한 목소리, 개구진 미소까지도.

"유환아."

해욱이 소리 내어 유환의 이름을 불렀다. 사방이 막힌 차 안으로 유환의 이름이 몇 번이고 흘러나왔다. 핸들에서 상체를 일으킨 해욱이 휴대폰의 잠금 화면을 풀었다. 해외 스케줄을 소화하고 있는 터라 유환이 받을 수 있을지 어떨지는 확신할 수 없었다. 휴대폰의 수신 목록은 물론 발신 목록까지 가득 채우고 있는 하나의 이름, 유환의 이름 위를 손가락으로 부드럽게 문지른 해욱이 통화 버튼을 눌렀다. 초록색이 깜빡이는가 싶더니 바로 신호가 이어졌다. 뚜르르 이어지는 신호음조차 답답하고 지겨웠다. 몇 초가 지나지 않아 달칵거리는 소리와 함께 듣고 싶던 목소리가 들려왔다.

[나 마침 진짜 선생님이 보고 싶어져서 어쩌지 하고 있었는데 텔레파시 통했나 봐.]

쾌활한 목소리가 스피커를 통해 흘러나왔다. 조금 더 그 목소리에 닿고 싶은 마음에 스피커폰을 곧장 이어폰으로 바꾸어 귀에 꽂았다.

"보고 싶어."

[응? 뭐라고?]

"보고 싶어 죽겠어."

[내가 잘못 들은 거 아니지? 보고 싶다고 한 거지?]

벙벙한 목소리에 기쁨이 스며드는 것이 이어폰으로까지 넘치게 느껴져서 해욱은 소리 내어 웃고 말았다.

"밀라노야?"

[응. 방금 공항에 도착했어.]

이번 시즌 첫 G사의 컬렉션은 당연하게도 G사의 본고장 밀라노로 정해졌다. 어째서 패션 위크는 밀라노, 파리 등 머나먼 나라에서 가장 활발한 것인지 늘 애통했다. 반나절 이상 비행기를 타고 날아가는 일은 생각보다 엄청난 피로를 몰고 온다. 더군다나 쇼에 서는 모델은 물론 관련되어 있는 모든 스태프는 적어도 쇼 전날에는 밀라노에 도착해 있어야 했다.

[당장 선생님 있는 데로 달려가고 싶다. 내일이면 밀라노에서 볼 수 있지만 그래도.]

당장이라도 달려올 듯 가라앉은 유환의 목소리에 해욱이 편안하게 시트에 등을 기대고 앉았다. 푹신한 시트에 파묻히듯 온 힘을 빼고 앉은 해욱은 그제야 마음 놓고 웃었다.

[무슨 일 있는 건 아니지?]

"전혀."

[기대해, 내 런웨이. 이번에 보고 괜찮다 싶으면 아듀 엔딩 모델로도 한 번 생각해 보라고.]

유환이 자신만만하게 말했다. 스피커 너머 유환의 주위로 웅성거림이 커졌다.

"이제 게이트 나가는구나."

[응. 선생님이 얼마나 나이스 타이밍에 전화했는지 알겠지?]

유환의 목소리가 멀어졌다 가까워지기를 반복했다. 주위의 웅성거림과 함께 유환의 매니저인 듯한 남자의 목소리가 가까이서 들렸다. '이제 기자들 있을 거니까 전화 끊어.' 매니저의 조급한 목소리에도 유환은 태평했다. '중요한 전화야, 이래라저래라 하지 마.' 방금 전과는 다른 딱딱한 유환의 목소리가 수화기 너머로 어렴풋이 들렸다.

곤란한 상황인 것 같네. 해욱이 핸들 위를 손가락으로 톡톡 두드렸다.

"준비 잘하고 내일 봐."

해욱의 웃음소리가 차 안으로 흩어졌다. 스피커 너머의 유환이 잠시 조용해졌다. 주위의 소음 속에 유환의 옅은 숨소리가 쌕쌕거리며 전화를 끊지 않았다는 것을 증명했다.

[해욱아.]

"응?"

[내가 많이 좋아해. 알죠?]

해욱의 붉은 입꼬리가 호선을 그리며 올라갔다. 대답을 해주려 입술을 달싹이는 순간 터져 나온 탄성과 셔터 음, 비명 소리와 함께 전화가 뚝 끊어졌다. 멍하니 끊긴 휴대폰을 바라보던 해욱이 기분 좋은 웃음을 터뜨렸다. 휴대폰 화면 위로 통화 시간이 깜빡깜빡 움직였다. 고작 몇 분도 안 되는 유환과의 전화 한 통으로 해욱은 사랑스러운 얼굴을 하고 있었다. 마음이 다시 가득 채워진 느낌이다.

해욱이 그제야 시동을 걸었다. 람보르기니의 차체가 미세하게 진동했다. 카페가 위치한 골목길을 확인하려 백미러를 올려다보자 백미러 위로 마침 카페를 나오는 호연의 모습이 반사되어 보였다. 카페 앞이자 자신의 차 뒤편에 있는 호연을 흘끗 쳐다본 해욱은 망설임 없이 시선을 돌리며 액셀러레이터를 길게 밟았다.

13. 나의 손을 너의 옆에 놓고

거의 반나절 이상이 소요되는 밀라노 행 비행기가 드디어 착륙했다. 밀라노는 충분히 먼 거리임에도 쇼 당일 도착하는 빡빡한 일정 때문인지 벌써부터 밀려오는 피곤함에 눈꺼풀이 무거웠다. 억지로 밀어 올린 눈꺼풀로 쏟아지는 잠을 떨쳐내며 자리를 털고 일어섰다. 많이 듣다못해 이제는 익숙하기까지 한 기내 방송을 들으며 벨트를 풀고 움직이는 사람들 사이로 뒤섞였다.

내리기 전, 머리와 옷매무새, 선글라스까지 정리했다. 됐어, 완벽해. 가볍게 고개를 끄덕인 해욱이 비행기에서 내려 게이트를 빠져나왔다. 벌써부터 귓가에 셔터 소리가 들리는 듯했다. 가까워질수록 소란스러워지는 소음이 들렸다.

"지해욱 방긋."

주문을 걸 듯 입꼬리를 올려 웃은 해욱이 열려 있는 자동문 사이로 빠져나가는 사람들 뒤를 따라 걸었다.

"디자이너 지해욱이다!"

누군가의 외침과 함께 순식간에 몰려든 기자와 리포터, 팬까지. 눈이 부시도록 터지는 플래시와 귓가에 무섭도록 울리는 셔터 음, 그리고 말랑말랑한 이탈리아어. 고개를 까딱이며 웃은 해욱은 천천히 캐리어를 밀고 걸어 나갔다. 아듀 팀에서 보낸 경호원들이 금세 해욱의 주위를 에워쌌다.

나는 패션 디자이너일 뿐인데 왜 이런 꼴을 당해야 하지. 연예인도 아니고 국가대표도 아닌데. 곰곰이 생각하던 해욱이 어깨 위로 넘실거리는 머리카락을 뒤로 쓸어 넘기며 생각을 마쳤다. 다 내가 잘난 탓이지. 당당함이 묻어 있는 붉은 입꼬리가 찬란하게 빛나고 있었다.

"일정이 너무 빡빡한 거 아니야?"

하루 전 밀라노에 도착한 상현이 미리 잡아둔 호텔로 들어온 해욱이 침대 위로 벌렁 드러누웠다.

"G사 포토 존은 인터뷰까지 있는 거 알지?"

"난 인터뷰가 싫어. 덩달아 기자들까지 이호연이다 뭐다 물어대겠지."

"이번 스캔들에 관련된 질문에는 일체 대답하지 마."

단호한 상현의 목소리에 해욱이 고개를 끄덕이며 침대에서 벌떡 일어섰다. 기분과는 어울리지 않는 좋은 날씨가 괜히 불쾌함을 불러일으켰다.

"대표이사를 매니저 부리듯 부려먹는 디자이너는 너밖에 없을 거야."

퉁명스러운 말투와는 달리 호텔 한편에 걸린 포토 존 룩을 유심히 살피는 상현의 눈빛은 사뭇 진지했다. 그런 상현을 가만히 지켜보던 해욱이 상현의 곁으로 다가갔다. 해욱이 세팅된 옷 위로 덮인 투명한 비닐을 벗겨냈다.

"이번 시즌 G사 콘셉트가 '실루엣' 이라는 거 알지?"

"응. 대표이사인 내가 알 정도면 언론에서 얼마나 떠들어댔는지 알만하잖아? 이 사람이나 저 사람이나 다 실루엣 핑계로 벗어젖히고 오겠구먼."

"그래서 오늘 내 룩은 이거."

바닥으로 투명한 비닐이 바스락거리는 소리를 내며 떨어졌다.

"꽁꽁 싸맬 셈이야?"

상현의 머리 위로 물음표가 둥둥 떠올랐다. 해욱이 상현의 어깨 위로 팔을 툭하니 걸치며 대꾸했다.

"실루엣이라는 이유로 벗어젖히는 건 너무 일차원적이지 않아? 난 벗지 않아도 섹시할 수 있는 여자라서."

상현이 입을 쩍 벌렸다. 황당함이 그대로 드러난 얼굴을 못 본 척 지나친 해욱이 옷걸이에 걸린 슈트를 구겨지지 않게 빼냈다.

"심지어 시스루도 아니야. 말 그대로 그냥 슈트지. 벗지 않고도 실루엣이 얼마나 잘 드러날 수 있는지 난 내 브랜드로 알려줄 거야."

슈트의 안쪽, 예쁘게 수놓아진 아듀의 로고를 발견한 상현이 씩 웃었다. 정말 지해욱다운 생각이네.

상현과 함께 있다는 것을 이미 잊은 것인지 해욱이 입고 있던 옷의 단추를 툭툭 끌러 내렸다. 그리고 상현은 그런 해욱의 모습이 익숙하다는 듯 자연스럽게 등을 돌리고 섰다.

"제발 말 좀 하고 벗어라."

투덜거리는 상현의 목소리와 함께 해욱이 작게 웃는 소리가 들렸다. 옷이 바스락거리는 소리를 내며 바닥으로 떨어졌고, 옷걸이에 걸린 재킷을 빼낸 해욱이 팔을 꿰어 넣었다. 고작 몇 번의 손길이 닿아 소매라던가 깃, 행커치프, 커프스를 만졌을 뿐인데도 모양이 예쁘게 잡혀 있었다.

"괜찮지."

'괜찮아?'가 아닌 '괜찮지'. 자신의 룩에 대한 확신이 담긴 해욱의 물음에 그제야 몸을 돌린 상현이 킬킬거리며 웃었다. 올 블랙으로 맞춰진 슈트 한 벌. 여성성이 잘 드러나도록 모든 라인을 꼼꼼하게 살린 슈트는 목 끝까지 채운 단추마저도 금욕적으로 보이게 했다. 무심하게 걷은 소매 아래로 보이는 가느다란 팔과 언뜻 보이는 발목의 복사뼈, 고작 그 정도가 드러나는 전부였지만 오히려 그것이 전부여서 더욱 눈길이 가는 이상한 광경이었다.

"실루엣에 적합한 룩이네."

상현이 턱을 문질렀다. 슈트가 얼마나 여자를 섹시하게 만들 수 있는지를 보여주는 것 같은 룩이다. 만족스럽게 터진 해욱의 웃음소리가 룸을 울렸다.

"헤어랑 메이크업은?"

"슈트면 포니테일에 스모키가 정석이지만 그건 너무 재미없잖아?"

해욱의 입꼬리가 동그랗게 말렸다.

"쇼 시작되면 인터넷으로 봐."

"인터넷으로 보라니?"

"내가 포토 존에 서면 1분 안에 뜰 테니까."

자신감이 가득한 해욱의 목소리에 상현이 못 말린다는 듯 고개를 내저었다. 내가 디자이너 하나는 잘 골랐다니까. 한 번도 해욱에게 보인 적 없는 생각을 저 깊은 곳으로 밀어 넣으며 상현이 히죽거렸다.

실루엣, 그것을 중심으로 이루어진 쇼인 만큼 많은 패션 피플들은 노출, 혹은 시스루 패션을 선보였다. 어느 때보다도 맨살이 많이 드러난 포토 존에 카메라가 이리저리로 움직이며 바쁜 셔터 소리를 냈다.

그리고 조금 다른 웅성거림과 함께 유난히 많은 셔터 음이 터져 나왔다. 세계적으로 내로라하는 디자이너와 배우, 가수 능이 연이어 포토 존에 섰고, 이제 막 해욱이 그곳으로 들어선 참이다. 눈이 멀어버릴 것 같은 쉴 새 없이 터지는 플래시에도 해욱은 눈 하나 깜짝하지 않았다. 해욱이 여유롭게 웃으며 우아하게 손을 흔들었다.

머리끝부터 발끝까지 이어지는 올 블랙의 슈트. 목 끝까지 채워진 단추와 어디 하나 빈틈이라고는 없는 꼼꼼한 블랙 슈트에서 묘한 색기가 풍겨났다. 무심하게 걷힌 소매로 이어지는 가느다란 팔목과 슈트라고 하기에는 다소 짧은 바시의 기장이 복숭아뼈를 도드라지게 보여주었다. 그 아래로 이어지는 늘씬한 발목을 감싼 검은 하이힐까지.

어두워만 보이는 블랙이 어둡지 않은 것은 헤어와 메이크업 덕분이었다. 올 블랙에는 스모키와 포니테일이라는 공식이 지겹기라도 하다는 듯 해욱의 헤어와 메이크업은 청초한 느낌마저 들었다. 한쪽으로 깊숙하게 가르마를 탄 엷은 갈색의 머리카락이 허리위로 굵직하게 말려 있다.

스모키는커녕 가장 채도가 엷은 브라운으로 뒤덮인 눈매는 예쁘게도 휘어졌다. 여기저기 플래시를 터뜨려 대는 카메라마다 눈을 맞추며 웃어주었다. 콧날을 따라 내려오면 보이는 단 하나의 원색. 핫 핑크라고도 불리는 유일한 색을 입힌 입술은 깔끔하게 정리된 립 라인을 따라 완벽한 모양을 그려내고 있었다.

여자가 입는 슈트라는 느낌으로 금욕적이지만 섹시한 실루엣을 드러낸 해욱에게 스포트라이트가 쏟아졌다.

이탈리아어, 한국어, 영어는 물론 불어를 포함한 각국의 언어가 들리는 기자들 사이로 호연의 이름이 언뜻 들리는 것도 같았지만 해욱은 전혀 듣지 못했다는 듯 귀를 닫았다.

"오늘 선택된 룩에 특별한 이유가 있나요?".

"디자이너라면 어느 쇼에든 자신의 브랜드에 맞는 개성을 갖춘 옷을 입어야 한다고 생각해요. 이번 쇼의 실루엣, 노출이 다가 아닌 실루엣 그 자체를 저는 아듀만의 느낌으로 재해석했습니다. G사의 실루엣은 어떤 느낌일지 기대가 큽니다."

말을 마치고 입술을 꾹 다문 해욱이 눈을 휘어 웃었다. 마지막으로 카메라를 향해 가볍게 손을 흔들어준 해욱이 런웨이로 향하는 입구를 향해 걸어갔다. 그 뒤로 숱한 질문이 쏟아졌고, 제대로 듣지 않아도 그 질문이 의미하는 바가 스캔들, 혹은 호연에 대한 것이라는 걸 알았지만 해욱은 뒤도 돌아보지 않았다.

"밀라노까지 와서 내가 왜 이호연이랑 엮여야 되는 거야."

불만스럽게 중얼거린 해욱이 쇼장으로 들어섰다. 해욱만큼이나 유명인사로만 구성된 VVIP석은 이미 절반 가까이 채워져 있었다. 곡선을 이룬 독특한 모양의 런웨이에 해욱이 순수한 감탄사를 내뱉었다.

"저기에 유환이가 선단 말이지?"

해욱이 느릿하게 팔짱을 꼬아 섰다. 일반적인 런웨이보다 압도적인 길이와 높이가 위화감을 만들어내고 있었다. 괜히 나까지 긴장되네. 이리저리 주위를 스치는 시선 속에 해욱이 심드렁하게 주위를 둘러봤다.

"선생님."

익숙한 목소리와 특유의 체향에 눈을 마주치기도 전 손끝으로 스치는 희미한 온기가 느껴졌다. 단단하고 큰 손이 해욱의 손을 위로 끌어올렸다. 그리고 찌릿한 느낌과 함께 해욱의 손끝을 살짝 깨문 유환의 얼굴이 보였다. 정확히 약지의 끝, 자신의 흔적이라도 남기듯 깨무는 통에 그 위로 유환의 잇자국이 선명하게 남았다.

입술을 달싹이려는 찰나 유환이 아무 일도 없었다는 듯 다른 모델을 따라 스쳐 지나갔다. 슬쩍 마주친 유환의 눈가로 글리터도

펄도 섞이지 않은 블랙의 아이라인이 짙게 그려져 있었다. 메이크업을 받고 백스테이지로 이동하던 중 마주친 듯 보이는 유환의 뒷모습을 해욱은 끝까지 쳐다보고 있었다.

"제법 여유 있어 보이잖아?"

괜한 걱정이었나? 해욱이 혼잣말을 중얼거리며 깔끔하게 정리된 손톱을 매만졌다. 이제 곧 쇼의 시작을 알리듯 조명이 어두워졌고, 해욱이 자신의 자리를 찾아 들어갔다. 그리고 툭, 앉자마자 어깨에 부딪치는 손길에 해욱이 비스듬히 시선만을 올려 자신의 옆에 앉은 사람을 쳐다봤다.

"그렇게 대놓고 싫어하면 나도 상처받아."

VVIP석이자 해욱의 바로 옆자리에 호연이 긴 다리를 꼬아 올린 채로 거만하게 앉아 있었다. 런웨이 앞, 모델들을 찍기 위해 늘어선 카메라를 신경 써서인지 얼굴은 돌리지 않고 입술만을 작게 달싹여 말을 건네는 호연의 옆선이 조명을 받아 수려하게 빛났다.

"다들 너랑 내 스캔들에 안달이 나 있는데 굳이 내 옆에 앉는 저의가 뭔데?"

"난 이미 포토 존에서 대답했는데?"

해욱이 눈살을 찌푸리며 호연을 홱 돌아봤다. 호연이 시선은 그대로 런웨이에 둔 채 인터뷰에서 한 대답을 친절하게 전달했다.

"노코멘트라고."

"그럴 거면 대답을 하지 마."

"나도 쇼에 초대 받았어. 원래는 오지 않을 생각이었는데 네가 초대해서 왔어. 김유환이 얼마나 모델다워졌는지 내 눈으로 보려고."

호연의 눈빛이 평소와 조금 달랐다. 호연의 옆모습을 흘끗 쳐다본 해욱이 입술을 꾹 깨물었다. 그러다가 일순 짙게 바른 립스틱을 생각해 내고 입술에 들어간 힘을 풀었다. 무릎 위로 손을 올리자 보이는 손가락에는 아직까지도 희미한 잇자국이 남아 있다. 진짜 강아지도 아니고 이렇게 물어대다니. 유환을 떠올린 해욱이 희미하게 웃었다.

쇼장의 조명이 모두 꺼졌다. 사람들의 목소리가 사그라졌고, 심장 깊은 곳을 울리는 낮은 비트가 이어졌다. 해욱이 손가락을 문질렀다. 유환의 입술이 손끝에 남아 있는 것 같은 느낌에 마음이 일렁거렸다.

곡선으로 만들어진 런웨이를 마치 직선으로 걷듯 과감하게 워킹하는 모델들이 보였다. 서양 모델의 장점인 긴 다리와 작은 얼굴, 성큼성큼 걷는 워킹은 보기만 해도 시원했다.

실루엣이라는 주제에 맞게 은밀하고 섬세한 선율이 깔렸다. 완벽한 핏을 이룬 옷은 노출이 아닌 실루엣 그 자체만을 보여주고 있었다. 내 생각이랑 비슷했네. 해욱이 입꼬리를 씰룩거렸다.

몇십 명의 모델이 지나갔을까. 해욱이 눈을 가늘게 떴다. 서양인들 사이로 보이는 유일한 동양인의 얼굴이다. 길쭉한 팔다리, 선명한 복근과 대비되는 동양적이면서도 서늘한 마스크에 검은 머리카락, 검은 눈동자는 분명 유환이었다.

까만 아이라인만을 그린 눈매는 평소보다 훨씬 선명하고 날카로웠다. 큼지막한 쌍꺼풀이 있는 푸른 눈의 모델들 사이로 검은 눈동자가 예리하게 빛났다. 툭툭, 무심한 워킹은 전보다 더 정돈되어 있었다.

"김유환."

해욱의 입에서 무심코 유환의 이름이 흘러나왔다. 해욱의 목소리에 옆에 앉은 호연의 몸이 움찔거리며 떨렸다. 매서울 정도로 유환에게만 고정되어 있던 호연의 시선이 천천히 해욱에게로 움직였다. 하지만 해욱의 시선은 오직 유환에게만 고정되어 있었다.

긴 런웨이도 긴 다리로 성큼성큼 걸으니 짧은 느낌이 들었다. 앞에 놓인 수십 대의 카메라를 덤덤하게 바라본 유환이 턴을 해 나갔다. 셔츠에 감긴 어깨조차도 근육이 꿈틀거리는 것 같았다.

"빌어먹을."

호연이 작은 욕지거리를 내뱉었다. 하지만 그조차도 듣지 못한 듯 해욱은 여전히 유환의 뒷모습만을 보고 있었다. 호연의 시선이 신발 앞코로 툭 떨어졌다.

기분이 더럽다. 사실은 감탄해 버린 유환의 워킹도, 자신이 처음 보는 해욱의 표정도 모든 것이 마음에 들지 않았다. 벌떡 일어나서 쇼장을 나가고 싶었지만 해욱의 옆모습을 보고 싶어서 꾹 눌러앉았다. 더 이상 호연의 시야에 모델은 들어오지 않았다. 모델을 보고 있는 해욱만이 들어올 뿐이었다.

동양인 모델임에도 유환은 여러 벌의 옷을 입고 런웨이에 올랐다. 그건 디자이너의 마음에 들었다는 것을 의미한다. 옷마다 달라지는 유환의 표정, 워킹, 분위기에 많은 셔터가 터졌다. 어느새 정신을 차리고 보니 쇼는 끝나 있었고, 디자이너와 모델들이 박수갈채를 보내고 있었다. 실루엣이라는 주제와 어울리도록 특수 제작한 투명한 꽃가루가 위에서 떨어졌다.

런웨이 위에서 유환도 웃으며 박수를 쳤다. 슬쩍 관객석으로 내려온 시선이 이리저리 움직였다. 강한 조명을 받는 런웨이 위에서는 관객석이 잘 보이지 않을 터였다. 손이라도 흔들어주고 싶은 마음을 억누르며 해욱 역시 박수를 보냈다. 그리고 우연인지 슬쩍 마주치듯 지나간 시선이 다시 해욱의 앞으로 돌아왔다. 유환의 눈이 활짝 휘어졌다. 끈질기게 허공에서 부딪히는 시선을 호연이 지그시 쳐다봤다.

쇼는 성공리에 끝났고, 사람들이 하나둘 일어섰다. 해욱은 물론 옆에 앉은 호연까지 알아보며 인사를 건네는 이가 많아졌다. 웃는 얼굴로 주거니 받거니 인사를 하던 해욱이 피곤함에 눈을 지그시 감았다 떴다.

"피곤해?"

나지막하게 들리는 호연의 목소리에 해욱이 흘긋 시선을 들어 호연을 쳐다봤다.

"너야말로 피곤해 보이네."

빠져나가는 사람들 뒤로 해욱과 호연이 발걸음을 옮겼다.

"어땠어?"

쇼장을 빠져나가기도 전에 이어지는 해욱의 질문에 호연이 허탈한 듯 웃었다. 주어가 빠져 있지만 주어를 확실히 알 수 있는 질문이다.

"잔인하네. 오늘 나한테 처음 묻는 질문이 그거야?"

"네가 바로 부정하지 않는다는 건 꽤 좋았다는 뜻이겠지?"

해욱이 어깨를 으쓱 올렸다. 더 이상 너와는 이야기할 게 없어. 조금 앞에서 걸어가는 해욱의 뒷모습이 그렇게 말하고 있는 것 같았다. 해욱의 허리 위에서 하늘하늘하게 흔들리는 머리카락을 가만히 바라보던 호연이 머리카락을 잡아 올려 그 위로 입을 맞췄다. 갑작스러운 호연의 행동에 해욱이 눈을 동그랗게 뜨며 몸을 휙 돌렸다. 쇼장 안은 카메라에 기자, 에디터로 꽉 찬 곳이다.

"뭐 하는 짓이야?"

해욱의 눈 위로 가득 서린 당혹스러움에 호연이 슬쩍 시선을 돌렸다.

"어차피 김유환은 쇼 뒤풀이에 가서 못 올 거야. 내일이면 다시 입국해야 하고. 어떻게 할래?"

마치 데이트 신청이라도 하는 것처럼 보이는 호연의 행동에 해욱이 눈살을 찌푸렸다.

"호텔에 처박히는 한이 있어도 너랑은 안 있어."

단호하다 못해 냉정한 목소리와 함께 해욱이 망설임 없이 몸을 돌렸다. 또각거리는 하이힐 소리가 천천히 멀어졌다. 그 뒷모습을 가만히 쳐다보던 호연이 픽 소리를 내며 웃었다.

"주위에 이렇게나 사람이 많은데 나 무슨 짓을 한 거야?"

호연이 마른세수를 하며 얼굴을 쓸어내렸다.

디자이너라는 직업을 가지고 있기에 쇼가 끝나고 뒤풀이가 있다는 것 정도는 알고 있다. 모든 모델이 참석하진 않지만 유일한 동양인으로 오른 쇼의 뒤풀이에 유환이 참석하지 않을 리 없었다.

이번 쇼의 유환은 굉장히 멋졌고 자랑스러웠다. 실시간 검색어라는 것으로 통용되는 이슈에는 자신의 이름은 물론 유환의 이름까지 올라 있었다. 수많은 G사의 모델과 오프닝, 엔딩 모델을 제치고.

"나 지금 아쉬워하는 거야?"

해욱이 곤란한 듯 웃었다. 룸에 키를 꽂고 들어가자 저절로 조명이 켜졌다. 고생한 발에게 감사하며 하이힐을 아무렇게나 벗어던졌다. 내일이면 바로 입국해야 하는 밀라노의 밤이 흘러가고 있다. 아쉬운 마음에 올라오는 길, 룸으로 부탁한 와인을 생각하며 애써 입꼬리를 끌어올렸다.

딩동. 벨소리가 울렸다. 룸으로 보내달라고 주문한 와인이 1분도 지나지 않아 도착한 것에 해욱이 혀를 내둘렀다. 요즘 호텔들은 대단하네.

슈트 재킷을 침대 위로 던져 놓은 해욱이 셔츠의 단추를 툭툭 끌러 내리며 벌컥 문을 열었다. 앞으로 흘러내린 머리카락을 쓸어넘기며 아래에서 위로 느릿하게 시선을 올렸다. 단추를 끌러 내리던 손가락이 문 앞에 선 얼굴을 확인하곤 그대로 멈췄다.

"선생님."

문틈으로 손을 넣어 문을 활짝 열어젖힌 유환이 씩 웃었다.

"누군지도 확인 안 하고 문을 그렇게 벌컥벌컥 열면 어떡해."

"너 어떻게……."

"게다가 그런 차림으로."

풀어져 있는 단추, 정확히는 해욱의 손가락이 걸린 세 번째 단추를 가만히 쳐다보던 유환이 말갛게 웃었다.

"빠져나왔어. 난 G사보다는 아듀인 걸 어쩌겠어."

남의 이야기라도 하듯 어깨를 으쓱 올리는 유환의 행동에 해욱이 동그란 눈을 멍하게 깜빡였다. 유환이 해욱의 몸을 두 팔 가득 끌어안았다. 유환 특유의 체향이 코끝으로 밀려들자 그제야 눈앞에 있는 사람이 진짜 유환이구나 하는 바보 같은 확신이 들었다.

"보고 싶었어. 어제 전화 받고 내가 얼마나 설레고 떨렸는지, 선생님이 처음으로 보고 싶다고 해줬잖아."

해욱이 눈을 동그랗게 뜨고 올려다보자 유환이 허리를 숙여 해욱의 입술을 가볍게 머금었다 놓아주었다. 핫 핑크의 립스틱이 옮겨올 것 같은 강렬한 느낌을 심어주었다. 해욱이 뒤늦게야 소리 내어 웃었다. 어깨너머로 곱슬곱슬한 머리카락이 덩달아 흔들렸다.

"잠깐만 기다려. 정리만 하고 나올 테니까."

해욱이 문고리를 잡아당겼지만 어느새 문틈 사이로 들어온 유환의 손이 다시금 문을 열어젖혔다.

"나 기다릴 생각 없는데."

개구진 목소리, 하지만 긴장감이 밴 유환의 목소리에 해욱이 초조하게 눈을 감았다 떴다.

"어?"

멍청한 소리를 내며 올려다보고 있자니 유환이 한 발자국 더 앞으로 다가섰다. 유환이 룸 안으로 몸을 밀어 넣자 해욱이 엉겁결에 한 발자국 뒤로 물러섰다.

"따로 룸 예약 안 했어."

달칵거리는 소리를 내며 문이 닫혔다. 개구지게 웃어버리는 유환의 반대편 손에 들린 캐리어가 보인다.

"내일 이 룸에서 나가는 건 선생님이랑 나 둘이 같이."

유환의 눈이 짓궂게 휘어졌다. 아직 지우지 못한 립스틱이 유환의 입술에 다시 삼켜졌고, 유환의 손에서 떨어져 나간 캐리어가 시끄러운 소리를 내며 바닥으로 넘어졌다. 어느새 벽으로 밀린 해욱을 자신 쪽으로 당겨 안은 유환이 입술 사이를 손쉽게 침범했다. 몇 번이나 한 입맞춤인데도 이상하게 열기가 몰리는 느낌이다.

딩동. 아직 벗어나지 못한 현관 위로 벨소리가 울렸다. 해욱이 비스듬히 고개를 틀어 유환을 쳐다보며 입술을 달싹였다.

"와인."

옅은 숨소리와 함께 유환의 어깨를 살포시 밀어내며 문으로 뻗은 해욱의 손은 금세 제지당했다. 해욱의 팔목을 잡아챈 유환이 해욱의 입술 위로 도장을 찍듯 입술을 눌렀다.

"없는 척해요."

아직 아이라인조차 지워지지 않은 유환의 눈매가 낭창하게 휘어졌다.

"이 룸에는 지금 아무도 없는 거야."

해욱의 의사와는 상관없이 다시 입술이 맞물렸다. 급하게 입술을 열고 들어온 혀가 입안 구석구석을 세넛대로 헤집어놓았다. 가느다란 허리를 집요하게 지분거리는 유환의 손가락에 해욱은 눈을 감았다. 해욱이 유환의 목 뒤로 두 팔을 둘러 안았다. 해욱의 온몸을 끌어안은 유환이 고개를 비스듬히 틀었다. 한 치의 오차도 없이 맞물린 입술이 질척이는 소리를 냈다.

딩동. 다시 한 번 울린 벨소리와 함께 참을성 없는 구두 소리가 들렸다. 전달되지 못한 와인을 들고 돌아가는 그 구두 소리가 우스워서 해욱도 유환도 웃음을 터뜨렸다.

현관의 대리석 바닥 위로 조명이 반사되어 노랗게 빛났다. 형편없이 엎어진 은색의 캐리어가 처량해 보이기까지 했다. 입술이 맞닿은 채 유환이 한 걸음 앞으로 걸으면 해욱은 한 걸음 뒤로 물러섰다.

"어땠어요, 오늘?"

입술이 닿은 그대로 혀를 굴리며 질문을 던지는 통에 해욱은 정신이 없었다. 유환이 해욱의 입술 위로 뭉근하게 혀를 비볐다.

"저번보다…… 으읏!"

해욱이 입술을 여는 순간을 놓치지 않은 유환이 혀를 미끄러뜨렸다. 물컹한 느낌의 혀가 순식간에 입술 사이를 비집고 들어갔다. 열기가 가득 담긴 검고 탁한 유환의 눈동자는 흔들림이 없었다. 해욱의 다리 사이로 유환의 다리가 엉켜들었고, 어느새 셔츠 사이를 파고든 유환의 손가락은 해욱의 맨살에 닿아 있었다.

"어땠냐니까."

유환의 눈이 개구지게 휘어졌다. 대답을 할라 치면 혀가 밀려들었다. 해욱의 입술이 달콤한 과육이라도 되듯 윗입술과 아랫입술을 몇 번이고 번갈아 감쳐문 유환이 진득하게도 해욱을 괴롭혔다. 해욱이 유환의 어깨를 잡아왔다.

"대답을 못 하네, 우리 선생님."

자꾸만 짓궂게 구는 유환 탓에 해욱은 가쁜 숨만 몰아쉬었다. 정확히 세 개까지 풀어진 단추 안으로 볼륨감 넘치는 새하얀 가슴이 오르락내리락 움직였다. 그것을 흘끗, 마치 본능과도 같이 쳐다본 유환이 저 멀리로 시선을 던졌다.

해욱의 팔목을 그러쥔 유환이 해욱을 침대 위로 끌어 앉혔다. 해욱의 입술 주위로 번진 핫 핑크의 립스틱이 눈에 잔상을 남기며 흐트러져 있다.

"번졌다."

유환이 씩 웃으며 해욱의 입술 주위를 손등으로 닦아냈다. 아직도 멍한 표정을 짓고 있는 해욱의 눈꺼풀 위로 짧게 입을 맞추자 마치 최면에서 깨어나듯 해욱이 눈을 깜빡깜빡 움직였다.

"선생님한테 칭찬받고 싶어서 달려왔는데 안 반기는 눈치라서 나 섭섭해지려고 해."

밀어붙이던 모습은 어디로 가고 금세 팔자로 축 늘어지는 눈썹을 보며 해욱이 웃음을 터뜨렸다. 해욱이 옆에 앉은 유환의 머리카락을 매만졌다. 아직 스프레이의 질감이 남은 딱딱하게 굳은 머리카락이 금세 포슬포슬하게 흐트러졌다.

"진짜 곧장 달려왔네. 당연히 뒤풀이 갔을 거라고 생각하고 기대도 안 하고 있었거든. 처음엔 내 눈이 잘못된 줄 알았어."

해욱이 어깨를 으쓱 올렸다. 휘어지는 눈매에 담긴 기쁨에 유환이 해욱의 뒷머리를 당겨 이마를 콩 하고 찧었다.

"나 봤어."

"뭘?"

"VIP석에 이호연이랑 같이 앉아 있었잖아."

해욱의 눈이 잠깐 동안 놀라움을 담았다가 곧 난처하게 이리저리 굴러갔다. 패션 디자이너 지해욱일 때에는 절대 볼 수 없던 그 표정이 사랑스러워서 유환은 터져 나오려는 웃음을 목구멍 너머로 애써 삼켜냈다.

"농담이야. 이건 그냥 일상 같은 내 질투."

유환이 항복을 하듯 두 손을 번쩍 들어 올렸다. 해욱과 대조되는 하얀 셔츠 사이로 쇼를 위해 키웠다는 잔 근육이 미세하게 움직였다.

"나 선생님이랑 연애하고 있다고 말할 거야."

"뭐?"

동그래졌던 해욱의 눈이 금세 찌푸려졌다. 화가 나서, 혹은 불쾌해서가 아니었다. 자신이 아닌 유환의 위치에 대한 걱정. 정확하게 드러나는 그것에 유환이 기쁜 듯 웃었다.

"밀라노, 파리, 뉴욕 쇼에 서서 그랜드슬램을 달성하고 나면 그때 기자회견 할 거야. 나 디자이너 지해욱이랑 연애한다고."

해욱은 알 수 없는 표정을 지었다. 웃는 것도 우는 것도 아닌 이상한 표정이었다. 꾹 다물어진 입술이 몇 번이나 달싹이다가 고집스럽게 닫혔다. 해욱 대신 유환이 다시 입을 열었다.

"그래도 돼?"

"응?"

"내가 선생님이랑 연애한다고 모두에게 알려도 되겠냐고 묻는 거야."

사실 유환은 이미 톱 모델의 반열에 들어서 있었다. 벌써 유환이 선 런웨이만 해도 엄청났다. H사는 파리 쇼였고, G사는 밀라노 쇼였다. 정확히 남은 것이라곤 뉴욕 쇼만을 의미했지만 유환의 그랜드슬램은 여러모로 다른 의미를 품고 있었다.

해욱의 입꼬리가 호선을 그리며 말려 올라갔다. 핫 핑크는 이미 색을 감추었고 본래의 선홍빛 입술이 드러났다.

"그래서 그랜드슬램은 언제 달성되는데?"

웃음기가 담긴 해욱의 목소리는 긍정이었다. 자신에 물음에 대한 긍정의 대답. 유환이 웃으며 해욱을 끌어안았다.

"내가 할 수 있는 한 최대한 빠르게."

유환이 그대로 해욱을 넘어뜨렸다. 푹신한 침대에 해욱과 그 위로 겹쳐진 유환의 무게가 더해지자 아래로 깊숙하게 꺼지는 느낌이 들었다. 하얀 시트 위로 엷은 갈색의 머리카락이 어지럽게 흐트러졌다.

"난 내일 아침에 선생님이랑 같이 이 룸을 나갈 거야."

"응."

"이야기를 해도 좋고 와인을 마셔도 좋고 다 좋아."

벌어진 셔츠 깃 사이로 드러난 새하얀 목덜미 위로 유환이 입술을 떨어뜨렸다. 부드럽고 말랑말랑한 해욱의 살 위로 이를 세운 유환이 그 위를 잘근잘근 씹어냈다. 위, 아래, 그리고 허공에서 부딪친 시선 사이로 팽팽한 긴장감이 흘렀다. 유환이 먼저 긴장감을 깨뜨리며 배시시 웃었다.

"아까 그 와인 다시 가져오라고 할까? 아깝잖아."

유환이 묘한 얼굴로 해욱 위에서 몸을 일으켰다. 아슬아슬해 보이는 유환의 모습에 해욱이 반사적으로 유환의 손을 잡았다. 손가락만으로 겨우 닿은 유환의 손은 크고 단단했다. 유환이 눈을 동그랗게 뜨고 해욱을 쳐다봤다.

유환의 손을 지그시 쳐다보던 해욱이 유환의 손을 자신 쪽으로 당겼다. 손바닥 그 위로 입술을 떨어뜨리자 유환의 눈동자가 마구 흔들렸다. 해욱이 유환의 손바닥 위로 혀를 내어 야살스럽게 핥아냈다. 명백한 해욱의 도발이자 유혹이다.

그나마 남아 있던 웃음기까지 싹 지워 버린 유환이 혀를 내어 입술을 핥아 올렸다. 해욱이 상황을 인지하기도 전에 입술이 다시 맞물렸고, 유환이 해욱의 위로 올라탔다.

"지금은 와인보다 네가 필요할 것 같아."

해욱의 입술에서 와인보다 달콤한 목소리가 흘러나왔고, 곧장 유환에 입술에 의해 그 목소리는 사라졌다. 벌어진 입술 사이로 혀가 얽혔다. 유환의 손가락이 해욱의 벌어진 셔츠 사이로 들어갔다. 이미 어느 정도 풀어져 있는 셔츠에 감사하며 유환의 손이 해욱의 새하얀 가슴께를 지분거렸다. 검은 셔츠 아래에서 눈부시게 빛날 하얀 피부에 몇 번이나 붉은 자국을 남기며 그렇게.

웅웅. 끊임없이 울리는 휴대폰 진동 소리에 무거운 눈꺼풀을 밀어 올렸다. 깜빡깜빡. 천근만근 무거운 눈을 가늘게 뜨자 그 사이로 단단한 어깨가 보였다.

"눈부셔."

해욱이 중얼거렸다. 커튼을 쳤음에도 새어들어 오는 햇빛에 눈을 반짝 떴다. 검은 머리카락, 그리고 자신을 안고 있는 팔, 넓은 품. 해욱이 천천히 머리를 굴렸다. 그리고 생각해 냈다.

"유환이다."

해욱이 배시시 웃었다. 엉망으로 흐트러진 갈색의 머리카락이 맨 어깨를 따라 구불구불하게 흘러내렸다. 잘 때는 단정하다 못해

차가운 느낌까지 드는 유환의 마스크를 해욱이 물끄러미 내려다
봤다.

"누구 애인인지 잘생겼네."

해욱이 만족스럽게 웃었다. 침대와 조금 떨어진 협탁 위로 휴대
폰이 진동에 힘입어 미세하게 움직이고 있었다. 진동 소리에 불과
했지만 이른 아침 그것은 벨소리나 다름없는 소음이었다.

해욱이 침대 위로 턱을 괸 채 유환을 지그시 쳐다봤다. 감긴 눈
꺼풀 아래로 길게 뻗은 속눈썹과 곧게 솟은 콧날, 개구지게 올라
가 있는 입매. 어젯밤에 대한 정확한 기억은 없었다. 물론 해욱 자
신이 정신없던 탓도 있었다. 모두 토막토막 끊어진 기억의 향연이
다.

어젯밤 셀 수 없이 흔들리던 호텔 천장의 플라워 무늬를 보며
끌어안았던 유환의 단단한 어깨가 생각났다. 처음에는 장난 반 진
담 반으로 횟수를 센 것 같은데 어느 새인가 까무룩 잊어버렸다.
아릿한 허리의 고통을 끌어안은 해욱이 하얗다 못해 투명하기까
지 한 시트를 몸 위로 끌어올리며 유환의 머리카락 끝을 매만졌
다.

가만가만 유환의 머리카락을 선느리던 손가락이 유환이 볼을
꾹꾹 눌렀다. 젖살은 다 빠진 상태였지만 G사에 선다고 체중 관리
에 들어가면서 살이 조금 더 빠졌다. 이런저런 생각을 곱씹던 해
욱의 허리 위로 유환의 손가락이 꿈틀거렸다. 그것을 느끼기도 전
천천히 밀어 올린 눈꺼풀 사이로 유환의 검은 눈동자가 드러났다.

"안녕."

해욱이 눈을 접으며 웃었다. 예쁘게 반달을 그리는 눈을 보며

아직 정신을 차리지 못한 듯 유환이 눈을 찡그렸다.

"어?"

평소보다 저 아래로 깊게 잠긴 목소리가 낮게 울렸다.

"선생님."

유환이 자신의 품에 안긴 해욱을 조금 더 끌어안았다. 손과 팔, 가슴, 모든 곳으로부터 느껴지는 해욱의 부드러운 맨살에 조금 곤란해지려 했지만 코끝으로 밀려드는 해욱의 체향이 좋았다.

"내 선생님."

유환의 손가락이 해욱의 가는 머리카락을 뒤로 넘겼다. 동그랗게 드러난 해욱의 이마 위로 가볍게 입을 맞춘 유환이 잔뜩 잠긴 목소리를 냈다.

"내 애인."

가느다란 허리를 자신의 쪽으로 끌어안자 해욱이 몸을 바르작거리며 움직였다. 눈부시게 하얀 어깨 위로 흐린 색의 머리카락이 넘실넘실 흔들렸다. 흘러내리는 시트를 해욱의 몸에 감싸 그대로 끌어안았다. 졸지에 하얀 시트로 둘둘 말린 해욱이 볼멘소리를 내며 입술을 삐죽거리자 유환이 소리 내어 웃었다.

"괜찮아요? 어제 내가 너무 욕심 부렸지?"

걱정 어린 목소리에 해욱이 고개를 저었다. 아니라는 듯 유환의 어깨를 아프지 않게 깨물자 유환의 손이 해욱의 허리를 지분거렸다.

"비행기 시간 오전일 텐데."

뒤늦은 걱정에 유환이 해욱 대신 상체를 일으켜 앉았다. 닿을 듯 말 듯한 거리에 있는 협탁 위로 최대한 팔을 뻗자 온몸으로 진동을 울리는 휴대폰이 손에 잡혔다.

"똥?"

유환이 미간을 좁히며 해욱의 휴대폰 액정 위로 떠오른 이름을 소리 내어 읽었다. 계속해서 전화가 걸려오고 있다는 걸 알리기라도 하듯이 휴대폰 화면이 어지럽게 물결쳤다.

"윤상현이야. 아듀 대표이사. 몇 번 봤지?"

해욱이 유환의 손에 들린 휴대폰을 건네받았다. 오전 9시 47분. 생각보다 얼마 되지 않은 시간에 안심하며 상체를 일으켜 앉았다. 자꾸만 아래로 내려가는 시트를 잡아 올린 유환이 해욱의 어깨 위로 그것을 꼼꼼하게 둘렀다.

"근데 왜 똥이야?"

유환이 고개를 갸웃거리며 물었다. 검은 머리카락 위로 귀가 퐁 솟아날 것 같은 착각에 해욱이 남몰래 웃었다.

"언제나 나한테 똥을 주거든."

해욱과 상현의 관계를 알려주는 단 한 마디에 유환이 키들키들 웃었다. 해욱이 통화 버튼을 눌렀다.

"어."

[왜 이렇게 전화를 안 받아?]

"아침 댓바람부터 전화를 해대는 게 비정상이지."

[아무튼. 일어났어?]

유환이 전화를 받고 있는 해욱의 머리카락 끝을 손가락으로 돌돌 말았다. 미끄러져 내려간 시트 사이로 드러난 하얀 쇄골 위로 유환이 만들어놓은 붉은 자국들이 보였다. 아침의 열기가 제대로 몰려드는 흥분감에 유환은 아무 말 없이 해욱의 시트를 조금 더 바짝 올려주었다.

"일어났으니까 너랑 전화하고 있지."

잠겨 버린 목에 해욱이 헛기침을 했다. 정말 일어난 지 얼마 되지 않은 듯한 해욱의 목소리에 상현이 조금 미안한 듯 웃었다.

[이호연이 기자회견 했어. 뭐가 그렇게 급했는지 쇼 마치자마자 밀라노에서 바로 했더라.]

"왜 한 건데?"

[너랑 스캔들, 부정했어. 아니라고.]

"정말? 웬일이래. 어제 쇼에서 느낀 게 있나 보지."

해욱이 코웃음을 쳤다. 하지만 분명히 좋은 소식이었다. 더 이상 호연과 엮이지 않을 것이고, 유환에게도 조금 더 편한 관계를 만들어줄 수 있을 것이다.

"다행이네."

해욱이 심드렁하게 대꾸했다. 하지만 찜찜함이 남은 상현의 목소리에 해욱이 다시 질문하려는 찰나 유환이 커튼을 젖히고 텔레비전을 틀었다. 눈부시게 쏟아지는 햇살에 눈을 찌푸리기도 전에 화면 가득 들어차는 익숙한 얼굴에 눈이 동그래졌다. 이탈리아어로 떠들어대는 뉴스 화면 위로 호연의 얼굴이 흘러나오고 있었다.

"어?"

[그게 부정은 했는데…….]

상현의 목소리가 멀어졌다. 유환도 해욱도 시선을 화면 위로 고정시켰다. 어제 쇼에서 본 것과 같은 차림새의 호연이 수많은 기자를 앞에 두고 앉아 있었다. 평소와 다를 것 없는 싸늘함이 감도는 호연의 표정에 해욱이 끌끌대며 혀를 찼다.

"호연이가 기자회견을 했어. 스캔들을 부정했다나 봐. 잘됐지만."

유환에게 설명을 덧붙여 준 해욱의 말이 끝나기도 전에 호연의 목소리가 마이크를 타고 울렸다.

[스캔들에 대해 뒤늦게 기자회견을 하게 된 점 죄송하게 생각합니다. 먼저 결론을 말씀드리자면 저와 디자이너 지해욱 선생님의 스캔들은 사실이 아닙니다. 오보입니다.]

호연이 잠시 말을 끊자 수많은 셔터 음과 함께 플래시가 터졌다. 분명 밀라노에서 하는 갑작스러운 기자회견임에도 한국어로 된 질문이 더 많이 들렸다. 반나절 이상이 걸리는 거리를 비행기까지 타고 날아온 한국 기자들에게 박수라도 치고 싶은 심정이다. 호연이 다시 마이크를 잡았다.

[저와 지해욱 선생님은 연인 사이가 아닙니다. 그 흔한 변명거리인 친한 오빠 동생 사이도 아닙니다.]

단호한 호연의 말투에 해욱이 낮은 신음 소리를 흘렸다. 저렇게 부정할 거면서 그동안 왜 그렇게 괴롭혀댄 건지. 해욱이 옆에 앉은 유환의 어깨에 머리를 기대자 유환이 해욱의 머리카락을 흐트려 놓으며 장난을 쳤다.

화면 위로 담담한 얼굴의 호연의 모습이 멈춘 채 몇 초 흘렀다. 그렇게 가만히 있던 호연이 다시금 마이크 가까이로 입술을 대고 말했다.

[단지 제 짝사랑일 뿐이죠.]

해욱의 머리카락을 포슬포슬하게 흩트리던 유환의 손이 거짓말처럼 딱 멈췄다. 개구지게 휘어지던 눈매는 어느새 매섭게도 화면 위를 쏘아보고 있었다.

"뭐라고 지껄이는 거야!"

유환의 목소리는 싸늘했다. 자신이 뱉은 말이 무엇인지도 모를 정도로. 해욱도 얼빠진 얼굴을 했다. 자신이 하고 싶은 말을 유환이 먼저 해준 듯 했다.

[뉴스 틀었구나.]

아직 끊어지지 않은 휴대폰 너머로 상현의 목소리가 들렸다. 그제야 해욱이 손에 들린 휴대폰 액정 위로 아직도 흘러가고 있는 통화 시간을 확인했다.

"쟤 뭐라는 거야?"

[이제 와서 진심이라도 된 모양이지. 아니면 착한 남자 코스프레라도 할 생각인가?]

호연의 전적을 해욱 만큼이나 훤히 꿰뚫고 있는 상현이 못 미덥다는 목소리로 툴툴거렸다. 자신을 대신해서 투덜거려 주는 사람이 많은 것에 해욱이 너털웃음을 터뜨렸다.

[넌 이 상황에 웃음이 나와? 백만 이호연 팬들이 다 네 안티로 돌아설 거다.]

"그게 내 탓이냐고. 이호연한테 사랑 받는 거 하나도 안 반가워."

어이없다는 표정을 지으며 고개를 절레절레 흔들었을 상현의 모습이 눈앞에 그려졌다.

[너 여유로워졌다? 이호연 이야기만 나오면 날을 세우더니 이제 시간이 흐르긴 흘렀나 봐?]

"끊는다. 나 바빠."

[어련하시겠어. 비행기 시간만 맞춰서 와.]

"알았어."

모든 것을 알고 있다는 듯한 상현의 목소리는 언제 들어도 소름이 돋았다. 상현이 멍청한 짓을 하긴 하지만 그것도 다 멍청한 척하는 것에 불과하다는 것을 해욱은 잘 알고 있었다.

"큰일이다."

"뭐가?"

"선생님이 이렇게 인기가 많아서야 힘들잖아."

"누가 할 소리를 누가 하는 거야?"

해욱이 투덜거렸다. 호연과 견줄 만큼, 이제는 능가할 수 있을 정도로 당당하게 톱 모델의 반열에 들어선 유환이다. 유환이 여자 연예인들의 이상형으로 손꼽히기 시작한 것은 이미 한참 전의 일이다. 서글서글한 성격에 잘생긴 악동 느낌의 꾸러기 오빠라나 뭐라나. 예쁘장하게 생긴 어린 아이돌의 수식어들을 곱씹던 해욱이 신경질적으로 발을 굴렀다.

"아침 먹자. 룸으로 올릴까, 아니면 내려가서?"

상냥한 유환의 목소리에 해욱이 고민하는 듯 미간을 좁혔다. 그마저도 사랑스러웠다. 유환이 소리 내어 웃자 해욱이 시트를 두른 채 일어섰다.

"내려가자. 어차피 준비도 해야 하니까."

긴 시트의 끝을 밟아 비틀거리자 유환이 금세 해욱의 어깨를 뒤에서 잡아왔다. 뒤에 선 유환이 해욱의 도톰한 귓불을 진득하게 핥아냈다. 바로 귓가에서 들리는 질척이는 소리에 해욱이 옅게 몸을 떨었다. 유환이 낮은 목소리로 은근하게 말했다.

"이왕이면 지해욱과 김유환이 호텔에서 조식을 먹었다고 소문나면 더 좋고."

시원하게 휘어진 유환의 눈매 끝으로 짓궂음이 뚝뚝 떨어지는 것 같았다. 그 휘어진 눈매를 가만히 바라보던 해욱도 결국 웃음을 터뜨렸다.

14. 꽃밭에서는 만족을 얻을 수 없다

"뭐냐?"

상현이 벌컥 열어젖히다 만 문고리를 잡고 떨떠름한 얼굴을 했다.

"왜? 너무 러블리해서 반했어?"

해욱이 시크하게 입꼬리를 올렸다. 새로운 디자인이 떠올랐다며 마네킹을 가져다 놓고 머릿속을 패딩을 뜨고 패브릭을 고르더니 꽤 근사한 옷이 마네킹에 휘감겨 있다. 아니, 그것보다 여성스럽다 못해 사랑스럽기까지 한 새하얀 맥시 원피스를 입은 해욱의 모습에 상현의 눈동자가 도르르 굴러갔다. 의자 너머로 걸린 시폰 소재의 얇은 분홍빛 재킷이 에어컨 바람에 살랑살랑 흔들렸다. 적당히 청순하면서 여성스러운 분위기가 해욱의 주위로 피어났다. 민소매임에도 발목까지 떨어지는 긴 기장의 원피스는 도시적인 느낌을 주기도 했고, 높게 올려 묶은 머리카락 끝으로 동글동글한 컬이 말려 있는 모양새는 귀여운 느낌을 주기도 했다.

"연하 애인 생기더니 어려지기로 결심한 거야?"

"연하라고 하지 마! 한 살 차이가 무슨 연하야?"

투덜거리면서도 찌푸려진 미간이 꽤나 연하라는 것에 신경 쓰고 있던 모양이다. 상현이 킬킬거리며 그제야 소파 위로 엉덩이를 붙였다. 사무실 바닥에는 끊어진 실 뭉치와 패턴 조각, 줄자 같은 것들이 널브러져 있다.

"왜 갑자기 폭풍같이 일하는 건데?"

"그렇게 말하니까 내가 게으른 디자이너 같잖아. 디자이너라면 뉴 시즌에 맞춰 새로운 옷을 만드는 건 당연한 거야."

"거짓말."

상현의 눈이 예리하게 빛났다.

"김유환이랑 못 본 지 얼마나 된 거야?"

"무려 2주."

"와우!"

상현이 박수를 쳤다. 오늘따라 엷은 분홍빛이 도는 해욱의 눈매가 사나워서 상현은 박수를 치던 손을 얌전하게 내렸다.

"또 밀라노라고 했지?"

"응. G사 끝나자마자 A사에서 다시 연락이 왔거든. 대단하지?"

"자랑이야?"

"응. 내 남자 자랑."

이런저런 농담과 헛소리를 주고받으면서도 부지런히 손을 놀리는 해욱을 보며 상현이 비스듬히 고개를 돌렸다.

"방송국에서 제안이 하나 들어왔어."

"방송국?"

바닥에 떨어진 줄자를 주워 동그랗게 감고 있던 해욱이 의아한 얼굴을 했다. 줄자를 감고 있는 가느다란 손목 위로 가죽 소재의 팔찌가 두 번 감겨 있다. 사이사이 박힌 큐빅의 모양새가 제법 섬세하다고 생각하면서 상현이 마저 말을 이었다.

"패션 프로그램으로 유명한 방송국 쪽에서 이번에 모델 오디션을 서바이벌 형식으로 진행하는데 거기에 심사위원을 해줬으면 한다고. 그런데 그 프로그램 협찬이 모두 쿠카팀이야. 즉 쿠카팀 모델 서바이벌인 셈이지."

"흐응. 한마디로 콜라보를 하자는 거네."

책상 위로 다 감은 줄자를 내던진 해욱이 턱을 괴고 앉았다. 요즘 가장 핫한 디자이너와 가장 핫한 모델이 속한 에이전시의 조합은 분명 서로에게 윈윈이었다. 하지만 쿠카팀에는 유환도 있고 호연도 있었다. 여러 가지로 마주칠 것이 뻔했고, 어떻게 흘러갈지 모르는 방송 상황은 충분히 불안한 것이라서 해욱은 미간을 좁히며 생각에 잠겼다.

"어때? 괜찮겠어?"

"왜 나한테 묻는 거야? 아듀에 이득이 된다면 너는 쌍수 들고 환영해야 할 일 아니야?"

"그러니까. 디자이너 눈치를 이렇게 보는 대표이사 있으면 나와 보라고 그래."

상현이 한숨을 내쉬며 투덜거렸다. 그 모습을 보며 고개를 내저은 해욱이 기지개를 켰다. 몇 시간 동안 한 가지 패턴만 집중해서

봤더니 어디를 보아도 체크무늬가 일렁거렸다.

"일단 생각해 볼게."

해욱이 심드렁하게 대답했다. 책상 위에 놓인 응답기의 빨간 버튼을 꾹 누른 해욱이 시원한 에이드 한 잔을 부탁했다. 한 잔만을 부탁한 치사하고도 더러운 해욱의 의도를 알아차린 상현이 끝도 없이 투덜거리며 방을 빠져나갔다.

"형."

메이크업 팀이 유환에게 붙어 분주하게 손을 놀리고 있다. 눈을 감은 채로 진우를 부르자 작은 목소리임에도 먼 거리에 있던 진우가 금세 유환에게 걸어왔다.

"왜? 뭐 필요한 거 있어?"

"응."

"뭔데?"

별이라도 따다 줄 것 같은 준비된 매니저의 자세에 유환이 장난스럽게 씩 웃었다.

"해욱이."

유환의 입에서 튀어나온 이름에 진우가 멍청하게 눈을 끔뻑거리다가 곧 경악스러운 얼굴을 했다. 유환의 주위로 붙은 두 명의 메이크업 팀의 눈치를 힐끔 보고는 유환에게 무서운 표정을 지어 보이지만 유환에게 먹힐 리 없었다.

"보고 싶다."

유환이 중얼거렸다. 눈 위를 한참 오가던 손길이 입술로 내려오자 유환이 반사적으로 입을 다물었다. 오늘은 또 무슨 색이려나 생각하며 눈을 뜨고 앞에 놓인 거울을 보자 입술 위로 검은색이 칠해져 있다. 이번 쇼의 콘셉트인가 보네. 적당히 생각을 마친 유환이 피곤한 눈을 깜빡였다.

정확히는 G사 쇼에 서고 나서부터였다. 확실한 톱 모델의 반열에 들어섰다고 생각하는 건지, 엄청나게 밀려드는 패션쇼와 광고, 화보를 소화하는 동안 진우는 물론 쿠카팀의 대우가 달라졌다. 기쁘기도 하지만 철저하게 인기로 좌지우지되는 것에 질리기도 했다.

"너 지금 이호연 사태를 보고 느낀 점은 없는 거야?"

호연의 이름을 거론하며 급격하게 작아지는 진우의 목소리에 유환이 킬킬거리며 웃었다.

"벌써 2주째야. 그랜드슬램 달성하려면 시간이 얼마나 걸릴까?"

"또 그 소리야?"

"그러니까 말이지."

유환이 심드렁한 표정으로 거울 앞으로 나가섰다. 차분하게 가라앉은 것처럼 보이도록 세팅된 머리카락을 입바람으로 후후 불어본다.

"널 위해 좋은 소식 하나 가르쳐 줄까?"

진우가 은밀한 목소리로 말했다. 유환이 관심 없는 눈으로 진우를 흘끗 쳐다봤다. 뭔데? 눈으로 들리는 듯한 유환의 물음에 진우가 방긋 웃으며 엄지를 척 내밀었다.

"G사에서 연락이 왔어."

유환이 멍청한 얼굴을 했다가 곧 미간을 찌푸렸다. 아직 상황 판단이 안 되나 보구나. 너무나 기쁜 소식에. 멋대로 정의를 내린 진우가 조금 더 방긋 웃었다. 오드리 햅번, 그레이스 등 세계의 유명 인사들을 가장 많이 점유한 바로 그 G사였다.

"G사는 파리 컬렉션이라고! 그랜드슬램이 생각보다 더 빨리 이루어질지도 모른다는 소리야."

유환이 눈을 가늘게 떴다. 어쩐지 기쁘기보단 심각해 보이는 유환의 얼굴에 진우의 머리 위로 물음표가 떠올랐다. 당연히 기뻐해야 하는 소식에도 유환은 가타부타 말이 없었다. 입을 꾹 다물고 있던 유환이 한참이 지나서야 입술을 달싹여 물었다.

"그럼 파리에 가야 한다는 소리야?"

"당연하지. 아직은 캐스팅 오디션을 보러 오라는 연락이니까."

"파리는 또 얼마나 걸려?"

"적어도 2주는 걸리겠지."

"안 갈래."

망설임 없이 뱉는 유환의 대답에 진우가 황당한 듯 입을 쩍 벌렸다.

"내일이 입국이라서 참고 있는 거야. 한계라고."

신경질적으로 변한 유환의 말투에 진우가 유환의 어깨를 달래듯이 손으로 두드렸다.

"너 내가 보내준 메일은 읽어봤어?"

유환이 뻐근한 목을 좌우로 크게 돌렸다. 2주 전보다 훨씬 단단해진 몸은 쇼의 콘셉트에 맞게 태닝한 상태였다. 태닝 스프레이라니 세상이 참 좋아졌지. 생각을 마친 유환이 대답을 요구하며 진우를 쳐다봤다.

"이번에 쿠카팀에서 모델 서바이벌 프로그램 진행한다고 했잖아."

"아아."

유환이 건성으로 대꾸했다.

"거기 MC를 맡아달라고 제안이 왔다니까."

"난 모델이잖아. 방송은 안 해."

"너랑 이호연한테 제안이 먼저 갔어. 호연이는 최근에 여러 가지 사건이 있어서 2순위로 밀렸거든. 네가 1순위니까 선택권은 너한테 먼저 있다는 소리야."

"안 한다니까!"

좌우로 돌린 목을 조금 더 크게 움직이자 어긋난 뼈가 새로 맞춰지는 소리가 났다. 런웨이에서 착용해야 할 독특한 모양새의 이어 커프를 들고 온 의상 팀이 유환의 귓가를 만지작거렸다.

"심사위원 중 한 명이 지해욱 선생님일지도 모르는데?"

"안 한다…… 뭐라고?"

유환이 홱 고개를 돌리는 통에 이이 커프가 툭하고 떨어졌다.

"죄송해요, 누나."

금세 서글서글하게 눈을 휘어 웃자 의상 팀 역시 웃으며 다시 이어 커프를 유환의 귀 뒤로 꽂았다.

"네가 안 하면 아마 호연이가……."

"할래."

단박에 바뀌어 버린 유환의 대답에 진우가 허탈한 웃음을 흘렸다. 이제 무슨 일이 있으면 해욱의 이름을 대야 하는 건가. 짐짓 교활한 생각까지 하는 진우였다.

❖

유환은 도쿄에서 돌아온 지 2주 만에 밀라노에서 한국으로 입국했다. 파리 컬렉션까지는 조금의 여유가 있어서 돌아왔다는 표면적인 이유와 함께.

전과는 전혀 다른 기자와 팬의 규모에 유환이 곤란한 얼굴로 공항에 들어섰다. 연이어 터지는 플래시세례와 팬들의 꺅꺅거리는 소리에 귀가 멍멍했다. 미리 대기시켜 둔 밴으로 올라타자 진우가 곧장 엑셀을 밟았다.

"엄청나지?"

"이 정도일 줄이야."

유환이 피곤한 듯 눈을 감았다. 긴 비행시간에 이미 어둑어둑해진 하늘이 보였다.

"집으로 바로 가면 돼?"

진우가 유환의 집이 있는 방향을 향해 좌회전 신호를 넣었다. 멍하게 진우의 말을 듣고 있던 유환이 시트에 편안하게 기대고 있던 상체를 홱 일으켰다.

"아니, 아뜰로."

운전석과 조수석 시트 사이로 얼굴을 들이미는 유환을 보며 진우가 길게 한숨을 내쉬었다. 어쩔 수 없이 좌회전 신호를 끄고 직진 차선을 타는 진우를 보며 만족스러운 얼굴을 한 유환이 시트 깊숙이 몸을 파묻었다. 공항에서 아듀까지는 꽤 먼 거리였기 때문에 유환은 잠을 자는 것을 택했다. 아무리 성격이 낙천적이고 긍정적인 유환일지라도 런웨이에 서는 일은 정신적, 육체적인 피로를 가지고 왔다. 밤낮이 바뀌고 음식, 언어까지 몽땅 뒤바뀐 밀라노에서 2주라는 시간은 그의 피로도를 최고치로 높였다. 유환이 대충 가방을 뒤적여 수면 안대를 꺼냈다.

"도착하면 깨워줘."

피곤함이 쌓인 목소리로 길게 하품을 한 유환이 눈을 감았다. 수면 안대 위로 우스꽝스럽게 생긴 눈알 모양이 뱅글뱅글 돌아갔다. 그것을 백미러로 흘끔 쳐다본 진우가 나지막하게 웃었다.

주위가 고요했다. 차가 움직이는 미세한 진동도, 주위의 소음도 들리지 않았다. 이마 위로 느껴지는 차가운 느낌에 눈을 뜨고 안대를 내렸다.

"어?"

유환의 이마를 짚은 해욱의 손이 유환의 뺨을 타고 내려왔다.

"열 있는 것 같아."

"내 눈이 잘못된 거야?"

"아니야."

해욱이 소리 내어 웃었다. 냉소적인 말을 잘도 뱉어내는 입술은 이상하게도 웃음소리만은 가벼운 하이 톤. 머리가 조금 더 길었네. 묶었는데도 길게 내려오는 게 예쁘다. 오늘 아이라인은 무슨 색일까. 하얀 원피스에 언제나처럼 하이힐. 오늘은 웨지 힐이네. 천천히 해욱을 훑는 유환의 시선은 다정하고 상냥했다.

"유환아?"

유환이 해욱 쪽으로 상체를 숙였다. 뺨 위로 올라온 해욱의 손을 잡은 유환이 그대로 입을 맞췄다. 유환의 이름을 부르느라 열린 해욱의 입술 사이를 쉽게 가르고 들어갔다. 은은한 플로럴 향. 갑작스러운 입맞춤에 굳어 있는 혀를 어르고 달래자 해욱의 혀가 반응이라도 하듯 천천히 움직였다. 말랑말랑하고 부드러운 것이 얽히는 느낌에 기분이 좋아졌다.

해욱의 가느다란 허리를 조금 더 당겨 안으며 고개를 비스듬히 틀었다. 끈끈한 립글로스를 보고 희미하게 웃은 유환이 아랫입술을 부드럽게 감쳐물었다. 립글로스 특유의 향을 느끼며 다시 해욱의 입술 사이를 침범했다. 손에 잡힌 손도 허리도 온통 가늘다.

유환이 해욱의 입술에 도장을 찍듯 꾹 입을 맞췄다. 입술 바로 밑의 동그란 턱에도, 계란형의 부드러운 턱 선에도, 하얀 목에 걸린 핑크 로즈 색깔의 목걸이를 가볍게 혀로 건드리고는 해욱의 쇄골에도 입을 맞췄다. 날이 더워져서인가, 해욱의 손에는 재킷이 들려 있고 정작 몸에 걸친 것은 민소매 원피스뿐이었다.

위험해. 머릿속에 낮게 울리는 경보음에도 이끌리듯 해욱의 쇄골 위로 이를 세웠다. 부드러운 체향이 나는 여린 살 위를 잘근잘근 깨물다가 혀로 핥아 올렸다. 금세 붉은 키스 자국이 남았다. 온통 예쁘다.

유환이 천천히 시선을 들어 올렸다. 흔들리는 눈으로 자신을 가만히 보고 있는 해욱의 엷은 갈색의 눈동자. 그 눈동자에 내 모습이 비친다는 게 이런 거구나. 그러다가 유환은 정신이 번쩍 들었다.

"어? 나 지금 무슨 짓을 한 거야?"

해욱의 하얀 피부 위로 남은 키스마크를 한 번, 한쪽 끈이 내려가 버린 해욱의 원피스를 한 번. 당황스러운 유환의 시선이 이리저리로 굴러갔다.

"너."

"으아! 나 지금 뭐 한 거야? 자다 깨서 정신이 없었어!"

해욱보다도 더 빨개진 얼굴을 한 유환이 당황한 듯 이리저리 눈을 굴리다가 해욱을 답삭 끌어안았다. 자신보다도 놀란 유환의 모습이 귀여운지 해욱이 웃음을 터뜨렸다.

"자다 깨면 다른 여자한테도 이러는 거야?"

밉지 않게 눈을 흘기자 유환이 정색을 하며 고개를 내저었다. 그 표정의 갭이 우스운지 웃음을 참아 넘긴 해욱이 유환의 목에 걸린 안대를 조심스럽게 벗겨냈다. 뱅글뱅글 돌아가는 눈 모양이 우스꽝스럽다.

"이게 뭐야. 애기 취향."

해욱이 눈을 반달로 샐쭉하게 접으며 웃었다. 흘러내린 원피스의 한쪽 끈을 올려준 유환이 짐짓 엄한 얼굴을 했다.

"애기 같다고 하지 마. 안 그래도 연하라서 엄청 신경 쓰고 있단 말이야."

꽤 단호하게, 그리고 진지하게 흘러나온 유환의 목소리에 해욱이 천천히 시선을 들어 올렸다. 웃음기가 빠진 눈매가 지그시 자신을 보고 있는 것이 어쩐지 쑥스러워서 설핏 시선을 피하자 유환이 뒷머리를 상냥하게 잡아왔다.

"나 자꾸 이상해지는 것 같아."

유환의 낮은 목소리에 해욱이 느릿하게 눈을 깜빡였다. 짙게 내려앉은 어둠 속에서도 하얗게 빛을 내는 해욱의 얼굴 위로 풍성한 속눈썹이 그림자를 만들어냈다. 어두운 밴 안은 조명도 불빛도 없어서 해욱의 아이라인이 무슨 색일지 상상조차 할 수 없었다.

"뭐가?"

한발 늦게 되돌아온 해욱의 질문에 유환이 눈을 내리깔았다. 길게 뻗은 속눈썹 아래로 도통 속을 알 수 없는 까만 눈동자가 가만히 멈춰 있다. 고작 2주간 못 봤을 뿐인데도 유환은 또 변한 느낌이었다.

"그냥 이상해. 밀라노에서 돌아온 이후로 이상해졌어. 자꾸…… 아니, 아니야."

유환이 무언가를 떨쳐내기라도 하듯 고개를 털어냈다. 조금 길어버린 검은 머리카락이 덩달아 흔들렸다. 곤란함과 난감함이 뒤섞인 얼굴. 유환이 무심코 그러쥔 해욱의 뒤쪽 머리카락을 손가락 위로 돌돌 감았다. 그리곤 또다시 당황한 얼굴로 손을 풀어 내렸다. 그 손을 해욱이 잡아챘다.

"선생님?"

유환의 눈이 동그래졌다.

"왜 너만 이상해진 거라고 생각하는 거야?"

해욱이 예쁘게 웃었다. 짓궂기까지 한 미소에 유환이 당황한 눈을 끔뻑거렸다. 해욱이 유환의 아랫입술을 장난스럽게 깨물었다.

"나도 마찬가지야. 그 감정, 나도 같이 느끼고 있다고."

어쩐지 아까보다 더 곤란해 보이는 유환의 얼굴에 해욱이 눈을 찡그리며 덧붙여 물었다.

"내가 왜 심사위원을 한다고 생각하는 거야?"

"응?"

"네가 MC라고 들었기 때문이야."

"정말이야?"

유환은 진심으로 곤란해졌다. 애써 누르고 있던 묘한 감정이 막을 수 없을 만큼 퐁퐁 솟아났다.

"아, 선생님. 어떡하지."

"응?"

"나 너무 기뻐서 죽을 것 같아."

유환이 팔을 뻗어 해욱을 끌어안았다. 온몸으로, 온 마음으로 가득.

자신을 안은 유환의 팔이 미세하게 떨린다는 걸 알아차린 해욱이 유환의 등을 감싸 안았다. 유환의 마음이 그대로 전달되는 느낌이다. 2주 동안 못 본 모든 것이 유환을 만나자 금세 채워졌다.

15. 나 꿈꾸고 있어?

"어제 웬일로 장한 일을 했더라."

유환이 씩 웃으며 말했다. 긴 다리를 쭉 펴서 테이블 위로 꼬아 올린 모양새를 부러운 눈으로 쳐다보던 진우가 의아한 듯 되물었다.

"장한 일?"

"나랑 선생님, 편하게 만나라고 형이 빠져준 거 아냐?"

"어? 뭐……."

진우가 어색하게 웃으며 시선을 피했다. 당황스러움을 숨기려는데 숨기지 못하는 이상한 표정이다. 그런 진우의 모습에 유환이 고개를 갸웃거렸지만 곧 머리카락을 만지는 헤어 팀의 손길에 순순히 눈을 감았다.

진우는 어제의 일을 떠올렸다. 아듀에 기껏 도착했더니 유환은 깊은 잠에 빠져 있었고, 이참에 그냥 유환을 집으로 실어 날라 버릴까 싶었는데 정말 우연찮게도 퇴근하던 해욱이 봤고, 그리고,

"차 키를 뺏어가 버렸지."

"뭐?"

진우의 중얼거림에 유환이 감고 있던 한쪽 눈을 설핏 떠서 진우를 쳐다봤다. 진우가 아니라는 듯 고개와 온 팔을 좌우로 흔들었다.

"유환이는 제가 알아서 할 테니까 진우 씨는 퇴근하시죠."

참 예쁘게도 휘어지던 눈웃음에 잠깐 넋이 나가서 차 키를 넘겨 주고 나니 어느새 자신은 지하철을 타고 집에 가고 있었다. 기에 눌렸다고 해야 하나 뭐라고 해야 하나. 이런저런 생각에 잠긴 진우를 힐끗 쳐다본 유환이 더 이상의 관심은 사치라는 듯 테이블 위에 놓인 휴대폰을 만지작거렸다.

인터넷 창이 떴고, 그것을 힐끔거리며 훔쳐본 진우가 금세 뿌듯한 목소리를 냈다. 실시간 검색어 1위, 오늘 유환이 맡은 방송 프로그램 이름이 둥둥 떠 있는 것이 보인다.

"벌써 다들 관심이 많아. 톱 모델 김유환이 MC라고."

진우는 마치 자기 일처럼 들떠 있었다. 어깨를 들썩거리며 쿠카 팀을 휘젓고 다니는 통에 오히려 유환이 부끄러울 정도이다.

"그만 알리고 다녀. 민석이 형이 얼마나 놀려댄다고."

민석이 네 매니저가 동네방네 떠들고 다닌다고 놀리던 것을 떠

올리며 유환이 투덜거렸다.

"자랑스러운 걸 어떡해."

진우가 가뜩이나 좁다란 어깨를 축 늘어뜨렸다. 심성 자체가 선한 진우를 모르는 바가 아니어서 유환이 어쩔 수 없다는 듯 웃어 버렸다.

"형이 MC 보는 줄 알겠어."

"그런가?"

기분 좋게 웃는 진우의 얼굴을 멀뚱하게 쳐다보던 유환이 뻐근한 손마디를 꺾었다. 화려한 반지가 끼워진 손가락을 조심스럽게 돌리던 유환이 거울을 통해 반사된 진우에게 툭하니 말을 건넸다.

"형."

"응?"

"그렇게 알리고 싶으면 이호연한테나 제대로 알려 둬."

진우가 눈을 휘둥그렇게 떴다. 비스듬히 입꼬리를 올린 유환이 언제 그랬냐는 듯 조소를 싹 지워냈다. 예의 바르다고 소문이 난, 서글서글한 미소를 머금은 유환이 자리를 털고 일어섰다.

"대본은?"

유환의 한마디에 진우가 테이블 위에 놓인 대본을 건넸다.

"'쿠카팀 지침서'라니, 이름 한번 유치하네."

꼭 남의 에이전시를 말하는 것처럼 심드렁하게 중얼거린 유환이 대본을 뒤적거렸다. 세세한 몸짓, 표정, 제스처 하나까지 적혀 있는 대본을 귀찮은 듯 넘기던 유환이 기지개를 켰다. 방금 헤어

팀은 물론 메이크업 팀까지 다녀간 터라 유환은 완벽하게 준비된 모습을 하고 있었다.

"첫날은 버건디야?"

시원스레 뻗은 눈매를 뒤덮은 엷은 버건디에 진우가 고개를 주억거리며 물었다. 짧게 친 머리카락과 다른 쇼의 콘셉트에 맞게 회색으로 물들인 머리카락이 썩 잘 어우러졌다. 마치 아듀의 첫 촬영이던 뱀파이어 콘셉트의 향수 광고가 생각나게 만드는 모습이었다.

"응. 버건디."

"네가 버건디를 좋아하는 줄은 몰랐는데?"

진우의 물음에 유환이 입꼬리를 동그랗게 말아 올렸다.

"해욱이가 좋아하거든, 버건디."

하! 허탈한 탄식을 내뱉은 진우가 도리질을 쳤다. 더 이상 말리기도 지쳤다.

'걸리지 않는 걸 바라진 않을 테니 늦게 걸려라.'

소소한 것 같지만 결코 소소하지 않은 바람을 가진 진우였다. 대본을 한 손에 챙겨 든 유환이 발걸음을 옮겼다. 이미 리허설은 끝낸 상태였고, 대본도 숙지했고, 별바 문제는 없었다.

"그런데 어디 가? 아직 시간 남았는데."

진우의 말을 한 귀로 듣고 한 귀로 흘려버린 유환이 대기실 문을 열어젖히며 대꾸했다.

"에스코트하러."

같은 시각, 다른 대기실. 진우와는 전혀 다른 부탁을 하고 있는 상현이 있었다.

"제발 독설은 적당히 날려주라."

방송국의 대기실까지 따라 들어와서 잔소리를 해대는 상현이 얄미운지 해욱은 잔뜩 눈을 부라리고 있었다. 유난히 크고 얄팍한 눈매를 따라 펄이 들어간 버건디가 반짝거렸다. 전혀 자신의 부탁을 들어줄 것 같지 않은 해욱의 모습에 상현이 대기실 의자 위로 털썩 엉덩이를 붙이고 앉았다.

"넌 한가로워 죽겠지? 디자이너보다 한가로운 대표이사는 이 세상에 너뿐일 거야."

"칭찬으로 들을게."

예전에는 당황해서 파르르 떨더니 이젠 제법 여유롭게 받아치는 상현의 모습에 해욱이 코웃음을 쳤다. 친구는 닮아간다더니. 둘을 지켜보던 메이크업 팀이 오십 보 백 보라는 듯 고개를 내저었다.

"이게 바로 제대로 사내 연애 아니야?"

MC는 김유환에 심사위원은 지해욱이라. 덧붙인 말과 함께 목소리를 급격하게 낮춘 상현이 킬킬거렸다. 조심스러워하면서도 꾸역꾸역 할 말은 다 하는 상현의 모습이 오늘따라 유난히 얄미웠다.

"아주 그냥 입만 살았지? 응?"

해욱이 소파에 앉은 상현의 머리를 아프지 않게 콩콩 튕기자 상현이 씩 웃으며 해욱의 팔목을 잡아 내렸다. 팔목 위로 볼드한 골드 빛의 팔찌가 걸려 있다.

"이건 영 네 스타일이 아닌데?"

"H사 신상. 크리스가 협찬으로 부탁했어."

"H사가 협찬이 되는 브랜드였어?"

헤에. 이상한 소리를 흘린 상현이 해욱의 팔에 감긴 팔찌를 이리저리 살폈다. 나름대로 아듀의 대표이사랍시고 눈썰미 하나는 꽤 좋은 편인 상현이다. 상현은 의외로 해욱이 차고 있는 팔찌가 마음에 드는 듯했다.

"어차피 협찬을 빙자한 선물이잖아. 끝나고 나한테 넘기는 게 어때?"

"너 하는 거 봐서."

해욱이 얄밉게 웃자 이번에는 상현이 눈을 흘겼다. 하지만 분명 몇 시간 후면 저 팔찌는 자신의 손목에 걸려 있을 것이라는 것을 상현은 잘 알고 있었다. 소란스러운 와중에 선명한 노크 소리가 들렸다.

똑똑. 해욱과 상현, 메이크업 팀의 시선이 소리가 난 곳을 향해 일제히 돌아갔다. 첫 방송인 만큼 체크할 것이 많아 드나드는 사람이 많은 탓에 활짝 열려 있는 대기실 문으로 친절하게 노크를 건넨 유환이 비스듬히 문에 기대서 있었다. 눈짓으로 메이크업 팀을 정중하게 내보낸 유환이 대기실 문을 닫고 들어왔다.

"선생님."

개구지게 휘어지는 눈 위로 묘하게 위화감이 서렸다. 긴 다리만큼이나 성큼성큼 대기실 안으로 걸어온 유환이 상현에게 깍듯하게 허리를 숙여 인사했다.

"유환 씨, 오랜만이네."

상현이 유들유들하게 웃었다. 웃고 있는 유환의 시선이 조금 빗나가 있었다. 아직까지도 상현의 손에 가득 들어차 있는 해욱의 손목으로.

"윤상현 대표님 맞으시죠? 제대로 뵙는 건 처음이네요. 잘 부탁드립니다."

일을 할 때면 유난히도 깍듯해지는 유환의 모습이 신기한지 해욱이 작게 소리 내어 웃었다. 상현에게 인사를 건넨 유환이 아주 자연스럽게 해욱의 팔목을 빼내었다. 경험과 연식이라는 것이 무엇인지 그것을 쉽게 알아차린 상현이 바람 빠지는 소리를 내며 히죽거렸다.

"유환 씨, 난 그렇게 경계할 필요 없어. 이래 보여도 둘의 조합은 대환영이거든."

상현이 눈을 찡긋거렸다. 그 말 한마디에 굳어 있던 유환의 눈이 호선을 그리며 휘어졌다. 단번에 바뀌어 버리는 유환의 태도가 재미있다는 듯 상현이 킬킬거리며 일어섰다.

"이호연만 아니면 대환영."

우스갯소리였지만 뼈가 있는 한마디였다. 해욱이 상현의 어깨를 아프지 않게 툭 쳤다. 있다가 보자. 해욱의 눈인사에 상현이 고개를 주억거리며 대기실을 빠져나갔다. 리허설은 한참 전에 끝났고, 곧 시작되는 녹화 방송에 해욱도 자리를 털고 일어섰다.

"MC께서 대기실까지 웬 행차시래?"

해욱이 어깨를 으쓱 올리자 유환이 웃으며 오른쪽 팔을 척 내밀었다.

"에스코트."

해욱이 자연스럽게 유환의 팔에 팔짱을 꼈다.

"나 사실 엄청 떨려."

"전혀 안 그래 보이는데?"

"MC 보는 건 안 떨리는데 선생님이랑 같이 일하는 게 떨려. 선생님 앞이라 자존심 지키려고 안 그런 척하고 있는 거야."

"그걸 다 말하면 어떡해?"

웃음기가 묻어나는 대화에 유환이 고개를 숙여 해욱의 입술 위로 짧게 입을 맞췄다. 버건디에 맞추어 누디한 색으로 발린 입술을 조심스럽게 손으로 문지른다.

"이건 번져도 티 안 나지 않을까?"

짓궂은 목소리에 해욱이 안 된다고 입술을 벙긋거리려는 찰나 유환의 혀가 매끄럽게 파고들어 왔다. 순식간에 혀가 얽혔고, 해욱의 입안을 훑어내듯 휘저은 유환이 그대로 입술을 떼어냈다.

"나머지는 방송 끝나고."

짓궂기 그지없는 유환의 눈 위로 해욱과 같은 버건디 색의 아이라인이 반짝거렸다. 가뜩이나 회색으로 염색해 버린 유환의 이미지는 또 달라져 있었다. 게다가 오늘은 짙은 녹색의 체크무늬 슈트. 쉽게 소화할 수 없는 것을 유환은 참 쉽게도 소화해 내고 있다.

"오늘 좀 예쁜데?"

길을 지나가는 헌팅 남이 던질 법한 멘트를 해욱이 던지자 유환이 상체를 흔들며 크게 웃었다. 짙은 회색의 머리카락 사이로 조금 더 탈색이 심하게 된 은색의 머리카락이 반짝거렸다.

"첫 방송이니까 신경 좀 썼어. 이왕이면 멋지다고 해줘. 예쁜 건 선생님이니까."

오늘따라 유난히 아름다운 해욱의 모습을 하나라도 놓칠 수 없다는 듯 유환의 눈이 부지런히 움직이고 있었다. 엷은 회색의 바바리코트 위로 수놓아진 하얀 꽃잎, 게다가 속이 다 비치는 시스루 바바리코트라니.

"아듀?"

주어도 목적어도 아무것도 없는 유환의 질문을 손쉽게 알아들은 해욱이 고개를 끄덕였다.

"이번에 나올 뉴 시즌 신상. 봄과 여름을 넘나드는 멀티 바바리코트 정도?"

해욱이 코트 뒤로 묶인 리본 모양의 끈을 나풀나풀 흔들었다. 바바리코트 사이로 루즈해 보이는 엷은 그레이 티셔츠와 하얀 스키니 진이 보였다.

"티셔츠가 너무 파인 거 아니야?"

루즈한 만큼 언뜻언뜻 새하얀 가슴골이 보이는 것이 마음에 들지 않는다는 듯 유환이 투덜거렸다. 네온 빛의 노란 토오픈 하이힐 너머로 깔끔한 페디큐어가 발린 발가락 끝이 살짝 보였다.

"그쪽이 더 야한 거 아니야?"

해욱의 반문에 유환이 눈을 찡그리며 의아함을 표시했다. 해욱이 덧붙여 말했다.

"발목. 요즘 여자들은 남자 발목에 환장을 한다니까."

그것은 요즘 슈트의 트렌드였다. 슈트임에도 캐주얼한 요소를 보여주기 위한 짧은 기장 탓에 유환의 발목이 드러났다. 도드라진 복숭아뼈가 묘하게 눈길을 잡아끌었다.

"선생님도 환장해 줬으면 좋겠는데."

버건디로 뒤덮인 아찔한 눈매가 유들유들하게 휘어졌다. 갈수록 색이 엷어지는 것 같은 갈색 머리카락 위로 입술을 떨어뜨린 유환이 반대편 손으로 문을 열었다. 문 앞에서 시선이 정확히 마주쳤고, 해욱의 뺨을 부드럽게 감싸 쥔 유환이 말했다.

"잘 봐줘. 선생님 이름 하나 보고 결정한 일이니까."

"촬영 시작합니다!"

무섭다 못해 근엄하기까지 한 촬영 감독의 목소리가 쩌렁쩌렁하게 울렸다. MC인 유환과 해욱을 포함한 심사위원 네 명으로 구성된 쿠카팀 모델 서바이벌 양성 프로그램, 쿠카팀 지침서.

이미 앞서 방송된 내용은 모두 촬영을 끝냈고 끝 부분, 즉 모델들의 능력을 평가하는 부분에서만 얼굴을 보이는 심사위원과의 촬영이 시작되었다. 처음 보는 모델도 있고 몇 번 얼굴을 본 듯한 모델도 있었다. 패션에 관련된 프로그램인 만큼 세트장부터 트렌디한 느낌이 물씬 풍겨났다.

"그럼 심사위원을 소개하겠습니다. 이분, 굉장히 힘들게 모셨죠."

유환이 대본에도 없는 말을 덧붙이며 해욱을 향해 다정하게 웃었다.

"아듀의 디자이너 지해욱 선생님 모셨습니다."

유환의 눈길을 고스란히 받아낸 해욱이 자신에게 오롯이 쏟아지는 시선에 가볍게 고개를 까딱였다. 해욱의 이마 라인을 따라 자연스럽게 내려온 머리카락이 흔들리자 꼭 주위에서 바람이 부는 것처럼 느껴졌다.

"매거진 L의 편집장 주선영 씨 모셨습니다."

차례로 이어지는 소개에 해욱이 느릿하게 눈을 깜빡였다. 평소보다 풍성하게 말아 올린 속눈썹이 덩달아 움직이는 것이 느껴졌다.

"그럼 서바이벌 오디션의 첫 심사를 시작하겠습니다."

모델과 심사위원의 가운데쯤에 서 있던 유환이 심사위원석으로 발을 옮겼다. 심사위원석의 가장 가운데이자 해욱의 옆자리에 앉은 유환이 대본의 모서리를 맞춰 정리했다.

다 비슷비슷한 느낌의 모델들 사진과 포트폴리오가 이어졌다. 서바이벌 형식인 만큼 모델들 사이에는 제법 팽팽한 긴장감이 돌고 있었지만 해욱은 심드렁한 표정으로 전달된 사진을 넘길 뿐이었다.

"어떻게 생각하세요?"

첫 화인 만큼 인원이 많이 남아 있었기 때문에 열다섯 명도 넘게 이어지는 모델들의 향연에 조금 지루해지던 터다. 게다가 다 거기서 거기 같고.

"별로네요."

단조로운 대답이다. 하지만 주위에 작은 소란이 일렁였다. 유환이 품 하고 웃음을 터뜨렸다. 해욱이 그제야 자신이 무심코 한 대답을 떠올리곤 눈살을 찌푸렸다. 방금 전 대기실에서 자신에게 부탁 아닌 부탁을 하던 상현의 목소리가 머릿속을 빠르게 스쳐 지나갔다. 애초에 들어줄 거라고 생각했을 리 없겠지. 그렇게 생각한 해욱이 신랄하게 말을 시작했다.

"저는 디자이너이기 때문에 옷을 잘 표현해 줄 수 있는 모델을 최우선으로 삼아요. 하지만 이 사진에서는 옷은 보이지 않고 오히려 구두나 신발 같은 것만 눈에 띄네요. 옷을 위한 화보인데 옷이 보이지 않는다면 그건 최악이라고 할 수 있겠죠."

해욱이 차분하게 말했다. 하이 톤의 목소리는 시니컬했다. 사진에 고정되어 있던 눈을 올려 사진 속 모델을 찾는다. 울음이 터질 것 같은 얼굴을 하고 있는 것에 저절로 한숨이 나왔다. 들고 있던 사진을 테이블 위로 내려놓고 지친 손을 무릎 위로 툭 내려놓자마자 기다렸다는 듯 따뜻한 온기가 닿아왔다.

톡톡. 손가락 끝으로 닿아오는 온기에 해욱이 눈을 동그랗게 뜨자 대담하게도 손가락 끝을 걸어왔다. 자신의 왼쪽 손을 잡을 수 있는 곳에 앉은 사람은 유환뿐이었다. 해욱이 평소와 같은 얼굴로 테이블 위의 사진을 훑어보는 척 시선을 다잡았다.

"저도 지해욱 선생님 의견에 동의합니다. 말하지 않으면 구두 화보라고 생각할 것 같아요. 모델에게 표현하는 능력은 중요한 부분인데 그 부분이 부족했던 것 같습니다. 잘 봤습니다."

태연하게 앞에 선 모델들을 보며 말을 잇는 유환은 아무렇지 않아 보였다. 꼭 지금 해욱의 손가락을 만지작거리는 사람이 자신이 아닌 양. 얄미운 마음에 걸려 있는 손가락에 힘을 꽉 주자 유환이 잠깐 말을 멈췄다가 다시 이었다. 손가락을 흘끗 내려다본 해욱이 아까보다 편안해진 기분을 느끼며 낮낮한 미소를 머금었다.

"우와, 심장 떨려."

따로 마련된 MC 대기실로 들어선 유환이 문에 등을 기댄 채로 중얼거렸다. 손가락 끝에 닿았을 뿐인데 이상하게 온몸이 후끈거리는 느낌이었다.

사실은 앞선 모델들은 하나도 떠오르지 않았다. 그저 옆자리에 앉아 있는 해욱에게 온 신경이 집중되어 있었는데 아닌 척하느라 꽤 애를 먹었다. 유환이 길게 한숨을 내쉬었다. 갑갑한 드레스 셔츠의 단추 하나를 툭 끌러 내렸다.

오늘 첫 방송을 마쳤고, 곧 시청률과 함께 사람들의 평가가 내려질 텐데 그런 것은 하나도 머릿속에 들어오지 않았다. 그저 지금 떠오르는 생각은 이 방송이 끝날 때까지 해욱과 어떻게 얌전히 방송을 할지였다.

"나 중증이네."

유환이 배시시 웃으며 머리카락을 흩트렸다. 쇼와 화보가 일상이다 보니 화려한 머리 색깔쯤은 이제 아무렇지도 않았다. 하지만 자신의 변화된 모습에 눈을 동그랗게 뜨고 웃어주는 해욱의 모습을 보는 것은 즐거웠다. 그것도 몹시.

오늘 처음으로 서바이벌에서 탈락하는 모델을 발표하기에 앞서 주어진 브레이크 타임에 유환은 쿵쿵 뛰는 가슴을 쓸어내리고 있었다. 뻐근한 목을 좌우로 돌리곤 다시 드레스셔츠의 단추를 단정하게 잠갔다.

똑똑. 대기실로 가벼운 노크 소리가 울렸다. 유환이 대답 대신 문고리를 벌컥 당겨 열었다.

"안 그래도 같이 들어가……."

당연히 해욱일 것이라 생각하며 말을 건넨 유환이 문 앞에 선 얼굴을 보고는 도로 입술을 닫았다.

"주선영 편집장님이시죠? 어쩐 일로 제 대기실까지……."

여전히 웃고 있는 얼굴이지만 묘하게 달라진 유환의 어투에 선영이 문고리를 잡은 손을 내려놓았다.

"기다리시는 분이 있었나 봐요. 대기실이 가까워서 같이 들어가려고 왔어요."

선영이 재킷 안에서 명함을 꺼내 유환에게 건넸다. 반사적으로 명함을 받아 든 유환이 그것을 내려다보았다. 잡지사 L의 로고와 함께 심플하게 박힌 편집장 주선영의 이름과 휴대폰 번호가 적혀 있었다.

"이것도 받아요."

그리고 하나 더, 호텔 키였다.

"이걸 왜 저한테 주시는 겁니까?"

유환의 얼굴에서 웃음기가 싹 사라졌다. 늘 휘어져 있을 것 같던 눈매가 날카롭게 섰다. 그것이 재미있다는 듯 선영이 웃음을 터뜨렸다.

"뻔하지 않나요?"

피식 웃은 유환이 손가락으로 호텔 키를 빙글빙글 돌렸다. 척 보기에도 고층의 숫자가 적힌 것이 스위트룸이었다.

"내가 갈 거라고 생각해요? 그쪽이 돈이 엄청 많은 것도, 엄청 예쁜 것도, 아무것도 아닌데."

유환은 여유롭게 웃으면서 잘도 못된 말을 내뱉었다. 미세하게 눈살을 찌푸린 선영이 다시금 싱긋 웃었다.

"내가 지해욱 씨를 괴롭혀도 좋나요?"

덜그럭거리는 소리를 내며 유환의 손가락에서 빙글빙글 돌아가던 호텔 키가 천천히 멈춰 섰다. 유환이 수려한 얼굴을 엉망으로 구겨졌다.

"오늘 밤 10시예요. 선택은 자유지만. 아참, 그리고 나 돈 굉장히 많아요."

"수고하셨습니다!"

유환이 큰 소리로 인사했다. 톱 모델답지 않게 꾸벅꾸벅 허리를 숙여 여기저기 인사하는 모습에 멀뚱하게 서 있던 후배들이 놀란 듯 더욱더 허리를 숙여 인사했다.

잘 마무리된 첫 방송에 스태프들을 포함한 출연진 모두가 만족스럽게 자리를 털고 일어섰다. 쿠카팀에서 만든 프로그램인 만큼 벌써부터 인터넷이 후끈거렸다.

"선생님."

금세 옆으로 다가온 유환이 해욱의 어깨를 톡톡 두드렸다. 해욱이 무심코 손을 올려 유환의 머리카락을 헤집어놓았다.

"수고했어. 힘들지?"

유환이 고개를 좌우로 저었다. 머리카락 위를 맴돌던 해욱의 손이 떨어져나가자 아쉬운 얼굴을 하는 것이 우스워서 해욱은 유환의 머리 위로 다시 손을 올렸다.

"나야 선생님만 볼 수 있으면 하나도 안 힘들지."

짓궂게 눈을 휘어 웃자 해욱의 눈도 덩달아 휘어졌다.

"데려다 주고 싶은데 오늘은 뒤에 스케줄이 있어서, 미안."

유환이 아쉬운 얼굴로 입을 벙긋거렸다. 유환이 슈트 주머니 안에 든 투박한 호텔 키를 만지작거렸다. 당장이라도 해욱의 손가락, 목덜미, 뺨, 입술, 모든 곳을 만지고 싶은데 그것을 참기 위해 주먹을 꾹 그러쥐었다. 주위로 오가는 많은 눈이 느껴졌다. 해욱이 모델들의 깍듯한 인사를 받아주며 유환에게도 눈짓으로 인사를 건넸다. 해욱을 뒤로하고 먼저 세트장을 빠져나온 유환이 중얼거렸다.

"큰일 났다."

벌써부터 해욱이 보고 싶었다.

"스위트룸이라……."

호텔의 가장 고층에 위치하고 있어서 웬만한 사람들의 발길은 통제된다는 그 스위트룸의 키가 유환의 손에 있다.

연예계는 사람들이 생각하는 것보다 훨씬 더러웠다. 모델이라는 직업은 연예계가 아님에도 어느새 연예계에 속해 있었다. 배우, 가수 등 다양한 쪽으로 빠지는 첫걸음이라고도 하지만 유환은 모델이 되고 싶을 뿐 연예인이 되고 싶은 것은 아니었다. 모델이 되어 처음으로 스케줄이 잡히고 쇼에 오르자마자 스폰서가 달라붙었다. 그것도 지긋지긋할 정도로 많이, 자주. 쿠카팀이라는 가장 큰 에이전시에 보호되고 있음에도 그 정도였으니 말 다 한 것이나 마찬가지였다.

유환이 엘리베이터에 올라탔다. 골드 빛으로 번쩍거리는 내부는 손을 대면 금이 묻어나올 것 같았다. 우스운 생각이다.

빠른 속도로 올라가는 엘리베이터와는 반대로 유환의 심장 박동은 느리게 가라앉았다. 손바닥 위의 호텔 키를 물끄러미 쳐다봤다. 자신은 남자라서 이 정도지만 여자 모델들은 더했으면 더하지 덜할 리 없었다. 예전에 해욱이 모델을 하려다가 디자이너로 빠졌다는 이야기가 생각났다. 유환이 손바닥을 감싸 쥐었다.

"선생님은 모델이 아니어서 다행이네."

엘리베이터가 멈춰 섰다. 작은 소리도 허용하지 않겠다는 듯 조용히 문이 열렸고, 유환은 망설임 없이 엘리베이터에서 내렸다. 호텔 복도에 푹신푹신한 카펫이 길게 깔려 있다. 그 위로 소리 없이 걸어간 유환은 호텔 키에 적힌 룸 넘버를 금세 찾아냈다. 손잡이 위로 키를 꽂자 문이 열렸다. 곧장 문고리를 잡아 연 유환이 룸으로 들어섰고, 달각거리는 소리와 함께 문이 닫혔다.

"올 줄 알았어."

다리를 꼬아 올린 선영이 와인을 한 모금 마셨다.

"톱 모델도 스폰서가 필요한 건 마찬가지거든."

선영은 마치 다른 톱 모델의 사례를 알고 있기라도 한 것처럼 말했다. 와인 잔을 테이블 위로 내려놓은 선영이 천천히 일어섰다. 스폰이라는 것에 익숙해 보이는 선영의 모습에 유환이 손을 올려 선영의 움직임을 멈춰 세웠다.

"미안하지만."

유환이 손에 쥐고 있던 것을 바닥으로 툭 떨어뜨렸다. 호텔 키다.

"돌려주러 온 건데."

선영이 미간을 좁혔다. 그 모습을 유쾌하게 지켜보던 유환이 타이트한 슈트 재킷의 단추를 끌러 내렸다. 귀찮은 듯 세팅된 머리카락을 마구잡이로 흩트린 유환이 개구지게 웃었다.

"나는 해욱이랑 스캔들이 나도 상관없어요. 아, 오히려 바라는 바인가?"

정말로 고민하는 듯 끙 하고 소리를 낸 유환이 어깨를 으쓱 올렸다.

"스캔들 내주면 고맙고, 안 내주면 나중에 내가 내면 되니까."

선영이 황당하다는 듯 단말마를 내뱉었다. 편집장이라는 위치에 오르기에는 젊어 보이는 외모였다. 30대이지만 20대처럼도 보이는 얼굴과 관능적인 라인을 훑어보던 유환이 테이블 위에 놓인 와인 잔의 테두리를 손가락으로 매만지며 말했다.

"이호연이죠. 나한테 스폰서 제의하라고 시킨 거 이호연이잖아."

반 토막 난 말꼬리의 끝이 서늘했다. 모든 감정을 걷어낸 사람처럼 검다 못해 탁한 느낌까지 드는 유환의 눈동자는 메마른 플라스틱 구슬 같았다. 선영이 속눈썹이 파르르 떨렸다.

"그쪽만 정보를 모으고 있다고 생각하면 오산이라고 전해요. 자꾸 이런 식이면 물어뜯어 버릴 테니까."

유하게 휘어지던 눈매는 꼭 착각이었던 것처럼 유환은 숨겨둔 이를 드러냈다. 으르렁거리는 목소리가 호텔 방을 울렸다. 스폰서를 하겠다고 나선 선영은 가타부타 말이 없었다. 분명 유환에게 스폰을 할 생각도 없었을 것이다. 진짜 스폰의 상대인 호연의 부탁을 들어준 거겠지. 유환이 바닥에 떨어진 호텔 키를 선영 쪽으로 걷어찼다. 주머니에 비스듬히 손을 꽂아 넣은 유환이 개구진 얼굴로 인사를 건넸다.

"그럼 다음 촬영 때 뵙죠, 주선영 편집장님."

달각거리는 소리와 함께 문이 열렸다. 방으로 들어선 호연이 팔짱을 낀 채로 몸을 기대고 섰다.

"제대로 하는 게 없잖아, 스폰서 씨."

호연의 말에 선영이 심통을 냈다. 탁한 레드로 뒤덮인 입술이 불만스럽게 달싹였다. 선영은 분명 매력적인 여자였지만 해욱과 같은 분위기는 전혀 없었다. 그저 관능적이고 퇴폐적인 느낌이 강한 여자일 뿐이었다.

"스폰서 씨라고 부르지 마."

선영이 투덜거리자 호연이 신경질적으로 미간을 찌푸렸다. 선영이 야살스럽게 다리를 꼬아 올렸다.

"저런 강단 있는 남자는 오랜만인데?"

"강단이 있다……."

"꽤나 지해욱을 아끼는 것 같던데, 이제 자기는 어떡한담?"

선영이 싱글싱글 웃었다. 선영은 마치 호연을 걱정하는 것처럼 보였지만 실상은 그저 즐기고 있을 뿐이었다. 호연이 호텔 키를 테이블 위로 툭 던졌다. 테이블 위에 깔린 얇은 유리와 금속이 부딪쳐 쨍 하는 소리가 났다.

테이블 위에 놓인 와인을 한 번에 들이켠 호연이 다시 잔을 내려놓기도 전에 선영이 침대에서 일어나 키스했다.

"벌써 몇 년째인지. 자기도 의외로 일편단심인가 봐."

호연이 귀찮은 손길로 선영을 밀쳐냈다. 선영은 그런 호연의 태도가 익숙한지 깔깔대며 웃었다.

"내가 대외적으로는 편집장이라는 위치에 있지만 L사는 우리 아버지 회사잖아? 스폰서이자 은밀한 사이로 당신과 맺은 관계는 셀 수도 없지만 그때마다 쉽게 내주지 않고 튕기는 게 좋았어. 그래서 지금도 내가 여기 있는 거고."

호연은 가타부타 말이 없었다. 선영이 다시 다리를 꼬고 침대에 앉았다.

"대체 언제 그만둘 셈이야? 스폰을 둘 거면 애인은 버리는 게 당연한 거야."

선영이 침대 옆에 놓인 협탁을 열어 담뱃갑을 꺼내 들었다. 담배 한 개비를 꺼내 불을 붙인 선영이 호연에게 자연스레 그것을 건넸다. 하지만 호연은 타들어가는 담배 끝을 바라보고 있을 뿐 받지 않았다.

"자기야, 그건 사랑이 아니라 집착이야. 알아?"

호연이 바닥에 떨어진 호텔 키를 쳐다봤다. 유환이 버리다시피 던지고 간 것이 아직도 굴러다니고 있다.

"지해욱이 뭐가 그렇게 매력적이야? 그래 뭐, 외모나 실력은 인정. 그 외에는 마음에 드는 구석이 하나도…… ."

딱! 호연이 바닥에 떨어진 호텔 키를 발로 걷어찼다. 유환에게 차이고 호연에게 차인 작고 짤랑거리는 그것은 벽에 부딪쳐 시끄러운 소리를 내며 떨어졌다. 선영이 얼빠진 얼굴로 호연을 쳐다봤다.

"그만 해."

"자기야."

"당신이라도 멋대로 이야기하면 가만 안 둬."

금세 사나워진 호연의 눈매가 낯설었다. 선영이 허탈한 한숨을 내쉬었다. 벽에 부딪쳐 처참하게 바닥으로 찌그러진 호텔 키가 자신의 모습 같기도 했다.

"이미 끝난 사이인데 말이지."

선영이 호연의 목에 팔을 감았다. 담배 냄새를 머금은 선영이 호연의 입술 사이로 혀를 밀어 넣었다. 하지만 아무런 반응이 없는 호연이 재미없다는 듯 선영은 테이블 의자에 놓인 백을 집어 들었다.

"난 이런 이호연은 별로야. 페이스 찾으면 다시 연락해."

선영이 호연을 지나치는 순간 호연이 선영의 팔목을 잡았다. 여전히 배려라곤 없는 호연의 행동에 잠깐이지만 손목이 욱신거렸다. 선영이 대답 대신 눈을 들어 호연을 쳐다봤다.

"쿠카팀 지침서."

"응. 그게 왜?"

"특별 심사위원으로 넣어줘."

"당신을?"

선영의 물음에 호연은 대답 대신 선영의 허리를 잡아당겨 입을 맞췄다. 선영의 손에서 명품 백이 툭 하고 떨어졌다. 마치 호텔 키처럼. 선영이 호연의 뒷머리를 감싸 안았다. 명백한 승낙이었다.

"정말 냉정한 남자라니까."

선영이 선잠에서 깨어나자마자 투덜거렸다. 침대 옆자리는 비어 있었다. 다행히 욕실에서 물소리가 나는 걸 보니 호연이 씻고 있는 모양이다. 분명 자신이 깊게 잠들었다면 깼을 때 호연은 없었을 테지. 늘 비어 있는 옆자리가 처음에는 섭섭하기도 했지만 이제는 익숙했다. 어차피 서로의 이익을 위한 관계일 뿐이다.

선영이 이불을 끌어 덮었다. 바닥으로 널린 옷가지를 힐끔 쳐다 보곤 테이블 위에 놓인 호연의 휴대폰을 쳐다봤다. 최신형임에도 그 흔한 케이스 하나 씌워지지 않았다. 잠금조차 걸리지 않은 것이 참 호연답다고 생각하며 선영이 액정을 문질렀다. 휴대폰의 잠금이 해제되었고, 역시나 볼 것도 없는 기본 바탕에는 기본 어플만이 깔려 있었다.

몇 년을 스폰서와 모델의 관계로 만나면서 궁금해한 적이 없는 휴대폰을 오늘에서야 처음으로 열어보았다. 최근 수신 목록에 들어가자 보이는 건 단 하나의 이름뿐이었다. 통화를 눌렀다가 연결음이 채 3초도 가지 못하고 끊긴 듯 보이는, 연달아 몇 번이나 걸린 발신 목록이 있었다.

"해욱이."

그렇게 저장된 것이 누구를 의미하는지는 잘 알고 있다. 밑으로 이어진 목록에는 온통 정 없어 보이는 풀 네임뿐이었다. 혹시나 싶은 마음에 자신의 이름도 찾아본 선영은 엉성하게 웃고 말았다.

"주선영이 뭐야, 주선영이. 선영이 누나는 기대도 안 했지만 주선영 씨 정도는 해주지."

욕실에서는 물소리 외에는 아무것도 들리지 않았다. 그가 씻고 있는지, 혹은 울고 있는지도 알 수 없었다. 선영이 몸을 돌려 누우며 옆에 놓인 베개를 끌어안았다.

호연과는 반대되는 이미지를 가진 유환이 떠올랐다. 방금 전 이 방을 미련 없이 나가 버린 유환. 늘 악동 같은 얼굴을 한 것이 귀엽다고만 생각했는데 해욱의 이야기 한마디에 금세 남자 같은 얼굴을 했다. 머릿속에 떠오른 유환의 모습을 호연으로 바꾼 선영이 눈을 감으며 중얼거렸다.

"어쩌면 자기가 제일 불쌍한지도 모르겠어."

16. 그에게도 봄이 올까?

선영과의 일은 다행히 순조롭게 지나갔다. 물론 이것이 과연 지나간 것인지 지나가는 중인 것인지는 정확히 알 수 없었다.

1화가 방송되고 엄청난 유명세를 탄 쿠카팀 지침서는 단숨에 시청률 1위라는 타이틀을 거머쥐었다. 그곳에 나온 유환과 해욱의 룩은 금세 완판이라는 기록을 세우기도 했다.

소파 위로 쪽 뻗은 다리를 쓰고 누운 유환이 대본을 넘겼다. 2화의 미션은 남녀 2인 1조의 팀 촬영. 그것을 눈으로 읽던 유환이 불현듯 해욱과 찍은 아듀의 향수 화보를 떠올리며 중얼거렸다.

"선생님이랑 찍었을 때가 최고였지."

뱀파이어라는 자극적인 콘셉트에 해욱과 함께 한 아듀 화보라니. 그러고 보니 그때는 금발이었는데. 허리까지 길게 내려오던 밝은 블론드를 기억해낸 유환이 새록새록 떠오르는 기억에 눈을 지그시 감았다.

"유환아! 김유환!"

다다다다닥! 어린아이가 뛰어갈 때나 날 법한 소리를 내며 쿠카팀의 긴 복도를 전속력으로 달려온 진우가 유환의 코앞에서 멈춰섰다. 헉헉거리며 유환을 쳐다보는 진우의 얼굴이 심상치가 않아서 유환은 잔소리 대신 기다림을 선택했다.

"너 2화 소식 들었어? 2화에 특별 심사위원이 들어온대."

"그래서 어쩌라는 거야?"

유환이 심드렁한 얼굴로 중얼거렸다. 그 모습에서 해욱이 스쳐 지나간 것은 착각일까. 진우가 고개를 털어내듯 도지질 치고는 소리쳤다.

"이호연이라고! 특별 심사위원으로 들어오는 게 이호연이란 말이야!"

빽 소리를 지르는 진우의 목소리에 그제야 유환이 반문했다.

"이호연?"

불쾌함이 한가득 떠오른 유환의 얼굴에 진우가 금세 꼬리를 내렸다. 꼬고 있던 다리를 내리며 몸을 벌떡 일으킨 유환이 테이블 위로 대본을 툭 던졌다.

"젠장. 주선영인가 뭔가 하는 그 여자 짓이네."

유환이 신경질적으로 머리카락을 쓸어 넘겼다. 짙은 잿빛의 머리카락이 바스라질 것처럼 메말라 있다. 진우가 조마조마한 얼굴로 유환을 살폈다.

"형."

"응?"

"오늘 의상은 화끈하게 준비해 달라고 전해줘."

유환이 눈을 찡그리며 웃었다. 평소보다 기합이 들어가 보이는 유환의 모습에 진우는 잠자코 고개를 끄덕였다.

"그리고 하나 더."

유환이 씩 웃었다. 길게 뻗은 다리를 감싼 9부 바지 아래로 발목이 나와 있는 것이 귀여웠다.

"사장님한테 오늘 김유환 일낸다고도 전해줘."

진우가 멍청한 얼굴로 유환을 쳐다봤다. 진우의 모습을 가만히 지켜보던 유환이 손가락을 하나씩 접었다. 하나, 둘, 셋.

"뭐? 너, 너 지금 무슨 일을 벌이려는 거야?"

예상한 것과 똑같이 반응하는 진우의 모습이 우스웠다. 진우의 잔소리를 귓등으로 흘려들으며 유환은 기지개를 켰다. 잔 근육이 단단하게 잡힌 긴 팔이 좌우로 흔들렸다.

똑똑. 오렌지색 문 위로 노크 소리가 울렸다. 대답하기도 전에 문을 열고 들어온 유환이 대기실의 소파 위에 눕다시피 앉아 있는 해욱을 보고 유쾌하게 웃었다.

"누운 거야, 앉은 거야?"

해욱이 소파 위에서 그대로 기지개를 켰다. 나른함이 들어찬 눈은 졸음이 가득 묻어 있었다.

"어제 갑자기 디자인이 생각나서 패턴 뜨고 이래저래 하다 보니까 해가 떴어."

해욱이 느릿하게 눈을 감았다 뜨자 그 위로 길게 말아 올린 속눈썹이 함께 움직였다. 남들보다 엷은 색을 띠는 갈색 눈동자를 빤히 바라보던 유환이 해욱이 있는 소파 곁으로 다가갔다.

"예쁘기는."

"응?"

유환이 낮게 읊조린 말을 제대로 듣지 못한 해욱이 반문했지만 유환은 다시 입을 열 생각이 없어 보였다. 피곤한 눈을 비비려다가 메이크업을 했다는 사실을 인지한 해욱이 손을 아래로 내렸다. 얄팍한 눈매를 따라 짙은 네이비 색의 아이라인이 아이섀도와 함께 물들어 있다.

"졸려 죽을 것 같아."

그렇게 말하며 미미하게 웃은 해욱이 상체를 일으키려 하자 유환이 해욱의 가느다란 어깨를 잡아 눕히며 말했다.

"선생님."

"응?"

"오늘 특별 심사위원으로 이호연이 나와."

해욱이 대답 대신 유환을 올려다봤다. 해욱의 위로 유환의 그림자가 졌다. 오늘따라 세팅을 하지 않은 것처럼, 하지만 분명 자연스럽게 세팅된 유환의 머리카락이 포슬포슬했다.

"오늘은 머리 안 세웠네. 안 세운 게 더 좋아."

말을 돌린 것인지 해욱은 유환의 말을 듣지 못한 것처럼 행동했다. 유환은 그런 해욱의 모습에 불만스레 얼굴을 찌푸렸고, 해욱은 그런 유환의 얼굴에 오히려 웃어버렸다.

"난 호연이가 나오든 말든 상관없어."

"호연이라고 부르지 마."

작은 것에도 질투를 보이는 유환의 모습에 해욱이 웃음을 터뜨렸다. 해욱의 웃음소리에 유환이 기다렸다는 듯 해욱의 목덜미로 입술을 묻었다. 소파에 누운 해욱을 덮친 듯한 유환의 모양새가 야했다.

"김유환, 너 또 물기만 해봐."

해욱의 말이 끝나기가 무섭게 이를 세운 유환이 해욱의 하얀 피부를 잘근잘근 깨물었다. 민감한 목덜미 위로 둥글게 혀를 굴리는 유환의 아래에서 해욱이 바동거리고 있다. 가느다란 팔목을 단단하게 잡은 유환이 짓궂은 웃음소리를 흘렸다.

유환의 검은 시스루 셔츠 사이로 단단한 가슴팍이 보인다. 눈매를 따라 그려진 까만 아이라인도 평소보다 짙게 번져 있었다. 유환의 전체적인 룩을 이제야 캐치해 낸 해욱이 볼멘소리를 냈다.

"옷이 그게 뭐야? 다 홀릴 작정이라도 한 거야?"

"홀려? 나한테 홀려줬으면 하는 사람은 너뿐이라고 전에도 말했잖아."

일자로 곧게 뻗은 해욱의 쇄골 위로 유환의 입술이 닿자 입김이 간지러운 것인지 해욱이 몸을 뒤틀었다.

"선생님이야말로 다리 예쁘다고 너무 내놓은 거 아니야?"

"가슴이 아닌 게 어디야."

"그게 지금 애인 앞에서 할 말이야?"

"할 말인데?"

오늘따라 장난스럽게 구는 해욱이 얄미운지 유환이 다시 한 번 쇄골 위로 입술을 가져다 댔다. 지금껏 장난스럽게 핥아내기만 하던 것을 작정하고 키스마크라도 남길 듯 달려들자 해욱이 펄쩍 뛰며 유환의 어깨를 밀쳐냈다.

"장난, 장난이야! 장난이라니까!"

"방송이 곧이니까 봐준다고 할 줄 알았지."

유환이 뜨거운 숨을 뱉어내며 해욱의 여린 살을 빨아들였다. 달콤한 살 내음과 함께 해욱 특유의 간질간질한 체향이 코끝으로 밀려들었다. 유환의 어깨를 팡팡 두드리던 해욱도 포기한 것인지 밀어내는 대신 유환을 끌어안았다.

"안 돼요."

"응?"

낮게 중얼거리는 유환의 목소리에 해욱이 반문하자 그제야 유환이 해욱의 목덜미에서 입술을 떼어냈다. 꽃잎처럼 물이 든 붉은 자국이 마음에 들었는지 유환이 버릇처럼 혀로 입술을 핥아냈다. 저 버릇, 참 치명적이네. 해욱이 유환의 앞에서는 절대로 하지 못할 말을 목구멍 너머로 밀어냈다.

"이호연한테 절대 한눈팔면 안 돼요."

부탁을 가장한 강요에 해욱이 유환을 밀쳐내며 상체를 일으켜 앉았다.

"눈앞에 김유환이 있는데 한눈을 어디로 팔아?"

호선을 그리며 올라간 붉은 입술은 언제나 당당했고 자신감에 차 있었다. 해욱의 대답이 마음에 든 듯 유환이 해욱의 어깨를 끌어안았다.

해욱이 제대로 일어서자 짧은 길이의 점프 슈트가 보인다. 텐셀 특유의 하늘하늘한 질감이 잘게 주름져서 흔들렸다. 단정한 라운드 형태의 민소매 점프 슈트 위로 여러 가지 색이 뒤섞인 큰 목걸이가 걸려 있다. 점프 슈트는 화이트, 거기에 아이라인과 같은 짙은 네이비 색의 스트랩 하이힐. 화이트와 블루가 적절하게 조화를 이룬 딥한 마린 룩의 느낌이 물씬 풍기는 옷에 유환이 말갛게 웃었다.

"오늘도 예쁘네요."

하이힐을 신어도 유환의 턱까지밖에 미치지 못하는 해욱이 발뒤꿈치를 들어 올려 유환의 입술에 가볍게 입을 맞췄다.

"방송 10분 전입니다!"

대기실 문을 벌컥 열고 들어온 스태프가 큰 소리로 외쳤다. 해욱의 대기실에 유환까지 있어서 조금 놀란 눈을 했지만 다행히 두 사람의 버드 키스는 끝난 뒤였다. 유환이 능청스럽게 웃으며 스태프를 향해 손을 흔들었다.

"마이크 새로 주세요. 지해욱 선생님 마이크가 고장 난 것 같네요."

임기응변이라고 해야 할지, 뻔뻔한 거짓말이라고 해야 할지. 사실은 어떤 것도 상관없는 유환과의 시간에 해욱이 붉은 입꼬리를 말아 올렸다. 문을 열고 들어온 스태프 뒤로 맞은편 대기실에 붙은 호연의 이름이 보였다.

촬영 스탠바이에 들어갔다. 그래도 1화 때 한 번 얼굴을 본 사이라고 금세 웃으며 인사를 건네는 모델들 틈바구니에서 해욱이 고개를 까닥거렸다. 모델보다 더 모델 같은 디자이너. 해욱에게 붙는 수식어 중 하나이다. 남자 모델들은 남자의 본능으로, 여자 모델들은 부러움과 질투가 섞인 시선으로 해욱을 힐끔거렸다.

"와, 우리 선생님 인기 많네."

자연스럽게 흘러내린 잿빛의 머리카락 사이로 유환의 눈꼬리가 개구지게 휘어졌다. 그 모습에 여자 모델들이 조금 더 소란스러워졌다. 해욱이 길게 한숨을 내쉬었다.

누가 할 소리를 하는 거야, 이 자각 없는 남자야.

직속 선배보다 무서운 게 없다더니, 유환에게 깍듯하게 인사를 하는 모델들을 보고 있자니 신기한 광경이 따로 없었다. 친절하게 인사를 받아주던 유환이 은근슬쩍 해욱의 앞을 가리고 섰다.

"왜?"

"자꾸 쳐다보니까."

눈은 웃고 있지 않는 유환의 얼굴 위로 묘한 위화감이 서렸다. 그런 유환의 머리카락을 무심코 만지려던 해욱이 스르륵 손을 내리자 유환이 무서운 얼굴을 하며 허공에 어정쩡하게 떠 있는 해욱의 손을 덥석 잡아 올렸다.

"만져줘요."

친절하게도 해욱의 손을 자신의 머리 위로 턱하고 올려놓는 모양새가 우스웠다. 큼지막하고 화려한 반지가 유환의 머리카락에 엉킬까 당황한 해욱이 안절부절못하다가 이내 웃음을 터뜨렸다. 해욱과 유환의 주위로 이리 저리 시선이 얽혀들었다.

"아예 작정을 한 거야?"

어금니를 꽉 깨물기라도 한 듯 억눌린 목소리가 옆에서 삐죽 튀어나왔다. 해욱과 유환이 반사적으로 소리가 난 쪽을 쳐다봤다. 소란스럽던 주위가 순식간에 조용해졌다. 모델들이 깊숙하게 허리를 숙여 호연에게 인사했다. 하지만 그 인사가 보이지 않는 양

무시한 호연은 피곤한 듯 눈꺼풀을 누를 뿐이었다.

"오랜만에 뵙습니다, 이호연 선배님."

싱글싱글 웃으며 살갑게 인사를 해오는 유환의 모습에 반응이라도 하듯 호연의 눈썹이 꿈틀거렸다. 유환의 손에 잡혀 있는 해욱의 손목, 그것을 지그시 바라보던 호연이 해욱에게로 시선을 옮겼다.

"오랜만이네."

해욱이 대답 대신 호연을 쳐다봤다. 짙은 색의 머리카락이 화려하게 세워져 있다. 전보다 살이 조금 빠진 것 같기도 하고. 해욱이 가늠하듯 호연을 쳐다봤고, 해욱과 호연의 얼마 떨어지지 않은 공간 사이로 손이 쑥 들어왔다. 순식간에 시야에 걸리는 손바닥이 있다. 정확히는 해욱의 눈앞을 가린 유환의 손바닥이었다. 유환이 낮은 목소리로, 하지만 짓궂게 말했다.

"한눈팔지 말라고 했는데."

유환과 호연, 그리고 해욱의 사이로 흐르는 묘한 기류에 주위는 소리가 사라진 듯 적막했다. 때마침 세트장으로 들어온 촬영감독이 큰 소리를 냈다.

"촬영 들어갑니다!"

세트장에 우렁찬 목소리가 울렸다. 모델들이 애써 시선을 돌리며 자신의 자리를 찾아갔다. 유환이 보호하듯 올린 손을 내려 해욱의 어깨를 꾹 잡았고, 해욱은 자신의 어깨에 올라온 유환의 손을 부드럽게 잡았다가 놓았다.

네 개의 심사위원석에 오늘은 자리가 하나 더 늘어 있다. 정 가운데 MC인 유환을 중심으로 해욱의 옆에 호연이 앉았다. 그것조차 마음에 들지 않는다는 듯 콧잔등을 찡그린 유환이 빨갛게 들어온 카메라 불빛에 불쾌한 얼굴을 거두며 사르르 웃었다.

"심사를 시작하겠습니다. 오늘은 심사를 시작하기 전에 어렵게 모신 특별 심사위원 한 분을 소개해 드리겠습니다. 쿠카팀의 대표 톱 모델이자 배우로도 활동하고 계신 이호연 씨 모셨습니다."

모델들의 박수갈채와 함께 인사가 이어지자 호연이 앉은 자리에서 가볍게 목을 까딱였다. 카메라가 돌아가지 않을 때는 받아주지도 않던 인사이다. 그것은 카메라가 돌아가고 나서야 받아들여졌다. 모델들을 건성으로 훑고 지나친 호연의 시선이 마지막으로 닿은 곳은 당연하게도 해욱이었다. 옆에 앉은 터라 스쳐 지나가듯 닿은 시선이 아쉬웠다.

"이번 미션은 팀 촬영이었습니다. 남녀 모델이 2인 1조를 이루어 촬영이 진행됐습니다. 저 또한 모델이기에 팀 촬영이 어렵다는 점은 잘 알고 있습니다. 그 부분을 중점으로 두고 이번 심사를 할 생각입니다."

그렇게 말한 유환이 심사위원석으로 들어왔다. 예쁜 색감의 큐카드를 테이블 위로 내려놓은 유환이 자리에 앉았다. 유환의 오른쪽에는 해욱이, 왼쪽 끝에는 선영이 앉아 있다.

"이호연 씨도 팀 촬영을 많이 해보셨다고 들었습니다만."

대본대로 이어지는 질문을 유환은 가감 없이 이행했다. 해맑게 웃는 낯이었지만 숨겨진 이를 감추고 있었다.

"아무래도 화보를 찍다 보면 호흡을 맞추는 일이 많으니까요."

거의 입술만을 달싹여 답한 호연의 시선이 앞에 선 모델들에게 가 닿았다.

"어떠세요. 이 자리에서 모델 중 한 분과 '팀 촬영은 이런 것이다' 하는 포즈 몇 가지만 보여줄 수 있으신가요?"

MC라는 직책에 맞게 하하, 호호 적어놓은 대본을 그대로 읽으며 유환이 수려한 얼굴로 웃었다. 내가 MC인지 연기자인지 모르겠네. 유환은 남몰래 혀를 찼다.

호연이 대답 대신 자리에서 느릿하게 일어섰다. 늘씬하게 뻗은 몸에 휘감긴 스트라이프 재킷이 시원하면서도 세련된 느낌을 동시에 주었다. 호연이 앞에 선 모델들을 쳐다봤다.

같은 소속사라곤 하지만 한 명도 기억에 없는 얼굴들이다. 여자 모델들이 수줍은 얼굴로 눈을 내리깔았다. 호연이 가차 없이 시선을 돌리며 손을 내밀었다.

"부탁드리죠, 지해욱 선생님."

앞이 아닌 옆으로 내밀어진 손은 해욱을 향해 있었다. 앉은 채로 눈만을 올려 호연을 쳐다본 해욱의 얼굴 위로 당황스러움이 녹아들었다.

"저는 모델이 아닌데요."

해욱이 억지로 입꼬리를 끌어당겨 웃었다. 해욱은 자신의 바로 앞에 내밀어진 호연의 손을 모른 척 외면했나. 유환이 본능적으로 자리에서 일어섰다.

"지금 뭐 하자는 거야?"

작게 속삭인 목소리는 짙은 감정을 드러내고 있었다. 조용해진 세트장만큼이나 조용한 시선으로 얽히고설킨 세 사람을 모두가 쳐다보고 있다. 녹화 방송이지만 엄연히 방송 사고라고도 할 수 있었다. 하지만 그 누구도 함부로 입을 뗄 생각을 하지 못했다.

"대본대로 따라주시죠."

유환이 억눌린 목소리를 냈다. 당장이라도 호연의 멱살을 잡아 올리고 싶은 걸 참아냈다. 하지만 호연은 유환의 말을 무시하며 해욱의 팔을 잡아 일으켰다. 해욱이 당황한 얼굴로 자의가 아닌 타의로 일어섰다. 해욱에게 제멋대로 닿은 호연의 손을 밀쳐낸 유환이 해욱의 앞으로 나섰다.

"이호연."

무겁고 팽팽한 긴장감 속으로 해욱의 목소리가 끼어들었다. 까칠하게 들리는 앙칼진 목소리는 호연의 이름을 담고 있었다.

"기자회견 봤어. 이쯤 해두자."

엷은 갈색의 눈동자는 호연을 보고도 전혀 흔들리지 않았다. 호연이 해욱에게로 손을 뻗다가 곧 멈춰 섰다.

"해욱아."

"그래."

"이게 집착인 거야? 사랑이 아니라?"

적막이 흘렀다. 세트장에 해욱과 호연 두 사람만이 남은 것처럼 고요했다. 해욱이 곤란한 얼굴을 했다. 골치가 아프다는 듯 해욱이 관자놀이 부근을 매만졌다.

"감독님!"

해욱의 목소리가 쨍 하고 울렸다. 갑작스러운 부름에 자신이라고는 생각도 못하고 있던 촬영감독이 흠칫 몸을 떨었다.

"어? 해욱 씨."

"잠깐 끊었다 가시죠."

해욱은 아무 일도 아니라는 듯 웃었다. 모델들을 향해서도 양해를 구하듯 슬쩍 고개를 숙이자 오히려 모델들이 더욱 허리를 굽혀 인사했다. 해욱이 스치듯 지나치며 호연의 팔목을 잡아끌었다. 꼭 주인을 만난 강아지처럼 해욱에게 순순히 끌려가는 호연의 뒷모습이 신기했다. 다들 눈을 반짝이며 해욱과 호연의 뒷모습이 사라질 때까지 지켜봤다.

"빌어먹을."

유환이 잇새로 욕을 내뱉었다. 처참하게 가라앉은 눈이 해욱과 호연의 뒤를 끈질기게 쫓아가고 있었다.

"안 따라갈 거예요?"

유환의 왼쪽에 앉아 있던 선영이 슬그머니 물었다. 해욱과 호연의 모습이 재미있다는 듯 선영이 히죽거리며 웃었다.

"가고 싶어 미치겠는데."

짙은 감정을 심장의 가장 아래 아무도 모르는 어둡고 컴컴한 곳으로 밀어 넣은 유환이 차분하게 말을 이었다.

"이건 해욱이랑 이호연 문제니까. 난 선생님을 믿어요."

유환은 언제나처럼 웃었다. 하지만 개구지게 올라가던 눈꼬리에는 평소와는 다른 위화감이 맴돌고 있었다. 선영이 눈살을 찌푸렸다. 또다. 또 저 위화감 남자 같은 얼굴, 사람들이 모르는 김유환의 얼굴이다.

유환이 발걸음을 옮겼다. 테이블로 형편없이 던져 놓은 큐 카드는 엉망으로 구겨져 있었다. 유환은 급하게, 하지만 여유롭게 대기실을 향해 걸어갔다. 유환의 뒷모습을 바라보던 선영이 피식거렸다.

"여유라곤 없는 뒷모습이네."

스태프들을 헤치고 나오면서 해욱은 잊을 수 없는 오늘이 될 것이라는 걸 직감했다. 자신과 호연의 주위로 교차하던 그 수많은 시선이라니. 해욱이 깊은 한숨을 내쉬며 자신의 대기실 안으로 호연을 밀어 넣었다.

"너 공사 구분 안 할래?"

대기실 문이 닫히기도 전에 예민하게 쏘아대는 해욱의 목소리에 호연이 눈을 찡그렸다. 예전에도 잔소리라면 듣기 싫어하더니 지금도 똑같았다.

"언제까지 나한테 사랑타령을 할 셈이야? 짝사랑이니 뭐니 다 집어치워."

"기자회견 봤으면서 왜 연락 안 한 거야?"

호연은 전혀 상처 받지 않은 얼굴로 상처 받은 것처럼 말했다. 그것이 또 진절머리가 나서 해욱은 못 들은 척 고개를 돌렸다.

"정리해."

"뭘?"

"뭐긴 뭐야. 네 차고 넘치는 스폰서들이지. 내가 몰랐다고 생각하는 건 아니지? 네 스폰서 목록에 주선영은 물론 온갖 힘 있는 여자들은 다 있다는 거."

해욱은 한 번도 입 밖으로 꺼내지 않던 소리를 오늘에서야 했다. 그만큼 드디어 호연과 정리할 마음이 단단히 섰다는 소리였다.

"처음부터 다 알고 있었어?"

"5년 전부터 말이지."

호연의 잘생긴 얼굴 위로 골이 난 주름이 생겼다.

"정리하면."

"뭐?"

"내가 다 정리하면 다시 만나줄래?"

이게 무슨 개소리야? 해욱은 입 밖으로 튀어나오려는 말을 꾹꾹 집어삼키곤 허탈하게 웃었다. 영혼이 탈탈 털려 나간 것 같은 공허한 웃음소리에 호연이 시선을 내려 해욱을 쳐다봤다. 해욱이 호연과 눈을 마주치며 싱긋 웃었다.

"아니. 그 정리는 5년 전에 했어야지. 그 말도 마찬가지고."

해욱은 괴로운 얼굴을 했다. 불현듯 말을 함과 동시에 호연과 연인이던 때가 생각났기 때문이다. 해욱이 모든 생각을 떨쳐내려는 듯 고개를 내저었다.

"난 애인이 있고, 바람피우는 건 딱 질색이야. 특히 너 같은 남자랑은."

"지해욱."

"난 안 그래도 미치겠어! 네 멋대로 기자회견 열어놓고 전에는 스캔들, 이번에는 짝사랑? 장난하니? 네 팬들이 회사에 찾아와서 난리 치는 꼴 보면서 부아가 치미는 걸 참고 있는 거야. 지해욱, 욱하는 성질 많이 죽었다 진짜."

호연에게 말하는 것인지, 자신에게 말하는 것인지 알 수 없게끔 해욱은 무서운 기세로 쏘아붙이고 있었다. 잠시 숨을 고른 해욱이 포니테일로 돌돌 묶인 머리카락을 살랑거리며 뒤로 넘겼다. 엷은 눈동자가 호연을 가만히 직시했다.

"5년 전에 변명이라도 했어야지. 왜 호텔에 갔는지, 스폰서는 왜 만난 건지 나한테 사과는 아니더라도 변명이라도 해줬어야지. 이제 와서 다 무슨 소용이야."

해욱이 입술을 깨물었다. 엷게 바른 립스틱이 짓이겨져 입술 위가 미세하게 갈라졌다. 큼지막한 반지가 끼워진 손가락을 몇 번이고 고쳐 만지던 해욱이 자신에게서 시선을 떼지 않고 있는 호연을 천천히 올려다봤다. 해욱이 이렇게나 감정을 드러내면서 그때의 일에 대해 말한 것은 처음이다. 그 처음이 오늘이라는 것에 놀라고 당황한 얼굴을 한 호연을 보는 것도 우스운 일이었다. 해욱이 어느 때보다 정확하고 흔들림 없는 목소리를 냈다.

"호연아, 우리 그만하자."

"해욱아."

"생각해 보니까 우리 사귀자는 말도 헤어지자는 말도 안 했네. 그러니까 그냥 그만 하자. 너랑 나."

호연이 눈을 감았다. 피곤한 듯 찌푸려진 미간 아래로 길게 뻗은 속눈썹이 고요했다. 이젠 추억이라고 하기에도 지치는 기억들이다. 해욱이 문고리를 잡아 열었다. 끼릭 하는 소리와 함께 손잡이가 돌아갔다.

"다시 너를 아듀의 모델로 세우는 일은 없을 거야."

아듀의 엔딩 모델로 몇 년이나 호연을 세웠다는 건 사실은 자신에게도 호연에 대한 미련이 남아 있어서였다는 걸 해욱은 그 누구보다 잘 알고 있었다.

"그만 하자, 정말."

달각거리는 소리와 함께 문이 닫혔다. 복도 위로 해욱의 단정한 하이힐 소리가 울렸다. 호연은 여전히 명청한 표정을 짓고 서 있었다. 그동안 해욱에게 줄기차게 거절의 말을 들었지만 오늘은 진정한 거절의 말이라는 걸 호연도 온몸으로 느낄 수 있었다. 호연이 대기실 소파 위에 아무렇게나 주저앉았다.

"그만 하자."

해욱의 마지막 말을 따라 읊은 호연이 허탈하게 웃었다. 5년 동안 끌어오던 것이 한순간에 끝나 버린 느낌이다.

또각또각. 복도 위를 내리찍듯 걸어가는 해욱이 순간적으로 비틀거리며 벽을 잡았다.

"이게 뭐라고 흔들리니 흔들리길."

그동안 그렇게나 화를 내고, 독설을 하고, 온갖 거절의 말을 했지만 오늘처럼 5년 전부터 알고 있던, 마음속에 담아두었던 것을 호연에게 뱉어낸 건 처음이다. 그깟 자존심이 뭐기에 지금까지.

"너도 참 질질 끌려 다녔구나, 지해욱."

해욱이 심드렁한 말투로 중얼거렸다. 멈춰 선 그대로 몸을 돌려 아직 호연이 나오지 않은 대기실 문을 쳐다봤다. 길게 말려 올라간 속눈썹이 해욱의 시선에 따라 그렁그렁 움직였다.

"한눈팔지 말라고 했는데."

불쑥 내밀어진 손바닥이 해욱의 눈앞을 가렸다. 가까운 거리 탓에 눈을 깜빡이자 해욱의 속눈썹이 손바닥 위를 간질였다.

"괜찮아요?"

유환이 허리를 숙여 해욱의 얼굴을 가만히 쳐다봤다. 평소와 다름없는 얼굴이지만 어쩐지 엉망으로 흐트러진 얼굴이기도 했다.

"다른 남자 때문에 이런 표정 짓는 거 싫은데."

유환이 미간을 찌푸리며 해욱의 가느다란 어깨를 온몸으로 끌어안았다. 유환의 어깨 위로 얼굴을 묻자 유환 특유의 체향이 유환이 쓰는 향수와 섞여 올라왔다. 어쩐지 안심이 되는 향기다. 사실은 언뜻언뜻 속이 비치는 유환의 시스루 셔츠에 화장이 묻을까 제대로 얼굴을 묻기도 어려웠다. 해욱이 흐릿하게 웃으며 유환의 어깨를 가볍게 밀어냈다.

"고마워. 그리고 미안."

유환이 가만히 해욱을 내려다봤다. 하이힐을 신었음에도 자신보다 작은 키가 사랑스러웠다. 어떤 여자여도 자신보다 작은 건 마찬가지겠지만 사실은 해욱이어서 사랑스럽다는 걸 유환은 잘 알고 있었다.

"이번이 마지막이야. 다른 남자 때문에 이런 표정 짓는 거."

해욱이 쓰게 웃었다. 그 모습을 지그시 바라보던 유환이 고개를 좌우로 저었다.

"알아. 오랫동안 연인이던 사람과의 일은 뭐든 힘들다는 거. 그러니까 나한테 미안해하지 않아도 괜찮아."

언제나와 같이 담백한 목소리를 낸 유환이 해욱의 머리카락 위로 입술을 떨어뜨렸다. 유환의 말에 조금 놀란 듯 눈을 동그랗게 뜬 해욱이 소리 내어 웃었다. 아무도 없는 텅 빈 복도 위로 해욱의 웃음소리가 이상하게 울렸다.

"난 네가 정말 좋아."

해욱이 터져 나오는 웃음을 참지 못하고 가느다란 팔을 올려 유환의 목을 끌어안았다.

"네가 너무 좋아서 어쩔 줄 모르겠어."

유환이 눈을 깜빡였다. 끔뻑거렸다는 표현이 옳을 만큼 멍청하고 느리게 깜빡였다. 여전히 허공에 떠 있는 손을 들어 올려 얼굴 위를 덮자 작은 얼굴이 큰 손에 의해 금세 가려졌다. 은발이라지만 회색에 가까운 머리카락 사이로 삐죽 보이는 귀가 빨갛게 달아올랐다.

"아아, 정말 곤란해."

유환의 입꼬리가 기분 좋게 말려 올라갔다. 해욱의 가느다란 허리를 두 팔 가득 끌어안은 유환은 기쁜 얼굴이었다. 얼마나 마른 건지 두 팔에 해욱이 들어오고도 한참이나 남는 공간에 잠깐 못마땅한 표정을 짓다가도 곧 다시 웃음이 터져 나왔다.

"감독님, 촬영 다시 가시죠."

유환의 쾌활한 목소리가 들렸고, 곧 유환과 함께 해욱이 세트장으로 들어섰다. 삼삼오오 모여서 쉬고 있던 모델들이 일어서서 자리를 잡았고, 심사위원석에 늘어져 있던 선영의 눈도 해욱과 유환을 좇아 움직였다. 촬영감독에게 말을 전하는 유환을 두고 먼저 자리를 찾아 들어온 해욱의 하이힐 소리가 세트장을 울렸다. 늘씬하게 뻗은 발목을 감싼 네이비 색의 스트랩이 해욱의 걸음걸음을 따라 잔상을 남겼다.

"호연 씨는 안 보이네요."

자리에 앉은 해욱을 흘끗 쳐다본 선영이 물었다. 작고 은밀한 목소리에 해욱이 고개도 돌리지 않고 대답했다.

"곧 오겠죠."

흐응. 선영이 콧소리를 흘렸다. 칼같이 잘린 까만 단발머리가 결 좋게 넘어갔다.

"어떻게 됐어요?"

모든 걸 다 알고 있다는 뉘앙스를 폴폴 풍기는 선영의 질문에 해욱이 무심하게 모델들의 포트폴리오 사진을 넘기며 답했다.

"궁금하면 호텔에서 호연이한테 직접 물어보세요."

눈 하나 깜빡하지 않고 콕콕 집어내듯 말하는 해욱의 답변에 선영이 눈을 가늘게 떴다. 해욱 자신도 자각하지 못할 만큼 친근하게 들리는 호연이라는 이름과 대조적으로 느껴지는 무미건조한 말투가 선영의 성질머리를 건드렸다.

유난히 옅고 밝은 머리카락과 눈썹, 눈동자, 새하얀 피부 위로 얹힌 파란 아이라인까지 마치 잘 만들어놓은 서양 인형을 보는 것 같았다. 해욱의 모습을 턱까지 괴고 쳐다보던 선영이 툭 내뱉듯이, 하지만 긴 고심 끝에 말을 던졌다.

"알아요? 내가 호텔에서 만난 게 호연 씨뿐만이 아니라는 거?"

"저만 아는 건 아닐 텐데요. 이미 스폰서 계에서는 유명하지 않나요?"

마지막 장까지 태연하게 포트폴리오를 넘긴 해욱이 드디어 그것을 덮고 자신을 끈질기게 쳐다보는 선영에게로 시선을 돌렸다. 얇은 입술은 고집스러웠고 자존심도 강해 보였다. 애초에 패션계에서 이 정도의 위치에 올랐다는 건 자신만큼이나 해욱도 만만치 않다는 것을 의미한다.

"내가 그랬나? 이번 주에 새로운 사람을 호텔에서 만났는데 알아요? 내가 스위트룸에는 특별한 VIP 손님이 아니면 잘 안 부르는데 무려 스위트룸에서 만났어요."

"별로 알고 싶지 않네요. 남의 사생활까지 간섭하는 건 취미에 없어서."

해욱이 눈꼬리를 접으며 생긋 웃었다. 저 웃음에 호연이 넘어간 걸까. 선영이 머릿속에 떠오른 잡생각을 지우며 해욱을 따라 웃었다.

"그게 김유환이라고 해도?"

정적. 말 그대로 정적이 흘렀다. 해욱은 아무런 질문도 말도 없이 고운 미간을 좁히며 눈을 찡그렸다. 선영이 처음으로 거슬리기 시작했다는 듯.

"내가 이번 주에 스위트룸에서 만난 사람이 유환 씬데."

선영의 얼굴을 보고 있자니 올라오는 욕지거리를 꾹꾹 밀어 넣은 해욱이 엉성하게 웃었다. 마침 감독에게 대충 핑계를 둘러대고 자리로 돌아온 유환이 의자를 뒤로 끌어내며 앉았다. 정확히 선영과 해욱의 중간쯤에 앉은 유환이 묘한 분위기에 눈살을 찌푸렸다.

"유환아."

해욱의 담백한 부름에 유환이 대답 대신 몸을 돌려 해욱을 쳐다봤다. 응? 눈으로 대답하며 다정함이 뚝뚝 흐르는 얼굴로 자신을 바라보는 유환이다. 해욱이 테이블 위로 턱을 괴고 고개를 갸웃거리며 물었다.

"이번 주에 호텔에 갔어? 스위트룸."

선영이 황당한 얼굴을 했다. 유환과 선영이 둘 다 있는 곳에서 직설적으로 돌리는 것 없이 물어보는 해욱에게 존경심마저 들었다. 유환이 당황한 얼굴로 선영을 흘깃 쳐다봤다가 해욱에게로 다시 시선을 돌렸다.

"응."

아니라고 할 줄 알았더니 순순히 수긍하는 유환의 모습에 선영이 다시 한 번 황당한 얼굴을 가득 그려냈다.

"저 여자가 스폰서를 해주겠다고 스위트룸으로 불렀거든. 물론 거절했고."

해욱을 볼 때와는 대조적인 눈빛으로 경멸을 담아 선영을 흘깃 쳐다본 유환이 다시금 말갛게 웃었다.

"오해하면 절대 안 돼. 난 선생님만 보기도 바빠요."

해욱의 입꼬리가 씩 올라갔다. 유환에게 가려 잘 보이지 않는 선영을 보기 위해 몸을 빼낸 해욱이 선영과 눈을 마주하며 생긋 웃었다. 아무런 말없이 예쁘게 웃는 해욱의 얼굴이 얄미웠다. 선영이 눈꺼풀이 파르르 떨렸다.

마침 해욱의 뒤로 이제야 나타난 호연이 우뚝 서 있었다. 소리도 없이 다가와서 앉을 생각도 하지 않고 가만히 해욱의 옆에 선 호연이 느릿하게 눈을 굴려 유환을 쳐다봤다. 그 시선이 의미하는 바를 느낀 선영이 호연을 보며 입술을 달싹였다.

"이게 정답이야. 알겠어? 자기가 어디서부터 잘못된 건지."

자신을 향한 선영의 말에도 호연은 아무런 반응도 보이지 않았다. 그저 조금 초점이 어긋난 눈으로 유환에게서 해욱으로 시선을 옮겼을 뿐.

정말 하나같이 평범한 사람이라곤 없네. 해욱도, 유환도, 호연도, 그리고 나도. 선영이 길게 한숨을 내쉬며 억지로 입꼬리를 끌어올려 웃었다.

"촬영 들어갑니다!"

오늘만 해도 벌써 두 번은 들은 촬영감독의 목소리에 유환이 어느 때보다 신경을 곤두세우며 대본을 내려다봤다.

"이번 미션은 팀 촬영이었습니다. 남녀 모델이 2인 1조로 촬영이 진행됐습니다. 저 또한 MC이기 이전에 모델이기 때문에 팀 촬영이 어렵다는 점은 잘 알고 있습니다. 그 부분을 감안해서 이번 심사를 할 생각입니다."

아까와 똑같은 말을 똑같이 대본대로 읊으며 아무 일도 없었다는 듯 자리에 선 모델들을 훑어보곤 자리로 들어온 유환이 큐 카드의 모서리를 맞춰 정리하며 말을 이었다.

"이호연 씨도 팀 촬영을 많이 해보셨다고 들었습니다만."

분명 여기서 호연이 대답을 해야 하지만 호연은 전혀 입술을 열 생각이 없는 듯 고집스레 입을 다물고 있었다. 꾹 다물어진 입술과 아까보다 불쾌한 듯 어두워진 표정. 그것을 물끄러미 지켜보던 유환이 한쪽 눈을 찡그리다가 다시 서글서글하게 웃었다.

—어쩌세요. 이 자리에서 모델 중 한 분과 '팀 촬영은 이런 것이다' 하는 포즈 몇 가지만 보여줄 수 있으신가요?

대본에 적힌 유환의 다음 질문. 대본 위로 적힌 까만 글씨를 가만히 내려다보던 유환이 천천히 고개를 들어 올렸다.

"톱 모델 이호연 씨가 나오신 김에 '팀 촬영은 이런 것이다' 하는 포즈를 요청하고 싶지만 역시 쿠카팀 직속 선배님 앞에서 후배인 제가 이런 요청을 드리는 건 예의가 아니겠죠?"

멋대로 대본을 수정해 말을 내뱉자 스태프들이 작게 술렁였다. 하지만 방금 전의 상황을 모두 알고 있는 지금, 더구나 호연의 분위기로 볼 때 순순히 해주지 않을 것임을 아는지 모두가 유환의 임기응변에 만족스럽게 고개를 끄덕거렸다.

"그럼 제가 한번 해보겠습니다."

흔한 유행어를 따라한 유환이 씩 웃자 모델들은 물론 스태프들이 웃음을 참으며 유환을 쳐다봤다. 대본에 적히지도 않은 내용을 능청스럽게 잘도 소화해 내는 모습이 우스운 모양이다.

"여러분도 알고 계실지 모르겠지만 옆에 계신 지해욱 선생님의 아듀 향수 촬영을 제가 했습니다. 그때 B컷에 여자 모델이 바로 지해욱 선생님이라는 건 다들 알고 계시죠?"

거기까지 말한 유환이 은근한 눈빛으로 해욱을 쳐다보다가 신사답게 손을 척 내밀었다.

"부탁드립니다."

모델들이 그 모습에 맞춰 박수를 치며 환호성을 질렀다. 해욱이 부추기는 모델들을 향해 눈을 흘겼지만 곧 어쩔 수 없다는 듯 내밀어진 유환의 손 위로 자신의 손을 포개 올렸다. 유환의 옆에 앉은 선영이 그런 그들의 모습이 기가 찬다는 듯 해탈한 얼굴로 웃었다.

"이번에 팀 촬영으로 진행된 화보가 옷이 아닌 주얼리라는 건 알고 계실 겁니다. 옷과 주얼리는 화보에서 전혀 다르게 표현됩니다. 옷은 옷을 입은 내가 보이면 되지만 주얼리는 나는 나대로, 주얼리는 주얼리대로 돋보여야 좋은 화보라고 할 수 있으니까요. 그때그때 화보의 콘셉트가 나에게 맞춰져 있는지, 주얼리에 맞춰져 있는지를 잘 판단해서 포즈를 취해야 합니다."

경험이 쌓인 전문적인 모델의 지식을 짧게 덧붙인 유환이 해욱의 손을 이끌며 심사위원석을 넘어 모델들 앞에 섰다.

"하나가 아닌 둘을 신경 써야 해서 더욱 어려운 화보지만 거기에 플러스로 팀 촬영이라는 조건이 하나 더 붙으니 당연히 결과물이 좋게 나오긴 어려울 수밖에 없습니다."

덧붙인 말을 마치며 중앙에 빨간 불이 깜빡이는 카메라를 쳐다보자 정면이 아닌 측면의 여러 대의 카메라가 유환과 해욱만을 잡고 있다는 것이 똑똑히 느껴졌다.

"잠깐 실례."

다른 사람들에게는 들릴까 말까 한 작은 목소리로 해욱의 귓가에 작게 속삭인 유환이 해욱의 뒤에 가서 섰다.

"이것 좀 빌릴게요, 선생님."

유난히 낯설고 어색한 어감을 곱씹으며 해욱이 대답 대신 목을 조금 숙였다. 하얀 점프 슈트 위에 포인트로 준 크고 볼드한 목걸이, 유환이 금색의 갈고리에 걸린 것을 해욱의 머리카락에 걸리지 않게 조심스레 끌러 내렸다.

새하얀 목덜미 위로 엷은 갈색의 잔머리가 빠져나온 것이 뜬금없게도 사랑스러웠다. 입술이라도 맞추고 싶다. 그렇게 생각한 자신에게 놀라며 유환이 애써 웃음을 지어냈다.

"나를 제외하고 주얼리만을 강조하는 콘셉트라면 아마……."

유환이 해욱의 뒤에 목걸이를 들고 섰다. 연인에게 목걸이를 걸어줄 법한 자세로 해욱을 끌어안은 유환이 해욱의 앞으로 목걸이를 걸어주듯 팔을 둘렀다.

"나보다는 쥬얼리가 돋보일 수 있게끔 하지 않았을까 생각합니다."

모델인 유환은 배경이 되어 얼굴만을 내보이고 해욱의 목에 걸린 목걸이가 시야에 먼저 들어왔다. 유환이 금세 촬영을 하는 것처럼 눈을 내리깔고는 해욱에게 목걸이를 걸어주는 사랑스러운 연인인 양 싱그럽게 웃었다. 그것이 진짜이기에 더 좋은 그림이 나왔다는 사실은 아무도 알 수 없었다.

"하지만 오늘처럼 쥬얼리만이 아닌 나와 같이 강조되는 콘셉트라면⋯⋯."

유환이 해욱의 목 뒤로 목걸이를 채웠다. 해욱이 눈을 깜빡일 때마다 엷은 쌍꺼풀 라인을 따라 파란색이 물결치듯 움직였다. 그런 해욱을 보며 사랑스럽다는 듯 웃은 유환이 해욱의 가느다란 허리를 자신의 쪽으로 밀착시켰다. 주위에서 감탄사와 함께 호응이 터져 나오자 유환이 작게 소리 내어 웃었다.

"저라면 아마 이렇게⋯⋯."

유환이 해욱과 가까워진 거리만큼 허리를 굽혔다. 해욱의 목에 반듯하게 걸린 큼지막한 모양의 목걸이를 입술로 물어 들어올렸다. 마치 키스하듯 해욱의 입술 바로 앞까지 목걸이의 보석을 물고 비스듬히 고개를 돌리자 조금 더 큰 탄성이 터져 나왔다.

눈앞에서 해욱의 동그란 눈이 깜빡깜빡 움직였다. 눈 주변 근육에 바짝 힘을 주자 늘 서글서글하게 휘어지던 유환의 눈매가 날카

로움을 띠며 예리하게 섰다. 얇은 입꼬리도 말리지 않고 일자로
꾹 다물어진다. 그 틈새로 보이는 반짝이는 주얼리.

"하지 않았을까요?"

유환이 입술에 물린 목걸이의 메달을 손으로 잡아 내리며 배시
시 웃었다. 모델과 심사위원들의 박수 소리와 함께 스태프 쪽에서
도 박수가 터져 나왔다. 그것이 민망한지 멋쩍게 머리카락을 매만
진 유환이 해욱의 목걸이를 소매로 슥슥 닦아냈다.

"대신 아밀라아제는 닦아야 한다는 함정이 있습니다."

능글맞은 유환의 말에 너 나 할 것 없이 주위에서 웃음이 터져
나왔다. 유환이 매너 좋게 해욱에게 손을 내밀어 심사위원석으로
안내했다. 그저 모든 여자에게 공평한 신사다운 매너를 가장한 손
에 조금 더 힘을 주어 잡자 해욱의 입꼬리가 샐쭉하게 올라간 것
도 같았다.

"그럼 심사 시작하겠습니다."

해욱과 유환이 자리에 앉았고, 큰 블라인드 위로 심사위원들의
손에 들린 포트폴리오 사진이 떴다. 금세 긴장된 표정을 한 모델
들을 보며 유환이 억지로 시선을 옮겼다. 젠장, 정말 키스라도 할
뻔했어. 자신의 이성에게 경의를 표하면서.

"드디어 끝났다."

MC라는 자리에서 심사위원은 물론 경쟁을 벌이는 직속 후배인
모델들까지 신경 써야 하는 유환의 정신적인 부담감은 어마어마

했다. 여유롭게 웃고 있던 얼굴이 컷 소리와 함께 무너졌다.

사람들의 눈이 사라지자마자 해욱의 손을 끌고 대기실로 들어온 유환이 해욱의 허리를 바짝 끌어안고 입을 맞췄다. 짙은 회색의 머리카락 아래로 그보다 짙은 눈동자가 끈질기게 해욱에게 닿아 있었다. 곧고 긴 눈매는 웃기만 하면 금세 개구지게 휘어졌다.

화장이라는 것이 평소에도 필수인 해욱과는 다르게 남자인 유환은 얼굴을 뒤덮은 화장을 몹시 싫어했다. 모델이라는 직업 탓에 화려한 화장과 요란한 옷에 둘러싸여 일찍이 질려 버린 탓도 있었다.

"오늘은 화장 안 지우고 바로 갈 거니까 같이 가."

유환이 해욱의 가느다란 허리를 지분거리며 말했다. 유환의 상냥한 요구에 해욱이 고개를 끄덕였다.

유환이 협찬으로 들어온 명품 팔찌와 반지들을 빼내어 화장대 위로 올렸다. 늘 두던 곳에 올려두면 스타일 팀이 알아서 수거하고 또 반납하는 것이 협찬의 원칙이었다. 조심스러운 유환의 손길을 지켜보던 해욱이 앉으려다 말고 의자를 밀어 넣고 일어섰다.

"어디 가?"

"상현이한테 잠깐."

해욱의 입에서 흘러나온 남자의 이름에 미세하게 반응한 유환은 곧 상현이 아듀의 대표이사이자 녹화 전 대기실에서 본 남자라는 것을 알아챘다.

"왜?"

집요한 유환의 물음에 해욱이 대답 대신 손목을 흔들어 보였다. 해욱의 손목 위에 감긴 하얀 레더와 메탈이 뒤섞인 것은 명품 팔찌다. 유환의 기억이 맞는다면 녹화 직전 대기실에서 상현이 해욱에게 달라고 졸랐던 것이다.

"진짜 주는 거야?"

"응. 그래 보여도 걔가 그런 부탁 잘 안 하는데 꽤 갖고 싶었나 봐."

상현의 징징거리는 얼굴을 떠올린 해욱이 한 걸음을 옮기자마자 유환이 입술을 삐죽거리며 말했다.

"그거 나 주면 안 돼?"

해욱이 고개를 갸웃거리며 유환을 응시했다. 고개를 조금 더 기울이자 뒤로 길게 묶인 포니테일이 덩달아 흔들렸다.

"너도 이거 갖고 싶었어?"

"음, 그런 것 같아."

"그런 것 같아는 또 뭐야?"

모호한 유환의 대답에 해욱이 어깨를 으쓱 올렸다.

"그럼 네 건 내가 선물해 줄게. 어차피 이번 H사 신상이라서 크리스가 몇 개 더 보낼 거야."

"그 뜻이 아니야."

유환이 불만스레 눈을 찡긋거렸다. 유환의 말을 이해하지 못하겠다는 듯 해욱이 입술을 오물오물 움직였다. 해욱의 무의식적인 행동을 가만히 바라보던 유환이 갑작스레 해욱의 손목을 끌어당겼다. 대답도 질문도 없이 다짜고짜 맞물린 입술 사이로 혀가 움직였다. 아까 화보의 포즈를 잡는답시고 가까워진 입술 사이로 얼마나 혀를 얽고 싶었던지. 유환이 해욱과 조금 더 밀착했다. 에어컨 아래 서늘해진 피부와는 달리 입속은 언제나 뜨거웠다. 가지런한 치열과 동그란 입천장을 훑어내며 부드럽고 말랑말랑한 혀를 몇 번이고 비볐다. 타액이 뒤섞이며 찌걱거리는 소리가 났다. 해욱의 입술 위를 몇 번이고 쪼듯 괴롭힌 유환이 아랫입술을 장난스럽게 감쳐물었다.

"선생님이 하던 거 주지 마. 그건 나 주고 이사님은 내가 따로 사드릴게."

사소하다 못해 소소하기까지 한 유환의 질투에 해욱은 결국 유환의 어깨에 얼굴을 묻고 몸을 파르르 떨며 웃고 말았다.

"우와! 이게 그렇게 웃겨? 그래, 난 질투가 엄청난 남자야. 게다가 집착까지 심하니까 각오해."

"웃겨. 엄청 웃기다고."

해욱이 대놓고 웃어버리자 유환은 부러 눈을 찡그리며 이것을 빌미로 여긴 듯 다시금 해욱의 입술을 감쳐물었다.

"그러니까 그건 나중에."

"응?"

입술이 닿은 채로 은밀하게 속삭인 유환이 해욱의 입술을 농밀하게 핥아 올렸다. 짓궂은 얼굴을 한 유환이 입술만을 달싹여 말했다.

"오늘 우리 집에서 라면 먹고 갈래? 김유환의 러브하우스 어때요?"

익숙한 영화 속 대사에 해욱의 입꼬리가 움찔움찔 떨렸다. 또다시 웃음을 참지 못한 해욱을 따라 늘어진 머리카락이 달랑달랑 흔들렸다. 그 모양새가 사랑스러워서 해욱을 따라 웃은 유환이 대답은 들을 필요도 없다는 듯 소파 위에 놓인 자신의 가방을 집어 들며 해욱의 손목을 잡아끌었다.

"나 왜 떨리지?"

자신에게 묻는 건지 해욱에게 묻는 건지 알 수 없는 질문을 던지며 유환은 비밀번호를 꾹꾹 누르고 있었다. 괜히 손가락 끝이 떨리는 것 같기도 했다. 지극히 개인적인 공간에 해욱을 들인다는 것이 묘한 열기를 몰고 왔다. 유환의 목울대가 울렁거렸다.

이어지는 여섯 개의 숫자와 함께 문이 열렸다. 신인 모델에서 톱 모델로 바뀐 수식어가 무색하지 않을 정도의 크고 화려한 오피스텔이었다. 해욱의 눈이 호기심으로 빛났다. 대리석이 깔린 현관으로 들어서자 유환이 멋쩍게 손을 내저었다.

"내 취향은 아니고 매니저 형이 멋대로 잡은 집이니까 사치스럽다고 생각하면 절대 안 돼."

어쩐지 변명 같기도 한 유환의 말에 해욱이 건성으로 고개를 끄덕이며 내부로 들어섰다. 유환이 사치스럽다는 말을 왜 했는지 이해가 될 정도로 호사스러운 집이었다.

"인테리어도 예쁘고 센스 있네."

이리저리 집안을 둘러보던 해욱이 신기하다는 듯 말했다. 크고 화려한 집만큼이나 고급스럽고 값비싼 가구들이다. 블랙과 화이트, 은은한 골드까지 섞인 독특한 색감이 고풍스러웠다. 하지만 또 중간중간 걸린 액자라던가 소품은 사랑스럽기 그지없는 것이었다. 그것들이 묘하게 어우러진 인테리어가 유환의 집다웠다.

"마실 거라도 줄까? 집에 사둔 게 별로 없어. 요새 캐스팅 오디션 기간이라서 식단 조절 때문에 온통 닭 가슴살뿐이네."

크고 둔탁해 보이는 소파 위로 가방을 던져 놓은 유환이 난감한 듯 머리카락을 흩트리며 주방으로 들어갔다. 아니, 들어가려 했다.

"어?"

뭔가에 잡힌 듯 앞으로 나아가지 못한 유환은 그제야 몸을 돌려 자신의 셔츠를 붙잡고 선 해욱을 쳐다봤다. 유환의 눈동자가 왜냐고 묻고 있는 것 같다. 해욱이 큼지막한 눈을 반달로 휘며 트레이드마크인 매력적인 눈웃음을 지으며 말했다.

"나랑 진짜 야식이라도 먹을 셈이야, 김유환 씨?"

유환의 얼굴 위로 화색이 돌았다. 금세 짓궂은 눈을 한 유환이 해욱의 손을 덥석 끌어 잡았다.

"그럼 너 먼저."

유환이 허리를 숙여 해욱에게 입을 맞췄다. 방금 전 대기실에서 꽤 오래 키스를 한 터라 입술 위를 물들인 립스틱의 색감은 사라진 지 오래였다. 붉게 부어오른 입술이 더욱 야살스럽게 느껴졌다.

"우리 선생님, 키가 작아졌네."

유환이 어린아이를 놀리듯 중얼거리며 해욱을 침대 위로 눕혔다. 유환의 방으로 들어오는 현관에는 해욱의 하이힐이 아무렇게나 널브러져 있었다.

푹신하고 큰 침대가 자리 잡은 침실은 유난히 어두웠다. 해욱의 손가락에 깍지를 끼며 유환이 그대로 해욱의 몸 위로 올라탔다. 어둠 속에서도 새하얗게 빛나는 피부가 보였다. 밀폐된 방 안으로 해욱의 달콤한 체향이 머릿속을 잠식시켰다.

"여유가 없어질 것 같아."

낮은 목소리만큼이나 짙어진 눈동자로 해욱을 바라보던 유환이 셔츠의 단추를 끌러 내렸다. 단단한 어깨와 선명하게 자리 잡힌 복근이 언뜻언뜻 비치는 시스루 셔츠는 벗으나마나 한 것이었지만 훨씬 부끄러운 마음이 들게 했다. 얼굴을 붉힌 해욱이 설핏 시선을 돌렸다.

"나 봐요."

그녀의 눈이 자신을 보고 있지 않다는 것을 잘도 알아차린 유환이 해욱의 뺨을 부드럽게 감싸 쥐며 말했다. 그녀와 그의 눈이 마주쳤다. 위에 올라타서 셔츠를 벗다니 이거 너무 야하잖아. 해욱이 아랫입술을 꾹 깨물었다. 왜 긴장하고 난리야, 지해욱.

침대 밑으로 셔츠가 툭 떨어졌다. 그 작은 소리마저도 흥분감을 일으키기에 충분했다. 유환이 해욱 쪽으로 상체를 숙이자 해욱이 먼저 손을 뻗어 유환의 포슬포슬한 머리카락을 만지작거렸나. 유환이 해욱의 뺨을 쓸어내리며 예쁘게 자리 잡힌 쇄골 위로 입술을 묻었다. 달콤한 체향을 코끝으로 가득 빨아들이며 이를 세우다가 해욱이 허리를 뒤틀자 혀로 핥아냈다. 한참을 허리 위에서 맴돌던 손이 과감하게 아래로 파고들었다.

"해욱아."

"응?"

물기 어린 눈동자가 유환을 응시하며 느릿하게 깜빡였다. 시간
이 지나 눈가로 번진 파란 아이새도가 아찔한 느낌마저 주었다.
어두운 방 안, 커튼 사이로 들어오는 달빛 아래 길게 말려 올라간
속눈썹이 음영을 만들어냈다. 그것을 지그시 바라보던 유환이 잔
뜩 가라앉은 위험한 목소리를 냈다.

"왜 하필 점프 슈트를 입은 거야?"

풉. 유환의 말을 이해하자마자 반사적으로 터진 웃음소리에 유
환도 결국 웃음을 터뜨리고 말았다. 과감하게 움직이던 손은 점프
슈트라는 의외의 장애물에 의해 시도만으로 그쳤다.

"이거 벗길 수가 없잖아."

점프 슈트였다. 상의와 하의가 동일한 컬러, 혹은 패턴으로 연
결된 원피스 형식의 바지를 일컫는다는 사전적인 의미 따위는 떠
오르지 않았다. 그저 어떻게 해도 파고들 곳이 없다는 사실에 슬
슬 마지막 남은 자제심마저도 사라지고 있는 참이다.

"네가 벗을래, 내가 벗겨줄까요?"

도발적이다 못해 아슬아슬한 수위의 말을 짓궂게 내뱉은 유환
의 눈동자가 차분하게 가라앉았다. 방 안으로 열기에 들뜬 호흡이
흘러갔다. 침대에 누운 해욱이 그대로 상체를 뒤틀었다.

점프 슈트 뒤로 패브릭과 컬러를 맞춘 하얀 지퍼가 자리 잡고
있다. 유환이 혀를 내어 입술을 핥아 올렸다. 화보에서 막 튀어나
오기라도 한 것 같은 유환의 모습에 해욱이 입꼬리를 끌어올려 웃
었고, 그것이 도화선이라도 된 듯 유환이 지퍼 위로 손을 가져다
댔다.

찌익. 아주 작은 소리였지만 아주 큰 소리이기도 했다. 등을

따라 내려온 지퍼 사이로 새하얀 피부가 보였다. 지퍼를 끝까지 내리자 벌어진 사이로 검은 언더웨어 끈이 보였다. 하얀 점프 슈트에 검은 언더웨어라니 죽을 맛이군. 그 위로 급하게 입술을 떨어뜨린 유환이 달빛조차 새어들지 못하도록 커튼을 잡아당겼다.

❖

부쩍 더워진 날씨를 증명이라도 하듯 방 안으로 들어오는 햇살은 뜨거웠다. 해욱이 도무지 떠지지 않는 무거운 눈꺼풀을 억지로 밀어 올렸다. 유환이 에어컨이라도 틀어놓은 것인지 선선한 바람이 발밑으로 들어왔다. 뜨겁지만 쾌적한 이상한 느낌이다.

"유환아."

해욱의 옆자리는 비어 있었다. 잠의 마수에서 벗어나지 못한 늘어진 목소리로 끙끙대며 유환을 부르자 문 너머로 성큼성큼 발자국 소리가 들리더니 유환이 벌컥 문을 열고 들어왔다.

"깼어?"

언제 일어나서 씻기까지 한 것인지 몰려오는 배신감보나 나른한 잠기운에 몸을 휘정거리자 유환이 해욱의 가녀린 어깨를 단단하게 잡아왔다. 엷은 머리카락이 하얀 시트 위로 구불구불하게 흘러내렸다.

반쯤 감긴 눈으로 이리저리 뻗친 머리카락을 이불 사이로 빠끔히 내민 것이 꼭 잠에서 깨다 만 어린아이 같았다. 그런 해욱의 모습이 사랑스럽다는 듯 유환이 말갛게 웃었다.

"으이구, 아주 침대랑 사랑에 빠질 기세네."

투덜거리는 개구진 목소리와 함께 해욱의 머리카락을 손가락으로 돌돌 감아올리던 유환이 해욱의 머리 위를 상냥하게 쓰다듬었다. 자신이 한껏 아이 취급을 받고 있다는 사실보다도 끝도 없이 쏟아지는 잠기운에 해욱의 고개가 유환의 어깨 위로 콩 하고 떨어졌다.

"못살겠네."

웃음기가 가득 섞인 유환의 목소리가 방 안에 울렸다. 유환이 자신의 품에 안긴 해욱의 어깨를 매만졌다. 아무것도 입지 않은 그녀의 보드라운 살결이 닿자 유환이 옅게 몸을 떨었다. 나른하게 풀려 몽롱한 해욱의 눈동자를 보자 어젯밤 자신의 아래에서 잔뜩 울먹이던 그녀의 모습이 떠올라 묘한 흥분감이 다시 올라왔다. 나 혼자 아침부터 너무 19금인데. 유환이 고개를 내저으며 끝을 모르고 올라가는 수위에 머릿속 생각을 떨쳐냈다.

"아침 차려놨어. 꼭 먹고 나가."

"응? 너는?"

뉘앙스가 이상한 유환의 말에 그제야 해욱이 눈을 비비며 기지개를 켰다. 무심코 가느다란 두 팔을 머리 위로 쭉 뻗자 어깨까지 올라와 있던 하얀 이불이 흘러내렸다. 그것을 아슬아슬하게 잡아챈 유환이 곤란한 얼굴을 하며 해욱의 몸 위로 시트를 둘둘 둘렀다.

"더워."

칭얼거리는 해욱의 모습은 좀처럼 볼 수 없는 것이라서 유환은 기쁘다는 듯 웃었다. 유환이 해욱의 가느다란 어깨 위로 입을 맞쳤다.

"난 바로 공항으로 가야 돼."

"공항?"

눈을 반짝 뜬 해욱이 유환을 쳐다봤다.

"오늘 파리로 출국이야. 어제 말한다는 게 정신없어서."

"그럼 날 깨우지."

해욱이 울상을 하며 침대 밑으로 한쪽 다리를 내렸다. 하얗고 매끈하게 뻗은 다리를 흘끗 내려다본 유환이 괜찮다는 듯 어깨를 으쓱 올렸다.

"그리고 이거."

유환이 무언가를 건넸고, 반사적으로 손을 내민 해욱의 손바닥 위로 네모난 카드 키가 올라와 있다. 해욱이 눈을 동그랗게 뜨고 유환을 올려다봤다.

"우리 집 키야. 받아줬으면 좋겠는데."

부탁을 빙자한 강요와 함께 유환이 해욱의 손바닥을 꼭 접어주었다. 길게 뻗은 손가락 사이로 카드 키의 끝부분이 삐죽하게 튀어나왔다.

"넣어둬."

제법 단호한 목소리를 낸 유환이 씩 웃었다. 해욱이 어떠한 반응을 하기도 전에 입술을 부딪쳐 오는 유환의 농도 짙은 입맞춤에 해욱은 카드 키를 더욱더 움켜쥐는 것밖에는 아무것도 할 수가 없었다.

"출발 시간까지 20분 남았지만."

해욱의 아랫입술을 머금은 채로 유환이 말했다. 가까이에서 느껴지는 숨소리와 따뜻한 체온에 해욱이 몸을 파르르 떨었다. 분명 침대 위에 앉아 있었는데 어느새 해욱은 누워 있었다. 멀끔하게 차려입은 유환은 옷이 구겨지는 것 따위는 상관없다는 듯 해욱의 위에 올라타 있다. 유환이 해욱의 윗입술을 머금으며 덧붙여 말했다.

"사실은 10분만 있어도 충분해."

17. 옷도 당신도 잘 알아

"그랬던 게 불과 엊그제 같은데 말이지."

해욱이 사무실 책상 위에 놓인 스탠드를 쳐다보며 중얼거렸다. 스탠드에 걸려 있는 유환의 오피스텔 카드 키가 달랑달랑 움직였다. 한번 보기 시작하니 시선을 떼기가 어려워져 해욱은 결국 디자인을 스케치하던 손을 멈추고 연필을 내려놓았다. 쨍쨍한 햇빛을 한 줄기도 빠짐없이 차단하겠다는 의지로 내린 블라인드가 시원한 그늘을 만들었고, 쉬지 않고 돌아가는 에어컨이 쾌적한 사무실을 만들어주었다.

"김유환 말하는 거야?"

유환의 이름은 무려 며칠째 계속해서 실시간 검색어로 떠오르고 있었다. 소파에 다리를 꼬고 앉은 상현이 시원한 아메리카노를 쭉 들이켰다. 해욱이 마시려고 사온 아메리카노는 어째서인지 상현의 입속으로 들어가고 있었다.

"밀라노에 서자마자 파리에서 게스팅되고, 그러자마자 뉴욕에서 러브콜이 날아왔더라. 아주 대놓고 톱 모델이네."

실시간 검색어에서 내려갈 생각을 하지 않는 유환의 이름을 보며 상현이 부러운 듯 히죽거렸다.

"게다가 김유환이 관련된 쇼는 죄다 명품 쇼잖아? G사에 H사에, 이젠 M사까지. 정말 동양인 최초로 그랜드슬램이라도 달성할 기세야."

나직하게 중얼거리는 상현의 목소리에 해욱이 야살스럽게 다리를 꼬아 올렸다. 그랜드슬램이라……. 유환이 내건 조건이 머릿속에 둥실 떠오르자 해욱이 붉어지려는 얼굴을 애써 손바닥으로 눌렀다.

"그래서 넌 또 무슨 일로 온 건데?"

"정곡을 찔렸군. 아무튼 눈치만 빨라서는."

작게 덧붙인 상현이 고개를 좌우로 꺾었다. 갑갑하게 어긋나 있던 뼈가 새로 맞춰지는 소리가 사무실 안으로 뚝뚝 울렸다.

"아듀 오프라인 매장을 하나 더 입점할까 해."

"그 이야기를 하려고 그렇게 뜸을 들인 거야? 매장이야 이미 여러 개 있고, 하나 더 입점한다고 해서 크게 문제될 건 없잖아."

"음, 이참에 말이지."

힐끔거리며 해욱의 눈치를 보던 상현이 짝 하고 박수를 쳤다.

"매장에 근무하는 직원들 유니폼을 맞출까 해서."

해욱이 심드렁하게 고개를 끄덕였다. 그게 뭐 그렇게 대수라고 뜸을 들이는 거야. 해욱의 얼굴 위로 보이는 듯한 말에 상현이 헤실헤실 바보처럼 웃었다.

"유니폼이야 지금도 있잖아. 난 또 네가 커밍아웃 정도는 하는 줄 알았네."

"이게 못하는 소리가 없어. 난 철저한 여자 제일주의야!"

"네네, 알았습니다."

해욱이 별일도 아니라는 듯 뻐근한 팔을 위로 올려 기지개를 켰다.

"아니, 이게 아니지."

"아직 뭐가 더 남았어?"

"원래의 유니폼은 업체에 맡긴 대량생산의 결과물이고, 새로 맞출 유니폼은 네가 직접 디자인해서 만들어 달라 이 말이지."

해욱이 나른하게 풀려 있던 얼굴을 싹 굳히며 상현을 매섭게 노려봤다. 그 눈빛에 상현의 몸이 움찔 떨렸다.

"지금 내가 뉴 시즌 디자인으로 골머리 썩고 있는 거 알아, 몰라? 근데 유니폼까지 맡기는 건 고용주의 행패야."

"아니지. 요새는 그것도 마케팅의 일부잖아. 일하는 직원이 입은 유니폼까지도 직접 만드는 아듀라든가."

"싫어. 난 그게 아니어도 바빠."

쳇. 불만에 찬 단말마를 내뱉은 상현이 툴툴거리며 자리를 털고 일어섰다.

"아무튼 지금 당장 결정하라는 건 아니니까 생각 좀 해봐."

흘끗 다시 한 번 해욱의 눈치를 살핀 상현이 만족스러운 얼굴로 문을 열고 나갔다. 해욱이 단칼에 거절할 새도 없이 발을 빼서 달아나는 상현의 잔머리에 골치가 아플 지경이다.

"아!"

벌컥 열린 문 사이로 다시 상현이 얼굴을 빠끔히 내밀었다. 해욱이 잔뜩 인상을 찌푸리며 상현을 쳐다봤다.

"또 왜!"

"나 유환이한테 선물 받았는데, 알고 있어?"

해욱은 전혀 모르겠다는 얼굴을 하고 있었다. 상현이 킬킬거리며 왼쪽 손을 흔들어 보였다.

"어?"

"저번에 내가 너한테 달라고 졸랐던 팔찌지. 넌 치사하게도 주지 않았지만 유환이가 어떻게 알고 택배로 보냈더라고."

"그건 내가 안 준 게 아니라 유환이가……."

해욱이 설명을 하기도 전에 얄밉게도 문을 쾅 닫고 나가 버린 상현의 발소리가 복도 위를 쿵쿵거리며 신나게 울렸다.

"나 참, 언제부터 친했다고 유환이래."

김유환이라고 쌀쌀맞게 부르던 것을 어느새 성은 쏙 빼고 이름만을 부르는 상현의 태도에 해욱이 못 말린다는 듯 고개를 절레절레 내저었다. 자꾸 입꼬리가 올라갈 준비를 하며 씰룩씰룩 움직였다. 그렇다고 진짜 팔찌를 사서 보내다니. 뭐, 조금 귀엽기도 하고. 문득 시야에 걸린 탁상 달력을 쳐다보던 해욱이 유환을 보지 못한 시간을 계산해 내며 깊은 한숨을 내쉬었다.

"잘하고 와."

모델계의 그랜드슬램은 밀라노, 파리, 뉴욕의 3대 런웨이 장악이다. 동양인으로서는 아직 전례가 없는 것에 유환은 감히 도전하고 있었다. 3분의 2의 확률을 자랑하며 이제 남은 3분의 1만을 눈앞에 둔 유환이다. 그런 유환을 보며 어째서인지 진우가 더 긴장한 모습으로 벌벌 떨고 있었다.

"지금 형 얼굴이 어떤지 알아? 꼭 수능 보러 가는 아들을 보내는 표정이야."

진우를 보며 한숨을 내쉰 유환이 어깨를 으쓱 올렸다. 캐스팅 오디션을 가면서 마치 데이트라도 가는 양 들뜬 유환이 긴 손가락을 뻗어 브이를 그렸다.

"나 김유환이야."

거만하다 못해 오만하기까지 한 목소리에서는 자신감이 흘러넘쳤다. 고요하게 뻗은 속눈썹 사이로 유환 특유의 위화감이 뚝뚝 떨어져 내렸다. 진우를 뒤로한 채 망설임 없이 차에서 내린 유환이 성큼성큼 발걸음을 옮겼다.

분명 화려하고 웅장한 건물임에도 문은 녹슬어 있었다. 유리가 아닌 철제로 만들어진 문 하나로 건물 전체에 빈티지한 느낌이 물씬 풍겨났다. 미국 드라마에나 나올 법한 녹색 문이 듣기 싫은 소리를 내며 열렸다.

"Hi!"

유환의 유창한 영어 발음이 들리는가 싶더니 문이 닫혔다. 문 너머로 오늘 오디션에 온 모델들의 은근한 살기가 느껴지는 것 같아서 진우가 유환을 대신해 부르르 몸을 떨었다.

미국을 넘어서 세계에서 가장 큰 영향력을 펼치고 있는 세련미의 명사 M사의 디자이너인 마크는 당연히 이곳에 없었고, 보조 디자이너들만이 캐스팅 오디션에 온 모델들과 전쟁 아닌 전쟁을 벌이고 있었다. 말이 캐스팅 오디션일 뿐 이름과 소속을 제외하고선 어떠한 대화도 오가지 않고 옷만이 건네졌다. 이번 뉴욕 컬렉션에서 입게 될 옷이 무심하게 유환의 손으로 넘어왔다. 이미 자신보다 먼저 온 여러 명의 모델이 옷을 입고 워킹을 하고 있었다. 그 모습을 무심하게 훑은 유환이 피팅룸으로 들어갔다.

피팅룸 안에서 입게 될 옷을 꼼꼼하게 살폈다. 얼굴 위로 올라올 정도로 목 전체를 깊게 감싸는 독특한 네크라인을 따라 심플하게 떨어지는 까만 코트였다. 거기에 레더 진이라.

"코트가 포인트 룩이라 이건가?"

유환이 입고 있던 티를 위로 휙 벗어 던졌다. 바쁘다 못해 급하기까지 한 백스테이지에 길들여져서 이제는 옷을 빨리 갈아입는 것에는 누구보다 자신 있었다. 금세 코트를 걸치고 목까지 단추를 채운 유환이 다시 한 번 옷매무새를 정돈했다.

음침하게까지 보이는 코트의 실루엣을 가만히 응시하던 유환이 회색으로 염색한 머리카락 끝을 최대한 당겨 내렸다. 눈이 가려질 듯 말 듯 더욱더 위험하게 보이도록.

유환이 피팅룸을 나가자 디자이너들의 탄성이 터졌고, 오디션을 보러 온 모델들의 시선이 일제히 유환에게로 쏠렸다.

"It looks good on you. Now show me your walking(잘 어울리네요. 워킹 해보세요)."

디자이너의 긍정적인 반응에 유환이 씩 웃었다. 개구진 눈매를 다시 날카롭게 세운 유환이 금세 밝은 분위기를 가라앉혔다. 자신에게로 꽂혀드는 몇십 명의 시선이 재미있었다.

유환이 워킹을 했다. 한국에서는 톱 모델로, 해외에서는 신인 모델로 알려져 있는 유환의 별명은 '워킹 괴물'이었다. 워킹을 기가 막히게 한다고 해서 붙여진 별명이다. 그런 유환에게 자신감이 없을 리 없었다. 모델은 워킹으로 승부하는 거야. 유환이 입버릇처럼 하는 말이다.

곧게 펴진 어깨와 허리, 적당한 각도로 흔들리는 팔, 큼지막한 보폭으로 망설임 없이 내딛는 발걸음, 긴장감 있게 당겨진 턱과 입술, 특유의 무심하고 단조로운 분위기, 그리고 금세 옷에 생명력을 불어 넣는 눈매까지, 모든 것에 군더더기가 없는 완벽한 워킹과 표정에 순식간에 주위가 조용해졌다.

디자이너는 유환의 워킹에 대해 단 한마디도 하지 않았다. 그만큼 손댈 곳이 없다는 의미였다. 유환의 포트폴리오를 훑으며 바디 사이즈를 눈으로 체크한 디자이너가 처음으로 인사를 건넸다.

"Hi. I'm trisha(안녕하세요. 트리샤예요)."

캐스팅에 적합하지 않은 모델에게는 한 마디도 건네지 않는 삭막한 뉴욕의 디자이너에게서 인사를 듣는 건 제법 긍정적인 시작이었다. 트리샤가 바로 질문을 건넸다.

"Why did you come to NY this early? I heard you are already the top model(뉴욕에 빨리 진출한 이유가 있나요? 한국에서는 이미 톱 모델이라고 들었는데)."

예상한 질문이다. 코트의 단추를 하나씩 끌러 내리던 유환이 손을 올려 머리카락을 흩트렸다. 잿빛의 머리카락은 유환과 무척이나 잘 어울렸다. 유환이 느릿하게 눈을 감았다가 떠올렸다. 해욱의 얼굴이 보인다.

"I promised with my fiancee, if I accomplish Grand Slam at Milan, Paris and NY, I would do the open date(제 연인과 약속을 했습니다. 밀라노, 파리, 뉴욕까지 그랜드슬램을 달성하면 공개 연애를 하겠다고 말이죠)."

한국에서라면 캐스팅되지 않을 이유이자 절대 말해서는 안 되는 이유였지만 이곳은 뉴욕이었다. 유환이 개운한 얼굴로 눈을 찡그려 웃었다. 유환의 표정에 트리샤는 감탄인지 탄성인지 모를 돌고래 소리를 냈다.

"That's quite romantic. But would you think that we cast you because of that reason(로맨틱하네요. 하지만 그런 이유로 우리가 당신을 캐스팅할 거라고 생각하나요)?"

갸름한 얼굴형에 하얀 피부, 엷은 색을 띠는 머리카락과 눈동자, 쌍꺼풀이 옅게 진 동그란 눈과 곧은 코, 얇고 고집스럽게 다물린 붉은 입술, 가느다랗고 얇은 선을 가진 몸과 웃을 때면 반달로 휘어지는 눈매. 머릿속으로 조금 더 구체적으로 떠올린 해욱의 모습에 유환이 자기도 모르게 입꼬리를 동그랗게 말아 올리며 답했다.

"Well, If you've ever loved(글쎄요. 사랑을 해보셨다면 캐스팅하시겠죠)."

유환의 대답에 트리샤는 알 수 없는 얼굴을 하며 웃었다. 신기한 것을 보는 듯한 트리샤의 눈빛에 유환도 희미하게 웃었다.

"You bet(못 이기겠네요)."

웃음기를 섞어 중얼거린 트리샤가 유환에게 손을 내밀었다. 악수를 하자는 제스처에 유환이 단단한 손을 내밀어 마주 잡았다. 가볍게 흔든 손 위로 트리샤의 목소리가 흩어졌다.

"See you at the Show(쇼에서 봅시다)."

쇼에서 보자. 캐스팅이 되었다는 의미다. 유환이 호쾌하게 웃었다. 시원한 눈매 위로 워킹할 때에는 떠올릴 수 없는 악동 같은 미소가 넘쳐 흘렀다.

"Thank you. I'll make you the best Show(감사합니다. 최고의 쇼를 만들어 드릴게요)."

처음 뉴욕의 오디션에 온 사람 같지 않게 유환은 당당하고 자신만만했다. 코트를 벗어 디자이너에게 건네는 손길이 조심스럽고 섬세한 것도 마음에 들었다. 디자이너라면 모름지기 자신의 옷을 소중하게 여겨주는 모델이 눈에 차기 마련이다.

시선에 구애 받지 않고 옷을 훌훌 벗어낸 유환이 피팅룸으로 걸어갔다. 움직일 때마다 등 뒤로 단단하게 잡히는 근육도 마음에 들었다. 곱슬곱슬한 금발을 한 트리샤가 고개를 끄덕였다.

큰 피팅룸에 들어서자 옷을 벗고 입는, 혹은 캐스팅이 되고 안 된 모델들이 다양한 표정을 짓고 서 있었다. 서양인보다 신체적으로 미흡한 부분이 많아서 실질적으로 해외의 쇼에 서기 어려운 탓에 동양인 모델은 유환이 전부였다.

"Hey, Weren't you assertive(이봐, 자신감이 넘치던데)?"

결이 좋은 밤색 머리를 한 모델이 말을 걸어왔다. 얼굴로 보기엔 누가 봐도 서양인, 모델로서 따지자면 거의 제로 사이즈에 가까운 슬림 핏의 깡마른 체형이다. 유환이 씩 웃으며 가볍게 고개를 끄덕였다.

"I was also assertive. But you are passed and I'm failed(나도 자신감은 충만한데. 나는 떨어지고 너는 붙었네)."

"요즘은 영어도 끝까지 들어봐야 안다니까."

칭찬이 아닌 비아냥거림이라는 것을 눈치 챈 유환이 심드렁하게 중얼거리자 한국어를 알아듣지 못한 모델이 신경질적으로 얼굴을 일그러뜨렸다.

"What(뭐라고)?"

"Confidence? Yes, it's important. But you don't need to appel it to people but the designers(자신감? 중요하지. 하지만 그 자신감을 디자이너가 아닌 다른 사람들 앞에서 어필할 필요는 없어)."

유환이 피팅룸에 벗어둔 옷으로 갈아입었다. 입을 쩍 벌리고 눈을 동그랗게 뜬 모델은 얼굴에 있는 모든 구멍을 확장해 놓은 것 같았다. 확실히 서양인들은 감정 표현이 풍부하다니까. 보란 듯이 웃은 유환은 피팅룸을 빠져나왔다.

영어라곤 한마디도 하지 못하는 진우가 뉴욕의 중심가에서 혼자 우두커니 앉아 있는 모습은 우스운 것이었다. 차 안으로 보이는 진우의 뒷모습을 보며 남몰래 웃은 유환이 벌컥 문을 열고는 몇 분 전과 마찬가지로 브이를 척 내밀었다.

"캐스팅 된 거야, 유환아?"

자신을 얼싸안을 기세인 진우의 손을 매정하게 뿌리친 유환이 차에 올라탔다.

"오버는."

짧게 덧붙인 말과 함께 유환은 즐거운 얼굴로 시트 깊숙이 상체를 묻었다. 선선한 에어컨 바람과 함께 팝송이 흘러나오는, 진우와 사신 둘밖에 없어 누구의 눈도 신경 쓸 것이 없는 뉴욕에서의 차 안은 무척이나 쾌적했다. 유환이 작게 입술을 달싹였다.

"보고 싶다."

짙은 목소리에서 가득 흘러넘치는 그리움에 진우가 민망한 손을 내리며 머리를 벅벅 긁었다.

무려 반나절에 걸친 비행 끝에 한국에 도착했다. 아직 게이트를 다 빠져나오지도 않았는데 밖은 시끄럽고 소란스러웠다. 간간이 유환의 이름이 섞인 걸 보아하니 기자들과 팬들이 몰려온 모양이다. 유환이 화장기 없는 얼굴 위로 큼지막한 선글라스를 내려썼다. 조그마한 얼굴의 절반이 금세 가려졌다.

긴 비행시간으로 인해 편안한 옷이 최고라는 걸 알고 있기 때문에 유환은 오늘 어느 때보다 편안한 옷차림을 하고 있었다. 잿빛의 머리카락을 덮은 레오파드 무늬의 스냅백만이 유일한 포인트 아이템이었다.

"나간다."

유환이 작게 중얼거렸고, 진우는 그 말을 들으며 침을 꿀꺽 삼켰다. 게이트의 자동문이 열렸고, 순식간에 엄청난 소음과 함께 셔터가 번쩍거렸다. 유환의 주위로 몰리는 손을 밀어내며 진우가 유환의 인간 바리게이트가 되어주었다. 아무렇지 않은 것처럼 캐리어를 밀고 나온 유환이 가볍게 손을 흔들었다.

'톱 모델', '그랜드슬램을 달성한 유일한 동양인', '연예인이 아닌 진짜 모델'. 모두 유환의 이름 앞에 당연하게 붙는 수식어가 되어버렸다. 멀지 않은 거리임에도 공항 밖에 있는 밴은 무척이나 멀게 느껴졌다. 런웨이 위에서 워킹이라도 하듯 성큼성큼 걸어간 유환은 곧장 밴에 올라탔다.

"실장님 뵈러 회사로 먼저 들어갈게."

유환이 아듀로 가자고 할 것을 알기라도 한 듯 진우가 선수를 치며 말했다. 진우의 반응이 우스운지 킬킬거린 유환이 고개를 끄덕이며 시트로 편안하게 몸을 기대어 앉았다. 아듀로 가려면 직진 차선을 타야 하는데. 그렇게 생각하자마자 차는 좌회전 신호를 받아 꺾였다. 쿠카팀으로 가는 길은 왠지 지루했다. 유환이 하품을 했다. 멀지 않은 거리이기 때문에 쪽잠을 자고 나면 오히려 더 피곤할 것 같아 잠을 자지 않고 창밖을 구경했다.

"다 와 가. 피곤하지?"

"조금."

멀리 쿠카팀의 건물 외벽이 보였다. 유환이 찌뿌듯한 몸을 뒤틀며 기지개를 켰다.

"실장님 뵙고 바로 내려올 거야?"

"그래야지. 해외 스케줄도 조정해야 되니까."

"들어갔다 와. 난 민석이 형이나 잠깐 보고 올 테니까."

진우가 사이드브레이크를 당기자마자 문을 열고 내린 유환이 다시 한 번 온몸으로 기지개를 켰다. 거의 반나절가량을 비행기와 차에 앉아 왔더니 관절이 아프다고 꽥꽥 소리를 지르고 있었다.

"민석이 형 번호가 어디 있더라."

유환이 스냅백 밖으로 삐죽하게 튀어나온 머리카락을 만지작거리며 휴대폰 목록을 내렸다. 민석의 번호를 찾는 유환의 위로 길게 그림자가 졌다.

"오랜만이네."

익숙하다 못해 이젠 듣고 싶지 않은 목소리에 유환이 휴대폰에 고정되어 있던 시선을 천천히 들어 올렸다.

"이호연."

이제는 아예 사라져 버린 존칭에 호연이 픽 소리를 내며 웃었다. 화보 촬영이라도 마치고 온 것인지 얇은 슈트를 입은 호연이 금빛으로 염색된 머리카락을 뒤로 쓸어 넘겼다.

"더 이상 마주칠 일은 없을 거야."

담담한 호연의 목소리에 유환이 눈살을 찌푸렸다.

"쿠카팀이랑 계약 해지했거든."

"뭐?"

"적어도 더 이상 런웨이에서 보는 일은 없을 거다."

"관둔다는 겁니까?"

앞으로 기울어진 스냅백을 뒤쪽으로 잡아당긴 유환이 눈을 찡그리며 물었다. 호연이 별일 아니라는 듯 답했다.

"정확히 말하자면 모델을 관둔다는 거겠지. 런웨이에서는 아니지만 브라운관에서는 더 자주 보게 될 거야. 톱 배우가 되어줄 테니까."

호연이 자신만만한 얼굴로 웃었다. 뜨거운 햇빛에 블론드의 머리카락이 실타래처럼 반짝반짝 빛났다.

"아예 모델을 관두겠다는 거야?"

"은퇴를 빙자한 싫증이야. 워킹도 런웨이도 다 질렸거든."

그렇게 말하는 호연의 표정은 오묘했다. 유환은 저 표정을 잘 알고 있다. 거짓말을 하는 사람의 표정이다. 이미 호연의 수려한 얼굴로 인해 드라마와 영화에서 러브콜이 넘친다는 것은 알고 있었다. 하지만 그러기엔 시기가 일렀다. 정말 끝까지 싫은 남자였다.

"틴 울프라는 영화 알아? 갑자기 극중 대사가 생각나네."

유환의 입꼬리가 호선을 그리며 말려 올라갔다. 예의 사람들이 서글서글하다고 좋아하는 그 미소였다. 호연의 가느다란 윗입술이 달싹이며 차가운 목소리가 흘러나왔다.

"If I had a gun with two bullets and I was in a room with Hitler, Bin Laden and you. I would shoot you twice(만약 나한테 권총과 총알 두 발이 있고 네가 히틀러, 빈 라덴하고 같은 방에 있잖아? 그럼 난 너한테 총알 두 발을 쓸 거야)."

웃고 있던 유환이 순식간에 표정을 굳혔다. 냉정하게 호연을 쳐다보는 얼굴은 지독하게도 무표정했다.

"You are a coward(당신은 비겁해)."

유환의 단호한 목소리에 호연이 시선을 저 멀리 던졌다. 눈이 부셔서 쳐다보기도 힘든 하늘을 올려다보며 한숨인지 탄성인지 모를 것을 내뱉은 호연이 고집스럽게 보이는 얇은 입술을 달싹였다.

"울리지 마."

"뭐?"

"내가 너무 많이 울렸으니까 해욱이 울리지 말라고."

유환이 기가 막힌다는 듯 바람 빠지는 소리를 내며 웃었다. 해욱을 사랑하는 것에 있어서 한 치의 망설임이라곤 없는 유환의 모습에 호연이 이상한 얼굴을 했다. 호연이 유환의 어깨를 가볍게 쥐었다가 놓으며 스쳐 지나갔다. 그 애매모호한 스킨십에 유환이 불쾌하다는 듯 어깨를 털어냈다.

"유환아! 김유환! 이호연이 위약금까지 몇십억을 다 내고 계약을 해지했다고…… 헙!"

다짜고짜 유환을 부르며 달려 나오던 진우가 유환의 뒤로 보이는 호연의 모습에 급히 입을 다물었다. 하지만 호연은 마치 듣지 못한 것처럼 제 갈 길을 갈 뿐이다. 유환이 호연의 뒷모습을 보며 신경질적으로 스냅백을 벗어냈다. 잿빛의 머리카락이 엉망으로 흐트러졌다.

"무슨 일 있었어?"

이상한 분위기에 진우가 캐물었지만 유환은 대답하지 않았다. 유환이 작게 입술만을 달싹여 진우를 불렀다.

"형."

"응?"

"아듀로 가야겠어."

똑똑. 하얀 문 위로 적힌 해욱의 이름과 아듀의 로고가 보인다. 그것을 보자 정말 한국으로, 해욱의 옆으로 돌아왔다는 실감이 났다. 유환이 다시 한 번 문을 두드렸지만 안에서는 아무런 반응이 없었다. 분명 올라오는 길에 만난 상현에게 해욱이 사무실에 있을 것이라는 확답까지 듣고 왔다. 유환이 조심스럽게 문고리를 잡아

돌렸다. 소리가 나지 않도록 문을 열고 몸을 밀어 넣자 어지럽게
널려 있는 패브릭과 패턴이 보였다.

"선생님?"

분명히 이곳에 해욱만 있으면 되는 완벽한 광경이다. 유환이 낮
게 혀를 차며 주위를 살폈다. 해욱의 책상 위에는 수많은 디자인
을 스케치한 노트가 널브러져 있고, 그 앞에 놓인 테이블 위에는
다양한 무늬와 색감을 가진 패브릭, 이제 막 만들기 시작한 것 같
은 패턴과 자, 초크가 놓여 있었다.

"선생님!"

유환이 조금 더 큰 목소리로 해욱을 부르자 그것에 반응이라도
하듯 바스락거리는 소리가 들렸다. 소리의 근원지는 해욱의 사무
실과 연결된 샘플실이었다. 디자인을 위한 마네킹, 샘플로 나온
패브릭이 쌓여 있는 곳에서 들리는 낯선 소리에 유환이 귀를 쫑긋
세우며 발소리를 죽이고 걸어갔다. 유환이 커튼과도 같은 블라인
드를 조심스럽게 젖혔고, 그러자 보이는 광경에 유환은 웃음을 참
기 위해 입술을 깨물어야 했다.

"못살아."

웃음기가 가득 묻은 목소리 너머, 패브릭 사이에 파묻힌 해욱이
바르작거렸다. 왜 이런 곳에서 노래를 듣고 있는 거야.

샘플실 벽에 기댄 채 다리를 모으고 앉은 해욱의 귀에는 분홍색
의 이어폰이 꽂혀 있었다. 해욱의 코앞에 한쪽 무릎을 굽혀 앉은
유환이 얼기설기하게 땋은 해욱의 머리카락 끝을 손가락으로 툭
건드렸다. 엷은 갈색의 머리카락 사이사이로 민트색이 섞인 걸 보
니 헤어초크라도 사용한 모양이다. 독특한 모양새가 눈길을 끌어

서 한참을 쳐다보다가 몇 분이 흐른 후에야 제대로 유환은 해욱을 제대로 마주 보았다.

길게 뻗은, 끝이 동그랗게 말려 올라간 속눈썹 끝은 음영이 생겨 있었다. 해욱이 눈을 감고 있었기 때문에 눈꺼풀을 뒤덮은 브라운의 아이라인도 섀도도 잘 보였다. 심플한 하얀 셔츠 아래로 까만 바탕 위 민트색의 꽃이 잔뜩 뿌려진 것 같은 화사한 팬츠가 보였다. 팬츠는 아주 짧은 것이었는데, 해욱이 다리를 동그랗게 모아 앉은 탓에 새하얀 허벅지가 거의 드러나 있었다. 괜스레 눈 둘 곳이 없어진 유환이 이리저리로 눈을 굴렸다. 여자 모델과 세미 누드 화보도 여러 번 찍은 그였다. 하지만 유환은 어째서 해욱이 하면 모든 것이 야하게만 느껴지는 것인지 아직도 그 이유를 모르겠다고 생각했다.

유환이 해욱의 앞에 바짝 붙어 앉았다. 그녀와 똑같은 자세로 가만히 그렇게. 무릎 위로 턱을 괸 채 고요한 공간에 집중하자 해욱의 귀에 꽂힌 이어폰에서 흘러나오는 음악 소리가 들렸다. 유환이 익숙한 노랫말에 자신도 모르게 허밍을 내자 앞에 앉은 해욱이 반짝하고 눈을 떴다. 인기척에 놀란 듯 동그래진 눈이 지금의 상황을 파악하려는 듯 깜빡깜빡 움직였다.

"안녕."

"어?"

해욱의 귀에 꽂힌 이어폰 한쪽을 빼낸 유환이 얼굴을 비스듬히 틀어 해욱에게 입을 맞췄다. 이미 벌어져 있는 입술에 감사하며 말갛게 웃은 유환이 혀를 밀어 넣었다. 순식간에 혀가 얽혔고, 짧지만 농밀한 입맞춤과 함께 유환이 입술을 떼어냈다. 멍한 눈으로 유환을 쳐다보던 해욱이 별안간 두 팔을 뻗어 유환의 목을 꼭 끌어안았다. 그립던 온기와 해욱 특유의 달큰한 체향에 유환이 본능적으로 손을 뻗어 해욱의 허리를 감쌌다.

"나 보고 싶었어요?"

해욱의 뒷머리를 만지작거린 유환이 은근한 목소리로 물었다. 해욱이 대답 대신 유환의 입술에 짧게 키스했다. 유환이 악동같이 웃으며 말했다.

"밀라노, 파리, 뉴욕, 3대 런웨이에 다 캐스팅됐어."

"정말?"

"응. 그랜드슬램이야."

두 팔에 조금 더 힘을 주어 해욱을 바짝 끌어안자 밀착된 해욱의 가슴에서 달콤한 심장 소리가 들리는 것 같았다.

"이제 언제 열애설이 터져도 놀라지 마."

"열애설 터지자마자 바로 인정해도 되는 거야?"

웃음기가 담긴 해욱의 목소리에 유환이 짓궂게 웃었다.

"그럼 더 고맙고."

웃차 소리를 내며 해욱의 어깨를 잡아 일으킨 유환이 해욱의 귀에 꽂힌 이어폰을 마저 뺐다.

"어떻게 여기서 노래를 들을 생각을 해?"

유환이 손가락으로 이어폰을 돌돌 감으며 물었다. 신음을 흘린 해욱이 어깨를 으쓱 올렸다. 어두운 샘플실의 블라인드를 젖히자 새어 들어오는 불빛에 눈을 찡그린 해욱이 도리질을 치듯 고개를 저었다.

"뭘 하고 있었기에 사무실이 난장판이야?"

"아아, 유니폼."

"유니폼?"

"아듀 매장을 편집 숍처럼 오픈하기로 했거든. 거긴 기존 매장이랑은 조금 다른 느낌으로 가기로 해서 유니폼도 내가 디자인하고 만들기로 했어. 그것 때문에 골치 아파 죽겠어."

해욱이 싫은 내색을 하며 손을 휘휘 저었다. 나와서 자세히 보니 사무실의 꼴이 말이 아니었다. 여기저기 널린 패브릭에 뜨다 만 패턴, 바닥으로 온통 뒤엉킨 줄자까지.

"그럼 이건 어때?"

"뭐가?"

유환이 씩 웃으며 허리 위로 손을 척 올렸다. 그새 조금 더 단단해지고 예쁘게 자리 잡힌 몸을 직업병처럼 훑어보자 유환이 자신만만하게 말했다.

"유니폼 프로모션 할 거 아니야. 그 모델은 내가 하게 해줘."

"네가?"

"응, 나요."

개구진 눈매가 휘영청 휘어졌다. 잿빛에 가까운 머리카락 위로 올라가 있는 레오파드 스냅백이 눈길을 끌었다. 그 요란한 무늬를 가만히 쳐다보고 있자니 유환이 자신의 스냅백을 벗어 해욱의 머리 위로 올렸다.

"이거 마음에 들어? 그럼 뇌물이라고 치고, 모델은 나로?"

"하지만 유니폼 프로모션은 대부분 이름 없는 신인 모델들이 하는 일이잖아. 톱 모델님께서 괜찮으시겠어?"

일부러 너스레를 떠는 해욱에게 유환은 당연하다는 듯 대꾸했다.

"아듀라면 언제든지."

시간은 빠르게 흘러갔다. 유환을 본 것이 엊그제 같았지만 금세 하루, 이틀이 흘러 한 주가 지나갔고, 그사이 유환은 화보, CF, MC를 비롯해 런웨이까지도 부지런히 소화해 내고 있었다. 포털 사이트에 유환의 이름이 보이는 일은 빈번해졌고, 그에 응당하듯 서점에 진열된 잡지 코너의 약 40프로에 해당하는 잡지에 유환의 얼굴이 실려 있었다.

TV를 틀면 유환의 CF가 흘러나왔고, 지하철을 타면 유환이 찍은 광고 배너가 붙어 있었으며, 10대부터 40대의 여성이라면 발을 동동 구르며 유환의 모습에 가슴 설레 했다. 그것은 분명 기분 좋은 일이었지만 어쩐지 걱정스러운 일이기도 했다. 단 한 사람, 해욱에게만큼은.

며칠을 디자인을 위해 사무실에 틀어박혀 샘플실과 피팅룸만을 오가던 해욱은 끙끙거리며 골머리를 싸매고 있었다. 디자인을 하고, 그것을 바탕으로 패브릭을 결정하고, 그 위에 패턴을 떠서 옷을 만드는 과정. 말로 하면 참 쉬운 이 과정은 몇 번, 때로는 몇십 번의 수정을 거쳐 이루어졌다.

"도트! 도트! 도트!"

결국 참다못한 히스테리가 폭발한 해욱은 샘플실의 온갖 도트 무늬 패브릭을 꺼내어 뒤집어놓은 뒤에야 본격적으로 패턴을 뜨기 시작했다.

크지도 작지도 않은 적당한 간격을 가진 검은 바탕에 선명한 하얀 도트의 패브릭을 찾아낸 해욱이 능숙한 솜씨로 미싱을 돌렸다. 정작 만드는 것에는 시간이 많이 걸리지 않았지만 그것 또한 과정 중 하나에 불과했다. 말이 유니폼이지 남녀로 구분해 두 벌이 세트이다 보니 시간도 손도 두 배로 들어갔다.

마네킹은 총 네 개였다. 마네킹에는 두 벌을 한 세트로 하는 각기 다른 유니폼이 걸려 있었다. 애초에 하나만 만들 생각은 없었다. 유니폼이라는 것은 해욱이 지향하는 룩과는 또 다른 것이었다. 내가 아닌 타인의 선택을 반영시켜 보자는 생각으로 유니폼에 후보 1번, 2번과 같은 단조로운 이름을 붙여준 해욱은 그제야 소파 위로 다이빙할 수 있었다. 푹신한 소파가 해욱의 얕은 무게감에 느릿하게 주저앉았다.

"겨우 끝났네."

소파에 눕다시피 앉은 해욱이 위로 두 팔을 뻗어 기지개를 켰다. 가느다란 팔목을 따라 촘촘한 가죽 소재의 S사 팔찌가 흘러내려 왔다. 눈두덩 위를 화장이 묻지 않게끔 피해 손가락으로 꾹꾹 눌렀다. 피곤함이 가득 묻어나는 행동도 잠시, 짐의 마수에 삼켜진 듯 해욱은 소리 소문 없이 잠들었다.

해욱이 잠들고 얼마 지나지 않아 사무실 문이 열렸다. 아듀의 건물에 해욱 혼자만이 남아 있다는 것을 아는 듯 노크도 없이 활짝 열린 문틈 사이로 유환이 얼굴을 내밀었다. 조명이 환하게 켜져 있어서인지 미간을 살짝 찌푸린 채로 잠이 든 해욱의 얼굴이 정면에서 보였다.

금방 화보 촬영을 마치고 온 것인지 유환의 얼굴 위로 짙고 화려한 화장기가 남아 있다. 잿빛이던 머리카락은 어느새 푸른빛을 띠고 있고 눈 주위를 뒤덮은 검은 아이라인을 따라 글리터가 반짝거렸다. 화장과 대조적으로 심플한 옷에서 나오는 묘한 갭이 독특한 분위기를 만들어냈다.

입꼬리가 올라갈 듯 말 듯 모호하게 웃은 유환이 소파 앞으로 다가갔다. 검은 소파 위로 해욱의 머리카락이 이리저리 흩트려져 있었다.

"아무 데서나 자는 게 버릇이네."

쯧. 혀를 찬 유환이 해욱의 위로 한쪽 어깨에 대충 걸쳐둔 카디건을 내려 덮어주었다. 해욱을 눈에 담아두기라도 하듯 가만가만 쳐다보다가 이내 유환의 시선이 한곳에서 머물렀다. 소파의 허공 위로 툭 내밀어진 해욱의 손이다.

이 손이 좋았다. 정확히 말하자면 섬세한 손끝이 좋았다. 지금도 여기저기 아물지 않은 상처가 있다. 시침핀에 찔리거나 가위에 집히거나, 그것도 아니면 미싱에 찍히거나 하는 일상과도 같은 일 때문에 달고 사는 상처였다. 작고 여문 손끝에서 수십 벌의 옷이 만들어져 나오는 것이 신기했다. 야근은 잦고 수당은 적다고 해서 3D라고도 불린다는 패션 디자이너의 삶이 이 사람의 전부일 수도 있겠다는 생각이 들었다. 가만히 무릎을 굽히고 앉아 해욱을 쳐다보던 유환이 나직하게 말했다.

"선생님, 그거 알아? 이호연이 모델계에서 은퇴했어. 사실은 선생님이 영영 몰랐으면 좋겠어. 혹시나 이호연한테 미안해할까 봐, 죄책감이라도 가질까 봐 무서워 죽겠다."

해욱의 손끝이 움찔 움직였다. 해욱이 깬 것이 아니, 깊게 잠이 든 반동이라는 것을 알 수 있었다. 유환이 그대로 고개를 숙여 해욱의 머리카락 위로 입술을 떨어뜨렸다.

"내일이면 프로모션이야."

내일이면 해욱과 공식적으로 만날 수 있는 날이다. 아듀의 편집숍 유니폼을 아듀 직원들과 프로모션 모델인 유환이 우선적으로 프로모션을 하는 날인 것이다.

유니폼을 만들어 달라는 상현의 부탁에 하나가 아닌 두 개를 만들었다고 슬쩍 언질을 주던 해욱이 떠올랐다. 유환이 그제야 주위를 둘러보았고, 넓어진 유환의 시야로 마네킹 네 개가 들어왔다. 마네킹이 네 개라면 네 벌의 의상을 의미하지만 남녀 두벌이 세트로 짝지어진 것을 보니 통상적으로 두 벌을 만든 듯했다.

"두 벌이나 만든 거야?"

해욱이 깰까 최소한으로 낮춘 유환의 목소리에서 놀라움이 묻어나왔다. 아듀와 쿠카팀에 우선적인 프로모션을 하는 이유가 있는 모양이다. 유니폼에도 후보가 있을 줄이야. 유환이 작게 소리 내어 웃었다. 유환의 작은 웃음소리에 해욱이 몸을 뒤척이자 유환은 웃음소리조차 삼켜냈다. 해욱이 깨지 않도록 해욱의 팔과 무릎 아래로 손을 넣어 가뿐하게 안아 올린 유환이 사무실을 빠져나왔다.

해욱이 깨지 않도록 걸음마저 해욱의 숨소리와 맞추는 유환의 행동에서 조심스러움이 묻어나왔다. 검게 물든 복도를 걸으며 바리톤의 목소리로 듣기 좋은 허밍을 내는 유환의 품속에서 해욱의 눈꺼풀이 슬그머니 열렸다. 오늘이 며칠 전 샘플실에서 잠이 든 그날의 연장선 같았다. 해욱은 자신의 옆에서 속삭이던 유환의 목소리, 그 목소리가 품은 말과 감정을 모두 다 들었다. 패션계는 소식이 빨랐다. 유환이 아는 일을 해욱이 모를 리 없었다. 호연에 대한 미안함보다는 유환에 대한 미안함이 더 컸다. 그런 생각을 하고 있을 줄은 몰랐는데. 해욱이 다시금 느릿하게 눈을 감았다.

모든 것이 새로운 시작과도 같은 느낌이다. 유환과 해욱의 연애도, 혹은 호연과 해욱의 인연도.

18. 이젠 추억이라고 부를게

　서로가 어떻게 알게 되었고 어떻게 친해졌으며 어떻게 연인이 되었는지는 기억나지 않았다. 그저 우연에 겹친 인연을 돌아보니 연인이 되어 있었고, 서로의 곁에 있었다.

　해욱과 호연은 고등학교의 끝자락, 그리고 대학교의 처음부터 함께한 연인이었다. 정작 본인들보다 남들에게 더 유명한 명실상부 공인된 커플이었다.

　"엄청 유명하잖아. 우리 학교 최고의 미남미녀 커플 이호연, 지해욱."

　"이번에 이호연은 쿠카팀에 들어갔다던데?"

　쑥덕거리는 목소리와 부러움, 혹은 질투심이 담긴 시선이 오고 갔다. 익숙할 만큼 익숙해져서 이제는 신경 쓰이지도 않는 시선들을 무시하며 둘은 함께 걸었다. 호연이 전공 책을 들어 올려 해욱의 머리 위를 가렸다. 해욱에게 내리쬐던 햇빛은 전공 책의 그늘 아래 들어올 수 없었다.

"더운데 아이스크림 먹으러 갈까?"

호연이 만든 그늘 속, 해욱의 사랑스러운 권유에 호연은 어쩌면 당연하게도 고개를 끄덕였다. 친절하고 다정하지는 못해도 호연은 자신조차 놀랄 만큼 해욱을 많이 좋아하고 있다고 생각했다. 단지 자신의 방법이 잘못되었다는 걸 깨달은 시기가 너무 늦었을 뿐이다.

학교를 졸업하기도 전에 호연은 대한민국 최고의 모델 에이전시 쿠카팀에 캐스팅되었고, 모델이라는 꿈을 단지 연인이라는 이유로 함께 꾸던 해욱은 뒤늦게 자신의 꿈을 찾았다며 디자이너로서의 길로 들어섰다.

모델과 디자이너, 같은 패션계에 속한다는 것에 해욱과 호연은 만족했고 행복했다. 조금씩 일이 들어오면서 호연은 바빠졌고, 전공을 바꾼 지 얼마 되지 않아 해욱은 바로 신인 디자이너로서 이름을 날렸다. 우습게도 해욱과 호연은 서로가 잘될 것이라는 사실을 믿어 의심치 않았다.

"오늘 해욱이 보기로 했는데."

짜증이 가득 묻은 목소리가 대기실 안으로 울렸다. 엉망으로 찌그러진 호연의 얼굴을 본 매니저 동호가 곤란하다는 듯 고개를 저었다.

"요즘은 모델계도 연예계야."

호연은 분명 한 귀로 듣고 한 귀로 흘리고 있었다. 동호야 떠들든 말든 호연은 계속해서 휴대폰만 만지작거렸다. 해욱과 꽤 오랫동안 보지 못해서 마음이 좋지 않았다. 호연도 호연대로 바빴지만 해욱도 해욱대로 바빴다. 몇 번 주고받다 끊긴 메시지는 도통 이어질 생각을 하지 않았다.

"오늘 쇼 끝나고 뒤풀이 있는데 참석할 거지?"

호연이 신경질적으로 발을 굴렀다. 뒤풀이든 뭐든 다 때려치우고 싶어하는 것이 눈에 훤히 보이는 호연의 모습에 동호가 슬쩍 눈치를 봤다.

꿈이라는 게 그랬다. 이루어지기 전에는 갈망하고 원하던 것이 이루어지고 나면 보잘것없고 귀찮은 것이 되었다.

"싫어."

"뭐? 호연아!"

"어차피 이번 쇼도 워킹이 아니라 얼굴로 선 쇼잖아. 뒤풀이 가서 무슨 망신을 당하라는 거야? 나 쿠카팀 빽 썼어요, 얼굴 썼습니다, 광고하라고?"

호연은 제 주제를 잘 알고 있었다. 아직 완벽하지 못한 워킹에도 쟁쟁한 실력자들을 뒤로하고 호연이 캐스팅되는 이유는 번지르르한 얼굴과 몸 때문이라는 것을 호연은 너무도 잘 알고 있었다.

호연은 더 크고 싶었다. 쿠카팀의 일개 신인 모델이 아니라 톱모델이 되고 싶었다. 하지만 이호연, 단지 그것 하나만으로는 톱모델이 될 수 없다고 생각했다.

점점 커지는 생각을 누르기라도 하듯 휴대폰이 울렸다. 한 번이 채 울리기도 전에 통화 버튼을 눌렀다.

"어."

[쇼는 끝났어?]

"응. 잘 끝났어."

[어디야? 오늘 보기로 했잖아. 몇 시쯤……]

"해욱아 미안."

잠깐 정적이 생겼다. 이번이 처음이 아니라는 것은 잘 알고 있다. 쇼에 뒤풀이, 캐스팅, 미팅 등 모든 것이 갑작스레 잡히는 스케줄 상 쉽지 않았다. 얼굴과 이름까지 알려진 모델이 되어서 아무 데서나, 아무렇게나 만날 수도 없었다.

[그래, 어쩔 수 없지, 뭐.]

짧은 웃음소리를 동반한 목소리가 귓가에 울렸다. 사실은 당장이라도 달려가서 끌어안고 입을 맞추고 싶다고 하면 네가 믿어줄까.

호연이 끊긴 휴대폰을 무자비하게 던졌다. 벽에 부딪쳐 쾅 소리를 내며 떨어진 휴대폰이 산산조각 났다. 동호가 놀란 눈으로 호연을 쳐다보다가 짧은 한숨을 내쉬었다.

"네 맘 모르는 거 아니야. 너랑 해욱이 벌써 몇 년째 커플이라서 알 만한 사람은 다 알잖아. 이미 뒤에선 여자 친구 있다고 다들 알고 있어. 공식적으로 발표만 안 된 거고. 너 더 크고 싶다며. 그럼 조금만 자제해. 지금은 때가 아니잖아?"

"빌어먹을."

호연이 자리를 털고 일어섰다. 밖으로 나가기도 전에 곧 뒤풀이라며 팔을 잡아끄는 동호의 행동에 그냥 순순히 따라갔다. 말이 뒤풀이지 그냥 먹고 노는 것과 다름없었다. 이런 자리에 오려고 해욱과의 약속을 깨야 한다는 것에 짜증이 치밀었다.

구석에 자리를 잡고 앉은 호연은 주구장창 샴페인만 들이켰다. 적은 양의 알코올이 들어간 샴페인이지만 이미 호연의 앞에 놓인 잔의 개수는 다섯 개를 넘어가고 있었다. 건드리지 말라는 듯 좋지 않은 표정을 하고 있는 호연의 주위에는 사람이 없었다. 오히려 잘된 일이라고 생각하던 호연의 앞으로 그림자가 길게 생겼다.

"이호연 씨 맞죠?"

가느다랗고 새침한 여성의 목소리에 호연이 눈만 들어 올려 쳐다봤다.

"L사 편집장 주선영이에요. 나 호연 씨한테 조금 관심 있는데."

호연이 모델계를 포함한 연예계의 음지에 있는 스폰서의 존재를 처음 알게 된 날이다. 실제로 스폰서가 물어다 준다고 표현되는 것이 엄청난 양과 질의 CF, 화보 등을 의미한다는 걸 호연은 그날 이후 알게 되었다. 그래서 참 쉽게, 누구보다 쉽게 호연은 톱모델이 되었고, 역시나 너무나도 쉽게 해욱과 멀어졌다.

순서를 잘못 생각했다. 늘 호연에게 첫 번째이던 해욱을 아주 잠깐 뒤로 밀어낸 그 찰나가 모든 순서를 뒤엉키게 만들었다. 호연에게는 잠깐이던 그 찰나가 해욱에게는 평생과도 같았다.

스폰서, 하룻밤, 그런 것으로 가벼워진 호연의 입은 자신도 모르게 못된 말만을 내뱉었다. 아직 자신은 끝나지 않았는데 이미 관계가 끝난 것처럼 생각하는 해욱에게 화가 나서 호연은 마치 스폰서를 대하듯 해욱에게 말을 내뱉었다. 사실은 그게 아니었는데.

뻑뻑한 눈꺼풀을 억지로 밀어 올리자 오렌지색의 무드 조명이 눈 위에서 깜빡깜빡 흔들렸다.

"꿈인가."

해욱과 함께 같은 곳을 바라보던 것은 이미 5년도 훌쩍 지난 일 인데 호연에게는 꼭 어제 일처럼 생생했다. 호연이 옆에 아무렇게 나 던져 놓은 종이 뭉치를 집어 올렸다.

"쿠카팀 전속 계약 해지서."

입으로 소리 내어 읽자 오늘 자신이 한 일이 현실로 다가왔다. 몇 년간 여러 가지 의미로 몸 바쳐 일해 모은 돈에 비하면 몇십억 정도로 흔들릴 일은 없었다.

거실에 켜놓은 텔레비전 안에서 몇 번이나 호연의 이름이 흘러 나왔다. 이미 호연이 계약을 해지한다고 도장을 찍기도 전에 방송 을 타고 나왔을 게 뻔했다. 계약 해지, 모델 은퇴에 관해 제멋대로 쑥덕거리는 기자들의 목소리가 듣기 싫었지만 거실까지 걸어나갈 힘은 더욱 없었다.

휴대폰이 부유하며 진동했다. 참 작은 소리였는데 이상하리만 큼 잘 들렸다. 호연이 벌떡 일어나서 휴대폰 불빛을 따라 손을 더 듬거렸다. 깜빡이는 액정 위로 주선영이라는 이름이 반짝였다. 이 름을 확인한 호연이 신경질적으로 통화 버튼을 눌렀다.

"응."

[자기, 뭐 해? 지금 볼까?]

어쩌면 5년 동안 해욱보다 더 자주 봤을지도 모르는 여자다. 저절로 터져 나오는 호연의 허탈하기까지 한 웃음소리에 휴대폰 너머가 순식간에 조용해졌다.

"그래, 어디서 볼까?"

호연의 딱딱한 목소리만큼이나 딱딱한 장소를 내뱉은 선영이 이런저런 말을 덧붙였다. 지금 이 전화가 당신이 아니라 해욱이었다면 얼마나 좋았을까. 절대 이루어질 수 없는 상상을 하며 호연은 지그시 눈을 감았다. 눈을 감으면 모든 것이 사라져야 하는데 이상하리만큼 선명했다.

아직 벗지 못한 슈트를 그대로 입고 집을 나섰다. 사실은 집이라고 불러야 할지 오피스텔이라고 불러야 할지 알 수 없었다. 정말 제대로 된 내 것이라고 여길 수 있을 만한 것이 없었다.

"웬일로 만나자는 소리에 한 번에 오케이를 다 해?"

선영이 와인 잔의 테두리를 동그랗게 따라 만지며 야살스레 웃었다. 객관적으로 보았을 때 선영의 얼굴은 예쁜 편에 속했다. 그것도 제법 예쁜 편이다. 하지만 5년이라는 긴 시간을 상대하는 동안 조금씩 변해가는 얼굴을 알아차리지 못할 만큼 호연이 둔한 남자는 아니었다. 대꾸 대신 조수를 흘린 호언이 노골적으로 웃었지만 선영은 상관없다는 듯 담배에 불을 붙였다.

"그러고 보니까 늘 궁금했는데, 자기는 왜 담배 안 피워? 가수도 아니고 모델이잖아."

이유를 채 생각하기도 전에 입술이 먼저 반응했다.

"해욱이가 싫어해."

아! 멍청한 소리를 한 것을 깨닫고 선영은 고개를 끄덕이며 담뱃재를 침대 시트 위에 아무렇게나 털었다. 그 모습이 싫다는 듯 호연이 눈을 찡그리며 고개를 창밖으로 돌렸다. 호연의 수려한 옆선을 물끄러미 바라보던 선영이 다시 말을 이었다.

"알아? 스캔들까지는 아니지만 지해욱이랑 김유환, 요새 낌새가 수상해서 파파라치가 엄청 붙었다던데."

호연 자신이 느낄 만큼 서늘해진 시선을 선영에게 옮기자 잠시 멈칫한 선영이 다시 담뱃재를 털었다.

"어떻게 해줘. 막아줄까, 아니면 터뜨려 줄까?"

도발적인 목소리가 붉은 입술 사이로 흘러나왔다. 견딜 수 없을 만큼 이 공간도, 앞에 앉은 저 여자도 다 싫었다.

"그만둬."

"어느 쪽을?"

"나랑 당신 관계."

선영이 담배를 비벼 껐다. 재떨이가 아닌 새하얀 시트 위로 잿빛의 연기가 피어오르며 시트가 까맣게, 빨갛게 제멋대로 타들어 갔다. 코끝으로 스치는 시큼한 탄내에 호연이 불쾌한 듯 얼굴을 일그러뜨렸다.

"이제 와서 왜 그러는 거야? 쿠카팀도 나와 버리고, 자기를 막아줄 바리게이트는 이제 나 하나뿐인 거 잊었어? 정말 홀로서기라도 할 생각이야? 아니면 알량한 죄책감이라던가."

"싫증났어."

"뭐라고?"

"당신이랑 자는 거 싫증났다고. 두 번 말하게 하지 마."

선영이 황당한 표정을 짓다가 곧 파안대소했다. 이 상황에서 선영이 웃던 울던 그것은 호연에게 중요하지 않았다.

"모델도 그만두고, 정말 모델계를 은퇴할 생각이야? 지금 번복하지 않으면 사람들은 진짜라고 믿을 거야."

"내가 장난하는 것처럼 보여?"

"갑자기 왜 그만두겠다는 건데?"

호연이 입술을 꾹 다물었다. 다물어진 입술 사이로 얇게 씹히는 느낌이 들더니 아릿하게 피 맛이 났다. 선영에게 이야기할 필요는 없었다. 단지 해욱과 함께 꿈꾸던 런웨이에 더 이상 설 이유가 없어졌을 뿐이라는 걸.

"자기야, 우리가 몇 년간 같이 지낸 게 단지 스폰서의 관계라고만 생각하는 건 아니지?"

"무슨 소리 하는 거야? 당연하잖아."

단지 스폰서로 묶인 관계인 주제에 선영은 뻔뻔하기까지 했다. 더 이상 이야기할 가치도 없다는 듯 호연이 손목을 흔들어 슈트 소매에 가려진 손목시계를 확인했다. 손목시계의 거장이라고도 불리는 R시계가 화려한 빛을 냈다. 아직 몇십 분도 흐르지 않았지만 역시 지겨워졌다.

"정말 그런 거야?"

"알면서 두 번 묻지 말랬지. 짜증나려고 해."

"생각만 했는데 실제로 들으니까 조금 쇼크인데?"

선영의 기분 따위를 생각해 줄 마음은 호연에게 없었다. 호연이 망설임 없이 발걸음을 옮겼다. 하려던 말을 했으니 끝난 일이다. 화가 난 선영이 관계자들에게 어떻게 이야기하든 일이 몽땅 끊기든 이제는 어쩔 수 없었다. 호연이 손에 쥐고 있던 호텔 키를 테이블 위로 툭 던졌다. 카드 모양을 한 호텔 키가 테이블 유리 위로 부딪쳐 쨍 소리가 났다. 자신의 뒷모습을 끈질기게 쳐다보는 선영의 시선이 느껴졌지만 굳이 마주 보고 싶지 않았다. 호연은 그대로 몸을 돌려 룸을 빠져나왔다.

호연이 나가 버린 스위트룸 안에 적막이 흘렀다. 꼭 우스운 코미디물이라도 본 것처럼 선영이 실실거리며 웃었다. 참 끈질기게 이어지던 관계가 참 어이없게도 끝나 버렸다.

"단지 스폰서의 관계였다니, 자기한테 특별한 사람은 역시 그 여자뿐이었나 봐. 조금 질투 나네."

선영은 몇 달 전 우연히 확인한 호연의 휴대폰을 떠올렸다. 발신 목록을 가득 채우고 있던 해욱의 이름. 제대로 걸지도 못하고 끊긴 목록은 고작 1초, 3초, 4초 정도의 시간만을 기록하고 있었다. 천하의 이호연이 뭐가 겁이 나서 전화조차 망설인 걸까.

셀 수 없을 만큼 몸을 섞었어도 자신은 호연에게 그저 '주선영'에 불과했고, 몇 년이 지났어도 해욱은 호연에게 특별한 여자였다. 풀 네임으로 성의라고는 없이 저장된 전화번호 속에 유일하게 이름만으로 저장된 여자가 해욱이었으니까.

선영이 테이블 위에 놓인 담뱃갑을 흔들어 담배 한 개비를 빼냈다. 익숙한 손길로 불을 붙이곤 한 모금을 길게 내뱉었다. 몽글몽글한 연기가 천장을 향해 솟아올랐다. 화려한 샹들리에 불빛 아래로 잿빛 연기가 퍼져 나갔다. 해욱 때문에 담배를 안 피운다니, 방금 전 호연이 내뱉고 간 말을 떠올린 선영은 고개를 절레절레 흔들었다.

"나도 중증이야. 이젠 뭘 봐도 이호연이 떠오르니 말이지."

자조적인 웃음을 흘리며 휴대폰을 만지작거리던 선영이 통화 버튼을 길게 눌렀다.

"주선영이에요. 감독님, 이번에 들어가는 드라마에 남자 주인공 고민하셨잖아요. 추천해 드릴까 하고요."

선영이 다시 한 번 길게 연기를 내뿜었다. 붉은 입술 사이로 탁한 연기가 올라왔다. 하얀 담배 위로 붉은 립스틱 자국이 지저분하게 남았다. 그것을 싫은 표정으로 쳐다보던 선영이 다시 붉은 입꼬리를 끌어당겨 웃었다.

"제 생각에는 이호연 씨가 괜찮지 않을까 싶어요. 이번에 모델계에서 은퇴한다는 이슈로 이미 사람들의 관심이 집중되어 있기도 하고, 원래도 파급력 있는 남자잖아요."

기교가 잔뜩 들어간 웃음을 흘리며 몇 마디를 더 나눈 선영은 미련 없이 휴대폰을 침대 위로 툭 던졌다. 푹신한 매트리스 위로 휴대폰이 소리 없이 날아가 떨어졌다.

"난 그래도 자기가 좋았나 봐. 자존심 없게 이 와중에도 스폰서를 해주고 있네."

선영이 시트 위에 아무렇게나 담배를 비벼 껐다. 아까 남은 담배 자국 옆에 하나가 더 동그랗게 생겼다. 길색으로 타버린 두 개의 구멍이 밉게도 생겼다. 그것을 가만히 내려다보던 선영이 지그시 눈을 감았다.

19. 난 그 모습을 알고 있어

　평소보다 웅성거리는 사람들의 목소리로 가득한 아듀. 해욱의 사무실 문이 빠끔히 열리더니 상현이 머리를 쑥 들이밀었다.

　"어이, 디자이너님. 준비 다 됐어."

　능글맞게 웃으며 눈까지 찡긋거리는 상현이 얄밉지만 밉지는 않아서 씩 웃는 것으로 대신한 해욱이 자리를 털고 일어섰다. 뒤 기장이 앞 기장보다 훨씬 긴 언밸런스한 새하얀 블라우스 아래로 눈이 부실 정도로 새파란 물색의 바지 자락이 일렁였다. 하이힐 굽까지 내려온 긴 바짓단이 파도를 일으키듯 지나갔다.

　"오늘 신경 좀 썼는데?"

　복도를 같이 걸으며 상현이 해욱의 룩을 보고 만족스럽게 웃었 다. 그야말로 커리어우먼을 상징하듯 차분하고 세련된 모습의 해 욱이 입꼬리를 삐죽 올렸다. 얼굴선을 타고 내려오는 엷은 머리카락이 구불구불하게 흘러내렸다.

"당연하지. 우리 직원들은 둘째 치고 쿠카팀 이사진까지 출동하셨잖아. 유니폼 고르는 게 별거라고 무슨 회의까지 하고 난리래."

성가시다는 듯 투덜거리는 말투였지만 해욱의 손에 곱게 쥐어진 포트폴리오를 힐끔 내려다본 상현은 아무 말 없이 빙긋 웃었다. 아무튼 말이랑 행동이랑 따로 노는 일등 선수라니까.

"들어가시죠."

상현이 매너 좋게 회의실 문을 열어주었다. 해욱과 상현이 마지막으로 들어서자 미리 와 있던 아듀의 직원들과 쿠카팀의 이사진이 일어서서 인사를 주고받았다. 쿠카팀의 이사진 역시 제법 젊은 층으로 구성된 것이 신기한 듯 상현이 고개를 숙여 인사했다.

익숙한 얼굴들과 인사를 나누다 보니 끝에 앉은 유환이 뒤늦게 시야로 들어왔다. 프로모션의 모델로 참석하게 된 유환이 웃으며 손을 내밀었다. 꽉 잡힌 손을 힘주어 잡은 유환이 여유롭게 웃어 보였다.

앞에 놓인 마네킹 네 개와 빔 프로젝트를 보며 해욱이 그 앞에 섰다.

"아듀 지해욱입니다. 이번 편집 숍 유니폼 프로모션의 모델로 쿠카팀의 김유환 씨와 함께하게 되어 영광입니다. 오늘은 공식적인 프로모션 이전에 유니폼 문제로 여기까지 모시게 됐습니다."

아듀의 직원이 해욱의 옆에서 리모컨을 조정하자 새하얗고 넓은 벽에 빔 프로젝트가 쏘아졌다. 각 유니폼의 특징에 대해 요목

조목 짚어놓은 포트폴리오를 띄우자 해욱이 마네킹 옆에 가서 섰다.

"임의로 후보 1번, 2번이라고 이름을 붙였습니다. 아, 참고로 PK티 따위의 유니폼은 만들지 않으니까 생각도 하지 마세요."

싫은 얼굴을 그대로 드러내는 해욱의 모습에 여기저기서 웃음이 터졌다. 이사진이라고는 하지만 이미 낯익은 얼굴이 대부분이었다. 옷을 디자인하고 만드는 일 이외에는 모든 일에 건성인 해욱답다는 생각을 하며 상현이 올라오는 유쾌함을 목구멍 너머로 삼켜냈다.

"먼저 후보 1번입니다. 상의는 노멀한 하얀 셔츠지만 아듀의 영어 로고가 타투 레터링처럼 군데군데 들어가 있어요. 하의는 검은 바탕에 하얀 도트로 남자는 슬랙스, 여자는 길이가 있는 플리츠 커트입니다. 조금 더 유니폼다운 깔끔한 느낌을 위해서 블랙과 화이트로 통일했습니다. 물론 활동성을 위해 신축성이 높은 패브릭을 사용한 건 당연하고요."

남녀 한 벌로 이루어진 마네킹을 보며 여기저기서 감탄사가 흘러나왔다. 유니폼이지만 일상복으로도 가능할 것 같은 디자인에 상현이 고개를 끄덕거렸다.

"다음은 후보 2번이죠? 사실 유니폼에 무슨 후보가 있나 싶으시겠지만 아무래도 제가 론칭한 편집 숍에 제가 디자인한 유니폼을 넣는 일이라서 신중을 기했습니다. 대중적인 요소를 넣고 싶어서 따로 후보를 만들었고, 오늘 이 자리에서 결정된 디자인의 유니폼으로 갈 생각입니다."

해욱이 동그란 눈을 반달로 휘며 생긋 웃었다. 패션쇼의 포토 존에서나 볼 법한 영업용 미소에 유환 역시 터지려는 웃음을 꾹 참아냈다.

"후보 2번 역시 상의는 하얀 셔츠, 니트 베스트를 걸친 것 같은 디테일을 넣었습니다. 목에는 세일러 느낌의 스카프가 들어갑니다. 셔츠 소매단과 스카프는 블랙에 스트라이프로 맞추고 몸통 부분의 베스트는 베이지로 단정한 느낌을 넣었고요. 남자는 포멀한 일자 진, 여자는 H 라인 스커트로 1번에 비해서 제복 느낌이 조금 더 강하다고 보시면 됩니다."

단순히 유니폼이라기보단 스타일리시하고 통일성이 높아 보이는 디자인에 모두가 신선하다는 반응을 보였다. 디자인은 디자인대로 사람들에게 어필할 것 같았고 아듀 편집 숍도 덩달아 어필이 될 것 같은 일석이조의 효과가 벌써부터 눈앞에 보였다.

해욱의 손끝이 설명하는 중간중간 스카프, 소매 단, 바짓단으로 분주하게 움직였다. 척 보기에도 야물어 보이는 손끝이 차분하고 익숙하게 설명을 도왔고, 사람들은 설명이 끝난 후 오히려 고민에 빠진 얼굴을 했다.

"어떠세요?"

설명이 끝나자마자 귀찮은 듯 빔 프로젝트를 끄비린 해욱이 비스듬히 테이블을 붙잡고 눈을 맞추며 물었다.

"두 가지 다 특색이 있어서 고르기가 힘드네요."

"이거 어려운데요."

아듀의 직원들은 물론 쿠카팀의 이사진까지 쉽게 대답을 하지 못하자 해욱이 곤란한 듯 눈을 찡그렸다. 해욱이 테이블 위를 손톱 끝으로 톡톡 두드렸다. 원목의 단단함에 손톱 끝이 부딪쳐 시원한 소리가 났다.

"제가 한번 입어볼까요?"

유환이 자리에서 일어섰다. 다들 동그래진 눈으로 유환을 쳐다봤다. 유환이 어깨를 으쓱 올렸다.

"사실상 첫 프로모션에 유니폼을 입을 사람은 저니까 아무래도 저한테 잘 어울리는 쪽이 사람들을 공략하기도 쉽겠죠."

유환이 시원하게 웃었다. 잿빛의 머리카락은 짙고 어두운 푸른색으로 바뀌어 있었다. 여름과 썩 잘 어울리는 머리카락 끝을 힐끗 올려다본 해욱이 고개를 끄덕이며 유환의 의견에 동의를 표했다.

"좋은 생각이네요. 그럼 입고 나와 볼래요?"

해욱이 마네킹에 입혀진 옷을 손쉽게 벗겨냈다. 남자 유니폼 두 벌을 각각 손에 쥐어줬지만 유환이 어쩐 일인지 해욱의 손을 놓지 않고 더욱 잡아끌었다. 해욱이 눈을 동그랗게 뜨며 유환을 올려다봤다. 유환이 해욱의 손목을 그러쥔 손에 조금 더 힘을 주어 당기며 짓궂게 말했다.

"피팅 봐주셔야죠."

디자이너의 건물답게 아듀는 각각 피팅룸이 비치되어 있었다. 그것은 회의실도 예외가 아니었다. 회의실 한편에 딸린 피팅룸으로 유환이 먼저 들어갔고, 별수 없다는 듯 해욱이 유환의 뒤를 따라 들어갔다.

유환이 망설임 없이 입고 있던 티셔츠를 벗었다. 단단하게 잡힌 근육의 미세한 움직임에 해욱이 슬그머니 시선을 돌렸다. 피팅을 하다 보면 모델들의 벗은 몸이란 벗은 몸은 다 보게 되는데 왜 이제 와서 부끄럽고 난리래, 지해욱. 해욱은 생각을 털어내듯 고개를 좌우로 크게 저었다.

"선생님?"

해욱의 고갯짓을 따라 컬이 들어간 머리카락이 나풀나풀 흔들리자 유환이 갸웃거리며 해욱을 빤히 쳐다봤다.

"아무것도 아니야."

아무것도 아니긴. 해욱이 무심코 손을 올려 얼굴을 가렸다. 물이 빠진 엷은 갈색의 머리카락이 해욱의 손가락을 따라 흘러내리는 것을 물끄러미 바라보던 유환이 해욱에게 손을 뻗었다가 이내 꾹 말아 쥐며 손을 거뒀다.

유환이 해욱의 손에 들린 셔츠에 팔을 꿰어 넣었다. 단정하게 채워진 셔츠를 당겨 내린 해욱이 각을 맞추며 핏을 완성시켰다.

"진짜 레터링이네."

"심심할 수 있는 하얀 셔츠에 주는 작은 포인트야. 사실은 아듀로 도배를 한 거지만."

유환이 하얀 셔츠 위로 정말 타투를 새길 법한 자리에 새겨진 레터링을 신기하게 쳐다보았다. 팔뚝 아래, 손목, 쇄골, 허리 라인을 따라 새겨진 것이 꼭 진짜 타투라도 한 것 같은 느낌이 들어 신선했다.

길게 뻗은 다리 위로는 신축성이 좋은 도트 무늬의 패브릭이 휘감겨 있었다. 풀려 있는 버클 안으로 보이는 언더웨어의 밴드를 따라, 무심코 브랜드 로고를 눈으로 따라 읽던 해욱이 고개를 푹 숙였다. 복근 아래 드러난 치골 위로 보이는 남자의 언더웨어가 이렇게 섹시한 거였다니. 최대한 담담하게 표정을 수습한 해욱이 무릎을 굽히고 앉아 유환의 바짓단 끝을 접었다. 도트 패턴이지만 안감은 블랙이라서 접어 입을 경우 조금 더 깔끔한 느낌을 주고자 살린 것이다.

"생각보다 더 잘 어울려."

유환은 모델 중에서도 키에 비해 다리가 긴 편이라서 바짓단을 접으니 귀여운 느낌마저 들었다. 해욱이 전체적인 유환의 핏을 훑으며 만족스럽게 고개를 끄덕였다.

"선생님."

"응?"

낮게 가라앉은 유환의 목소리에 해욱이 앉은 상태에서 얼굴만을 들어 올려 유환을 쳐다봤다. 유환이 해욱의 뺨을 감싸며 허리를 숙여 깊게 입을 맞췄다. 채 감기지 못한 해욱의 두 눈이 느릿하게 깜빡였다. 긴 속눈썹이 볼에 닿는 것이 간지러워서 유환이 눈을 찡그리며 웃었다.

"이제 선생님이 부끄러울 때 어떤 표정을 짓는지 정도는 다 알고 있어. 숨기려고 해도 소용없다는 뜻이야."

해욱을 따라 무릎을 굽히고 앉은 유환이 고개를 비스듬히 틀어 한 치의 오차도 없이 입술을 밀착시켰다. 자연스럽게 벌어지는 입술 사이로 진득한 혀를 밀어 넣자 곧장 엉켜오는 것에 열기가 일었다. 해욱의 말랑말랑하고 부드러운 입안을 이리저리 헤집어놓던 유환이 무심코 해욱의 옷 사이로 파고들려는 손을 발견하고는 느릿하게 떨어져 나갔다.

"계속 안 나가면 이상하게 생각하겠지?"

개구지게 웃은 유환이 예고도 없이 피팅룸의 커튼을 젖히고 나왔다. 촤르륵 커튼 걷히는 소리에 아듀의 직원들은 물론 쿠카팀의 이사진까지 모든 눈이 유환에게 집중되었다.

"후보 1번이요."

눈을 휘어 웃은 유환이 바지 포켓으로 비스듬히 손을 꽂아 넣고 섰다. 꼭 포즈를 잡는 것처럼 머리카락을 흩트리곤 눈을 맞추자 여기저기서 단말마가 터져 나왔다.

"입으니까 느낌이 또 색다르네요."

"유환 씨가 입은 걸 보니까 1번이 확 끌리는 것 같기도 하고."

유환이 입었다는 이유 하나만으로 금세 후보 1번의 유니폼으로 기우는 기세에 상현이 끌끌대며 혀를 찼다. 톱 모델의 파급력은 어마어마하구만.

"2번도 입고 나올게요."

고독한 심연의 색을 씌워놓은 것 같은 머리카락이 포슬포슬하게 흐트러졌다. 다시 피팅룸으로 들어간 유환의 뒤로 커튼 젖히는 소리가 났다. 아직도 가만히 무릎을 굽히고 쪼그려 앉은 해욱의 모습에 유환이 고개를 갸웃거리다가 이내 눈을 찡그리며 시선을 돌렸다.

"반응 좋은데?"

해욱이 만족스럽게 웃으며 무릎 위로 턱을 괴곤 유환을 쳐다봤다.

"응. 보는 거랑 입는 건 차이가 있으니까."

유환이 셔츠의 단추를 끌러 내렸다. 후보 2번이라고 불리는 유니폼이 피팅룸 한편에 고이 걸려 있다.

"이건 입는 게 조금 더 복잡할 거야. 그래도 셔츠랑 베스트는 일체니까 생각보다 간단할 거야. 스카프는 내가 손볼게."

베이지 색의 베스트를 걸친 것 같은 유쾌한 디테일이 들어간 셔츠를 내민 해욱이 소매 단을 접어 까만 라인을 잡은 뒤 스카프를 펼쳤다. 해욱이 스카프의 모양을 잡기 위해 돌돌 마는 동안 유환은 옆에서 빠른 속도로 옷을 갈아입었다. 백스테이지에서 몇 초 안에 옷을 바꿔 입어야 하는 것에 비하면 식은 죽 먹기였다.

유환이 단추를 잠그자 해욱이 유환의 목 뒤로 스카프를 둘렀다. 까만 바탕에 하얀 스트라이프가 들어가 적당한 포인트가 되는 것을 리본 모양으로 묶고 몇 번 만지작거리자 스카프의 모양이 예쁘게 잡혔다. 참 신기한 손끝이다. 해욱의 손을 가만히 내려다보자 그 시선을 느꼈는지 해욱이 배시시 웃었다.

"왜?"

"몇 번 손만 대는데 뭐가 이렇게 예쁘게 만들어지나 싶어서."

"윤상현이랑 똑같은 소리를 한다? 가만히 보면 둘이 찰떡궁합이라니까."

엷은 분홍빛의 립스틱이 해욱의 입꼬리를 따라 샐쭉하게 올라갔다.

포멀한 일자 진을 건너자 유환이 다리를 꿰어 넣었다. 슬랙스보다 조금 더 타이트한 느낌을 주는 일잔 진의 버클을 잠그는 사이 다시 무릎을 굽히고 앉은 해욱이 유환의 바짓단을 당겨 내렸다.

"이건 접지 말고 그대로 두면 돼. 일부러 끝단을 깔끔하게 랜딩했으니까 접을 필요 없어."

바짓단이 고르게 펴지도록 두 손으로 양 끝을 잡아 탁탁 소리가 나게 당기자 유환이 어쩐지 곤란해 보이는 얼굴을 비스듬히 돌렸다.

"왜 그래?"

"아니, 아니야."

조명 때문인가, 조금 붉어진 것 같기도 한 유환의 얼굴을 힐끗 올려본 해욱이 고개를 갸웃 기울였다.

"선생님."

"응?"

"다른 모델들 피팅할 때도 이런 식이야?"

"이런 식이라니? 뭐가?"

정확한 목적어가 들어가지 않은 유환의 질문에 해욱이 미간을 좁혔다. 유환이 조금 더 곤란한 얼굴을 하며 해욱의 가느다란 어깨를 두 손으로 잡아 일으켜 세웠다.

"그렇게 앉아 있으면 위에서 다 보인다고."

나 곤란해요. 얼굴을 가리고 있던 손을 내리자 유환의 얼굴 가득 떠오른 말에 해욱이 천천히 유환의 시선을 따라갔다. 긴 뒤의 기장은 그대로 두고 짧은 앞 기장은 팬츠 속으로 넣었는데 타이트하게 앞으로 당겨진 핏과 풀어진 두 개의 단추 때문에 쭈그려 앉으니 속이 보인 모양이다. 해욱이 대수롭지 않다는 듯 입술을 동그랗게 모았다 폈다.

"괜찮아. 아무도 안 봐."

"뭐? 그게 지금 할 말이야?"

발끈한 유환이 잔뜩 얼굴을 구기며 해욱의 손목을 잡아챘다. 언제 잡아도 놀랄 만큼 가느다란 손목에 다시 손에 준 힘을 풀어 부드럽게 손가락 끝을 그러쥐었다.

"언더웨어 컬러는 블랙에 나랑 같은 브랜드라는 것까지 보이는데 이래도 조심 안 할 거야?"

유환이 해욱의 손목을 잡지 않은 다른 쪽 손을 올려 해욱의 허리를 지분거렸다. 앞이 짧은 기장 탓에 금세 옷 사이를 파고들어 언더웨어의 와이어가 단단하게 느껴지는 가장 끝 부분의 자신과 같은 글자가 새겨진 밴드를 만지자 해욱이 몸을 옅게 떨며 유환의 손을 잡았다.

"여기 침대 위 아니야."

"침대 위면 괜찮다는 거지?"

"무슨 소리를 하는 거야?"

"야한 소리."

유환이 해욱의 입술 위로 가볍게 입을 맞췄다. 평소의 키스와는 다른, 어린아이에게 할 법한 긴 뽀뽀와도 같았다. 상대가 사랑스러워 어쩔 줄 모르겠다는 몽글몽글한 느낌을 그대로 담은 긴 뽀뽀에 해욱이 눈을 질끈 감았다. 유환이 해욱의 뺨을 가볍게 매만졌다.

"2번 나갔다 올게요."

유환이 역시나 예고 없이 커튼을 젖혔다.

"후보 2번이요."

유환이 스카프 끝을 당기며 앞으로 나섰다. 또다시 단말마의 탄성이 터져 나왔다.

"어째 보면 볼수록 고르기가 더 어려워지는 것 같네요."

"그러게 말입니다."

유환이 자리에서 천천히 한 바퀴를 돌았다. 유환의 뒤에서 해욱이 조용히 걸어 나왔다.

"디자이너님은 어때?"

상현이 물었다. 무심코 튀어나온 친근한 반말도 눈치 채지 못할 만큼 모두가 즐거운 고민에 빠져 있었다. 해욱이 천천히 유환을 훑어 내렸다. 톱 모델이라는 수식어에 걸맞게 모든 옷이 잘 어울렸다. 하지만 조금 더 자유분방한 느낌의 유환에게는 아마,

"참고로 저는 1번입니다."

해욱이 눈을 동그랗게 뜨고 유환을 쳐다봤다. 자신이 생각하던 것을 유환이 입 밖으로 전달한 느낌이다.

"두 벌 모두 마음에 들어요. 하지만 모델인 제가 조금 더 잘 표현할 수 있는 옷을 고르자면 1번이에요. 2번은 유니폼다운 디자인에 정적인 느낌이지만 2번은 유니폼인지 아닌지 구분이 어려울 정도에 역동적인 느낌이 들어서 새롭기도 하고 좋네요."

유환의 말 한마디에 회의장이 술렁였다. 후보 1번으로 급격하게 의견이 모아지는 것 같은 분위기에 상현이 모두에게 돌린 종이를 팔랑팔랑 흔들었다.

"여기 써주세요. 각자 생각하시기에 어떤 옷이 유니폼 프로모션에 조금 더 적합할지 말입니다."

상현의 말이 끝나기도 전에 사람들이 손을 움직였다.

"오늘 유니폼을 정하면 바로 유환 씨한테 맞게 피팅을 해서 수정하고 내일 바로 진짜 프로모션에 들어갈 생각입니다. 장소는 아시다시피 아듀 편집 숍에서 직접 할 생각이고요."

상현이 오랜만에 대표이사다운 소리를 하며 자리에서 일어섰다. 마무리되어 가는 분위기에 사람들이 후보 1번, 2번으로 지칭된 유니폼의 숫자를 적어 넣은 종이를 접고 일어섰다. 이런저런 인사를 건네는 사람들 사이로 유환이 테이블 아래에 가려져 보이지 않을 해욱의 손을 과감하게 잡아당겼다.

20. 이게 바로 핫 가십이야

서울 편집 숍의 중심지라고도 불리는 가로수길이다. 가로수길 위로 나무가 하도 많아서 사람보다 나뭇잎이 많다고들 하지만 오늘만큼은 나뭇잎보다 사람이 많은 광경이 펼쳐지고 있었다.

"아직 촬영 시작도 안 했는데 이 정도야."

장마철이 다가오면서 부쩍 덥고 습해진 날씨에 상현이 손부채질을 하며 투덜거렸다. 오늘을 맞이해 해욱이 특별히 만들어준 아듀의 여름 슈트마저 벗어 던지고 싶은 심정이다.

"이게 김유환 효과지."

오늘 오픈할 아듀의 편집 숍 앞에서 유니폼 프로모션 겸 화보 촬영이 이루어진다는 소식에 친분이라는 이름으로 포토그래퍼 지웅이 한걸음에 달려와 주었다. 일전에 아듀의 3주년 한정판 프로모션 화보 촬영도 함께 진행한 터라 해욱과는 막역한 사이인 지웅이다.

"아니, 애초에 유니폼 프로모션에 톱 모델이 나오는 경우가 이디 있어? 아무튼 지해욱, 대단하다, 대단해."

지웅이 카메라를 점검하며 고개를 내저었다. 아듀 편집 숍 곳곳의 인테리어를 배경으로 이루어지는 촬영에 내부가 분주했다. 첫촬영을 하기 위해 마네킹 사이에 선 유환이 옷매무새를 다듬으며 뻑뻑한 손가락을 움직였다.

"김유환! 김유환! 김 모델!"

여자들의 쨍쨍거리는 목소리가 시끄럽게 울렸다. 짜증이 날 법도 한데 웃으면서 손을 흔들어준 유환의 뒤로 다시 한 번 깍깍거리는 소리가 크게 울렸다.

"어때? 질투 좀 나나?"

유환의 촬영을 지켜보기 위해 멀지 않은 곳에 자리를 잡고 선 상현이 능글맞게 웃으며 해욱의 어깨 위로 팔을 척 걸쳤다. 해욱이 귀찮다는 듯 어깨 위로 올라온 상현의 팔을 힐끗 쳐다봤다.

"질투가 뭔데? 내 별명이 지쿨이야, 왜 이래."

붉은 립스틱을 바른 해욱의 입꼬리가 호선을 그리며 동그랗게 말렸다.

"지쿨은 무슨."

다 들리게끔 중얼거리는 상현의 목소리에 해욱이 눈을 흘겼다. 차이나칼라 특유의 단정함이 물씬 풍기는 화이트 블라우스 아래로 붉은 체크무늬가 들어간 화이트 진이 휘감긴 늘씬한 다리가 상현의 종아리를 불만스레 툭툭 건드렸다.

"여자들의 하이힐은 무기라니까."

상현이 투덜거렸다. 페디큐어가 깔끔하게 발린 발 위로 보기만 해도 살벌한 느낌을 주는 검은 토오픈 하이힐이 광을 내며 반짝거렸다.

"그래서 킬 힐이라고들 하잖아. 팔 안 내리면 찍어버릴 거야."

"어이쿠!"

해욱의 말이 떨어지게 무섭게 상현이 잽싸게 팔을 내렸다. 해욱의 말에 의해서라기보단 묘하게 스쳐 가는 유환의 눈빛 때문이었다.

해욱의 가느다란 팔목을 따라 심플한 원형의 팔찌가 흘러내렸다. 조금 더 극적인 분위기를 내기 위해 왼쪽으로 깊게 탄 가르마를 따라 머리카락이 촬영용으로 틀어 놓은 강풍기 바람에 살랑살랑 흔들렸다.

"지해욱! 지해욱! 예쁘다!"

해욱의 작은 행동에 갑자기 주위가 시끄러워졌다.

"디자이너인지, 연예인인지……."

상현이 낮게 혀를 차며 속삭였다. 해욱의 브랜드인 아듀의 팬인지, 아듀의 디자이너인 해욱의 팬인지 도통 알 수 없는 일이다. 구름처럼 몰려 유환의 팬만큼이나 몰려든 해욱의 팬들을 보며 다시 한 번 끌끌댄 상현이 고개를 내저었다.

해욱이 편집 숍의 통유리 너머로 선 사람들을 향해 예쁘게 웃었다. 그 미소에 조금 더 웅성거림이 커졌다. 해욱의 눈이 반달로 생긋 휘어지는 모습을 목격한 상현이 몸을 부르르 떨었다. 저 영업용 미소란.

"촬영 시작합니다!"

지웅의 우렁찬 목소리를 시작으로 유환의 표정이 금세 바뀌었다. 후보 1번이라 지칭되던 유니폼은 거의 만장일치로 아듀의 유니폼이 되었다. 아듀의 로고가 레터링 된 하얀 셔츠와 도트 무늬의 검은 슬랙스, 거기에 맞춘 검은 슬립온까지. 장난감처럼 알록달록한 주얼리를 한 유환이 마네킹에 어깨동무를 했다. 마네킹이 쓰고 있던 하얀 뿔테 안경을 벗겨낸 유환이 안경 끝을 장난스럽게 입에 물었다.

찰칵찰칵. 끊임없는 셔터 소리가 연이어 터졌다. 화보 촬영이지만 오픈된 장소에서 하는 만큼 휴대폰 셔터 소리도 줄곧 들렸다. 찍지 말아달라고 소리치는 스태프들의 목소리는 이미 소용없는 듯 보였다.

"엄청나지? 신인 모델이 톱 모델이 되는 건 순식간이야."

상현이 작은 목소리로 말했다. 해욱은 촬영을 하는 유환을 가만히 지켜보고 있었다. 꼭 다른 사람인 것처럼 표정을 짓고 포즈를 취하는 것이 신기했다. 요즘에는 모델계도 연예계에 속한다더니 꼭 남자 아이돌 그룹 팬 사인회 현장에 와 있는 것 같은 착각이 들었다. 구름 떼처럼 몰린 사람들과 유환의 이름이 적힌 플랜카드가 군데군데 눈에 띄었다.

"너 감당할 수 있겠어?"

"뭘?"

"이미 공개 연애를 빙자한 스캔들은 충분히 겪어봤잖아. 이호연이랑 말이야."

"그 자식이랑 내가 공개 연애 했어? 나만 몰랐나 보네."

"여자들의 질투는 무섭지. 특히 팬이라는 이름을 가진 여자들이라면 더더욱."

"한 번 겪어본 일이니까 두 번은 쉽지 않겠어?"

"와! 욱욱이 패기 넘치네?"

"유환이 닮아가나 보지."

해욱이 심드렁하게 중얼거렸다. 은근한 부러움에 상현이 다시금 투덜거렸다.

"근데 너 말투가 굉장히 띠껍다? 옷 내놔."

오늘을 위해 특별히 만든 상현의 여름 슈트를 잡아채자 상현이 금세 손을 모아 해욱에게 잡힌 멱살을 가까스로 떨쳐냈다. 해욱이 짧은 한숨을 내쉬자 상현이 큼지막한 손을 올려 해욱의 머리카락을 엉망으로 헤집어놓았다.

"윤상현!"

해욱이 상현의 손을 떼어놓으려 바동거리자 상현이 이마 위를 아프지 않게 콩콩 건드렸다.

"네가 부러워서 그러는 거야."

"응?"

"예쁘지, 핫하지, 능력 좋지. 그런데 애인까지 빵빵해, 이호연 다음은 김유환이래. 주눅도 안 들고 딩딩한네나가 성격도 더러워서 섣불리 건드리지도 못하겠고 부러워 죽겠는 거지."

"뭐?"

"그리고 넌 저기 김유환 팬들만 보이고 네 팬은 안 보이냐? 아주 진을 쳤구만. 난 가끔 내가 대표이사인지 매니저인지 모르겠어. 디자이너를 모시고 있는 건지 연예인을 모시고 있는 건지, 나참. 난 지해욱이 그런 고민하는 자체가 싫어. 내가 아는 지해욱 어디 갔어?"

해욱이 붉은 입술을 잘근잘근 깨물었다. 오래된 버릇과도 같은 그것에 상현이 손가락으로 해욱의 입술을 툭 건드렸다.

"게다가 응, 대표이사이자 소꿉친구도 이렇게 잘생겼으니 다들 안 부럽고 배겨?"

상현이 우스갯소리를 하며 눈을 찡긋거리자 해욱이 잔뜩 싫은 내색을 하며 상현의 어깨를 밀어냈다. 그러면서도 상현의 슈트 포 켓에 꽂힌 행커치프가 흐트러진 것을 그냥 넘기지 못한 해욱의 손 은 어느새 상현의 행커치프를 만지작거리고 있었다. 해욱의 손이 몇 번 움직이자 행커치프 모양이 예쁘게 잡혔다.

"그래, 잘생겼으니 20년을 같이 다녀줬다."

해욱이 씩 웃으며 상현의 어깨 위에 앉은 먼지를 털어냈다. 상 현이 광대를 씰룩거리며 비스듬히 벽에 기대어 섰다.

"다음 장소로 이동합니다!"

지웅의 목소리와 함께 연이어 터지던 셔터 소리가 멈추고 스태 프들의 목소리가 들렸다. 장소 이동이라고 해봤자 편집 숍 안에서 의 짧은 이동이었지만 조명 판은 물론 세트까지 모두 이동해야 해 서 시간이 필요했다.

"선생님!"

촬영이 끝나자마자 해욱을 부르는 유환의 목소리에 상현이 해 욱의 머리 위를 가볍게 눌렀다.

"가 봐. 옷도 다시 손봐주고 콘셉트도 잡아주고. 그리고 유환이 한테 오해 하지 말라고 단단히 전해라. 소름 돋으니까. 나한테 지 해욱은 남자나 다름없다고."

해욱이 대답 대신 입술을 삐죽거리며 유환 쪽으로 발걸음을 옮겼다. 하얀 바탕 위로 붉게 물든 체크무늬가 눈앞에서 일렁이며 움직였다. 늘씬한 다리가 쭉쭉 뻗어 움직이는 것이 꼭 마네킹이 걸어가는 것 같았다. 해욱의 뒷모습을 물끄러미 쳐다보던 상현이 나른하게 하품을 했다.

1차 촬영이 끝나자 편집 숍의 안쪽으로 들어온 유환이 곧장 해욱을 찾았다.

"1차 촬영은 끝났어."

"봤어. 잘하던데? 괜히 톱 모델이 아니야, 아주. 스태프한테 향수 들이붓고 징징 울던 게 엊그제 같은데 말이지."

"내가 울었다고? 나만 몰랐던 거야? 유언비어 퍼트리면 곤란한데."

그때를 떠올리듯 시선을 저 너머로 둔 유환이 눈을 찡그렸다. 해욱에 대해 좋지 않은 말을 떠들어대던 스태프들에게 향수를 들이부어 버렸다. 그 때 유환에게 해욱은 동경해 마지않는 디자이너 선생님이었는데 어느새 연인이 되었다는 사실이 새삼 기쁘게 다가왔다.

"아까 코디가 손 안 봤어? 내가 셔츠 소매 한 번 더 접으라고 말해뒀는데 또 잊어버렸나 보네."

예민한 얼굴을 한 해욱이 유환의 셔츠 소매 단 모양을 잡아주었다. 지금은 이렇게 눈앞에서 내 옷을 봐주고 있는 내 여자인데 말이지. 유환의 눈이 호선을 그리며 휘어졌다.

좀 전이 마네킹과 함께 촬영한 발랄하고 재미있는 화보였다면 이번에는 거울로 온통 뒤덮인 피팅룸에서의 촬영이다. 셔츠의 단추도 다 풀어버리고 슬립온 대신 앞코가 뾰족한 구두로 바꿨다.

협찬을 받아온 스타일 팀이 네온 색감의 주얼리는 몽땅 빼버리고 실버로 통일한 깔끔한 것들로 교체했다. 메이크업 팀 역시 눈꼬리가 처지게 그린 아이라인의 끝을 지우고 짙고 강한 느낌의 세미 스모키로 눈 위를 뒤덮었다. 가슴팍에 아듀의 레터링이 헤나로 새겨졌다. 강아지처럼 축 내린 머리카락을 스프레이로 세워 올리자 금세 이미지가 달라졌다. 짙은 화장으로 뒤덮인 눈꺼풀이 괜히 간지러워서 손을 올렸다가 번진다고 빽 소리를 지르는 메이크업 팀의 목소리에 유환이 천진난만하게 웃었다.

"오늘 3차 촬영까지 있다던데, 벌써 피곤하지? 보는 내가 다 피곤한 기분이야."

"나야 포즈만 취하면 되는데, 뭐. 선생님이야말로 편집 숍 오픈했으니까 신경 쓸 일이 하나 더 늘었네."

유환이 부러 입을 삐죽거리며 투덜대자 해욱이 참지 못하고 웃음을 터뜨렸다.

"2차 촬영은 피팅룸."

"그래? 거울이랑 하는 촬영이 어렵잖아. 모델들은 다 싫어하는 것 같은데."

호연은 물론 다른 모델들이 거울 촬영이라면 치를 떨던 것을 기억해 낸 해욱이 물었다. 유환이 풀어헤친 셔츠 사이로 뻐근한 허리를 뒤틀며 곰곰이 생각하는 표정을 짓다가 곧 격하게 동의하며 고개를 끄덕였다.

"아무래도 그렇지. 거울은 앞은 물론 옆, 뒤까지 내 모습이 360도 다 나오잖아. 그것까지 신경 써서 촬영해야 하니까 꼭 영상 촬영이라도 하는 것 같다고 해야 하나."

대답을 하는 유환은 다른 사람 같은 얼굴을 했다. 모델 특유의 촬영 전 긴장감이 감도는 서늘하고 예민한 얼굴이다. 하지만 유환의 얼굴에는 촬영에 대한 흥미로움이 가득한 것이 그들과 다른 점이라면 다른 점이었다. 피팅룸으로 들어선 유환이 긴 팔을 위로 뻗어 허리를 좌우로 쭉쭉 밀어냈다.

"밥은 먹었어?"

갑자기 일상적인 대화로 넘어온 그 애매한 틈에 해욱이 엉성하게 웃었다. 남들보다 옅은 색을 지닌 눈동자를 가만히 쳐다보던 유환이 해욱의 머리카락 끝을 손가락 위로 동그랗게 말았다.

"신경을 써서 그런가, 선생님은 살이 더 빠진 것 같네. 화나게."

그렇게 말한 유환은 무척이나 자연스럽게 두 손을 뻗어 해욱의 어깨와 허리, 골반을 더듬더듬 만져 나갔다. 여성의 라인을 여실히 드러내는 부분들을 만지자 순식간에 온몸이 달아오르는 것 같았다. 유환이 헛기침을 하며 다시 말했다.

"역시 살 빠졌어."

이미 단정을 지어버린 유환의 말에 해욱이 못 말리겠다는 듯 고개를 내저었다. 뜨끔한 것도 사실이다. 유니폼에, 편집 숍에, 뉴 시즌까지 신경 쓰다 보니 스트레스를 받긴 받은 모양이었다. 해욱이 허리에 올라온 유환의 손가락을 슬그머니 밀어냈다.

"여기 촬영장이거든요?"

"그래서 자제한 건데?"

능글맞게 대꾸한 유환이 해욱의 머리카락을 가만가만 쓸어내렸다. 잦은 염색과 세팅으로 뻣뻣한 자신의 머리카락과는 사뭇 다른 결 좋은 머리카락이 손가락 사이사이로 모래알처럼 빠져나갔다. 그 부드러운 감각이 좋아서 유환은 한참을 해욱의 옆에 붙어 서 있었다.

"유환 씨, 글리터를 깜빡해서 마지막으로 바르고 갈게요."

헤어, 메이크업 등 모든 팀이 빠져나갔는데 피팅룸으로 불쑥 들어온 여자 스태프가 말했다. 이미 사라진 메이크업 팀을 대신해 급하게 들어온 스태프를 대수롭지 않게 생각한 유환이 고개를 끄덕이며 눈을 감았다. 짙은 스모키 위로 조금 더 큰 입자의 펄이 포함된 글리터가 발렸다.

아까부터 해욱과 유환을 힐끔힐끔 쳐다보던 처음 보는 얼굴의 스태프였는데 어쩐지 글리터를 바르는 손이 덜덜 떨리는 것이 불안했다. 그것을 지켜보던 해욱이 메이크업 팀을 불러오라고 말하려는 순간이다.

한 손에 글리터를 들고 한 손으로 바르던 스태프의 손에서 글리터가 가득 든 케이스가 툭 떨어졌다. 펄 감과 유분기가 가득한 것이 유환이 입은 셔츠 위로 주르륵 흘러내렸다. 유환이 당황한 얼굴로 자리에서 벌떡 일어섰다.

"어, 어떡해! 죄송합니다!"

금방이라도 눈물이 흐를 것 같은 얼굴을 한 스태프가 발을 동동 굴렸다. 유환이 입은 셔츠 위를 옆에 놓인 티슈로 문질러 닦는 행동에 유환도 해욱도 눈살을 찌푸렸다. 해욱이 신경질적으로 얼굴을 구겼다. 입을 열었다간 독설이 마구잡이로 튀어나갈 것 같아서 입술을 꾹 깨물었다. 하지만 결국 건조하다 못해 냉소적인 말이 해욱의 입에서 튀어나갔다.

"당장 나가요. 나도 내 옷을 멋대로 대하는 사람과는 일하고 싶지 않으니까."

해욱이 유환의 셔츠에 묻은 글리터를 손바닥으로 닦아냈다. 티슈로 닦으면 퍼지기만 할 뿐 닦이지가 않았다. 그 순간에도 손을 버리기 싫어서 티슈를 사용하는 모양새라니, 해욱은 그 부분에 화가 난 것이다. 하필 펄이 잔뜩 들어간 글리터를 떨어뜨린 것에 짜증이 솟구쳤다. 셔츠의 오른쪽 거의 절반이 엉망이 됐다. 유환이 셔츠 위에서 바쁘게 움직이는 해욱의 가느다란 손목을 잡아 올렸다.

"손에 다 묻잖아."

유환이 해욱의 손목을 잡아 상냥하게 밀어냈다. 이미 반짝거리는 글리터로 범벅이 된 해욱의 손바닥을 확인한 유환이 눈살을 찌푸렸다.

"티슈."

아직도 옆에 서 있는 스태프에게 손을 내밀자 허겁지겁 옆에 있는 티슈를 빼주었다. 유환이 그것을 잡아채 해욱의 손바닥을 닦아냈다. 그리곤 자신의 손바닥으로 셔츠에 묻은 글리터를 억지로 걷어냈다. 이번에는 유환의 손바닥이 온통 빈찍거렸다.

"어떡하지?"

촬영을 위해 방금 피팅룸으로 들어온 지웅이 상황을 접하고 난감한 얼굴을 했다. 이제 겨우 1차 촬영을 마친 상태에 두 번이나 남은 촬영. 웅성거리는 주위의 소란에 유환이 길게 한숨을 내쉬며 셔츠를 벗었다. 정확히는 버릴 대로 버린 오른쪽 부분만 팔을 빼냈다.

"뭐 하는 거야, 유환 씨?"

지웅이 의아한 얼굴로 묻자 유환이 뻐근한 목을 좌우로 크게 돌렸다. 셔츠의 왼쪽만을 입은 유환이 자연스레 벽에 몸을 기대고 섰다. 유환이 손바닥에 범벅이 된 글리터를 벗다시피 입은 셔츠 사이로 드러난 상체에 대충 발랐다.

"제가 오른쪽은 안 보이게 포즈 잡을게요. 반만 입고 반은 벗은 콘셉트로 가죠. 시간이 없으니까 지금은 이렇게 찍고 제가 찍을 동안 유니폼 샘플 새로 가져오면 되지 않을까요?"

유환의 차분한 대책 안에 해욱이 대답 대신 보조 스태프를 턱짓으로 가리키며 사무실 열쇠를 던졌다.

"내 사무실 가면 샘플실에 유니폼 여분 있어요. 105사이즈 남자 상의 찾아서 가져와요."

"네!"

열쇠를 잽싸게 잡아챈 스태프가 빠른 걸음으로 문을 열고 나갔다. 어수선해진 분위기와 튀어나온 스태프에 사람들의 웅성거림이 더욱 커지는 것이 피팅룸 안까지 들렸다. 해욱이 짧게 한숨을 내쉴 때였다.

"다시 촬영 갑니다!"

갑작스럽게 침범한 지웅의 목소리가 쩌렁쩌렁하게 울렸다. 그것이 우스워 결국 작게 소리 내어 웃은 해욱이 고개를 끄덕이며 자리를 빠져나갔다.

다행히도 2차 촬영은 편집 숍 깊숙한 곳에 위치한 피팅룸에서 이루어져 사람들의 시선을 신경 쓸 필요가 없었다. 물론 편집 숍 안까지 들려오는 꺅꺅거리는 목소리는 여전했다.

유환이 거울 위로 상체를 비스듬히 기댔고 섰다. 정확히는 몸이 아닌 왼쪽 셔츠 자락만. 거울 위로 멋대로 몸을 기댔다간 금세 자국이 남아서 사진이 예쁘게 나오지 않는다는 것을 유환은 잘 알고 있었다. 애초에 어려운 촬영이었는데 더욱 어렵게 만들어놓았다. 자국이 남지 않도록 셔츠의 왼쪽 뒷부분만을 아슬아슬하게 기대고 선 유환이 목선이 드러나도록 목을 빼내며 턱을 들어 올렸다.

풀어진 셔츠 사이로 예쁘게 자리 잡힌 복근이 슬쩍슬쩍 보였다. 복근 위로 유난히 펄 감이 짙은 글리터가 진득하게 반짝였다. 유환이 맞은편에 놓인 거울로 거울 속 자신을 쳐다봤다. 유환이 몸 전체에 긴장감을 주며 카메라를 빗겨가듯 응시했다. 퇴폐적인 느낌에 나르시즘까지 섞여 오묘한 분위기가 만들어졌다. 그것을 유도한 듯 유환이 입꼬리를 올려 나른하게 웃었다.

고작 거울로 둘러진 피팅룸이었음에도 세트로 만든 화보 촬영장처럼 열정적인 셔터 음이 터졌다. 촬영이 시작되자 셔츠는 중요하지 않게 되었다. 지웅은 자신의 마음에 드는 피사체에 흥분했는지 좀처럼 말이 없었다. 연이어 터지는 셔터 소리와 바쁘게 각도를 바꾸는 조명 판의 열기가 뜨겁게 느껴졌다.

온몸의 힘을 뺀 것처럼 늘어뜨린 손을 들어 올린 유환이 머리카락을 자연스럽게 흩트렸다. 순간순간 터지는 셔터 음에 맞춰 유환의 눈빛도, 포즈도 바뀌었다. 그 순간에도 글리터가 스며들어 유분기가 번들거리는 셔츠 자락이 보이지 않도록 몸의 각도를 신경 쓰는 유환의 모습은 입이 떡 벌어질 정도였다.

"좋아요! 조금 더!"

지웅의 목소리가 간만에 터져 나왔다. 격양된 지웅의 목소리에 해욱이 바람 빠지는 소리를 내며 웃었다. 고작 유니폼 프로모션 촬영이 엄청난 화보 촬영이 되어버린 것 같았다.

해욱이 가만히 자신의 손바닥을 내려다보았다. 티슈로 닦아냈지만 절반도 닦이지 않은 글리터가 온통 반짝거렸다.

"씻지 그래? 씻어도 잘 떨어지진 않겠지만."

옆에 선 상현이 작은 목소리로 말했다. 해욱이 가만히 고개를 저었다. 반짝거리는 손바닥만큼이나 유환이 반짝거리는 것을 지켜보는 해욱의 입가로 희미하게 미소가 떠올랐다.

"컷! 쉬었다 갑니다!"

지웅의 우렁찬 목소리를 끝으로 유환이 온몸을 당기던 긴장감을 풀어내며 몸을 바로 하고 섰다. 스모키에 덮여 날카롭게 섰던 눈매도 금세 유하게 풀어졌다.

"수고하셨습니다."

2차 촬영이 끝나자마자 유환이 셔츠를 벗으며 피팅룸을 빠져나왔다. 촬영을 하는 사이 보조 스태프가 가져온 새 셔츠를 코디가 건네주었다. 이미 닦아내지 못한 글리터의 유분기가 온통 셔츠에 젖어 번들거렸다.

"괜찮겠어?"

해욱이 묻자 유환이 대수롭지 않게 고개를 끄덕였다. 메이크업팀이 달려와 유환의 몸에 묻은 글리터를 닦아내고 다음 촬영을 위해 준비하기 시작했다. 무사히 끝난 촬영에 안도하며 해욱이 가슴을 쓸어내렸다.

"셔츠는 버려야겠네. 아무래도 유분기가 새어든 건 복구하기 어렵잖아?"

젖어버린 셔츠를 받아온 해욱을 보며 상현이 물었다. 좀처럼 화를 내지 않는 상현의 얼굴이 구겨져 있는 것이 심기가 불편하다는 것을 드러냈다. 해욱이 얼마나 심혈을 기울여 만든 옷인지를 가장 잘 아는 사람이 상현이기 때문이다.

"그래야지 어쩌겠어."

해욱이 아쉬운 눈으로 셔츠를 쳐다봤다. 오른쪽 셔츠 자락이 유분기에 푹 절여져 너덜너덜했다. 이런 옷을 입고 완벽하게 촬영을 해낸 유환이 대단했다. 애초에 자신이 만든 셔츠인지 알아볼 수 없을 정도의 것에 해욱이 고개를 내저으며 셔츠를 내려뒀다.

"치워줄 수 있어? 내 손으로 버리려니 좀 그러네."

"오케이."

상현이 망설임 없이 해욱이 내려둔 셔츠를 잡아챘다. 하지만 벌레라도 잡듯 엄지와 손가락만을 사용해 셔츠를 들어 올리는 상현의 행동이 눈에 거슬렸는지 결국 상현은 해욱에게 등짝 스매싱을 맞아야만 했다. 그 장면을 목격한 몇몇 스태프들이 소리 내어 웃었고, 상현이 툴툴거리며 옷을 들고 사라졌다.

"익숙한 스태프랑 작업했어야 하는데 이번에 새로 들어온 스태프가 많다 보니까 일이 꼬였어."

해욱이 머리카락을 뒤로 쓸어 넘기며 곤란한 얼굴로 말했다. 유환이 고개를 좌우로 크게 저었다.

"선생님이 미안해하지 마. 그렇게 말하니까 우리 너무 공적인 사이 같잖아."

손수 만든 셔츠가 엉망이 된 해욱이나 그 셔츠를 입고 촬영을 한 유환이나 서로를 먼저 생각하는 것이 우습고도 기뻤다. 짐짓 진지한 척 말을 건넨 유환이 희미하게 웃었다.

"그래, 우린 사적인 사이니까."

"당연하지. 저번에 향수 프로모션 때도 그렇고 꼭 새로 온 스태프들이 문제가 많아. 물론 그건 새로 들어온 신인 모델도 마찬가지지만."

"김유환 씨는 벌써 톱 모델 아닌가?"

"그래? 선생님이 그렇다면 그런가 보지."

호탕하게 웃은 유환이 스프레이로 빳빳하게 세워진 머리카락 사이를 두 손으로 헤집었다. 마침 유환의 헤어를 다시 손보기 위해 다가온 헤어 팀이 유환의 손을 밀어내고 수건으로 머리카락에 묻은 스프레이를 거칠게 닦아냈다.

"난 이게 제일 싫더라."

유환이 툴툴거렸다. 3차 촬영에서는 주얼리도, 짙은 메이크업도 아무것도 없었다. 그냥 모델 김유환이 아듀의 유니폼만을 달랑입고 서는 것이 전부이다. 부가적인 것 없이 몸 하나만으로 표현해 내야 하는 것에 부담을 느낄 법도 한데 유환의 얼굴에는 즐거움만이 가득했다. 찡그린 듯 웃는 얼굴이 꼭 장난기로 똘똘 뭉친악동 같았다.

"3차 촬영 콘셉트는?"

유환이 입은 셔츠의 단추는 목 끝까지 잠겨 있었다. 어떠한 분위기도 흘러나올 수 없도록 꼭꼭 잠긴 것을 가만히 바라보던 해욱이 입술을 달싹였다.

"네 마음대로."

"응?"

"그냥 네 마음대로 표현하면 돼. 지금 느끼는 모든 걸 카메라 앞에서."

해욱이 눈을 느릿하게 감았다 뜨며 해사하게 말했다. 반달을 그리며 휘어지는 눈매를 따라 유환이 같이 눈을 휘었다

"지금 느끼는 거라……. 예를 들면?"

"음. 내 남자 좀 멋있다?"

해욱의 말에 유환이 상체를 흔들며 크게 소리 내어 웃었다.

"지금 선생님이 느끼는 건 그거야?"

"응. 왜, 안 돼?"

해욱을 한참이나 가만히 바라보던 유환이 혀를 내어 말라 버린 입술 위를 축였다.

"나는 만지고 싶다."

"응? 지금 내가 잘못 들은 거지?"

해욱이 유환의 말을 듣고도 듣지 못한 척 눈을 찡그리자 유환이 부러 짓궂게 대꾸했다.

"아닌데. 제대로 들었어. 만지고 싶다고."

못 말린다는 듯 살랑살랑 고개를 흔든 해욱이 유환의 뺨을 감싸듯 매만졌다.

"마지막 촬영까지 잘 부탁해, 김 모델님."

생긋. 예쁘게 휘어지는 눈매를 가만가만 바라보던 유환이 당연하다는 듯 허리를 숙이며 눈을 찡긋거렸다.

"여부가 있겠습니까."

3차 촬영이자 마지막 촬영이다. 유환이 편집 숍 밖으로 나오자 사람들의 목소리가 한층 더 커졌다.

"촬영 들어갑니다!"

지웅의 목소리가 세 번째이자 마지막으로 울렸다. 쩌렁쩌렁한 목소리에 순식간에 사람들의 목소리가 사그라졌다.

유환이 아듀의 편집 숍 앞에 자리를 잡고 섰다. 필기체로 흘리듯 적힌 아듀의 로고가 새하얀 간판 위로 깔끔하게 새겨져 있다. 유환이 간판 프레임이 나올 수 있는 위치에 정확하게 섰다. 화장도 주얼리도 아무것도 필요 없이 김유환이라는 모델 하나만으로 금세 특유의 분위기가 흘러나왔다.

아듀를, 그리고 나를 가장 잘 표현할 수 있는 것. 촬영을 위해 준비한 셔터 음이 몇 번 터졌다. 그 플래시를 가만히 쳐다보던 유환이 곧 포즈를 잡고 섰다. 몽글몽글한 발음으로 입을 벙긋거리며 인사하듯 손을 가볍게 흔들었다. 아듀는 안녕이라는 의미. 처음 아듀를 만났을 때의 설렘과 호기심을 표현하고 싶었다.

"아까 피팅룸에서 촬영하던 그 모델 맞아?"

상현이 놀라운 눈을 해선 촬영에 빠진 유환을 쳐다봤다. 그렇게 퇴폐적인 느낌을 폴폴 풍기더니 지금은 마냥 말갛게 웃는 것이 다른 사람 같았다. 해욱은 그런 유환이 익숙한 듯 가만히 촬영을 지켜보고 있을 뿐이다.

아듀. 동그랗게 말린 입 모양과 함께 반가운 듯 웃는 유환의 얼굴, 내밀어진 손은 금방이라도 잡고 편집 숍 안으로 들어가고 싶은 마음마저 들게 만들었다. 그것은 유환의 촬영을 지켜보던 사람들도 마찬가지인 듯 하나같이 설레는 얼굴을 하고 있었다.

바쁘게 터지는 셔터 음과 플래시마다 다른 포즈와 표정을 취하는 유환은 신기했다. 모델 김유환과 연인 김유환은 늘 알 수 없는 갭이 있었다. 물론 사람들 역시 그 갭에서 가장 큰 매력을 느끼는 것 같았다.

많이 찍지도 않은 것 같은데 단시간에 만족스러운 결과물을 얻어냈는지 계속 유환에게 향하던 카메라가 바닥을 향했고, 지웅이 소리쳤다.

"촬영 끝냅니다!"

지웅의 목소리가 들림과 동시에 여기저기서 박수 소리가 터져 나왔고, 유환이 깊숙하게 허리를 숙여 인사했다.

"수고하셨습니다!"

"괜히 톱 모델이 아니야, 아주. 유환 씨, 오늘 수고했어요."

지웅의 칭찬 가득한 목소리에 연이어 허리를 숙여 인사하던 유환이 쑥스러운 듯 웃었다. 카메라를 내려놓은 지웅이 편집 숍 안으로 들어가고 나서야 더운 날씨 속 야외 촬영에 지친 기색을 드러낸 유환이 있었다. 목까지 꽉 채워진 단추를 끌러 내리려다 몇 번이나 단추를 놓치자 해욱이 유환을 대신해 셔츠 단추를 끌러주었다.

"편집 숍은 에어컨이 계속 가동되니까 냉방병까지 신경 써서 패브릭을 정한 건데 역시 야외 촬영에는 적합하지 않았네."

배시시 웃은 해욱이 손을 올려 유환에게 팔랑팔랑 부채질을 해 주었다. 하얗고 가느다란 손목을 따라 스르륵 흘러내리는 팔찌를 따라간 그의 시선이 곧 그녀의 얼굴로 올라왔다. 끈질기게 닿아오는 시선에 해욱이 유환을 흘끗 쳐다봤다.

"왜? 뭐라도 묻었어? 나 뚫리겠어."

장난스러운 해욱의 목소리에 유환이 어깨를 으쓱 올렸다.

"잘 어울려요!"

"김유환! 지해욱! 예뻐요!"

유명 디자이너와 톱 모델의 투 샷에 주위가 훨씬 소란스러워졌다. 처음보다 더욱 몰려든 사람들의 모습에 이제는 가로수길조차 보이지 않을 지경이다. 사람들의 말을 들은 듯 유환이 환하게 웃으며 팔랑팔랑 손을 흔들어 주었다. 그리고 그에 대응하듯 다른 목소리가 겹쳐졌다.

"이호연! 지해욱!"

처음과 다른 싸한 느낌이 느껴진다고 생각했는데 호연의 팬으로 보이는 사람들이 다수 와 있었다. 정확히는 호연과 해욱의 팬이었다. 해욱이 곤란한 듯 눈을 질끈 감았다 떴다. 등을 지고 있어서 사람들은 볼 수 없었지만 마주 보고 선 유환은 볼 수 있었다. 유환이 메마른 입술을 느릿하게 핥아 올렸다.

자신의 코앞에서 셔츠 소매를 올려주던 해욱의 손이 그대로 멈춰 있다. 호연의 이름으로 멈춰 선 그 손길이 마음에 들지 않았다. 유환이 해욱의 손목을 덥석 잡았다. 그제야 해욱이 눈을 들어 유환을 쳐다봤다. 씩 웃은 유환이 해욱의 어깨를 자신 쪽으로 당겨 안았다. 가느다란 어깨 위로 팔을 두르자 사람들이 꺅꺅거리며 소리를 질러댔다.

"이호연이라니."

낮은 목소리가 해욱의 귓가에서 울렸다. 잠깐 동안 싸늘함이 스쳐 지나간 눈매는 곧 개구지게 휘어졌다.

"아닌데. 이호연 선배님보다 내가 더 잘 어울리지 않아요?"

유환이 앞으로 내려오는 머리카락을 입으로 불어 날렸다. 해욱도, 스태프들도, 사람들까지 모두가 당황한 순간에도 유환은 여유로웠다.

"김유환, 지해욱이 더 잘 어울리는 것 같은데."

악동처럼 웃은 유환이 해욱의 어깨에 둘러진 손을 올려 해욱의 머리카락 끝을 만지작거렸다. 그 작은 터치가 아찔한 느낌을 주었다. 장난인지 진담인지 모를 유환의 말에 사람들이 눈을 동그랗게 뜨고 웅성거렸다.

"아닌가?"

바로 앞에 선 팬과 눈을 마주치며 묻자 곧 홀린 것 같은 얼굴을 한 팬이 얼떨결에 고개를 끄덕였다. 어느 때보다도 웅성거리는 목소리가 귓가를 울렸지만 유환은 아랑곳하지 않고 해욱의 어깨를 조금 더 끌어안을 뿐이었다. 모두 스캔들 내주세요. 사람들에게 뱉어내고 싶은 말을 목구멍으로 밀어 넣으며 유환이 짓궂게 웃었다.

"김유환! 네가 제정신이야?"

꾹 입을 다물고 있던 진우가 유환이 밴에 올라타자마자 잔소리를 폭탄으로 날렸다.

"잔소리를 알차게 하는 사람은 형뿐일 거야."

유환이 심드렁한 얼굴로 귀를 막았다. 유환의 아이 같은 행동에 더욱 열이 오른 진우가 온몸을 부들부들 떨었다.

"뭐? 퍼뜨려 달라고? 그게 제정신으로 할 소리야?"

"형은 연애를 제정신으로 해? 난 탑 모델이니까 여자 친구는 없어요, 첫 키스는 기억 안 나요, 첫 경험은 아직이요, 그럴까?"

적나라한 유환의 말에 진우가 입을 쩍 벌렸다. 벌어진 입을 친절하게 닫아주려던 유환은 만사가 귀찮은 얼굴이었다. 유환이 시트를 조금 더 뒤로 젖히고 앉았다.

"너, 너, 네가 일반인인 줄 알아? 너 모델이야. 그것도 전 국민이 다 아는 톱 모델!"

"그래서 그게 어쨌는데?"

"뭐라고?"

귀를 막고 있던 손을 내려놓은 유환이 서늘한 시선으로 진우를 쳐다봤다. 이번에는 다른 의미로 진우가 몸을 움찔 떨었다.

"내가 연예인이야? 연애 금지 계약으로 책잡힌 아이돌이라도 되냐고. 뭔가 착각하나 본데, 형 말대로 나 모델이야."

유환이 신경질적으로 머리카락을 헤집자 진우가 금세 꼬리를 내렸다. 삐죽 올라갔던 눈썹이 팔자로 축 늘어지는 것을 지켜보던 유환이 짧게 한숨을 내쉬었다.

"모델이 워킹 잘하고 화보 잘 찍으면 된 거 아니야? 자꾸 이런 식이면 쿠카팀이랑 계약 해지할지도 몰라."

"뭐야?"

"어차피 이호연도 나갔고 나까지 나가면 타격이 클 텐데, 괜찮겠어? 사생활까지 간섭하려 들 생각 말란 소리야."

유환이 시트 깊숙이 상체를 묻었다. 푹신하게 들어가는 깊이만큼이나 구겨진 얼굴에서 곤두선 유환의 상태가 드러났다. 늘 유들유들하게 웃고 있던 눈매가 저렇게나 매섭게 설 줄이야. 진우가 침을 꿀꺽 삼켰다.

유환이 농담으로 이런 말을 던질 리 없다는 것은 몇 년간 함께

한 진우가 훨씬 더 잘 알고 있었다. 난감한 얼굴을 한 진우가 유환이 들리도록 더욱 크게 한숨을 푹푹 내쉬었다. 그런 진우를 힐끗 쳐다본 유환이 아랑곳하지 않고 이어폰을 귀에 꽂았다. 귓가로 흘러나오는 시끄러운 팝송을 들으며 유환이 짙게 선팅이 된 유리를 손등으로 툭툭 두드렸다. 밖에서는 안이 보이지 않지만 안에서는 밖이 훤히 보였다. 아직도 바깥에 몰려 있는 사람들이 보였다. 유환이 창문을 내리고 얼굴을 빠끔히 내밀자 순식간에 함성 소리가 커졌다. 팬 서비스 차원인 양 손을 흔들어준 유환이 고개를 비스듬히 기울이며 말했다.

"막 올려요, 막."

"네?"

가까이서 마주한 유환의 모습에 얼빠진 얼굴을 한 사람들을 보며 유환이 개구지게 웃었다. 손가락으로 컴퓨터 자판을 치는 시늉을 한 유환이 짙은 푸른 빛깔을 띠는 머리카락을 부스스 흩트리며 다시 한 번 말했다.

"확인할 거야."

무엇을 확인한다는 정확한 목적어는 없었지만 사람들은 모두 알아들을 수 있었다. 창문을 올리며 다시 흰 빈 손을 흔들어준 유환이 운전석에서 질색해하는 진우를 보며 즐겁게 웃었다. 푹신한 시트 뒤로 몸을 편안하게 기댔다.

제발 퍼뜨려 줘. 모든 사람이 다 알 수 있도록.

그리고 유환의 소망은 쉽게 이루어졌다. 아듀의 편집 숍이 오픈한 오늘이 지나가기도 전에 실시간 검색어는 온통 유환과 해욱의 이름으로 도배되어 있었다.

유환의 촬영하는 모습을 기어코 찍어 올렸고, 유환과 해욱이 어땠는지에 대한 사람들의 생생한 증언이 오고 갔다. 아직 공식적인 열애설 및 스캔들은 터지지 않았지만 유환과 해욱은 모든 사람들이 수상하다고 여기는 사이가 되어 있었다. 물론 내일이면 터지고도 남겠지만.

유환의 손가락이 휴대폰 화면을 툭 건드리자 오늘 날짜의 사진이 우수수 떠올랐다. 해욱과 같이 잡힌 투 샷이 마음에 드는 듯 한참을 바라보던 유환이 쿠카팀 건물로 밴이 들어서는 것을 확인하곤 기지개를 켰다. 진우가 또다시 잔소리를 하기 전에 유환은 잽싸게 밴에서 내렸다. 마침 쿠카팀 입구에서 민석이 문을 열고 나오는 것이 보였다.

"대단하다, 대단해. 이거 네 짓이지?"

유환을 발견한 민석이 다짜고짜 휴대폰을 들이밀었다. 실시간 검색어로 떠오른 자신의 이름에 유환이 만족스럽게 웃으며 백팩을 한쪽 어깨에 걸쳤다.

"역시 내 팬들이야. 행동력 하나는 최고라니까."

"너 때문에 못살겠다."

말은 이렇게 했지만 이미 유환이 해욱과 만나는 순간부터 어느 정도 예상한 일이기도 해서 민석은 사실 대수롭지 않게 생각하고 있었다.

"스캔들 터지는 건 시간문제네."

"빨리 터져주면 고맙죠."

입꼬리를 말아 올려 즐거운 듯 웃는 유환의 모습에 민석은 갑자기 진우가 불쌍해졌다.

'이런 개망나니 같은 톱 모델을 데리고 다니시네요, 매니저 형.'

사실상 모델들은 가수, 배우들보다 연애에 있어 자유로웠다. 애초에 모델끼리 연애를 하는 경우에는 화보 촬영에 있어서 시너지 효과를 내기도 했고, 모델에 관심이 없는 사람들에게 인식되기도 쉬워 일부러 공개 연애를 터뜨리는 경우가 비일비재했다. 하지만 톱 모델이라는 수식어를 달고 날개 달린 듯 인기가 높아져 가는 유환의 경우는 달랐다.

"넌 생전 여자에는 관심도 없는 것 같이 굴더니 선생님한테는 뭐가 그렇게 꽂힌 거야? 의외로 너도 얼굴 보는 타입인가."

"모르겠어. 그냥 다 좋아요."

"그냥이 어디 있어, 그냥이."

민석이 투덜대며 유환의 어깨 위로 팔을 툭 걸쳤다. 민석의 팔이 올라가 무거워진 어깨를 으쓱 올린 유환이 입술을 달싹였다.

"이유가 있어서 그 사람이 좋은 거라면 그 이유가 사라지고 나면 좋아하는 감정도 같이 사라질 거잖아. 그래서 그냥, 그냥 좋아요. 사람이 사람 좋아하는데 이유가 어디 있어요. 이유를 찾으려고 할 때는 이미 좋아한 뒤인데."

늘 장난스러운 얼굴을 하던 유환은 지금 민석이 알지 못하는 얼굴을 하고 있었다. 휘어지지 않은 날카로운 눈매 끝에서 유환의 진심이 드러나서 민석은 평소처럼 장난으로 받아치지 못했다.

잿빛의 머리카락은 못 본 사이 푸르게 바뀌어 있었다. 짙은 심연의 느낌이 드는 그 푸른색이 꼭 유환을 나타내는 것 같아 민석은 말 대신 이상한 표정을 지으며 유환의 어깨를 두드렸다.

"기사 봤어? 지해욱이랑 김유환, 잘 어울리더라."

"난 싫어. 우리 호연 오빠는 어떡하라고."

한창 연예인, 스캔들 등의 핫한 가십에 관심이 많은 20대 여대 생들의 목소리가 플랫폼으로 들어서는 지하철 소리에 묻혀 사라 졌다. 요즘 가장 핫한 가십을 꼽으라면 두말없이 '지해욱 김유환 의 스캔들' 이었다.

이미 아듀의 공식 모델이 이호연이라는 설은 김유환 쪽으로 넘 어간 지 오래였다. 성지 글이라며 올라온 것에는 해욱과 유환이 브런치를 먹는 장면이 올라와 있었고, 해욱을 볼 때면 유독 다정 한 유환의 표정 등이 가감 없이 드러나 있었다.

"김유환 눈에서 꿀 떨어지던데?"

"봤어! 내가 지해욱이면 좋겠어!"

"근데 지해욱도 인기 많잖아. 이상형으로 꼽는 연예인들이 하 도 많아서 난 처음에 모델인 줄 알았어. 근데 디자이너래."

쑥덕거리는 목소리는 지하철 안에서도 이어졌다. 휴대폰을 통 해, 혹은 메신저를 통해 빠른 속도로 이렇더라, 저렇더라 하는 이 야기가 오고 갔다. 하지만 아직 유환이 소속된 쿠카팀에서는 아무 런 공식적인 입장을 내놓지 않고 있었다.

"지해욱, 김유환이 대체 며칠째 검색어 1위인 거야?"

상현이 킬킬거리며 휴대폰 화면을 바쁘게 움직였다. 가장 최근 이라고 할 수 있는 편집 숍 오픈 일에 찍힌 두 사람의 사진이 걸리지 않은 곳이 없었다.

"어이, 지쿨 씨."

"왜? 또 뭐?"

부쩍 더워진 날씨에 깔끔하게 올려 당고머리를 해놓은 것이 동그랗게 눈에 밟혔다. 꾹꾹 눌러보고 싶은데 그럼 또 화내겠지. 물끄러미 그 동그랗게 말린 것을 보고 있자니 해욱이 버럭 화를 낼 타이밍이어서 상현이 억지로 눈길을 돌렸다.

"열애설이 난 것치곤 너무 태평하지 않아?"

"태평하지 않아야 할 이유부터 설명해 줄래?"

흥. 콧방귀를 뀐 해욱이 이번에 열린 파리 런웨이 사진을 체크하며 마우스를 달칵거렸다. 어깨선을 다 드러낸 오프 숄더 형태의 블라우스가 에어컨 바람에 팔랑팔랑 흩날렸다.

"오늘따라 아주 여성미가 넘쳐흐르셔?"

"당연하지. 지금 아듀 주위에 기자에 파파라치에 널린 거 안 보여?"

블라인드가 내려진 창문 밖을 끔찍하다는 힐끗 쳐다본 해욱이 고개를 내저었다.

"톱 모델이랑 연애하려면 이 정도 각오는 했어야 하는 거 아니야?"

"각오는 이미 충분히 했어. 아주 제대로."

해욱이 자리에서 일어서서 한 바퀴를 핑그르르 돌았다. 씩 올라가는 입꼬리가 아주 얄미웠다. 상현이 끌끌대며 혀를 찼다.

펀칭이 들어간 연보랏빛 오프 숄더 블라우스를 더욱 부각시켜 주는 당고머리에 목걸이조차 없는 터라 매끈한 네크라인은 더욱

도드라지게 드러났다. 마음에 드는 남자가 있다면 목덜미를 보여 주라고 했던가. 뜬금없이 떠오른 잡지의 한 구절에 강한 긍정을 표한 상현이 해욱의 쭉 뻗은 다리를 휘감은 아이보리 스키니 진을 힐끔 쳐다봤다. 게다가 저 어마어마한 높이의 아찔한 스트랩 하이 힐이라니.

"힘 제대로 줬네."

"보이지? 내 각오가."

바람 빠지는 소리를 내며 웃은 해욱이 푹신한 소파 위로 털썩 주저앉았다.

"그래서 공개 연애를 하는 소감이 어떤가요, 지쿨 씨."

상현이 앞에 놓인 유리잔에서 빨대를 빼 굳이 마이크처럼 들이대자 해욱이 싫은 표정을 하며 상현의 손을 밀쳐냈다. 엷은 물색의 팔찌가 해욱의 팔목에서 짤랑거리는 소리를 냈다. 갸름한 얼굴선을 따라 흘러내리는 잔머리를 귀 뒤로 무심하게 넘긴 해욱의 눈이 반달을 그리며 즐거운 듯 휘어졌다.

"좋아. 그것도 엄청."

"말 잘못한 거 아니야? '힘들어'를 잘못 말한 거지?"

해욱이 눈을 흘기며 상현의 앞에 놓인 유리잔을 들어 올렸다. 정확히는 커피가 아닌 동그란 얼음 조각을 먹기 위해서. 파삭거리는 소리와 함께 입안의 뜨거운 체온에 얼음이 금세 부서졌다.

"내가 호연이랑 만날 때는 확실한 게 아무것도 없었어. 우리가 사귀는 건지 헤어진 건지."

해욱이 허탈한 웃음을 지으며 유리잔의 손잡이 부분을 따라 동그랗게 매만졌다.

"그런데 유환이랑 만나면 모든 게 너무나 확실해. 내가 연애를 하고 있구나, 내가 스캔들이 터졌구나, 내가 사랑 받고 있구나 하고 말이지."

모든 것을 다 안다는 듯 잔잔하게 깔린 해욱의 눈매를 가만히 내려다보던 상현이 느릿하게 눈을 감았다 떴다. 친구라는 이름 아래 해욱의 모든 것을 알 만큼 안다고 생각했는데.

"여러모로 대단한 놈이야. 김유환."

"오호, 윤상현이 인정한 대단한 놈이라니."

해욱이 상현을 놀리듯이 어깨를 으쓱였다. 가느다랗고 하얀 어깨선이 얄미워 상현이 해욱을 노려보다가 곧 소리 내어 웃었다. 푹신한 소파 뒤로 상체를 깊숙하게 묻으며 지그시 눈을 감는다.

"기억나?"

"뭐가?"

"캐스팅 오디션 때 김유환을 처음 본 날."

해욱이 대답 대신 고개를 끄덕였다. 동그랗게 말린 당고머리가 달랑달랑 흔들렸다.

"그때 네가 또라이라고 했잖아. 처음 보자마자 너한테 마음에 든다니 내 스타일이라니 헛소릴 해대서."

"낭연하지. 처음에는 미친 줄 알았잖아."

풉. 동시에 터져 나온 웃음소리가 사무실 안을 울렸다. 상현이 무거운 눈꺼풀을 천천히 밀어 올렸다.

"또라이랑 사귀더니 지해욱도 또라이가 됐어."

"뭐야?"

"뭐, 둘 다 미친 거라면 상관없지 않나 싶어."

의아함이 담긴 해욱의 눈을 가만히 마주 보던 상현이 상체를 일으키며 일어섰다. 묻은 것도 없는데 괜히 툭툭 바지를 털곤 고개를 까딱였다.

"잘 만나보란 소리야."

대표이사와 소속 디자이너이기 전에 해욱과 상현은 친구이다. 대표이사라는 이름에 기대서 호연을 탐탁지 않아하던 상현이 이번에는 친구라는 이름으로 유환을 응원했다. 해욱이 동그래진 눈으로 일어선 상현을 올려다봤다.

"윤상현."

평소와 같은 이름이지만 조금 다른 느낌이다. 입꼬리를 씰룩거리던 상현이 능글맞게 웃으며 손을 들어 올렸다. 꼭 해욱의 머리라도 쓰다듬을 것처럼. 그리고,

"야!"

동그랗고 통통하게 말아 올린 해욱의 당고머리의 가운데를 손가락으로 쿡쿡 찔러 넣은 상현이 혀를 내밀곤 뒷걸음질 쳤다. 킬킬거리는 얄미운 웃음소리와 함께 상현이 사무실 문을 열었다. 그리고 보이는 익숙한 얼굴. 문 앞이자 자신의 바로 코앞에 선 유환을 보고도 놀라지 않은 상현이 고개를 까딱이며 물었다.

"어떡할래?"

"네?"

한 살. 고작 한 살 차이에 불과하지만 상현은 훨씬 형 같은 얼굴을 하고 있었다. 자신보다 키가 큰 유환이 마음에 들지 않는다는 듯 툴툴거리던 입술을 달싹였다. 해욱은 들리지 않고 유환은 들릴 정도의 목소리로 상현이 말했다.

"너는 맞다고 하는데 네 소속사는 가만히 있잖아. 이러다간 이 호연이나 너랑 별 진배 없어질지도 몰라."

유들유들한 얼굴로 제법 날카롭게 핵심을 짚어오는 상현의 말에 유환이 씩 웃었다. 길고 시원한 눈매가 망설임 없이 휘어졌다.

"그럼 쿠카팀이 인정할 수밖에 없게 쐐기를 박아버려야겠죠."

유환이 단호한 얼굴을 하며 상현을 마주 봤다. 남들보다 유난히 검은 눈동자는 흔들림이 없었다. 고집스럽게 다물어진 얇은 입술 끝이 동그랗게 말려 올라갔다. 내가 못할 것 같아요? 유환의 얼굴에서 읽히는 그 질문에 상현이 한숨과도 같은 웃음을 내뱉으며 유환의 어깨를 두드렸다.

"들어가 봐."

마치 스핑크스가 원하는 대답이라도 들은 것처럼 상현이 유환을 막고 서 있던 문을 비켜주며 순순히 물러섰다. 상현에게 가볍게 묵례를 하는 유환의 모습에 해욱이 멍청한 소리를 내며 눈을 깜빡였다. 달각거리는 소리와 함께 상현의 단정한 구두 소리가 복도 위로 울렸다.

"언제 왔어? 왔으면 들어오지 더운데 밖에……."

말이 끝나기도 전에 유환이 해욱의 손목을 당겨 끌어안았다. 에 어컨 아래에서 차가워진 피부로 유환의 따뜻한 체온이 제대로 느껴졌다.

"왜 그래?"

자신의 허리를 꽉 끌어안은 유환의 단단한 팔을 푸는 대신 유환의 어깨를 마주 안은 해욱이 유환의 어깨 위로 얼굴을 묻었다.

"해욱아."

"응."

"'힘들어'가 아니라 '좋아'라고 말해줘서 기쁘다."

"언제부터 서 있었던 거야, 부끄럽게?"

배시시 웃으며 유환의 품에 조금 더 파고들자 익숙한 체향이 올라왔다. 유환이 입은 브이넥의 얇은 니트 사이로 유환의 단단한 살갗이 마주 닿았다. 안겨 있음에도 자신의 얼굴 위로 지그시 닿아오는 유환의 시선에 해욱이 아프지 않게 유환의 얼굴을 밀어냈다.

"그렇게 쳐다보면 나 닳아."

"달아? 응. 선생님은 달아."

"달아가 아니라 닳아, 닳아!"

"닳든지 달든지 그런 건 지금 상관없잖아."

나른하게 풀어진 눈빛을 해선 씩 웃는 유환의 얼굴이 오늘따라 유달리 섹시했다. 몇 주가 지나자 처음보다 더욱 밝게 색이 드러난 푸른 머리카락을 손가락 사이로 그러쥐었다. 이렇게나 갭이 큰 남자라니. 곰곰이 생각하다 보니 또 발끈한 해욱이 한마디를 덧붙이려 입술을 열자마자 기다렸다는 듯 유환의 입술이 포개졌다.

차갑게만 보이는 해욱은 유난히 체온이 높았다. 마치 어린아이처럼. 입 안에서 얽힌 혀만큼이나 뜨겁게 전달되는 온도에 유환이 해욱의 가느다란 허리를 손가락으로 지분거렸다. 해욱의 모든 것은 부드럽고 상냥하고 달콤했다. 조금 더 깊게 입을 맞추고 장난스럽게 아랫입술을 감쳐물며 핥아냈다. 촉 하는 소리와 함께 맞물렸던 입술이 떨어졌다. 유환이 손을 올려 해욱의 뺨을 부드럽게 감쌌다.

"우리 도망가요. 뉴욕으로."

자기도 모르게 고개를 끄덕여 버릴 만큼 달콤한 목소리와 함께 달콤한 입술이 다시 찾아왔다. 밀라노와 파리 컬렉션을 성공적으로 끝낸 유환에게 남은 단 하나의 런웨이는 뉴욕에서 끝을 보려 하고 있었다.

유환을 위해서, 그리고 해욱을 위해서.

21. 반짝반짝하게 떨어져

영국은 머핀, 프랑스는 바게트, 미국은 베이글이라고 했던가. 참을성 없기로 유명한 미국인들이 길게 줄을 늘어선 곳은 다름 아닌 베이글을 파는 가게 앞이었다. 그 줄에 느지막이 합류한 해욱과 유환이 동시에 하품을 하다가 눈을 마주치고는 웃음을 터뜨렸다. 큼지막한 선글라스를 쓴 조그마한 얼굴은 절반 이상이 가려져 보이지 않았다.

인천에서 뉴욕까지 긴 비행시간을 각자 스케줄에 따라 보내고 뉴욕에서 만난 해욱과 유환이 가장 먼저 한 것은 베이글을 사러 가는 일이었다.

"뉴욕에서 가장 먼저 온 곳이 베이글 가게라니."

유환이 한탄하듯 투덜거렸다. 또 언제 염색을 한 건지 까맣다 못해 건드리면 만년필 속 잉크가 뚝뚝 떨어질 것만 같은 검은 머리카락에 눈이 시릴 지경이다. 짧게 정리한 머리카락 하나로 유환의 인상은 날카로워져 있었다. 유환을 생소한 눈으로 바라보던 해욱이 고개를 갸웃거리며 물었다.

"그럼 어딜 가장 먼저 가야 하는 거야? 센트럴파크, 아니면……."

"호텔이지."

짓궂게 웃으며 입술 위를 진득하게 핥아 올리는 유환의 모습에 해욱이 유환의 머리카락 끝을 아프지 않게 잡아당겼다.

"강아지는 무슨, 내가 늑대를 키웠어."

해욱의 투덜거림에 유환은 못 들은 척 해욱의 어깨를 감싸 안았다. 빠르게 줄어든 줄과 함께 따끈따끈한 베이글 두 개가 손에 쥐어졌다. 다양한 베이글 중에서도 해욱과 유환은 미리 맞추기라도 한 것처럼 플레인 베이글을 골랐다는 단순한 이유 하나만으로도 유환은 싱글벙글했다.

"쇼 준비는?"

베이글을 한 입 베어 문 해욱이 우물우물 입술을 움직였다. 이제 막 구워진 하얗고 노란 베이글 위로 해욱의 붉은 립스틱 자국이 동그랗게 남은 것에 괜히 연기가 올랐다. 유환이 문제없다는 듯 가볍게 어깨를 들썩였다.

"전혀 문제 없으니까 걱정하지 마."

유환도 베이글을 크게 한 입 베어 물었다. 런웨이가 바로 내일인 시점에서 가장 편하고 푹신한 운동화를 신은 유환이 블록 위로 발끝을 콩콩 찧었다. 발목에 무리가 가지 않게 하기 위한 최소한의 노력이었다.

휘어지는 유환의 눈매를 따라 웃은 해욱이 휴대폰을 눌러 시간을 확인했다. 해욱의 손에 늘린 휴대폰 너머로 시간을 확인한 유환이 아쉬운 듯 볼멘소리를 냈다.

"오늘 마지막 피팅 있어서 가봐야 돼. 선생님도 약속 있다고 했지?"

"응. 이제 보는 건 내일 쇼에서겠지? 기대 엄청 하고 갈 거야."

"당연히 그래야지."

해욱이 발뒤꿈치를 들어 유환의 머리카락을 부드럽게 헤집어놓았다. 머리카락 위로 닿는 해욱의 손길이 좋아서 조금 더 허리를 숙이며 머리를 들이댄 유환이 해욱의 입술 위로 짧은 베이비 키스를 남겼다.

똑똑. 건물 특유의 녹슨 철문이 듣기 싫은 소리를 내며 밀렸다. 내부는 이렇게나 예쁜데 대체 왜 문은 이따위인 건지. 쓸데없는 고민을 하던 해욱은 문이 열림과 동시에 쏟아져 나오는 따발총과 같은 목소리에 정신을 차리고 트리샤를 쳐다봤다.

"G! It's been a long time(G! 오랜만이네)!"

지해욱. 외국인들이 발음하기에는 어려운 이름 탓에, 물론 해욱이라고 불리는 것은 기대도 하지 않았지만 그렇다고 성인 '지'를 그대로 발음해 'G'라고 불리는 것은 더욱이 상상도 하지 못한 일이다. 더군다나 한국인인 해욱이 직접 듣기에는 발음에 따라 G는 쥐 같기도 했다. 언제 들어도 불만스러운 애칭 아닌 애칭에 해욱이 선글라스를 벗으며 눈을 잔뜩 찡그렸다.

"Hi."

담백한 인사를 건넨 해욱이 씩 웃었다. 해욱의 얼굴을 보자마자 꽥 소리를 지른 트리샤가 외국인 특유의 극적인 반응을 보이며 해욱을 끌어안았다.

"Otherwise, I was supposed to send you a invitation(안 그래도 초대장을 보내려고 했는데)."

"I already received(이미 받았어)."

초대장을 찾기 위해 서랍을 뒤적이려는 트리샤를 향해 해욱이 백에서 초대장을 꺼내 팔랑팔랑 흔들었다. 그것은 분명 마크의 뉴욕 컬렉션 VIP 초대장이었다. 트리샤가 어리둥절한 얼굴로 말했다.

"Sorry, I forgot sending it. But how did you……(미안, 깜빡하고 못 보냈네. 근데 어떻게……)?"

해욱이 대답 대신 트리샤가 캐스팅한 모델들의 폴라로이드 사진이 붙은 패널을 가리켰다. 많은 서양인 모델 사이에서 얼마 없는 동양인 모델 중 유환을 정확히 가리키자 트리샤가 고개를 갸웃했다.

"He's my lover(그가 내 연인이거든)."

잠깐의 정적이 흘렀다. 안 그래도 쌍꺼풀이 짙고 주름이 진 트리샤의 눈은 이제 튀어나올 것처럼 뜨여 있다. 동양인임에도 오프닝까지 맡기게 된 모델이 해욱의 연인이라니. 게다가 사진 속 남자는 분명 오디션 때 기억에 남는 말을 했다.

"Oh my! He said that in last audition(이럴 수가! 저번 오디션

때 그가 말했어)."

"What did he say(뭐라고 했는데)?"

"Am, that's a secret. Is every Asian men this cool(음, 그 건 비밀이야. 동양 남자들은 원래 멋진 거야)?"

"What are you talking about(그건 또 무슨 소리야)?"

"Nothing(아무것도 아니야)."

뉴욕에 오디션을 보러 왔을 때, 그랜드슬램을 달성하면 공개 연애를 하기로 연인과 약속했던 유환의 당당한 모습을 떠올린 트리샤가 모른 척 고개를 돌렸다. 트리샤의 우스갯소리에 못 말린다는 듯 고개를 내저은 해욱이 비스듬히 다리를 꼬고 소파에 앉았다. 마지막 수정 작업이 한창인 듯 보이는 작업실 풍경에 동질감을 느낀 해욱이 측은한 눈으로 트리샤를 쳐다봤다.

"How was Yuhwan(유환이는 어때)?"

"He adds liveliness to the clothes. He knows how to use his body. Above all, he's Sexy(그는 옷에 생명력을 불어 넣어. 몸을 잘 쓰는 모델이지. 그리고 무엇보다 그는 섹시해)."

음험한 목소리로 마지막 말을 덧붙인 트리샤가 킬킬거리며 웃었다. 정확하게 귀 밑에서 끊긴 단발머리가 찰랑찰랑 흔들렸다.

타이트한 레더 팬츠에 아무런 디테일이 없는 까만 슬리브리스, 거기에 멀티 스팽글의 슬립온. 쭉 뻗은 다리를 꼬고 앉은 해욱을 천천히 훑은 트리샤가 음흉한 얼굴로 히죽거렸다.

"G, You look more likely a model as time goes on. Will you be my model for my next lingerie fashion Show(G, 넌 갈수록 모델 같아 보여. 다음 시즌에 란제리 패션쇼를 하는데 모델로 서

줄래)?"

"Sounds horrible. I'm a designer(끔찍한 소리 하지 마. 난 디자이너야)."

해욱을 만나서인지 해욱을 놀려서인지 평소보다 들떠 보이는 트리샤의 모습에 해욱은 잔뜩 싫은 얼굴을 하면서도 배시시 웃고 말았다.

"Let's go for lunch anyway(점심이나 먹으러 가자)."

애초에 점심 약속이 되어 있던 터라 해욱은 미련 없이 자리를 털고 일어섰다.

"You go first. I'll go after I finish fitting models(마지막 모델 피팅만 끝내고 바로 갈게. 먼저 가 있어)."

대충 고개를 주억거리며 먼저 밖으로 나가는 해욱의 뒷모습이 사라지고 문이 닫혔다.

"Why did you hide(왜 숨은 거야)?"

트리샤가 어딘가를 향해 물었다. 그리고 익숙한 목소리가 들렸다.

"I wanted show it on the runway(런웨이에서 보여주고 싶었거든요)."

피팅룸의 커튼을 젖히고 나온 유환이 개구지게 웃었다. 꼭 유환을 위해 만들어진 것 같은 룩이 유환의 온몸을 휘감고 있었다. 만족스러운 얼굴을 한 트리샤가 고개를 끄덕였다.

"Okay."

피팅의 끝을 알리는 말에 유환은 다시 피팅룸으로 들어갔다. 빠르게 옷을 갈아입고 나온 유환이 트리샤에게 쇼에서 입게 될 옷을 건넸다.

"See you tomorrow(내일 봐요)."

유환의 가벼운 인사에 트리샤 역시 가볍게 손을 흔들었다. 문고리에 손을 올리던 유환이 중요한 무언가가 생각났다는 듯 고개를 홱 돌리며 단호하게 말했다.

"The lingerie fashion show is impossible(란제리 패션쇼는 절대 안 돼요)."

잠깐의 정적 끝에 유환의 말을 제대로 이해한 트리샤가 상체를 젖히며 큰 소리로 웃었다. 온갖 영어로 된 감탄사를 흘리며 재미있다는 듯 웃는 트리샤의 모습을 못마땅하게 쳐다보던 유환이 고개를 내저으며 문을 열었다. 트리샤가 유환의 뒤에 대고 소리쳤다.

"Why? Don't you want to know G's body size(왜? G의 바디 사이즈 알고 싶지 않아)?"

말과 함께 친절하게도 손으로 S라인의 굴곡을 그리는 트리샤의 장난스러운 행동에 유환이 짓궂게 웃으며 대답했다.

"I already know, very well(이미 알고 있어요. 아주 잘)."

그 말을 끝으로 문이 닫혔다. 달각거리는 소리와 함께 유환의 정갈한 발소리가 계단을 따라 멀어졌다. 흐응. 문을 보고 선 트리샤가 어깨를 으쓱 올리며 중얼거렸다.

"Look, Asian guys are cool(거봐, 동양 남자는 멋지다니까)."

―뉴욕 컬렉션. 컬렉션 중 가장 큰 규모를 자랑하기 때문에 3대, 혹은 4대 컬렉션의 종지부를 찍는 쇼라고도 말한다. 밀라노, 파리에 이어 세 번째로 남성 복이 발표되며, 실험적이고 혁신적인 보통의 컬렉션과는 다르게 실용적이고 일상적인 룩을 중심으로 한다. 그래서 보통의 모델들이 가장 서고 싶고 입고 싶어하는 컬렉션이기도 하다.

"아무래도 에디터들은 돈을 거저먹는 것 같아."

매년 컬렉션 시즌마다 변하지도 않는 진부하고 지루한 설명을 읽다가 결국 잡지를 덮어버린 해욱이 심드렁한 얼굴로 중얼거렸다. 하필 잡지를 장식하고 있는 표지가 해욱이 곧 참석하게 될 디자이너 마크의 방긋 웃는 얼굴이라서 괜스레 얄밉게 느껴졌다.

"포토 존은 신경 쓸 게 너무 많아서 골치 아파."

주위로 다닥다닥 붙은 헤어 팀의 진지한 얼굴에 해욱은 깊은 한숨을 내쉬었다.

"내 브랜드를 표현하면서 참석하는 쇼의 주제에도 부합하는 룩을 찾는 게 얼마나 힘든 줄 아냐고."

마크는 특이하게도 자신의 쇼에 참석할 때면 자신의 주제와 부합한 옷을 입기를 원했다. 그것은 자신의 네임밸류에 대한 자부심이기도 했지만 타 디자이너들을 상당히 곤혹스럽게 만드는 전략이기도 했다.

"주제에만 부합하는 옷을 입을 거라고 생각하면 착각이지. 난 아듀 디자이너지 M사 디자이너가 아니라고."

투덜거리는 목소리와 함께 해욱이 앞에 놓인 초콜릿을 향해 손을 뻗자 메이크업 팀을 대신한 상현이 해욱의 손등을 찰싹 때렸다.

"자제 좀 하지? 그렇게 먹어대다간 립스틱이 다 지워질 거라고."

상현이 해욱의 끝 마디를 따라 하며 초콜릿을 치우자 해욱이 입술을 삐죽하게 내밀었다. 초콜릿이 멀어지자 해욱은 그제야 무릎 위로 얌전하게 손을 올렸다.

"그래서 이번 컬렉션 주제는 뭐래?"

해욱의 눈매를 따라 그려지는 아이라인을 눈으로 좇던 상현이 궁금하다는 듯 물었다. 눈을 아래로 내리깐 해욱이 입술만을 달싹여 말했다.

"몰라. 트리샤는 란제리 패션쇼가 어쩌고저쩌고 쓸데없는 소리만 해댔어. 분명 마크가 입단속을 시켰겠지. 최대한 쇼가 시작할 때까지 알려지지 않도록."

"그래서 모른다는 거야?"

"당연히 알지. 모르면 어떻게 옷을 준비하겠어."

"저번 시즌에도 패션쇼 주제치곤 난해하지 않았어?"

지난 시즌 마크의 컬렉션을 떠올리는 상현의 모습에 해욱이 질색을 하며 대꾸했다.

"스트리트였지. 정말 끔찍했어."

지난 시즌 마크가 팬들을 위한 컬렉션이니 뭐니 떠들어대다가 주제를 스트리트 패션으로 정했을 때 수많은 디자이너들이 얼마나 난감해했던가. 그것은 말이 좋아 스트리트 패션이지 길거리 패션을 포토 존에 올리라는 것과 같은 의미였다. 또다시 울컥 솟는 짜증을 진정시키며 해욱이 눈을 느릿하게 감았다 떴다.

"그래서 이번에는 뭐래? 뭘 하든 스트리트보다야 낫겠지."

손을 내젓는 상현의 모습에 대답하려는 찰나 입술 위로 발리는 끈끈한 립스틱의 질감에 해욱은 다시 입을 다물 수밖에 없었다. 메이크업 팀의 손길이 사라지자 그제야 해욱이 입술을 작게 달싹여 대답했다.

"애니멀 프린트."

"뭐?"

자꾸 멍청한 반문을 하는 상현을 귀찮다는 듯 쳐다본 해욱이 말 대신 포토 존에 입고 갈 옷을 가리켰다. 저거라고, 저거. 옷걸이 아래로 완벽한 한 벌이 걸려 있다.

"그게 마크의 주제에 부합하는 네 룩이라고?"

상현이 눈살을 찌푸리며 옷걸이에 걸린 옷을 이리저리 살폈다. 누가 봐도 그냥 아듀 옷인데. 모던하고 심플한.

"너무 아듀 같지 않아? 애니멀 프린트 느낌은 하나도 없잖아."

"서당 개 3년이면 풍월을 읊는다더니 그냥 대표이사 자리에 있던 건 아닌 것 같아서 뿌듯하다, 윤상현."

동갑임에도 꼭 동생 다루듯이 대하는 해욱의 태도에 상현이 발끈했다.

"그래서."

해욱이 앉은 의자 뒤를 신발 앞코로 툭 건드린 상현의 능글맞게 물었다.

"비장의 카드는 어디에 숨겨뒀는데?"

이게 다는 아닐 거 아니야. 당연하다는 듯 웃으며 허를 찌르는 상현의 질문에 해욱이 다른 한편에 걸린 옷을 가리켰다. 정확히 말하자면 옷이라고 볼 수는 없지만 또 옷이라고 하기도 하는 그것.

"언더웨어잖아."

헤어와 메이크업 팀이 모든 준비가 끝났음을 알리며 자리를 빠져나가자 해욱이 기다렸다는 듯 몸에 두른 가운을 벗으며 일어섰다.

"겉은 아듀로, 안은 마크로 갈 거야."

호오! 상현이 신음인지 감탄인지 모를 소리를 뱉어냈다. 어깨 위로 넘실넘실 물결치는 머리카락을 보며 고개를 끄덕인 해욱이 가느다란 팔을 위로 올려 기지개를 켰다. 계속 앉아 있었더니 온몸이 뻐근했다. 상현이 옷에 정신이 팔린 틈을 타 앞에 놓인 초콜릿 하나를 잽싸게 입안으로 쑤셔 넣은 해욱이 입술을 우물우물 움직였다.

어느 포토 존보다도 수많은 플래시가 터졌다. M사, 뉴욕 컬렉션에 참가하는 디자이너 중에서도 인기가 많기로 유명한 마크의 컬렉션에 전 세계 사람들의 이목이 집중되고 있었다. 늘 뉴욕 컬렉션 시즌만 되면 가장 먼저 손꼽히는 디자이너가 마크이니 충분히 그럴 만도 했다.

플래시가 터지는 것이 아닌, 플래시 자체가 밤하늘에 수놓아진 별과도 같았다. 너무나 많은 플래시가 터져서 이제는 밤하늘 위로 온통 불이 켜진 것 같은 착각이 들 정도였다. 시끄러운 영어가 귓가에 울렸다. 어딜 가나 사람들의 고함 소리는 다 똑같은 모양이다.

"G!"

누군가가 해욱의 애칭을 불렀고, 곧 해욱의 이름이 어설픈 영어 발음으로나마 여기저기서 터져 나왔다. 이제는 아예 G로 정착된 걸까. 침울한 기분이 들려는 찰나 터지는 플래시세례와 질문에 마음을 가라앉힌 해욱이 차분하게 포토 존으로 들어섰다. 시력을 앗아갈 것 같은 플래시에 눈을 감아버리고 싶었지만 오히려 턱을 치켜들고 눈을 똑바로 떴다. 입가로 떠오르는 영업용 미소는 당연한 옵션이었다.

검은 재킷이다. 셔츠 같기도, 또는 재킷 같기도 했고, 그렇다고 시폰처럼 가볍지도 테일러드처럼 뻣뻣하지도 않았다. 적당한 텐셀이 섞인 부드럽고 단정한 소재는 알맞은 감도를 자랑했다. 벽돌과도 같은 독특하고 희미한 무늬와 힙을 덮는 적당한 길이감이 해욱을 더욱 늘씬하게 보이게 했다.

오픈되어 있는 하얀 재킷 안에는 언더웨어가 자리 잡고 있었다. 자칫 재킷 안에 입은 언더웨어가 부담스러울까 힙을 넘어 웨스트까지 감싸주는 적당한 높이의 하이웨스트 팬츠까지 신경 쓴 룩이다.

마크의 주제에 전혀 부합하지 않는 룩이라고 생각하지만 언더웨어를 보는 순간 모두가 누구보다 마크의 주제에 잘 부합하는 룩이라고 생각하게 되는 그것. 애니멀 프린트의 기본이라 불리는 적갈색의 레오파드 언더웨어는 지나치지도 모자라지도 않았다. 레더라는 독특한 소재의 언더웨어가 그것을 옷처럼 보이게 했다.

여성이라면 한 번쯤 입어보고 싶어하는 적당히 화려하고 적당히 심플한 레오파드 언더웨어는 정확히 마크의 컬렉션 주제와 일

치했고, 그 위를 덮은 검은 재킷 때문인지 과하지도 않았다. 언더
웨어를 제외한 나머지 모든 것은 지해욱의 아듀 그 자체였다.

팔목 위로 골드 빛의 큼지막한 팔찌가 달랑달랑 흔들렸다. 굵은
컬을 말아 넣은 머리카락이 어깨 위로 넘실넘실 움직였다. 해욱이
카메라에 맞춰 이리저리 몸을 틀 때마다 엷은 갈색의 머리카락이
같이 흔들렸다. 클러치를 옮겨 잡은 무심한 행동 하나로 셔터 소
리가 더욱 크게 터져 나왔다.

이번 마크의 포토 존에서는 인터뷰가 허용되지 않았다. 그럼에
도 꿋꿋이 던져오는 기자들의 질문을 해욱은 못 들은 척 웃으며
지나쳤다.

빠르고 난잡한 영어 속에서도 자신의 이름과 유환의 이름이 몇
번이나 거론되는 것을 똑똑히 들을 수 있었다. 냉담하게 고개를
돌린 해욱은 마지막으로 한 번 더 눈을 휘어 예쁘게 웃고는 포토
존을 빠져나갔다. 다음 셀럽이 포토 존에 들어섰음에도 카메라는
그녀를 따라 움직였다. 가드가 해욱을 쇼장 안으로 안내했고, 가
드에게 가벼운 눈인사를 건넨 해욱은 자리를 찾아 움직였다.

쇼가 몇십 분도 남지 않은 백스테이지는 아수라장일 것이 뻔했
다. 완벽하게 만들었다고 생각한 옷도 꼭 런웨이에 올라가기 직전
에 보면 실수가 보이곤 했다. 디자이너인 해욱 역시 누구보다도
공감할 수 있는 부분이다. 사람들이 기대에 찬 목소리를 여기저기
서 뿜어냈다. 사람들의 격양된 목소리가 좋아서 가만히 눈을 감고
있던 해욱이 숨을 고르며 마음을 진정시켰다.

유달리 객석이 조용해진다 싶더니 조명이 꺼지고 마크가 나타
났다. 익숙한 얼굴에 웃음이 나는 것도 잠시, 곧 런웨이의 시작을

알리는 비트와 함께 지그재그 모양의 런웨이 위로 촘촘한 조명이 켜졌다. 시작이구나. 비트에 맞추기라도 한 듯 해욱의 심장이 어느 때보다도 빠르게 뛰고 있었다.

백스테이지는 소란스러웠다. 막바지에 이르자 헤어와 메이크업 팀은 너나 할 것 없이 모델에게 붙어 마지막 점검에 박차를 가했고, 스태프들은 모델에게 맞는 모든 것을 정확하게 조달하기 위해 움직였다. 백스테이지 안에 모델을 제외하고 걸어 다니는 사람은 아무도 없었다. 모두가 뛰고 또 뛰었다.

머리카락 위로 가해지는 뜨거운 열이 꼭 자신의 심장까지 내려온 것 같았다. 유환이 손을 올려 쿵쿵 뛰는 심장 위를 지그시 눌렀다. 오프닝 모델이기 때문에 유환에게 붙은 손만 해도 무려 여섯 개였다.

뉴욕 컬렉션에서는 흔치 않은 동양인 모델인데다가 오프닝을 맡아서 여기저기서 좋지 않은 시선이 오가는 것이 느껴졌다. 하지만 이미 밀라노에서도 파리에서도 경험한 일이다. 유환은 대수롭지 않다는 듯 그 시선을 여유롭게 넘길 줄 알았다. 그것이 바로 쇼의 경험이자 모델의 재산이 되는 것이다. 옷, 신발, 주얼리, 헤어, 메이크업까지 모든 것이 갖춰지고 나면 남는 것은 워킹뿐이다. 소란스럽던 객석이 유난히 조용해진 것이 느껴졌고, 스태프들은 더욱 분주해졌다.

쇼의 시작을 알리는 음악 소리가 들렸다. 이제 시작이다. 모든 모델의 가장 앞에 선 유환을 보고 총괄 스태프가 눈을 마주쳐 왔다. 유환이 준비됐다는 듯 고개를 작게 끄덕였고, 동시에 쿵쿵거리는 비트가 울렸다.

"Go!"

백스테이지의 총괄 스태프가 런웨이의 조명과 노래에 맞춰 정확한 시점에 오프닝 모델인 유환의 등을 떠밀었다. 런웨이로 나설 때면 등 뒤로 닿는 손길, 그 손길에서야 정말 내가 런웨이에 섰구나 하는 생각을 비로소 할 수 있었다.

일직선이 아닌 지그재그 형식의 런웨이라서 자칫 다른 생각을 하면 동선이 꼬이기 쉬웠다. 하지만 이미 리허설 때 몇 번이나 걸었던 런웨이다. 망설일 것도, 주눅들 것도 없었다.

양옆으로 날개 달린 듯 열리는 런웨이 위로 올라섰다. 유환의 입꼬리가 미세하게 꿈틀거렸다. M사 쇼의 시작이자 그랜드슬램의 마지막 관문이다.

애니멀 프린트. 이번 M사의 컬렉션 주제이다. 오프닝인 유환은 셀럽들의 이목을 끌어오는 역할을 맡은 모델이기 때문에 뒤에 나오는 모델들보다 훨씬 더 화려한 옷을 입고 있었다. 애니멀 프린트에 깃털까지 달린 퍼 코트, 눈매는 짙은 스모키 라인에 입술은 색을 완전히 죽인 백지장같이.

자칫 옷에 모델이 묻혀 버릴 수 있는 위험성이 있었지만 유환에게는 해당 사항이 없었다. 화려한 옷과는 대조적으로 차분하게 가라앉은 검은 머리카락과 눈동자, 동양인 특유의 길고 날렵한 눈매는 무심하고도 단호했다.

툭툭. 화려한 옷을 부각시키기 위해서 어느 때보다 심플하고 시크한 워킹이 이어졌다. 깃털로 뒤덮인 퍼 코트가 팔에 스치며 팔랑팔랑 흔들렸다. 지그재그 형태의 런웨이는 어렵지만 재미있었다. 흔히 멈춰 서는 지점, 포토 존이라 불리는 그곳에 평소보다 짧게 머문 뒤 돌아가는 것이 아니라 지그재그 형태에 맞게 옆으로 이동해 다시 멈춰 섰다. 런웨이 위로 울려 퍼지는 비트에 묻혀 플래시 소리는 들리지 않았다.

고집스럽게 다물어진 입매를 긴장감으로 단단히 감싸며 유환이 비스듬히 턱을 당겨 카메라를 응시했다. 사실은 카메라를 보고 있는 것인지 사람들을 보고 있는 것인지에 대한 자각은 없었다. 런웨이에 서면 밝은 불빛만이 보일 뿐 그 외의 것은 아무것도 보이지 않았다.

부드럽게 원을 그리며 턴을 하자 런웨이의 시작점에서 두 번째 모델이 걸어나오는 것이 보였다. 부딪치지 않도록 자연스럽게 옆으로 이동한 유환이 그대로 백스테이지로 들어갔다. 뒤이어 선 모델들 역시 긴장감이 역력한 표정을 하고 있다.

후. 유환이 길게 숨을 내뱉자 스태프들이 잽싸게 다음 옷을 넘겼다. 오프닝과 열한 번째 옷을 맡게 된 유환이 빠른 속도로 옷을 갈아입었다. 그래도 열한 번째 정도면 시간은 넉넉한 편이다. 전에 오프닝 모델을 맡고 네 번째 옷을 맡았을 때는 정말 끔찍했다.

얼기설기한 그물처럼 보이는 옷은 마치 먹이 사슬과도 같았다. 그것을 마크가 표현하려고 했는지 어떤지는 알 수 없었다. 레더 소재의 바지를 꿰어 넣자 헤어와 메이크업 팀이 잽싸게 옆에 붙어 모든 것을 수정했다. 지브라 무늬가 난잡하게 그려진 티셔츠 위로 그물처럼 얽힌 것이 둘러졌다. 손가락과 팔로 화려한 주얼리를 끼워 넣는 것을 가만히 보고 있자니 곧 아홉 번째 모델이 런웨이에 올랐다는 스태프의 전달이 들어왔다.

착장을 마친 유환의 발걸음이 빨라졌다. 잽싸게 열 번째 모델 뒤에 붙어 선 유환이 가쁜 숨을 고르게 다듬었다. 유환의 앞에 있던 모델이 출발했다. 유환이 느릿하게 눈을 감았다 떴다. 지그재그 형태의 동선이 꼬이지 않도록 다시 한 번 머릿속으로 확인하고 나자 앞선 모델이 턴을 하는 것이 보였다. 유환이 런웨이 위로 발을 내디뎠다.

다시 눈부신 조명이 보였고, 어느새 유환은 워킹을 하고 있었다. 밖에서 단순히 거리를 걷는 일과 런웨이에서 워킹을 하는 일은 본능적으로 구분 되어 있었다. 런웨이에서 들리던 비트 소리가 점점 멀어지고 자신의 심장 소리가 쿵쿵거리는 것이 들렸다. 귓가로 심장 박동이 빨라졌다. 그리고 정신을 차리자 유환은 어느새 턴을 하고 백스테이지로 들어가고 있었다.

백스테이지로 들어서자 백스테이지 전문 포토그래퍼가 포즈를 요청했다. 유환이 비스듬히 내려오는 계단에 서서 카메라를 응시하자 셔터가 터졌다. 포토그래퍼에게 가벼운 눈인사를 건넨 유환이 다시 모델들의 뒤로 섰다. 엔딩 모델의 순서가 끝난 후 피날레를 위해서였다.

런웨이가 끝나고 나자 그제야 밖에서 터지는 플래시 소리와 사람들의 작은 목소리가 들렸다. 물론 쿵쿵거리는 비트에 묻힌 소리는 아주 희미했다. 백스테이지에 설치된 모니터로 모델들의 런웨이 위에서의 모습이 보였다.

문득 생각해 보니 뉴욕 컬렉션 정도면 충분히 호연과 마주쳤을 만한 무대였다. 모델을 은퇴했다더니 거짓말은 아니었네. 유환이 길게 늘어진 속눈썹을 손가락 끝으로 밀어 올리며 눈을 깜빡였다. 사실은 톱 모델이라 불리는 호연과 같이 런웨이에 오를 때가 재미있었던 것 같기도 하다. 유환이 머릿속을 휘두르는 태평한 생각들을 떨쳐내며 고개를 내저었다.

"피날레!"

누군가가 소리쳤고, 모델 모두가 꼬리에 꼬리를 물고 런웨이로 걸어나갔다. 방금 전의 워킹과는 전혀 달랐다. 모두가 웃는 얼굴로 박수를 치며 마크의 쇼를 자축했다. 유환도 그 대열에 섞여 눈이 휘어져라 웃고 있었다. 이 런웨이에서 해욱의 얼굴을 볼 수 있다면 좋을 텐데 하고 유환은 생각했다. 피날레 워킹을 마치고 계단식으로 선 모델들 앞으로 오프닝 모델인 유환과 엔딩 모델이 마크의 양옆에 나란히 섰다.

이번 컬렉션의 디자이너인 마크가 마이크를 들고 영어로 떠들어댔다. 유환이 허공으로 시선을 던지며 박수를 쳤다. 디자이너와 함께 모델 모두가 백스테이지로 사라졌다. 천천히 백스테이지로 들어가는 그 기분이 평소와 조금 달라 이상하다고 생각했다.

런웨이까지 끝난 마당에 모델들이 대놓고 힐끔힐끔 쳐나보는 것이 느껴졌다. 오프닝 모델이자 동양인인 자신이 생소한 모양이다. 하지만 그것을 일일이 눈 마주치고 웃어줄 만큼 유환은 상냥하지 못했다.

깃털이 잔뜩 달린 퍼 코트를 벗자 옆에서 옷을 벗던 다른 모델이 말을 걸어왔다. 밤색의 머리카락과 조금 낯익은 얼굴은 캐스팅 오디션 때 마주쳤던 서양인 모델이었다.

"Your walking was better than I thought(생각보다 워킹이 나쁘지 않던데)."

비꼬아져 있는 말투 속에 내비치는 진심을 잘 알고 있기에 유환이 피식거리며 웃었다. 모델 일은 좋았지만 백스테이지의 경쟁은 귀찮고 부질없는 것이었다. 오디션도 아닌 백스테이지에서 경쟁을 해봤자 감정 소모일 뿐 이미 한 배를 탄 모델들끼리 좋을 게 없었다. 유환이 심드렁한 얼굴로 마주 보고 섰다.

"What's your name(너 이름이 뭐야)?"

"Daniel(다니엘)."

"I'm Yuhwan(난 유환)."

유환이 개구지게 웃었다. 워킹을 할 때의 날카로운 얼굴과는 다르게 웃으니 말갛게 휘어지는 유환의 눈매에 다니엘이 흠칫 어깨를 떨었다. 유환이 다니엘의 어깨를 툭툭 두드렸다.

"I thought you are glib tongued(그때 보니까 너 입이 좀 가벼운 것 같던데)."

"What(뭐)?"

다니엘이 과장되게 눈을 찡그리자 꼭 할리우드 영화를 보고 있는 것 같았다. 유환이 입고 온 셔츠에 팔을 꿰어 넣으며 말을 이었다.

"Do you know AHdieu(아듀 알지?)"

"Of course. It's G's brand(당연히 알지. G의 브랜드잖아)."

발끈하다가 아듀의 이름을 듣자마자 활짝 반색을 표한 다니엘은 해욱의 애칭까지 언급했다. 새삼스레 해욱의 명성을 느낀 유환은 어쩐지 뿌듯해졌다. 다니엘의 반응에 만족스러워하던 유환이

다니엘의 어깨 위에 올린 손을 부드럽게 문질렀다.

"It's okay if G knows, too. Your talkative mouth will do the last part(G도 알고 나도 알면 됐어. 나머지는 가벼운 네 입이 알아서 하겠지)."

"What(뭐라고)?"

유환이 대답 대신 앞에 있는 스태프에게 옷을 전달했다. 아직도 어안이 벙벙한 표정을 하고 선 다니엘을 보고 얄밉게 웃은 유환이 백스테이지를 빠르게 빠져나갔다. 평소보다 짙은 화장도, 스프레이 범벅이 된 머리카락도 지금은 중요하지 않았다. 단지 해욱이 보고 싶었다.

백스테이지에서 빠져나와 셀럽들이 나가기 시작한 쇼장으로 들어서자 사람들이 알아보고 눈길을 던졌다. 이곳이 한국이 아닌 것에 감사하며 유환은 VIP석을 향해 걸었다. 걸어가던 걸음걸이가 조금 더 빨라졌고, 유환은 어느새 뛰고 있었다.

해외에서 내로라하는 디자이너들이 곳곳에 보였고, 이름만 들어도 알 수 있는 할리우드 스타들도 보였다. 하지만 지금 유환의 눈에는 해욱을 제외한 모든 것은 배경에 불과할 뿐이었다.

VIP석으로 이어지는 통로를 걸어나오는 인영이 보였다. 멀지 않은 곳에서 일렁이는 실루엣만으로도 해욱이라는 것을 알아차린 자신에게 감탄을 하며 유환은 빠른 걸음으로 발걸음을 옮겼다. 주위의 셀럽들과 끊임없이 인사를 주고받던 해욱이 자신을 향해 다가오는 인기척에 눈을 들어 유환을 쳐다봤다.

조금 놀란 얼굴이다. 아이라인을 따라 반달을 그린 해욱의 눈꼬리가 샐쭉하게 휘어졌다. 아무런 인사도 없이 해욱은 그저 손을 올려 유환의 머리카락을 부드럽게 매만졌다.

"수고했어."

머리카락 위로 얄은 봄바람이 스쳐 지나간 것 같았다. 자신의 머리카락을 헤집어놓고 내려가려는 손이 아쉬워 급하게 해욱의 손을 덥석 잡았다.

"해욱아."

유환이 입술을 달싹였다. 유환의 눈가로 옅게 번진 스모키 라인을 좇던 해욱이 유환을 마주 봤다. 해욱과 유환이 마주 보고 서 있자 둘을 쉽게 알아본 사람들이 웅성거리며 색다른 소음을 만들어냈다.

"좋아해요. 아주 많이."

웅성거리던 소음이 한순간에 사라졌다. 누군가가 크게 숨을 들이마시는 소리가 들렸다. 놀라움을 가득 담은 해욱의 눈이 사르륵 접혔다. 그리고 그것이 어떤 수신호라도 된 듯 유환은 당연하게 허리를 굽혀 해욱의 입술 위로 입을 맞췄다. 소란스러운 그곳에서도 촉 하는 소리가 선명하게 들렸다.

중간중간 추임새처럼 파고드는 사람들의 목소리는 점점 커졌고, 쇼장에 남아 있던 기자들은 물론 쇼장 밖으로 발걸음을 옮긴 기자들까지 모두 몰려와 플래시가 마구잡이로 터졌다. 모두 각오하고 있던 일이다. 아니, 해욱과의 연애에 각오라는 단어는 어울리지 않았다. 그저 당연한 일이었다.

"이제 진짜 도망도 못 가. 우리 선생님, 어떻게 하냐."

유환의 시원하게 웃었다. 찰칵찰칵. 끊이지 않고 셔터 음이 울렸다. 다행히 아직까지 무례하게 날아드는 질문은 없었다. 해욱의 어깨를 감싸 안은 유환이 카메라를 향해 몸을 틀었다. 정면으로 카메라를 받고 서자 눈을 뜨기 힘들 정도의 플래시세례에 저절로 눈가가 시큰거렸다. 런웨이나 제대로 찍지. 어깨를 으쓱 올린 유환이 가장 중앙에 자리를 잡은 카메라를 향해 분명하게 말했다.

"스캔들, 공식 인정합니다."

사람들의 감탄사까지 더해진 주위의 소리는 꼭 증식하고 있는 것 같았다. 이제 이곳이 쇼장인지 기자회견장인지도 알 수 없어졌다. 아마 이 일로 인해 마크의 쇼는 더욱 주목을 끌게 될 것이다. 유환이 호쾌하게 말했다.

"무슨 뜻인지 아실 거라 믿습니다. 쿠카팀에서 아니라는 반박 기사를 내도 믿으시면 안 된다는 뜻이죠."

그 말을 끝으로 유환은 입술을 다물었고, 기다렸다는 듯이 여기 저기서 질문이 터져 나왔다. 한국어와 영어가 뒤섞인 질문들을 못 들은 척 넘긴 유환이 자연스럽게 해욱의 어깨를 감싸며 움직였다.

차마 유환과 해욱을 잡지 못한 기자들의 손가락이 허공에서 버둥버둥 움직였다. 기자들을 뚫고 뒤를 졸졸 쫓아오는 플래시세례를 고스란히 등으로 받아내던 유환이 앞에 선 익숙한 얼굴을 쳐다 봤다. 멍청한 표정을 하고 선 다니엘이 모습이 우스운지 유환이 소리 내어 웃었다.

"I already pleased, you know(너한테는 이미 부탁한 거 알지)?"

콕 꼬집어 말한 유환이 순식간에 사람들을 몰고 지나갔다. 유환의 뒷모습, 그리고 옆에 선 해욱을 바라보던 다니엘이 황당한 듯 입을 뻐끔뻐끔 움직였다. G와 유환. 방금 전 들은 유환의 이름을 쉽게 기억해 낸 다니엘이 실성한 것처럼 웃었다.

쇼장 앞에 대기시켜 놓은 차가 보였다. 해욱을 조수석에 안전하게 태운 유환은 곧장 액셀러레이터를 밟았다. 속도감에 있어 최고를 자랑하는 포르쉐 스파이더가 굉음을 내며 순식간에 시야에서 사라졌다. 이런 일이 터질 줄은 몰랐는지 분주해진 기자들이 허둥지둥 택시를 잡는 모습이 백미러를 통해 보였다.

어느 정도 사정거리 안에서 멀어지자 유환은 그제야 속도를 줄였다. 아무렇게나 흐트러진 머리카락을 쓸어 넘기곤 눈꺼풀 위로 스며드는 피곤함을 떨쳐내려 눈을 빠르게 깜빡였다. 핸들을 잡지 않은 손으로 해욱의 손에 깍지를 껴 자신의 쪽으로 끌어당긴 유환이 기다렸다는 듯 말했다.

"나 그랜드슬램 달성했어. 밀라노, 파리, 뉴욕 런웨이까지."

신호에 걸린 틈을 타서 옆에 앉은 해욱을 가만히 바라보던 유환의 눈길이 한곳에서 멈췄다.

"선생님."

"응?"

해욱이 앞으로 내려온 머리카락을 자연스레 뒤로 넘겼다. 그러자 유환의 얼굴이 엉망으로 일그러졌다.

"옷이 그게 뭐야?"

호선을 그리며 올라가 있던 해욱의 입꼬리가 툭 떨어졌다. 유환이 손을 뻗어 해욱의 재킷 앞을 단단히 여몄다. 시스루로 모자라서 이제는 언더웨어라니 환장할 노릇이다.

유환이 보면 잔소리를 하겠다는 것을 예상한 것인지 해욱은 잠잠했다. 불만스럽게 입술을 들썩이다가도 유환의 못마땅한 눈매에 입술을 꾹 다무는 것이 사랑스러웠다.

"진짜 못살아."

결국 백기를 든 것은 유환이었다. 물론 유환은 오늘 이후로 다시는 이런 옷을 입을 수 없도록 해야겠다고 결심했다.

"마침 잘됐어."

유환이 차의 뒷좌석에서 부스럭거리며 무언가를 꺼내 들었다. 통통 튀는 듯한 연두색의 쇼핑백이다. 눈에 익은 뉴욕 신생 브랜드의 로고에 해욱이 눈을 동그랗게 떴다. 디자이너 아니랄까 봐 잔뜩 궁금한 얼굴을 한 해욱이 귀여워서 유환이 작게 소리 내어 웃었다.

"며칠 전에 진우 형이랑 점심 먹으러 나왔다가 잘 어울릴 것 같아서 샀거든. 이렇게 일찍 주게 될 줄은 몰랐지만 어쨌든 지금 그 옷은 여러모로 불편하잖아."

특히 내가 말이지. 차마 입 밖으로 내지 못한 말을 짓궂게 삼킨 유환이 해욱에게 쇼핑백을 내밀었다. 해욱이 곧장 동그랗게 붙은 브랜드의 스티커를 뜯어냈다. 쇼핑백을 열자 새하얀 옷이 보였다.

"마음에 들어?"

에드워드 마틴. 한창 핫한 뉴욕의 신생 브랜드로 편집 숍에 입점하기 시작한 것을 알기만 있을 뿐 해욱도 직접 구입한 적은 없는 옷이다. 캐주얼하면서도 스타일리시한 옷을 추구한다는 슬로건이 문득 스쳐 지나갔다. 하얀 셔츠 형태의 원피스는 앞과 뒤의 기장이 현저하게 달랐고, 허리 쪽은 밴딩 라인이 잡혀 있었다. 커리어우먼을 연상시키는 셔츠임에도 원피스로 만들어놓은 것에서 청순미와 세련미를 동시에 느낄 수 있었다. 해욱이 반사적으로 고개를 끄덕이며 만족감을 드러냈다.

"마음에 들어. 그것도 엄청."

바느질도 꼼꼼하고, 패턴의 좌우 균형도 잘 맞고, 디자인에 딱 어울리는 소재에 밴딩도 조절할 수 있게 편리성까지 생각했다……. 정말 슬로건대로 만든 옷이네. 야무진 손끝으로 옷을 가늠하듯 만지는 해욱의 모습이 좋았다. 유환이 해욱을 가만히 응시했다.

옷을 만지작거리는 손을 한 번, 그 위를 따라 짤랑거리는 팔찌를 한 번, 길게 내려온 머리카락이 흔들리는 가슴께를 한 번, 그리고는 눈을 질끈 감았다 뜬 유환이 곤란한 얼굴을 하며 자신의 머리카락을 거칠게 흩트려 놓았다.

"정말 곤란하네."

혀를 내어 메마른 입술을 축인 유환이 중얼거렸다. 조금 낮아진 목소리가 짙은 감정을 담고 있다.

"남자가 옷을 사주는 의미를 알아?"

유환의 목소리에 그제야 옷에서 시선을 떼어낸 해욱이 고개를 갸웃거리며 되물었다.

"딱히 의미가 있어?"

"당연하지."

"뭔데?"

유환이 사온 옷이 정말 마음에 드는 것인지 이리저리 만지던 것을 무릎 위로 얌전히 내려놓는 해욱을 보며 유환이 말갛게 웃었다. 단정하고 고집스러운 입매와는 대조적으로 짓궂음을 담은 악동 같은 눈매가 휘어졌다.

"벗겨보고 싶다는 거야."

해욱의 눈이 깜빡깜빡 움직였다. 그것을 따라 유환도 눈을 깜빡깜빡 움직였다. 마침 신호에 걸려 움직이지 못하는 차 안에서 깍지 낀 손을 허리 쪽으로 당긴 유환이 딸려온 해욱에게로 입술을 떨어뜨렸다. 유환이 곧장 좌회전 신호에 따라 핸들을 틀었다. 예고 없는 입맞춤에 해욱이 당황한 눈으로 유환을 흘겨봤다.

"우리 어디로 가는 거야?"

꼬리를 물고 휘어지는 차들을 바라보던 해욱이 물었고, 입꼬리를 삐죽 올려 웃은 유환이 턱으로 내비게이션 화면을 가리켰다.

—W Hotel

지금의 상황이 이해가 되지 않는다는 듯 해욱이 눈을 느릿하게 깜빡였다. 표정이 전혀 담기지 않은 하얀 얼굴이 꼭 잘 만들어진 도자기 인형을 보는 것 같았다. 해욱의 모습을 바라보던 유환이 짓궂게 웃으며 해욱의 손에 화이트 와인이 찰랑이는 잔을 쥐어주었다.

"도대체 무슨 생각을 한 거야?"

무슨 생각이라니? 야경 좋기로 유명한 W호텔이라고 하면 당연히 스위트룸이지! 소리치고 싶은 것을 목구멍 너머로 꾹꾹 눌러 넣은 해욱이 눈을 흘겼다.

해욱을 룸으로 밀어 넣고는 다짜고짜 옷을 갈아입으라고 한 뒤 곧장 호텔 레스토랑으로 데려간 유환이다. 런웨이가 끝났으니 그

동안 먹지 못한 음식을 실컷 먹겠다는 명분이었다.

"역시 그 옷 잘 어울려. 처음 봤을 때부터 선생님이 입으면 분명 예쁠 거라고 생각했거든."

테이블 위로 비스듬히 턱을 괸 유환이 다정하게 웃으며 말했다. 깔끔하고 단정하지만 청순하고 사랑스러운 느낌마저 가득 담고 있는 새하얀 원피스는 해욱을 위해 만들어진 옷처럼 잘 어울렸다. 길게 늘어뜨리고 있던 머리카락을 하나로 말아 동그랗게 올려 묶은 것조차 가슴이 떨렸다. 사실은 새하얗게 드러난 목덜미에 조금 더 가슴이 떨린 것이다. 유환의 목울대가 크게 울렁였다.

끈질기게 닿아오는 유환의 진득한 시선에 해욱이 멋쩍게 눈을 돌렸다. 길게 뻗은 눈매가 열기에 감싸인 것에 새삼스레 가슴이 떨렸다. 늘 장난스러워 보이는 유환이 이런 눈을 할 때면 어떻게 반응해야 할지 알 수가 없었다.

가만히 눈을 마주치고 있으려니 곧 호텔의 단정한 유니폼을 차려입은 종업원이 주문한 음식을 들고 와 그릇을 소리 나지 않게 해욱의 앞으로 내려놓았다. 붉은 통살을 드러낸 연어 스테이크 위로 보기에도 군침이 도는 데커레이션이 만개해 있다. 곧이어 안심 스테이크를 들고 온 종업원이 유환의 앞에 그릇을 내려놓자 그제야 해욱은 포크와 나이프를 들어 올렸다.

"어때?"

"맛있어."

해욱이 입술을 오물오물 움직이자 어쩐지 뿌듯한 마음이 된 유환이 자신의 그릇에 놓인 안심 스테이크 몇 조각을 해욱의 그릇으로 옮겼다. 자연스럽고 익숙한 행동이다.

"그나저나 MC 맡았던 '쿠카팀 지침서' 녹화는 어떻게 했어? 내 자리에는 이번 회차에 특별 심사위원이 오기로 했다던데."

"저번 주까지는 녹화 방송으로 어떻게 했는데 이번 주는 쇼 때문에 도저히 안 돼서, 그래서 MC를 한 주 맡겼어."

"MC를 맡겨? 누구한테?"

해욱이 고개를 갸웃거렸다.

"당신도 잘 아는 사람."

"설마, 이호연?"

해욱의 입에서 반사적으로 호연의 이름이 흘러나오자 유환이 눈을 찡그렸다.

"역시 그 이름이 네 입에서 나오는 건 별로야."

유환이 중얼거리며 앞에 놓인 감자 조각을 입에 넣었다. 유환의 사소한 질투는 언제나 좋았다. 해욱이 비스듬히 고개를 끄덕이며 말을 이었다.

"쿠카팀에서 맡긴 건가? 순순히 해줬을 리 없는데."

뻔히 예상이 가는 호연의 태도가 눈에 보이는 것인지 해욱이 눈썹을 잔뜩 치켜 올렸다.

"의외로 순순히 해줬어. 요새 바쁘신 배우인데도."

모델계를 은퇴하자마자 유명한 감독과 손을 잡고 주연으로 영화 촬영에 한창이라는 호연의 기사를 곱씹은 유환이 볼멘소리를 냈다.

"이호연은 선생님이 그 프로그램 심사위원이라는 걸 아주 잘 알고 있거든."

이미 옛날 옛적에 사라진 선배님이라는 존칭은 도무지 되살아

날 생각을 하지 않았다. 유환의 입에서 나오는 호연의 이름은 언제나 조금 딱딱했다.

"경계할 필요 없잖아? 이제 호연이는 나한테 특별한 사람이 아니야. 더 이상 과거도 현재도 미래도 아니니까."

해욱의 입술은 제법 냉정한 말을 뱉어냈다. 붉은 입술 사이로 나오는 냉정한 말이 유환에게는 달콤하기만 했다.

"선생님의 과거와 현재, 미래 중에 내가 두 가지를 같이할 수 있었으면 좋겠어. 과거는 이미 놓쳤으니까 현재와 미래라든가."

유환이 씩 웃으며 옆에 놓인 와인을 마셨다. 일상적인 레드와인 대신 엷은 레몬 빛이 도는 화이트와인 덕에 입안이 더욱 깔끔했다. 연어 스테이크를 시킨 해욱을 위한 유환의 아주 사소한 배려였다.

레스토랑의 건너편을 흘끗 쳐다본 유환이 얼굴을 구기며 지겨운 목소리를 냈다.

"알아? 벌써 기자들이 잔뜩 따라붙었어. 이미 호텔 밖에도, 지금 이 레스토랑 안에도 기자가 있겠지. 우리 사진은 덤으로 찍힐 테고."

"그건 당연하잖아? 요즘 기자들은 바퀴벌레보다 끈질겨."

해욱 역시 싫은 얼굴로 저 멀리 보이는 기자들의 작은 실루엣을 쳐다봤다. 실루엣이라고 해봤자 머리통 정도가 보이는 게 다였지만 어떻게든 위로 치켜든 카메라 셔터 불빛이 멀리서도 반짝반짝거렸다.

"솔직히 말하면 나는 남자라서 상관없어. 하지만 선생님은 여자잖아. 호텔 레스토랑은 상관없지만 룸 사진이라도 찍히면 이러

쿵저러쿵 사람들이 입방아를 찧을 거야."

"아무래도 그렇겠지."

"이럴 때는 신인 모델 김유환이 좋은 건데 말이야. 나 괜히 톱
모델 됐나 봐."

일부러 어깨를 으쓱이며 우스갯소리를 던진 유환이 덧붙여 말
했다.

"룸으로 올라가는 엘리베이터, 룸으로 가는 복도, 심지어는 룸
키를 건네받는 장면 하나까지도 물고 늘어질 거야."

"생각하니까 소름 돋았어."

"한국도 아니고 뉴욕이니까 전 세계 기자란 기자들은 다 몰렸
겠지."

"그래도 레스토랑뿐이니까 상관없잖아?"

자신만 호텔이라는 내비게이션의 안내에 다른 생각을 한 것 같
아 또다시 심통이 난 해욱이 투덜거리며 앞에 놓인 크래커를 입에
물었다. 바사삭 하고 부서지는 경쾌한 소리가 났다. 유환이 눈살
을 찌푸리며 되물었다.

"무슨 말이야?"

"뭐가?"

유환이 기가 막힌다는 듯 세우고 있던 상체를 의자 뒤로 깊숙하
게 묻으며 고개를 절레절레 흔들었다. 다시금 의자 시트에서 상체
를 일으켜 테이블 위로 턱을 괸 유환이 해욱의 쪽으로 몸을 숙이
며 말했다.

"지금 내가 선생님이랑 레스토랑에만 갈 거라고 생각하는 건
아니지? 여긴 호텔이라고. 그것도 뉴욕 야경이 한눈에 보이는 스

위트룸이 제일 유명한."

유환의 단호한 어투에 해욱이 얼빠진 얼굴을 했다. 꼭 자신이 방금 생각했던 속마음을 그대로 들킨 기분이다. 해욱이 터져 나오려는 웃음을 간신히 참으며 애꿎은 입술을 꾹 깨물었다.

"그 원피스는 선생님한테 굉장히 잘 어울릴 거라고 생각하면서 샀지만 내 로망도 나름대로 들어가 있다고."

유환이 개구지게 웃었다. 하얀 셔츠 형태의 원피스를 처음 봤을 때부터 묘한 느낌을 주는 옷이라고는 생각했지만 정말 진짜였다. 해욱이 콧잔등을 찡긋거리며 물었다.

"그래서 어떻게 007작전이라도 수행해 보겠다는 거야?"

"엄청 고민했어. 어떻게 해야 선생님이랑 내가 공개 연애 후에도 사람들 눈치 보지 않고 예쁘게 만날 수 있을지. 난 선생님이랑 여행도 가고 싶고 하고 싶은 게 굉장히 많거든."

장난스럽게 던진 질문에 유환은 제법 진지한 얼굴을 했다. 젤이 미약하게 남은 검은 머리카락이 포슬포슬 흐트러졌다.

"그래서 찾은 결론은?"

머리 위로 물음표를 동동 띄운 해욱이 반쯤 비워진 화이트와인을 마저 입술 사이로 흘려 넣었다. 해욱이 눈을 들어 유환을 마주 봤다. 남들보다 검은 눈동자가 선명하게 해욱의 모습을 담고 있다. 흔들림 없는 눈동자가 해욱을 곧게 직시했다. 강단 있어 보이는 얇은 입술이 벌어지고 유환의 짙은 목소리가 흘러나왔다.

"나랑 결혼해 줄래요?"

대리석으로 화려하게 장식된 복도 위로 두 개의 발소리만이 울려 퍼졌다. 말도 행동도 어떠한 것도 없었다. 작은 샹들리에마다 은은한 조명이 밝혀져 있었지만 그런 것은 눈에 들어오지 않았다. 오히려 너무나 넓은 복도에 거리감이 느껴질 정도였다.

자신의 옆에 멍한 눈을 하고 있는 해욱을 힐끔 내려다본 유환이 곤란한 듯 눈을 찡그렸다. 이런 반응을 원한 건 아닌데. 해욱은 소소한 프러포즈에 아무런 답이 없었다. 아니, 정확히는 답을 포함한 말도 행동도 아무것도 없었다. 방금 전 레스토랑에서의 해욱의 반응을 다시금 떠올렸다.

색소가 엷은 갈색 눈동자 안은 놀라움으로 가득 차 있었다. 정확히는 놀라움과 당황스러움, 난감함 등 세상에 있는 온갖 복잡 미묘한 감정이 가득 들어차 있었다. 동그래진 눈과 허공에서 멈춰 버린 해욱의 손이 생각났다. 꼭 마법에 걸렸다가 시간이 지나자 풀려난 것처럼 뒤늦게 움직이던 해욱의 손이 생각났다.

이리저리 흔들리던 해욱의 눈동자가 자신의 눈을 피해 옆으로 도르르 굴러갔다. 더 이상 먹을 수 없다는 듯 들고 있던 포크마저 테이블 위로 내려놓았다. 유환조차도 처음 보는 얼굴을 하고 있던 해욱의 모습이다. 고개를 짧게 털어내며 생각도 같이 털어낸 유환이 가까워진 룸의 호수를 확인히곤 걸음을 늦췄다.

가장 높은 층에 위치한 해욱의 룸 앞에 도착한 유환이 계속 걸어나가려는 해욱의 손목을 조심스레 붙잡았다. 해욱과 유환 모두 탑 급의 대우로 W호텔에 묵게 되었지만 함께는 아니었다. 각자의 소속사가 준비한 다른 룸을 가지고 있었고, 스위트룸이라는 한 공간을 따로 예약한 것은 유환이다. 하지만 오늘은 안 될 것 같았다.

고민했다. 뭐라고 말해야 할까. 사실은 당장이라도 물어보고 싶은 마음이 굴뚝같았다. 호텔 룸에 키를 가볍게 넣었다 빼는 그 몇 초간에 유환은 정말 많은 생각을 했다. 그리고 결국은 그 모든 생각이 부질없다는 것을 알려주듯 아무 말도 하지 못했다. 룸의 문을 매너 좋게 열어준 유환이 해욱을 보며 빙긋 웃었다.

"잘 자."

반사적으로 툭 튀어나온 목소리에 그제야 해욱이 눈을 들어 유환을 쳐다봤다. 유환의 눈은 평소와 다름없었다. 다정하고 상냥한 눈빛, 하지만 아주 조금 묘한 감정이 담긴. 유환이 해욱의 이마 위로 가볍게 입술을 누르고 몸을 돌렸다. 같은 층이지만 거의 끝과 끝에 위치한 룸을 향해 발걸음을 옮기려는데 어쩐지 앞으로 나아가려던 몸이 무언가에 걸린 것처럼 움직이지 않았다.

유환이 눈을 동그랗게 뜨고 자신을 잡은 무언가를 찾기 위해 상체를 뒤틀었다. 자신의 셔츠 끝자락을 꾹 움켜쥔 해욱이 고개를 푹 숙이고 있다. 얼굴 대신 보이는 동그랗게 말린 머리카락이 몽글몽글한 느낌을 자아냈다. 얼굴 보고 싶은데.

"웨딩드레스는."

해욱의 입에서 흘러나온 짧은 단어에 유환이 눈을 내려 해욱을 쳐다봤다. 쇼를 위해 마스카라가 발린 속눈썹이 무겁게 움직였다. 해욱이 천천히 고개를 들었다. 새초롬하게 올라간 눈꼬리가 호선을 그리며 휘어졌다. 유환이 당황한 얼굴을 했다. 해욱에게 이유를 묻기도 전 해욱이 입을 뗐다.

"머메이드라인이 좋아."

유환이 어떤 반응을 보이기도 전에 해욱이 유환의 허리를 껴안았다. 해욱의 체향이 코끝으로 가득 밀려들어 왔다. 그제야 알았다. 아, 자신의 프러포즈에 대한 대답이구나. 유환이 허공에 정처 없이 떠 있던 팔을 해욱의 어깨 위로 둘러 안았다.

"명색이 프러포즈인데 나 너무 멋없었지?"

낮게 가라앉은 유환의 목소리가 귓가에 울렸다. 유환의 넓고 단단한 어깨에 얼굴을 묻은 해욱이 희미하게 웃었다.

"응. 그것도 엄청."

"한국에 돌아가면 정식으로 다시 해줄게."

단호한 유환의 목소리에 해욱이 배시시 웃음을 터뜨렸다. 동그랗게 올려 묶은 엷은 갈색의 머리카락 위로 유환이 입술을 묻었다. 얼굴을 빠끔히 들어 올린 해욱이 눈을 마주치며 장난스럽게 물었다.

"엄청 비싼 다이아몬드 반지도?"

"응."

"장미 꽃다발도?"

"네가 원한다면 뭐든."

해욱의 짓궂은 농담에도 유환은 진지한 얼굴을 했다. 해욱이 못 말린다는 듯 고개를 내저으며 유환이 어깨에 얼굴을 묻었다. 따뜻한 체온이 온몸 가득 둘러진 느낌이다.

"고마워."

낮게 가라앉은 유환의 목소리가 귓가에 울렸다. 그 달콤함이 고막 끝까지 파고들어 온몸을 헤집어놓았다.

"유환이 넌 나한테 봄 같아."

"봄?"

유환이 고개를 갸웃거리며 해욱을 안은 팔에 조금 더 힘을 주었다.

"무더운 여름에도, 쓸쓸한 가을에도, 추운 겨울에도 언젠간 찾아오는 따뜻한 봄. 호연이랑 만나면서 여름, 가을, 겨울만 보고 살았는데 널 만나고 나선 온통 봄이야."

안고 있어서 똑바로 보이진 않았지만 희미하게 말린 입꼬리 끝이 사랑스러웠다.

"봄."

유환이 다시 한 번 해욱의 말을 곱씹었다. 누군가에게 봄이 될 수 있다니 기쁜 일이다. 그 누군가가 해욱이라면 더더욱.

"그러고 보니 나 진짜 연하의 남자를 사로잡은 거야?"

해욱이 배시시 웃으며 안긴 그대로 고개를 들어 유환을 쳐다봤다. 하이힐을 신었음에도 유환의 키에 못 미치는 그녀의 모습이 유난히 사랑스러웠다.

"하긴 한 살은 연하도 아니야."

유환이 연하라면 해욱 자신은 연상이 된다는 사실을 인지한 건지 잽싸게 말을 바꾸는 태도에 유환이 상체까지 흔들어대며 웃었다. 다정함을 가득 담고 있던 긴 눈매가 금세 악동같이 휘어졌다.

"엄청난 사실 하나 말해줄까?"

뭔가 재미있는 사실이라도 알려줄 것 같은 표정이다. 아이였다면 유환의 말 한마디에 어디까지라도 쫄랑쫄랑 따라갔을 법한 호기심 동하게 하는 표정이다. 해욱이 참지 못하고 물었다.

"뭔데?"

유환이 입술을 달싹였다.

"선생님."

"응?"

"나 사실 빠른이야."

"빠른이라면……."

해욱이 느릿하게 눈을 깜빡였다. 어리둥절한 고개가 좌우로 움직인다. 해욱의 고갯짓에 따라 위로 높게 올려 묶은 동그란 머리카락 역시 흔들흔들 움직였다. 그것을 가만히 바라보던 유환이 씩 웃었다.

"응. 나는 빠른 90이라서 사실은 스물여섯. 대외적인 나이는 89랑 같은 스물일곱이지만."

"한 살 차이라고 반말 쓰겠다더니 두 살 차이었어?"

속은 건 아닌데 속은 것 같기도 하고. 어쩐지 분한 마음에 입술을 꾹꾹 깨물자 유환이 그 위를 혀로 툭 건드려 왔다. 그리곤 불현듯 해욱의 허리에 감긴 손을 뻗은 유환이 해욱의 룸에 꽂혀 있는 호텔 키를 잡아채 갔다. 긴 손가락에 걸린 키가 달랑달랑 움직였다.

"이제 이건 필요 없겠지?"

장난기가 가득 담긴 눈을 한 유환이 갸름한 얼굴을 따라 흘러내린 해욱의 머리카락을 부드럽게 매만졌다. 해욱의 룸 키를 손바닥으로 꾹 감싸 쥔 유환이 주머니에서 호수만 다른 똑같은 키를 꺼내 흔들었다.

"이것도 필요 없을 테고."

해욱과 유환 각각이 가진 두 개의 키가 손가락에 걸려 달랑달랑 흔들렸다. 룸의 문이 잠겼고, 해욱과 유환의 발걸음이 다시 움직였다. 끝과 끝에 있는 해욱의 방도 유환의 방도 아닌 그곳으로.

W호텔의 스위트룸은 명성 그대로였다. 뉴욕의 시가지가 한눈에 내려다보이고 네온사인이 하나의 큰 무지개를 이루는, 말 그대로 달콤하기 그지없는 풍경이었다. 하지만 해욱과 유환에게 지금 뉴욕의 야경은 말 그대로 흔해빠진 밤의 경치일 뿐 눈에 들어오지도, 중요하지도 않았다.

철컥. 스위트룸의 문이 닫히고 자동으로 잠기기도 전에 유환의 입술이 해욱의 입술을 머금었다. 당황한 듯 벌어진 입술 사이로 미끄러지듯 들어간 유환의 혀가 해욱의 입안을 이리저리 헤집었다. 고개를 비스듬히 틀어 완벽하게 맞물리는 각도를 찾아낸 유환이 깊숙하게 혀를 얽기 시작했다. 그 순간에도 해욱의 머리가 벽에 부딪치지 않도록 해욱의 뒷머리를 감싸는 것은 유환의 작은 배려였다.

잔뜩 휘몰아치듯 입술을 부딪치는 중간에도 조심스레 뒷머리를 감싸고 있는 유환의 손이 우스워서 해욱의 입꼬리가 씰룩씰룩 움직였다. 또 그것을 어떻게 알아차린 건지 해욱의 아랫입술을 감쳐 문 유환이 중얼거렸다.

"웃을 여유가 있다 이거지."

제법 엄한 목소리를 낸 유환이 해욱이 대답할 새도 없이 다시 입술을 맞춰왔다. 허리에 둘러진 손가락이 피아노 건반을 연주하듯 천천히 위로 올라갔다. 가느다란 허리의 곡선을 가늠하기라도 하듯 지분거리며 해욱의 몸을 방 쪽으로 비스듬히 틀자 유환의 손에 의해 천천히 뒷걸음질 쳐졌다.

한 발자국, 두 발자국, 그렇게 몇 발자국을 걸어가 침대의 턱에 걸린 해욱을 넘어지지 않게 잡아챈 유환이 입술 위로 쪼듯 버드 키스를 남겼다. 걸어가는 와중에도 집요하게 혀 아래의 동그랗게 들어간 부분을 간질여 대는 통에 해욱은 정신을 차릴 수가 없었다.

"로망을 실현해 볼 기회를 줄게."

해욱이 가빠진 숨을 몰아쉬며 웃었다. 눈매가 강조된 아이라인을 따라 반달을 그리며 예쁘게 휘어진 눈은 한가득 유환만을 담고 있었다. 셔츠 형태로 이루어진 새하얀 원피스의 단추를 툭툭 끌러 내린 해욱이 짓궂은 얼굴을 했다.

네 개까지 풀어진 셔츠 사이로 언뜻언뜻 언더웨어가 드러났다. 몇 시간 전 쇼장에서 보았던 섹시한 느낌이 물씬 풍기는 레오파드 언더웨어였다. 유환이 눈을 찡그리며 나른하게 웃었다. 새하얀 원피스 안에 레오파드 언더웨어라니 정말……

"환장하겠군."

작게 중얼거린 유환이 혀를 내어 메마른 입술 위를 훑어냈다. 검게 물든 머리카락을 털어내듯 흩트린 유환이 해욱을 안아 침대 위로 눕혔다. 높은데다 푹신하기까지 한 침대가 둘의 무게에 깊숙하게 가라앉았다.

원피스였지만 원피스의 의미를 잃은 그것은 이미 단추가 모두 오픈되어 해욱의 몸에 가운처럼 입혀져 있었다. 정확하게 말하면 입혀졌다기보다는 걸쳐져 있다는 것이 옳은 표현이다. 가느다랗고 부드러운 곡선을 그리는 허리를 따라 유환의 손이 해욱의 등 뒤로 파고들었다. 툭. 고요한 허공 위로 후크가 풀어지는 소리가 선명하게 들렸다.

"내 워킹은 어땠어?"

이곳저곳을 잘도 만지면서 아무렇지도 않게 물어오는 유환이 얄미워 해욱이 눈을 흘겼다. 자꾸 들뜨는 몸과 정신에 해욱이 팔을 올려 유환의 목을 꼭 끌어안았다. 흥분을 가라앉히며 몇 시간 전의 런웨이를 떠올렸다. 애니멀 프린트, 그리고 유환. 해욱의 속눈썹이 바르르 떨렸다.

"짐승 같았어."

"뭐?"

유환이 너털웃음을 터뜨리며 해욱의 턱 선을 지나 목으로, 그리고 쇄골까지 잘게 키스를 남겼다. 마치 도장이라도 새기듯 꾹꾹 지나가는 그 입술 자국에 해욱이 느릿하게 눈을 감았다 떴다.

"애니멀 프린트를 입은 모델이 아니라 정말 애니멀 같았어. 옷에 생명력을 불어 넣는 모델, 셀럽에게 호소력을 불어 넣는 모델. 모든 디자이너들이 원하는 오프닝이야. 마크가 부러울 정도였어."

"최고의 칭찬이네."

"지금도 짐승 같고 말이지."

해욱이 가쁜 숨을 토해내며 눈을 휘어 웃자 짓궂은 얼굴을 한 유환이 부러 새하얀 해욱의 피부 위로 이를 세웠다. 여린 피부 위를 잘게 깨물자 금세 붉은 자국이 올라왔다. 그 위로 몇 번이고 혀를 굴려 꽃잎과도 같은 모양을 만들어내자 해욱이 희미하게 앓는 소리를 냈다.

"그랜드슬램은 달성했지만 아직 하나가 남았잖아."

쇄골에 머무르던 입술이 아래로 내려가자 해욱은 유환의 말에 반문조차 할 수 없었다. 엷은 갈색의 머리카락이 새하얀 몸 위로 구불구불하게 흘러내렸다. 머리카락조차 해욱처럼 가늘고 여렸다. 머리카락을 한 손 가득 그러쥔 유환이 그 위로 입을 맞췄다. 진득하게 눈을 마주친 유환이 입술만을 달싹여 말했다.

"아듀, 아듀의 피날레에 제대로 서야지."

근 몇 년간 아듀의 엔딩 모델은 이호연이라는 공식을 완벽하게 깨부수기라도 하겠다는 듯 유환은 단호하게 말했다. 상상만으로도 짜릿한 일이다.

툭. 해욱의 가느다란 팔 위로 아슬아슬하게 걸쳐져 있던 옷가지가 침대 밑으로 소리를 내며 떨어졌다. 옷에 걸려 빠져버린 팔찌가 시트 위로 아무렇게나 나뒹굴었다. 화려하고 아름다운 뉴욕의 밤은 서로의 숨소리와 바르작거리는 시트 소리, 그 두 가지가 전부였다.

"사랑해."

달콤한 유환의 목소리와 익숙해지지 않는 생경한 고통에 해욱의 눈에서 기어코 눈물이 툭 떨어졌다. 명도를 가장 낮춘 조명 아래에서도 새하얀 시트 위로 잉크처럼 번진 눈물 자국이 선명했다. 찌푸려진 해욱의 미간만큼이나 찌푸려진 유환의 미간이 고스란히 고통을 나눴다. 새초롬하게 올라간 눈꼬리 끝으로 아슬아슬하게 매달린 눈물방울을 유환이 혀로 핥아냈다.

"유환아."

자신 때문에 부어버린 입술은 더욱 붉고 도톰했다. 그 안에서 흘러나오는 숨소리가 묻은 목소리는 달콤했다. 자신의 이름을 담으며 마주친 해욱의 눈동자에는 어느새 다시 물기가 가득 차 있었다. 그렁그렁 맺힌 눈물이 다시 툭 떨어졌다. 고통과 환희를 담고 찌푸려진 얼굴로 자신의 이름을 부르는 해욱의 모습에 유환이 곧란한 얼굴을 했다.

"그런 표정 하지 마요. 나 감당 못 해."

해욱의 얼굴 양옆을 짚은 유환의 단단한 팔이 짙은 떨림을 담아냈다. 빌어먹을. 작은 욕설과 함께 정말 곤란한 얼굴이 되어버린 유환을 보고 해욱이 참지 못하고 웃음을 터뜨렸다. 웃으며 우는 해욱의 얼굴은 사랑스러웠다. 그 얼굴 위로 몇 번이고 입술을 떨어뜨린 유환이 해욱의 손을 깍지 껴서 잡았다. 아주 먼 곳에서 들어오는 달빛 아래로 유환의 검은 머리카락이 반짝반짝 빛났다.

22. 연애 말고 결혼해요

물 먹은 솜처럼 축 늘어진 눈꺼풀을 억지로 밀어 올렸다. 다이아몬드의 마름모꼴로 세공된 천장의 무늬가 반짝거렸다. 어젯밤 엉망으로 흔들리던 다이아몬드 무늬는 몇백 개는 되는 줄 알았는데 정신을 차리고 보니 몇 개 없네. 해욱이 배시시 웃음을 터뜨렸다. 자신의 다리는 얌전하게 모아져있었지만 어쩐지 다리의 안쪽 깊은 곳은 열려 있는 느낌이다. 몇 번이나 유환을 받아늘이다가 까무룩 잠이 든 것도 같았다.

해욱이 등 뒤로 느껴지는 온기와 허리를 감싸고 있는 단단한 팔을 천천히 손으로 매만졌다. 그래, 프러포즈. 프러포즈했지. 해욱이 스르륵 눈을 감았다. 까맣게 변해 버린 시야만큼 머릿속도 까맣게 되감기를 하듯 정리해 보았다.

"나랑 결혼해 줄래요?"

아직도 그 달콤한 목소리가 귓바퀴 안에서 웅웅거리며 맴도는 것 같았다. 무의식적으로 그 목소리를 빼내기라도 하듯 귓가를 만지작거리다가 곧 자신의 행동이 우습다는 것을 깨닫고는 얌전히 손을 내렸다.

유환은 아직 깨지 않은 듯 규칙적인 숨소리를 내고 있었다. 쌕쌕거리는 작은 숨소리는 꼭 어린아이의 것과 같았다. 등 뒤를 가득 채운 따뜻한 온기에 몇 번 몸을 바르작거리다가 포기한 해욱이 두 손을 깍지 껴 슬그머니 기지개를 켰다. 어쩐지 깍지를 낀 손가락이 묵직한 느낌에 해욱이 그제야 눈을 도르르 굴려 자신의 손가락을 내려다봤다.

"어?"

저절로 입에서 멍청한 소리가 튀어나왔다. 왼손 약지에 끼워진 작은 반지. 누가 봐도 프러포즈를 위해 선물할 것 같은 섬세하고 아름다운 세공의 반지가 끼워져 있었다. 해욱이 동그래진 눈을 움직여 자신의 허리를 감싸고 있는 유환의 손을 내려다봤다. 유환의 손가락에도 똑같은 반지가 끼워진 것에 저절로 웃음이 새어 나왔다. 작은 웃음소리에 뒤에서 해욱을 안고 있던 유환이 낮은 목소리를 냈다.

"깼어?"

깊게 잠긴 목소리에 오소소 소름이 돋아났다. 해욱이 옅게 몸을 떨자 유환이 해욱의 허리에 둘러진 팔을 세워 여기저기를 만지작거렸다.

"괜찮아?"

금세 다정한 목소리를 내는 유환을 향해 해욱이 빙글 몸을 돌려 마주 보고 누웠다. 아직도 잠이 잔뜩 묻은 두 눈을 느릿하게 깜빡이는 모습이 꼭 강아지 같기도 하고. 해욱이 유환의 속눈썹 위를 손가락으로 부드럽게 쓸어 올렸다.

"이거 뭐야?"

해욱이 왼손을 들어 살랑살랑 흔들었다. 가느다란 네 번째 손가락 위로 꼭 맞게 끼워진 반지.

"어? 뭐야? 그게 뭐지?"

잠이 덜 깬 눈으로 어색한 연기를 하는 유환의 모습에 해욱이 품 하고 웃음을 터뜨렸다.

"유환아."

"응?"

"네가 모델만 고집하는 이유가 있었구나."

놀림이 가득 담긴 해욱의 목소리에 유환이 입술을 삐죽거리며 해욱의 네 번째 손가락 위로 입을 맞췄다.

"이젠 진짜 도망 못 가. 그거 반지를 가장한 수갑이거든."

잠이 가득 묻은 유환의 눈꼬리가 휘어졌다. 해욱이 대답 대신 유환의 품을 조금 더 파고들었다. 해욱의 머리카락 사이로 손가락을 넣어 부드럽게 흩트리자 모래알 같은 엷은 갈색의 것이 손쉽게 손가락 사이를 빠져나갔다. 어젯밤부터 이어진 달콤한 시간에 유환도 해욱도 조금 더 늘어지려는 찰나 신나게 벨소리가 울렸다.

"윽."

유환이 싫은 목소리를 내며 눈살을 찌푸렸다. 침대 옆의 협탁을 더듬거리자 시끄러운 소리를 내고 있는 휴대폰이 잡혔다. 동동 떠 있는 이름은 진우 형. 유환이 진우의 전화를 매정하게도 종료시키고 시간을 확인했다. 오늘 낮 공항으로 가야 하는데 벌써 11시가 넘어가고 있었다.

"늦었네."

전혀 급하지 않은 목소리로 중얼거리자 그제야 해욱도 시간을 확인했다. 선잠이 들려던 눈이 금세 동그래졌다.

"벌써 11시야?"

해욱이 벌떡 상체를 일으켜 앉았다. 해욱의 몸을 타고 흘러내린 시트가 흐트러졌다. 상체를 일으켜 앉은 해욱의 매끈한 등이 보인다. 허리 라인이 잘록하게 들어가 여실히 여성의 곡선을 보여주는 가녀린 뒷모습이 좋았다. 새하얀 피부 위로 흐트러진 엷은 색의 머리카락도, 낙인찍히듯 이어지는 붉은 자국도 좋았다.

침대 주위로 길이라도 만들어놓은 것처럼 늘어진 옷가지를 보며 입을 쩍 벌린 해욱이 앞으로 내려오는 머리카락을 뒤로 넘겼다. 해욱의 표정에 유환이 짓궂게 웃으며 침대에서 내려섰다. 푹신한 슬리퍼 위로 발을 끼워 넣고 블라인드를 젖히자 금세 눈이 부시도록 쨍쨍한 태양빛이 룸 안으로 쏟아졌다.

"입국하면 분위기가 어떨까?"

해욱이 중얼거렸다. 걱정이 담긴 목소리가 아니라 의문이 담긴 목소리다. 유환이 해욱의 머리카락 위로 입술을 떨어뜨렸다.

"분명 지금보다 좋을 거야."

단호한 유환의 목소리는 정말 그럴 것 같은 확신을 만들어줬다. 스위트룸이라는 이름이 무색하지 않을 만큼 달콤했던 뉴욕에서의 시간이 이렇게 지나가고 있었다.

　한국에서의 반응은 생각보다 엄청났다. 아두의 유니폼 프로모션 당시 유환의 입에서 나온 열애설과 기자들이 직접 보고 들은 것을 손으로 전달한 열애설은 달랐다. 두 번에 걸친 스캔들에 사람들의 반응은 조금 더 불이 붙었다.

　모두가 사실일 거라고 생각했지만 노이즈 마케팅에 호연까지 언급되면서 유환의 소속사인 쿠카팀에서 부정할 거라는 이야기까지 소문은 점점 살을 붙이며 난장판이 되어가고 있었다.

　해욱과 다른 비행기로 다른 시간에 한국으로 들어온 유환은 공항에서부터 엄청난 질문과 플래시세례를 받았다. 그 후에 가장 먼저 잡힌 스케줄이 기자회견이라는 것은 당연한 일이었다.

　보통 사람이라면 보기만 해도 얼어붙어 버릴 만큼 어마어마한 양의 카메라가 기자회견장 앞에 늘어섰다. 카메라 수에 비례하듯 기자들이 몰려들자 규모는 더욱 커졌다. 대기실에서 슬쩍 문을 열고 기자회견장을 내다본 진우가 혀를 내누르며 한숨을 내쉬었다.

　"진짜 장난 아니야. 보기만 해도 살 떨려."

　자신의 허벅지가 덜덜 떨리는 마당에 정작 기자회견의 주인공인 유환은 별반 대수롭지 않은 표정이다. 메이크업 팀이 한껏 예쁘게 그려준 아이라인이 마음에 들지 않는다며 손끝으로 툭툭 문지르는 손길은 야물지 못했다.

　"너 아주 뉴욕 가서 사고 제대로 쳤더라?"

뉴욕에 매니저로 함께 간 진우지만 런웨이 위까지 따라갈 수는 없는 노릇이기에 처음 유환과 해욱이 쇼장에서 당당하게 벌인 일을 듣고는 기겁했다. 뭐, 유환이라면 그 정도도 양호하다고 생각해 곧 마음을 접었지만.

"그래도 이번에 뉴욕에서 터진 열애설은 회사에서도 부정 안 했잖아."

진우가 어깨를 으쓱이며 말했다. 자신의 매니저임에도 온전히 쿠카팀 사람 같은 진우의 태도가 마음에 들지 않았다. 진우의 한마디에 바로 신경질적인 표정을 한 유환이 우습다는 듯 중얼거렸다.

"부정만 안 했어? 인정도 안 했지."

내가 그렇게 광고를 해댔는데 말이지. 저절로 비아냥거리는 웃음이 입가에 걸렸다.

"기자회견에서는 뭐라고 하래?"

"응?"

"쿠카팀에서 지시가 있었으니까 기자회견을 하는 거 아니야. 설마 이 마당에 부정하라는 건 아니지?"

진우가 대답 대신 유환의 눈치를 힐끔 봤다. 그것은 가장 강한 긍정의 표현이었다.

"네가 어디 그냥 모델이야? 톱 모델이니까 문제지. 원래 인기 없는 애들이나 스캔들 인정하는 거라잖냐."

유환이 기가 막힌다는 듯 눈을 찡그리며 세팅된 머리카락을 쓸어 올렸다. 단정한 슈트 차림을 한 유환이 목 끝까지 잠긴 단추를 두 개 끌러 내렸다. 요즘 트렌드에 맞게 폭이 좁고 얇은 칼라 깃을 내려다보던 유환이 갑갑한 듯 슈트 재킷을 펄럭였다.

"그래? 누가 이기나 한번 해보지, 뭐."

유환이 씩 웃으며 발걸음을 옮겼다. 유환의 눈동자만큼이나 다른 색이 전혀 섞이지 않은 새까만 머리카락이 유환의 입김에 팔랑팔랑 흔들렸다. 그 모습을 지켜보던 진우가 부르르 몸을 떨었다.

대기실의 문을 열고 기자회견장으로 들어서자 동시다발적으로 플래시가 터졌다. 순간적으로 눈이 찌푸려질 만한 것이었지만 단련될 만큼 단련된 유환은 아무렇지도 않았다. 평소와 같은 차분한 표정으로 서글서글하게 웃은 유환이 테이블이 놓은 곳으로 걸어왔다. 긴 팔다리 위로 휘감긴 슈트는 이곳이 기자회견장인지 런웨이인지 알 수 없게 만들었다. 기자들의 플래시가 다른 의미로 빠르게 터져 나왔다.

"김유환입니다."

자리를 잡고 앉은 유환의 낮은 목소리가 기자회견장을 울렸고, 웅성거리던 기자들의 목소리가 순식간에 사라졌다. 자신의 뒤에 선 진우가 벌벌 떨고 있는 것이 보여서 웃음이 나오려는 것을 간신히 참아낸 유환이 다시 목을 가다듬었다.

"오늘 기자회견을 하게 된 이유는 알고 계실 거라 생각합니다."

유환이 천천히 눈을 움직여 앞에 선 카메라를 쭉 훑었다. 웃고 있지 않은 유환의 얼굴은 낯설고 생소했다. 늘 휘어져 있던 눈매가 예민하게 서 있다.

"뉴욕으로 가기 전부터 아듀의 편집 숍 프로모션에서도, 그리고 이번 뉴욕 쇼장에서도 같은 일로 이 자리까지 오게 되었고, 쿠카팀 쪽에서 우선적으로 이 자리를……."

"열애설은 진짜입니까?"

자신의 말이 끝나기도 전에 파고들어 온 기자의 무례함에 유환이 눈살을 찌푸렸다. 질타라도 하듯 주위의 기자들이 질문을 던진 기자를 힐끔거렸다. 질문을 던진 기자를 가만히 응시하던 유환이 이내 입술을 달싹였다.

"단도직입적으로 말씀드리자면 열애설, 아닙니다."

웅성웅성. 진우마저도 놀란 듯 흡 하고 숨을 들이마셨다. 그렇게 잔소리를 하더니 막상 유환이 부정하고 나서자 놀란 모양이다. 유환이 천천히 눈을 감았다 떴다. 미세하게 올라간 입꼬리가 벌어졌다.

"결혼이죠."

그제야 완벽하게 호선을 그리며 올라간 입꼬리로 미소가 번졌다. 처음과는 비교도 안 될 정도의 셔터 소리와 질문이 터져 나왔다. 뒤엉킨 질문은 무슨 소리인지 알아들을 수조차 없었다. 기자들을 물끄러미 보고 있던 유환이 자리에서 일어섰다. 슈트 재킷의 끝을 당겨 단정하게 길이를 맞춘 유환이 가볍게 고개를 숙여 인사했다.

20분이라는 정해진 시간의 기자회견도, 쿠카팀에서 짜인 대본처럼 나와 있는 답변도 그 모든 것을 제멋대로 뒤집어 엎어버린 유환이 재미있다는 듯 웃었다. 안절부절못하는 진우의 표정에 유환이 위로라도 건네듯 진우의 어깨를 툭툭 두드리며 스쳐 지나갔다. 얼빠진 표정을 하고 있던 진우가 그제야 재빨리 유환의 뒤로 붙어 섰다.

"유환이 너 진짜……."

진우가 벌벌 떨리는 목소리를 내며 버럭 소리쳤다. 말이 버럭이지 소심하게 흐려지는 진우의 말꼬리가 우스웠다. 목을 죄어오는 셔츠 단추를 세 개까지 풀어버린 유환이 소파 위로 털썩 주저앉았다.

"열애설 부정해 달라며. 난 쓰인 대본대로 한 건데 뭐 문제 있나?"

유환이 귀찮은 듯 한쪽 눈을 찌푸리며 비스듬히 다리를 꼬아 올렸다. 길게 뻗은 다리를 잠시 부럽다는 듯 바라본 진우가 이내 고개를 털어내며 짧은 한숨을 내쉬었다.

유환이 대뜸 말했다.

"나 프러포즈했어."

"뭐?"

진우의 눈이 놀라움을 담고 큼지막하게 커졌다. 예상한 반응이라는 듯 유환이 대수롭지 않게 말을 이었다.

"계속 같이 있을 수 있는 가장 좋은 방법을 찾아냈거든."

"유환아, 너도 알잖아. 요즘 남자 모델은 팬들한테 아이돌이야. 연애는 물론 결혼하면 주가가 떨어진다는……."

"내가 물건이야, 주가가 떨어지게? 남들 다 하는 소리 할 거면 집어치워."

유환이 얼굴을 구기며 싫은 내색을 풍겼다. 웃고 있던 낯이 싸늘한 냉기를 담고 굳어졌다. 신경질적으로 머리카락을 흩트리는 손가락 마디마디마다 짜증이 가득 담겨 있다.

아직도 기자회견장은 유환이 다시 들어올 수도 있다는 일말의 희망으로 북적이고 있었다. 소란스러운 기자들의 목소리가 계속해서 들렸다.

"쿠카팀은 분명 모델계 최고의 에이전시야. 하지만 대기업의 횡포는 어딜 가나 마찬가지지."

"너 설마……."

"계약 끝나가더라. 계약금이니 뭐니 이야기할 필요도 없어. 내가 쿠카팀과 재계약할 거라고 생각해?"

유환의 개구진 눈매가 유하게 휘어졌다.

"1인 기획사로 나갈지언정 재계약은 없다고 전해줘."

몇 년을 함께하면서 유환의 웃음이 진짜가 아닌 가짜인 경우가 훨씬 많다는 것을 진우는 누구보다 잘 알고 있었다. 물론 지금의 미소도 후자인 가짜에 속한다는 것도.

"난 형이 편하고 좋아. 하지만 형도 쿠카팀과 같은 입장이라면 잡을 생각은 없어."

유환이 뻐근한 목을 좌우로 크게 돌렸다. 작은 행동에서 유환의 피곤함이 잔뜩 묻어났다. 유환을 걱정스럽게 바라보던 진우가 찌푸려진 미간 위를 손가락으로 문질렀다. 쿠카팀과 유환의 사이에서 많은 고민을 하던 진우의 얼굴은 곧 한숨과 함께 무너졌다.

"내가 이럴 줄 알았어."

중얼거린 진우가 자신의 가방을 뒤적거렸다. 이야기를 하다 말고 뜬금없이 이어지는 진우의 행동에 유환이 그를 빤히 쳐다봤다. 매니저라는 직업 하에 모든 것이 다 들어 있는 큰 가방 안에서 문서로 보이는 파일이 튀어나왔다.

"자."

진우가 유환에게 파일을 건넸다. 반사적으로 손을 뻗어 그것을 건네받자 진우가 자신의 머리를 엉망으로 헤집으며 음험하게 중얼거렸다.

"이번 시즌 아듀 캐스팅 오디션 날짜야."

유환이 눈을 동그랗게 떴다. 의문을 담고 있던 눈이 곧 찌푸려졌다.

"이번 해외 3대 컬렉션 끝나면 바로 아듀 시즌 오디션이라고 얼핏 들었어. 오디션이 컬렉션이랑 겹쳐질 만큼 가까워서 지해욱 선생님이 꽤 힘들 거라고 윤 대표님이 그러셨거든."

우연히 만난 상현이 투덜거리며 해욱을 걱정하던 목소리가 생생하게 귓가에 남아 있다. 진우가 유환의 손에 들린 투명한 파일을 힐끔 보곤 유환의 어깨를 주먹으로 툭 쳤다.

"너 아듀 피날레에 제대로 서고 싶다고 했잖아."

"형."

"공개 오디션이야. 이번 아듀 오디션은 이례적으로 사람들이 다 지켜보는 곳에서 열리는 오디션이라고. 원래 엔딩 모델은 오디션으로 안 뽑는 거 알지? 보통 개런티 높은 톱 모델이 하는 게 당연한 원치이니까. 그래도 아듀 오디션이라면 넌 갈 수도 있을 것 같아서 일단 챙겨놨어."

머릿속에 있는 모든 생각을 토해내듯 줄줄 읊은 진우가 이상한 괴음을 내며 소리쳤다.

"이젠 나도 모르겠다!"

쩌렁쩌렁한 목소리와 동시에 진우의 휴대폰이 울렸다. 시끄러운 벨소리에 가방을 뒤적거리던 진우가 금세 휴대폰을 꺼내 들었다. 액정을 확인하자마자 당황한 듯 어두워지는 진우의 표정을 보아하니 분명 쿠카팀에서 걸려온 전화인 듯싶었다. 휴대폰을 손에 쥐고 허둥지둥하는 진우를 지켜보던 유환이 진우의 손에서 잽싸게 휴대폰을 낚아챘다. 자신의 손에서 유환의 손으로 휴대폰이 옮겨가는 것을 허망하게 바라보고 있는데 바로 눈앞에서 유환이 종료 버튼을 눌렀다.

"됐지?"

깔끔하게 상황을 정리한 유환이 부재중 전화가 동동 떠 있는 휴대폰을 진우에게로 던졌다. 유환의 행동에 경악을 하면서도 어쩐지 속 시원하게 웃는 진우의 모습에 유환이 입꼬리를 삐죽 올리며 입술을 달싹였다.

"형."

진우가 대답 대신 유환을 쳐다보자 강단 있어 보이는 유환의 눈썹이 꿈틀거렸다.

"결혼하면 주가가 떨어진다고 누가 그래?"

"뭐?"

"난 예외야. 난 김유환이거든."

자신만만한 표정을 한 유환이 씩 웃었다. 호선을 그리며 접힌 눈매가 날카롭게 빛났다. 특유의 묘한 갭을 가진 그의 분위기는 누구도 흉내 낼 수 없을 것 같았다. 그런 유환을 보며 진우는 쿠카팀이 아닌 유환을 선택한 자신의 결심을 굳혔다.

"쿠카팀이랑은 정말 계약 해지할 생각이야?"

방금까지 쿠카팀을 감싸고돌던 주제에 태평하게 물어오는 진우의 질문에 유환이 상체를 흔들며 크게 웃었다. 역시 내 매니저라니까. 터져 나오는 웃음 때문에 뱉지 못한 말을 삼키며 유환이 건성으로 고개를 끄덕였다.

"응, 한 입으로 두 말 안 해."

유환이 단호하게 말했다. 유환의 성격을 누구보다 잘 알고 있는 진우 역시 유환의 대답에 두 번 묻지 않고 조용히 고개를 주억거렸다.

유환이 휴대폰을 꺼내 들었다. 해욱은 기자회견을 봤을까 궁금증이 밀려들었지만 유환은 전화하지 않았다. 지금의 유환만큼이나 해욱도 사람들에게 시달리고 있을 것이 뻔했다. 휴대폰 화면 위로 떠오른 해욱의 휴대폰 번호 열 한 자리, 그것마저도 사랑스러워 보여서 유환은 그 위로 입을 맞췄다. 투명한 액정 위로 유환의 입술 자국이 짙게 남았다.

"난 정말 당신이 좋아 죽겠어."

짙은 감정이 먹먹하게 담긴 유환의 목소리가 허공으로 흩어졌다.

23. 완벽하게 너에게 묶였어

"굿모닝."

상현이 능글맞게 웃으며 입국 이후 해욱의 첫 출근을 반겼다. 대체 디자이너 사무실에 먼저 와서 놀고 있는 대표이사는 뭘까. 근본도 없는 고민에 빠진 해욱이 소파 위로 아무렇게나 클러치를 툭 던졌다.

"오디션을 해외 컬렉션 바로 뒤에 잡아놓은 대표이사님 덕분에 내가 쉴 틈이 없네."

"아듀 앞에 기자들 봤어? 장난 아니던데."

해욱이 길게 한숨을 내쉬며 고개를 끄덕였다. 얼마나 진을 치고 있었는지 몰골이 말이 아니더라니.

"역시 김유환은 이슈 메이커야. 이제 스물여섯인 톱 모델이 결혼 발표라니 쇼킹할 만도 하지. 네가 죽은 새나 안 받아오는 게 다행이다."

해욱을 위로하는 건지 놀리는 건지 정체를 알 수 없는 상현의 말에 해욱이 입술을 삐죽거리며 투덜거렸다.

"이번 오디션은 왜 하필 또 공개로 잡아놔서."

벌써 생각만 해도 골치가 아팠다. 지끈거리는 관자놀이 부근을 손가락으로 꾹꾹 누른 해욱이 테이블 위에 놓인 포트폴리오를 집어 들었다. 더위를 떨치기라도 하듯 엷은 청록색으로 바른 손톱이 조명에 반사되어 반짝반짝 빛을 냈다.

"공개 오디션은 변수가 많잖아. 지나가던 사람들의 호응이라든가, 캐스팅 후에 사람들의 반응이라든가, 재미있는 요소가 많으니까."

상현이 대수롭지 않게 어깨를 으쓱였다. 비공개 오디션과 공개 오디션은 개념 자체가 달랐다. 해욱도 한 번쯤 시도해 보고 싶은 것이지만 지금 결혼설이 발표된 이 타이밍을 상상한 것은 절대 아니었다.

"곤란하네."

자신에게 전달된 모델들의 포트폴리오를 스르륵 넘기며 눈으로 훑은 해욱이 짧게 한숨을 내쉬었다. 소파 위에 눕다시피 앉은 상현이 흘끗 눈을 들어 해욱을 쳐다봤다. 소파의 팔걸이 위로 턱을 괴곤 재미있다는 듯 즐거운 목소리를 낸다.

"더 곤란한 사실 하나 알려줄까?"

해욱이 대답 대신 눈을 올려 상현을 쳐다봤다. 상현이 손가락으로 해욱이 들고 있는 포트폴리오를 가리켰다.

"맨 마지막 장."

더 이상 알려주지 않겠다는 듯 씩씩 웃기만 하는 상현의 모습에 해욱이 눈을 찡그리며 두꺼운 포트폴리오의 마지막 장을 넘겼다. 에어컨 바람에 종이가 저절로 넘어가는 것을 지켜보던 상현이 마지막 장에 멈춰 선 해욱의 눈이 동그래지는 것을 확인하곤 즐겁다는 듯 말했다.

"톱 모델이 오디션을 본다……. 요즘 같은 세상에 센세이션하지 않아?"

수백 장이 넘는 모델들의 포트폴리오 마지막 장에 있는 익숙한 얼굴. 유환의 모든 정보, 화보는 물론 바디 사이즈와 경력이 적힌 포트폴리오에 해욱이 당황한 얼굴로 상현을 쳐다봤다.

"진짜야?"

보통 톱 모델이 엔딩 모델로 올라 피날레를 장식하는 것은 대표적인 런웨이의 순서였다. 오디션을 보지 않고도 그저 톱 모델이라는 위치 하나로 엔딩을 장식하는 당연한 런웨이의 순서. 개런티가 가장 높은 모델이 엔딩에 서는 것은 런웨이의 조금 어두운 원칙이자 철칙이었다.

"어떻게 될 것 같아? 아듀의 공개 오디션장. 심사위원 측은 아듀의 디자이너 지해욱, 오디션을 보러 오는 모델은 톱 모델 김유환, 지금 둘은 결혼을 발표했고."

"기자들이 몰려오겠지."

해욱이 심드렁하게 중얼거렸다. 이미 받아볼 만큼 받아본 스포트라이트지만 이번에는 반갑지 않은 스포트라이트였다.

"상관없어."

단호하게 덧붙인 해욱의 목소리에 상현이 의외라는 듯 눈을 동그렇게 뜨곤 눈썹을 꿈틀거렸다. 상현의 표정이 우스운지 붉게 물든 입꼬리를 올려 픽 웃은 해욱이 가느다란 손가락을 뻗어 척하고 브이를 만들어냈다. 저 행동 누군가와 몹시 겹쳐지는데. 상현이 유환을 떠올리며 눈을 찡그렸다.

"기자들도 있겠지만 난 확실한 내 편이랑 같이 있을 테니까."

상현이 쩍하고 입을 벌렸다. 자신만만한 태도가 꼭 유환과 겹쳐 보여서 상현이 고개를 흔들며 잔상을 탈탈 털어냈다. 사랑하면 닮아간다더니 평소보다 유난히 여유로워 보이는 해욱의 모습에 상현이 킬킬대며 웃었다.

"잘해보자."

"그래."

허공에서 가볍게 마주친 손바닥이 유쾌한 마찰음을 만들어냈다. 포트폴리오를 챙겨 오디션이 있을 장소로 향하는 해욱의 발걸음이 유난히 가벼웠다.

─쿠카팀, 김유환 지해욱 열애 공식 인정

기자회견 이후 쿠카팀에서 발 빠르게 유환의 열애설을 인정하는 기사를 내보냈다. 공식 입장이라는 타이틀이 붙은 기사는 열애설은 인정했지만 교묘하게도 결혼설에 대해서는 가타부타 말이 없었다. 조금 더 스크롤을 내리자 쿠카팀이라는 단어가 쏙 빠진 기사들만이 둥둥 떠올랐다.

─지해욱 김유환, 열애설 터지자마자 결혼설로!

─톱 모델 김유환, 기자회견에서 디자이너 지해욱과 돌연 결혼 발표!

'핫'이라는 붉은 글자가 반짝반짝 움직이는 포털사이트 기사들의 제목은 그야말로 자극적이기 그지없었다.

"기사 제목만 봐도 내가 다 궁금해지네."

해욱이 심드렁하게 중얼거렸다. 운전석에서 핸들을 틀던 상현이 해욱의 손에 들린 화면을 힐끗 내려다봤다.

"네 이름 옆에서 이호연은 떨어질 생각을 안 하나 봐."

아직도 해욱과 유환의 기사마다 간간이 보이는 호연의 이름에 상현이 끌끌대며 혀를 찼다.

"우리나라 기자들은 돈 벌기 참 쉽지. 사실은 물론 추정, 의심, 그냥 갖다 쓰면 되니까."

"그러게 말이야."

해욱이 한숨을 푹 내쉬었다. 포니테일로 길게 묶인 머리카락 끝은 동글동글한 컬이 말려 있다. 해욱이 고개를 움직이자 해욱의 고갯짓에 따라 머리카락 끝이 달랑달랑 흔들렸다.

"거의 다 왔어. 내릴 때 각오하는 게 좋을 걸."

"알고 있어."

끼익. 사이드브레이크가 긁는 소리를 내며 당겨졌다. 해욱의 차로 온 것도 아니고 대표이사인 상현의 차를 타고 왔음에도 해욱이 있다는 걸 어떻게 안 것인지 상현의 차 주위로 몰려든 기자들이 인산인해를 이뤘다.

달칵. 조수석의 손잡이를 잡아당긴 해욱이 선글라스를 꺼내 썼다. 해욱 자신만의 기사였다면 더러운 성질을 내보이며 제멋대로 행동했겠지만 이번에는 유환이 관련되어 있다. 해욱이 조수석에서 모습을 드러내자마자 무자비하게 셔터가 터지며 질문세례가 쏟아졌다. 표정이 보이지 않도록 큼지막한 선글라스를 쓴 해욱이 빠르게 그 사이를 지나쳐 갔다.

"살벌하네, 아주."

자의와는 상관없이 해욱의 경호를 하고 오디션 장까지 들어선 상현이 진땀을 흘리며 머리카락을 털어냈다. 해욱이 고맙다는 듯 상현의 어깨를 가볍게 문질렀다. 이미 오디션장의 심사위원석에 자리를 잡고 앉아 있던 아듀의 이사진과 인사를 나눈 후 해욱과 상현도 착석했다.

서울의 도심 한복판에 설치된 캐스팅 오디션 현장. 물론 칸막이와 여러 가지 것들로 가려져 관계자 외에는 들어올 수도, 직접 볼 수도 없었지만 큰 전광판과 연결되어 생생하게 전달되는 것이 바로 공개 오디션이었다. 이미 전광판 주위는 지나가던 사람들과 오디션에 참가하는 모델들로 연신 북적거렸다.

심사위원식을 제외하고는 모두 새하얗게 칠해진 오디션 장은 모델 그 자체를 보기에 더없이 좋은 공간이었다. 길이삼이 있는 거리는 워킹을 본다는 것을 의미했고, 문을 열고 들어오는 순간의 눈빛, 분위기, 걸음걸이 등 모든 것이 평가되고 있었다.

"그럼 시작해 볼까요?"

상현이 경쾌한 목소리로 말했고, 그와 동시에 모두의 손에 들린 포트폴리오의 첫 페이지가 넘어갔다.

"워킹이 형편없네요."

이사진 중 한 명이 불만스럽게 중얼거렸다. 척 보기에도 축이 틀어진 모델의 워킹은 거리를 지나다니는 사람들만도 못했다.

"분위기도 아듀랑은 안 맞는 것 같네."

모델에게는 들리지 않지만 해욱에게는 들리게끔 상현이 작은 목소리로 말했다. 해욱이 옆에서 동의한다는 듯 고개를 끄덕거렸다. 어느덧 상현은 아듀의 철저한 이사진이 되어 있었다. 자신의 생각을 읽기라도 한 것처럼 소름 돋게 맞아떨어지는 서로가 낯설기도 하고 익숙하기도 했다.

"몇 명 빼고는 다 거기서 거기야."

제법 냉정한 눈으로 워킹을 하고 있는 모델을 훑어 내리고 낮게 한숨을 내쉬었다.

"됐습니다."

상현이 무심하게 포트폴리오를 넘겼고, 모델이 허리를 꾸벅 숙이고 나갔다. 지금까지 몇백 명의 지원자 중에 뽑힌 사람은 고작 몇십 명에 불과했다. 아듀와 맞으면서 해욱의 마음에 드는 모델을 고르는 건 이렇게도 힘든 일이었다.

"다음."

인사조차 사라진 오디션 장의 분위기는 냉랭했다. 몇백 명을 심사하다 보면 들어오는 첫 걸음걸이만으로도 판단할 수 있는 능력이 생긴다.

"워킹 해보세요."

화보로 얼굴이 익은 모델이었지만 워킹은 역시나 형편없었다. 모델이 아닌 연예인이 되기 위한 사람을 아듀에 세울 생각은 전혀 없었다. 해욱의 손이 망설임 없이 포트폴리오를 넘겼다.

"다음."

짤막한 목소리와 함께 문이 또다시 열렸다. 어느덧 몇백 명 중 마지막이라는 것도 눈치 채지 못할 만큼 오디션은 바쁘게 진행되었다. 포트폴리오의 마지막 장을 펼치는 순간 익숙한 얼굴이 눈에 들어왔다. 해욱이 그것을 채 깨닫기도 전에 장난기가 가득 묻은 목소리가 문틈으로 비집고 들어왔다.

"안녕하세요."

문을 열고 들어온 유환이 여유롭게 웃었다. 유환의 등장에 밖이 조금 더 소란스러워진 것도 같았다. 전광판에 그대로 나가고 있을 유환의 모습에 팬들은 물론 기자, 일반인들까지 소리를 질러대고 있었다.

"쿠카팀 소속 모델 김유환입니다."

서글서글하게 웃는 얼굴이 심사위원석에 자리한 아듀의 이사진과 상현을 시나쳐 해욱에게 닿을 때까지도 모두가 놀란 표정만을 짓고 있었다.

"워킹 할까요?"

대답이 나오기도 전 유환의 눈빛이 금세 변했다. 자연스럽고 익숙하게, 그리고 또 낯설게. 워킹의 기본이라 불리는 토대 그대로 발목과 허리, 어깨를 이어 목까지 꼿꼿하게 서 있는 축과 적당하게 올라가는 팔의 움직임과 각도, 과장되지도 어색하지도 않게 굽혀지는 무릎과 유환 특유의 시크하고 무심한 느낌의 개성 있는 워킹이 어우러지자 금세 묘한 분위기가 만들어졌다.

유환은 잘 알고 있었다. 사람들이 얼마나 차이라는 것에 민감한지를. 자신이 웃으면 호의를 가지고 좋아하다가도 조금만 표정을 굳히면 금세 겁을 먹고 물러나는 것이 우리나라 사람들이었다. 그래서 유환은 애초부터 그것을 이용하고 있었다. 오디션에서 인사를 건넬 때와 워킹을 시작할 때의 갭, 그 갭의 차이를 자신만의 개성으로 만들어 버렸다.

툭툭. 무심하게 걷는 그 워킹은 오디션장을 금세 런웨이로 만들었다. 모두 말없이 유환의 워킹이 끝날 때까지 숨을 죽이고 있었다. 유환이 가볍게 어깨를 으쓱이며 날카롭게 섰던 눈매를 풀어내리고 웃자 심사위원석에서 탄성인지 감탄인지 모를 소리가 터져 나왔다.

톱 모델이라는 수식어는 괜히 붙는 것이 아니었다. 현직 모델을 포함한 신인 모델과 모델 지망생 모두를 포함하여 고작 한두 명에게 붙여지는 것이 톱 모델이라는 수식어였다. 가장 높은 개런티를 받고 가장 마지막의 피날레를 장식하는 것은 모델계에서 굉장한 의미와 가치를 가진 일이었다. 그리고 유환은 톱 모델이라는 수식어를 받는 것에 사람들이 한 치의 의심도 가질 수 없게 만드는 모델이었다.

유환이 시원스레 뻗은 눈매를 휘며 개구지게 웃었다. 까맣게 물든 머리카락을 버릇처럼 흐트리곤 질문을 기다리듯 가볍게 고개를 까딱거린다.

"유환 씨는 알다시피 톱 모델이고 오디션을 보지 않아도 피날레에 설 수 있을 텐데 왜 오늘 굳이 오디션에 참석한 거죠?"

아듀의 이사진 중 한 명이 물었다. 정확하게 핵심을 찌르는 질문에 유환이 느릿하게 눈을 감았다가 떴다. 눈꺼풀 아래로 사라졌다 드러난 검은 눈동자가 말갛게 해욱을 쳐다보고 있다. 유환의 얇은 입술이 달싹였다.

"제가 가진 건 몸밖에 없어서요."

앞도 뒤도 없는 뜬금없는 소리였지만 유환의 목소리가 너무도 평온하고 담담해 누구도 아무런 대꾸도 하지 못했다. 자신에게 끈질기게 닿아오는 유환의 시선에 해욱이 입술을 꾹 깨물었다.

"평생 선생님만을 위해서 벗을게요."

흡. 심사진 중 누군가가 급하게 숨을 들이마시는 소리가 났다. 그리고 그것을 대변이라도 하듯 전광판이 설치된 바깥쪽에서 어마어마한 함성 소리가 들렸다. 지금 해욱에게 밖에서 들리는 그 소리는 안중에도 없었다. 심장이 튀어나올 것 같이 크게 뛰고 있었다.

"선생님은 평생 저한테 입혀 주실래요?"

유환의 입꼬리가 호선을 그리며 동그랗게 휘어졌다. 장난기가 가득 담긴 눈매를 조금 자란 머리칼이 희미하게 가렸다. 유환의 검은 눈동자가 흔들림 없이 해욱에게 닿았다.

"그러니까 결론은⋯⋯."

유환이 천천히 앞으로 걸어 나왔다. 마치 처음 아듀의 오디션을 보러 온 그날처럼. 심사위원석까지 워킹을 하듯 계속해서 걸어 나오는 유환의 모습에 해욱이 초조하게 눈을 깜빡였다. 정확히 심사위원석의 중간, 해욱의 앞에 멈춰 선 유환이 해욱에게 눈을 맞추며 말했다.

"결혼하자."

천막에 가려진 채 분리된 상태로 진행되는 오디션 장이라는 것이 믿기지 않을 만큼 바깥의 함성 소리가 생생하게 전달되어 들렸다. 해욱은 물론 상현을 비롯한 이사진 모두 놀란 듯 눈을 휘둥그레 떴다.

"한국에 오면 제대로 프러포즈하고 싶었는데 아무래도 난 모델이니까 내가 내세울 수 있는 최선을 걸었어. 나 말이야. 모델 김유환."

해욱의 길게 말려 올라간 속눈썹이 파르르 떨렸다. 갸름한 얼굴은 전에 비해 조금 더 살이 빠져 있었다. 유환이 무의식적으로 눈을 찡그리며 해욱의 뺨에 손등을 툭 가져다 댔다.

"살 빠졌네."

너무나도 반사적으로 튀어나온 것처럼 보이는 유환의 행동에 해욱의 옆에 앉은 상현이 작게 소리 내어 웃었다. 정말 못 말리겠네. 포트폴리오의 마지막 장을 덮어버린 상현이 이제 대놓고 팔짱을 꼬고 앉아 관람하기 시작했다.

아직 해욱의 대답이 들리지 않아 알 수 없었지만 어쩐지 해피엔딩이 될 것 같다. 밖의 함성 소리는 야유가 아닌 감탄과 탄성이었고, 패기 넘치게 공개 오디션장에서 프러포즈를 선택한 톱 모델이라니 미워할 수 없는 선택이었다.

상현이 느릿하게 고개를 돌려 해욱을 쳐다봤다. 놀라움만을 담고 있던 해욱의 입꼬리가 천천히 올라갔고, 동시에 눈꼬리는 반달을 그리며 예쁘게 접혔다.

"응, 결혼할래."

'결혼할게', '결혼해 줄게'도 아닌 '결혼할래'. 참 지해욱다운 대답이라고 생각하며 상현이 씩 웃었다. 쐐기를 박아버리겠다더니 제대로 박네. 흔들림이라곤 전혀 없는 유환의 얼굴을 가만히 바라보던 상현이 해욱을 대신하기라도 하듯 고개를 끄덕였다.

해욱과 유환의 결혼은 엄청난 이슈를 몰고 왔다. 아듀의 캐스팅 오디션을 시작으로 모두의 앞에서 발표된 결혼설 며칠이 지난 지금까지도 도통 사그라질 생각을 하지 않았다.

유환의 프러포즈, 유환과 해욱에 손에 끼워진 같은 디자인의 반지, 그리고 입맞춤. 그 세 가지로 사람들은 모든 의문을 해결할 수 있었다. 그리고 유환이 원하던 쿠카팀의 결혼 공식 인정도 함께였다.

"응, 결혼할래."

그 한마디가 뭐라고 그렇게나 행복하게 눈을 휘어 웃던 유환의 다정한 얼굴과 금세 심사위원석 테이블을 짚고 허리를 숙여 입을 맞춰오던 그 오만함까지도.

올해 컬렉션을 위해 떠오른 디자인을 스케치하던 해욱이 손에 쥔 펜을 느릿하게 내려놓았다. 웃지 않으려고 해도 곱씹을수록 저절로 웃음이 나오는 상황이다.

"아듀의 캐스팅 오디션에서 프러포즈라니."

저절로 튀어나온 목소리는 설렘이 가득했다. 자신의 사무실에 아무도 없다는 사실에 안도하며 해욱이 배시시 웃었다. 네 번째 손가락 위에 끼워진 반지를 만지작거린다. 언젠가 화려한 것보단 심플한 것이 좋다고 건넨 자신의 말에 딱 맞게 단조롭지만 섬세한 세공의 반지였다.

똑똑. 노크 소리가 울렸다. 자신만의 시간을 방해한 갑작스러운 소음에 해욱이 깜짝 놀란 듯 문 쪽을 쳐다봤다. 해욱이 답을 하기도 전에 달칵거리는 소리를 내며 열린 문으로 까만 슈트 자락이 불쑥 드리워졌다.

"잘 지냈어?"

유환과는 다른 익숙함에 해욱이 눈을 찡그리며 반사적으로 의자에서 일어섰다. 테이블 위에 놓인 펜이 해욱의 갑작스러운 움직임에 긁는 소리를 내며 굴러갔다.

"이호연."

해욱의 입에서 나온 자신의 이름이 신호라도 된 듯 호연이 문을 열고 들어왔다. 모델의 패셔너블함과는 다른, 배우의 단정함이 온 몸에서 풍겨 나왔다.

"하긴 잘 지내는 것 같더라."

호연이 바람 빠지는 소리를 내며 웃었다. 전 국민이 다 아는 사실을 호연이 모를 리 없었다. 익숙하게 사무실 안으로 걸어 들어와 소파에 태평하게 착석한 호연이 손등으로 테이블 위를 툭 툭 두드렸다. 건조하지만 긴장감이 묻어나는 그 행동을 가만히 보고 있던 해욱이 테이블 위에 놓인 응답기의 빨간 버튼을 꾹 눌렀다.

"커피 두 잔 부탁할게."

[네, 알겠습니다.]

호연과 이야기를 나누겠다는 명백한 신호이다. 해욱이 자리에서 걸어 나와 호연의 맞은편에 앉았다.

"마침 지나가던 길에 들렀어."

호연은 지금 티 나는 거짓말을 하고 있었다. 아듀는 지나가던 길에 들를만한 위치에 있지 않았고, 호연과 해욱은 지나가던 길에 들를 만한 사이가 아니었다. 하지만 몇십 번, 몇백 번을 고민하다가 온 것이라고는 절대 말할 수 없었다.

"오랜만이네."

"그렇지. 제법 시간이 흘렀으니까."

"영화 소식은 들었어. 첫 영화인데 관객 수가 상당하다고 들었거든."

"뭐, 그렇지."

호연이 어깨를 으쓱 올렸다. 끝이 얇게 올라가 자칫 사나워 보이는 눈매가 해욱을 직시했다.

"내가 놓자마자 결혼은 너무했어."

호연이 가볍게 웃었다. 농담과도 같은 가벼운 말투였지만 호연의 표정은 그렇지 못해서 해욱은 같이 웃을 수 없었다.

"만난 시간은 중요하지 않다는 게 무슨 말인지 이번 기회에 깨달았어. 결국 시간이 아니라 사람이더군."

씁쓸함이 담긴 호연의 목소리 끝에 또다시 노크 소리가 울렸다. 조심스럽게 문을 열고 들어온 직원이 테이블 위로 유리잔을 소리

나지 않게 내려놓았다. 성에가 끼어 보기만 해도 시원한 유리잔 안의 얼음이 돌면서 부딪혀 청아한 소리를 냈다.

"정말 결혼하는 건가?"

"지금 나한테 묻는 거야? 이미 기사에서 다 봤을 텐데."

"네 입으로 직접 듣고 싶어서."

호연이 손가락 끝을 비비며 깍지를 꼈다. 모델 일을 할 때와 같은 화려하고 독특한 반지는 없었다. 화려함 대신 단정하고 정갈한 느낌이 드는 건 아무래도 직업을 바꿨기 때문일 것이다. 해욱이 느릿하게 시선을 올려 호연을 쳐다봤다. 눈이 마주치자 꼭 과거의 한 시점으로 돌아간 것 같은 기분이 들었다.

"응, 유환이랑 결혼해."

군더더기 없이 대답한 해욱이 자신의 손에 끼워진 반지를 내려다보자 호연의 시선도 덩달아 해욱의 손가락에 닿았다.

"솔직히 축하한다는 말은 못하겠네."

호연이 손을 올려 얼굴을 쓸어내렸다. 크고 단단한 손마디와는 어울리지 않는 흐트러진 얼굴을 가만히 바라보던 해욱이 무의식적으로 손을 올려 호연의 머리카락을 헤집어놓았다. 순식간에 놀라움을 담은 눈을 들어 자신을 바라보는 호연의 시선에 해욱이 가볍게 눈을 휘어 웃었다.

"널 빼고 나면 내 과거에 남는 사람이 없을 정도야."

장난스럽게 건넨 말과 함께 해욱이 약지에 걸린 반지를 버릇처럼 만지작거렸다.

"고마웠어, 호연아."

호연이 웃음을 터뜨렸다. 어깨를 들썩들썩 움직이던 것이 곧 상체까지 흔들며 웃었다. 금세 뚝 웃음을 걷어낸 호연이 자리를 털고 일어섰다. 물끄러미 해욱을 바라보던 호연이 곧 해욱과 마찬가지로 손을 올려 그녀의 머리카락을 흐트렸다. 조금은 조심스럽고 상냥하게.

"나야말로 고마웠다, 해욱아."

호연에게 참 오랜만에 듣는 자신의 이름이다. 해욱도 일어섰다.

"네가 내 연인이어서 행복했어. 물론 넌 몰랐을 수도 있지만."

호연이 머뭇거리는가 싶더니 이내 망설임 없이 해욱을 끌어안았다.

"그리고 미안했다."

해욱이 반응할 틈도 없이 끌어안은 팔을 그대로 풀어 내린 호연이 흘끗 뒤를 돌아보더니 한숨을 내쉬며 중얼거렸다.

"눈빛으로 사람도 죽이겠네."

퉁명스러운 호연의 목소리가 자신을 향한 것이 아니라는 걸 깨달은 해욱이 황당한 표정으로 눈을 찡그렸다. 완벽하게 닫히지 않은 문틈으로 불만스러운 눈동자가 보이더니 곧 문이 벌컥 열렸다.

"이야기하라고 했지 누가 안으라고 했습니까?"

잔뜩 짜증이 묻어난 얼굴을 한 유환이 성큼성큼 사부실 안으로 걸어 들어왔다. 해욱을 보여주기도 싫다는 듯 해욱의 앞을 떡하니 가로막고 선 유환이 턱짓으로 문을 가리켰다. 건방진 태도임에도 전과 달리 깍듯하게 갖추어진 존댓말에 호연이 혀를 차며 문을 열고 나갔다. 나가기 전 가볍게 마주친 눈이 인사를 대신했다.

대리석으로 만들어진 복도 위로 호연의 발걸음 소리가 천천히 멀어졌다. 모델의 워킹, 혹은 워킹이 밴 걸음걸이와는 확연히 다른 그것에 해욱이 귀를 쫑긋 세웠다. 또 그것이 마음에 안 드는 유환은 불만스럽게 해욱의 이마를 자신의 이마로 콩콩 찧었다.

"예비 유부녀가 이래도 돼?"

"예비 유부녀? 날 벌써 유부녀로 만들지 마! 결혼하겠다고 했지 당장 결혼한 게 아니잖아."

해욱이 장난스럽게 투덜거렸다. 여전히 삐죽거리며 입을 내밀고 있는 유환의 모습에 결국 웃음이 터진 해욱이 물었다.

"시원한 거라도 줄까?"

사무실의 유리창 너머로 쏟아지는 햇살을 힐끗 올려다본 해욱이 유환이 대답을 하기도 전 테이블 위에 놓인 응답기를 향해 몸을 돌렸다. 해욱의 행동을 가만히 보고 있던 유환이 돌아선 해욱의 뒷모습을 보곤 더욱 경악스러운 목소리를 냈다.

"옷이 그게 뭐야?"

"뭐가?"

해욱이 태평하게 그 자리에서 몸을 빙그르르 돌렸다. 심플하다 못해 무난하기까지 한 차콜의 브이넥 티셔츠와 발목 끝까지 길게 떨어지는 네이비 컬러의 와이드 팬츠, 단조로운 의상 때문에 평소보다 화려한 주얼리까지. 하지만 문제는 그게 아니었다.

"백리스잖아."

불만이 가득 담기다 못해 넘쳐흐르는 유환의 목소리가 뱉어낸 단어는 백리스였다. 해석 그대로 등이 없다는 뜻으로 흔히 디자인계에서는 옷의 뒷면이 없다는 것을 의미했다. 심플하고 시크해 보이는 티셔츠의 뒤는 휑하게 뚫려 있었다. 하얗고 매끈한 백 라인의 3분의 2이상을 오픈한 뒷모습에 유환이 자리에서 벌떡 일어섰다.

"아아."

심드렁하게 대꾸한 해욱이 예쁘게 눈을 휘어 웃으며 당연하다는 듯이 대답했다.

"응. 백리스라서 언더웨어도 안 보이게 맞춰 입었어."

머리도 올려 묶었고. 덧붙여 대답한 해욱이 방긋 웃었다. 길게 내려온 머리카락도, 원래라면 보여야 할 언더웨어의 끈도 없었다. 모델이 직업인 유환 역시 이럴 때 여자들에게 따로 입는 언더웨어가 있다는 것 정도는 알고 있었지만 지금 중요한 것은 그게 아니었다. 유환이 곤란하다는 듯 고개를 좌우로 내저었다. 하지만 곧 좌우로 내젓던 고개를 위아래로 끄덕였다.

"뭐, 그래."

갑자기 여유로워진 유환의 반응에 해욱이 고개를 갸웃했다.

"뭐가?"

테이블의 응답기에 닿을 듯 말 듯 뻗어 있는 해욱의 손목을 자신의 쪽으로 가뿐하게 끌어당긴 유환이 트여 있는 옷 사이로 해욱의 등을 천천히 쓸어내렸다.

"어차피 지금뿐이니까 즐겨."

"그러니까 뭘?"

"난 결혼하면 이런 옷은 못 입게 할 거거든."

"뭐?"

"이래 보여도 내가 보수적인 남자라서."

허. 해욱이 코웃음을 쳤다. 화보와 런웨이를 서면서 얼마나 많은 벗은 여자들과 작업했는지 내가 아는데. 해욱은 차마 치졸해 보일까 봐 입 밖으로 꺼내지 못한 말을 꾹꾹 눌러 삼켰다. 짓궂게 웃은 유환이 어깨를 으쓱 올렸다.

"꽁꽁 싸매고 다녀야 할 걸. 선생님이 지쿨이라면 난 김보수거든."

김보수? 해욱의 얼굴이 황당함을 담고 유환을 쳐다보자 그 얼굴이 우스웠는지 유환이 킬킬거리며 해욱을 끌어안았다. 같은 디자인의 반지가 끼워진 손가락이 사랑스러워서 그 위로 입술을 떨어뜨렸다. 누가 보아도 다정함을 가득 담은 유환의 눈매가 쑥스러워서 해욱이 괜히 퉁명스러운 목소리를 냈다.

"나 패션 디자이너거든요."

그러자 유환이 지지 않고 대답했다.

"패션 디자이너이기 전에 내 여자잖아요."

"그건 그렇지만."

해욱이 반문할 핑계를 잃고 머뭇거리자 그새를 못 참고 유환이 해욱의 입술을 머금어왔다. 방금 차가운 아이스커피를 마셔서인지 입안까지 차가운 것에 유환이 만족스럽게 입꼬리를 올려 웃었다.

그렇게나 투덜거리던 백리스 티셔츠 사이를 과감하게 파고드는 손가락에 해욱이 어깨를 파르르 떨었다. 이미 유환의 입술에 막힌 입술은 유환의 혀와 얽혀 버린 지 오래였다.

자연스럽게 해욱을 끌어안아 자신의 무릎 위에 앉히는 유환의 행동에 해욱이 반사적으로 유환의 목 뒤로 팔을 둘렀다. 키스를 하면서도 개구지게 휘어지는 눈매를 가만히 바라보던 해욱이 스르륵 눈을 감았다.

❖

"유환 씨, 여기! 좋았어!"

포토그래퍼의 만족스러운 목소리와 함께 유환의 눈이 다정하게 카메라를 응시했다. 웃지 않으면 날카롭게 보이는 눈매는 동그랗게 말리며 휘어졌다. 그야말로 꿀이 뚝뚝 떨어지는 것 같은 달콤한 미소는 해욱을 떠올리면 자연스럽게 나오는 것이라 어렵지 않았다. 셔터가 터질 때마다 물 흐르듯 바뀌는 포즈는 늘 다채롭고 신선했다. 결혼을 앞둔 유환을 뮤즈로 둔 이번 화보의 콘셉트는 턱시도, 턱시도, 또 턱시도였다.

하얗고 까맣고 푸르고. 세상에 있는 온갖 독특한 문양과 색이 들어간 턱시도를 입으면서 유환은 진짜 결혼할 때는 가장 무난하고 평범한 검은 턱시도가 좋겠다는 확신을 가졌다. 엷은 민트 색에 화려하고 탁한 플라워 무늬가 들어간 턱시도를 입은 유환이 한쪽 눈을 찡그리며 목에 걸린 나비넥타이를 장난스럽게 손가락으로 끌어당겼다.

쉴 새 없이 조명 판이 돌아갔고, 셔터를 누르는 포토그래퍼의 손가락은 멈출 생각을 하지 않았다. 표정은 물론 나비넥타이를 잡은 손가락 끝, 혹은 미세하게 당겨진 턱, 카메라를 비스듬히 내려다보는 눈의 각도까지도 철저히 계획된 포즈였다.

"좋아요! 쉬었다 갑시다!"

포토그래퍼의 우렁찬 목소리와 함께 조명 판이 꺼졌고, 스태프들이 박수를 쳤다. 자신의 눈앞에서 카메라가 사라지자마자 금세 개구지게 웃어버린 유환이 대기실로 들어갔다. 한여름에 턱시도라니. 갑갑한 목을 죄는 나비넥타이를 테이블 위로 툭 끌러 내린 유환이 늘어지듯 대기실 소파 위로 몸을 앉혔다.

이제 몇 주 뒤면 진짜 해욱과의 결혼식이다. 해욱과 평생을 같이할 수 있다는 생각만으로 저절로 입꼬리가 씰룩씰룩 움직였다. 결혼설이 터지자마자 기다렸다는 듯이 착착 진행되던 결혼 준비 과정에 해욱이 당황한 듯 웃던 모습이 떠올랐다. 해욱의 모습을 머릿속으로 그리며 행복한 상상을 하던 유환이 문득 테이블 위에 놓인 잡지를 발견하곤 소파 뒤로 기댔던 상체를 일으켜 세웠다. 테이블 위에 놓인 잡지를 잡기 위해 긴 팔을 쭉 뻗었다.

"이번 호네."

어제 출간된 따끈따끈한 패션 잡지를 들어 올린 유환이 손가락으로 표지를 툭툭 건드렸다. 만족스러운 웃음이 입꼬리로 번졌다. 이 잡지의 표지 역시 자신이 장식하고 있었으니까. 금욕적인 남자를 표현한답시고 목 끝까지 채운 검은 셔츠가 얼마나 더웠는지. 유환이 그때를 떠올리며 혀를 내둘렀다.

그런데 왜 이 잡지가 여기 있지? 유환이 의아한 얼굴로 잡지를 스르륵 넘겼다. 그리곤 멈칫. 표지의 중앙에서 익숙한 이름을 발견했기 때문이다. 잡지 표지에 적힌 그 이름을 집요하게 페이지까지 확인해 찾아낸 유환은 곧 발견했다. 익숙하다 못해 저절로 웃음이 나는 그 얼굴을.

"어?"

감탄사와 비슷한 단말마가 허공으로 흩어졌다.

"나는 알고 당신은 모르는 아듀 지해욱을 알고 싶으신가요?"

기사의 헤드라인을 그대로 따라 읽은 유환이 잡지 안에 자리한 해욱의 얼굴을 손으로 매만졌다. 자신이 잘못 본 게 아니라면 이것은 해욱의 인터뷰 기사였다. 시간이 흐른 꽤 오래전에도 똑같은 잡지에서 해욱의 인터뷰 기사를 본 기억이 어렴풋이 떠올랐다. 같은 잡지임에도 그때에 비하면 참신한 기사 제목이라고 생각하며 유환은 천천히 글에 집중하기 시작했다.

Q. 정말 오랜만이다. 기억나는가? 두 번째 인터뷰다.

A. 당연히 기억하고 있다. 반가운 마음이다.

Q. 그런데 이게 무슨 일인가? 결혼을 한다고 들었다. 우선 축하한다.

A. 고맙다. 사실 갑작스러운 일은 아니다. 이미 진작부터 생각하고 있던 일이라서 나에게는 놀랍지 않다.

Q. 디자이너 지해욱의 피앙세는 어떤 사람인가?

A. 다 알고 있지 않은가. 굳이 묻는 저의가 궁금하다. 이건 내 인터뷰가 아니지 않나.

Q. 우리가 아는 모델 김유환과 디자이너 지해욱이 아는 김유환은 다를 것이 아닌가?

A. 보는 그대로이다. 다정하고 상냥한 사람이다.

잔뜩 눈을 찡그리며 부끄러워할 해욱의 모습이 이미 머릿속으로 생생하게 그려졌다. 유환은 배시시 웃음을 터뜨렸다.

이런 인터뷰는 또 언제 한 거야, 나 몰래?

Q. 결혼을 결심하게 된 계기가 있다면?

A. 늘 확신을 주는 사람이다. 그래서 계기랄 것도 없었다.

Q. 정말 행복해 보인다. 욱욱이라는 애칭을 가진 디자이너로는 보이지 않는다.

A. 그건 아니다. 잠깐 넣어뒀을 뿐 욱은 언제나 내제되어 있다.

Q. 결혼 후 아듀의 행보는 어떻게 되는가?

A. 결혼 후에도 아듀는 계속된다. 결혼도 중요하지만 그만큼 나에게 디자이너의 삶도 중요하다. 하지만 아마 조금은 변화가 있을 것 같다.

Q. 변화라면?

A. 내 삶이 변화하는 만큼 내 디자인도 조금 더 유하게 변화하지 않을까 생각한다. 모노톤의 컬러만을 선호해 온 내 디자인의 확신이 요즘 조금 흔들린다. 다양한 색을 내는 사람을 만나니 다양한 색을 시도하고 싶어졌다.

Q. 엄청난 변화 아닌가!

A. 그럴 듯하다.

Q. 그러고 보니 예전에 키우던 강아지는 잘 크고 있는가? 27개월인 새끼 강아지라고 했지 않은가.

A. 하하, 너무도 뜬금없다.

Q. 이상하게 웃음이 터졌다. 왜 웃는 것인가?

A. 아니다. 그 이야기를 기억하고 있을 줄은 몰랐다.

픕. 유환은 결국 참지 못하고 소리 내어 웃었다. 자신조차도 잊고 있던 것을 에디터가 기억하고 있다는 것이 우스웠다. 에디터와 직접 마주해서 이런 질문을 들었을 해욱이 얼마나 웃었을지 보지 않아도 뻔했다.

Q. 설마 유기견이 된 건 아니겠지?

A. 무슨 소리. 절대 아니다. 단지…… 새끼 강아지가 아니었다.

Q. 그건 또 무슨 소리인가?

A. 새끼 강아지라기보단 늑대에 가까운 종류였던 것 같다. 게다가 27개월이 아니라 26개월이었고.

Q. 더 어린 강아지였다는 소리인가? 아니, 그전에 늑대라니?

A. No comment.

Q. 너무하다. 다음 인터뷰 때는 노코멘트는 없다고 약속하지 않았나! 그럼 대신 당신의 피앙세에게 한마디 남겨 달라. 이 정도는 해줄 수 있는 것 아닌가.

A. 그런 약속은 한 적 없다. 정말 에디터 분들은 다 짓궂다. 에디터나 기자나 다를 게 없다.

Q. 그렇지 않다. 어서 한마디 남겨 달라. 피앙세, 아니, 김유환 씨에게.

A. 사실 이번 인터뷰의 목적이 이것이었던 것 같다. 맞나?

Q. 그렇다. 얼른!

에디터의 쿨한 인정에 유환이 반사적으로 고개를 내저었다. 네임벨류를 가진 사람들에게 가장 무서운 직업은 분명 에디터와 기자일 것이다. 의상과 메이크업을 바꿔야 하는 것도 잊어버릴 만큼 기사에 빠져든 유환이 천천히 다음 페이지를 넘겼다. 하필 그 부분에서 끝나 버린 페이지는 다음 페이지로 연결되어 있었다.

A. 음, 유환아, 사랑해.

하얀 종이 위에 검은 글씨, 그게 전부였다. 그럼에도 유환은 꼭 해욱에게 직접 그 말을 들은 것처럼 심장이 쿵쿵 뛰는 것을 느낄 수 있었다. 반사적으로 손을 올려 자신의 왼쪽 가슴에 가져다 댔다.

더 이상의 말은 없었다. 그 뒤로 해욱에게 다른 여러 가지를 재촉하는 에디터의 글이 이어져 있었지만 눈에 들어오지 않았다. 유환은 해욱의 마지막 말 위를 손에 새기기라도 하듯 천천히 손가락으로 훑어냈다.

유환이 잡지를 덮고 휴대폰을 꺼내 익숙한 단축 번호를 꾹 눌렀다. 곧 해욱이 전화를 받았다.

[응, 유환아.]

"사랑해요."

[어?]

"사랑해."

갑작스럽고 생뚱맞은 유환의 고백에 해욱이 곧바로 웃음을 터뜨렸다. 유환도 해욱을 따라 웃었다. 자신이 생각하게도 뜬금없는 타이밍이었다. 이유를 말해야 하나 고민하는 찰나 해욱의 목소리가 수화기 너머로 들렸다.

[나도.]

바로 대답해 줄 거라고는 생각 못했는데, 예상하지 못한 해욱의 대답에 유환이 환하게 웃었다.

외전 1. 지해욱, 김유환
(⟨너부터 미쳐라⟩ 까메오 외전)

화려하게 장식된 강남의 Y호텔 웨딩홀. 두 주인공이 세계적인 유명 인사인 만큼 철저히 비공개로 진행된 결혼식은 삼엄한 경비 속에 하객들이 입장을 시작했다. 디자이너와 모델의 만남이라는 것을 증명이라도 하듯 패셔너블하게 꾸며진 청첩장을 손에 든 하객들이 삼삼오오 모여 세기의 결혼식에 대한 설렘을 드러냈다.

신랑 김유환

신부 지해욱

얼핏 보기엔 누가 신랑이고 누가 신부인지 구분하기 힘든 이름이지만 패션에 관심이 있는 사람이라면 충분히 누가 누구인지 알수 있었다. 순백색으로 장식된 이름 주위에는 해욱과 유환을 따서 만든 피규어가 나란히 놓여 있었다.

유명한 모델은 물론 가수, 배우를 비롯한 연예인에 해외의 디자이너, 잡지사의 편집장, 에디터까지 초대된 결혼식장은 인산인해를 이뤘다. 하객 패션이 이렇게도 독특하고 다양할 수 있다는 것을 보여주는 초호화 결혼식이었다.

식장의 양쪽에 마주 보고 위치한 신랑, 신부의 대기실에서는 쉴 새 없이 셔터가 터지고 있었다. 그도 그럴 것이, 톱 모델 김유환의 턱시도와 톱디자이너 지해욱의 웨딩드레스는 순수한 의도로 호기심과 설렘을 불러일으켰기 때문이다.

"원래 결혼이 이런 거야? 정신이 하나도 없어."

신부대기실에 얌전하게 앉은 해욱이 중얼거렸다. 그렇게도 원하던 머메이드라인의 웨딩드레스는 해외파 디자이너, 웨딩드레스의 거장 베라 왕의 작품으로, 협찬이 아닌 선물로 받은 것이다. 몇천만 원을 호가하는 베라 왕의 웨딩드레스를 선물로 받고 결혼하는 커플이라며 얼마나 인터넷에서 떠들어대던지. 해욱은 자신이 선물 받을 웨딩드레스를 기사를 통해 알게 되었으니 말은 다 한 것이나 마찬가지다.

어깨를 드러낸 머메이드라인은 해욱의 가느다란 곡선을 여실히 드러내 주고 있었다. 엷은 색의 머리카락은 유려한 컬과 함께 말려 올라가 우아하게 빛을 내고 있고, 그 위로 얇은 티아러가 반짝이고 있었다.

하얀 꽃에 보랏빛이 들어간 부케를 손에 든 해욱이 슬그머니 반지를 내려다봤다. 약지에서 반짝거리는 그것에 괜히 또 프러포즈 순간이 떠올라 설레 버린 해욱이 애써 마음을 가다듬었다.

"내가 먼저 결혼해 본 선배로서 이야기해 주자면 기억이 하나도 안 날 거야."

별일도 아니라는 듯 시크한 말투를 내뱉은 다현이 팔짱을 꼬며 중얼거렸다. 해욱의 결혼식이라고 청초한 느낌의 원피스를 갖춰 입은 다현을 과연 누가 형사로 볼까. 문득 떠올린 생각을 저 멀리로 밀어 넣은 해욱이 다현의 팔을 끌어당겨 자신의 옆에 앉혔다.

전용 포토그래퍼가 계속해서 사진을 찍고 플래시가 연이어 터졌지만 이미 포토 존의 메인으로 익숙해질 만큼 익숙해진 해욱은 눈도 깜짝하지 않았다.

"수혁 씨랑 다혁이는?"

"유환 씨한테. 사실은 나도 유환 씨가 더 궁금한데. 톱 모델이잖아. 얼마나 빛이 나겠어."

나른하게 웃은 다현이 슬쩍 시선을 신랑대기실 쪽으로 돌리자 해욱이 매섭게 눈을 흘기며 다현을 노려봤다.

"유환이한테 가지 그랬어, 아주."

다현이 정말 아쉬운 눈을 해선 대답했다.

"그러고 싶었어. 그런데 수혁이가 절대 못 가게 하잖아."

해욱이 품 하고 웃음을 터뜨렸다. 자신의 절친인 다현과 수혁, 그리고 다혁까지. 셋을 보고 있으면 늘 결혼하고 싶다거나 아이를 갖고 싶다는 생각이 문득문득 들곤 했는데 자신이 정말 결혼을 하다니. 새삼스럽게 추억에 잠긴 해욱이 다시금 터지는 셔터 소리에 눈을 반짝 뜨며 예쁘게 웃었다.

"결혼 축하한다, 욱욱이."

해욱의 머리카락을 다정하게 쓸어 올린 다현이 웃으며 말했다.

해욱도 환하게 웃으며 고개를 끄덕였다.

"고마워, 깡다."

"결혼 축하드립니다."

깔끔한 정장을 차려입은 수혁이 신랑대기실로 들어왔다. 사실은 다혁의 손에 끌려왔다는 것이 조금 더 옳은 표현일 것이다. 자신을 보며 눈을 반짝반짝 빛내는 다혁의 머리카락을 가볍게 흩트린 유환이 수혁에게 악수를 청했다.

"감사합니다."

톱 모델이라는 수식어가 무색하지 않게 신랑대기실을 화보 촬영지로 만들어버리는 유환의 효과는 대단했다. 남들보다 무난하고 단조롭기 그지없는 검은 턱시도는 유환의 검은 머리카락, 눈동자와 맞춘 것처럼 잘 어울렸다.

"다현 누나는요?"

유환의 성격답게 서글서글한 호칭에 수혁이 웃으며 턱으로 신부대기실을 가리켰다.

"너 궁금하다고 하는 걸 말리느라 혼났어."

수혁이 가볍게 어깨를 으쓱 올렸다. 수혁의 손을 꼭 쥔 다혁은 여전히 반짝반짝한 눈으로 유환을 쳐다보고 있었다. 유환이 다혁을 가뿐하게 안아 올렸다. 아이의 따끈하고 말랑한 체온이 유환의 목을 꼭 끌어안았다.

"다혁아, 삼촌도 너 같은 아들 하나 낳고 싶다."

유환이 개구지게 웃으며 다혁의 볼에 얼굴을 비볐다. 수혁이 다혁은 들리지 않도록 작은 목소리로 중얼거렸다.

"딸이 좋지 않아?"

유환이 진지한 눈으로 고개를 끄덕였다.

"사실 그렇죠. 해욱이 닮은 딸부터 낳은 다음에 둘째로 아들이 좋지 않을까요?"

말갛게 웃는 유환의 모습이 악동 같아서 유환을 지켜보던 수혁도 덩달아 웃음이 터졌다.

"이리 와, 다혁아."

수혁의 부름에 다혁이 유환의 품에서 내려와 쪼르르 수혁의 손을 잡고 섰다. 정말 꼭 닮은 부자가 아닐 수 없었다.

"유환아, 준비해! 시작한다!"

흐뭇한 눈으로 둘을 바라보던 유환이 진우의 부름에 다급하게 고개를 들었다. 수혁이 말 대신 유환의 어깨를 가볍게 두드렸다. 주위에서 웅성거리던 소리가 순식간에 줄어들었고, 포토그래퍼는 사진기를 내려놓았다. 은은한 음악이 식장 안팎으로 퍼졌고, 식이 시작된다는 무언의 신호가 들렸다.

크고 화려한 홀에 순백으로 장식된 길이 펼쳐졌다. 새하얀 꽃잎이 떨어진 그곳으로 유환과 해욱이 동시에 입장했다. 유환의 단단한 팔 위로 사뿐히 올라간 해욱의 팔이 천천히 움직였다.

"떨려요?"

주례가 있는 단상 앞까지 걸어가는 와중에 작게 입술만을 달싹여 묻는 유환의 목소리에 해욱이 희미하게 웃었다.

"조금."

"조금? 난 엄청 떨리는데."

다른 사람은 들을 수 없는 작은 목소리에 해욱이 유환을 쳐다보며 작게 웃었다. 박수 소리와 행진곡 사이에서 선명하게 들리는 유환의 목소리는 그 무엇보다 달콤했고, 다른 어떤 것보다 해욱의 웃음소리는 유환에게 달콤했다.

"손에 물 한 방울 안 묻히게 해주겠다는 말은 못하지만 그 누구보다 행복하게 해줄게요."

유환의 낮은 목소리는 흔들림이 없었다. 해욱의 입꼬리가 샐쭉하게 올라가는 것을 포착한 유환이 작게 소리 내어 웃었다.

"이미 충분히 행복해."

사람들 소리에 섞인 해욱의 작은 목소리에 유환의 발걸음이 우뚝 멈춰 섰다. 신랑, 신부 입장이라는 영광스러운 순간에 정확히 가운데 지점에서 멈춰 버린 유환의 모습에 모두가 박수를 멈추고 의아한 눈길을 보냈다. 해욱 역시 팔짱을 낀 손을 내려 유환의 손목을 잡으며 유환을 올려다봤다.

"유환아?"

반달로 휘어지던 해욱의 눈이 놀라움을 담고 유환을 쳐다봤다. 가만히 해욱을 내려다보던 유환이 씩 웃었다. 하얀 장갑을 낀 유환의 손이 천천히 해욱의 허리를 끌어당겼고, 급하게 입술이 맞물렸다.

여기저기서 환호성과 감탄사, 놀라움의 탄성이 터져 나왔다. 갑작스러운 입맞춤에 모두에게서 박수가 터져 나왔다. 정확히 그들의 옆에 자리한 다현과 수혁이 못 말린다는 듯 웃음을 티뜨리며 박수를 쳤다.

"사랑해."

입술이 떨어졌고, 달콤한 목소리가 유환의 입에서 흘러나왔다.

돌발적인 상황조차도 모든 것이 김유환스러웠다. 해욱이 눈을 찡 그리며 웃었다. 반달로 예쁘게 휘어진 눈이 유환을 바라보는가 싶 더니 해욱의 손이 유환의 셔츠를 자신 쪽으로 당겼고, 다시 한 번 부딪친 입술이 비스듬히 맞물렸다. 놀라움을 담은 유환의 눈과 지 그시 감긴 해욱의 눈까지. 아까보다 조금 더 큰 환호성과 박수가 터졌고, 결국 사회자까지 웃어버리고 말았다.

"정말 대단한 신랑, 신부네요."

사회자의 짓궂은 목소리와 함께 제대로 팔짱을 낀 해욱과 유환 이 다시 입장을 시작했다.

"허니문베이비 어때요?"

그 와중에도 작게 속삭이는 유환의 목소리에 해욱이 못 말린다 는 듯 고개를 내저었다. 한 걸음 한 걸음, 모두의 환호성과 축복 속에서 유환과 해욱이 행복한 듯 웃었다.

외전 2. 지해욱, 김유환 그리고

"유환아, 우리의 선택이 잘못됐나 봐."

신혼여행, 인생에 한 번뿐인 달콤하고 유일한 휴식을 유럽으로 선택한 것에는 큰 착오가 있었던 것임이 분명했다.

해욱도 유환도 외국이란 외국은 다 돌아다녀 봤고, 특히나 신혼여행지로 손꼽히는 괌, 히와이, 세부는 화보 촬영 차 줄기차게 가본 곳이다. 그 이유로 영국, 프랑스, 독일, 이탈리아, 그리스, 벨기에까지 이어진 유럽을 신혼여행으로 도전한 해욱과 유환은 녹초가 되고 말았다.

물론 유럽 여행은 엄청났다. 볼 것도, 먹을 것도, 즐길 것도 많았다. 하지만 엄청난 에너지 소비에 둘 다 흐물흐물해지고 만 것이 변수였다. 아니, 정확히는 해욱이 흐물흐물해진 것이.

"많이 피곤해?"

초콜릿의 나라 벨기에의 호텔로 들어온 해욱은 소파 위에 늘어져 버렸고, 해욱의 배려 아닌 배려로 먼저 샤워를 마친 유환만이 느슨하게 풀어진 가운을 묶으며 욕실에서 걸어 나오고 있었다.

"선생님?"

해욱의 대답이 없는 것에 의아해진 유환이 고개를 갸웃거리며 베드룸을 지나 거실로 나왔다. 화려한 샹들리에의 조명 밑 소파에 늘어진 해욱은 선잠에 빠져 있었다.

"이거 곤란한데."

유환이 수건을 머리 위로 덮어쓰며 중얼거렸다. 옷을 벗다 말고 잠에 빠진 것인지 하늘하늘한 셔츠는 소파 헤드 위에, 적당한 굽의 우드 웨지힐은 소파 아래에, 머리에 꽂혀 있던 예쁜 리본 핀은 테이블 위에. 잔잔한 플라워 무늬가 들어간 뷔스티에 하나만을 입고 나른하게 늘어진 해욱의 모습에 유환이 고개를 내저었다.

축축하게 젖은 수건을 깔끔하게 던져 넣은 유환이 해욱의 얼굴 앞으로 손을 휙휙 흔들었다. 유환의 손바닥이 일으킨 옅은 바람에 해욱의 얇은 머리카락이 살랑살랑 흔들렸다.

"진짜 잠들었네."

작게 소리 내어 웃은 유환이 해욱의 어깨와 무릎 아래로 팔을 넣어 가볍게 들어 올렸다. 무의식중에 유환의 품을 파고드는 해욱의 머리카락 위로 입술을 떨어뜨린 유환이 푹신한 침대 위로 해욱을 조심스럽게 눕혔다. 허리 위까지 길게 늘어진 머리카락이 하얀 시트 위로 하늘하늘하게 흘러내렸다.

"예쁘기는."

해욱을 바라보며 씩 웃은 유환이 켜져 있던 TV를 껐다. 밝은 샹들리에의 조명도 끄고 무드 등만을 켜놓은 유환이 해욱이 누운 침대 맡에 무릎을 굽히고 앉았다.

"우리 진짜 결혼했어. 벌써 신혼여행이 며칠째인데 아직도 실감이 안 나서 꼭 꿈꾸는 것 같아."

툭. 자신 쪽으로 대답이라도 하듯 내밀어진 해욱의 손이 우스웠다. 말갛게 웃은 유환이 해욱의 손등 위로 입을 맞췄다. 약지에서 반짝거리는 반지를 건배라도 하듯 톡 마주치고는 굽히고 있던 무릎을 세워 일어났다. 아니, 정확히는 일어나려 했다. 본능인지 잠투정인지 반사적으로 일어나려는 유환의 손을 꽉 그러쥔 해욱의 악력에 유환이 놀란 듯 눈을 동그랗게 떴다.

"선생님?"

손으로 닿는 따뜻한 온기에 해욱의 눈꺼풀이 느릿하게 열렸다. 길게 말린 속눈썹 아래로 엷은 색을 가진 갈색의 눈동자가 힘없이 끔뻑끔뻑 움직였다. 이제 막 잠에서 깬 아이 같은 얼굴을 한 해욱의 눈꺼풀이 다시 스르륵 닫혔다. 분명 잠투정이었다. 깨고 나면 기억도 못할.

유환이 혀를 내어 느릿하게 입술을 핥아 올렸다. 메마른 입술 위로 붉은 빛이 맴돌았다. 유환이 가뿐하게 누운 해욱의 몸 위로 올라타며 입술을 작게 달싹였다.

"선생님, 분명히 눈 떴으니까 깬 거다. 내 잘못 아니야. 내 탓 하지 마."

유환의 상체가 천천히 해욱 쪽으로 기울어졌다. 그리고 시작이었다.

아, 간지러워.

눈꺼풀에 무거운 추라도 매달아놓은 것처럼 눈이 떠지질 않았다. 피곤함과 졸림, 그것들에게 형태가 있다면 분명 자신의 주위에 바글바글하게 달라붙어 있을 것이라고 생각했다.

짙은 머스크 향이 코끝으로 밀려들었고, 어쩐지 여기저기가 간질간질한 기분이 들었다. 말랑말랑하고 촉촉한 뭔가가 입안에 들어 있는 것 같기도 하고 어쩐지 숨 쉬기가 버겁기도 하고. 벗어나려 고개를 홱 돌렸지만 끈질기게 따라오는 그것에 바둥거리던 해욱이 결국 힘겹게 눈꺼풀을 밀어 올렸다.

"깼네."

낮게 가라앉은 목소리는 잠시뿐이었고 곧 다시 입술이 맞물렸다. 잠기운이 가득 담긴 몽롱한 눈동자는 나른함이 가득 퍼져 있었지만 곧 놀라움을 담고 유환의 어깨를 밀쳐내기 시작했다.

"으아, 김유환!"

겨우겨우 고개를 돌려 숨을 뱉어낸 해욱이 유환의 이름을 불렀다. 잠이 묻은 그 목소리가 좋아서 유환이 해욱의 목덜미로 더욱더 깊게 입술을 묻었다.

"왜."

얄밉게도 꼬박꼬박 대답하면서 쇄골 위로 짙게 입을 맞추는 유환의 행동에 해욱이 유환의 어깨를 다시금 밀어냈다.

"잠깐만. 기다려."

해욱의 한마디에 유환의 행동이 멈췄다. 꼭 대형견 한 마리가 주인의 명령을 기다리고 있는 것처럼 눈을 깜빡깜빡 움직인 유환이 아래로 내려가 있던 시선을 천천히 끌어올렸다. 마주친 시선은 이미 묘한 흥분 감이 서려 있었다.

"일."

"응?"

"이."

"어?"

"삼."

"잠깐."

"땡."

유환이 다시 깊숙하게 입술을 물었다. 일자 모양의 예쁜 쇄골 위를 이를 세워 잘근잘근 물어오자 해욱이 참지 못하고 앓는 소리를 내며 유환의 어깨를 끌어안았다.

"너 자는 사람한테 이러는 건 범죄야!"

"허니문에서 잠드는 게 더 큰 범죄라고 봐."

기어코 해욱의 하얀 피부 위로 동그랗게 키스마크를 새겨 넣은 유환이 투덜거리며 해욱의 뺨을 가볍게 문질렀다.

"지금이라도 깼잖아."

"뭐?"

"그럼 범죄 아니니까 됐지?"

상황을 쿨하게 정리한 유환의 손이 빠르게 움직였다. 이럴 때면 참 과감하기만 한 유환의 모습이 신기하기까지 한 해욱이다.

해욱이 유환의 뒷 머리카락을 아프게 잡아당겼다. 손가락 사이사이로 붉은 노을빛을 닮은 머리카락이 잡혔다. 오히려 자극이 되었다는 듯 씩 입술을 핥는 유환의 모습에 해욱이 곤란한 듯 눈을 빠르게 깜빡였다.

모르겠다. 해욱이 반항 대신 유환의 아랫입술을 덥석 감쳐물었다. 유환의 의외의 고집을 가득 집약시켜 놓은 것 같은 얇은 입술을 몇 번이고 당겨 늘리며 장난을 치자 유환이 눈살을 찌푸리며 묘한 표정으로 입꼬리를 말아 올렸다. 그 고집스럽고 얇은 입술이 작게 달싹였다.

"네가 먼저 시작했어."

아, 정말. 이 남자는 존칭을 사용할 때와 이름을 부를 때, 그리고 그 모든 것이 사라질 때의 갭이 너무 크다. 가느다랗게 휘어지는 유환의 눈빛이 깊숙하게 가라앉았다. 해욱이 대답 대신 유환의 티셔츠를 말아 올렸다. 동시에 유환의 입술이 해욱의 입술을 제대로 머금었다.

한쪽 손으로는 해욱을 지분거리며 한쪽 손을 뻗어 무드 등이 켜진 스탠드의 동그란 끈을 잡아당기자 불이 꺼졌다. 온통 어둠일 것 같은 룸은 환했다. 가장 높은 층에 위치한 스위트룸의 한 벽을 차지한 통유리로 달빛이 쏟아져 들어오고 있었다.

해욱의 입안을 제멋대로 휘저으며 유린하던 유환이 천천히 입술을 떼어내며 고개를 들어 창밖을 쳐다봤다. 해욱의 위로 올라탄 유환의 얼굴이 달빛에 선명하게 빛났다.

날카롭고 섬세한 선을 가진 옆모습을 무심코 해욱이 손으로 훑어냈다. 달빛에 닿았던 유환의 눈길이 금세 휘어지며 해욱에게로 닿았다.

"꿀같이 달콤한 달이야. 허니문(Honey moon) 말이야."

다정하게 웃은 유환의 입술이 천천히 아래로 내려갔다. 말 그대로 밀월이었다.

꿀같이 달콤한 금빛의 밤이 시작됐다.

외전 3. 지해욱, 김유환 그리고 김해유

"해유야, 엄마가 아빠 잘 때는 방에 들어가지 말라고 했지?"

여기저기 사고를 치며 놀아야 할 해유가 조용한 것이 이상해서 찾아봤더니 역시나 유환이 자고 있는 방에 슬쩍 들어와 있다.

"아빠랑 놀고 싶은데."

입이 뾰로통하게 나온 것이 귀여웠다. 해욱이 해유의 뺨을 다정하게 비볐다. 해욱을 닮아 옅은 색을 가진 단발머리가 어깨 위에서 결 좋게 흔들렸다. 쪽 하는 소리와 함께 해유를 가볍게 안아 든 해욱이 토라진 해유의 등을 토닥토닥 두드렸다.

"아빠가 외국에서 일하고 어제 오셨잖아. 아빠도 코 자야지. 해유도 잠 오면 자야 되지? 아빠도 똑같아. 조금만 기다려 주자."

"응, 알았어요."

해유가 한숨을 폭 내쉬며 해욱의 목을 끌어안았다. 아이의 체온은 높고 따뜻했다. 에어컨 밑에 앉아 있어서 서늘한 자신의 목 위로 따끈따끈한 손바닥이 닿았다. 거실에 내려주자마자 인형이 잔뜩 쌓인 곳으로 다다다 뛰어가 버리는 해유의 뒷모습을 보곤 해욱이 즐거운 듯 웃었다.

런던 쇼에 서고 어젯밤이 되어서야 2주 만에 집으로 돌아온 유환이다. 시차도 맞지 않고 피로가 쌓일 대로 쌓여 오자마자 뻗어버린 유환의 모습이 얼마나 안쓰럽던지. 해욱이 유환이 자고 있는 방 쪽으로 살금살금 다가갔다. 며칠 더 쉬고 오라는데도 런웨이가 끝나자마자 꾸역꾸역 집으로 돌아온 유환이다.

결혼을 하고, 아이를 낳고, 몇 년이 지난 지금까지도 유환은 톱모델의 위치를 굳건히 지키고 있었다. 이제 한국은 그에게 아주 작은 고향에 불과했다. 뉴욕, 밀라노, 파리, 런던 등 모든 곳에서 매 시즌이 되면 먼저 유환을 찾았다. 쿠카팀과 계약을 해지하고 뉴욕 최대의 모델 에이전시와 계약한 유환은 세상에서 가장 크고 화려한 날개를 단 듯 한없이 날아올랐다.

물론 그것은 해욱도 마찬가지였다. 아듀는 이미 세계적인 대표 브랜드로 자리매김하고 있었다. E사와의 콜라보레이션은 이미 옛날 일이었다. 올해 들어 새롭게 체결한 C사와의 콜라보레이션은 요즘 패션계의 가장 핫한 이슈였다. 아듀가 협찬받기 어려운 브랜드로 자리 잡은 지 오래였다. 당연히 그 협찬이 너무도 쉬운 단 한 사람은 유환이었지만.

소리가 나지 않도록 문고리를 잡아 연 해욱이 가만히 유환의 옆으로 다가가 머리맡에 앉았다. 쇼의 콘셉트 때문인지 어둠 속에서도 붉은 빛을 띠는 머리카락을 쓸어 넘기듯 만지자 턱 하고 유환이 손을 잡아왔다. 놀라기도 전 파르르 떨리던 속눈썹이 위로 들리며 눈꺼풀이 열렸다. 까만 눈동자가 마주쳤고, 유환의 눈매가 천천히 휘어졌다.

"자는 척 좀 했어."

중얼거린 유환이 천천히 해욱의 뒷머리를 당겨 입을 맞췄다. 가볍게 맞물릴 줄 알았던 입술은 금세 비집고 들어와 혀를 얽었다.

"보고 싶어 죽는 줄 알았네."

"서양 모델들 때문에 눈 돌아간 거 아니야?"

"자기야말로 이번 아듀 화보 이호연이 찍는다며? 다 들었어. 어떻게 톱 모델을 떡하니 옆에 두고 배우를 써?"

유환이 잠긴 목소리로 잔뜩 불만을 토로했다. 찌푸려진 미간이 우스워 작게 소리 내어 웃은 해욱이 어깨를 으쓱 올렸다.

"윤상현이 섭외했어. 불만은 대표이사님께 전달해 줘."

자신은 아무런 상관이 없다는 제스처에 유환이 곤란하다는 듯 해욱의 어깨를 가득 끌어안았다.

"당분간은 쇼가 없으니까 좀 쉬려고. 해유랑도 놀아주고,"

유환이 해욱의 가느다란 허리를 지분거렸다. 긴 손가락이 더듬거리는 감촉에 해욱이 눈을 찡그렸다.

"자기랑도 놀아주고."

유환의 입가에 개구진 미소가 걸렸다. 시간이 흐를수록 유환의 짓궂음도 비례하여 증가했다. 못살아, 정말. 해욱이 고개를 내저으며 일어서려 하자 유환이 해욱을 뒤에서 덥석 안아 침대 위로 넘어뜨렸다.

"우와, 요새 해유만 신경 써주고 난 아주 찬밥 신세야. 나 섭섭

해요."

서운함을 가득 담은 얼굴이 어린아이 같았다. 과감하게 옷 속을 파고드는 손가락은 완벽한 성인이었지만.

"어딜 들어와."

해욱이 웃으며 투덜거렸다. 멀지 않은 거실에서 해유가 인형 두 개를 들고 속닥속닥 속삭이는 소리가 들렸다.

"아빠가 없어서 인형놀이에서 1인 2역 하고 있는 해유 안 보여?"

배시시 웃음을 터뜨린 해욱이 담고 있는 말과는 대조적으로 팔을 올려 유환의 목을 끌어안았다.

"지금은 안 보이는데? 약 한 시간 뒤에 보일 예정입니다만."

태평하게 웃으며 유환이 해욱의 목덜미로 얼굴을 묻었다. 달콤한 해욱의 체향이 코 안으로 가득 밀려들었다. 연신 목선을 따라 입술을 내리던 유환의 손은 멀티플레이가 가능했다. 이미 예전에 해욱의 옷 속으로 파고든 손가락이 가볍게 후크를 풀어 내렸다.

"그냥 다시 쿠카팀이랑 계약해 버릴까 봐."

"왜?"

해욱이 앓는 소리를 내며 겨우 대답했다. 해욱의 머리카락을 상냥한 손길로 뒤로 쓸어 넘긴 유환의 입꼬리가 씩 올라가는 것이 어둠 속에서도 선명하게 보였다.

"한국에 있을 수 있잖아. 에이전시가 뉴욕이다 보니 너무 자주 불러."

진심이 담긴 유환의 목소리에 해욱이 조금 더 유환의 어깨를 바짝 끌어안았다. 한층 더 단단하게 근육이 붙은 어깨는 완벽한 직각을 이루고 있었다. 어깨에서 팔로 이어지는 부분을 아무 생각

없이 손으로 쓸어내리자 유환이 곤란한 듯 낮은 소리를 내며 눈살을 찌푸렸다.

"선생님, 지금 나 안달 나게 하려고 작정한 거죠?"

"선생님이라니 오랜만에 듣는 호칭이네."

해욱이 눈을 휘며 생긋 웃었다. 유환이 해욱의 위에 올라탄 그대로 상체를 들어 입고 있던 민소매 탑을 머리 위로 벗어냈다. 툭. 바닥 위로 떨어지는 옷이 서걱거리는 소리를 냈다.

"어쩔 수 없네."

본격적으로 달려들 태세의 유환을 보며 눈을 동그랗게 뜬 해욱이 갑작스레 유환의 입을 턱하고 막았다. 쉿. 조용히 하라는 해욱의 행동에 목소리를 낮추고 행동마저 멈추자 거실에서 들리던 해유의 목소리가 들리지 않는다는 것을 깨달았다.

도도도도. 대리석으로 만들어진 거실 바닥을 지나쳐 방으로 뛰어오는 그 작은 발걸음 소리에 해욱이 벌떡 상체를 일으켜 유환을 침대 위로 눕히고 이불을 덮었다.

달칵.

정확히 문이 열리고 해유가 빠끔히 얼굴을 들이밀었다.

"엄마, 아빠 깼어?"

"어? 아빠는 아직 코 자네."

해욱의 뻔뻔한 대답에 이불에 파묻힌 유환은 자는 척할 수밖에 없었다.

"대신 엄마랑 놀까?"

"응!"

해욱이 침대에서 일어서자 금세 유환의 옆으로 졌던 그림자가 사라지며 불빛이 새어들어 왔다. 해욱이 해유의 손을 잡고 문을 닫고 나가자 유환이 그제야 이불을 내리고 숨을 내쉬었다. 해유와 해욱의 목소리가 문밖에서 점점 멀어지는 것을 들으며 유환이 상체를 일으켰다.

"별수 없네. 인형 놀이에 참가해 줘야겠네."

유환이 다정한 얼굴을 하며 웃었다. 침대 밑에 떨어진 자신의 옷을 아쉬운 듯 바라보다가 이내 팔을 꿰어 넣고는 안방 문을 열었다. 달칵거리는 소리와 함께 인형 놀이보다 몇 주 만에 보는 아빠의 얼굴이 반가운 해유가 달려왔다. 가뿐하게 안아 올리자 해유가 방긋방긋 웃었다. 해욱과 꼭 닮은 딸을 원했는데 유환의 바람은 쉽게 이루어졌다.

이렇게도 해욱과 꼭 닮은 딸이라니.

"으이구, 우리 해유."

아빠라기에는 사뭇 오빠와도 같은 유환이 해유의 등을 토닥토닥 어루만졌다.

"아빠아!"

해유가 유환의 뺨에 쪽 소리가 나게 입을 맞추며 목을 꼭 끌어안았다. 하얗고 보송보송한 피부가 유환에게 찰싹 달라붙어 떨어질 생각을 하지 않았다.

"아주 누가 보면 한 2년은 떨어져 있었던 줄 알겠어."

감격스러운 부녀 상봉에 투덜거리며 볼멘소리를 낸 해욱이 웃으며 해유의 머리카락을 쓰다듬었다. 한쪽 팔로 해유를 가뿐하게 안아 들곤 비어 있는 다른 한쪽 팔로 해욱의 허리를 끌어안은 유환이 아이처럼 웃었다.

아듀의 오프닝에 처음 섰을 때 그 당시만큼 행복한 순간은 자신에게 없을 거라고 생각했는데. 해욱과 연애를 하고, 프러포즈를 하고, 결혼을 하는 순간까지 점점 행복한 순간이 바뀌어갔다. 그리고 지금, 아마 자신에게 이보다 행복한 순간은 없을 거라고 유환은 생각했다.

"해유는?"

"막 잠들었어."

해욱이 해유가 깨지 않도록 조심스레 방문을 닫았다. 혹시 깼을 때 무서워할까 비스듬히 열어둔 문틈으로 도롱도롱 하는 해유의 숨소리가 들렸다. 오랜만에 본 아빠가 반가웠는지 하루 종일 유환과 뛰어놀더니 나름 피곤했던 모양이다.

"얼른 와서 앉아. 이 영화 저번부터 보고 싶다고 했잖아."

해외 곳곳을 오가면서 그건 또 어떻게 안 잊어버리고 기억한 건지. 해욱이 배시시 웃으며 유환이 DVD를 넣는 뒷모습을 따라 시선을 옮겼다.

거실에는 TV가 있었지만 침실에는 그것보다 훨씬 크고 사운드가 좋은 스크린이 있었다. 해욱과 유환 모두 영화를 좋아하지만 영화관에서 마음 놓고 영화를 볼 수 없는 사람들이기에 당연한 일이었다.

"됐다."

DVD가 제대로 인식됐는지 웅장한 사운드와 함께 화면이 흘러나왔다. 능숙하게 리모컨을 조정하여 자막 크기를 고친 유환이 잽싸게 해욱의 옆에 앉았다.

자연스럽게 해욱의 어깨 뒤로 팔을 두르자 해욱이 유환의 품에 쏙 안겼다. 푹신한 베개에 기댄 채 거의 눕다시피 앉은 지금 해욱과 유환 모두에게 가장 평화로운 일상이었다.

해욱이 눈을 올려 천장을 쳐다봤다. 영화의 내용을 다시 떠올리니 괜스레 다시 눈물이 나올 것 같았다.

"그렇게 슬펐어?"

유환이 허리 위에서 흔들리는 해욱의 머리카락을 손가락으로 감으며 물었다. 눈에 그렁그렁 눈물이 고인 것이 해욱에게는 영화의 내용이 제법 슬펐던 모양이다.

"이걸 보고 안 울 수가 있는 거야?"

영화를 보던 도중 유환이 가져다 놓은 티슈로 눈가를 훔치며 해욱이 중얼거렸다. 애써 힘을 주고 있던 눈을 빠르게 깜빡이자 그렁그렁 맺혀 있던 눈물이 후두두 소리를 내며 하얀 시트 위로 떨어졌다.

"그만 울어. 앞으로 슬픈 영화는 못 보겠네."

다른 이유로 우는 것이 아닌, 슬픈 영화를 보고 우는 해욱의 모습조차도 싫다는 듯 유환이 눈을 찡그렸다. 눈물이 맺힌 그녀의 눈가를 두 손으로 훔쳐 낸 유환이 해욱의 머리카락을 가볍게 흩트렸다. 후아! 길게 한숨을 내쉬자 이제 좀 진정이 된 것인지 해욱이 유환을 마주 보며 멋쩍게 웃었다.

"나 너무 울었다, 그치?"

영화를 보며 잠깐 동안 울었을 뿐인데 해욱의 눈가는 이미 발갛게 부어올라 있었다. 여린 피부가 짓무른 것이 안타깝다는 듯 유환이 그 위로 입술을 떨어뜨렸다.

"괜찮아. 내 옆에서 우는 거니까."

눈꺼풀로 가득 닿아오는 유환의 입술에 해욱이 눈을 지그시 감았다. 더듬더듬 손을 올려 유환의 뺨을 매만진다.

"안 슬펐어? 나만 우니까 이상한 여자 같잖아."

해욱이 바람 빠지는 소리를 내며 웃었다. 샐쭉하게 휘어지는 반달 모양의 눈이 유환을 흘겼다. 유환의 입술이 그대로 내려와 해욱의 입술에 가볍게 닿았다. 그렇게 닿은 채로 유환의 입술이 작게 달싹였다.

"영화보다는 영화를 보고 우는 너에게 정신이 팔렸거든."

장난스럽지만 진심이 가득 담긴 음험한 목소리. 유환의 눈매가 짓궂게 휘어졌다. 유환의 개구진 얼굴에 해욱이 불만스레 입술을 열었다. 그리고 바로 그 순간을 기다렸다는 듯이 유환의 혀가 매끄럽게 파고들었다. 언제나 따뜻하고 부드러운 입술. 해욱의 가느다란 팔이 자신의 목 뒤로 감기는 것이 느껴지자 유환의 손가락은 과감하게도 해욱의 가슴을 지분거렸다.

해욱이 앓는 소리를 내며 움직이던 혀를 멈추자 유환이 해욱의 몫까지 혀를 움직였다. 허공에서 얽힌 혀가 질척이는 소리를 내며 가쁜 숨을 내쉬게 만들었다.

이래서 침실에 스크린이 있어야 한다니까. 해욱은 절대 알 수 없는 속사정을 떠올리며 유환이 해욱의 머리카락 위로 몇 번이고 입술을 떨어뜨렸다. 새하얀 시트 위로 물결치듯 흐트러진 엷은 색의 머리카락이 유환의 팔을 간질였다.

"아까 못 끝낸 거 마저 해요."

할딱거리는 숨소리에도 끈질기게 물고 늘어지는 유환의 입술에 해욱이 유환의 어깨를 아프지 않게 두드렸다. 해욱이 상체를 조금 들어 올려 유환의 아랫입술을 감쳐물며 장난을 쳤다. 해욱의 장난이 괘씸하다는 듯 유환이 다시금 해욱의 입술을 가득 머금었다. 영화를 보는 동안 온몸을 묻고 있던 시트에서 해욱의 체향이 가득 올라와 조금 더 야릇한 기분이 들었다. 몇 년이 지난 지금도 해욱을 보면 설레고 떨리며 흥분되었다. 유환이 혀로 입술을 핥아 올렸다.

불과 몇 주 전 유환이 찍은 P사의 화보가 떠올랐다. 칼 라거펠트 특유의 엘레강스한 코트를 걸친 유환의 모습. 마치 눈앞에서 화보를 보고 있는 것 같은 느낌이 들었다. 해욱의 붉은 입꼬리가 호선을 그리며 휘어졌다.

이미 저 멀리로 밀쳐진 시트는 안중에도 없었다. 가느다랗고 늘씬한 허리를 몇 번이고 쓸어내리던 유환의 손이 조금 더 아래로 내려갔다. 해욱이 눈을 질끈 감았고, 감긴 눈 위로 유환이 키스했다.

영어 필기체로 휘갈긴, 보기만 해도 서정적인 풍경을 담고 있는 DVD 케이스가 침대 아래로 툭 하고 떨어졌다.

〈끝〉

우영주 장편 소설

Chungeoram romance novel

그대 고운

**열일곱의 난 무섭고 무뚝뚝한 열아홉의 너를 만났고
열아홉의 난 해맑게 웃던 열일곱의 너를 마음에 담았다.**

봄날, 불어오는 미풍에 린넨 커튼이 천천히 나부끼고
햇살 아래 앉아 있는 고운의 얼굴이 반짝반짝 빛나고 있었다.
그리고 그 순간, 하필 녀석과 눈이 마주치고 말았다.
반짝거리는 눈망울이 그를 보며 싱글 웃었다.
정말…… 한순간이었다.

**열일곱 열아홉,
풋풋하고 찬란했던 그 시절, 우리들의 이야기.**

Start.